Luisa Wilde

Die Rose von Fennmark 1

Der sechste Sohn

1. Auflage April 2024

ISBN 979-8-320-13300-3

1. Kapitel

„Es war einmal in einem sehr fernen Land ein König, der hatte sechs Söhne. Sie alle waren groß und kräftig und hatten ein hübsches Gesicht, ein freundliches Gemüt und keinerlei Bosheit oder Grausamkeit in sich. Fünf von ihnen hatten dazu noch besondere Gaben. Der Älteste konnte mit jeder Waffe umgehen, die man ihm reichte, der zweite zähmte jedes Pferd, wenn er es berührte."

Dunkelbraune Haare, ein kräftiger Mann. Anfang dreißig, vielleicht etwas jünger. Alles an ihm strahlt Kraft aus, die dunkelblauen Augen funkeln. Er bewegt sich mit geschmeidiger Schnelligkeit. Das hoch erhobene Schwert in seiner Hand ist rot, rot von...

Der andere hat schwarzes Haar und seine hellen Augen wirken kalt. Er sieht mich nicht an, sonst hätte ich Angst vor ihm. Ein Schatten huscht über sein Gesicht, verändert es für einen Moment. Starke, weiße Zähne, ein tiefes Knurren, dann ist es fort. Er dreht sich...

Das Bild verschwindet.

„Der dritte Sohn konnte das Wetter lenken, während der vierte jede Pflanze zum Wachsen brachte."

Dieser Mann ist schlanker, leichter. Er wirkt weniger gefährlich, aber das täuscht. Die blaugrünen Augen sind geschaffen um zu lachen, doch jetzt ist sein Blick düster, angestrengt. Ein dunkler Bartschatten liegt auf seinen Wangen. Er schreit auf, um ihn herum erhebt sich Wind, aber es ist schon zu spät. Das Schwert hat ihn getroffen, Blut fließt über sein Bein, so rot, so rot...

Der blonde Mann tritt durch den Wind, ihn hält er nicht auf. Er schirmt den anderen ab, will ihn berühren, will seine Verletzung versorgen, aber dafür ist keine Zeit. Er ist zornig, doch darunter... Er will nicht kämpfen, aber wenn er am Leben bleiben will, hat er keine Wahl. Trotzdem. Diese sanften, braunen Augen...

Das Bild beginnt zu zittern, dann löst es sich auf.

„Der fünfte Prinz konnte jeden Menschen trösten, der traurig oder verzweifelt war und ihm Hoffnung und Zuversicht bringen."

Er ist groß und breit gebaut, ein wahrer Hüne. Ein strenges Gesicht, aber die Augen... Sie sind sanftmütig und traurig, so traurig. Er möchte sich vor dem Schrecken des Kampfes verschließen, doch er tut es nicht. Im Gegenteil, er öffnet seine Seele weit und versucht die anderen davor zu bewahren. Er schlägt mit dem Schwert zu, jemand schreit auf. Er bückt sich und schaut besorgt zu einem anderen Mann hinunter. Blut. Der andere ist verletzt. Die Lippen des Hünen bewegen sich und dann...

Dunkelheit löscht das Bild aus.

„Nur der letzte, der sechste Sohn, schien keine besondere Gabe zu besitzen und tat sich in nichts hervor. Trotzdem liebten ihn seine Eltern und seine Brüder genauso wie alle anderen."

Dunkelheit, rabenschwarz und undurchdringlich. Kein weiteres Bild.

„Sei immer aufmerksam, mein Schatz. Vielleicht begegnet dir eines Tages einer dieser Prinzen."

Die Stimme wurde leiser und verschwand dann ganz. Hanna seufzte, ein Laut, der nur in ihrem Kopf zu hören war. Es war so tröstlich, wenn die Stimme ihrer Mutter zu ihr sprach und sie in die Geborgenheit ihrer Kindheit zurückversetzte. So hätte es zumindest sein sollen, aber dann waren die Bilder gekommen, als habe die Geschichte sie in Hannas Verstand gespült. So klar, so lebensecht. Das war noch nie geschehen, soweit reichte ihre Fantasie nicht. Keinen dieser Männer hatte sie schon einmal gesehen, aber jetzt hatte sie ihre Gesichter deutlich vor Augen. Sie hätte sie sofort wiedererkannt, wenn sie in diesem Moment vor ihrem Bett aufgetaucht wären. Seltsam. Noch viel beunruhigender war, dass sie sie alle in einem Kampf gesehen hatte. In einem Kampf auf Leben und Tod. Woher sie das wusste, konnte sie nicht sagen, aber sie war sich sicher. Diese erschreckenden Szenen passten kein bisschen zu den sanften Worten des Märchens.

Es ist soweit. Jetzt verliere ich zu allem anderen noch den Verstand.

Vielleicht sollte sie hoffen, dass es tatsächlich so war. Wenn sie richtig darüber nachdachte, wäre es eine Erlösung.

Der sechste Prinz. Ihn hatte sie nicht gesehen. Warum verbarg er sich von ihr?

Der Gedanke war so absurd, dass Hanna das seltsame Erlebnis endlich loslassen konnte. Sie wollte nicht darüber nachdenken, warum sie sich im nächsten Moment so verlassen fühlte, dass ihr die Tränen in die Augen stiegen. Nein, Schluss damit. Nichts davon war real. Sie öffnete die Augen.

Der Raum war nicht besonders groß, aber hell und freundlich. Es gab einen Schrank, einen kleinen Tisch, zwei Stühle, einen Sessel und das Bett, in dem Hanna lag. Durch die großen Fenster fiel genügend Licht herein und wenn der Himmel nicht bedeckt war, schien die Sonne schon am Morgen in ihr Zimmer und blieb bis zum Nachmittag. Im Moment lag über den Wänden und der Einrichtung ein roter Schimmer, deshalb wusste sie, dass die Vorhänge noch zugezogen waren.

Hanna lag auf der Seite und daran konnte sie aus eigener Kraft nichts ändern. Ihr Körper war fast vollständig gelähmt, eine knapp neunzig Jahre alte, zerstörte Hülle. Sie konnte selbständig atmen, kauen und schlucken, die Augen öffnen und schließen sowie den Kopf ein wenig drehen. Das einzige, was sonst noch reagierte, waren in einem sehr geringen Umfang ihr rechter Arm und die Finger der rechten Hand. Alles andere war so tot, als habe es schon vor ihr die Welt verlassen.

Inmitten all dieser Zerstörung, der zerbrochenen Puppe, zu der Hanna geworden war, loderte noch immer ihr wacher Verstand, scheinbar völlig unberührt von ihrem Alter und ihrer schlechten körperlichen Verfassung. Sie konnte nicht sprechen, konnte niemanden wissen lassen, wie sehr sie innerlich noch am Leben war. Sie konnte meistens nicht einmal darum weinen, dass sie von allem abgeschnitten und in ihrem kranken Körper gefangen war. Manchmal schrie die Verzweiflung in ihrem Inneren so laut, dass ihre Kehle wund wurde, obwohl sie keinen einzigen Laut herausbrachte. Es gab aber auch Zeiten, in denen alles zur Ruhe kam, ein friedlicher Schwebezustand, der in ihr die Hoffnung weckte, dass es bald vorbei war. In letzter Zeit kam dann die liebevolle Stimme ihrer Mutter aus ferner Vergangenheit zu ihr um sie zu trösten.

Und die Bilder, aber daran wollte sie jetzt nicht denken. Rot...

Hanna hörte die Schritte schon, bevor die Tür geöffnet wurde. „Guten Morgen!“ Das war Elisabeth, eine der Altenpflegerinnen. Das Personal war kompetent und freundlich, alle gingen liebevoll mit ihr um. Elisabeth brachte wie an jedem Morgen Fröhlichkeit mit ins Zimmer und Hanna war ihr dankbar dafür. Sie würde als nächstes die Vorhänge aufziehen und dann Hannas Körper mit sanften Händen waschen, während sie ihr erzählte, was draußen in der Welt vor sich ging. Die Ärzte hatten nicht feststellen können, wie viel von Hannas Verstand den schweren Schlaganfall überstanden hatte, aber wenigstens behandelte man sie nicht, als sei sie nicht mehr ganz richtig im Kopf. Für sie war das ein großes Geschenk.

Sie verstand noch immer nicht, warum sie noch am Leben war. Schon Tage zuvor hatte sie gespürt, dass etwas nicht in Ordnung war, war sogar ein paarmal gestürzt und halb bewusstlos gewesen, hatte sich aber jedes Mal wieder erholt. Damals war sie noch nicht bereit gewesen zu gehen. Sie hatte noch eine Aufgabe zu erfüllen gehabt, also hatte sie sich zusammengerissen.

Hanna hatte fast ihr gesamtes Leben allein verbracht. Ihre Eltern hatten früh erkannt, dass sie hochbegabt war und sie so gut und gleichzeitig sanft gefördert, wie es möglich war. Ihr Verstand brauchte Beschäftigung, damit es ihr gut ging. Sie hatte normale Schulen besucht, aber immer bekommen, was sie zusätzlich benötigte. Diese besondere Förderung führte dazu, dass sie mehrere Klassen überspringen konnte und schon mit fünfzehn ihr Abitur machte. Danach begann sie mit einer Sondergenehmigung Biochemie zu studieren und ging nach dem Abschluss und der Doktorarbeit in die Forschung. Sie hatte ihre Arbeit geliebt und diese Entscheidung niemals bereut.

Im Umgang mit anderen Menschen tat sie sich schwer. Eine Zeit lang hatte sie sich danach gesehnt einen Partner zu finden, jemanden, der sie wirklich verstand. Sie war ein paarmal mit Männern ausgegangen, hatte zwei kurze Beziehungen gehabt, sich aber beide Male schnell wieder zurückgezogen. Irgendetwas war immer falsch und verhinderte, dass sie sich ganz darauf einließ. Wenn es vorbei war, flüchtete sie sich in ihre Arbeit und versuchte zu vergessen, was geschehen war. Länger mit anderen Menschen zusammen zu sein fiel ihr immer schwerer und strengte sie an.

An dem Tag, an dem sie zum ersten Mal ihrem neuen Kollegen begegnete, schien sich das alles zu ändern. Der Mann war klug und charmant und bemühte sich ernsthaft um Hanna. Diesmal fiel es ihr leichter aus ihrer Deckung herauszukommen. Für ein paar Monate war sie glücklich und glaubte es geschafft zu haben. Sie war nicht verrückt, sie musste nicht für den Rest ihres Lebens allein bleiben. Sie konnte so leben wie alle anderen. Die leise Stimme in ihrem Kopf, die ihr immer wieder sagte, dass sie einen großen Fehler machte, verdrängte sie.

Die Wende kam, als Hannas Freund sie bat seine Frau zu werden und ihr den Ring zeigte, den er für sie gekauft hatte. Er sah sie voller Liebe an und sie wusste, dass er jedes Wort ernst meinte, aber etwas in ihr zerbrach. Sie konnte ihm das Versprechen nicht geben, um das er sie bat. Etwas, auf das sie keinen Einfluss hatte, hielt sie zurück. Sie versuchte es ihm zu erklären und merkte selbst, dass sie ihn mit jedem Wort mehr verletzte. Es tat furchtbar weh, innerlich weinte sie bittere Tränen um ihn und um sich selbst. Als sie ging, war jede Freude in seinen Augen erloschen.

Sie schaffte es bis in ihre Wohnung, bevor sie schluchzend zusammenbrach. Sie verstand selber nicht, was geschehen war, nur dass sie keine andere Wahl gehabt hatte. Als sich der erste Sturm gelegt hatte, schwor sie sich, dass das nicht noch einmal geschehen würde. Sie würde nie wieder einen anderen Menschen so sehr verletzen.

Danach zog sich Hanna noch mehr zurück. Als sie es nicht mehr ertragen konnte mitten in der Stadt zu leben, so nah bei anderen Menschen, kaufte sie ein großes, altes Gutshaus auf dem Land, von einem riesigen Grundstück umgeben und weit von jeder Ansiedlung entfernt. Sie verdiente ausgezeichnet und hatte bisher nur wenig davon ausgegeben. Jetzt stellte sie mit dem Geld Leute an, die sich um Haus und Garten kümmerten. Die Arbeiten konnten erledigt werden, während sie im Labor war. Sie brauchte mit niemandem Kontakt zu haben.

Hanna lebte schon seit einem Jahr in ihrem Haus, so abgeschieden wie möglich, als ihr eines Abends auf dem Heimweg ein Schild ins Auge fiel, das den Weg zu einem Tierheim wies. Sie gab einem Impuls nach und fuhr dorthin, wanderte eine Weile an den Zwingern entlang, aus denen traurige Hundeaugen sie beobachteten, bis sie vor einem Käfig stehenblieb, in dem eine mittelgroße Hündin mit zotteligem, braunem Fell teilnahmslos in der Ecke lag. Sie hob nicht einmal den Kopf, sie warf Hanna nur einen müden Blick zu und schloss dann die

Augen. Das Tier wirkte so verzweifelt und einsam, dass es ihr die Kehle zuschnürte. In diesem Moment fasste sie einen Entschluss.

Einige Gespräche und viele gemeinsame Spaziergänge später zog die Hündin, die Hanna Maxine getauft hatte, bei ihr ein. Hanna nahm sich Urlaub, um ihr die Eingewöhnung zu erleichtern. Mit jedem Tag blühte Maxine mehr auf und Hanna mit ihr. Es war, als hätten sich Seelenverwandte gefunden.

Von diesem Tag an änderte sich Hannas Leben. Sie arbeitete weniger, war nicht mehr so zwanghaft. Sie machte lange Spaziergänge mit Maxine und fand Spaß daran, einen Teil des Gartens allein zu pflegen. Mit dem Hund an ihrer Seite war das ein Vergnügen. Maxine brachte Hanna bei, was Lebensfreude ist und überschüttete sie mit ihrer Liebe. Hanna begann das Tierheim finanziell zu unterstützen und auszuhelfen, wenn es Probleme gab. Ein halbes Jahr später zog ein weiterer Hund bei ihr ein.

Es hatte immer Hunde in Hannas Leben gegeben, bis zum letzten Tag, den sie in ihrem Haus verbracht hatte. Kein einziger Mensch stand ihr so nahe wie die Tiere. Es war ihr gleichgültig, dass man sie für sonderbar hielt, es spielte keine Rolle. Sie lebte in ihrer eigenen Welt und dort hatte sie alles, was sie brauchte. Sie weinte, wenn einer ihrer Hunde sie verließ, aber es hinderte sie nicht daran, ihr Herz erneut zu verschenken. Der einzige Mensch, mit dem sie privat Kontakt hatte, war der Tierarzt, ein freundlicher Mann, der immer zur Stelle war, wenn sie ihn brauchte. Manchmal brachte er seinen Sohn mit. Mark liebte Hunde genauso sehr wie Hanna. Sie sah ihn aufwachsen, bis er zur Universität ging und in die Fußstapfen seines Vaters trat, um schließlich die Praxis zu übernehmen. Von da an war er es, der zu Hausbesuchen kam und sich um die Hunde kümmerte. Und auch ein wenig um sie, denn sie war noch immer Tante Hanna für ihn.

Hanna ging in den Ruhestand und verließ ihr Anwesen nur noch selten. Sie arbeitete nicht mehr, aber sie las noch immer jede Veröffentlichung, die zu ihrem Fachgebiet erschien. Die Jahre vergingen und ihr Körper wurde schwächer, aber ihr Verstand schien ein Eigenleben zu führen. Er blieb so wach und rege, wie er es immer gewesen war.

Dann kam der Tag, an dem Hanna wieder einen Hund in ihr Haus holte und genau wusste, dass es der letzte war. Es war erneut eine Hündin und Hanna gab ihr in einem Anflug von Sentimentalität den Namen Maxine. Es fühlte sich an, als schließe sich ein Kreis.

Die Jahre, die sie mit Maxine verbrachte, waren wunderschön. Noch einmal genoss sie in vollen Zügen die tiefe Verbindung, die sie zu der Hündin hatte und ließ sich von ihrem lebhaften Wesen mitreißen. Hanna hatte auf eine sehr stille Art Frieden gefunden, selbst ihr Verstand hatte aufgehört sie mit seinen unerbittlichen Forderungen zu quälen. Dann wurde Maxines Fell an manchen Stellen weiß und sie verlor ihren Schwung und auch Hanna fiel alles immer schwerer. Etwas in ihrem Körper begann sich zu verändern und erinnerte sie daran, dass ihre Zeit fast vorbei war. Sie nahm sich fest vor durchzuhalten, bis auch Maxine gegangen war.

Die Hündin war in Hannas Armen gestorben, leise und friedlich draußen im Garten. Sie hatte im Gras gesessen und Maxine noch immer gestreichelt, obwohl sie nicht mehr atmete, hatte um sie geweint. Das war das letzte, woran sie sich erinnerte. Danach hatte es eine Zeit lang immer wieder ein kurzes Erwachen gegeben, in einer Umgebung, die sie nicht kannte und nicht verstand. Nach und nach wurden die Zeiten länger, in denen ihr Verstand wach war, und irgendwann begriff sie, dass sie gelähmt war. Ein Schlaganfall. Sie hörte, wie die Ärzte und Krankenschwestern darüber redeten. Sie hatte Pech gehabt. Jemand hatte sie gefunden, bevor es ganz vorbei war.

Hanna hatte schon vor langer Zeit Vorsorge für ihr Alter getroffen. Sie hatte die Pflegeeinrichtung ausgesucht, in die man sie bringen sollte, wenn sie nicht mehr zurechtkam. Geld war kein Problem, sie hatte mehr als genug. Alles, was davon noch übrig war, wenn sie starb, bekamen das Tierheim und Mark, den sie auch zu ihrem Betreuer erklärt hatte. Sie betete darum, dass es bald geschah, doch in ihren schwärzesten Momenten hatte sie das Gefühl, dass der Tod sie vergessen hatte.

An diesem Morgen war sie noch müde. Sie mochte sich noch nicht von dem schönen Traum trennen, der ihre Mutter zu ihr zurückgebracht hatte, aber das war es nicht allein. Obwohl sie sie erschreckt hatten, wollte sie auch die Bilder zurück.

Sei immer aufmerksam, mein Schatz. Vielleicht begegnet dir eines Tages einer dieser Prinzen.

Vielleicht war sie ihnen eben tatsächlich begegnet.

Allen Prinzen.

Bis auf den sechsten.

„Als der jüngste Sohn zehn Jahre alt war, gebar die Königin ein weiteres Kind, diesmal ein Mädchen. Die Kleine war von Anfang an zierlich und zart, aber sie gedieh gut und war der Liebling von allen. Ihre Brüder vergötterten sie und wenn sie lachte, konnte ihr niemand widerstehen."

Die Kleine dreht sich und dreht sich und dreht sich, ihre blonden Locken fliegen. Als sie ins Taumeln gerät, fangen große Hände sie auf und heben sie hoch. Lachend wirft sie dem schwarzhaarigen Mann die Arme um den Hals. Er strahlt sie an. Diesmal sind seine Augen nicht kalt, sie sind voller Leben. Etwas blitzt an ihrem Hals auf. Ein Schmuckstück. Es ist rot und funkelt so sehr, dass die Form nicht zu erkennen ist. Das Mädchen schließt fest die Hand darum und drückt es an sich. Sie ist jetzt etwas älter. Der Stein ist rot. Rot wie Blut...

„Die Prinzessin wuchs heran und es schien, als sei mit ihr endgültig das Glück in das Königreich eingezogen. Der König regierte gerecht und sorgte dafür, dass es allen seinen Untertanen gut ging. Zu ihrem zehnten Geburtstag schenkte er seiner Tochter eine Kette mit einem makellosen roten Edelstein, der zu einer Rose geschliffen war. Sie freute sich sehr darüber und trug das Schmuckstück Tag und Nacht.

Als die Prinzen erwachsen wurden, bereisten sie das gesamte Königreich und sammelten Erfahrungen. Der König und die Königin waren enttäuscht darüber, dass sie keine Frauen mit nach Hause brachten und Familien gründeten. Wenn sie sie darauf ansprachen, lachten die Prinzen und erklärten, dafür bleibe ihnen noch mehr als genug Zeit. Nur der sechste Sohn blieb zuhause, er verspürte nicht den Drang zu reisen. Wenn seine Brüder ihn deswegen neckten, sagte er jedes Mal, es gäbe nichts, was er nicht auch zuhause lernen könnte. In seinem Inneren jedoch, dort wo es niemand sehen konnte, war er traurig.

Die Gaben seiner Brüder hatten sich prächtig entwickelt, aber bei ihm hatte sich noch immer nichts gezeigt. Er erfüllte alle seine Pflichten und gab sich große Mühe, doch etwas Außergewöhnliches konnte er nicht tun. Er war nicht neidisch auf seine Brüder, nur enttäuscht."

Das Licht ist schwach, die Sonne ist fast vollständig untergegangen. Ein hoher Turm, der das Land weit überragt. Bäume. Dichter Wald, soweit das Auge reicht. In der Dämmerung ist der Mann auf dem Turm nur ein undeutlicher Umriss, sein Gesicht nicht zu erkennen. Seine Hände umklammern die Brüstung, der Kopf ist tief gesenkt. Warum dreht er sich nicht um? Warum sieht er mich nicht an?

Warum wirkt er so verlassen?

„Dann kam eine Nacht, in der der Prinz nicht einschlafen konnte. Die Luft war mild, ein voller Mond stand am Himmel. Er starrte eine Weile aus dem Fenster und beschloss dann einen Spaziergang im Garten zu machen. Vielleicht konnte er danach endlich Ruhe finden.

Niemand begegnete ihm, als er in den Garten hinaustrat. Es war Frühling, die großen Apfelbäume standen kurz vor der Blüte. Der Prinz ging zwischen ihnen hindurch und glaubte den süßen Duft schon in der Nase zu haben. Die Ruhe tat ihm gut, die Bäume kamen ihm vor wie alte Freunde, die vom Mondlicht verzaubert wurden. Mit einem Lächeln ging er weiter."

Die Apfelbäume sind alt und ehrwürdig und voller Knospen. Der Duft ist tatsächlich da. Er ist ein Versprechen für die Zukunft, aber nicht für mich. Nicht mehr für mich.

„Es geschah, als der Prinz gedankenverloren über die raue Borke eines Baumes strich. Vor ihm öffnete sich ein Tor, weit und mächtig. Das Mondlicht verschwand, er wurde vollständig in Finsternis gehüllt. Als er erschrocken einen Schritt zur Seite machte, teilte sich die Schwärze wie ein Schleier und ließ ihn durch. Was er erblickte, ließ ihn vor Erstaunen keuchen."

Das Licht ist gnadenlos und nur zu vertraut, genau wie alles andere. Nichts bleibt im Verborgenen, man kann sich nicht davor verstecken. Nein. Nein, nicht das. Ich ertrage es nicht, aber ich kann auch nicht wegsehen. Genauso wie der Mann.

„Obwohl der Himmel dunkel war, war es fast so hell wie am Tag. Das grelle, kalte Licht ließ seine Augen schmerzen. Noch schlimmer war der Lärm, ein Durcheinander von Geräuschen, die er noch nie gehört hatte. Die Luft war schwer und roch unangenehm. Unter seinen Füßen war Gras und er konnte den Stamm des Apfelbaumes in seinem Rücken spüren, aber schon ein paar Schritte vor ihm gab es keine einzige Pflanze mehr. In dem hellen Licht riesiger Lampen hasteten Menschen zwischen hohen Steinhäusern hin und her, unfassbar viele Menschen. Dazwischen gab es einen breiten Streifen, auf dem große Gebilde aus Metall vorbeihuschten, schneller als es eine Kutsche vermochte hätte. Sie machten Lärm und stießen hin und wieder Rauchwolken aus. Der Prinz war abgestoßen und fasziniert zugleich.

Eine Gruppe von Menschen in seltsamen Kleidern kam direkt auf ihn zu, sie lachten und unterhielten sich. Als sie immer näher kamen, wurde dem Prinzen plötzlich alles zu viel. Er trat einen Schritt zurück, nur einen einzigen, und im gleichen Augenblick hatte er diese unbegreifliche Welt verlassen und befand sich wieder im Garten der Burg."

Er hat Angst. Ich spüre es ganz deutlich und ich kann es verstehen. Seine Hand kann ich deutlich sehen, sein Gesicht bleibt in den Schatten. Er ist blond, vermute ich. Ich wünsche mir so sehr, dass er sich umdreht und mich ansieht, aber das tut er nicht. Er weicht von dem Baum zurück und dann...

Das Bild verschwindet.

„Der Prinz riss seine Hand zurück und stolperte hastig von dem Baum fort. Verwirrt sah er sich um. Der Stamm sah aus wie immer, der Durchgang war verschwunden. Hatte ihm seine Fantasie einen Streich gespielt? Lag er in Wirklichkeit in seinem Bett und es war nur ein Traum gewesen? Er blieb stehen und wartete ab, bis sich sein Herzschlag wieder beruhigt hatte. Und während er sich ganz der Stille hingab, begann er zu verstehen.

In dieser Nacht, im stillen Garten der Burg hatte sich die Gabe des Prinzen zum ersten Mal gezeigt. Er war imstande Tore zu öffnen und zwischen den Welten zu wandern. Es erschreckte ihn. Von so einer Gabe hatte er noch nie gehört."

Das Bild kommt nicht zurück. Die Dunkelheit ist undurchdringlich, sie gibt nichts mehr preis. Dabei wünsche ich es mir so sehr...

„Aber das ist eine Geschichte für einen anderen Tag. Du musst jetzt schlafen, mein Schatz. Es ist schon spät."

Die Unterbrechung war genauso vertraut wie der Kuss auf die Stirn, den Hanna jeden Abend vor dem Einschlafen bekommen hatte. Wenn ihre Mutter ihr Märchen erzählte, hatte sie oft an einer besonders spannenden Stelle aufgehört und Hanna auf den nächsten Tag vertröstet. Sie hatte ihr beigebracht, dass es nun ganz bei ihr lag, wie die Geschichte weitergehen sollte. Alles war möglich, Grenzen gab es nicht. Mit der Zeit lernte Hanna ihrer Fantasie freien Lauf zu lassen und begann es zu lieben, aber jetzt konnte sie das nicht. Nicht, nachdem sie die Bilder gesehen hatte. Nicht, nachdem sie tatsächlich dort gewesen war. Es fühlte sich viel zu real an, um den Ausgang der Geschichte selbst zu erfinden. So funktionierte das nicht. Das Leben konnte man nicht erfinden. Man konnte es nur annehmen.

Verrückt. Du verlierst den Verstand. Lass los, sonst wird es noch schlimmer.

Es war nicht einfach, aber Hanna schaffte es ihre Gedanken von den Bildern zu lösen. Stattdessen konzentrierte sie sich auf die Erinnerungen an ihre Kindheit.

Es war so lange her. Wenn Hanna wach war, fiel es ihr schwer sich an das Gesicht ihrer Mutter zu erinnern, aber in ihren Träumen konnte sie es deutlich sehen. Die Märchen, die Marianna ihrer Tochter erzählte, dachte sie sich selber aus, sie waren in keinem Buch zu finden. Wenn sie mit leuchtenden Augen erzählte, hing Hanna an ihren Lippen und verpasste kein einziges Wort. Ein paar der Geschichten hatten ihr so gut gefallen, dass sie sie immer wieder hören wollte. Jedes Wort, jede Betonung hatte sich tief in ihr Gedächtnis eingegraben.

Der nächste Gedanke traf Hanna wie ein Schlag. Die Geschichte aus ihrem Traum kannte sie nicht, da war sie sich sicher. Aber das konnte nicht sein. Die Träume waren so klar, sie mussten auf Erinnerungen basieren. Alles andere stimmte genau. Hanna konnte deutlich das Polster des alten Sessels fühlen, in dem sie sich immer eng aneinander gekuschelt hatten, sie roch sogar das Lieblingsparfum ihrer Mutter. Wie konnte dann die Geschichte eine andere sein? Sechs Prinzen und eine Prinzessin, das wäre genau nach Hannas Geschmack gewesen. Sie hätte dieses Märchen geliebt und es sicher mehr als einmal hören wollen. Aber so sehr sie es auch versuchte, sie konnte keine Erinnerung daran finden und wusste auch nicht, wie die Geschichte weiterging. Eigentlich war es unwichtig, weil nur der Trost zählte, den sie aus den Träumen zog. Trotzdem nagte der Gedanke an ihr.

Und die Bilder. Woher kamen sie und warum waren sie ihr auf einmal so wichtig, dass sie sie unbedingt zurückhaben wollte?

Verrückt. Ich werde verrückt.

Nur langsam kehrte Hanna in die Wirklichkeit zurück. Sie war nicht allein, ganz in ihrer Nähe hörte sie Stimmen. Sie ließ die Augen geschlossen. Jede Rückkehr in ihren zerstörten Körper war schmerzhaft und erschreckend. Sie brauchte nichts. Sie hatte keinen Wunsch außer in ihren Träumen bleiben zu dürfen.

„Sie hat schon seit zwei Tagen so gut wie nichts gegessen. Flüssigkeit bekommt sie über den Tropf, aber sie braucht auch Nahrung. Ich werde mit dem Arzt reden. Ich finde immer noch, eine Magensonde wäre die beste Lösung."

„Das hat sie in ihrer Patientenverfügung strikt abgelehnt", sagte die andere Stimme scharf.

„Ich weiß." Die Frau seufzte. „Aber ist es nicht ein schrecklicher Gedanke, dass jemand vor unseren Augen verhungert?"

Finger strichen sanft über Hannas Hand. „Ihr ist nichts mehr geblieben. Falls sie auch nur ansatzweise versteht, was mit ihr geschehen ist, muss sie verzweifelt sein. Hast du daran schon mal gedacht?"

„Du hast Recht. Manchmal kann der Tod eine Gnade sein." Schritte entfernten sich. „Kommst du?"

„Ich öffne noch die Terrassentür. Es ist warm heute. Vielleicht tröstet es Hanna ein wenig, wenn sie die Frühlingsluft spürt."

Dann schloss sich die Tür, beide Frauen waren fort. Hanna drehte den Kopf so weit sie konnte, damit sie in Richtung des Gartens schauen konnte. Die Luft, die ins Zimmer strömte, roch tatsächlich nach Frühling. Sie konnte den alten Apfelbaum sehen, der nicht weit von der Terrasse entfernt stand. Noch waren die Knospen geschlossen, aber es konnte nicht mehr lange dauern, bis sie sich öffneten. Vielleicht war es schon am nächsten Tag soweit. Sie freute sich darauf die Blütenpracht noch einmal zu sehen.

Ein Apfelbaum wie der im Märchen, dachte sie schläfrig. Wohin der Prinz wohl gegangen war, nachdem er aus der anderen Welt zurückgekehrt war? Ob er es noch einmal versucht hatte? Sie versuchte darüber nachzudenken, wie die Geschichte weitergehen könnte, aber der vertraute Zauber wollte sich nicht einstellen. Stattdessen verspürte sie Furcht. War es dieselbe Furcht, die den Prinzen in den Schatten ergriffen hatte? Vielleicht. Vielleicht fühlte sie sich ihm deshalb so nah, obwohl sie sein Gesicht noch immer nicht gesehen hatte.

Hanna war schon halb wieder eingeschlafen, als die Tür nach kurzem Klopfen erneut geöffnet wurde. Wieder waren es zwei Personen, die das Zimmer betraten, doch zumindest der eine Schritt klang anders.

„Ich kann sie nicht dazu bewegen etwas zu essen. Sie reagiert auf überhaupt nichts mehr.“ Es war dieselbe Frauenstimme wie zuvor. Pia. Jetzt erinnerte sich Hanna. Der Name dieser Altenpflegerin war Pia. „Ich weiß, Sie sind nur zur Aushilfe hier und kennen die Patientin nicht, aber es wäre mir trotzdem sehr lieb, wenn Sie nach ihr schauen würden.“

Die Männerstimme, die antwortete, war tief und freundlich. „Natürlich. Deswegen bin ich ja hier. Gehen Sie ruhig wieder an Ihre Arbeit. Ich komme allein zurecht.“

„Hier ist die Akte.“ Die Altenpflegerin zögerte, doch der Mann antwortete nicht. „Dann gehe ich jetzt mal“, sagte sie einen Augenblick später.

Ein Aushilfsarzt, na toll. Er meinte es sicher gut, aber Hanna wollte nicht analysiert und gerettet werden. Sie wollte endlich dieses unerträgliche Leben hinter sich lassen. Sollte der Mann doch machen, was er wollte. Wenn sie nicht zu erkennen gab, dass sie wach war, verschwand er vielleicht schnell wieder.

Stuhlbeine scharrten über den Boden, dann setzte sich der Arzt neben sie. Sie hätte ihn verscheucht, wenn sie dazu in der Lage gewesen wäre, hätte ihm gesagt, dass sie ihre Ruhe wollte. So konnte sie nur darauf achten, dass ihre Augen weiterhin geschlossen blieben und seinen gleichmäßigen Atemzügen lauschen.

Er griff nach ihrer Hand, nach der rechten, in der sie noch ein wenig Gefühl hatte. Seine Finger waren groß und warm, der leichte Druck angenehm. „Hanna", sagte er leise, „bitte mach die Augen auf. Ich weiß, dass du mich hören kannst und jedes Wort verstehst."

Sie erschrak so sehr, dass sich ihre Lider von selbst hoben. Der Mann vor ihr sah sie direkt an. In seinen blauen Augen schimmerten ein Lächeln und eine freundliche Wärme, die nur ihr allein galt. Sein Gesicht wirkte jung, aber etwas daran verwirrte sie. *Er sieht irgendwie zeitlos aus,* schoss ihr durch den Kopf. Die leichte Sonnenbräune betonte sein sandfarbenes Haar und ließ ihn gesund und lebendig wirken. Sein Blick hielt Hanna fest, er war ganz auf sie konzentriert.

„Da bist du ja", sagte er sanft. „Ich habe ein Geschenk für dich. Es wird Zeit, dass du es endlich bekommst."

Hanna hätte am liebsten verächtlich geschnaubt. Trotzdem konnte sie den Blick nicht von diesen freundlichen Augen abwenden. Sie sandten eine eindringliche Bitte aus, der sie nicht widerstehen konnte.

„Ich weiß, dass du nicht sprechen kannst, aber ich kann deine Gedanken lesen, wenn du mir weiter in die Augen schaust. Bevor ich dir das Geschenk gebe, musst du mir eine Frage beantworten. Wirst du das tun?"

Vielleicht. Sie sprach das Wort in ihrem Kopf mit allem Nachdruck aus, weil sie neugierig war, ob er es tatsächlich auffangen würde.

Er lachte laut und fröhlich. „Diese Antwort ist ziemlich typisch für dich, Hanna."

Sie entschloss sich den Versuch zu wagen. *Woher willst du das wissen? Du kennst mich nicht.*

Er schüttelte den Kopf. „Ich kenne dich schon dein ganzes Leben lang. Ich habe dich aus der Ferne beobachtet. Warst du glücklich, Hanna? Hattest du ein erfülltes Leben?"

Sie fand die Frage seltsam, aber über die Antwort musste sie nicht lange nachdenken. *Ich habe getan, was ich wollte und ich hatte meine Hunde. Ja, ich war glücklich.*

„Bist du bereit diese Welt zu verlassen?"

Sie seufzte. *Wann immer der Ruf kommt. Ich sehne mich danach.*

„Und wenn du die Wahl hättest? Wenn du dein Leben noch einmal leben könntest?"

Nein, nicht dieses Leben. Es ist genug.

Er sah sie an, als freue er sich über diese Antwort. Beruhigend strich er mit dem Daumen über ihren Handrücken. „Also hast du doch etwas vermisst. Es gibt etwas, das du anders machen würdest."

Hanna ging nicht darauf ein. *Niemand bekommt eine zweite Chance.*

Er legte den Kopf ein wenig schräg, sein Blick wurde ernst. „Du könntest sie bekommen. Es gibt etwas, das du vor langer Zeit vergessen hast. Ich kann dir helfen diese Erinnerung zurückzubekommen. Falls du dich entscheidest das Angebot anzunehmen, wird sie dir den Weg weisen."

Wenn es ihr möglich gewesen wäre, hätte sie die Stirn gerunzelt. *Ich verstehe nicht.*

„Ich weiß. Du wirst sterben, Hanna. Dir bleiben nur noch wenige Stunden, bis dein Körper endgültig versagt. Wenn es soweit ist, kannst du dich fallen lassen und in das große Vergessen gehen. Es gibt allerdings auch eine andere Möglichkeit. Dieser Weg erfordert sehr viel Mut, aber er kann dir geben, was du in deinem Leben am meisten vermisst hast. Du wirst dich entscheiden müssen."

Ich will das alles nicht. Es soll nur endlich vorbei sein. Ich bin so müde.

„Bitte hör mir trotzdem zu. Es ist wichtig, Hanna. Wie du dich danach entscheidest, liegt ganz allein bei dir."

Hanna starrte ihn an und ließ keinen Zweifel daran, dass sie die nächsten Worte ernst meinte. *Ich will sterben.*

„Du wirst sterben", antwortete er ruhig. „Egal, wie du dich entscheidest, dein Leben in dieser Welt endet. Du lässt deinen zerbrochenen Körper hinter dir und die Last der vielen Jahre, die dich zu Boden drückt. Deine Seele wird frei sein. Die Frage ist nur, wohin sie dann gehen soll."

Sie dachte darüber nach. Wenn das kein verrückter Traum war, wenn der Mann die Wahrheit sagte, dann hatte sie nichts zu verlieren. *Warum tust du das?*

„Ich habe es jemandem versprochen. Ich kann es dir nicht erklären, du würdest es jetzt nicht verstehen."

Sie wusste noch immer nicht, was sie davon halten sollte, aber sie fasste einen Entschluss. *Erzähl es mir. Gib mir die Erinnerung zurück.*

Doch er schüttelte den Kopf. „So funktioniert das nicht. Worte sind zu schwach dafür. Du musst es noch einmal erleben. Noch einmal fühlen." Er beugte sich zu Hanna hinunter und nahm ihr Gesicht zwischen seine Hände. „Nimm zurück, was du verloren hast. Ich wünsche dir alles Glück der Welt, Hanna Berger, wohin du auch immer gehen magst."

Er lächelte ihr zu, dann berührten seine Lippen sanft ihre Stirn. Im nächsten Moment war er fort und die Zimmertür schloss sich leise hinter ihm.

„Der Prinz war erschüttert. Er wusste nicht, was er tun sollte, und er wusste auch nicht, mit wem er über sein Erlebnis sprechen sollte. Die fremde Welt, die er betreten hatte, hatte ihm Angst gemacht, er wollte nicht dorthin zurück. Das Leben war schön in seiner Welt, er gehörte ganz und gar dorthin. Er beschloss, dass er nie wieder an diesen Ort zurückkehren würde.

Die Zeit verging. Ab und zu dachte der Prinz an sein seltsames Erlebnis, aber er verdrängte den Gedanken immer wieder. Die Gabe, die er erhalten hatte, erschien ihm nutzlos, ja sogar gefährlich.

Dann kam der Tag, an dem die Prinzessin zwölf Jahre alt wurde. Schon seit Tagen liefen die Vorbereitungen für das große Fest, das man ihr zu Ehren geben wollte. Doch als die Kammerzofe sie am Morgen wecken wollte, fand sie die Prinzessin leblos auf dem Boden. Sie war nicht verletzt, es war kein Grund zu finden, warum sie nicht mehr atmete. Die Kette, die sie so sehr geliebt hatte, war verschwunden."

Sie sieht so klein aus. Sie liegt ganz still und so friedlich auf dem Boden, als ob sie schläft, aber sie atmet nicht mehr. Das strahlende Licht, das sie vorher umgeben hat, ist fort. Jemand weint laut. Eine Frauenstimme. Der Klang tut weh.

„Mit dem Tod der Prinzessin brach das Unglück über das Land herein. Nur vier Wochen später wurde die Königin krank und starb. Der König wurde schwermütig und kümmerte sich kaum noch um die Regierungsgeschäfte. Sprach ihn jemand darauf an, reagierte er mit blindwütigem Zorn. Oft verließ er seine Gemächer tagelang überhaupt nicht. In der Burg, die immer von Lachen und Fröhlichkeit erfüllt gewesen war, wurde es still. Trauer und Verzweiflung legten sich wie ein Leichentuch über den gesamten Königshof."

Dunkelheit. Die Burg ist nur eine Silhouette vor dem dunklen Himmel. Erstarrt. Ohne Leben. Auf dem höchsten Turm weht eine Fahne in einer schwachen Brise. Sie ist schwarz. Schwarz wie der Tod. Der Mann, der dort steht, ist kaum zu erkennen. Wieder umklammern seine Hände den Stein der Brüstung. Seine Schultern beben.

Sieh mich an. Sieh mich endlich an.

Er dreht sich um und verschwindet.

„Auch der jüngste Sohn trauerte um seine Schwester und um seine Mutter, aber je mehr Zeit verging, desto mehr hatte er das Gefühl, diese ganze Atmosphäre nicht länger ertragen zu können. Nichts funktionierte mehr, alles veränderte sich zum Schlechteren. Niemand schien fähig zu sein die anderen wieder aufzurichten, nicht einmal sein älterer Bruder, der diese Gabe doch unbestreitbar besaß. Unter der Last der Trauer konnte niemand mehr atmen. Er wusste, seine Schwester wäre entsetzt, wenn sie sehen könnte, was nach ihrem Tod aus ihnen allen geworden war.

An einem Abend, an dem es ihm besonders schlecht ging, hielt es der Prinz nicht länger aus. Es war wieder Frühling, die Apfelbäume hatten eben zu blühen begonnen, doch niemand schien es zu bemerken. Entschlossen trat er in den Garten hinaus und stellte sich vor den Baum, durch den er beim ersten Mal gereist war. Zögernd legte er die Hand auf den Stamm und fragte sich insgeheim, ob er wohl den Verstand verloren hatte. Es konnte nur ein seltsamer Albtraum sein, an den er sich da erinnerte.

Er hätte sich keine Sorgen machen müssen. Der Durchgang öffnete sich sofort für ihn, der Schleier wich zur Seite, als er hindurch trat.

Man hätte glauben können, seit seinem letzten Besuch sei überhaupt keine Zeit vergangen. Das Bild hatte sich nicht verändert. Die Menschen hasteten durch die Straßen, dazwischen bewegten sich die seltsamen Maschinen. Der Prinz zögerte kurz, dann machte er einen entschlossenen Schritt darauf zu, trat aus der Deckung des Baumes heraus – und erstarrte."

Licht lodert auf. Er ist wieder da, er steht wieder an derselben Stelle. Ich sehe ihn von hinten, fange seine Furcht auf, seine Beklommenheit. Sein Haar ist tatsächlich blond. Das Licht explodiert, wird unerträglich hell. Ich schließe die Augen. Dunkelheit verschlingt mich.

Dunkelheit.

„Die Frau war sehr jung und sie sah ihn direkt an. Sie trug einen hellen Mantel, ihre braunen, lockigen Haare fielen offen bis auf ihre Schulterblätter. Sie hatte zarte, fein geschnittene Züge und volle Lippen, aber am meisten fielen ihm ihre wunderschönen Augen auf. Sie hätte ein beliebiges Gesicht in der Menge sein können, doch sie war die einzige, die ihn sah, ihn wirklich wahrnahm. Alle anderen hasteten weiter, doch sie stand still da und schaute mit großen Augen zu ihm hinüber."

Die Stimme der Erzählerin stockte und wurde dann eindringlich. „Du musst dich erinnern, mein Schatz! Bitte, Hanna, du musst es jetzt tun, ehe es zu spät ist. Weiter kann ich dich nicht führen."

Hanna riss die Augen auf. Die Stimme ihrer Mutter war fort und sie war sich sicher, dass sie sie zum letzten Mal gehört hatte, doch das Bild kam zurück und bewegte sich weiter, bis sie die junge Frau sehen konnte. Während sie sie anstarrte, verwandelte sich das Gesicht der Frau in ihr eigenes. Sie keuchte auf, konnte es nicht fassen. Etwas in ihrem Inneren drängte nach außen, wollte endlich freigelassen werden.

Als Hanna ihren Widerstand aufgab, veränderte sich ihre Perspektive sofort. Sie wurde eins mit dem jungen Mädchen, das ihre Züge trug, sah, was es sah, atmete den Duft des blühenden Apfelbaumes ein. Und dann, mit einem Gefühl als werde ihre Welt aus den Angeln gehoben, sah sie zum ersten Mal das Gesicht des sechsten Prinzen. Sie erkannte es wieder. Es war das Gesicht des Mannes, den sie geliebt hatte.

2. Kapitel

Es war ein milder Frühlingsabend und Hanna war auf dem Weg nach Hause. Sie besaß kein Auto, aber sie brauchte auch keins. Vom Universitätsgelände aus war es nicht weit bis zur nächsten Bushaltestelle. Sie rannte fast, weil sie den nächsten Bus noch erwischen wollte. Verpasste sie ihn, musste sie eine halbe Stunde warten.

Hanna achtete nicht auf den dichten Strom der Menschen, die um sie herum unterwegs waren. Sie marschierte mit energischen Schritten die Straße hinunter und passte auf, dass sie mit niemandem zusammenstieß, aber ihre Gedanken waren ganz woanders. Das war meistens so. Es fiel ihr schwer die Arbeit hinter sich zu lassen, wenn sie das Labor verließ. Sie liebte das Studium und ganz besonders die praktische Arbeit. Ihr Verstand brauchte Herausforderungen, sonst wurde sie unruhig und nervös. Ihre Eltern waren besorgt, weil Hanna oft nicht abschalten konnte. Sie ging nur selten mit Freunden aus, eigentlich nur wenn ihre Eltern sie dazu drängten. Sie tat es um ihnen eine Freude zu machen, nicht weil sie das Gefühl hatte, dass ihr etwas fehlte.

Sie hielt auf die Haltestelle zu und wurde noch ein bisschen schneller. Gleich hatte sie es geschafft. Das letzte Stück führte an einem kleinen Park vorbei, eine grüne Oase mitten in der Stadt. Weiter vorn bog der Bus gerade um die Ecke und hielt langsam auf die Haltestelle zu. Sie behielt ihn im Blick, als könne das dafür sorgen, dass er ihr nicht entwischte. An diesem Abend würde sie pünktlich zu Hause sein.

Aus dem Nichts blitzte ein grelles Licht auf und fuhr Hanna direkt in die Augen. Geblendet und leicht benommen blieb sie stehen. Was war das? Sie blinzelte vorsichtig, konnte aber die Augen ohne Probleme wieder öffnen. Nichts hatte sich verändert, außer ihr war niemand stehengeblieben. Merkwürdig. Hatte sie sich das helle Licht nur eingebildet? Nein, auf keinen Fall, entschied sie. Sie ging ein Stück zur Seite, damit sie niemandem im Weg stand und schaute sich um.

Alles sah ganz normal aus. Die Passanten hasteten an ihr vorbei, der Verkehr auf der Straße war dicht und laut. Die Türen des

Busses schlossen sich eben wieder, er fuhr an. Hanna seufzte enttäuscht. Das kam davon, wenn man sich ablenken ließ.

Eine warme Brise strich wie mit Fingern über Hannas Haut, verlangte ihre Aufmerksamkeit und flüsterte ihr etwas zu, ließ ihr keine Ruhe. Sie musste etwas tun, etwas Wichtiges, und es musste schnell geschehen, sonst war die Gelegenheit vertan. Es war nicht beängstigend, nur... seltsam, vor allem weil sie genau wusste, wie sie reagieren sollte. Mit weichen Knien drehte sie sich langsam zu dem kleinen Park um. Diesmal brauchte sie nicht zu suchen.

Ein Stück zurückgesetzt, kaum berührt von den grellen Lichtern der Großstadt, stand ein alter Apfelbaum, dessen Blüten kurz davor waren sich zu öffnen. Es hätte unmöglich sein müssen seinen Duft aufzufangen und doch atmete ihn Hanna mit dem nächsten Atemzug tief ein. Sobald ihr Blick auf diesen Baum gefallen war, existierte nichts anderes mehr. Selbst der Verkehrslärm verschwand.

Der junge Mann schien direkt aus dem Baum herauszutreten. Er löste sich aus seinem Schatten, machte einen Schritt nach vorn und blieb dann stehen, als habe ihn der Mut verlassen. Er sah sich unbehaglich um und dann hatte er Hanna entdeckt. Genauso wie sie nicht wegschauen konnte, war er ebenfalls nicht imstande den Blick zu lösen.

Die gesamte Haltung des Mannes strahlte Anspannung aus. Er war groß und schlank mit breiten Schultern und schmalen Hüften, wirkte durchtrainiert. Sein dunkelblondes, welliges Haar fiel ihm weit in den Nacken. Seine Kleidung war sauber und ordentlich, aber ungewöhnlich. Die eng geschnittene Hose bestand aus einem weichen Leder, das weite, weiße Hemd bauschte sich darüber. Der schwarze Mantel hatte keine Ärmel, er war mehr ein Umhang, den er sich über die Schultern geworfen hatte. Der Fremde war jung, sicherlich kaum älter als Hanna, hatte ein kantiges Gesicht mit hoch angesetzten Wangenknochen und strahlend blaue Augen, die in einem inneren Licht zu leuchten schienen. Dieses Licht war nur auf Hanna gerichtet und hielt sie fest.

Der Mann bewegte sich zuerst. Er machte einen Schritt nach vorn, dann hob er die Hand, als wollte er sie Hanna entgegenzustrecken, ließ sie aber gleich wieder sinken. Ohne darüber nachzudenken ging sie auf ihn zu. Flüchtig wunderte sie sich, was sie da tat, aber der Gedanke verschwand sofort wieder. Sie redete nicht mit Fremden, es lag ihr nicht Leute einfach anzusprechen, aber jetzt zögerte sie nicht. Als sie ihn fast erreicht hatte, hob der Mann die Hand zum zweiten Mal und Hanna ergriff sie, als sei es das Natürlichste von der Welt.

Er hielt ihre Finger so fest, dass sie sie nicht fortziehen konnte, aber er tat ihr nicht weh. Seine Hand kam ihr riesengroß vor und war angenehm warm. Vorsichtig zog er sie näher, bis sie nur noch einen kleinen Schritt von ihm entfernt war. Sein Blick ließ sie nicht los, er sah sie unverwandt an, bis sie das Gefühl hatte in dem blauen Licht zu ertrinken. „Deine Augen sind grün", murmelte er mit tiefer, traumverlorener Stimme. „Ich habe noch nie jemanden mit grünen Augen gesehen."

Hanna blieb reglos stehen. Seine Nähe überwältigte sie, sie wusste nicht, was sie sagen sollte. „Wer bist du?", flüsterte der Mann. „Warum bist du die einzige, die mich sehen kann?"

Sie antwortete nicht, sie konnte ihn nur anschauen. Er wartete ein paar Atemzüge lang ab, dann legte er den Arm um sie, zog sie mit sich in den Schatten des Baumes und beugte sich zu ihr hinunter. „Sag mir deinen Namen", bat er schmeichelnd.

„Hanna." Sie brachte nur ein heiseres Flüstern zustande. Erst als sie sich räusperte, wurde es besser. „Ich heiße Hanna Berger."

„Hanna." Er ließ ihren Namen über seine Zunge rollen, kostete ihn, genoss ihn. Als er an ihr vorbei einen schnellen Blick zur Straße hinüberwarf, schlossen sich seine Finger kurz etwas fester um ihre Hand. „Was ist das für ein Ort? Wo bin ich hier?"

Was für eine seltsame Frage. Hanna runzelte die Stirn. „In Berlin. Mitten in der Stadt."

Er blinzelte. Sie hätte schwören können, dass sie einen Moment lang Furcht in seinem Blick sah. „Eine Stadt? So eine Stadt habe ich noch nie gesehen. Das Licht ist zu hell und der Lärm ist entsetzlich."

Hanna zuckte heftig zusammen. Die angenehme Benommenheit verschwand, ihr Verstand begann wieder zu arbeiten. Was tat sie hier eigentlich? Sie kannte diesen Mann nicht, wusste nichts über seine Absichten, trotzdem ließ sie zu, dass er sie festhielt. Viel dümmer konnte man sich kaum verhalten. Sie musste sofort verschwinden.

Der Mann gab Hanna ohne zu zögern frei, als sie einen Schritt nach hinten machte. Sie wagte es nicht, ihm noch einmal in die Augen zu schauen, damit sie nicht wieder unter diesen seltsamen Bann geriet, der sie jede Vorsicht vergessen ließ. „Ich muss nach Hause", stieß sie hervor und wandte sich mit gesenktem Kopf ab. Aber gerade als sie endlich die Kraft fand sich tatsächlich in Bewegung zu setzen, begann er wieder zu sprechen.

„Geh bitte noch nicht. Ich bin fremd hier und ganz allein. Ich schwöre bei meinem Leben, dass ich dir nichts antun werde. Du brauchst keine Angst zu haben."

Er klang so traurig und verloren, dass es wehtat. Bevor Hanna darüber nachdenken konnte, war sie schon stehengeblieben und drehte sich zu ihm um. Er hielt ihr wieder die Hand entgegen, kam aber nicht näher. Hanna beschloss zu bleiben, wo sie war. Wenn er wirklich Hilfe brauchte, würde sie sehen, was sie tun konnte, aber auf mehr durfte sie sich nicht einlassen.

„Wohin willst du? Hast du dich verlaufen?"

Er stieß ein trockenes Lachen aus. „Mehr als du dir vorstellen kannst. Bitte bleib, nur für einen Moment."

Sie nickte, vergrößerte den Abstand aber noch ein bisschen. Er schien ihre Furcht zu spüren, denn er ließ die Hand sinken und blieb still stehen. „Wohin willst du? Berlin ist die Hauptstadt. Von hier aus kannst du an jeden Ort der Welt gelangen."

„An jeden Ort in deiner Welt", platzte er heraus und biss sich im nächsten Moment auf die Lippen. Es war zu spät, sie hatte es gehört.

Hanna wurde kalt. Was stimmte nicht mit diesem Mann? Sie sollte fortlaufen, so schnell und so weit sie konnte, aber ihre Beine verweigerten ihr schon zum zweiten Mal den Dienst. „Wie meinst du das?", fragte sie unsicher und verstand sich selber nicht. Ihr Blick glitt über seine Kleidung, die zu bestätigen schien, was er gerade gesagt hatte.

Er senkte den Kopf und schluckte schwer, kämpfte offensichtlich mit sich. Als er die Fäuste fest ballte, spannten sich sämtliche Muskeln seiner kräftigen Arme an. Sie sah ihm an, welche Mühe es ihn kostete wieder loszulassen. Erst als er es geschafft hatte, hob er den Blick. „Meine Heimat ist ganz anders als deine", sagte er heiser. „Ich schaue mich um, aber ich verstehe nicht, was ich sehe."

„Wie bist du dann hierhergekommen?", fragte sie verblüfft.

Er presste kurz die Lippen zusammen, offensichtlich unsicher, ob er antworten sollte oder nicht. „Ich bin durch den Baum gekommen. Direkt aus meiner Welt in deine."

Das war jetzt wirklich zu viel. Hanna schnappte nach Luft und wich langsam Schritt für Schritt zurück. Dieser Mann war verrückt, vielleicht sogar gefährlich. Doch als sie sich ein Stück entfernt hatte, beging sie den Fehler ihm noch einmal in die Augen zu sehen. Das blaue Feuer war noch da, es hielt sie fest, versengte sie. Darunter lag eine Ernsthaftigkeit, die unmöglich gespielt ein konnte. „Ich lüge nicht und ich habe auch nicht den Verstand verloren. Ich verstehe es selber noch nicht ganz, aber es ist die Wahrheit."

Hanna schluckte. Das kleine bisschen hart erarbeitete Vernunft löste sich schon wieder in Luft auf. Dazu kam die felsenfeste Überzeugung, dass sie wirklich keine Angst haben musste. Natürlich gab es keinen Beweis dafür, aber sie wusste es trotzdem. Sie wollte nicht gehen. Sie wollte mehr erfahren. „Ist deine Welt denn so anders?"

Sein Lachen klang eher unbehaglich als fröhlich. „Viel weniger Menschen und keine... Pferde aus Metall." Er wies mit dem Kinn in Richtung der Straße. „Nicht so viel Lärm und weiches Licht von Fackeln oder Kerzen."

„Oh." Das klang nach einem ruhigen, zurückgezogenen Leben. Kein Wunder, dass die Großstadt ein Schock für ihn war. „Dann muss das hier schrecklich für dich sein. Was wirst du jetzt tun?"

Er schüttelte den Kopf und presste kurz die Lippen zusammen. „Ich muss wieder zurück. Aber ich möchte dich wiedersehen, Hanna Berger. Ich komme morgen zur selben Zeit wieder hierher. Erfüllst du mir diesen Wunsch?"

Aufregung machte sich in Hanna breit, aber ein bisschen Furcht kam auch zurück. „Vielleicht", sagte sie zögernd.

Er starrte sie an und als sie nichts hinzufügte, nickte er schließlich. „Ich werde hier sein", sagte er nachdrücklich und ließ es wie ein heiliges Versprechen klingen. „Bis morgen, Hanna." Dann wandte er sich ab und ging auf den Baum zu.

Er hatte ihn fast erreicht, als Hanna aus ihrer Erstarrung erwachte. „Warte! Du hast mir deinen Namen nicht gesagt."

Er blickte mit einem Lächeln über die Schulter zu ihr zurück. „Raine. Mein Name ist Raine." Im nächsten Augenblick war er verschwunden.

Der nächste Tag erschien Hanna endlos lang. Sie war gleichzeitig aufgeregt und ängstlich und fand nicht in ihre normale Routine hinein. Die Vorlesungen rauschten an ihr vorbei, sie hörte kaum zu. In den Pausen lief sie herum wie ein Geist und reagierte nicht, wenn sie angesprochen wurde. Das Essen in der Mensa hätte sie sich sparen können, sie brachte kaum etwas herunter. Die verwunderten Blicke, die sie überall erntete, bemerkte sie nicht.

Obwohl sie den ganzen Tag über gegrübelt hatte, war sie noch zu keiner Entscheidung gekommen, als es Zeit wurde nach Hause zu gehen. Ihr Verstand schrie ihr die ganze Zeit über zu, dass sie auf keinen Fall wieder in den Park gehen durfte. Sie war nicht dumm, sie wusste genau, dass sie sich damit in Gefahr begab. Jeder, den sie um Rat fragen könnte, würde ihr das bestätigen. So einfach war es aber leider nicht. Sie sehnte sich danach Raine wiederzusehen. Das Treffen im Park war wahrscheinlich ihre einzige Chance.

Raine. Der Name hatte einen guten Klang, sie mochte ihn. Woher er wohl wirklich kam? Hannas durch und durch logischer Verstand sagte ihr, dass seine wilde Geschichte unmöglich stimmen konnte. Andere Welten, also wirklich! Andererseits waren seine Verwirrung und seine Furcht echt gewesen, da war sie sich sicher. Was, wenn er tatsächlich nicht gelogen hatte?

Hannas letzte Vorlesung endete an diesem Tag eine Stunde früher. Fuhr sie danach direkt nach Hause, war sie längst fort und in Sicherheit, falls er tatsächlich zurückkam. Ja, genau das sollte sie tun, sagte sie sich immer wieder. Stattdessen trödelte sie herum und fand ständig neue Ausreden, warum sie sich nicht rechtzeitig auf den Weg machen konnte. Als sie endlich an der

Haltestelle ankam, war der Bus schon lange weg. Pech gehabt, beschwichtigte sie sich, obwohl sie genau wusste, dass sie sich selber belog. Vor Aufregung schwirrte ihr der Kopf, aber sie wandte sich nicht in Richtung des Parks um. Sie zog die Schultern hoch und sah stur nach vorn. Bald würde sie es wissen. Wenn Raine tatsächlich etwas an ihr lag, musste er den Schritt von sich aus tun.

Sie hörte ihn nicht kommen. Er trat an ihre Seite, blieb stehen und starrte den dichten Verkehr an, der sich nur ein paar Schritte vor ihnen vorbeiwälzte. Sie sah ihm an, wie unbehaglich ihm zumute war, trotzdem war er für sie aus den Schatten herausgekommen. Mit einem tiefen Seufzen drehte er sich zu ihr um und lächelte sie an.

Seltsam. Mindestens zehn Leute warteten an der Haltestelle, aber niemand sah ihn an. Die ältere Frau neben Hanna war einen Schritt zur Seite getreten und hatte Raine Platz gemacht, obwohl Hanna sicher war, dass er sich nicht durchgedrängelt hatte. Genau wie alle anderen hielt die Frau Abstand. Sie hätten genauso gut allein sein können.

Raines Lächeln vertiefte sich, als Hanna mit großen Augen zu ihm aufsah, dann hob er die Hand und streckte sie ihr entgegen. Es gefiel ihr, dass er ihr die Entscheidung überließ, ob sie die Einladung annahm oder nicht. „Danke, dass du gekommen bist", sagte er leise, dann huschte sein Blick wieder zur Straße und er schauderte. „Bitte geh mit mir zu den Bäumen. Hier gefällt es mir nicht."

Hanna griff ohne zu zögern nach seiner Hand. All die logischen Argumente, die ihr vorher durch den Kopf gegangen waren, hatten keine Bedeutung mehr. Raine war zu ihr gekommen. Er hatte sich für sie aus seiner Deckung herausgewagt. Diese Probe hatte er mit Bravour bestanden.

Als sie die Menge hinter sich ließen und den Park betraten, schien der Verkehrslärm zu verblassen. Raine steuerte auf denselben Apfelbaum zu wie beim letzten Mal. Als sie unter die ausladende Krone traten, ließ er ihre Hand nicht los, kam aber auch nicht näher. Sie konnte zusehen, wie er sich entspannte. „Ich bin so froh, dass du gekommen bist", wiederholte er noch einmal und sah ihr fest in die Augen. „Die Nacht war furchtbar lang und ich konnte nicht schlafen. Ich hatte Angst, du könntest einfach nur ein schöner Traum gewesen sein."

Sie lachte leise und seine Hand schloss sich fester um ihre Finger. Sie fühlte sich rauer und härter an, als sie es gewohnt war. Waren das etwa Schwielen? „Mir ging es ähnlich", gab sie zu.

Sein Blick wurde ernst. „Ich hatte Angst, du fürchtest dich zu sehr um noch einmal in meine Nähe zu kommen. Ich würde dir nie etwas tun, das musst du mir glauben. Ich habe dich nicht angelogen und ich bin auch nicht verrückt. Meine Gabe hat sich ganz plötzlich gezeigt. Ehrlich, ich hatte keine Ahnung, dass ich zwischen den Welten wandern kann."

Das klang schon wieder seltsam. „Deine Gabe?"

„Alle meine Brüder haben eine Gabe, nur ich schien ohne geboren worden zu sein", sagte er ernsthaft.

„Wie viele Brüder hast du denn?", fragte sie, weil sie nicht wusste, wie sie darauf reagieren sollte.

„Fünf und..." Er verstummte plötzlich, seine Augen wurden dunkel vor Schmerz.

„Was ist geschehen?", flüsterte Hanna.

„Meine Schwester ist tot. Es ist noch nicht lange her." Sein Ton wurde forsch. Er wollte nicht, dass sie weiter nachfragte.

„Das tut mir leid." Es schien ihr keine gute Idee zu sein ihn zu drängen. „Können deine Brüder auch hierherkommen?", wechselte sie schnell wieder das Thema.

„Nein. Sie können andere Dinge." Er atmete tief durch. „Lass uns jetzt nicht davon sprechen. Ich kann nicht allzu lange bleiben. Erzähl mir von deiner Welt."

„Was willst du denn wissen?", fragte Hanna leicht atemlos.

Plötzlich lachten seine Augen wieder. „Alles."

Von diesem Zeitpunkt an trafen sich Hanna und Raine jeden Tag. Meistens blieb ihnen nur eine Stunde, aber umso kostbarer war diese Zeit. Am Wochenende erfand Hanna Ausreden, warum sie am Abend in die Stadt musste. Ihre Eltern schmunzelten und dachten sich ihren Teil. Sie sorgten dafür, dass Hanna mit einem

Taxi nach Hause fuhr, damit sie sich keine Sorgen machen mussten. Irgendwann würde ihre Tochter ihnen den jungen Mann vorstellen. Sie freuten sich darauf. Im Moment allerdings gab sie noch nicht einmal zu, dass sie sich überhaupt mit jemandem traf.

Hanna war so glücklich wie noch nie zuvor in ihrem Leben und Raine schien es nicht anders zu gehen. Als er sie zum ersten Mal küsste, hatte sie das Gefühl im Himmel zu sein und wollte ihn am liebsten überhaupt nicht wieder fortgehen lassen. Aber auch diese Stunde verging und sie mussten sich einmal mehr trennen.

In der folgenden Nacht schlief Hanna kaum. Jetzt waren sie zusammen, jetzt konnte sie nichts mehr trennen. Den ganzen nächsten Tag dachte sie nur daran, dass sie Raine am Abend wiedersah und fieberte dem Moment entgegen.

Der Abend kam und Hanna wartete im Park. Sie war zu früh, aber sie hatte es einfach nicht länger ausgehalten. Ungeduldig und nervös sah sie immer wieder auf die Uhr, als die festgesetzte Zeit verstrich und er nicht auftauchte. Er war noch nie zu spät gekommen, nicht ein einziges Mal. Nach einer Viertelstunde wurde sie ungeduldig, nach einer halben besorgt. Nach zwei Stunden war sie wütend genug um in den Bus zu steigen ohne sich noch einmal umzusehen. Er hatte sie versetzt.

Die Wut hielt nicht lange an. Es musste einen Grund geben, warum Raine nicht gekommen war. Vielleicht war er aufgehalten worden, vielleicht hatte er den richtigen Zeitpunkt verpasst. Sie beschloss am nächsten Tag wieder am Treffpunkt zu sein. Sicherlich kam er dann und erklärte ihr alles.

Raine tauchte weder am nächsten Tag noch in der folgenden Woche auf. Hanna war verzweifelt. Sie wusste nicht, was sie davon halten sollte und schwankte die ganze Zeit zwischen Hoffnung, Angst und Verzweiflung. Wie unter Zwang kehrte sie jeden Tag in den Park zurück. Sie konnte nicht anders.

Am Abend des neunten Tages trat Raine endlich wieder aus den Schatten. Er sah völlig erschöpft aus. In seinem blassen Gesicht wirkten die dunklen Ringe unter den Augen wie Blutergüsse. Die Traurigkeit, mit der er sie ansah, presste ihr das Herz zusammen. Wortlos zog er sie in seine Arme und hielt sie, so fest er konnte. „Ich liebe dich, Hanna Berger“, flüsterte er direkt an ihrem Ohr. Es waren die Worte, nach denen sie sich gesehnt hatte, aber nun machten sie ihr Angst.

Sie lehnte sich in seine Umarmung und klammerte sich an ihm fest. „Etwas ist geschehen. Sag es mir!“

Er ließ ihr so viel Raum, dass sie den Kopf heben und zu ihm aufsehen konnte. Alles, was sie in seinem Blick erkennen konnte, war Schmerz. „Ich kann es dir nicht sagen. Es hat nichts mit deiner Welt zu tun. Für dich darf es keine Rolle spielen.“

Sie hielt die Luft an und dachte darüber nach. Eine bittere Vorahnung stieg in ihr auf. „Wie meinst du das? Ich liebe dich und will mit dir zusammen sein. Alles, was mit dir passiert, geht mich etwas an.“

Er schüttelte den Kopf und rang sichtlich darum, die richtigen Worte zu finden und es ihr vorsichtig beizubringen. Es gelang ihm nicht. „Ich kann nicht mehr zu dir kommen. Es ist vorbei.“

Sie hatte es geahnt, aber es zu hören war trotzdem ein Schock. Es tat so weh, dass sie kaum noch atmen konnte. „Warum?“, flüsterte sie. „Wenn du mich wirklich liebst, finden wir einen Weg.“

Ein Ruck ging durch seinen Körper. Er warf den Kopf in den Nacken und starrte für ein paar Atemzüge in die Krone des Apfelbaums hinauf. „Ich werde dich lieben bis zu dem Tag, an dem ich sterbe“, stieß er brüchiger Stimme hervor. „Es wird keine andere geben. Trotzdem muss ich dich verlassen.“

Er meinte es völlig ernst. Wenn sie ihm wirklich so wichtig war, wie konnte er dann so denken? „Nimm mich mit“, platzte sie heraus. „Mich hält hier nichts. Ich will bei dir sein.“

Er legte seine Hand an ihre Wange, seine Augen schimmerten feucht. „Du hast mir gerade ein unglaubliches Geschenk gemacht. Ich werde deine Worte nie vergessen.“ Er ließ seine Stirn gegen ihre sinken. „Ich kann dich nicht mitnehmen. In den letzten Tagen habe ich ununterbrochen nach einer Lösung gesucht. Du gehörst in diese Welt und hast nicht meine Gabe. Meine Welt kannst du nicht betreten. Nicht, solange du lebst.“

Als Raine heftig zusammenzuckte, wurde Hanna klar, dass ihm mehr herausgerutscht war, als er vorgehabt hatte. Sie stürzte sich sofort darauf. „Wie meinst du das?“

In seinen Augen stand ein Ausdruck, der ihr nicht gefiel. „Bitte, Hanna, lass es gut sein. Ich hätte das nicht sagen dürfen."

Sie war viel zu verzweifelt um sich zu fürchten. „Wenn es eine Möglichkeit gibt, muss ich es wissen. Sag es mir!"

Statt zu antworten biss er die Zähne zusammen. Ihre Anspannung ließ sie heftiger reagieren, als angemessen gewesen wäre. „Hast du mich die ganze Zeit angelogen?", fauchte sie ihn an. „Erzählst du mir nur eine deiner Geschichten, damit ich nicht merke, dass du die Nase von mir voll hast?"

„Nein", sagte er leise. „Ich würde alles dafür geben, mit dir zusammen sein zu können."

„Beweis es. Sag mir, was ich wissen muss."

Als er sah, dass sie nicht nachgeben würde, seufzte er tief. „Wenn du dein Leben zu Ende gelebt hast, wenn du irgendwann stirbst, dann kann sich deine Seele dafür entscheiden in meiner Welt weiterzuleben. Allerdings müsstest du es dann immer noch wollen."

Ihre Augen wurden groß. „Ich muss erst sterben, bevor wir uns wiedersehen können?"

Er senkte den Kopf und nickte langsam. „Du bist noch so jung. Vergiss, was ich gesagt habe. Es gibt keine Möglichkeit."

Sie schien ihm gar nicht zugehört zu haben. „Ich bin neunzehn. Bis ich an Altersschwäche sterbe, bist du auch sehr alt."

Er schüttelte den Kopf. „Die Zeit verläuft zwischen unseren Welten nicht parallel. Deine gesamte Lebensspanne wäre für mich nur ein Jahr oder etwas mehr."

„Was müsste ich tun, wenn es soweit ist? Ich kann nicht wie du einfach eine Tür aufmachen."

„Ich kann sie einen Spaltbreit für dich geöffnet lassen. Dann würde es ausreichen, dass du dich für mich entscheidest und an mich denkst."

„Wirst du das tun? Versprichst du es mir?"

Er sah sie forschend an, bevor er antwortete. „Ja. Ich gebe dir mein Wort darauf, aber es ist keine gute Idee. Dein ganzes Leben liegt noch vor dir. Für dich wäre es eine sehr, sehr lange Zeit."

„Bis dahin habe ich längst den Verstand verloren."

Er zog sie wieder ganz an sich heran und drückte ihren Kopf an seine Brust. „Du musst erst leben, bevor du sterben kannst. Wirf das nicht weg."

„Raine, das ertrage ich nicht. So lange warte ich auf keinen Fall."

Seine Arme schlossen sich so fest um sie, dass ihr fast die Luft wegblieb. Seine Hand wanderte zu ihrer Stirn und strich langsam über ihre Augen bis zu ihrem Mund, der sich sofort öffnete. Bevor sie etwas sagen konnte, schob er etwas Kleines, Bitteres zwischen ihre Zähne. Ihr Körper wurde schlaff. Er drückte ihn an sich, damit sie nicht zu Boden ging.

„Das kann ich nicht zulassen", murmelte er, obwohl sie ihn nicht mehr hören konnte. „Ich will nicht, dass du dein ganzes Leben lang leidest oder dir selbst den Tod bringst. Lebe und werde glücklich, Hanna. An mich kannst du dich nicht mehr erinnern. Du bist mir nie begegnet."

Er sah auf ihr friedliches Gesicht hinunter und es zerriss ihm das Herz. Sie schien in seinen Armen zu schlafen. Was er ihr angetan hatte, war nicht richtig, aber es war besser als zu riskieren, dass sie ihr Leben wegwarf. „Verzeih mir, Hanna. Es ist die einzige Möglichkeit."

Es dauerte ein paar Minuten, bis Hanna wieder zu sich kam und die Augen öffnete. Raine stellte sie sicher auf die Füße und trat zurück. Sie sah sich nicht nach ihm um, als sie langsam auf die Straße zu ging. Ihre ersten Schritte wirkten steif, aber als sie den Park verließ, bewegte sie sich wieder so anmutig wie immer. Raine sah ihr nach, bis sich die Türen des Busses hinter ihr schlossen und sie aus seinem Leben verschwunden war. Erst dann trat er in den Schatten des Baumes zurück.

Hannas Gesicht war nass, als sie erwachte. Sie konnte die Tränen nicht fortwischen, aber sie war dankbar, dass sie fließen konnten. Es war dunkel im Zimmer, die Sonne war noch nicht aufgegangen. Nur das Nachtlicht erhellte den Raum ein wenig.

Sie hatte es zurückbekommen, das fehlende Stück ihres Lebens. Es erklärte so vieles. Sie hatte oft an sich gezweifelt und nicht verstehen können, warum sie unfähig war sich an einen Partner zu binden. Jetzt kannte sie den Grund.

Raine hatte ihr die Erinnerung mit Magie genommen, doch ein kleiner Teil davon schien überlebt zu haben, eine instinktive Ahnung, die dafür gesorgt hatte, dass sie keinen anderen Mann akzeptieren konnte. Sie hatte immer geglaubt, dass etwas mit ihr nicht stimmte, dass sie völlig bindungsunfähig war. In Wirklichkeit war es das sichere Wissen gewesen, dass sie bereits für alle Zeit gebunden war.

Sie verstand, warum Raine so gehandelt hatte. Er hatte sie richtig eingeschätzt, sie hätte ihr Leben weggeworfen um schneller bei ihm zu sein. Irgendwann hätte die Sehnsucht sie so sehr zermürbt, dass sie alles hinter sich gelassen hätte. Raine hatte sie genug geliebt um ihr das zu ersparen. Doch jetzt hatte sie die Erinnerung zurückbekommen und konnte ihre Wahl treffen. Er hatte versprochen die Tür für sie offen zu lassen. Sie zweifelte keinen Moment daran, dass er sein Versprechen gehalten hatte.

Hanna bat schon seit Wochen darum, dass ihr Leben endlich endete. Jetzt sah sie dem Tod noch offener entgegen. Ihr Entschluss stand fest. Sie würde versuchen zu Raine zu gelangen.

In den nächsten Stunden überließ Hanna sich ganz ihren Erinnerungen und schlief dazwischen immer wieder ein. Nichts störte ihren Schlaf und den Abschied von der Welt, in der sie so viele Jahre gelebt hatte, nichts machte ihr Angst. Als sie das nächste Mal die Augen aufschlug, beugte sich der Mann, der ihr die Erinnerung zurückgegeben hatte, über sie und lächelte sie an. Er öffnete sanft ihre rechte Hand, legte etwas hinein und schloss ihre Finger darum. Als sie es schaffte den Kopf ein wenig zu drehen, sah sie, dass es ein Zweig mit weit geöffneten Apfelblüten war. „Gute Reise, Hanna", glaubte sie zu hören, doch als sie den Blick hob, war sie wieder allein.

Der Tod kam in seiner freundlichsten Form zu Hanna Berger. Eine tiefe Müdigkeit zog sie immer tiefer hinab. Irgendwann hörte ihr Herz in dieser warmen, freundlichen Dunkelheit auf zu schlagen. Ihre Seele war frei und begab sich auf die Reise.

3. Kapitel

Raine sprang auf die Füße und schleuderte den Speer mit aller Kraft. Der Wurf gelang, trotzdem war er einen Moment zu spät gekommen. Die Waffe traf die Katze in die Brust und fuhr ihr tief in den Leib, doch ihren Schwung konnte sie nicht mehr bremsen. Das große Tier prallte gegen Raine, warf ihn auf den Rücken und brach über ihm zusammen. Die Krallen der Katze bohrten sich im Todeskampf tief in ihn hinein.

Raine stöhnte vor Schmerz und versuchte sich von dem toten Gewicht zu befreien. Der Kampf war noch nicht vorbei, er musste schnell wieder auf die Beine kommen. Sie standen einer Übermacht gegenüber. Nicht weniger als zehn Karon hatten das Dorf angegriffen, dem er zusammen mit seinen Brüdern zu Hilfe gekommen war. Sie hatten sechs für den Kampf abgerichtete Katzen mitgebracht, große und brandgefährliche Tiere. Ließ man sie zu nah heran, hatte man kaum eine Chance.

Es war ihm gerade erst gelungen, den Körper der toten Katze von sich herunterzurollen, als er zwei feindliche Krieger auf sich zu rennen sah. Er kam auf die Füße, verdrängte den Schmerz so gut es ging und zog das Schwert. Die beiden Karon erreichten ihn viel zu schnell und nahmen ihn in die Zange. Er schickte ein kurzes Stoßgebet zu den Göttern, die ihn schon lange nicht mehr zu hören schienen und warf sich in den Kampf.

Er täuschte an, als wollte er sich dem rechten Gegner zuwenden, nutzte dessen winziges Zögern um sich im letzten Moment abzuwenden und den Mann zu seiner Linken hart zu treffen. Er erwischte das Handgelenk voll und durchschlug es. Die Waffe des Gegners fiel zusammen mit der Hand zu Boden. Der Mann brüllte vor Schmerz und Überraschung und taumelte zurück, wenigstens vorübergehend außer Gefecht gesetzt. Raine war schon wieder in Bewegung und schaffte es fast, dem Hieb des zweiten Mannes auszuweichen. Leider nur fast. Die Klinge glitt zwar ab, zog aber eine tiefe Furche in seinen linken Oberarm. Er zischte vor Schmerz und ging dann selbst zum Angriff über. Jetzt musste er es schnell zu Ende bringen, bevor die Wunden ihn zu sehr schwächten.

Die Karon waren keine schlechten Kämpfer, aber nach Raines Meinung verließen sie sich zu sehr auf ihre Katzen. Normalerweise kamen sie erst näher, wenn die Tiere schon den größten Teil der Arbeit getan hatten. Sie kämpften nicht zum ersten Mal gegen die Karon, sie wussten Bescheid, deshalb versuchten sie, so viele Katzen wie möglich auf Distanz durch Pfeile und Speerwürfe auszuschalten. Sie waren zwar in der Unterzahl, aber dafür hatten sie wesentlich mehr Kampferfahrung als ihre Gegner. Raine hörte Kierans triumphierenden Schrei und hätte fast gegrinst. Sein ältester Bruder war eine Klasse für sich. An ihm kam niemand vorbei.

Mit schnellen, harten Schlägen trieb Raine seinen Gegner zurück. Der vierte Hieb in Folge überwand die Deckung des Mannes und fuhr ihm tief in den Leib. Der Karon ging zu Boden. Für ihn war der Kampf zu Ende.

Ein Schrei ließ Raine herumfahren, aber er musste nichts mehr tun. Der Mann, dem er die Hand abgeschlagen hatte, brach direkt vor ihm zusammen, einen Dolch in der immer noch erhobenen Linken. Hinter ihm tauchte Wulf mit blutverschmiertem Gesicht auf. „Das war knapp, kleiner Bruder“, murmelte er. „Viel zu knapp.“

Er hatte Recht. Wäre Wulf ihm nicht rechtzeitig zu Hilfe gekommen, hätte Raine keine Chance gehabt. In letzter Zeit wurden die Abstände zwischen den Kämpfen immer kürzer, sie hatten kaum noch Zeit sich zu erholen und das forderte seinen Preis. Schon eine kleine Unachtsamkeit konnte das Ende bedeuten. Inzwischen hatten sie alle einen bitteren Humor entwickelt, weil keiner von ihnen zu lange darüber nachdenken wollte.

Wulf war nur ein gutes Jahr früher zur Welt gekommen als Raine, sie standen sich altersmäßig am nächsten. Raine winkte müde ab. „Ich will nicht, dass du denkst, ich käme ohne dich zurecht.“ Wulf lachte, weil es von ihm erwartet wurde und verbarg so sein Unbehagen. Ein tiefer Kratzer zog sich über seine Stirn und wurde halb von dem zu langen, dunkelbraunen Haar verdeckt, das ihm in die Augen fiel. Er wischte es mit einer ungeduldigen Bewegung zur Seite.

Wulf war der größte der sechs Brüder und hatte Bärenkräfte, bewegte sich aber trotz seiner massigen Statur erstaunlich leichtfüßig. Mit seinen kantigen, strengen Zügen sah er aus, als sei er für den Krieg geboren worden. Dieser Eindruck täuschte, denn er besaß eine sanfte Seele. Keiner von ihnen wollte diese Kämpfe, doch für Wulf war es am schlimmsten. Hätte es eine andere Möglichkeit gegeben, hätte er alles getan um sie zu verhindern. Dass ihm das trotz seiner Gabe nicht gelang, machte es noch schlimmer.

Die beiden wandten sich zusammen um. Der Kampf war vorbei, kein einziger Karon war noch auf den Beinen. Raine suchte den Kampfplatz ab, dann atmete er erleichtert auf. Alle seine Brüder standen mehr oder weniger aufrecht, niemand schien allzu schwer verletzt zu sein.

Nur durch einen glücklichen Zufall waren die Prinzen noch rechtzeitig gekommen um die Dorfbewohner vor den Karon zu schützen. Ein Hirte hatte in einem Bachbett die Spur einer großen Katze entdeckt und sofort Alarm gegeben. Die Menschen in dieser Region wussten, dass sich das Versteck der Prinzen in der Nähe befand. Es war ein offenes Geheimnis, das allerdings niemand von ihnen preisgeben würde. Sie waren den Prinzen dankbar, weil sie für sie kämpften, wenn sie angegriffen wurden. Andere Hilfe bekamen sie nicht, der König reagierte nicht auf ihre Bitten. Keiner seiner Wächter ließ sich an der Grenze blicken.

Wie viel die Prinzen ausrichten konnten, wenn der Ernstfall eintrat, hing davon ab, wie schnell der Ruf sie erreichte. Die Entfernungen waren groß, meistens wurde die Zeit knapp. Nicht nur die Karon griffen immer wieder an. Auch andere Stämme hatten begriffen, wie schwach Fennmark geworden war und versuchten ihr Glück.

Wulf zog sich Raine unverletzten Arm über die Schultern. „Wie schlimm ist es? Die Katze hat dich ganz schön zugerichtet."

Raine sah an sich hinunter. Die scharfen Krallen des Tieres hatten den Lederharnisch zerschnitten, als sei er nicht dicker als der Stoff eines Hemdes. Die Wunden darunter bluteten und brannten, behinderten ihn aber nicht allzu sehr. „Es geht schon", brummte er, wies aber die Hilfe seines Bruders nicht zurück. Langsam gingen sie zu den anderen hinüber.

Titus hatte eine Verletzung am Bein. Sein übliches Grinsen wirkte ein bisschen angestrengt, unter den dunklen Bartstoppeln war seine Haut blasser als sonst. Dem lebhaften Blick seiner blaugrünen Augen entging nichts. Wer Titus nicht kannte, unterschätzte ihn leicht, weil man den Eindruck bekommen konnte, dass er nichts ernst nahm. Er verstand es meisterhaft diese Fehleinschätzung zu seinem Vorteil zu nutzen. Auf seinen wendigen, listigen Verstand und seine Loyalität war unbedingt Verlass.

Jaron war gerade dabei Titus einen provisorischen Verband anzulegen. Wenn sie zurück in ihrem Unterschlupf waren, konnte er sich gründlicher um die Wunden kümmern und die Umschläge aus Heilkräutern zubereiten, auf die sich niemand so gut verstand wie er. Im Gegensatz zu Titus hatte er dunkelblondes Haar und braune Augen, die Farben ihrer Mutter. Genauso wie Raine und Titus besaß er auch den leichteren Körperbau, der von dieser Familienseite kam. Er war ruhig und besonnen und ließ sich nicht so leicht in Zorn versetzen, aber wenn es doch geschah, musste man sich vor ihm in Acht nehmen, denn dann überschritt er ohne Zögern jede seiner Grenzen. Wären die Zeiten anders, hätte er sich längst ganz und gar der Heilkunst verschrieben. In diesem Kampf war er ebenso wie Kieran, Diemas und Wulf mit Schrammen und blauen Flecken davongekommen. Zum Glück, denn es würde sicher nicht lange dauern, bis man sie wieder rief.

Diemas stand neben Kieran und sicherte ihn ab. Sein schwarzes, im Nacken leicht gekräuseltes Haar bildete einen überraschenden Gegensatz zu seinen hellen, blauen Augen. Seine kühle Gelassenheit ließ ihn selten im Stich und machte ihn zu einem gefährlichen Gegner. Mit seiner massigen, kräftigen Gestalt stand er seinem ebenfalls dunkelhaarigen ältesten Bruder in nichts nach, doch ihr Temperament war grundverschieden. Kieran verstand viel von Strategie und Diplomatie, aber er musste ständig gegen seine Ungeduld und den schnell auflodernden Zorn ankämpfen. Ließ er ihm die Zügel schießen, war er oft nicht mehr zu bremsen. Dann wurde er zu einer Naturgewalt, an der so schnell niemand vorbeikam.

Kieran beugte sich über den einzigen Überlebenden der Karon, dem er Fesseln angelegt hatte. Der Mann hatte eine blutige

Schulter, war aber nicht lebensgefährlich verletzt. Kieran sah ihm mit grimmiger Miene in die Augen. „Weißt du, wer ich bin?“, fuhr er ihn an.

Der Karon verbarg seine Furcht hinter einem höhnischen Grinsen. „Du bist einer der Prinzen, die euer König davongejagt hat“, antwortete er verächtlich. „Ihr habt immer noch nicht begriffen, dass ihr keine Macht mehr habt.“

Kieran lachte heiser. „Wir brauchen die Unterstützung des Königs nicht, wir schaffen unsere eigene Macht. Wenn dein Stamm weiterhin versucht unsere Dörfer zu überfallen, bekommt ihr sie zu spüren. Alle deine Brüder sind tot und keine der Katzen kehrt zu euren Zelten zurück. War es das wirklich wert?“

Der Karon knurrte tief in der Kehle. „Ihr mögt euch für Götter halten, aber ihr seid Menschen wie wir. Ihr blutet und ihr könnt getötet werden. Ihr werdet sterben, einer nach dem anderen. Es ist nur noch eine Frage der Zeit.“

„Das mag sein, aber vorher könnte es deinen ganzen Stamm das Leben kosten. Wir wollen diesen Kampf nicht.“ Kieran zog seinen Dolch und zerschnitt die Fesseln des Mannes. „Hol dir dein Pferd und kehre zu deinen Leuten zurück. Sag eurem Anführer, dass ich mit ihm sprechen will. Wir werden diesen Überfall nicht rächen, wenn er sich auf ein Friedensabkommen einlässt. Ihr solltet mich besser nicht enttäuschen, denn ich werde weder weitere Angriffe noch Verrat dulden. Geh!“

Der Mann starrte Kieran ungläubig an und kam dann zögernd auf die Füße. Die Pferde der Karon waren in der Nähe geblieben, er ging zu ihnen hinüber und fing eines der Tiere ein. Im nächsten Moment rissen alle anderen Pferde den Kopf hoch und trabten auf die Prinzen zu. Diemas hatte sie mit seiner Gabe zu sich gerufen, sie kamen lammfromm vor ihm zum Stehen kamen. Der Karon warf ihm einen finsteren Blick zu, dann stieg er auf und galoppierte davon.

Titus blickte auf, als Kieran zu ihnen herüberkam. „Glaubst du immer noch, dass du irgendwann damit Erfolg hast?“

Kieran nickte. „Ich hoffe nur, sie begreifen es, bevor ihnen die kampffähigen Männer ausgehen. Eine Allianz wäre höchst willkommen.“ Er setzte sich neben Titus auf den Boden und zog bei der Gelegenheit Raine beiläufig mit nach unten. „Der Mann hat nämlich Recht. Irgendwann endet unsere Glückssträhne."

„Glückssträhne?" Diemas schnaubte. „Es ist jedes Mal harte Arbeit."

„Aber noch sind wir alle am Leben", erwiderte Kieran ernst. „Wenn es nach mir geht, soll das so bleiben."

Keiner antwortete. Sie hatten nur noch einander, alles andere war verloren gegangen. Die einst strahlenden und hochgeachteten Prinzen waren Ausgestoßene auf der Flucht. Auf jeden von ihnen war ein Kopfgeld ausgesetzt, wenn man sie innerhalb von Fennmarks Grenzen antraf. Gerieten sie in Gefangenschaft, war ihr Leben nichts mehr wert. Sie hätten fortgehen und sich irgendwo eine neue Existenz aufbauen können, frei von allen Verpflichtungen Fennmark gegenüber, aber sie hatten sich dagegen entschieden. Die Nordgrenze war weit vom Herrschaftssitz des Königs entfernt. Als ihnen klar wurde, dass sie nicht mehr bewacht wurde, hatten sie diese Aufgabe übernommen.

Raine blickte in die müden Gesichter seiner Brüder. Es kam ihm wie ein Wunder vor, dass sie einander nicht verloren hatten, als die dunkle Zeit begann. Ihre tiefe Verbundenheit hatte alles überlebt. Jeder von ihnen vertraute sein Leben ohne Zögern den anderen an, jeder stand für die anderen ein. Dieser Bund war das einzige Gute, das in Raines Welt noch existierte.

Diemas und Wulf kamen zurück, nachdem sie sich vergewissert hatten, dass alle Angreifer tot waren. Ihre eigenen Pferde waren fortgelaufen, als die Katzen angegriffen hatten, aber darüber mussten sie sich keine Sorgen machen. Die Dorfbewohner waren schon dabei die Tiere einzufangen und würden sie ihnen zusammen mit den Vorräten bringen, die sie ihnen zum Dank für ihre Hilfe überließen. Es hatte sich ganz von selbst eingebürgert und war zu einem ungeschriebenen Gesetz geworden, genauso wie das Stillschweigen. Keiner dieser Menschen würde den Prinzen in den Rücken fallen. Dafür verdankten sie ihnen zu viel.

Kieran sah zu Raine hinüber. „Du brauchst einen neuen Harnisch. Vielleicht können uns die Dorfbewohner zusätzlich ein Stück gut gegerbtes Leder überlassen."

Raine winkte ab. „Es geht schon. Die Schnitte sind schmal. Wenn man etwas daruntersetzt, hält alles wieder zusammen."

Kieran nickte grimmig. Keiner von ihnen besaß genug handwerkliches Geschick, um einen neuen Harnisch anfertigen zu können. Sie hatten keinen erfahrenen Schmied und auch keinen ausgebildeten Heiler, aber zum Glück hatte sich Jaron mit seinem Wissen über Pflanzen gut in die Rolle hineingefunden. Sie gaben alle ihr Bestes, trotzdem war es oft mehr als schwierig.

Inzwischen war es zwei Jahre her, dass ihre Welt aus den Fugen geraten war. Begonnen hatte es mit dem Tag, an dem die Prinzessin, das jüngste Kind König Edwins von Fennmark, tot aufgefunden worden war. Nur wenig später erlag die Königin einer schweren Krankheit und ab da an ging es richtig bergab. Der König zog sich immer mehr zurück, vernachlässigte seine Pflichten und ließ sich auf kein Gespräch ein. Die Prinzen hatten versucht ihrem Vater Zeit zu verschaffen, damit er wieder zu sich selbst finden konnte, aber es wurde nicht besser, sondern schlimmer. Der König verließ seine Räume überhaupt nicht mehr und weigerte sich seine Söhne zu empfangen.

Die Ankündigung eines Gerichtstages war eine Überraschung gewesen, die sich schnell zu einer Katastrophe auswuchs. Verhüllte Wachen begleiteten den König in den Thronsaal, Männer, die niemand kannte. Einer von ihnen blieb ständig an der Seite des Königs, sein Gesicht war unter der großen Kapuze seines schwarzen Umhangs nicht zu erkennen. Edwin sah krank und elend aus. Er gönnte seinen Söhnen keinen Blick, als er in düsterem Schweigen auf dem Thron Platz nahm. Mit einer schroffen Handbewegung forderte er den Herold auf, das Schriftstück zu verlesen, das ihm übergeben worden war. Der Mann hatte kaum damit begonnen, als sich Entsetzen im Saal ausbreitete. Der Herold stockte mehrere Male und war so schockiert, dass er kaum weiterlesen konnte. Der König hob nicht einmal den Blick.

Alle sechs Prinzen wurden des Verrates schuldig erklärt und aus dem Reich verbannt. Wenn sie Fennmark nicht innerhalb von vier Wochen verließen, drohte ihnen die Hinrichtung. Ihr Vermögen wurde eingezogen und fiel an die Krone, sie durften lediglich Kleidung, ihre Pferde und ihre persönlichen Waffen behalten. Die

Möglichkeit einer Anhörung gab es nicht. Die Prinzen wurden von den neuen Wachen umstellt und aus dem Saal eskortiert. Dann stellte man sie in ihren Räumen unter Arrest, bis sie die Stadt verließen.

Es war ein jämmerlicher Zug, der drei Tage später durch die Straßen der Stadt geleitet wurde. Am Morgen hatte man Raine und seine Brüder unter schwerer Bewachung ins Freie gebracht, wo ihre Pferde auf sie warteten. Ihre persönlichen Besitztümer trugen sie selbst hinaus, niemand durfte ihnen helfen. Keiner der sechs Prinzen hatte gegen diese Behandlung protestiert. Sie hatten sich bisher nicht gewehrt und bis zum letzten Augenblick gehofft, dass ihr Vater zur Besinnung kam. Nun war es zu spät.

Der Weg zum Burgtor war nervenaufreibend. Es herrschte gespenstische Stille, obwohl viele gekommen waren um Abschied zu nehmen. Die meisten Leute hielten die Köpfe gesenkt, manche weinten ganz offen, aber niemand sagte ein Wort. Erst als sich das Tor hinter ihnen geschlossen hatte und sie schon ein ganzes Stück davon entfernt waren, kehrten die Wachen um und überließen die Prinzen sich selbst.

Trotz allem, was auf ihn einstürmte, konnte Raine nur an Hanna denken. Es hatte sich als unmöglich herausgestellt die Räume zu verlassen, wenn er keine Gewalt anwenden wollte. Ein paarmal hatte er die Beherrschung verloren und seine Wut herausgeschrien, weil er sich nicht einmal von Hanna verabschieden konnte. Wulf hatte schließlich versucht ihm zu helfen, aber obwohl er seine Gabe einsetzte, konnte er die Wachen nicht überzeugen, seinem Bruder eine Stunde Freiheit zu gewähren. Raine hatte nicht gesagt, warum er so dringend in den Burggarten wollte und Wulf fragte nicht nach. Es genügte ihm, dass dieses Anliegen für Raine wichtig war.

Er hatte sich in Hanna schon in dem Moment verliebt, als er sie zum ersten Mal gesehen hatte. Wie eine Erscheinung war sie mitten in der erschreckenden, fremden Welt aufgetaucht und plötzlich hatte nichts anderes mehr eine Rolle gespielt. Als sie ihn mit ihren großen, grünen Augen anschaute, hatte Raine das Gefühl gehabt sie schon lange zu kennen. Das braune, lockige Haar fiel ihr offen bis auf die Schultern, die Frühlingssonne ließ die helleren Strähnen darin wie Gold aufleuchten. Ihre klaren

Züge und die weichen, vollen Lippen machten sie zu einer Schönheit. Als sie zum ersten Mal lächelte, hatte Raine sie nur überwältigt anstarren können. Er liebte ihre Klugheit genauso wie ihre freundliche, liebevolle Art. Sie war gertenschlank und wirkte neben ihm zart und zerbrechlich, aber er erkannte schnell die Stärke, die sich darunter verbarg. Trotzdem wurde in ihm der Drang sie zu beschützen fast übermächtig.

In den Tagen, bevor man sie festsetzte, hatte Raine viele Stunden in der Bibliothek der Burg verbracht. Je häufiger er mit Hanna zusammen war, desto mehr wünschte er sich, sie an seiner Seite zu haben. Das Ergebnis seiner Suche erschreckte ihn. Es gab keine Möglichkeit, sie sofort in seine Welt zu holen. Wenn er mit ihr zusammen sein wollte, musste er seine Heimat verlassen und in Hannas fremde, unbegreifliche Welt überwechseln. Nachdem der Bann ausgesprochen worden war, kam das nicht mehr in Frage. Er konnte seine Brüder nicht im Stich lassen.

Mit jedem Schritt, den sich Raine von der Burg entfernte, wuchs seine Verzweiflung. Er hatte akzeptiert, dass er Hanna aufgeben musste, aber er wollte sich wenigstens von ihr verabschieden. Er musste zurück, sonst würde er den Verstand verlieren. Als sein Entschluss feststand, kam es zu einem handfesten Streit. Kieran forderte eine Erklärung, aber Raine war nicht bereit sie ihm zu geben. Noch immer hatte er niemandem von seiner Gabe erzählt.

Wulf hatte sich auch diesmal auf seine Seite gestellt. Er machte den anderen klar, dass sie kein Recht auf eine Erklärung hatten. Es lag allein in Raines Ermessen. Wenn wirklich Vertrauen zwischen ihnen herrschte, dann musste es bedingungslos sein. Sie hörten auf ihn, das taten sie am Ende immer. Raine war seinem Bruder dankbar, lehnte es aber ab, sich von ihm begleiten zu lassen. Falls etwas schiefging, wollte er der einzige sein, der für diese Verzweiflungstat zahlen musste.

Er hatte noch immer Freunde in der Burg. Eine Menge Leute standen weiter loyal zu den Prinzen und konnten nicht fassen, was geschehen war. Mit ihrer Hilfe schaffte er es tatsächlich, ungesehen in den Burggarten und später wieder hinauszukommen. Er hatte sich nur verabschieden wollen, aber dann war ihm doch herausgerutscht, dass Hanna erst zu ihm kommen konnte, wenn ihr Leben in ihrer Welt geendet hatte.

Ihre Reaktion hatte ihm gezeigt, dass er sie so nicht zurücklassen durfte, also hatte er ihr mit einem Blatt des Akenbaumes, das er vorsorglich mitgenommen hatte, alle Erinnerungen an sich genommen. Gleichzeitig mit diesen Erinnerungen verschwand jede Hoffnung sie wiederzusehen.

Sie schafften es in der gesetzten Frist Fennmark zu verlassen, blieben aber in der Nähe der Grenze. Als feststand, dass ihnen niemand gefolgt war, kehrten sie zurück und machten sich auf die Suche nach einer sicheren Unterkunft. Es stellte sich heraus, dass Diemas einen Ort kannte, der für ihre Zwecke geradezu ideal war.

Sobald er erwachsen geworden war, war Diemas eine Zeit lang in ganz Fennmark unterwegs gewesen, um sich mit seiner Gabe vertraut zu machen. Er konnte zu den meisten Tieren Verbindungen aufbauen, normalerweise nur für kurze Zeit, aber in seltenen Fällen auch dauerhaft. Auf einem dieser Streifzüge hatte er in der Nähe der Nordgrenze einen verlassenen Hof entdeckt, der gut verborgen in einer Schlucht lag. Der Zugang war schmal und nicht leicht zu finden, erst wenn man ihn ganz durchquert hatte, weitete sich Tal. Die Gegend war abgelegen, in der unmittelbare Nähe gab es keine Siedlung. Das große Wohnhaus, der Stall und die Scheune waren aus solidem Stein erbaut worden und noch immer erstaunlich gut in Schuss. Nach ein paar Reparaturarbeiten bot ihnen der Hof den sicheren Unterschlupf, den sie brauchten. Titus hatte ihn einmal halb im Scherz die Zuflucht genannt. Irgendwie war dieser Name hängengeblieben.

Nicht lange nachdem die Prinzen in der Zuflucht Quartier bezogen hatten, begannen die Überfälle. Beim ersten Mal gerieten sie durch Zufall hinein. Die Angreifer hatten nicht mit nennenswertem Widerstand gerechnet, es gelang ihnen leicht sie zurückzuschlagen. Dieser Hilfseinsatz entpuppte sich als der ideale Ausgangspunkt, um mit der Bevölkerung in Kontakt zu treten. Die Menschen in den Grenzgebieten fühlten sich im Stich gelassen, es gab niemanden, an den sie sich wenden konnten. Inzwischen waren sie verzweifelt und mehr als dankbar für die unerwartete Hilfe. Damit hatte alles begonnen. Seitdem waren die Kämpfe zur Routine geworden und ein Ende war nicht in Sicht.

Raine schreckte hoch, als Wulfs Hand auf seiner Schulter landete. „Die Pferde und der Proviant sind da. Wir reiten zurück.“

Sie schlief. Sie träumte. Sie schwebte. Da war nichts, was Hanna wiedererkannte, nichts, woran sie Halt finden konnte. Vielleicht lag es aber auch an ihr, vielleicht besaß sie diese Fähigkeiten gar nicht mehr. Es spielte keine Rolle. Es war in Ordnung.

Die vielen, vielen Jahre ihres Lebens waren zu einer Erinnerung geworden, sie verblassten immer mehr. Selbst ihr Name war nur noch eine Folge von Tönen, die ihr manchmal vertraut schien und manchmal nicht. Es gab keinen Grund sich zu beeilen oder diesen angenehmen Schwebezustand zu verlassen. Sie fühlte sich wohl, das Nichts war warm und tröstlich. Hanna trieb und trieb und trieb dahin, ohne den Wunsch etwas zu ändern.

Die Stimme, die sich in diesen immerwährenden Traum schlich, war sanft und freundlich und weigerte sich beharrlich sie in Ruhe zu lassen. Sie rief Hanna beim Namen, immer und immer wieder, bis sie schließlich nachgab und sich ihr zuwandte. Wie alles an diesem Ort war sie vertraut und fremd zugleich, aber sie störte das glatte Gleichmaß, das ihr so gut gefiel. Die Stimme verfing sich in den Resten von Hannas Bewusstsein und zog es aus dem Fluss heraus an die Oberfläche.

„Hanna, du musst jetzt gehen, ehe du völlig vergisst, wer du bist.“ Die Stimme schmeichelte und bat, aber ein wenig befahl sie auch. „Komm, Kind, du musst aufwachen. Du hast deinen Weg verloren.“

Sie freute sich die Stimme noch einmal zu hören, aber sie begriff nicht, was sie von ihr wollte. Für einen Moment schmiegte sie sich näher an sie, dann ließ sie los, hörte, wie die Stimme immer leiser wurde. „Hanna! Hanna! Han...!“ Die Stille war zurück. Für lange Zeit schwebte sie wieder im Strom.

Der nächste Laut, der zu ihr durchdrang, war ganz anders. Er war kurz und scharf, wiederholte sich ein paarmal und riss sie aus dem Strom heraus. Weißes Licht blitzte auf und alles veränderte sich. Hanna fand sich auf einer harten Unterlage wieder, an ein paar Stellen drückte etwas unangenehm gegen ihren Rücken. Es war nicht schmerzhaft, es machte ihr nur bewusst, dass sie wieder einen Körper hatte. Ein leicht raues, nasses Etwas strich über ihr Gesicht und streifte ihr Ohr. Es kitzelte und brachte sie zum Lachen. Das nasse Etwas verschwand, dafür stieß sie nun etwas Kaltes an, genauso hartnäckig. Einen Augenblick später legte sich ein warmes Gewicht auf ihre Brust und blieb dort.

Augen in einem warmen Goldbraun sahen Hanna über eine pelzige Nase hinweg an. Der Blick war intensiv, voller Freude und treuherziger Liebe. Die nasse Hundezunge fuhr durch Hannas Gesicht, bis sie kichern musste. Zufrieden, dass sie Hannas Aufmerksamkeit hatte, stand die Hündin auf und sprang bellend um sie herum. Mehr als einmal fuhr ihr der lange Fellbehang des Schwanzes durchs Gesicht.

„Maxine!“ Zusammen mit dem Namen tauchte auch die Erinnerung auf. Das war Maxine mit dem zotteligen Fell und den wunderschönen Augen. In ihr wohnte so viel Lebensfreude, die sie gern mit Hanna teilte. Maxine wusste mehr darüber, wie man ein glückliches Leben führt, als die meisten Menschen auf dieser Welt.

Die Welt. Das Wort ließ Hanna zusammenzucken. Da war etwas, etwas Wichtiges, sie musste sich nur daran erinnern. Als sie sich aufsetzte, fiel ihr Blick auf ihre Hand und blieb daran hängen. Die Haut war völlig glatt, die Finger ließen sich leicht und geschmeidig bewegen. Sie hob auch die andere Hand und hielt sie daneben. Es war dasselbe Bild. Aus irgendeinem Grund brachte es sie zum Lächeln.

Die Hündin drängte sich wieder an sie und winselte. Sie schnappte vorsichtig nach Hannas Ärmel und zog daran. Anscheinend wollte sie, dass sie aufstand und mit ihr spielte. „Ja, ja, ich komme ja schon“, murmelte sie lachend. „Gib mir einen Moment. Ich bin nicht so gelenkig wie du. Erstmal muss ich irgendwie hochkommen.“

Es ging viel zu leicht, aber das wurde Hanna erst richtig bewusst, als sie stand. Sie hatte schon seit längerer Zeit Probleme mit den Gelenken und wurde immer langsamer. Nein, sie konnte nur noch die Hand bewegen und auch nur ein bisschen. Was war hier auf einmal los? Verunsichert blickte sie an sich herunter.

Sie trug eine weite Bluse und einen Rock aus Wolle, der Bund umschloss eine schmale Taille. Lange, schlanke Beine schauten darunter hervor, auch hier war die Haut glatt und lag straff gespannt über festen Muskeln. Sie hatte keine Schuhe an, aber das machte nichts, denn das Gras war weich und der Boden von der Sonne angewärmt. Dieselbe Wärme umschmeichelte auch ihren Kopf und ihre Schultern. Das Wohlgefühl war so überwältigend, dass sie ein paar Schritte rannte und sich dann einmal um sich selbst drehte. Fast wäre sie dabei gestürzt, aber sogar das brachte sie zum Lachen. Maxine sprang noch immer begeistert um sie herum.

Hanna ließ sich ins Gras fallen, atemlos vor Lachen und Glück. Die Hündin kam zu ihr und stupste sie an, bis sie ihre Hand in das dichte Fell gleiten ließ. Diese Berührung war das einzige, was ihr Halt gab, als die Erinnerung über sie hereinbrach.

Ich war alt und gelähmt. Ich bin gestorben. Alles hat geendet. Und dann, viel stärker als alles davor: *Ich habe eine Entscheidung getroffen. Bin ich an dem Ort, an den ich gehen wollte? Ist das Wunder geschehen?*

Sie sah sich um. Es gab kein einziges Haus in der Nähe, aber das musste nichts bedeuten. Nichts kam ihr ungewöhnlich vor, außer dass es so still war. So still, wie es Hanna noch nie erlebt hatte.

Sie wusste nicht viel über Raines Welt, er hatte ihr kaum etwas darüber erzählt, daran erinnerte sie sich jetzt. Er hatte selber so viele Fragen gehabt, hatte alles kennenlernen wollen. Sein Gesicht erschien vor ihren Augen, so konzentriert, wenn er ihr zuhörte, so liebevoll, wenn er sie ansah. Wegen ihm war sie hier, nur wegen ihm. Sie sprang auf die Füße. Sicher war er irgendwo in der Nähe. Sie musste ihn nur finden.

Hanna rannte los. Das Gefühl jung und stark zu sein und tun zu können, was sie wollte, war unbeschreiblich. Die Hündin sprang neben ihr her wie ein übermütiger Welpe, rannte hin und wieder ein Stück fort und kam dann in einem großen Bogen zu ihr zurück. Die Wiese fiel sacht immer mehr ab, aber das bemerkte Hanna erst, als sie auf dem Boden der Senke angekommen war und vor einer Felswand stand. Der Weg nach vorn war versperrt.

Die Sonne erreichte den Grund der Senke nicht, der Temperaturunterschied war deutlich zu spüren. Hanna strich sich fröstelnd über die Arme. Die feuchte Kälte begann in ihre Füße zu kriechen. Gleichzeitig mit der Wärme verschwanden auch die Freude und die unerschütterliche Zuversicht. Sie runzelte die Stirn und sah zu der Hündin hinunter, die sich an ihr Bein schmiegte, weil sie Hannas Unsicherheit spürte.

Wenn das hier real war, kein wilder Traum, der sich irgendwie an der Realität vorbeigeschlichen hatte, dann war sie in einer schwierigen Lage. Sie besaß nichts außer den Kleidern, die sie am Leib trug. Sie hatte keinen Proviant, kein Geld, nicht einmal einen Mantel oder eine Decke. Oder Schuhe. Sie verzog das Gesicht. Sie war in einer Welt, von der sie keine Vorstellung hatte und auf der Suche nach einem Mann, den sie vor sehr langer Zeit zum letzten Mal gesehen hatte. Viel mehr als seinen Namen wusste sie nicht von ihm.

Raine. Vielleicht hatte er sie längst vergessen. Er musste inzwischen uralt sein. Vielleicht lebte er schon lange nicht mehr. Was also tat sie hier eigentlich?

Mit der Ernüchterung kam die Furcht. Hanna lehnte sich an den rauen Felsen, weil ihr die Knie weich wurden. *Denk nach,* befahl sie sich und versuchte die Wellen der Panik abzuschütteln. *Du hast diese Entscheidung getroffen, weil du ein Versprechen bekommen hast. Du hast es bis hierher geschafft, also muss es eine Möglichkeit geben.*

Die Zeit verläuft in dieser Welt anders, hatte Raine gesagt. Sein Versprechen die Tür für sie geöffnet zu lassen hatte er anscheinend gehalten, sonst wäre sie nicht hier, genauso wenig wie Maxine, die doch schon vor so langer Zeit aus ihrem Leben verschwunden gewesen war. Trotzdem fuhr Hannas Hand durch das weiche Fell der Hündin und sie blickte in diese unvergesslichen Augen.

Hannas klarer, rationaler Verstand beharrte darauf, dass sie lediglich träumte. Ein sehr realistischer Traum mit klaren Bildern, aber trotzdem nur ein Traum. Doch wenn das stimmte, wo war sie dann in Wirklichkeit? Alles in ihr krampfte sich zusammen, als ihr die einzig mögliche Antwort klar wurde.

Sie war noch immer im Pflegeheim. Zerstört. Gelähmt. Hilflos ans Bett gefesselt und von der Außenwelt abgeschlossen. Am

Ende. Der Gedanke war entsetzlich, unerträglich. Sie schloss gequält die Augen.

Nein. Etwas war geschehen, etwas hatte sich verändert. Wenn es auch nur eine winzige Chance gab, dass das hier die Realität war, dann würde sie sie annehmen mit allen Schwierigkeiten, die es mit sich brachte. Das Geschenk eines zweiten Lebens würde sie nicht leichtfertig ausschlagen.

Sie war in der Abgeschiedenheit erwacht, das gab ihr Zeit sich über die neue Situation klar zu werden. Gut. Sie musste damit beginnen sie zu meistern und erst einmal herausfinden, wo sie war. Das war der erste Schritt, danach konnte sie weitersehen. Panik brachte sie nicht weiter. Immer schön eins nach dem anderen.

Soweit Hanna sehen konnte, zog sich die Senke in beiden Richtungen an der Felswand entlang. Der Hang war nirgendwo besonders steil und nur locker mit Büschen und ein paar vereinzelten Tannen bewachsen. Der untere Teil lag im Schatten, den oberen erreichte die Sonne ungehindert. Dort war es wärmer und sie würde nicht mehr das Gefühl haben, in die Enge getrieben worden zu sein. Dorthin musste sie zurück.

Sie hatte schon mit dem Aufstieg begonnen, als sie sich noch einmal umwandte und zum ersten Mal nach oben sah. Was sie entdeckte, ließ sie überrascht keuchen. Fast wäre ihr etwas Wichtiges entgangen. Mit zurückgelegtem Kopf machte sie noch ein paar Schritte den Hang hinauf und spähte angestrengt nach oben.

Nur die ersten drei, vier Meter bestanden aus gewachsenem Fels. Mauerwerk schloss sich an. Die Steine hatten dieselbe rotbraune Farbe und eine raue, unebene Oberfläche. Die Mauer war massiv und sah unzerstörbar aus. Erst viel weiter oben entdeckte Hanna hin und wieder schmale, hohe Öffnungen, die sie an Schießscharten erinnerten. Sie musste noch weiter zurückgehen, bevor sie den oberen Rand erkennen konnte. Sie kniff die Augen zusammen und veränderte ein paarmal den Blickwinkel, dann war sie sich sicher. Dort oben waren eindeutig Zinnen, wahrscheinlich verlief dahinter ein Wehrgang. Ein Stück zurückgesetzt ragte ein Turm weit über die Mauer hinaus. Eine

Burg erhob sich auf dem felsigen Untergrund und war fest mit ihm verbunden. Sie schien riesig zu sein.

Als Kind war Hanna von Burgen und Schlössern geradezu besessen gewesen. Sie waren eine greifbare Ergänzung zu den Märchen ihrer Mutter gewesen und hatten sie immer wieder zum Träumen und Staunen gebracht. Viele kostbare Erinnerungen an diese Ausflüge hatten sie ihr ganzes Leben begleitet. Es hatte sie nie gestört, dass es fast immer Ruinen gewesen waren, Orte, die schon vor Jahrhunderten verlassen worden waren. Hannas lebhafte Fantasie ließ die Mauern wieder nach oben wachsen und füllte sie mit Leben. Ihre Mutter hatte genauso viel Spaß daran gehabt und Details hinzugefügt, an die Hanna nicht gedacht hatte. Ihr Vater war ihnen lachend gefolgt und hatte die Freude genossen, die seinen beiden Frauen dabei ins Gesicht geschrieben stand. Es war eine wunderschöne, unbeschwerte Zeit gewesen.

Hanna schluckte schwer, als die Erinnerungen auf sie einstürmten. Ihre Eltern waren schon vor langer Zeit durch einen Unfall aus ihrem Leben gerissen worden. Sie hatte fassungslos an ihren Gräbern gestanden und lange gebraucht um diesen Schlag zu verarbeiten. Nie zuvor hatte sie sich so verlassen gefühlt.

Die Burg, zu der sie gerade hinaufstarrte, war keine Ruine. In Raines Welt war sie ein Sitz der Macht, vielleicht sogar des Königshofes. Wenn das hier Realität war und kein wirrer Traum, dann konnte sie dort oben die Antworten bekommen, die sie brauchte. Vielleicht arbeitete Raine in der Burg und lebte hinter diesen Mauern. Sicher konnte ihr jemand helfen ihn zu finden. Sie runzelte die Stirn. Falls man sie überhaupt einließ. Falls die Leute dort oben eine Sprache sprachen, die sie verstand. Falls...

Mit einem energischen Ruck wandte Hanna der Burg den Rücken zu und schob ihre Zweifel beiseite. Eins nach dem anderen, ermahnte sie sich noch einmal. Sie stieg den Hang hinauf und atmete auf, als sie wieder in die Sonne hinaustrat. Nach und nach wurden die Tannen von Apfelbäumen abgelöst. Ein paar standen schon in voller Blüte, bei anderen begannen die Knospen sich gerade erst zu öffnen. Das konnte kein Zufall sein. Ihre Finger zuckten, als sie sich an den blühenden Zweig erinnerte, den sie zum Schluss in der Hand gehalten hatte.

Vielleicht war er ihre Verbindung zu dem Tor gewesen, durch das Raine vor so langer Zeit zu ihr gekommen war.

Hanna ging auf einen der großen Bäume zu und ließ ihre Hand über die raue Borke gleiten. War sie an der richtigen Stelle? Verbarg sich hier die geheimnisvolle Tür, die die beiden Welten miteinander verband? Sie konnte sie nicht öffnen und sie hatte auch kein Verlangen danach. Obwohl sie noch nicht wusste, was auf sie zu kam, empfand sie weder Heimweh noch Bedauern. Auf der anderen Seite wartete nichts mehr auf sie, ihre Zukunft lag hier. Sie musste nur den Mut aufbringen sich ihr zu stellen.

Maxine winselte leise. Sie war Hanna nicht unter den Baum gefolgt, sie hielt Abstand, ließ sie aber nicht aus den Augen. „Ich komme", sagte Hanna beruhigend und löste ihre Hand von dem Stamm, blieb dann aber stehen und runzelte die Stirn.

Vielleicht verlor sie ja den Verstand, aber sie fühlte deutlich die Berührung sanfter Finger, die über ihr Gesicht strichen. Die Freude, die sie dabei empfand, war nur zum Teil ihre eigene. Diese Welt hieß sie willkommen. Längst nicht alles würde einfach sein, aber sie konnte damit fertig werden. Sie gehörte jetzt dazu.

Entschlossen wandte Hanna dem Apfelbaum den Rücken zu und machte die ersten bewussten Schritte hinein in ihr neues Leben.

4. Kapitel

Raine seufzte leise, als sein Bruder nach den Verbänden griff, die er ihm noch anlegen musste. Jaron hatte die Wunden gut ausgewaschen, zuerst mit Wasser, dann mit einem Kräutersud, der wie Feuer brannte. Es tat weh, aber nur so ließ sich verhindern, dass sich die Wunden entzündeten, besonders wenn die Verletzungen von einer der Katzen stammten. Sie alle mussten das immer wieder über sich ergehen lassen und sie alle hassten es, aber sie wussten auch, dass keiner von ihnen ohne Jarons Hilfe noch am Leben wäre.

Raine richtete sich auf und hob die Arme. Jaron arbeitete schnell und geschickt. Danach musste er sich noch um Titus kümmern, der ihm mit einem schiefen Grinsen zusah.

Raine war zuerst versorgt worden, weil Titus wie immer dafür gesorgt hatte, dass keine Spuren zu finden waren, die ihr Versteck verraten konnten. Außerdem hatte er ein ziemliches Geschick entwickelt, den Eingang der Schlucht hinter einer Nebelwand zu verbergen, die von einem kleinen See in der Nähe aufzusteigen schien. Niemand hätte vermutet, dass sie nicht natürlichen Ursprungs war.

Diemas war für die Versorgung der Pferde zuständig. Sie hatten fünf Pferde der Karon mitgenommen und die anderen den Dorfbewohnern überlassen. Kieran und Wulf hatten die Vorräte durchgesehen, die sie diesmal bekommen hatten. Mehl, Salz, ein geschlachtetes Schaf, mehrere gut gegerbte Felle und sogar ein Sack mit Winteräpfeln, die zwar runzelig, aber immer noch süß waren. Eine willkommene Abwechslung.

Wenn Jaron beschäftigt war, übernahm Wulf das Kochen ganz, sonst wechselten sie sich ab. Beide waren inzwischen richtig gut darin. Die anderen gingen abwechselnd auf die Jagd, an Fleisch mangelte es meistens nicht. Jarons Kräutern sorgten für eine erstaunliche Geschmacksvielfalt.

Sie kamen zurecht, sie hatten ihr Auskommen und ein gutes Versteck. Es war ein einfaches Leben mit vielen Gefahren, aber keiner von ihnen war bereit Fennmark zu verlassen. Dafür war das, was sie taten, zu wichtig.

Titus war es mit Hilfe seiner Gabe und seiner Findigkeit gelungen ein System einzurichten, mit dem die Dorfbewohner die Prinzen zu Hilfe rufen konnten. In jeder Siedlung hatte er einen Ort ausgewählt, an dem der Ruf nur laut ausgesprochen werden musste, wenn Gefahr drohte. Titus ließ den Wind nach diesen Bitten Ausschau halten. Es kostete ihn nur wenig Mühe und hatte sich bisher glänzend bewährt.

An diesem Abend war das gemeinsame Essen eine stille Angelegenheit, ein Gespräch wollte nicht zustande kommen. So war es meistens nach einem Kampf, alle hingen ihren Gedanken nach. Raine ließ den Blick über die Runde schweifen. Noch waren sie alle zusammen, noch hatte keiner von ihnen sein Leben verloren, aber das konnte jederzeit geschehen. Seine Brüder waren alles, was von seinem Leben übrig geblieben war, alles, was er hatte. Ihre unterschiedlichen Gaben waren eine zusätzliche Unterstützung. Seine eigene hatte sich erst spät gezeigt und als völlig nutzlos erwiesen. Für kurze Zeit hatte er geglaubt, sie habe ihm das Wichtigste im Leben gebracht, aber dann hatte er auch das verloren.

Raine musste sich zwingen seinen Teller zu leeren. Er war erschöpft und hatte Schmerzen, außerdem hatten die trüben Gedanken auch den letzten Rest Appetit vertrieben. Er zahlte jedes Mal einen hohen Preis, wenn er es nicht schaffte, die Erinnerung an Hanna zu verdrängen. Sie hatten nur ein paar kurze, kostbare Stunden zusammen verbracht, trotzdem wusste er genau, dass er nie wieder eine Frau so sehr lieben würde. Obwohl inzwischen zwei Jahre vergangen war, trug er ihr Bild klar und deutlich in seinem Herzen. Er konnte sich nicht vorstellen, dass sich das jemals ändern würde.

Nach dem Essen ging Diemas hinaus, um noch einmal nach den Pferden zu sehen. Sein Hund, der zuvor unter dem Tisch gelegen hatte, folgte ihm. Der große, pechschwarze Rüde war der einzige aus seinem Rudel, der Diemas geblieben war. Er war aus dem Zwinger entwischt und seinem Herrn heimlich gefolgt. Wenn er es ihm nicht ausdrücklich befahl, wich Win nicht von Diemas Seite.

Kieran holte sich Feder und Tintenfass und begann zu schreiben. Er verfasste Berichte über jeden Kampf, notierte das

Datum und alles, was sie zusätzlich erfahren hatten. In der letzten Zeit brütete er oft über seinen Aufzeichnungen und seine Miene wurde dabei immer finsterer. Gleichzeitig hatte er seine Bemühungen verstärkt, mit irgendeiner Partei ins Gespräch zu kommen und vielleicht sogar ein Abkommen zu schließen. Bisher sah es allerdings nicht so aus, als habe er damit Erfolg. Stattdessen wurden die Abstände zwischen den Überfällen immer kürzer.

„Die Karon, die Fona, die Tagira", murmelte Kieran vor sich hin und starrte die Blätter so grimmig an, als seien sie schuld daran, dass ihm der Inhalt der Berichte nicht gefiel. „Was treibt die Stämme so weit nach Süden und warum ziehen sie sich nicht wieder zurück? Es gab auch früher hin und wieder Überfälle, aber niemals in diesem Ausmaß und für so lange Zeit."

Wulf lehnte sich mit einem Seufzen zurück und streckte die langen Beine aus. „Sie halten Fennmark für schwach", brummte er missmutig. „Keine Soldaten, die die Dörfer beschützen, nur ein paar Bauern, die nie gelernt haben zu kämpfen. Eine offene Einladung sich zu nehmen, was sie wollen."

Kieran sah auf und schüttelte den Kopf. „Ich würde dir Recht geben, wenn sie Erfolg hätten, aber seit wir hier sind, haben wir die meisten Angriffe zurückgeschlagen. Die wenigen Male, bei denen wir zu spät kamen, haben wir ihnen die Beute wieder abgejagt. Die Überfälle bringen ihnen große Verluste ein, aber keinen nennenswerten Erfolg. Man sollte meinen, sie hätten längst aufgegeben."

Wulf runzelte die Stirn. „Du hast Recht. Es macht wenig Sinn."

„Wir sind nur zu sechst", bemerkte Jaron. „Vielleicht hoffen sie uns ausschalten zu können."

Kieran knurrte ärgerlich. „Und warum stellen sie uns dann keine Falle? Warum gehen sie uns nicht direkt an? Sie haben ihre Vorgehensweise noch kein einziges Mal geändert. Ich verstehe es einfach nicht."

Titus Augen wurden schmal. „Du denkst, dass etwas anderes dahinter steckt."

Kierans besorgter Blick wanderte zu ihm hinüber. „Inzwischen bin ich fest davon überzeugt. Warum verschwinden sie nicht wieder? Die Steppe ist riesig. Sie hat sie immer mit allem versorgt, was sie brauchen."

Raine nahm den Gedanken auf und spann ihn weiter. „Sie sind Nomaden, normalerweise ziehen sie ständig herum. Jetzt bleiben sie in der Nähe der Grenze, auf viel engerem Raum. Die Versorgung wird schwieriger, also holen sie sich von den Sesshaften, was ihnen fehlt."

„Das erklärt nicht, warum sie es überhaupt so weit kommen lassen", knurrte Kieran.

Titus lehnte sich mit einem Ruck nach vorn. Seine Augen funkelten. „Sie können nicht zurück, sonst wären sie schon längst wieder fort. Sie nehmen die hohen Verluste in Kauf, weil das, was ihnen sonst droht, noch schlimmer ist."

Kieran sagte nichts dazu, er sah Titus nur mit schmalen Augen an. „Das klingt sinnvoll", stimmte Wulf zu.

„Was versetzt wilde Nomadenstämme in Angst?", fragte Raine nachdenklich. „Normalerweise verbreiten sie selber Furcht."

„Etwas, das noch bedrohlicher ist als sie", sagte Kieran tonlos. „Etwas, das aus dem Norden kommt und sie vor sich her treibt."

Jemand holte zischend Luft, sonst war es totenstill. Sie waren alle in der Geschichte des Landes unterrichtet worden und wussten, worauf Kieran anspielte. Wenn er mit seiner Vermutung richtig lag, kamen schwere Zeiten auf sie zu.

Die Tür öffnete sich und Diemas schloss sich ihnen wieder an. Er bemerkte die angespannte Stimmung sofort. „Was ist los?", fragte er scharf.

Kieran schüttelte nur den Kopf, zu tief in seinen düsteren Befürchtungen gefangen. Titus sprach es für ihn aus. „Es könnte sein, dass die Stämme immer häufiger angreifen, weil sie aus dem Norden vertrieben werden."

Diemas brauchte einen Moment, dann wurden seine Augen groß vor Überraschung. „Die Eisriesen?", fragte er ungläubig. „Du befürchtest, dass die Eisriesen dahinterstecken?"

„Glaub mir, niemand wünscht sich mehr als ich, dass ich mich irre", sagte Kieran leise. „Es wäre schon furchteinflößend, wenn uns die Truppen des ganzen Landes zur Verfügung stünden, aber so? Wir hätten keine Chance."

„Noch ist es nur eine Vermutung“, versuchte Wulf zu beschwichtigen.

„Eine Vermutung, die alle Einzelteile bemerkenswert gut zusammenpassen lässt“, murmelte Titus.

„Wenn es stimmt, können wir nichts tun. Nicht ohne Vaters Unterstützung.“ Jaron schüttelte resigniert den Kopf.

„Es endet sowieso irgendwann“, prophezeite Diemas düster. „Entweder wir sterben einer nach dem anderen bei den Angriffen oder unser Vater findet uns.“

„Was schlägst du denn vor?“, fragte Kieran düster. „Sollen wir einfach verschwinden, als ob uns das alles nichts angeht? Das kann ich nicht.“

„Wir könnten ein normales Leben haben“, sagte Wulf sehnsüchtig. „Ihr wisst schon. Arbeit finden. Familien gründen.“

„Zusehen, wie unsere Kinder in Frieden und Sicherheit aufwachsen“, fügte Jaron leise hinzu.

Dann sagte niemand mehr etwas, denn alle hingen ihren düsteren Gedanken nach.

„Würde Vater nicht eingreifen, wenn die Eisriesen wirklich auf dem Weg nach Süden sind?“, fragte Raine nach einer Weile. „Wenn sie Fennmark überrennen, kann hier niemand mehr in Frieden leben.“

Kieran seufzte. „Falls Vater noch bei Verstand ist, hast du Recht. Bisher hat er uns allerdings keinen Grund gegeben das zu glauben.“

Raine schwieg. Über dieses Thema sprachen sie nicht. Es war eine Art Selbstschutz nicht ständig darüber nachzugrübeln, was an jenem Tag geschehen war. Sie hatten so viele gute Erinnerungen an bessere Zeiten, so viel ließ sich einfach nicht überein bringen. Zorn half dabei nicht weiter, er machte es nur noch schlimmer. Es war leichter sich vorzustellen, dass ihr Vater den Verstand verloren hatte. Dann war da allerdings noch die Tatsache, dass an der Seite des Königs Männer gestanden hatten, die niemand von ihnen kannte. Wo kamen sie her? Welche Rolle spielten sie? Es bestand kaum eine Möglichkeit es herauszufinden, denn zurückzugehen bedeutete den sicheren Tod.

Diemas räusperte sich. „Wir wissen kaum etwas über die Eisriesen. Mir kamen sie immer wie Sagengestalten vor, mit denen man Kindern droht, wenn sie nicht gehorchen wollen. Solche Geschichten neigen dazu, mit der Zeit immer größer und bedrohlicher zu werden."

Wulf stieß ein hartes Lachen aus. Für ihn war Geschichte mehr als ein Pflichtfach gewesen. „Oh, es gibt sie wirklich, das steht fest. Sie leben im äußersten Norden der Steppe, am Fuß der Gebirgskette, die sie abschließt. Die Männer sind ungewöhnlich groß, sehr hellhäutig und blond und sie kämpfen wie die Teufel. Ihr Mut und ihre Grausamkeit sind sprichwörtlich. Normalerweise bleiben sie innerhalb ihrer Grenzen, die sie erbittert verteidigen, doch alle paar Generationen scheint sie etwas mit Macht Richtung Süden zu treiben. Das letzte Mal ist das vor ungefähr zweihundert Jahren geschehen, allerdings haben sie Fennmarks Grenzen damals nur für kurze Zeit überschritten. Sie führten Raubzüge durch, schnelle, weite Vorstöße, dann verschwanden sie wieder, bevor man sie zu fassen bekam. Zurück blieb nur eine entsetzliche Spur der Verwüstung."

„Das habe ich irgendwie anders in Erinnerung." Jaron warf Wulf einen schiefen Blick zu. „Ich erinnere mich gelesen zu haben, dass man sie nicht besiegen kann, unter anderem weil sie über unglaubliche Magie verfügen."

Diemas winkte ab. „Du meinst die Berichte der wenigen Überlebenden. Ich glaube nicht, dass man sie ernst nehmen kann. Diese Leute waren nur knapp mit dem Leben davongekommen und halb verrückt vor Angst."

Raine zog die Augenbrauen hoch. „Und was ist mit dem Dorf unter dem Eis?"

„Ja, genau." Jaron erinnerte sich ebenfalls gut an diese spezielle Geschichte. „Nach einem Überfall mitten im Sommer fand man ein Dorf unter einer dicken Eisschicht. Alle Einwohner waren tot. Sie waren erfroren oder erstickt."

„Dieser Bericht ist fast fünfhundert Jahre alt. Ich würde ihm nicht allzu viel Bedeutung beimessen. Wenn man sich etwas nicht erklären kann, wuchern die Gerüchte schnell aus."

Kieran nickte. „So sehe ich es auch. Niemand hat jemals ihr Gebiet betreten, niemand treibt Handel mit ihnen. Wir wissen nichts über ihre Kultur und ihre Bräuche. Genau genommen kennen wir nicht einmal ihren Namen. Eisriesen nennt man sie wegen ihrer Statur und weil sie im Norden leben."

„Das macht es nicht besser." Jaron blickte auf. „Sie sind berühmt für ihre Kampfkunst und ihre Gnadenlosigkeit, so viel wissen wir. Für mich klingt das nicht gerade gut."

„Bis jetzt steht nur fest, dass die Stämme sich untypisch verhalten und die Überfälle immer mehr zunehmen." Kierans Faust landete krachend auf dem Tisch, als sein Temperament mit ihm durchging. „Ich muss wissen, was dahintersteckt. Es lässt mir keine Ruhe. Den Kontakt zu den Stämmen herzustellen wird immer wichtiger."

Raine schoss in die Höhe. Dieses Thema ging ihm unter die Haut, es verfolgte ihn bis in seine Träume. Er konnte nicht länger schweigen. Leider wusste er nur zu gut, wie Kieran darauf reagieren würde. „Das reicht nicht." Er stockte und biss die Zähne zusammen, aber es war zu spät. Der Damm war gebrochen, jetzt gab es kein Halten mehr. „Dieser Verdacht macht es noch dringender erforderlich herauszufinden, was zuhause geschieht. Es muss doch irgendeinen Grund für das alles geben. Vielleicht..." Er unterbrach sich, atmete heftig aus und riss dann den Kopf hoch, sah Kieran in die Augen. „Vielleicht braucht Vater unsere Hilfe", stieß er heiser hervor.

Kieran ging sofort in die Luft. „Du bist ein romantischer Narr. Du warst dabei, du hast es genauso erlebt wie ich. Dieser Mann ist nicht mehr der Vater, den wir kannten und liebten."

Raine dachte nicht daran nachzugeben. Er trat an den Tisch heran, beugte sich nach vorn und starrte Kieran direkt in die Augen, während er gleichzeitig seinen Zorn so gut es ging an die Leine legte. „Ist es denn wirklich so schwer zu verstehen, dass ich wissen will, warum?"

„Ja, denn es würde dich das Leben kosten", fauchte Kieran.

„Ich bin schon einmal zurückgegangen. Niemand hat mich entdeckt."

Kierans Augen funkelten. Er klammerte sich mit beiden Händen an der Tischkante fest, als müsse er sich daran hindern, etwas Dummes zu tun. „Ich habe mich einmal überreden lassen, aber das wird kein zweites Mal passieren. Wir bleiben zusammen, im

Guten wie im Schlechten. Wenn der Tag kommt, gehen wir alle zurück."

Raine erstarrte, aber irgendwie schaffte er es ruhig zu bleiben. Er hielt weiter Kierans Blick. „Es ist falsch. Ich weiß es", sagte er mit einer Überzeugung, die schon seit Wochen immer stärker wurde.

Zu seiner Überraschung unterbrach Kieran den Blickkontakt und wandte den Kopf ab. Er löste den verkrampften Griff seiner Finger, die Hände fielen kraftlos nach unten. „Ich versuche das Beste für uns alle zu tun", sagte er leise ohne Raine anzusehen. „Bitte, lass es gut sein. Ich ertrage es nicht, dich noch einmal allein fortgehen zu lassen. Du hast keine Gabe, die dir Schutz bietet."

Raine fuhr zurück, als habe sein Bruder ihn geschlagen. Es war kein Vorwurf und Kierans Sorge war aufrichtig, aber es tat trotzdem weh. Wortlos verließ er den Raum.

Wulf fand seinen Bruder ein paar Minuten später auf der Weide hinter dem Haus. Raine saß im Gras und starrte blicklos in den Wald. Wulf setzte sich neben ihn und leistete ihm eine Weile schweigend Gesellschaft, bevor er ihn ansprach.

„Kieran wollte dich nicht verletzen. Er liebt dich, so wie wir alle."

„Ich weiß."

Wulf räusperte sich unbehaglich. „Ich kann spüren, wie sehr dich das alles quält. Wenn du es loswerden musst, bin ich für dich da. Ich schwöre, dass ich ohne deine Erlaubnis keinem etwas sage."

Raine antwortete nicht, er sah weiter stur geradeaus. Wulf ließ ihm ein bisschen Zeit, dann versuchte er es noch einmal. „Etwas ist in den Tagen geschehen, bevor das ganze Unglück begann. Mein Gefühl sagt mir, dass du deine Gabe gefunden hast. Und dann ist etwas passiert, das dir das Herz gebrochen hat."

Raine stieß ein halbes Lachen aus und wandte sich endlich zu Wulf um. „Ich weiß, dass du es gut meinst. Irgendwann erzähle ich es dir, aber nicht heute."

Wulf nickte ernst. „Du kannst immer auf mich zählen."

Hanna hatte das Gefühl, stundenlang durch die Gegend gewandert zu sein. Es hatte nicht lange gedauert, bis sie zum ersten Mal einen Blick auf die Burg werfen konnte. Die Anlage erschien ihr riesengroß, die hohen, rötlichen Mauern wirkten unüberwindlich. Sie machten ihr Angst.

Der Nachmittag neigte sich seinem Ende entgegen und Hanna wusste, dass sie eine Entscheidung treffen musste. Sie brauchte einen sicheren Platz für die Nacht, außerdem meldete sich inzwischen der Hunger. In der Nähe der Burg gab es kein Dorf, nur Wälder, die kein Ende zu nehmen schienen. Die einzigen Menschen, die sie bisher gesehen hatte, waren die schwer bewaffneten Soldaten, die den Zugang zur Burg bewachten und ein einsamer Reiter auf der befestigten Straße, die ein Stück vom Burgtor entfernt aus dem Wald auftauchte. Sie hatte sich im Schutz der Bäume verkrochen und beobachtet, wie der Mann zuerst befragt und dann eingelassen wurde. Sie sollte auch dort hinunter gehen und um Einlass bitten, aber je mehr Zeit verging, desto größer wurde ihre Furcht. Ihre heimliche Hoffnung, dass plötzlich Raine vor ihr stehen würde, hatte sich nicht erfüllt.

Erst jetzt konnte sie verstehen, wie verstörend es für ihn gewesen sein musste, als er unverhofft in ihre Welt geraten war. Alles war fremd, sie wusste nicht, wie sie sich verhalten sollte. Sie wusste nicht einmal, was sie den Wachen erzählen sollte, wenn sie sie ansprach.

Sie hatte eine kleine Anhöhe gefunden, von der aus sie zur Burg hinüberschauen konnte ohne sofort entdeckt zu werden. Zuvor hatte sie sich dazu überwunden an einem Bach zu trinken, als der Durst zu schlimm geworden war. Nun saß sie an einen Felsen gelehnt im Gras, die Hündin zu ihren Füßen, und konnte sich nicht durchringen ihr Versteck zu verlassen. Die Schatten wurden bereits länger. Es musste etwas geschehen. Sie konnte nicht die ganze Nacht hier sitzen bleiben.

Hanna war so sehr in ihren Gedanken versunken, dass sie heftig erschrak, als Maxine den Kopf hob und die Ohren spitzte. Jemand kam, jemand, der nicht gut zu Fuß war, wie die langsamen, schwerfälligen Schritte verrieten. Hanna dachte kurz darüber nach, in den Wald hineinzulaufen und sich zu verstecken, aber die

Hündin schien nicht beunruhigt zu sein, nur neugierig. Obwohl sie vor Furcht kaum Luft bekam, beschloss Hanna Maxines Instinkten zu vertrauen.

Die Schritte setzten kurz aus, jemand seufzte müde. Im nächsten Augenblick war es zu spät um zu fliehen. Eine ältere Frau umrundete die Kehre des Weges, sah Hanna und blieb überrascht stehen. Sie war größer als Hanna und wirkte kräftig, stützte sich aber schwer auf einen Stock. Der große Korb auf ihrem Rücken schien leer zu sein. Sie trug einfache, aber saubere Wollkleidung und darüber einen weiten Umhang, dessen Kapuze sie nun zurückschob. Dunkles, von grauen Strähnen durchzogenes Haar umrahmte ein rundes Gesicht, die tiefblauen Augen hatten sich fest auf Hanna gerichtet. Sie wirkte weder ängstlich noch feindselig, nur erstaunt.

Noch während Hanna versuchte die Frau einzuschätzen, setzte sie sich wieder in Bewegung und kam näher. Maxine ging ihr vertrauensvoll entgegen und wurde mit einem freundlichen Tätscheln begrüßt. Die Hündin kehrte an Hannas Seite zurück, als die Fremde auf sie zu kam. Mit leicht schräg geneigtem Kopf sah die Frau auf sie hinunter.

„Hast du dich verlaufen, Kind? Was tust du um diese Zeit allein im Wald?"

Hanna atmete auf. Zumindest konnte sie die Frau verstehen. Allerdings hatte sie keine Ahnung, was sie antworten sollte. Der intensive Blick der Fremden machte sie nervös. „Ich...", begann sie unbeholfen und wurde rot vor Verlegenheit, als sie nicht weiterwusste.

Die Frau lächelte freundlich. „Du brauchst keine Angst vor mir zu haben. Ich bin Meira. Ich habe in der Burg nach einem Kranken gesehen und bin jetzt auf dem Heimweg." Ihre Augen wurden schmal, als ihr Blick über Hannas bloße Arme zu ihren nackten Füßen hinunterwanderte. „Für eine Nacht im Freien bist du viel zu dünn angezogen. Bist du auf dem Weg zur Burg?"

Hanna schüttelte den Kopf. „Nein. Ich will..." Sie brach wieder ab. Sie könnte nach Raine fragen, könnte sich Gewissheit verschaffen. Jetzt hatte sie zwar die Gelegenheit, brachte aber den Mut nicht auf. Verlegen senkte sie den Kopf.

„Wenn du hier draußen bleibst, überlebst du die Nacht vielleicht nicht." Meira seufzte. „Du könntest mit mir kommen. Mein Haus ist nicht weit entfernt. Es ist nichts Besonderes, aber du hättest ein Dach über dem Kopf und ein warmes Feuer. Vielleicht erzählst du mir morgen früh, wohin du wirklich willst."

Hanna konnte die Frau nur hilflos anstarren. Das war doch verrückt. „Warum willst du mir helfen?", platzte sie heraus. „Du kennst mich doch überhaupt nicht."

Maxine ging zum zweiten Mal zu Meira hinüber und schmiegte sich an ihr Bein. Die Frau lächelte und strich ihr über das zottelige Fell. „Du siehst nicht gerade gefährlich aus und ich möchte nicht für deinen Tod verantwortlich sein. Du hast die Wahl. Wenn du die Nacht überleben willst, musst du entweder mit mir kommen oder in der Burg Zuflucht suchen. Einen anderen Unterschlupf findest du hier in der Nähe nicht. Anscheinend hat dein freundlicher Hund seine Entscheidung schon getroffen. Was ist mit dir?"

Hanna schluckte schwer. Meira hatte Recht. Maxine vertraute ihr und das musste etwas zu bedeuten haben. Normalerweise war die Hündin Fremden gegenüber scheu. Schwerfällig kam Hanna auf die Beine. „Ich komme mit", seufzte sie resigniert. „Danke", fügte sie einen Augenblick später hastig hinzu, als sie Meiras amüsierten Blick auffing.

Die Heilerin lachte leise, als Maxine Hanna zufrieden anstupste und dann vor den beiden Frauen den Pfad hinunterlief. „Wie heißt du, Kind?"

„Hanna. Hanna Berger."

„Hanna... Berger", wiederholte die Heilerin nachdenklich. „Gehört der zweite Name deinem Vater? Diesen Brauch kennt man bei uns nicht, aber er gefällt mir. Es zeugt von Respekt."

Hanna wurde rot. „Ich werde es mir merken", murmelte sie verlegen.

Meira studierte aufmerksam ihr Gesicht, als könne sie so herausfinden, was Hanna ihr verschwieg. „Du musst von weither kommen. Von sehr weit, nicht wahr?"

Hanna presste die Lippen zusammen und schwieg. Meira beobachtete sie noch einen Moment lang ganz genau. „Komm jetzt, es ist kein weiter Weg. Wir können uns unterhalten, wenn wir gemütlich am Feuer sitzen."

Meiras Zuhause entpuppte sich als ein kleines Haus auf einer Lichtung mitten im Wald, solide aus demselben rötlichen Stein erbaut wie die Burg. Halb mit Efeu überwuchert, schien es direkt aus einem Märchenbuch herausgeschnitten worden zu sein. Hanna mochte es sofort.

Auf dem Weg hatte Meira kaum gesprochen und Hanna war froh darüber. Es gab ihr Zeit, sich ein wenig zu beruhigen und einen Eindruck von der Frau zu verschaffen, die so unverhofft aufgetaucht war. Dass Maxine ihr vertraute, gab ihr ein gutes Gefühl, trotzdem nahm sie sich vor sehr vorsichtig mit dem zu sein, was sie sagte.

Das Innere des Hauses bestand aus einem einzigen großen Raum, von dem nur eine kleine Vorratskammer und eine Schlafstelle abgetrennt waren. Das Bett, das dort stand, wurde von einem dicken Vorhang halb verdeckt. Ein schwerer Holztisch und drei solide Stühle beherrschten den Raum, außerdem gab es eine Art Schrank in einer Nische. Von der Decke hingen unzählige Kräuterbündel und verströmten einen angenehmen Duft. Hannas Gastgeberin war mit Sicherheit nicht reich, aber alles war sauber und strahlte Gemütlichkeit aus.

Meira entzündete ein Feuer in der ordentlich gemauerten Feuerstelle und hängte einen Metalltopf darüber, aus dem es schon bald köstlich zu duften begann. Außerdem erhitzte sie Wasser, damit sich Hanna waschen konnte. Es war eine Wohltat, denn ihre Füße taten weh und waren eiskalt. Meira sah die Schrammen und wunden Stellen und gab ihr einen Topf Salbe, damit sie sie behandeln konnte. Die Salbe roch würzig und angenehm und linderte schnell den Schmerz.

Nach einer Weile füllte Meira zwei Schalen mit einem sämigen Eintopf und winkte Hanna zu sich herüber. „Iss, Kind! Du bist bestimmt hungrig."

„Danke." Der Eintopf war köstlich, ebenso das dunkle Brot, das Meira Hanna reichte. Sie aß mit Appetit und schlug auch eine zweite Portion nicht aus. Maxine lag unter dem Tisch und schlief, nachdem Meira sie versorgt hatte. Je mehr sich die Mahlzeit ihrem Ende näherte, desto unruhiger wurde Hanna. Sie war nicht darin geübt sich zu unterhalten und fürchtete sich vor dem Gespräch, das nun folgen würde.

Meira schien ihre Gedanken zu erraten, aber sie schwieg. Je länger sie Hanna betrachtete, desto nachdenklicher wurde sie. Hanna wurde immer unbehaglicher zumute. Sie hatte die Gastfreundschaft angenommen und bisher nichts dafür zurückgegeben. „Vielen Dank für das Essen", platzte sie heraus.

Die Heilerin sah sie mit einem halben Lächeln an. „Gern geschehen. Jetzt musst du dich entscheiden, ob du mir genug vertraust um hierzubleiben. Für mich wäre es in Ordnung. Ich habe nicht das Gefühl, dass du mir etwas antun willst."

Hanna schnappte erschrocken nach Luft. Meira beobachtete ihre Reaktion genau und nickte dann zufrieden. „Das dachte ich mir. Du hast Geheimnisse, aber ich vertraue darauf, dass sie nicht gegen mich gerichtet sind. Du musst auf dem Fußboden schlafen. Ich hole dir ein paar Decken."

„Ich bin dir wirklich sehr dankbar", stotterte Hanna. „Ich habe keine Ahnung, wohin ich sonst gehen sollte und ich würde nie..." Sie verstummte hilflos. Als sie weitersprach, brach ihre Stimme fast. „Ich weiß nicht, wie ich mich verhalten soll", gab sie kläglich zu.

Meiras Lächeln überraschte sie. „Du bist willkommen. Zumindest für heute Nacht in mein Haus auch dein Haus. Keinem von uns wird in diesen Mauern etwas Böses zustoßen."

Es klang wie ein feierliches Versprechen, viel mehr als Hanna erwarten konnte, und noch immer hatte sie nichts zurückgegeben. „Danke", brachte sie mit einem Kloß im Hals hervor. „Du wirst es nicht bereuen, das verspreche ich. Ich habe wirklich Geheimnisse, aber sie sind nicht bedrohlich. Sie sind nur..." Sie schüttelte den Kopf. „Es ist nicht so einfach."

Meira schwieg ein paar Herzschläge lang. „Nein, du bist keine Gefahr für mich. Du bist ängstlich und verwirrt und das kann ich verstehen. Vertrauen zu finden ist niemals einfach. Andererseits könnte ich dir vielleicht helfen, wenn du dich dazu durchringst, mit mir zu reden. Aber auch das ist deine Entscheidung und nicht meine."

Hätte Meira versucht Hanna zu drängen, dann hätte sie sich weiter geweigert, so aber brach ihr Widerstand in sich zusammen. Vertrauen. Ja, irgendetwas sagte ihr, dass sie dieser Frau tatsächlich genauso wie Maxine vertrauen konnte. Ein Damm in ihrem Innerem brach und plötzlich war es ganz leicht. „Ich bin hergekommen, weil ich jemanden suche, aber ich kann ihn nicht finden. Ich weiß nicht, was ich jetzt machen soll."

Meira griff über den Tisch hinweg nach Hannas Hand und drückte sie ermutigend. „Wen? Wen suchst du, Kind?"

„Raine." Der Name kam wie ein Schrei heraus, rau und heiser. Hanna begann zu zittern. „Sein Name ist Raine. Er hat gesagt, dass ich zu ihm kommen kann. Er hat die Tür für mich offen gelassen. Ich habe ihm vertraut und es riskiert und jetzt... und jetzt..." Die letzten Worte gingen in einem Schluchzen unter. Der Damm war nicht nur gebrochen, er war vollständig verschwunden.

Meiras Daumen strich beruhigend über Hannas Handgelenk. „Also habe ich mich nicht geirrt. Du stammst nicht aus dieser Welt", sagte sie leise. Als Hanna vor Schreck einen Schrei ausstieß und zurückwich, ließ Meira ihre Hand sofort los. „Es ist in Ordnung, Kind, hab keine Angst. Ich sehe mehr als andere Menschen."

„Bist du eine Hexe?", platzte Hanna zu ihrem eigenen Entsetzen heraus. Sie konnte fühlen, wie ihr Gesicht rot anlief.

Die Augen der Frau begannen vergnügt zu funkeln. „Hin und wieder nennt man mich so, aber das liegt an meinem Beruf. Ich bin Heilerin und Hebamme und weiß viel mehr über Kräuter als die meisten Leute. Das sorgt immer dafür, dass man hin und wieder schief angesehen wird, aber es ist keine Magie, nur Wissen." Sie seufzte tief. „Doch es stimmt, ich besitze noch ein anderes Talent. Du würdest es vielleicht den Blick nennen."

„Es tut mir leid", sagte Hanna zerknirscht. „Ich wollte dich nicht beleidigen."

„Das hast du nicht. Noch einmal, ich verstehe deine Angst. In deiner Welt hat man wohl keine gute Meinung von Magie." Plötzlich wurden ihre Augen groß. „Nein, das ist nicht der Grund.

Du kennst keine Magie. So etwas gibt es bei euch nicht", murmelte sie, als rede sie mit sich selbst.

„Nur in Geschichten für Kinder."

„Und wahrscheinlich ist sie meistens böse. Ich verstehe." Da war wieder dieser Blick, der Hanna unter die Haut ging. „Du hast etwas an dir... Ich kann es nicht erklären, aber ich glaube, es war kein Zufall, dass wir uns begegnet sind."

Hanna holte tief Luft und nahm all ihren Mut zusammen. „Kennst du Raine? Weißt du, wo ich ihn finden kann? Das ist alles, was ich will."

Ein Schatten glitt über Meiras Gesicht. „Das ist leider nicht so einfach. Was weißt du über ihn?"

Einen Moment lang hatte Hanna das Gefühl keine Luft mehr zu bekommen. „Ist er tot?", fragte sie mit brüchiger Stimme.

„Nein, er ist am Leben." Meiras Blick wurde noch eindringlicher. „Was bedeutet er dir?"

„Ich liebe ihn", platzte Hanna ohne zu zögern heraus.

Meira nickte bestätigend. „So sehr, dass du ihm hierher gefolgt bist, nachdem du ihn in deiner Welt kennengelernt hast. Erzähl mir davon."

Ein verträumtes Lächeln erschien auf Hannas Gesicht. „Es war Zufall. Ich sah ihn unter dem Baum stehen, so verwirrt und verloren, und konnte den Blick nicht abwenden."

„Also hat er seine Gabe endlich gefunden", murmelte Meira. „Niemand sonst hat ihn beachtet, vermute ich."

„Nein. In meiner Welt achten die Leute nicht aufeinander. Jeder ist mit sich selbst beschäftigt."

„Du hast ihn trotzdem bemerkt."

„Zufall." Hanna zuckte die Achseln. „Er tat mir irgendwie leid."

„Das war kein Zufall. Ihr seid beide zur selben Zeit an diesen Ort gezogen worden. Eure Begegnung war vorbestimmt."

Hanna runzelte die Stirn. „Wie meinst du das? Wenn ich nur ein paar Minuten früher oder später dort gewesen wäre, wäre ich wie an jedem Tag an dem Park vorbeigegangen."

„Es ist aber geschehen. „Du warst da, du hast ihn gesehen und du hast mit ihm gesprochen, obwohl du ihn nicht kanntest. Er muss dir merkwürdig vorgekommen sein."

Hanna musste lachen. „Was er sagte, klang mehr als seltsam. Zu Anfang dachte ich, er sei verrückt."

„Verständlich. Wie ging es weiter?"

„Wir trafen uns jeden Tag für kurze Zeit, immer an derselben Stelle. Dann kam er plötzlich nicht mehr."

„Du hast ihn nicht wiedergesehen?"

„Erst Tage später." Hanna senkte den Kopf. Sie konnte den Schmerz noch immer spüren. „Er kam um sich zu verabschieden. Es war vorbei."

„Wie lange ist das her, Hanna?", fragte Meira sanft.

„Für mich ein ganzes Leben. Ich konnte mich nicht daran erinnern. Erst kurz bevor ich in meiner Welt gestorben bin, habe ich die Erinnerung zurückbekommen", platzte Hanna heraus ohne nachzudenken. Sie zuckte zusammen, als ihr klar wurde, was sie da gerade gesagt hatte. Meira musste sie für völlig verrückt halten.

Die Heilerin zuckte mit keiner Wimper. „Wie hast du die Erinnerung zurückbekommen?"

„Ein Mann kam. Er schien mich gut zu kennen. Danach erlebte ich alles wie in einem Traum und erinnerte mich."

„Was geschah dann?", fragte Meira angespannt.

Hanna wand sich unbehaglich. Ihr war klar, wie das alles klang. „Ich musste mich entscheiden, ob ich Raines Angebot annehmen wollte. Er hatte mir versprochen die Verbindung nicht zu schließen. Ich ließ mich darauf ein."

Meira nickte. „Das war sehr mutig von dir." Sie lehnte sich nach vorn und sah Hanna noch intensiver in die Augen. „Wie viel Zeit ist seit deiner Begegnung mit Raine vergangen?", fragte sie noch einmal.

„Fast siebzig Jahre." Hanna flüsterte nur. „Und jetzt ist er nicht hier. Vielleicht hat er mich längst vergessen."

Doch Meira schüttelte den Kopf. „Das hat er nicht. Er hat alles riskiert, um dich noch einmal sehen zu können. Dann hat er dir die Erinnerungen genommen um dich zu beschützen."

Hanna fuhr auf. „Warum? Ich wollte nichts lieber als bei ihm sein."

„Du besitzt nicht seine Gabe. Du musstest sterben um hierher zu gelangen. Er hat dafür gesorgt, dass du das Leben in deiner Welt ohne Schmerzen leben konntest. Er hat es dir geschenkt."

Hanna schossen die Tränen in die Augen. „Es hat nicht ganz geklappt", sagte sie mit brüchiger Stimme. „Ich war immer allein. Eine Zeit lang wollte ich unbedingt einen Partner, aber ich konnte mich an niemanden binden."

„Aber jetzt bist du hier. Du hast eine zweite Chance bekommen."

„Wie viel Zeit ist hier seitdem vergangen?", fragte Hanna voller Furcht.

Meira nickte bedächtig, als habe sie auf diese Frage gewartet. „Ungefähr zwei Jahre. Nicht allzu viel Zeit, aber seitdem ist eine Menge geschehen."

„Heißt das, er ist nicht mehr hier?" Alles in Hanna zog sich vor Angst zusammen.

Meira seufzte. „Er ist fortgegangen, niemand weiß wohin. Er musste zusammen mit seinen Brüdern das Land verlassen." Sie sah Hanna eindringlich an. „Noch viel schlimmer ist, dass es keine Möglichkeit gibt ihn wissen zu lassen, dass du jetzt hier bist."

5. Kapitel

Der nächste Ruf kam nur vier Tage später. Diesmal waren es Tagira, die sich einem Dorf ganz offen näherten, eine viel größere Truppe als gewöhnlich. Viel Zeit blieb nicht mehr um sich darauf vorzubereiten. Die Stimme des Ältesten hatte gezittert, als er die Botschaft in den Wind flüsterte. Es war bereits Nachmittag. Sie würden rund zwei Stunden brauchen um das Dorf zu erreichen, wenn sie die Pferde nicht schonten. Falls dann noch nicht längst alles zu spät war, lief es auf einen Kampf in der Dunkelheit hinaus.

Als sie endlich einen Blick auf das Dorf werfen konnten, hatte die Dämmerung schon begonnen. Kieran hielt auf einer Anhöhe an. Was dort unten auf sie wartete, sah nicht gut aus.

Die Tagira waren ein Reitervolk, sie ließen sich ungern in Fußkämpfe verwickeln. Ihre Pferde waren nicht allzu groß, aber berühmt für ihre Ausdauer und Kraft. Tagirapferde banden sich an ihren Reiter, sie duldeten niemand anderen auf ihrem Rücken. Selbst Diemas konnte kaum Einfluss auf sie nehmen. Man erzählte sich, dass die ungewöhnliche Bindung auf Magie beruhte.

Die Dorfbewohner hatten ihre Siedlung so gut es ging verbarrikadiert, aber die Höfe standen zu weit auseinander um viel ausrichten zu können. Raine zählte nicht weniger als dreißig Reiter, die sich immer wieder in vollem Tempo den Barrikaden näherten, ihre Pfeile verschossen und sich schnell zurückzogen. Die wenigen Bogenschützen der Dorfbewohner kamen unter diesen Bedingungen nur selten zum Schuss und noch seltener gelang ihnen ein Treffer. Auf diese Weise banden die Tagira die Verteidiger und konnten irgendwann in ihrem Rücken fast ungehindert in das Dorf eindringen. Lange würde es nicht mehr dauern.

In Kierans Wange zuckte ein Muskel, er presste die Lippen fest zusammen. „So viele“, murmelte er.

Diemas hielt neben ihm an. „Wir müssen uns aufteilen. Und es muss schnell gehen.“

Kieran wandte sich um und suchte Titus Blick. „Kannst du uns einen Vorteil verschaffen?“

„Heftige Böen würden uns genauso behindern wie den Gegner. Das wäre im Moment nicht von Vorteil, aber ich behalte es im Auge."

„Nehmen wir sie in die Zange?", fragte Jaron.

Kieran überlegte kurz und nickte dann widerstrebend. „Diemas, Wulf, Raine, ihr nehmt die linke Seite und bleibt zusammen. Die anderen kommen mit mir."

Niemand widersprach, Kieran hatte sich seinen Anspruch auf die Führung längst verdient. Sie teilten sich auf und lösten ihre Bögen von den Sätteln. Keiner von ihnen besaß das unglaubliche Geschick der Tagira, wenn es darum ging vom Pferderücken aus zu schießen, aber das Überraschungsmoment würde ihnen zu Anfang helfen. Danach war alles möglich.

Die beiden Gruppen trennten sich und trieben ihre Pferde an. Als die ersten Tagira zu Boden gingen, erklangen aus dem Dorf Jubelschreie. Ein Teil der Angreifer wandte sich um und stürmte den Prinzen entgegen.

Die Tagira lenkten ihre Tiere nur mit den Knien und verschossen Pfeil um Pfeil, während sie näher kamen. Eines der Geschosse fuhr Wulf in die linke Schulter, allerdings so weit oben, dass es keinen schwerwiegenden Schaden anrichtete. Es gelang ihm im Sattel zu bleiben. Sein Pferd kam nicht aus dem Tritt, sondern wurde schneller und setzte sich an die Spitze, als Wulf einen wilden Kampfschrei ausstieß. Sie waren jetzt schon fast so nah heran, dass die Bögen nutzlos wurden. Die Tagira würden nun versuchen sich zurückzuziehen, um den Angriff dann von neuem zu beginnen. Mit dieser Strategie durften sie sie nicht durchkommen lassen.

Raines Pferd machte einen Satz nach vorn und legte noch einmal Tempo zu. Der Bogen war jetzt nutzlos, er hatte ihn sich umgehängt und das Schwert gezogen. Das hier war Krieg und er würde gnadenlos töten, auch wenn er es noch so sehr hasste. Die Reue darüber kam erst viel später, wenn alles vorbei war. Genau wie seine Brüder kannte er ihren bitteren Geschmack inzwischen genau.

Als Raine den ersten Gegner einholte, verschwand jeder Gedanke aus seinem Kopf, der über den Augenblick hinausging. Der Mann fuhr mit verzerrtem Gesicht und gefletschten Zähnen herum und brachte sein Pferd dazu, einen fast unmöglichen Sprung zur Seite zu machen. Er war Raines erstem Schwerthieb ausgewichen und griff nun seinerseits an. Von diesem Augenblick an geriet Raine völlig in den Bann des Kampfes. Irgendwann glitt die Welle eines mächtigen magischen Befehls an ihm vorbei und ließ die Pferde der Gegner aus dem Tritt kommen. Entschlossen rückte Raine wieder vor.

Raines Kampfrausch wurde erst durchbrochen, als ein Körper gegen ihn prallte und ihn aus dem Sattel riss. Er schlug hart auf dem Boden auf, das Schwert noch immer fest umklammert. Sein Gegner landete auf ihm und schien im ersten Moment genauso benommen zu sein wie er. Sobald Raine wieder Luft bekam, stieß er sich mit aller Kraft ab und versuchte sich zu befreien. Er hatte mit heftigem Widerstand gerechnet, stattdessen gelang es ihm, sich mit seinem Gegner herumzurollen und ihn unter sich zu begraben. Er hielt ihn unerbittlich fest und zog seinen Dolch.

Er hatte schon den Arm erhoben und war kurz davor zuzustoßen, als ein unterdrückter, fast schluchzender Laut ihn innehalten ließ. Er verlagerte sein Gewicht so, dass der Tagira ihn unmöglich abschütteln konnte und riss dann das Tuch herunter, mit dem die Stammeskrieger im Kampf ihre Züge verbargen. Im nächsten Moment erstarrte er.

Das Gesicht, das Raine vor sich sah, war jung, viel zu jung. In den weit aufgerissen Augen schimmerte Trotz, aber auch hilflose Furcht. Der Junge konnte höchstens vierzehn sein und er rechnete jeden Moment damit sein Leben zu verlieren. Raine starrte ihn an und war von einem Augenblick zum anderen völlig ernüchtert. Dies war Krieg und er kämpfte um das Leben der Dorfbewohner, aber trotzdem konnte er dieses Kind nicht töten. Er drehte den Tagira auf den Bauch und fesselte ihm die Hände auf den Rücken. Den Jungen zu verschonen war eine Sache, aber er musste zumindest dafür sorgen, dass er sich nicht noch einmal am Kampf beteiligen konnte.

Er hatte kaum den letzten Knoten festgezogen, als ihn ein wilder Schrei aufspringen ließ. Ein Reiter sprengte heran und schrie seinen Zorn heraus. Er hielt direkt auf Raine zu, als wollte er ihn niederreiten, wich aber im letzten Moment aus.

Anscheinend wollte er auf keinen Fall riskieren den Gefangenen zu verletzen.

Gegen einen Reiter war Raine deutlich im Nachteil. Sein Pferd war nach seinem Sturz weitergelaufen und nicht mehr zu sehen. Der Tagira war zwar an ihm vorbei geprescht, aber er warf sein Pferd schon wieder herum und hob den Bogen. Dem ersten Schuss konnte Raine vielleicht mit Glück ausweichen, dem zweiten mit Sicherheit nicht mehr. Ihm blieb nur eine einzige Möglichkeit und er musste schnell sein.

Raine riss den Jungen vom Boden hoch und schob ihn wie einen Schild vor sich. Der Bursche schien kaum etwas zu wiegen. Er versuchte zwar sich zu wehren, aber gegen Raines Kraft hatte er keine Chance. Der Reiter verriss den Bogen im allerletzten Moment und zügelte dann sein Pferd so heftig, dass es fast gestürzt wäre. Das Tuch verbarg den größten Teil des Gesichtes des Mannes, aber in den Augen spiegelte sich Entsetzen. Im nächsten Moment warf er seine Waffe mit einem Fluch zur Seite und hob die leeren Hände. Die Geste wirkte gleichzeitig zornig und resigniert. Dann stieg der Tagira ab und kam langsam auf Raine zu.

„Tötet ihn nicht“, stieß er hervor und ließ sich einige Schritte vor Raine auf die Knie fallen. „Ich ergebe mich. Wir alle ergeben uns.“

Raine starrte den knienden Reiter an und bemerkte erst jetzt, dass um ihn herum der Kampf zum Erliegen gekommen war. Im nächsten Moment brachte Wulf sein Pferd neben Raine zum Stehen und wachte mit grimmiger Miene über ihn. Gleich darauf tauchte Jaron an seiner anderen Seite auf und Kieran ritt an ihnen vorbei direkt auf den Tagira zu. Raine hielt weiterhin den Jungen fest, der längst aufgehört hatte sich zu wehren. Stattdessen schien er nun Mühe zu haben sich auf den Beinen zu halten.

Kieran sprang vor dem Mann aus dem Sattel. „Seid Ihr der Anführer dieser Horde?“, fuhr er ihn an. „Was ist so besonders an diesem Reiter, dass Ihr Euch ergebt um sein Leben zu retten?“

Der Mann antwortete nicht. Durch das Tuch vor seinem Gesicht war sein Alter schwer zu schätzen. Er erwiderte Kierans Blick nicht, sondern starrte blicklos in die Ferne. Er rechnet damit im nächsten Augenblick zu sterben, wurde Raine klar. Der Junge in seinen Armen zuckte zusammen und gab einen gequälten Laut von sich, den er sofort zu unterdrücken versuchte.

Kieran wandte sich nicht um, als er seinen Bruder ansprach. „Raine?"

„Mein Gefangener ist noch ein Kind", erwiderte er gelassen. „Ein Kind, das in einem Kampf nichts zu suchen hat."

Mit einem wilden Ruck versuchte der Junge sich zu befreien, aber Raine hielt ihn unter Kontrolle. Der kniende Mann wandte sich Kieran wieder zu. „Lasst ihn frei. Ich biete mein Leben für seines an."

„Eure Leben gehören mir bereits", antwortete Kieran kalt. „Was sollte mich daran hindern, sie beide zu nehmen?"

„Eure Ehre", zischte der Mann. „Geht mit mir eine ehrenhafte Vereinbarung ein."

„Diese Entscheidung kann ich nicht allein treffen." Kieran klang völlig gefühllos. „Ihr habt das Dorf angegriffen. Dort gibt es kaum erfahrene Kämpfer, dafür umso mehr Frauen und Kinder. Wollt Ihr ihr Leben geringer bewerten als das Leben dieses Jungen?"

Die Augen des Mannes loderten. „Wir hatten Gründe für diesen Angriff. Wir hätten so wenige wie möglich getötet."

Kieran lachte rau, ein Laut, der selbst Raine einen Schauer über den Rücken laufen ließ. „Ihr müsst mich für sehr vertrauensselig halten", fauchte er dann. Der Tagira schwieg und wandte den Blick wieder ab. Für ihn schien das Gespräch beendet zu sein. Kieran beobachtete ihn genau. „Raine", sagte er langsam, „hast du vor deinen Gefangenen zu töten?"

„Ich töte keine Kinder", kam die ruhige Antwort. „Wenn ich das vorhätte, wäre der Junge schon lange tot. Er war heute nicht mein erster Gegner."

Der erwachsene Tagira fuhr herum. In seinen Augen loderte etwas auf, das Zorn sein konnte, vielleicht aber auch Hoffnung. „Dann lasst ihn frei. Gebt ihm zwei Begleiter mit und schickt ihn zurück. Wir anderen begeben uns bedingungslos in Eure Hände."

Kieran schwieg ein paar Atemzüge lang und ließ den Mann nicht aus den Augen, als er seine Entscheidung traf. „Wulf, setz den Jungen auf sein Pferd und wähle zwei Begleiter für ihn aus. Sie können gehen." Er wartete einen Augenblick, damit der Tagira sehen konnte, dass seine Befehle ausgeführt wurden. „Gebt Ihr mir Euer Wort, dass keiner von Euch uns angreift, sobald der Junge fort ist?"

„Das schwöre ich bei meinem Leben. Wir alle gehen widerstandslos in den Tod."

Kieran schwieg, bis die drei Freigelassenen davongaloppierten. Einer der Begleiter hielt die Zügel des Jungen fest gepackt und ließ ihm keine Chance, die Richtung noch einmal zu ändern. Der kniende Tagira kam auf die Füße und zog weitere Dolche hervor, die er verborgen am Körper getragen hatte. Er ließ sie achtlos zu Boden fallen und blieb hoch aufgerichtet stehen, die Arme locker an den Seiten. „Ich bin bereit zu sterben", sagte er ruhig.

Im einen Augenblick war Kierans Miene noch wie versteinert, im nächsten breitete sich ein Lächeln darüber aus, als sei die Sonne aufgegangen. „Heute ist Euer Glückstag. Ich will Euren Tod nicht."

Ohne eine weitere Erklärung abzugeben drehte er sich um und wandte seinem erstaunten Gefangenen den Rücken zu.

Die Tagira wurden in eine der Scheunen des Dorfes gebracht und dort eingesperrt, nachdem man sie auf Waffen durchsucht hatte. Keiner von ihnen wehrte sich. Die Dorfbewohner sahen mit finsteren Blicken zu. Zwei Mitglieder ihrer Gemeinschaft waren tot und es gab mehrere Verletzte. Nur der Respekt vor den Prinzen hielt die Leute davon ab, sich an den Gefangenen zu rächen.

Für das Gespräch mit dem Anführer bot der Dorfälteste sein Haus an. Kieran nahm das Angebot bereitwillig an. Er hatte sich noch einmal mit ernsten Worten an die Männer gewandt, die die Scheune bewachten und sie beschworen, nichts auf eigene Faust zu tun. Das Versprechen, das man ihm gegeben hatte, schien ausreichend zu sein. Niemand würde es wagen, ihn oder seine Brüder offen zu verärgern.

Der Anführer der Tagira war Kieran ruhig gefolgt, nachdem er sich von der Überraschung erholt hatte, dass ihm niemand Fesseln anlegte. Jetzt saß er ihm am Tisch des Dorfältesten gegenüber, die leeren Hände demonstrativ vor sich abgelegt.

Diemas und Titus hatten Kieran in die Mitte genommen, die anderen hatten sich im Raum verteilt. Raine lehnte neben der Tür an der Wand und ließ den Mann nicht aus den Augen. Er konnte das Gesicht des Tagira genau beobachten, während er selbst fast in den Schatten verschwand.

Kieran lehnte sich bequem zurück und ließ sich Zeit. Er starrte den Gefangenen an, während sich das Schweigen in die Länge zog. Der Tagira erwiderte seinen Blick mit steinerner Ruhe. Seit der Junge in Sicherheit war, schien den Mann nichts mehr erschüttern zu können. Nach einer Weile gab es Kieran auf. „Der Kampf ist vorbei. Ich will Euer Gesicht sehen, wenn ich mit Euch rede“, forderte er schroff.

Der Gefangene zögerte kurz, dann hob er langsam die Hände. Sein hageres Gesicht war gebräunt und von tiefen Linien der Erschöpfung durchzogen. In den blassblauen Augen über der scharf geschnittenen Nase schimmerte Wachsamkeit, aber keine Furcht. Raine schätzte sein Alter auf irgendwo zwischen dreißig und vierzig Jahren.

Kieran musterte sein Gegenüber aufmerksam. „Wie lautet Euer Name?“

„Tomas.“

„Wisst Ihr, wer wir sind?“

Der Mann nickte.

„Sprecht es aus. Ich will es hören.“

Die Lippen des Tagira zuckten kurz. „Wozu?“

„Damit es keine Unklarheiten gibt“, knurrte Kieran. „Damit Ihr wisst, wie Ihr einzuschätzen habt, was ich Euch zu sagen habe.“

„Die Mühe könnt Ihr Euch sparen.“

„Überlasst das mir. Also?“

„Ihr seid die Prinzen von Fennmark. Die ehemaligen Prinzen“, fügte Tomas mit einem schmalen Lächeln hinzu.

Kieran ging nicht auf die Provokation ein. „Wer ist der Junge, für den Ihr Euch ergeben habt? Was bedeutet er für Euren Stamm?“

Der Tagira antwortete nicht, er erwiderte nur ungerührt Kierans Blick.

Der Kronprinz brummte ungeduldig. „Warum nehmt Ihr ihn mit in einen Kampf, wenn Ihr ihn um jeden Preis schützen wollt?“

Diesmal bekam er eine Antwort. „Das haben wir nicht. Er ist uns heimlich gefolgt."

Kieran schwieg sekundenlang, dann beugte er sich ruckartig nach vorn und brachte sein Gesicht dichter an das des Tagira heran. „Wollt Ihr leben, Tomas?"

Der Mann stieß ein schnaubendes Lachen aus, antwortete aber nicht.

Kieran seufzte. „Ich sehe schon, Ihr seid ein schwieriger Gesprächspartner. Nun gut, dann hört mir wenigstens zu." Er lehnte sich zurück und schlug entspannt die Beine übereinander. Wie ein guter Geschichtenerzähler zog er die Stille noch etwas in die Länge, bevor er weitersprach.

„Ihr führt einen Stamm der Tagira an. Euer Volk lebt normalerweise viel weiter im Norden, Ihr kommt selten auch nur in die Nähe unserer Grenzen. In der letzten Zeit habt ihr Euch weit von Eurem angestammten Gebiet entfernt. Es kann nicht daran liegen, dass Ihr kein Futter für Eure Pferde findet, die Weidegründe nördlich von hier haben immer für alle ausgereicht. Ihr zieht Euch nicht wieder zurück, wie es sonst üblich ist. Ich will den Grund dafür wissen."

Tomas rührte sich nicht. Seine Miene war völlig ausdruckslos.

Kieran ließ nicht locker. „Ihr wusstet, dass meine Brüder und ich früher oder später auftauchen, trotzdem habt Ihr angegriffen. Selbst wenn wir zu spät gekommen wären um den Überfall zu verhindern, hätten wir Euch verfolgt. Ihr kennt unseren Ruf. Ihr wisst, wir hätten Euch irgendwann zur Strecke gebracht. Wofür? Für ein bisschen Getreide, ein paar Rinder, das letzte Wintergemüse? Es fällt mir schwer das zu glauben."

Als Tomas nicht reagierte, schlug Kieran wütend mit der flachen Hand auf den Tisch. Der Tagira zuckte nicht einmal zusammen. „Redet endlich, Mann!", fauchte Kieran. „Habt Ihr denn immer noch nicht begriffen, dass Ihr mehr zu gewinnen als zu verlieren habt? Vielleicht ist Euch tatsächlich egal, was mit Euch geschieht, aber als guter Anführer solltet Ihr auch daran denken, was Euer Tod für den Stamm bedeutet."

Nichts. Kieran sah den Tagira finster an und versuchte seinen brodelnden Zorn unter Kontrolle bringen. Das Schweigen zog sich hin. Als Raine schon überzeugt war, dass dieses Gespräch völlig sinnlos war, meldete sich Tomas plötzlich mit rauer Stimme zu Wort. „Wir können nicht zurück in unsere Heimat. Einigen meiner Leute geht es schlecht. Wir brauchen dringend Vorräte."

„Und Ihr seid nicht auf die Idee gekommen, es mit ehrlichem Handel zu versuchen?", knurrte Kieran. „Stattdessen kommt Ihr hierher und überfallt meine Leute."

Der Tagira warf den Kopf zurück, seine Mundwinkel zuckten. Einen Augenblick lang war Raine überzeugt, dass er in lautes Gelächter ausbrechen würde. „Macht Euch nicht lächerlich, Prinz. Glaubt Ihr im Ernst, jemand in Fennmark würde mit uns Handel treiben?", fragte er scharf.

Das war unbestreitbar wahr. Kieran war fair genug es einzugestehen. „Ihr habt Recht. Bei Eurem Ruf hätte man auch das als Angriff gewertet." Er stützte die Ellenbogen auf den Tisch und lehnte das Kinn an seine gefalteten Hände. „Schluss jetzt mit dem Unsinn. Wie viele Kranke habt Ihr?"

Kurz sah man dem Tagira an, dass ihn die Frage überraschte. Einen Augenblick lang schien er abzuwägen, dann entschloss er sich zu antworten. „Zu viele. Die meisten Alten und ein paar Kinder."

Kieran erstarrte, als ihm klar wurde, was das bedeutete. „Ihr habt den ganzen Stamm in die Nähe der Grenze gebracht?"

Tomas biss die Zähne zusammen. Es fiel ihm sichtlich schwer ruhig zu bleiben. „Ich sagte es bereits. Wir können nicht in unsere Heimat zurück."

„Wie viele insgesamt?"

Diesmal gab es kein Zögern. „Hundertzwanzig Menschen und über zweihundert Pferde."

„Wie viele kampffähige Männer?"

Tomas knurrte leise, antwortete aber. „Vierzig."

Kieran stieß zischend den Atem aus. „Und dann riskiert Ihr es, dreißig von ihnen in einen Kampf zu schicken? Habt Ihr völlig den Verstand verloren?"

Tomas Augen glitzerten gefährlich. Die nächsten Worte presste er durch zusammengebissene Zähne hervor. „Redet nicht über Dinge, die Ihr nicht versteht. Es gab keine andere Möglichkeit mehr. Es musste gelingen."

„Warum gerade dieses Dorf?"

„Sie haben einen Heiler." Tomas hob das Kinn und forderte Kieran wortlos heraus ihn zur Rede zu stellen, weil er geplant hatte den Mann zu entführen.

Kieran schloss einen Moment lang die Augen. „Ich habe immer wieder um eine Kontaktaufnahme gebeten, nach jedem Überfall, bei dem es einen Überlebenden gegeben hat. Warum seid Ihr nicht darauf eingegangen?"

Tomas schüttelte den Kopf. „Davon weiß ich nichts", antwortete er schroff.

„Allein in den letzten Wochen haben wir dreimal gegen Tagira gekämpft."

„Das waren andere Stämme. Größere Stämme, denen es besser geht als uns."

„Wollt Ihr mir wirklich weismachen, dass Ihr von ihnen keine Hilfe bekommt?", schnappte Kieran wütend.

„Seit ein Teil meiner Leute krank ist, werden wir von allen gemieden."

„Was ist das für eine Krankheit? Ist sie ansteckend?"

Tomas Miene wurde bitter. „Ein auszehrendes Fieber. Nur wer sowieso schon geschwächt ist, ist in Gefahr, für alle anderen ist sie ungefährlich. Aber das spielt keine Rolle."

„Kinder und Alte. Hunger löst so etwas aus", murmelte Kieran. „Jetzt redet endlich. Ich will wissen, wie Ihr in diese Lage geraten seid."

Tomas schoss von seinem Stuhl hoch, stützte sich auf dem Tisch ab und lehnte sich weit nach vorn, bis er Kieran aus nächster Nähe in die Augen starren konnte. Er fletschte die Zähne und sprach langsam und betont. Er wusste, dass er keine Chance hatte, trotzdem schwang in jedem einzelnen Wort eine Drohung mit. „Das geht Euch nichts an. Von mir bekommt Ihr keine Informationen, die meinen Leuten oder den anderen Stämmen schaden können. Ihr habt mein Leben und das meiner Männer in der Hand. Gebt Euch damit zufrieden."

Kieran wich nicht vor ihm zurück. „Acht Eurer Männer sind bereits tot. Was bedeutet es für Euren Stamm, wenn der Rest auch nicht zurückkehrt?"

„Das ist nicht Euer Problem", fauchte Tomas. „Die Tagira sind stark. Sie werden überleben."

„Wir werden sehen", erwiderte Kieran mit kalter Ruhe. „Diemas, Raine, bringt den Gefangenen in die Scheune. Ich habe im Moment genug von diesem Gespräch."

Der Tagira ließ sich widerstandslos abführen. Weder seine Miene noch seine Haltung verrieten Raine, was er über den Verlauf dieses Gesprächs dachte.

Kieran wartete schweigend, bis Raine und Diemas zurückkamen. „Hat er draußen Schwierigkeiten gemacht?", fragte er, als sie den Raum betraten.

Diemas schüttelte den Kopf. „Nein. In der Scheune war auch alles ruhig."

„Hast du versucht ihn mit deiner Gabe zu erreichen?", wandte sich Kieran an Wulf.

„Er würde es sofort merken und als Angriff auslegen. Wenn ich es tue, hast du keine Chance mehr, dass er dir irgendwann vertraut."

„Ja." Kierans Faust landete krachend auf dem Tisch. „Warum ist der Kerl so stur?" Dann sah er, dass Titus gar nicht erst versuchte sein Grinsen zu verbergen und fuhr wütend zu ihm herum. „Was ist daran komisch?"

„Er ist genauso stur wie du. Darin seid ihr euch ziemlich ebenbürtig." Titus Belustigung verschwand schon wieder. „Sei ehrlich, hättest du dich in seiner Situation anders verhalten?"

„Nein", knirschte Kieran, „aber das macht es nicht besser."

„Ziemlich lästig, oder?"

Diesmal bestand die einzige Antwort, die Titus bekam, aus einem grimmigen Blick.

Raine stieß sich von der Wand ab. „Warum hast du ihn schon fortgeschickt? Ich dachte, du wolltest ihm ein Angebot machen."

„Er ist noch nicht bereit dafür." Wulf bestätigte Kierans Einschätzung mit einem Nicken. „Ich will, dass er über meine Worte nachdenkt. Das ist für den Anfang genug."

„Wie soll es jetzt weitergehen?", fragte Diemas und erhob sich. „Solange nicht geklärt ist, was mit den Tagira geschieht, müssen wir hierbleiben."

„Ich weiß. Bete darum, dass der nächste Angriff nicht so schnell kommt." Kieran fuhr sich müde mit der Hand durchs Gesicht. „Wir quartieren uns hier ein und lassen unsere Wunden versorgen."

„Und können uns bei dieser Gelegenheit gleich den Heiler näher ansehen", murmelte Titus.

„Genau." Kieran grinste schwach.

Jaron ging um den Tisch herum und ließ sich auf den Stuhl fallen, auf dem der Tagira gesessen hatte. „Wir müssten eigentlich alle tot sein, ist dir das klar? Die Übermacht war viel zu groß, sie hätten uns fertigmachen können. Der Anführer hat nicht gelogen. Sie haben sich tatsächlich zurückgehalten."

„Ich weiß", wiederholte Kieran. „Ich muss mich bei euch entschuldigen. Ich habe die Beherrschung verloren. Beim nächsten Mal sagt ihr mir die Meinung, wenn ich schwachsinnige Befehle gebe."

Titus grinste. „Falls das Schwachsinn war, dann war er ansteckend. Normalerweise widerspreche ich dir gern, aber ich war genauso wild auf diesen Kampf wie du."

Diemas hatte kurz den Raum verlassen, jetzt kam er zurück. „Die Hunde des Dorfes bewachen die Scheune. Niemand kann heraus oder hinein, ohne dass wir davon erfahren."

„Gut. Ich bin gespannt, wie sich der Tagira morgen früh verhält."

Raine lehnte sich an den Tisch. „Wenn der Junge mich auf die gleiche Weise wie die anderen angegriffen hätte, hätte ich ihn getötet ohne zu bemerken, wie jung er ist. Er hat mich angesprungen und völlig überrumpelt. Mit ein bisschen mehr Erfahrung hätte er mich vielleicht sogar überwältigt."

„Wir haben Glück gehabt. Das hier ist die Chance, auf die ich schon so lange warte", sagte Kieran zufrieden. „Ich glaube, wir können es schaffen eine Allianz zu schließen."

„Mit einem Stamm, der schon halb tot ist", kommentierte Titus mit beißendem Spott.

„Es wäre ein Anfang", gab Wulf zu bedenken. „Wenn wir beweisen, dass wir es mit unseren Angeboten erst meinen, werden andere folgen."

Titus schüttelte skeptisch den Kopf. „Und was glaubst du, was die Dorfbewohner dazu sagen? Sie werden unseren neuen

Verbündeten Misstrauen, wahrscheinlich sogar Hass entgegenbringen."
„Alle diese Stämme sind Nomaden. Sie wollen sich nicht fest niederlassen, sie wollen nur ein Gebiet, in dem sie sich ohne Angst bewegen können. Das muss doch möglich zu machen sein. Es muss nicht ständig Berührungen mit der Dorfbevölkerung geben, aber unsere Grenzen wären sicherer."
„Das werden die meisten zu Anfang nicht verstehen. Auf beiden Seiten."
Kieran wandte sich zu Titus um. „Es wird mit Sicherheit nicht einfach, aber es ist die einzige Chance, die ich im Moment für eine halbwegs sichere Zukunft sehe."
„Wenn die Stämme tatsächlich nach Süden getrieben werden, können wir noch gar nicht abschätzen, was da auf uns zu kommt. Und das ist noch nicht alles. Was geschieht, wenn unser Vater von der Sache Wind bekommt und Truppen schickt?"
„Normalerweise wäre es das Beste, was passieren könnte", brummte Jaron. „Es ist seine Pflicht Fennmark zu schützen und im Gegensatz zu uns besitzt er auch die Mittel dazu."
„Er wird nicht kommen", behauptete Wulf entschieden.
„Und woher willst du das wissen?", fragte Jaron gedehnt.
„Nenn es ein Gefühl. Es ändert nichts am Ergebnis. Er wird nicht kommen."
„Umso wichtiger wäre es zu wissen, warum er nicht reagiert", warf Raine scharf ein.
Kieran bedachte ihn mit einem gereizten Blick. „Fang nicht schon wieder damit an. Wir haben hier schon genug Probleme."
Raine richtete sich gerader auf. „Für den Augenblick gebe ich dir Recht. Solange hast du mein Versprechen die Füße still zu halten, aber es gilt nicht mehr, wenn diese Situation bereinigt ist."

Der Heiler war noch jung und hervorragend ausgebildet. Um Wulfs Pfeilwunde hatte er sich sofort gekümmert, sie aber auf seine Bitte hin zunächst nur provisorisch verbunden. Die anderen waren nicht ernsthaft verletzt worden. Je länger Raine darüber nachdachte, desto unglaublicher erschien es ihm. Was für

Mächte waren hier am Werk, was hielt die Hand über seine Brüder und ihn? Wenn in diesem Kampf einer von ihnen getötet worden wäre, hätte es keine Chance mehr für eine Allianz gegeben. So aber schien alles möglich zu sein.

Sie hatten sich darauf geeinigt, dass Wulf den Heiler vorsichtig ansprechen sollte. Durch seine Gabe konnte er herausfinden, was sein Gesprächspartner tatsächlich dachte und ihn dazu bringen zuzuhören. Er übte niemals starken Druck aus, tatsächlich gab er mehr als er nahm. Er sprach nie darüber, aber Raine wusste, dass es ihm einiges abverlangte.

Die Pfeilspitze war tief in den Muskel eingedrungen, hatte aber weder Sehnen noch Knochen verletzt. Der Heiler vergewisserte sich noch einmal, dass er die Wunde vollständig gereinigt hatte, dann legte er Wulf einen Verband an, der die Schulter weitgehend ruhig stellte und stützte. Jaron sah sich die Technik genau an und diskutierte mit dem Mann darüber, mit welchen Kräutern man die Heilung am besten fördern konnte, bis Wulf sich schließlich leise räusperte. Jaron warf ihm einen entschuldigenden Blick zu und zog sich sofort zurück.

Wulf bewegte vorsichtig den Arm. Natürlich tat es weh, aber der Schmerz war erträglich. „Das habt Ihr gut gemacht“, lobte er den Heiler. „Mein Bruder hat immer noch nicht ganz raus, wie man einen Verband richtig anlegt.“

Der Heiler lachte leise und erfreut. Er war am Anfang sehr befangen gewesen, aber das hatte sich schnell gegeben. Die Prinzen verhielten sich so normal, dass er zu vergessen begann, mit wem er da sprach. „Ich freue mich, dass ich helfen konnte. Ihr habt uns alle gerettet.“

„Leider habt Ihr trotzdem zwei Männer verloren. Sind sie von Pfeilen getötet worden?“, fragte Wulf.

Der Heiler schüttelte den Kopf. „Nur Baren und der war selbst schuld. Er hat die Nerven verloren und ist praktisch in den Schuss hineingelaufen, obwohl die anderen noch versucht haben ihn aufzuhalten. Der andere Mann war schon sehr alt. Sein Herz hat die Aufregung nicht verkraftet.“

„Und die Verletzten?“

„Nichts, was nicht schnell wieder verheilt. Wir haben wirklich Glück gehabt.“ Der Mann blickte auf und lächelte zufrieden.

Wulf erwiderte dieses Lächeln. „Kommt Euch das nicht merkwürdig vor?"
Der Heiler stutzte. „Wie meint Ihr das?", fragte er unsicher.
Wulf ließ ihn nicht aus den Augen, als er weitersprach. Vorsichtig stellte er die Verbindung her, achtete aber darauf, sie locker zu halten. „Wir werden immer wieder zu Hilfe gerufen, bei jedem einzelnen Überfall in dieser Gegend. Für Euch war es das erste Mal, nicht wahr?"
Der Heiler nickte lediglich. Er wusste noch immer nicht, worauf der Prinz hinauswollte.
Wulf griff ein wenig fester zu, gerade genug um seine nächsten Worte bedeutungsvoller klingen zu lassen. „Meistens sieht die Bilanz nach einem Kampf bedeutend schlechter aus."
Der Heiler lachte ein wenig verlegen. „Nun, dann war es wirklich Glück. Und Euer rechtzeitiges Eingreifen natürlich", fügte er hastig hinzu.
„Oder die Angreifer haben sich zurückgehalten."
Der Heiler starrte ihn an. „Warum sollten sie das tun?"
Wulf antwortete mit einer Gegenfrage. „Sagt mir, wie weit würdet Ihr gehen, um Eure Familie zu verteidigen?"
Die Antwort kam ohne Zögern. „Ich würde alles tun. Ich habe eine wundervolle Frau und eine kleine Tochter, müsst Ihr wissen. Für sie würde ich alles riskieren."
„Würdet Ihr für sie töten?"
„Um ihr Leben zu retten? Ja. Wenn ich verzweifelt genug wäre, würde ich es tun."
„Nun", sagte Wulf gedehnt und sah dem Heiler fest in die Augen, „genau das ist es, was die Tagira getan haben. Sie waren verzweifelt genug um den Überfall zu wagen. Trotzdem haben sie sich zurückgehalten."
Der Mann starrte ihn an. „Das kann nicht Euer Ernst sein", brachte er mühsam hervor.
„Seht Euch um, dann erkennt Ihr es selbst. Der Anführer hat es bestätigt."
Der Heiler schüttelte den Kopf, als könne er den unwillkommenen Gedanken so loswerden. „Wollt Ihr etwa damit sagen, dass sie in Wirklichkeit Hilfe brauchen? Aber warum sollten sie uns dann angreifen?"

Der Mann war klug, stellte Wulf erfreut fest. „In ihrem Lager ist ein Fieber ausgebrochen. Sie brauchen dringend die Unterstützung eines Heilers. Hättet Ihr ihnen diese Hilfe gegeben, wenn sie versucht hätten Euch anzusprechen?"

Der Heiler verzog das Gesicht. „Höchstwahrscheinlich nicht. Die Leute von den Stämmen haben den Ruf grausam und verschlagen zu sein. Man kann ihnen nicht trauen."

„Genau wie Ihr haben sie Familien, die sie lieben und für die sie alles riskieren. Wisst Ihr, warum sie sich ergeben haben?"

„Weil Ihr sie besiegt habt. Ihr habt ihnen keine andere Wahl gelassen."

„Falsch." Wulfs scharfer Ton ließ den Heiler zusammenzucken. „Sie haben sich ergeben um ein Kind zu retten, einen Jungen, der sich ihnen heimlich angeschlossen hatte. Aus diesem Grund waren alle Männer bereit kampflos in den Tod zu gehen, sobald der Junge in Sicherheit war."

Der Heiler schnappte nach Luft. „Seid Ihr sicher? Das kann ich kaum glauben."

Wulf lächelte dünn. „Ihr habt den Beweis direkt vor Eurer Nase. Glaubt Ihr etwa, Eure alte Scheune könnte diese kampferprobten Männer an einem Ausbruch hindern?"

„Und trotzdem lasst Ihr sie dort und legt sie nicht einmal in Ketten?", keuchte der Heiler entsetzt.

Wulf zuckte die Achseln. „Der Anführer hat sein Wort gegeben. Ich für meinen Teil vertraue ihm." Er wartete ab, bis der Heiler die Vorstellung wenigstens halbwegs akzeptiert hatte, bevor er weitersprach. „Habt Ihr nicht einen Eid geschworen, mit Eurer Kunst jedem zu helfen, der Euch braucht, ohne Ansehen der Person?", legte er nach.

Der Heiler fuhr zusammen. „Das habe ich", bestätigte er dann sehr ernst. „In Fennmark wird der Eid der Heiler hoch geachtet."

Wulf nickte. „So ist es immer gewesen und so wird es immer sein."

Man sah dem Mann an, wie sehr er mit sich kämpfte. „Um was für eine Art von Fieber handelt es sich? Hat der Tagira etwas darüber gesagt?"

„Es bringt nicht sofort den Tod und scheint auch nicht ansteckend zu sein. Der Gefangene sagte, es befällt nur die, die bereits geschwächt sind. Bisher nur Alte und Kinder."

„Das klingt, als werde es durch Erschöpfung und Hunger ausgelöst. Die Schwächsten trifft es immer zuerst."

„Bestünde in diesem Fall Gefahr für Euer Dorf?"

„Nein. Alle unsere Leute sind gesund durch den Winter gekommen und in bestem Zustand."

„Dann würdet Ihr es in Erwägung ziehen den Tagira zu helfen?"

„Den Leuten, die uns angegriffen haben? Warum sollte ich?"

Wulf hatte den Widerstand des Mannes schon gespürt, bevor er den Kopf hochriss und ihn trotzig ansah. Er tat nichts dagegen. Seine leichte Beeinflussung hielt nur für kurze Zeit an und war keine Lösung für dieses Problem. Wenn er eine Zustimmung bekam, musste sie ernst gemeint sein. „Weil Euch Euer Eid dazu verpflichtet", erwiderte er scharf. „Wir haben gerade darüber gesprochen, erinnert Ihr Euch?"

„Ihr wisst nicht, wovon Ihr redet", fauchte der Heiler und vergaß seine Vorsicht. „Es reicht nicht aus, das Fieber mit irgendeinem Trank zu senken. Die Kranken brauchen Ruhe, ein sicheres Umfeld und gute Nahrung um sich wieder zu erholen."

„Ganz genau", bestätigte Wulf gelassen. Jetzt hatte er den Heiler an der Stelle, an der er ihn haben wollte.

Wieder zog der Mann beeindruckend schnell die richtigen Schlüsse. „Ihr wollt die Tagira bleiben lassen, hier in unserer Nähe", stieß er hervor.

„Wenn wir zu einer Einigung mit ihnen kommen, ja."

„Und was hätten wir davon? Ihre Pferde grasen unsere Weiden ab und zertrampeln unsere Felder. Und woher sollen wir wissen, dass wir ihnen trauen können?"

„Die Tagira wären nur so lange in Eurer unmittelbaren Nähe, bis sich ihre Kranken erholt haben. Sie sind Nomaden, sie bleiben nie lange an einem Ort. Allerdings wären sie nah genug, um Euch schnell beistehen zu können, wenn Ihr angegriffen werdet. Außerdem sind sie gute Jäger, die ihre Beute sicher gern gegen Eure Feldfrüchte eintauschen würden. Es hätte für beide Seiten Vorteile."

„Aber sie sind Fremde. Sie haben ganz andere Bräuche als wir."

„Vertrauen wächst erst nach und nach“, sagte Wulf ernst. „Natürlich braucht das Zeit, aber es gelingt nur, wenn man der Sache eine Chance gibt.“

Kieran übernahm, bevor der Mann etwas dazu sagen konnte. „Denkt darüber nach und sprecht mit Eurem Rat. Der morgige Tag wird zeigen, ob sich diese Möglichkeit wirklich ergibt. Die Tagira sind genauso misstrauisch wie Ihr.“

Der Heiler nickte vage, raffte seine Sachen zusammen und verschwand so schnell er konnte. Kieran sah lächelnd zu Wulf hinüber. „Gut gemacht. Mehr können wir heute nicht tun.“

6. Kapitel

Hanna machte in der folgenden Nacht kaum ein Auge zu. Sie lag auf einem Lager aus Fellen und Decken in behaglicher Wärme vor der Feuerstelle, aber sie schaffte es nicht ihre wild kreisenden Gedanken abzuschalten. Ihr ganzer Körper schmerzte vor Erschöpfung, trotzdem konnte sie nicht richtig einschlafen. Während sie sich unruhig herumwälzte, kamen ihr immer wieder die Tränen. Es fühlte sich merkwürdig an. In ihrem alten Leben hatte sie so gut wie nie geweint. Selbst wenn einer ihrer geliebten Hunde starb, waren ihre Augen manchmal trocken geblieben.

Sie hatte ein Leben geführt, in dem Gefühle keine große Rolle spielten, besonders in ihren späten Jahren. Sie hatte sie gegen eine Ruhe eingetauscht, die kaum noch von irgendetwas durchdrungen worden war. Umso stärker waren sie nun zusammen mit den Erinnerungen an Raine zurückgekehrt.

Raine lebte, aber er war fort. Dieser Gedanke hatte sich ganz nach vorn in ihr Bewusstsein geschoben. Was tat sie dann hier? Sie war allein und alles war ihr fremd. Wie sollte sie das alles bewältigen? Wie sollte sie ihn finden?

Wenn sie eindöste, weil die vielen bitteren Tränen sie noch zusätzlich müde machten, kamen die wirren Träume. Sie rannte und rannte und kam nicht von der Stelle. Die Ungeheuer, die sie jagten, bekam sie niemals zu Gesicht. Sie blieben undeutliche Schatten, doch sie wusste genau, dass sie sie erbarmungslos in Stücke reißen würden, wenn sie sie einholten. Ab und zu sah sie Raines Gestalt für kurze Zeit vor sich auftauchen, viel zu weit entfernt um ihre Hilfeschreie hören zu können. Mehr als einmal fuhr sie aus diesen kurzen Schlafphasen hoch und klammerte sich in ihrer Verzweiflung an Maxines warmen Körper. Die Hündin seufzte dann, veränderte ein wenig ihre Lage und schlief sofort wieder ein. Sie war in dieser Nacht der einzige Trost, den Hanna hatte.

Als das Licht des frühen Morgens durch die Fenster fiel, lag Hanna auf dem Rücken und starrte blicklos an die Decke. Sie hatte keine Tränen mehr, sie waren irgendwann versiegt. Nur die abgrundtiefe, hoffnungslose Verzweiflung war geblieben, eine

Schwärze, die sich über jeden ihrer Gedanken gelegt hatte. Wenn ihr in diesem Moment jemand angeboten hätte ihre Entscheidung rückgängig zu machen, hätte sie ohne zu zögern zugegriffen.

Maxine kam auf die Beine, streckte sich genüsslich und tappte dann zu der Schale mit Wasser, die Meira für sie aufgestellt hatte. Das Feuer war fast ganz heruntergebrannt, unter der Asche war nur noch wenig Glut. Fröstelnd kuschelte sich Hanna tiefer unter die Decke. Maxine hatte die ganze Wärme mit sich fortgenommen.

Die Hündin wandte sich zu Hanna um und sah dann zur Tür hinüber. Seufzend stand Hanna auf und wickelte die Decke fest um sich. Mit schleppenden Schritten ging sie zur Tür, öffnete sie für den Hund und trat hinter Maxine über die Schwelle. So leise wie möglich schloss sie die Tür wieder.

Es war empfindlich frisch, besonders Hannas nackte Füße wurden sofort eiskalt. Leichter Dunst war aufgezogen und wand sich geheimnisvoll durch die Bäume des Waldes. Es war still, unglaublich still. Selbst das verhaltene Zwitschern der Vögel klang noch verschlafen. Über dieser frühen Morgenstunde lag ein eigenartiger Zauber, dem sich Hanna nicht entziehen konnte.

Sie war fremd in dieser Welt, aber wenn sie aufhörte sich mit ihren Ängsten herumzuschlagen, fühlte es sich schon nicht mehr so an. Sie hatte ihre Wahl getroffen, seitdem gehörte sie dazu. Eine zweite Chance. Viele Menschen wünschten sich so etwas, aber es lag weit außerhalb ihrer Reichweite. Sie hatte dieses unglaubliche Geschenk bekommen. Wollte sie tatsächlich schon bei den ersten Schwierigkeiten aufgeben und wie ein Feigling davonlaufen? Raine lebte, also war alles möglich. Ihr Traum war nicht tot, sie musste nur den Mut finden ihn wirklich zu leben. Zum ersten Mal, seit Hanna ihre Lage bewusst geworden war, empfand sie so etwas wie Frieden.

Die Tür hinter ihr öffnete sich. „Guten Morgen. Du bist ein Frühaufsteher, wie ich sehe“, begrüßte Meira sie freundlich. Sie verzog das Gesicht, als Hanna sich zu ihr umwandte. „Du hast so gut wie gar nicht geschlafen, nicht wahr?“

Hanna schüttelte den Kopf. „Nein. Es gab zu viel, worüber ich nachdenken musste.“

„Verständlich. Komm herein und frühstücke mit mir, wenn dein Hund zurück ist. Danach reden wir über alles."

Maxine stöberte noch eine Weile im Unterholz herum, bevor sie zu Hanna zurückkam. Meira hatte den Tisch gedeckt, als sie das Haus betraten. Hanna war dankbar, dass sie schwieg, solange sie aßen. Sie schwankte immer noch zwischen dem Wunsch mehr zu erfahren und der Angst davor.

Nach der Mahlzeit wollte Hanna Meira zur Hand gehen, doch sie winkte ab. „Lass nur. Dafür ist später auch noch Zeit." Sie sah Hanna ernst an. „Du hast sicher eine Menge Fragen, aber vielleicht ist es erst einmal besser, wenn ich dir erzähle, was hier geschehen ist."

Hanna nickte. Ihre Kehle war vor Aufregung wie zugeschnürt. Von dem, was sie jetzt erfuhr, hing ab, wie es weitergehen sollte.

„Nicht lange bevor du Raine zum ersten Mal begegnet sein musst, brach großes Unglück über Fennmark herein. Die Prinzessin, das jüngste von sieben Kindern, kam unter merkwürdigen Umständen ums Leben, bald darauf starb auch die Königin. Von diesem Tag an war der König nicht mehr derselbe. Er wurde immer schwieriger und verschlossener. Er umgab sich mit Männern, die niemand von uns kannte und von da an wurde es noch schlimmer. Er hörte nur noch auf sie und sprach nicht mehr mit seinen Söhnen. Und dann, völlig aus heiterem Himmel, berief er einen Gerichtstag ein, ließ die Prinzen zu Verrätern erklären und verbannte sie aus dem Königreich. Kehren sie zurück, werden sie getötet. Alle sechs Prinzen fügten sich, es blieb ihnen nichts anderes übrig, wenn sie keinen Krieg gegen ihren Vater anzetteln wollten. Wie seine Brüder brach auch Raine ins Ungewisse auf."

Hanna keuchte überrascht. „Raine ist ein Prinz?"

Meiras Lächeln wurde schelmisch. „Der jüngste von ihnen, um genau zu sein. Der, von dem jeder annahm, dass er keine Gabe besitzt. Dabei hatte er sie zu diesem Zeitpunkt schon gefunden, denn er war dir begegnet. Er kann ganz offensichtlich zwischen den Welten wandern, eine Gabe, die äußerst selten ist." Meiras Lächeln vertiefte sich. „Ich habe mir schon gedacht, dass er dir nicht verraten hat, dass er der Sohn eines Königs ist. Es passt zu ihm."

Hanna starrte die andere Frau noch immer fassungslos an. „Er hat es nicht gesagt. Sicher, in dem Märchen hieß es, er sei ein Prinz, aber so ist es in Märchen immer. Ich dachte..." Sie beendete den Satz nicht.

„Ein Märchen?"

„Als ich ein Kind war, hat sich meine Mutter Geschichten von Königen und Prinzen ausgedacht und mir erzählt. Bevor ich in der anderen Welt... gestorben bin, habe ich von ihr geträumt. Sie hat mir wieder ein Märchen erzählt. Es handelte von sechs Prinzen. Der jüngste besaß als einziger keine Gabe", erzählte Hanna stockend.

„Das ist merkwürdig. Vielleicht hat sich etwas in dir schon erinnert, bevor dir alles zurückgegeben wurde."

Hanna seufzte. „Ich weiß es nicht. Es waren seltsame Träume. Mir ging es in dieser Zeit nicht gut. Ich kann mich jedenfalls nicht daran erinnern, dieses Märchen früher schon einmal gehört zu haben."

Meira sah sie mit einem merkwürdigen Ausdruck an. „Wie auch immer, du hast gesagt, dass Raine eine Zeit lang nicht mehr kam. Das muss der Zeitpunkt gewesen sein, als der Bann über die Prinzen verhängt wurde. Er verließ zusammen mit seinen Brüdern die Burg, kam aber ein paar Tage später heimlich zurück. Er suchte mich auf. Er wusste, dass er sein Leben riskierte, aber er erklärte mir, er müsse unbedingt noch einmal in den Burggarten. Zusammen mit Freunden konnte ich ihm helfen und alles ging gut. Als er wieder davonritt, war er traurig, fast verzweifelt, wollte mir den Grund aber nicht sagen. Seitdem habe ich ihn nicht mehr gesehen."

„Also könnte er doch tot sein", sagte Hanna leise.

Doch Meira schüttelte den Kopf. „Das glaube ich nicht. Es gibt Gerüchte. Niemand spricht es laut aus. Wir achten darauf, dass der König nichts davon erfährt."

„Was für Gerüchte?"

„Nun, angeblich sind die Prinzen nach Fennmark zurückgekehrt und halten sich an der Nordgrenze auf. Wenn stimmt, was erzählt wird, beschützen sie die Menschen dort vor Überfällen."

„Woher weißt du das?", fragte Hanna atemlos.

„Eine kleine Abordnung dieser Leute war hier, um den König um Hilfe zu bitten. Es mag vielleicht ein halbes Jahr her sein. Sie wurden nicht vorgelassen, die neuen Wachen haben es verhindert. Einer der Männer hat mir hinter vorgehaltener Hand erzählt, dass in seinem Dorf keiner mehr am Leben wäre, wenn die Prinzen ihnen nicht zu Hilfe gekommen wären."

„Kannst du mir sagen, wo sie sind?"

„Nicht genau." Meira sah Hanna scharf an. „Kind, du kannst nicht allein an die Grenze reisen. Du müsstest das halbe Land durchqueren. Selbst wenn du es schaffst, würdest du die Prinzen vielleicht niemals finden. Schlag dir diesen Gedanken aus dem Kopf."

Hanna sprang auf. „Aber ich muss zu ihm! Was soll ich denn sonst tun?"

Meira lehnte sich zurück und betrachtete Hanna prüfend. Plötzlich hatte sie einen ganz anderen Glanz in den Augen. „Es muss einen Grund dafür geben, dass du hergeschickt worden bist, obwohl Raine fort ist. Ich glaube, du hast hier eine Aufgabe zu erfüllen."

„Eine Aufgabe?", wiederholte Hanna ungläubig. „Ich finde mich ja nicht einmal zurecht. Wahrscheinlich wäre ich umgekommen, wenn du mich nicht gefunden hättest."

„Das stimmt, aber ich war zur richtigen Zeit am richtigen Ort und an Zufälle glaube ich nicht. Die Prinzen können nicht zurückkehren. Sie können nicht herausfinden, was mit ihrem Vater geschehen ist. Du könntest das vielleicht."

Hanna schnaubte. „Wahrscheinlich hat dieser Mann einfach den Verstand verloren. Was sollte ich dabei tun? Soll ich ihn vielleicht fragen?"

„Du hast Angst", sagte Meira leise. „Das kann ich verstehen."

Die mitfühlenden Worte ließen Hannas Widerstand in sich zusammenfallen. Jetzt klang sie ratlos und erschöpft. „Ich weiß wirklich nicht, was ich tun könnte."

Meiras Augen wurden schmal, als sie konzentriert nachdachte. „Zunächst einmal müssten wir dich in die Burg bringen. In drei Tagen sehe ich nach einer kranken Frau. Ich könnte dich mitnehmen und der Köchin sagen, dass du Arbeit suchst. Sie würde dich sicher behalten."

„Ich kann nicht kochen“, gab Hanna kleinlaut zu.

Meira begann zu lachen. „Das erwartet auch niemand. In der Küche gibt es immer Arbeit. Harte Arbeit, das muss dir klar sein. Ich habe mir deine Hände angesehen. Sie sehen aus, als gehörten sie einer Prinzessin.“

„Ich fürchte mich nicht davor zu arbeiten“, stellte Hanna ein wenig beleidigt klar.

Meira schmunzelte. „Die Braut eines Prinzen sollte eigentlich nicht schwer arbeiten müssen, aber es sind besondere Zeiten, nicht wahr?“

Hanna winkte ab. „Das ist bedeutungslos, aber ich verstehe nicht, was es bringen sollte. Was könnte ich denn erreichen?“

„Als Küchenmagd wirst du früher oder später einen Blick auf den König werfen können. Mir gelingt das nicht, man lässt mich nicht zu ihm. Vielleicht findest du auch etwas über die neuen Wachen heraus. Sie zeigen niemandem ihr Gesicht, besonders der Anführer nicht. Er ist ständig in der Nähe des Königs, spricht für ihn und lässt niemanden zu ihm. Für das Küchenpersonal gilt das nicht.“

Es klang tatsächlich nach einer vielversprechenden Möglichkeit. „Ich wäre zu unbedeutend“, sagte Hanna nachdenklich. „Niemand würde auf mich achten.“

„Genau. Es ist allerdings nicht ungefährlich. Du müsstest sehr vorsichtig sein und dich unauffällig verhalten.“

„Gibt es denn niemanden, dem ich trauen könnte?“

„Ich kenne die meisten, die in der Küche arbeiten. Es sind gute Leute, aber sie haben Angst. Über deine Geschichte dürfen sie nichts erfahren. Für alle anderen in der Burg gilt das noch viel mehr.“

„Also wäre ich ganz auf mich allein gestellt?“

„In dieser Sache schon, ansonsten wird man dich schnell in die Gemeinschaft aufnehmen. Du hast ein freundliches Wesen und man sieht dir nicht an, woher du kommst.“

„Aber dich könnte ich nicht sehen.“

Meira lächelte. „Ich bin mindestens einmal in der Woche in der Burg. Außerdem könntest du mich besuchen, wenn du frei hast. Dabei wird sich niemand etwas denken, weil ich dich in die Burg gebracht habe.“

Hanna schwieg einen Moment und dachte noch einmal über alles nach. Wenn sie Raine damit helfen konnte, dann war sie ihm das schuldig nach allem, was er für sie riskiert hatte. Es klang nicht gerade so, als würde sie sich in Lebensgefahr begeben und vor der Arbeit fürchtete sie sich wirklich nicht. Also gut. „Ich mache es“, sagte sie entschlossen.

Meira nickte ihr anerkennend zu. „Es gibt eine Sache, über die wir noch nicht gesprochen haben. Sie wird dir nicht gefallen, aber es geht nicht anders.“

„Was meinst du?“, fragte Hanna vorsichtig.

„Du kannst Maxine nicht mit in die Burg nehmen. Sie wird hier bei mir bleiben müssen.“

Kieran wartete am nächsten Tag, bis der Morgen schon in den Vormittag überging, bevor er Tomas zu einem weiteren Gespräch holen ließ. Die Nacht war ruhig verlaufen und auch jetzt machte keiner der Tagira Schwierigkeiten, als Diemas und Raine das Tor der Scheune öffneten. Tomas folgte ihnen bereitwillig, sagte aber kein Wort.

Der Tagira nahm denselben Platz ein wie am Tag zuvor und wartete mit unergründlicher Miene ab, eine feste Mauer, hinter der er jeden seiner Gedanken sorgfältig verbarg. Anzeichen für Furcht oder Aufregung gab es nicht. Raine musste zugeben, dass der Mann ihn beeindruckte.

Es klopfte, dann kam die Frau des Dorfältesten herein und brachte ein Brett mit Brot und kaltem Braten. Auf Kierans Nicken hin stellte sie es vor dem Tagira auf den Tisch und rannte dann fast davon. Gleich darauf schloss sich die Tür und sie waren wieder allein. Tomas warf einen Blick auf die Speisen, rührte sie aber nicht an.

„Esst“, sagte Kieran ruhig. „Ihr müsst hungrig sein.“

Tomas rührte sich nicht. „Was ist mit meinen Männern?“

„Sie werden in diesem Augenblick auch versorgt. Zwei meiner Brüder überwachen es. Ihr seht, Ihr könnt mit gutem Gewissen essen.“

Tomas zuckte die Achseln. „Ich habe keinen Hunger.“

Kieran winkte ab. „Wie Ihr wollt. Dann kommen wir gleich zur Sache. Ich stelle Euch dieselbe Frage wie gestern. Wollt Ihr leben?“

Man konnte deutlich sehen, wie fest Tomas die Zähne zusammenbiss. „Das kommt auf den Preis an“, sagte er dann.

„Nun, der Preis ist hoch“, antwortete Kieran gedehnt. „Es kostet Euch Vertrauen und einen bindenden Eid.“

Tomas schnaubte verächtlich. „Ein Eid, der mich an Euch bindet? Was sollte das bewirken? Ihr besitzt keine Macht.“

Kieran zog vielsagend eine Augenbraue hoch. „Ihr sitzt als Gefangener vor mir. Meiner Meinung nach habe ich zumindest Macht über Euch.“

„Die ich Euch freiwillig gegeben habe“, fauchte der Tagira.

„Freiwillig würde ich es nicht gerade nennen, aber in einem habt Ihr Recht. Es war ein Geschäft.“ Tomas schwieg, die Kiefer verkrampft. „Also, was habt Ihr mir anzubieten?“, fragte Kieran provozierend.

„Außer meinem Tod, meint Ihr?“, schoss Tomas im selben Ton zurück.

„Ich bin nicht an Eurem Tod interessiert. Er bringt mir keinen Vorteil.“

„Ihr könntet sicher sein, dass ich Eure Leute nie wieder angreifen lasse.“ Da war eindeutig ein spöttischer Unterton. „Das sollte Euch doch klar sein.“

Kieran lachte laut und herzhaft. „Das klingt, als wolltet Ihr mich davon überzeugen, Euch das Leben zu nehmen. Es sollte bessere Wege geben dafür zu sorgen, dass Fennmark vor Euch in Sicherheit ist.“

„Es gibt keinen Weg, den meine Ehre zulassen würde“, fuhr Tomas auf.

Kieran sah ihn ein paar Atemzüge lang schweigend an. „Nicht einmal, wenn es nicht nur Euer Leben und das Eurer Männer rettet, sondern den ganzen Stamm?“, fragte er dann leise.

Tomas lachte bitter. „Ihr solltet mich nicht für dumm halten.“

„Das tue ich nicht, ganz im Gegenteil. Jedes Wort, das ich gestern gesagt habe, war die Wahrheit. Ich versuche seit längerem die Stämme dazu zu bewegen, unsere Verbündeten zu werden.“

Tomas Miene verdüsterte sich noch mehr. „Und ich habe Euch bereits gesagt, dass wir keine Heimat mehr haben und praktisch Ausgestoßene sind."

„Ihr könntet eine neue Heimat finden."

„Hier, im Reich Eures Vaters? Habt Ihr schon einmal daran gedacht, wie er darauf reagieren würde? Ganz abgesehen davon, wie Eure braven Bürger reagieren werden."

„Mein Vater hat dieses Gebiet schon aufgegeben. Es kümmert ihn nicht, was hier geschieht. Und die Bürger? Meinungen können sich ändern, besonders wenn man erkennt, welche Vorteile sich daraus ergeben. Dasselbe gilt für Euch."

Man sah Tomas an, dass er scharf antworten wollte, die Worte aber im letzten Moment herunterschluckte. Er starrte Kieran an und rang sichtlich um Fassung. „Man erzählt sich, dass jeder der Prinzen eine besondere Gabe besitzt. Beinhaltet die Eure, dass Ihr andere beeinflussen könnt?", fragte er dann.

„Nein", antwortete Kieran völlig gelassen. „Dafür ist einer meiner Brüder zuständig."

„Was wollt Ihr dann von mir? Sprecht es endlich aus!"

Kierans Augen leuchteten auf. „Ich will, dass Ihr Euch in der Nähe der Grenze ansiedelt, wenn es Euren Leuten besser geht und Ihr wieder allein zurechtkommt. Ich will einen Eid, der Euch an mich und dieses Land bindet, so wie ich an Euch gebunden sein werde. Ich will, dass Ihr mir dabei helft, die Anführer der anderen Stämme der Tagira ebenfalls zu überzeugen. Ich will, dass Ihr mit mir zusammen gegen die Bedrohung kämpft, die Euch aus dem Norden vertrieben hat."

„Unmöglich", zischte Tomas.

Kieran sprach völlig unbeirrt weiter. „Dafür biete ich Euch Hilfe in Eurer jetzigen Lage, Schutz und ein neues Zuhause."

„Für wie lange?", fragte Tomas verächtlich. „Wir sind Fremde und werden es immer bleiben. Unsere Lebensweise unterscheidet sich völlig von Eurer."

„Ihr seid Nomaden, ich weiß. Mein Volk ist seit langem sesshaft. Trotzdem könnte man sich gegenseitig Respekt entgegenbringen, denn beide Arten zu leben haben ihre Vorteile."

Der Tagira starrte Kieran an. „Ihr meint das wirklich ernst", sagte er leise.

„Das tue ich." Kierans offener Blick hielt nichts vor Tomas zurück. „Ich weiß nicht, was man sich bei Eurem Volk über die Prinzen dieses Landes erzählt. Ich weiß nur, dass keiner von uns Euch einen Grund gegeben hat, an unserer Ehrenhaftigkeit zu zweifeln." Er wartete, aber Tomas schwieg. „Genauso wenig wie Ihr an unserem Mut und unserer Entschlossenheit zweifeln solltet", fuhr Kieran fort. „Glaubt mir, wir fürchten uns nicht vor dem Kampf. Wir werden ihm nicht aus dem Weg gehen, wenn ihr uns dazu zwingt. Das haben wir nie getan."

Tomas hob das Kinn. Er ließ sich nicht einschüchtern. „Ihr seid auf Euch allein gestellt. Es ist nur eine Frage der Zeit. Auf die Dauer könnt ihr nicht bestehen."

„Das stimmt, aber für Euch gilt es genauso. Euer Stamm ist verloren, wenn sich nichts ändert, gleichgültig ob Ihr zu ihm zurückkehrt oder nicht."

Tomas fuhr hoch und beugte sich drohend über den Tisch. Kieran regte sich nicht. „Und das alles soll ich Euch einfach so glauben? Beweist es, wenn es Euch ernst damit ist!"

„Setzt Euch wieder, dann werde ich es tun."

Die Wut des Tagira fiel in sich zusammen. Er ließ sich schwer zurück auf den Stuhl fallen und keuchte, als sei er gerannt. Kieran legte seine Hände wie ein Friedensangebot offen vor sich auf den Tisch. „Ich verstehe, dass diese Entscheidung nicht leicht für Euch ist. Ich werde nichts im Geheimen tun. Hört zu und bildet Euch selbst eine Meinung. Ich bitte Euch nur, vorläufig zu schweigen und das Reden mir zu überlassen."

Tomas zögerte einige Herzschläge lang, dann nickte er. Kieran erhob sich. „Also gut. Lasst uns hören, was der Heiler und der Dorfälteste zu sagen haben."

Kieran hatte mit Bedacht Wulf damit beauftragt die Männer zu holen, trotzdem waren ihre Mienen verschlossen. Beide verneigten sich respektvoll vor dem Kronprinzen, dann glitt ihr Blick kurz zu dem Tagira hinüber. Das Unbehagen war ihnen deutlich anzusehen. Der Dorfälteste hielt sich zurück und so war es der Heiler, der zuerst das Wort ergriff. „Ihr wollt mit uns sprechen, Herr?"

„So ist es. Setzt Euch bitte." Kieran wartete, bis die Männer Platz genommen hatten, bevor er weitersprach. Er nickte dem Heiler zu. „Ihr erinnert Euch sicher an unser Gespräch von gestern. Ich vermute, Ihr habt mit Euren Leuten darüber geredet."

„Das habe ich, Herr", bestätigte der Heiler. Seine Finger trommelten nervös auf seinen Oberschenkel.

„Dann wisst Ihr, dass dieser Stamm der Tagira in Not geraten ist. Der Überfall auf Euer Dorf geschah aus Verzweiflung heraus."

Der Dorfälteste bewegte sich, als wollte er heftig antworten, überlegte es sich aber im letzten Moment anders. Der Heiler erlegte sich diese Zurückhaltung nicht auf. „Sie haben uns angegriffen und hätten uns überwältigt, wenn Ihr nicht gekommen wärt. Es gab Tote und Verletzte."

Kieran nickte bedächtig. „Das ist wahr. Doch sagt mir, was würdet Ihr tun, wenn es keine andere Möglichkeit gebe, Eure Familien, Eure Freunde zu retten? Würdet Ihr einfach aufgeben oder ebenfalls kämpfen?" Diesmal blickte der Prinz ausdrücklich den Dorfältesten an. „Alle diese Menschen hier stehen unter Eurem Schutz. Der Anführer der Tagira trägt dieselbe Verantwortung."

Der Dorfälteste schnaubte verächtlich. „Das kann man nicht vergleichen. Die Leute von den Stämmen sind Wilde. Sie kennen keine andere Lebensweise als Mord und Raub."

„Sie leben anders als wir, das stimmt." Kieran ließ sich nicht aus der Ruhe bringen. „Trotzdem haben sie dieselben Grundbedürfnisse wie wir. Gesundheit. Sicherheit. Genug zu essen."

„Dann sollen sie dorthin zurückgehen, wo sie hergekommen sind. Dort werden sie all das finden, so wie wir es hier finden."

„Das können sie nicht. Sie sind aus ihrer Heimat vertrieben worden." Bei den nächsten Worten schaute Kieran zu Tomas hinüber. „Vertrieben von einer Bedrohung, die unaufhaltsam auf uns zu kommt." Er ließ sich Zeit, bis er die nächsten Worte aussprach. „Die Eisriesen."

Der Heiler und der Dorfälteste fuhren erschrocken zusammen. Tomas bewegte sich nicht, aber das Aufblitzen in seinen Augen sagte Kieran genug. Er hatte ins Schwarze getroffen. Dass seine schlimmsten Befürchtungen sich bestätigten, hätte ihm Angst machen müssen, stattdessen erfüllte es ihn einen Moment lang mit Befriedigung. Diese Tatsache war der Hebel, mit dem er die verhärteten Fronten aufbrechen konnte. Sie würde ihm helfen seine Pläne zu verwirklichen.

„Ihr habt sicher schon von diesem Volk gehört“, fuhr Kieran fort. „Sie haben den Ruf furchterregende Kämpfer zu sein und alles zu bekommen, worauf sie es abgesehen haben. So wie es aussieht, haben sie vor Fennmark anzugreifen.“

Der Dorfälteste schluckte schwer. „Die Eisriesen, Herr? Ich kenne die Geschichten natürlich, aber ich habe sie immer für Legenden gehalten.“

„Das sind sie nicht. Fragt den Tagira. Ich denke, er hat sie mit eigenen Augen gesehen.“

Tomas erwiderte Kierans Blick und nickte knapp. Man sah ihm sein Misstrauen an, aber auch etwas, das man mit viel Wohlwollen für vorsichtige Hoffnung halten konnte.

„Die Eisriesen drängen die Stämme weiter nach Süden, dadurch kommt es bei uns vermehrt zu Überfällen. Eine kluge Taktik, denn so zermürben sie uns schon, bevor sie unsere Grenzen erreichen. Ihre Gegner schwächen sich gegenseitig und spielen ihnen damit in die Hände.“

„Dann müssen wir fliehen, solange noch Zeit ist.“ Der Dorfälteste stotterte fast. „Wir können nicht gegen die Eisriesen kämpfen.“

Kieran zog eine Augenbraue hoch. „Und einfach alles aufgeben?“

„Was sollen wir denn sonst tun, Herr? Ihr habt kein Heer wie Euer Vater. Ihr könnt uns nicht beschützen.“

„Nein, allein können wir das nicht. Wir müssen selbst ein Heer aufstellen und auch das wird nicht genügen. Wir brauchen Verbündete.“

„Ihr wollt die Stämme überreden für uns zu kämpfen?“, fragte der Heiler ungläubig. „Das wird niemals funktionieren.“

„Nicht für uns, sondern mit uns. Sie haben ihren Lebensraum schon verloren und uns droht dasselbe. Wenn wir uns den Eisriesen zusammen stellen, haben wir eine Chance." Kieran ließ seine Worte kurz wirken, bevor er fortfuhr. „Die Stämme sind auf der Flucht und dadurch in Not geraten. Verbündete ziehen nicht nur zusammen in den Kampf, sie stehen einander bei. Wenn wir tatsächlich ein Bündnis wollen, müssen wir den Stämmen zu Hilfe kommen und ihnen etwas anbieten, für das es sich zu kämpfen lohnt."

Niemand äußerte sich dazu. Die beiden Dorfbewohner starrten Kieran fassungslos an. Tomas hörte mit regloser Miene zu.

„Ich habe nicht vor, dass Gebiet des Reiches an die Stämme abzutreten, falls es das ist, was Ihr befürchtet", fuhr Kieran gelassen fort. „Die Steppe nördlich unserer Grenze ist groß und so gut wie unbesiedelt. Die Stämme haben für lange Zeit Abstand von uns gehalten. Niemand hat das Land beansprucht, auch Fennmark nicht, denn dort kann man keinen Ackerbau betreiben. Die Stämme könnten dort leben, besonders wenn wir gute nachbarliche Beziehungen zueinander hätten. Niemand müsste etwas aufgeben, aber wir alle könnten etwas gewinnen. Wenn die Gefahr tatsächlich kommt, stellen wir uns ihr gemeinsam."

Noch immer sagte niemand ein Wort. Kieran seufzte. „Denkt darüber nach und sprecht mit den anderen, aber lasst Euch nicht zu viel Zeit." Er wandte sich dem Heiler zu. „Von Euch brauche ich allerdings sofort eine Entscheidung. Seid Ihr bereit Tomas zu seinem Stamm zu begleiten und Euch um die Kranken zu kümmern?"

Der Heiler fuhr sich nervös über die trockenen Lippen. „Werdet Ihr uns begleiten, Herr?"

Kieran nickte. „Ich und alle meine Brüder."

„Dann tue ich es."

Es dauerte fast eine Stunde, bis sie zum Aufbruch bereit waren. Wulf und Raine begleiteten Tomas zur Scheune und überreichten ihm wortlos den Schlüssel. Der Tagira starrte ihn an, dann nahm er ihn und wandte den beiden Männern den Rücken zu als

Zeichen, dass er das Vertrauen erwiderte. Sie ließen ihn allein hineingehen, die Tagira sollten ungestört miteinander sprechen können. Jetzt war es wichtig sehr vorsichtig vorzugehen, damit die kleine Flamme der Hoffnung, die eben erst zu brennen begonnen hatte, nicht sofort wieder ausgelöscht wurde.

Stimmengemurmel wurde laut, aber es klang nicht nach einem Streit. Auch als es verstummt war, verließ keiner der Tagira die Scheune ohne Aufforderung. Immer mehr Dorfbewohner versammelten sich, hielten aber Abstand und warfen immer wieder angespannte Blicke in die Richtung der Prinzen. Raine beobachtete alles mit einem unguten Gefühl. So sehr er sich auch für Kierans Plan begeistern konnte, ihnen allen stand noch ein langer und dorniger Weg bevor, wenn es gelingen sollte.

Diemas kam mit den Pferden, dann holten sie die Tagira und verließen mit ihnen das Dorf. Wie sie es vermutet hatte, waren die Stammespferde in der Nähe geblieben. Alle stiegen auf, die Prinzen nahmen den Heiler in die Mitte. Kieran lenkte sein Pferd neben Tomas und streckte ihm die Hand entgegen. „Sind wir uns einig? Ich schwöre bei meinem Leben, dass niemand Euren Leuten schaden wird."

Tomas schlug ein, aber man sah ihm an, dass es ihm nicht leicht fiel. Er war noch nicht völlig überzeugt, dass er die richtige Entscheidung getroffen hatte. Kieran grinste ihn an, dann griff er in die Satteltasche und hielt dem Tagira seinen Dolch mit dem Griff voran entgegen. Als Tomas ihn entgegennahm, trafen sich die Blicke der beiden Männer. Es fühlte sich wie ein weiteres Versprechen an. Worte waren nicht nötig, um es bindend werden zu lassen. Erst danach brachen sie auf.

Tomas übernahm mit Kieran zusammen die Führung. Er schlug ein schnelles Tempo an und schon bald blieb das Dorf hinter ihnen zurück. Je weiter sie vorankamen, desto flacher wurde das Land und es gab kaum noch Bäume. Hier begann die weite Grassteppe, die sich bis in den hohen Norden hinaufzog.

Das Lager der Tagira bestand aus vielen großen, runden Zelten, die fest im Boden verankert waren. Raine wusste, dass die Stämme in der Lage waren, sie innerhalb kürzester Zeit abzubauen. Die Planen wurden aus gegerbtem Leder gefertigt und hielten Sturm, Kälte und Regen fern. Die Abzugsöffnung für den Rauch in der Mitte der Konstruktion konnte jederzeit verschlossen werden. War der ganze Stamm unterwegs, trugen Packpferde die Zelte, Wagen gab es nicht. Die Pferde grasten frei um das Lager herum. Sie entfernten sich nie allzu weit.

Sobald sie bemerkt wurden, brach im Lager Unruhe aus. Tomas warf Kieran einen fragenden Blick zu und als dieser nickte, trieb er sein Pferd an und ritt voraus. Die anderen folgten in gemächlichem Tempo und warteten ab, bis man ihnen gestattete die Heimstatt der Tagira zu betreten.

Es dauerte nur ein paar Minuten, bis Tomas wieder auftauchte und die Prinzen und den sichtlich nervösen Heiler in das größte Zelt bat. Männer in wachsamer Haltung standen am Eingang und auch im Inneren, aber niemand bewegte sich, niemand sprach ein Wort. Tomas forderte sie mit einer Geste auf, auf den verstreut liegenden Sitzkissen Platz zu nehmen und ließ sich dann ebenfalls nieder. Einen Augenblick später betrat eine junge Frau das Zelt. Ohne jemanden anzusehen, stellte sie ein Tablett mit acht kleinen Bechern vor Tomas ab und verschwand wieder.

Tomas sah einem nach dem anderen in die Augen, bis er bei Kieran anlangte. Ihn sprach er direkt an. „Unsere Traditionen verlangen, dass Ihr mit mir den Willkommensbecher leert. Von diesem Moment an steht Ihr unter dem Schutz des Gastrechts und geltet als Freunde des Stammes. Meine Männer werden davon Zeugnis ablegen. Keiner meiner Leute wird die Hand gegen Euch erheben.“ Mit einer weit ausholenden Geste legte er sich die Hand auf die Brust. „Gemäß unseren Bräuchen wird Euch dadurch eine große Ehre zuteil. Bevor Ihr sie annehmt, sollt Ihr wissen, dass auch Verpflichtungen damit verbunden sind. Wenn Eure Worte nicht ernst gemeint waren und ihr mit unehrlichem Herzen gekommen seid, dann verlasst uns jetzt. Ich garantiere Euch freies Geleit, bis Ihr das Lager verlassen habt. Wenn Ihr jedoch den Becher leert und danach meinen Stamm verratet, werden wir es niemals verzeihen. Wir werden nicht ruhen, bis der Letzte von Euch den Tod gefunden hat.“

Kieran neigte respektvoll den Kopf. „Ich schwöre, dass wir mit guten Absichten kommen und nicht vorhaben dem Stamm zu schaden. Die Zukunft kennt allerdings niemand. Ich weiß nicht, ob es tatsächlich gelingt, meine Pläne zu verwirklichen.“

„Das genügt mir." Tomas ergriff das Tablett und hob es den Männern entgegen. Als die Becher verteilt waren, sah er Kieran noch einmal fest in die Augen. „Auf Freundschaft und ein langes Leben", sagte er feierlich.

„Auf Freundschaft, Frieden und Vertrauen." Kieran lächelte.

Die Becher enthielten nur einen kleinen Schluck einer klaren Flüssigkeit, aber das Gebräu war hochprozentig. Es schoss wie eine Flamme durch die Kehle und blühte dann im Magen zu einer Blume aus Feuer auf. Für einen Moment trieb es ihnen die Tränen in die Augen, der Heiler keuchte sogar. Tomas versuchte nicht sein Lächeln zu verbergen. „Wir brennen es aus Getreide. Man muss sich erst daran gewöhnen", sagte er entschuldigend. Kieran konnte noch nicht antworten, grinste aber. Der Bund war geschlossen.

„Die Höflichkeit verlangt, dass ich Euch frage, ob Ihr hungrig seid." Tomas hielt weiterhin Kierans Blick. „Ich habe allerdings eben erfahren, dass es einigen der Kranken schlechter geht."

Kieran kam sofort auf die Füße. „Das hat absoluten Vorrang. Wäre es Euch recht, wenn mein Bruder Jaron den Heiler begleitet? Er kümmert sich um unsere Verletzungen und hat ein umfassendes Wissen über Heilpflanzen."

Tomas nickte nur. Jetzt ließ er sich seine Ungeduld anmerken. Im nächsten Augenblick hatte er das Zelt verlassen und die anderen folgten ihm.

Die Tagira hatten alle Kranken zusammen in einem Zelt untergebracht. Jaron zählte acht Erwachsene und vier Kinder. Man hatte es ihnen so bequem wie möglich gemacht. Einige waren wach und sahen ihnen entgegen, andere reagierten nicht. Besonders einem zierlichen Mädchen von zirka fünf Jahren schien es sehr schlecht zu gehen. Das Gesicht der Kleinen glänzte vor Schweiß, sie wimmerte leise, als habe sie Schmerzen. Wenn sie nicht schnell Hilfe bekam, würde es zu spät sein. „Das ist Serena, meine jüngste Tochter", sagte Tomas leise, als Jaron sich neben der Kleinen auf die Knie fallen ließ.

Sobald sich der Heiler an die Arbeit machte, verschwand seine Nervosität. Er ging von Lager zu Lager, fühlte den Puls, prüfte die Temperatur und tastete die Kranken nach Schwellungen ab. Er arbeitete schweigend, lächelte seine Patienten aber an, wenn sie auf seine Anwesenheit reagierten. Zu dem kleinen Mädchen ging er zuletzt. Seine Miene war düster, als er sich wieder erhob. Mit einer Handbewegung bat er die anderen ihm nach draußen zu folgen.

„Sie haben alle die gleiche Krankheit. Für andere ist es ungefährlich, man kann sich nicht anstecken." Der Heiler drehte sich zu Tomas um. „Ich kenne dieses Fieber. Vor ein paar Jahren hatten wir eine schlechte Ernte und mussten danach einen harten Winter überstehen. Der Winterhusten war schlimmer als sonst, wir verloren ein junges Mädchen, fast noch ein Kind. Kurz darauf erkrankte ihre Mutter an dem Fieber, ein paar andere kamen dazu. Dieses Fieber überfällt immer die Schwächsten, wenn die Erschöpfung zu groß wird und sie die Hoffnung verlieren. Wenn die Seele aufgibt, folgt der Körper irgendwann. Der Kleinen geht es am schlechtesten. Ich kann nicht sagen, ob sie überleben wird. Sie hätte schon viel eher Hilfe bekommen müssen. Wieso habt Ihr keinen Heiler, der sich darum kümmert?"

„Er ist im Kampf getötet worden, kurz bevor wir fliehen mussten." Tomas biss die Zähne zusammen.

„Und Ihr wart lange und sehr schnell unterwegs, nicht wahr?", vermutete der Heiler.

„Es ging nicht anders. Dazu kam, dass wir unsere Vorräte nicht auffüllen konnten. Alle Älteren, die erkrankt sind, haben ihre Rationen mit den Jüngeren geteilt, damit sie bei Kräften blieben."

„Konntet Ihr nicht auf die Jagd gehen?", fragte Jaron.

„Mit dem Land dort draußen geschieht etwas. Noch sind die Norwenn weit entfernt, aber man könnte meinen, dass sie alles mit einem Fluch belegt haben. Manchmal hatten wir tagelang kein Jagdglück. Es wurde immer schwieriger den ganzen Stamm satt zu bekommen."

„Die Norwenn?"

„Ihr nennt sie die Eisriesen." Tomas wandte sich dem Heiler zu. „Könnt Ihr den Kranken helfen?"

„Sie brauchen vor allem Ruhe und gehaltvolle Nahrung. Ich werde einen Trank zubereiten, der das Fieber senkt.“ Er sah zu Jaron hinüber, der bestätigend nickte. „Mit der Unterstützung des Prinzen sollte das nicht schwierig sein.“

Tomas ließ ihn nicht aus den Augen. „Aber?“

Der Heiler bewegte sich unbehaglich. „Das löst nur einen Teil des Problems. Ich kann den Kranken weder Sicherheit noch Lebensmut zurückgeben.“

Tomas wandte sich ab und starrte in die Weite. „Wir wissen nicht mehr, was Sicherheit ist, seit wir auf der Flucht sind.“

„Sprecht darüber mit Kieran“, schaltete sich Jaron ein. „Wie ich ihn kenne, ist er schon dabei das Problem zu lösen. Was Eure Tochter angeht... Wir sollten meinen Bruder Wulf hinzuziehen. Wahrscheinlich ist er der einzige, der noch etwas für die Kleine tun kann.“

Tomas versuchte gleichmütig zu wirken, aber in seinen Augen schimmerte mehr Misstrauen als Hoffnung. „Was für eine Gabe hat Euer Bruder?“

Jaron wich seinem Blick nicht aus. „Er kann mit der Seele sprechen.“

„Ihr meint wohl eher, er verbiegt sie“, fuhr Tomas heftig auf. „Er zwingt ihr seinen Willen auf. Das lasse ich nicht zu.“

„So funktioniert die Gabe meines Bruders nicht. Wulf kann sich in andere hineinfühlen und erkennen, was sie brauchen. Er schadet niemandem.“ Jaron zögerte kurz. „Es ist kompliziert. Er hat uns allen schon geholfen. Er drängt nicht, er hilft nur dabei sich über Dinge bewusst zu werden. Oft reicht das schon aus. Ich habe aber auch erlebt, dass er den Schmerz eines anderen Menschen auf sich nimmt und ihm damit Erleichterung verschafft.“

Tomas schwieg. Er tat sich schwer damit, diese Erklärung zu glauben. Bisher hatten die Prinzen ihre Versprechen gehalten, aber sie waren trotzdem Fremde. Fremde mit gefährlich viel Macht, wie es schien.

„Ich verstehe Eure Bedenken“, sagte Jaron ruhig. „Es ist ganz allein Eure Entscheidung. Wenn Ihr allerdings Hilfe für Eure Kranken und besonders für Eure Tochter wollt, die über die Kunst des Heilers hinausgeht, werdet Ihr Wulf vertrauen müssen.“

Tomas war blass geworden. Er schloss kurz die Augen. Als er sie wieder öffnete, lag Furcht, aber auch Entschlossenheit in seinem Blick. „Ich will dabei sein“, forderte er.

„Natürlich. Das ist kein Problem.“

7. Kapitel

Hanna betrachtet den riesigen Berg Gemüse mit leichter Verzweiflung. Die Köchin sah immer wieder zu ihr hinüber, sie ließ sie schon die ganze Zeit nicht aus den Augen. Ira war eine stämmige Frau in den mittleren Jahren und führte in der Küche ein gnadenloses Regiment. Hätte Hanna nicht miterlebt, wie freundlich sie sich mit Meira unterhalten hatte, hätte sie sich ein bisschen vor ihr gefürchtet.

Genau wie Hanna arbeiteten alle um sie herum so schnell sie konnten, trotzdem war die Stimmung gut. Die Küche war ein riesiger, warmer Raum mit großen Fenstern, damit der ständige Dunst abziehen konnte. Ira duldete keine Faulheit, aber sie ließ auch keinen Zweifel daran, dass sie alle zusammen etwas Großartiges erschufen. Die köstlichen Düfte bestätigten es.

Hanna war die Neue und wurde noch ein wenig misstrauisch beäugt, aber niemand war unfreundlich zu ihr. Zu Anfang hatte sie sich gezwungen, hin und wieder ein Gespräch zu beginnen, doch irgendwann war sie so müde, dass ihre Unsicherheit sich ganz von selber verlor. Nur eines der Küchenmädchen war so jung wie sie, die anderen schätzte sie fünfzehn bis zwanzig Jahre älter. Sie arbeiteten zusammen und die meiste Zeit klatschten, lachten und scherzten sie auch zusammen. Hanna hörte meistens nur zu, denn oft verstand sie nicht, worüber geredet wurde. Trotzdem schloss man sie nicht aus.

Es war bereits einige Tage her, dass Meira Hanna in die Burg gebracht hatte. Die Heilerin hatte sie gebeten ihr zu vertrauen und das Reden ihr zu überlassen. Hanna war das mehr als recht gewesen und so war sie Meira einfach wie ein Schatten gefolgt.

Die beiden Frauen brauchten fast eine Stunde, um den Weg zum Burgtor zurückzulegen. Hanna hätte sich gewünscht Maxine bei sich zu haben, aber sie sah ein, dass das keine gute Idee war. Sie verdrängte jeden Gedanken an die Hündin und versuchte zu vergessen, dass auch Meira sie schon bald sich selbst überlassen würde.

Vielleicht war es naiv, aber sie vertraute der Heilerin inzwischen vollständig. Es war eine solche Erleichterung gewesen, mit ihr offen über alles sprechen zu können. Meira fragte sie nicht aus und bedrängte sie nicht, aber sie schien immer zu wissen, wann Hanna Zuspruch brauchte. Sie hatte sich bei ihr sicher gefühlt.

Die Wachen am Burgtor begrüßten Meira freundlich und warfen kaum einen Blick auf ihre Begleiterin, als sie die beiden Frauen passieren ließen. Hanna hielt den Kopf gesenkt und verkroch sich noch tiefer in dem großen Umhang, den Meira ihr gegeben hatte. Anscheinend gab es nichts an ihrem blassen, schmalen Gesicht, das die Wachen aufmerksam werden ließ.

Als erstes fiel Hanna auf, wie still es in der Burg war. Sie hatte mit reger Geschäftigkeit gerechnet, mit Stimmengewirr, mit Bediensteten, die umherhasteten. Stattdessen erwarteten sie kalte, leere Gänge, in denen hin und wieder Soldaten so regungslos Wache hielten, als seien sie Statuen. Das änderte sich erst, als sie die Küche betraten. Der große Raum vibrierte geradezu vor Lebendigkeit. Hanna brauchte einen Moment um zu verstehen, dass es das Zusammenspiel aus Licht, Wärme und dem fröhlichen Klang der Stimmen war, das dieses Gefühl hervorrief. Es war, als betrete man eine andere Welt.

Ira war erfreut über Meiras Bitte, Hanna Arbeit zu geben. Die Köchin besaß ein gesundes Selbstbewusstsein, sie wusste genau, was sie wollte und wie sie es bekommen konnte. Für Hanna bestand von Anfang an kein Zweifel daran, dass Ira in der Küche das alleinige Sagen hatte. Auch die wenigen Männer, die in diesem Bereich arbeiteten, ordneten sich ihr widerspruchslos unter. Wie alle anderen hatte die Köchin ihr Haar zurückgebunden und verbarg es unter einem Tuch. Ihre kräftigen Hände waren rau und gerötet und bewiesen, dass sie nicht nur Befehle gab, sondern selbst schwer arbeitete. Obwohl Iras Gesicht streng und ihr Ton oft schroff war, strahlte sie eine Gelassenheit aus, die Hanna sofort für sie einnahm.

Nachdem sie eine Weile mit Meira geplaudert hatte, hatte sich die Köchin Hanna zugewandt. „Nimm deinen Umhang ab und zeig mir deine Hände, Kind“, forderte sie forsch.

Ein bisschen ängstlich ließ Hanna die Musterung über sich ergehen. Die Köchin konnte sie bleiben lassen oder abweisen, es war allein ihre Entscheidung. In einem kurzen Moment der Furcht wusste Hanna nicht, welches von beidem sie sich wünschen sollte. Ira brummte etwas, als sie Hannas weiche Hände begutachtete und sah sie mit schmalen Augen an. „Wenn du bleiben willst, wirst du wie die anderen von morgens bis abends arbeiten. Ich dulde kein Faulenzen. Dafür bekommst du gutes Essen, einen Platz zum Schlafen und alles an Kleidern, was du brauchst. Ist dir das klar?“

Hanna nickte und sah weiter auf ihre Füße, doch damit war Ira nicht zufrieden. „Kopf hoch, wenn ich mit dir spreche“, fuhr sie sie an. „Wenn du fleißig bist, hast du keinen Grund dich vor mir zu fürchten. Und jetzt sag mir, was du willst. Ich muss es hören.“

Hanna schluckte. „Ich möchte gern bleiben. Ich mache jede Arbeit, Herrin.“

Die Köchin warf den Kopf in den Nacken und brach in Gelächter aus. Ihr gesamter Körper bebte. „Eine Herrin bin ich ganz bestimmt nicht. Nenn mich Ira wie die anderen. Und jetzt geh hinüber zu Mella und hilf ihr mit dem Gemüse. Bis ich weiß, was du kannst, ist das deine Aufgabe.“ Sie zeigte auf das andere junge Küchenmädchen, das bereits grinsend herübersah.

Am Anfang tat Hanna sich schwer, denn das Messer, das Mella ihr in die Hand drückte, war mehr ein Dolch als ein Küchengerät. Das andere Mädchen sprach sie nicht an, beobachtete sie aber genau und kicherte ein paarmal über Hannas unbeholfene erste Versuche. Dann fiel Hanna das Messer aus der Hand und sie musste lachen. Von diesem Moment an war das Eis gebrochen. Als Meira sich von ihr verabschiedete, flackerte Hannas Angst noch einmal auf und sie kämpfte gegen den Kloß in ihrem Hals an. Meira hatte sie als ihre Nichte ausgegeben und ließ sich von ihr versprechen, dass sie sie besuchte, wenn sie frei hatte. Hanna nickte nur. Hätte sie auch nur ein Wort gesagt, wäre sie in Tränen ausgebrochen.

Der Tag verging schnell, die Arbeit schien nicht zu enden. Als die Küche endlich so aufgeräumt war, wie Ira es haben wollte, war Hanna sogar zum Essen zu müde. Sie hatte keine Ahnung, woher die Stühle kamen, die nun an einem der großen Tische standen. Sie ließ sich dankbar auf einen von ihnen fallen und musste darum kämpfen, die Augen offen zu halten. Die Gespräche um sie herum verwischten zu einem beruhigenden Gemurmel, das es ihr fast unmöglich machte gegen den Schlaf anzukämpfen. Sie schreckte erst wieder hoch, als Mella sie sanft schüttelte. „Komm mit! Hier kannst du nicht schlafen."

Sie teilte sich die kleine Schlafkammer mit Mella und zwei anderen Frauen. Zu ihrer Überraschung lagen in der Ecke, zu der Mella sie führte, bereits ein Strohsack und eine warme Decke. Sie war viel zu müde um danach zu fragen.

Es dauerte mehrere Tage, bis Hanna nicht mehr spätestens nachmittags in einen Nebel der Erschöpfung fiel. Obwohl sie langsamer war als die anderen, wurde sie gut behandelt, doch Ira gab ihr keine neuen Pflichten. Als die erste Woche vorbei war, waren Hannas Hände rau und rissig und für gute Seife und ein wenig Handcreme hätte sie eine Menge gegeben. Insgesamt aber ging es ihr viel besser, denn ihr Körper begann sich an die Belastung zu gewöhnen. Im selben Maß, in dem ihre Muskeln kräftiger wurden und die Verspannungen nachließen, wuchs ihr Respekt vor der gewaltigen Leistung, die jeden Tag in der Küche vollbracht wurde. Dass sie mit dazu beitrug, machte sie stolz.

Sobald es ihr besser ging, begann Hanna die Gespräche aufmerksam zu verfolgen. Meist waren es freundliche Hänseleien oder es ging um die Familien, aber manchmal schlich sich auch ein anderer Ton ein. Es geschah immer dann, wenn jemand den Küchenbereich verließ und einen Auftrag in einem anderen Teil der Burg zu erledigen hatte. Die Stimmung wurde bedrückt und besserte sich nur langsam, wenn derjenige zurück war. Sie schienen auf etwas zu warten und gleichzeitig darauf zu hoffen, dass es nicht eintrat. Wenn es vor den großen Küchenfenstern dunkel zu werden begann, war diese unterschwellige Furcht am deutlichsten zu spüren.

In der Burgküche wurde das Essen für alle zubereitet, die innerhalb der Mauern lebten. Die Mahlzeiten für den König richtete Ira persönlich an. Sie waren immer reichhaltig und köstlich, trotzdem schienen sie oft kaum berührt worden zu sein, wenn das Geschirr zurückgebracht wurde. Hanna sah die besorgten Blicke, die dann schweigend gewechselt wurden. Niemand sprach darüber. Sie versuchte ein paarmal von Mella etwas zu erfahren, aber das Mädchen ging nicht darauf ein. Dieses Thema schien tabu zu sein, genauso wie niemand die Prinzen erwähnte. Hanna wurde klar, dass sie so nichts herausbekommen konnte. Sie musste Geduld haben, denn solange man ihr keine anderen Arbeiten gab, würde sich daran nichts ändern.

Die beiden Männer, die in der Küche die körperlich schwersten Arbeiten verrichteten, waren dafür zuständig das Essen des Königs zu servieren. Es war ein kleines Ritual. Sie wuschen sich vorher sorgfältig die Hände und achteten darauf, dass ihre Kleidung in Ordnung war. Hanna wusste nicht, ob sie dem König tatsächlich direkt auftrugen oder die Mahlzeiten nur bei seinen persönlichen Dienern abgaben. Auffällig war allerdings, dass ausnahmslos jeder in der Küche die Luft anzuhalten schien, bis die beiden zurück waren. Erst dann fand alles in seinen gewohnten Rhythmus zurück.

Hanna arbeitete bereits zehn Tage in der Küche, als eines Abends von einem Moment zum anderen alles zum Stillstand kam. Erschrocken sah sie auf. Neben ihr wurde Mella völlig reglos, in ihren Augen stand offene Furcht. Hanna folgte ihrem Blick zu der verhüllten Gestalt, die an der Tür aufgetaucht war.

Der Größe und den breiten Schultern nach war es ein Mann, der sie von dort aus beobachtete. Hanna hörte ein seltsames, schleifendes Geräusch, als er die Küche betrat. Er trug einen schwarzen Umhang, der bis hinunter zu seinen Stiefeln reichte und hatte die große Kapuze tief ins Gesicht gezogen. Seine Augen verschwanden darunter, man sah nur eine scharf geschnittene Nase und einen schmalen Mund mit fest zusammengepressten Lippen. Der Mann rührte sich nicht und sprach niemanden an. Angst begann sich im Raum auszubreiten. Wie alle anderen senkte Hanna den Kopf und wartete ab.

Der Stoff der Kapuze wurde ein Stück zurückgeschoben, der Mann sah sich um. Nur sein Kopf bewegte sich, es sah aus, als mustere er einen nach dem anderen. Sein Blick wanderte auch über Hanna, kurz sah sie in düstere, blaue Augen, dann war es vorbei. Sie schauderte so heftig, dass sie sich mit einer Hand am Arbeitstisch abstützen musste. Sie hatte keine Ahnung, wonach der Mann suchte, aber sie wäre am liebsten davongelaufen, damit sie dieser Blick nicht noch einmal treffen konnte. Ihre Angst wurde immer größer und schnürte ihr die Kehle zu.

Der Fremde wirbelte unvermittelt herum und wandte sich Ira zu. Seine Stimme klang dumpf unter der Kapuze hervor, ein raues, unangenehmes Schnarren. „Der König braucht seinen Stärkungstrank. Ihr wisst, was er enthalten muss."

„Ja, Herr." Ira antwortete zwar höflich, weigerte sich aber als einzige den Kopf zu senken. Die Anrede gab Hanna zu denken. Wer war dieser seltsame Mann und warum verbarg er sein Aussehen?

Ira reckte das Kinn. Hanna hatte noch nie einen so kalten Ausdruck auf ihrem Gesicht gesehen. „Der Trank wird pünktlich fertig sein. Ich schicke Maris zu Euch, wenn es soweit ist." Maris war der ältere der beiden Männer, die in der Küche arbeiteten, nicht gerade eine Geistesgröße, aber immer freundlich und hilfsbereit. Hanna hörte, wie er entsetzt nach Luft schnappte.

„Nein. Wartet, bis der Wächter kommt." Der verhüllte Mann hob die Hand und deutete auf Mella. „Du wirst dem König den Trank bringen." Eine Antwort wartete der Fremde nicht ab. Er fuhr herum und war im nächsten Moment verschwunden.

Mella stöhnte laut auf und taumelte. Sie musste sich an den Tisch klammern, sonst wäre sie gestürzt. Mit Tränen in den Augen sah sie zu Ira hinüber. „Bitte", stammelte sie mit zitternden Lippen. Mehr brachte sie nicht heraus.

Dem Fremden gegenüber hatte die Köchin Haltung bewahrt, aber jetzt sackten ihre Schultern nach unten. Sie ging mit schweren Schritten zu der Bank an der Wand hinüber und setzte sich. „Du musst", sagte sie leise in die tiefe Stille hinein. „Ich kann nichts dagegen tun."

Mella senkte den Kopf. Sie zitterte so heftig, dass sie sich kaum noch auf den Beinen halten konnte. Eine der älteren Frauen legte den Arm um sie und flüsterte ihr etwas zu. Mella schüttelte immer wieder den Kopf, dann warf sie der Frau die Arme um den Hals und klammerte sich an ihr fest. Ihre Schultern zuckten. Ein Seufzen lief durch die Küche, als habe ein einziges großes Wesen es ausgestoßen. Niemand sagte etwas. Eine der anderen Frauen huschte hinaus und kam gleich darauf mit mehreren Kräutergefäßen zurück, die sie der Köchin brachte.

Hanna machte einen kleinen Schritt nach rechts, damit sie unauffällig verfolgen konnte, wie die Köchin den Trank zubereitete. Ira benutzte einen Löffel, um die Kräutermengen abzumessen, aber dem letzten Gefäß entnahm sie mit einer kleinen Zange nur ein einzelnes Blatt mit einer ungewöhnlichen Färbung. Die fertige Mischung übergoss sie mit wenig heißem Wasser und blieb daneben stehen, als das Gebräu zog, als wage sie nicht es aus den Augen zu lassen. Schließlich goss sie die Flüssigkeit durch ein Tuch ab, das sie danach sofort in einen Eimer mit Wasser warf. Die Frau, die die Kräuter geholt hatte, rannte damit so schnell sie konnte hinaus.

Iras scharfem Blick war nicht entgangen, dass Hanna zu ihr hinübergestarrt hatte. Sie wich dem finsteren Blick der Köchin aus und senkte schnell den Kopf. Vorher hatte sie allerdings noch gesehen, dass der Kräutersud eine intensive blaue Farbe angenommen hatte. Die Köchin stellte ihn zum Abkühlen zur Seite und erhitzte Milch, in der sie eine großzügige Portion Honig auflöste. Dann füllte sie beide Mischungen in einen kostbaren Trinkkelch und verrührte sie miteinander.

Kurz bevor die Mischung fertig war, erschien ein Wächter an der Tür. Hanna hatte den kräftigen jungen Mann schon öfter in der Küche gesehen. Er hatte meistens gute Laune und war immer zu einem Scherz aufgelegt, jetzt war er blass und todernst. Als er Mellas verweintes Gesicht sah, zuckte er zusammen. Seine Miene wurde noch grimmiger, aber er schwieg. Ira tauschte einen Blick mit ihm und schüttelte langsam den Kopf, als wollte sie sich entschuldigen.

„Komm her."

Iras schroffer Befehl ließ Mella hochschrecken. Sie schniefte laut und stolperte mit unsicheren Schritten zu der Köchin hinüber. Sie war vollkommen verängstigt. Ira wickelte einen sauberen Leinenstreifen um den Fuß des Gefäßes, dann reichte sie es an Mella weiter. „Hier. Halte dich gerade und komm so schnell du kannst zurück." Mella antwortete nicht. Ihre Hände zitterten, als sie den Kelch in Empfang nahm. Sie sah zur Tür hinüber, setzte sich aber nicht in Bewegung.

„Komm schon. Du machst es nur schlimmer. Der König wartet nicht gern." Der Wächter kam Mella entgegen und griff mit finsterer Miene nach ihrem Ellenbogen. Er versuchte seine eigene Furcht hinter seiner Schroffheit zu verbergen.

Ira schob sich nach vorn, ihre Augen funkelten vor Empörung. „Es dauert seine Zeit diesen Trank herzustellen", sagte sie scharf. „Das sollte selbst dem König klar sein."

„Sag du es ihm", fauchte der Wächter zurück. „Ich werde es bestimmt nicht tun." Er zog Mella mit sich zur Tür hinaus.

Hanna sah sich unter halb gesenkten Lidern um. Alle arbeiteten, niemand hob den Kopf. Die Furcht hatte sich kein bisschen gelegt.

Es kam Hanna endlos lange vor, bis der Wächter Mella zurückbrachte. Das Mädchen betrat die Küche mit kleinen, zögernden Schritten und schien nicht ganz sicher auf den Beinen zu sein. Sie sah zu Ira hinüber, dann hoben sich ihre Mundwinkel zu einem zittrigen Lächeln. „Es ist nichts passiert", flüsterte sie und brach in Tränen aus.

„Beschreib mir genau, wie das Blatt aussah und was Ira sonst noch in die Mischung getan hat."

Hanna sah zu Meira auf. Sie saß halb unter Maxine begraben auf dem Fußboden. Als die Köchin ihr völlig unerwartet einen halben Tag frei gegeben hatte, hatte sie sich sofort auf den Weg zu Meiras Haus gemacht. Lange konnte sie nicht bleiben. Sie wollte auf keinen Fall allein im Wald unterwegs sein, wenn es dunkel wurde.

Meira hatte Hannas Bericht zuerst schweigend zugehört, dann begann sie Fragen zu stellen. Manche konnte Hanna beantworten, andere nicht.

„Das Blatt war klein, die Form konnte ich nicht erkennen. Geglänzt hat es nicht."

„Könnte es mit kleinen Haaren bedeckt gewesen sein? Die silbrige Farbe würde passen."

Hanna zuckte die Achseln. „Möglich. Ich weiß es nicht."

„Der fertige Auszug ist blau", murmelte Meira. Mit einem Seufzen schüttelte sie den Kopf. „Ich kenne keine einzige Pflanze, auf die diese Beschreibung passt."

„Das Kraut muss sehr stark wirksam sein. Sie haben Angst damit in Berührung zu kommen. Ira greift nicht in das Gefäß hinein, sie benutzt eine Zange. Die Frau, die die Abfälle hinausbringt und das Tuch auswäscht, ist genauso vorsichtig."

„Es ist stark wirksam, sie fürchten sich davor, aber sie geben es dem König", brummte Meira. „Was soll es bewirken und warum bestehen sie darauf, dass ein junges Küchenmädchen es ihm bringt, obwohl es vor Angst fast stirbt?"

Hanna schüttelte den Kopf. „Ich kann es dir nicht sagen. Niemand spricht darüber. Sie fürchten sich entsetzlich."

Meira beugte sich zu Hanna hinunter, bis sie ihr direkt in die Augen sehen konnte. „Es gibt noch ein weiteres junges Küchenmädchen. Ihr Name ist Lia. Ich habe sie nicht gesehen, als ich dich in die Burg gebracht habe."

„Bist du sicher? Ich kenne sie nicht. In der Küche sind immer nur dieselben Leute."

„Ich vermute, du hast ihren Schlafplatz bekommen. Sie war seit ihrer Kindheit in der Burg. Wohin sollte sie verschwunden sein?"

„Sie könnten ihr andere Arbeit gegeben haben."

„Nicht, wenn Ira dringend Leute braucht. Sie hat sofort zugegriffen, als du aufgetaucht bist."

„Hätte man dich gerufen, wenn Lia krank geworden wäre?"

„Natürlich. Es gibt hier keinen anderen Heiler. Niemand hat etwas gesagt, aber Lia ist fort."

Hanna schnappte nach Luft. „Du glaubst, sie ist tot?"

Meira nickte mit sorgenvollem Blick. „Es scheint mir die einzige Erklärung zu sein. Und nun erzählst du mir, dass Mella vor Angst fast umkommt. Das passt zusammen, findest du nicht?"

„Mella bringt den Trank zum König", sagte Hanna vorsichtig. „Das würde ja heißen..."

Meira schauderte. „Ich habe dich in große Gefahr gebracht. Du darfst nicht in die Burg zurückkehren."

Doch zu ihrem eigenen Erstaunen schüttelte Hanna energisch den Kopf. „Ich muss zurück. Ich muss herausfinden, was dort geschieht."

„Und wenn du das nächste Opfer wirst?", fragte Meira leise.

Hanna lächelte, obwohl sich ihr Herz vor Furcht zusammenzog. „Ich bin nicht wie die anderen. Ich habe schon ein ganzes Leben lang Erfahrungen gesammelt. Außerdem hast du selbst gesagt, es muss etwas zu bedeuten haben, dass ich hergeschickt worden bin, obwohl Raine fort ist."

„Damals wusste ich noch nicht, dass es so gefährlich für dich werden könnte. Raine würde es niemals zulassen."

Ein warmes Gefühl breitete sich bei Meiras Worten in Hanna aus, trotzdem gab sie nicht nach. „Er ist nicht hier. Es ist meine Entscheidung."

„Hanna." Die Heilerin legte beide Hände an ihre Wangen. „Wenn du noch einmal stirbst, kannst du nicht wieder zurückkommen."

„Das ist mir klar. Ich muss trotzdem versuchen etwas herauszufinden."

Meira stand auf und begann unruhig hin und her zu laufen. Maxine hob den Kopf und beobachtete sie neugierig. „Ich habe keine Ahnung, was da vorgeht. Mella ist in großer Gefahr, dafür spricht alles, was du mir erzählt hast. Du könntest die nächste sein." Sie wandte sich ruckartig um. „Kannst du dir vorstellen, wie Raine zumute ist, wenn er zurückkommt und ich ihm sagen muss, dass du tot bist?", brachte sie erstickt hervor.

„Versprich mir, dass du es ihm nicht sagst, falls es tatsächlich so weit kommt." Hanna sah Meiras entsetzten Blick und seufzte schwer. „Versteh mich doch! Ich kann nicht einfach herumsitzen und darauf hoffen, dass alles von selber wieder gut wird. Leider ist dies hier kein Märchen. Und sie lebten glücklich bis ans Ende ihrer Tage...", fügte sie leiser hinzu.

„Was?"

Hanna lächelte. „So enden in meiner Welt die Märchen. Sie gehen immer gut aus."

Plötzlich hatte Meira Tränen in den Augen. „Ich wünsche mir so sehr, dass es für euch beide auch so endet."

Leider war das bisher nur ein schöner Traum. „Davon sind wir noch weit entfernt."

„Hast du denn gar keine Angst, Kind?"

„Natürlich habe ich Angst, aber das ändert nichts. Du kannst mich nicht davon abbringen. Ich könnte Raine für immer verlieren, wenn ich es nicht versuche. Ich muss den König sehen, damit ich verstehe, was mit ihm los ist."

„Du kannst dabei umkommen", sagte Meira hart.

„Nichts im Leben ist sicher. Man muss etwas riskieren, sonst bekommt man die wirklich wichtigen Dinge nicht“, antwortete Hanna gelassener, als sie sich fühlte. „Wer wüsste das besser als ich.“

„Wie meinst du das?“

Hanna lachte bitter. „In meinem ersten Leben war mir nichts wichtiger als Ruhe und Sicherheit. Ich habe mir eingeredet, das sei genug. Diesmal will ich nicht so leben. Nicht wenn ich die Möglichkeit habe, so viel mehr zu bekommen.“

„Deine zweite Chance“, sagte Meira leise.

„Ja. Entweder ich versuche es oder ich versage wieder. So einfach ist das.“

„Es ist überhaupt nicht einfach. Es wird deinen ganzen Mut erfordern und trotzdem kann es sein, dass du scheiterst. Niemand wird dir helfen. Du bist auf dich allein gestellt.“

„Versuchst du herauszufinden, um welches Kraut es sich handelt?“

Meira zuckte die Achseln. „Versuchen bestimmt, aber ich kann nichts versprechen. Wäre es möglich, dass du eines dieser Blätter für mich stiehlst? Fass es aber bloß nicht an.“

„Du hältst es für Gift?“

Meira sah Hanna ernst an. „Das muss nichts bedeuten. Viele Arzneikräuter sind giftig, wenn man zu viel davon nimmt.“

Hanna runzelte die Stirn. „Ich war noch nie in der Kräuterstube. Ich muss abwarten, bis sich eine Gelegenheit ergibt.“

„Sei vorsichtig, Hanna. Um nichts anderes bitte ich dich.“

„Immer. Ich verspreche es.“

Raine schlenderte durch das Lager der Tagira. Niemand hielt ihn auf, niemand schränkte seine Bewegungsfreiheit ein. Die Stammesangehörigen beobachteten ihn zwar, behandelten ihn aber, als sei er Luft. Das Gastrecht schützte ihn, genauso wie sein eigenes Versprechen diese Leute vor ihm schützte. Nicht dass er vorgehabt hätte ihnen zu schaden, aber bisher gab es auf beiden Seiten noch kein Vertrauen, das über dieses Versprechen hinausging. Weder ein Eid noch die besten Absichten konnten etwas daran ändern.

Er konnte sich nicht vorstellen, wie es sein musste, das ganze Jahr über unterwegs zu sein, ohne feste Heimat. Vom Verstand her war ihm klar, warum die Stämme diese Lebensweise gewählt hatten. Ihre Herden waren groß und grasten das dürftige Futter viel zu schnell ab, um lange an einem Ort zu bleiben. Für die Tagira waren ihre Pferde ihr Lebensinhalt, aber auch der Grund, warum sie immer Nomaden bleiben würden. Raine war ehrlich daran interessiert es zu verstehen, aber es fiel ihm immer noch schwer.

In den letzten drei Tagen hatte er viel Zeit mit Tomas verbracht und lange Gespräche mit ihm geführt, die anfangs nur zögerlich in Gang gekommen waren. Kieran und Titus waren fort und versuchten einen geeigneten Ort zu finden, wo die Tagira innerhalb von Fennmarks Grenzen vorerst bleiben konnten. Das war nicht einfach, denn sie brauchten die Duldung der Einwohner jeder einzelnen Ortschaft im Umland. Als Kieran das letzte Mal für kurze Zeit vorbeigeschaut hatte, war er völlig erschöpft, aber immer noch voller Hoffnung gewesen. Raine fragte sich manchmal, woher sein Bruder diese Kraft eigentlich nahm.

Im Grunde rüttelte Kieran an den Grundfesten der Welt, wie sie sie kannten. Fennmark war schon immer das Land der Sesshaften und Bodenständigen gewesen, während die Steppe den Stämmen gehörte. Für die Bauern waren die Nomaden wilde Gesellen, die sich an keine Regeln hielten und nicht bereit waren, hart für ihren Lebensunterhalt zu arbeiten. Die Tagira hielten die Bauern für geizig und engstirnig, unfähig über ihre kleine, begrenzte Welt hinauszuschauen. Und nun reiste Kieran durch die Gegend und versuchte beiden Seiten klar zu machen, dass sie einander brauchten.

Von Tomas hatte Raine erfahren, dass die Stämme der Tagira nur lose Beziehungen zueinander hatten. In ihrer alten Heimat hatte es einen Versammlungsort gegeben, an dem man sich einmal im Jahr für zwei Wochen traf. Das war nun vorbei, denn dieses Land war verloren. Jetzt war jeder Stamm noch mehr auf sich allein gestellt.

Als Raine begriff, wie wenig Einfluss Tomas auf die anderen Stämme der Tagira hatte, wurde ihm das Herz schwer. Die Aufgabe, die Kieran mit so viel Enthusiasmus in Angriff nahm, schien sowieso kaum zu bewältigen zu sein, aber nun war klar, dass der Schritt, den sie bisher gemacht hatten, noch kleiner als vermutet war. Ja, Raine bewunderte seinen Bruder, aber es fiel ihm schwer seinen Optimismus zu teilen.

Raine hatte Tomas immer wieder nach den Norwenn gefragt. Sie waren im vergangenen Jahr plötzlich in großer Zahl aufgetaucht, nachdem man zuvor lange nichts von ihnen gehört hatte. Es war nicht möglich mit ihnen zu sprechen oder irgendwelche Vereinbarungen zu treffen. Stießen sie auf Angehörige der Stämme, fielen sie sofort über sie her. Mehrere Lager waren schon angegriffen worden. Dort hatte niemand überlebt, egal ob Mann, Frau oder Kind. Eine sofortige Flucht schien die einzige Lösung zu sein, doch auch das erwies sich nach und nach als Katastrophe. Als der Hunger begann, war alles noch einmal schlimmer geworden.

Die Tagira waren ein stolzes Volk mit einem festen Ehrbegriff, das hatte Raine inzwischen gelernt. Er respektierte Tomas und verstand auch, warum er allem, was aus Fennmark kam, mit so viel Misstrauen begegnete. Zwischen den beiden Völkern gab es kaum Berührungspunkte.

Zum Glück gab es wenigstens ein paar gute Nachrichten. Die Behandlung, die der Dorfheiler und Jaron zusammen ausgearbeitet hatten, schlug bei den Kranken an. Ein paar von ihnen waren schon wieder gesund, andere auf dem Weg der Besserung. Die einzige Ausnahme war die Tochter des Anführers. Für sie schien Wulf die einzige Hoffnung zu sein, denn obwohl ihr Körper sich erholte, wachte sie nicht auf. Ihre verletzte Seele hatte sich so weit zurückgezogen, dass sie kaum noch zu erreichen war.

Wulf war ein gesunder, kräftiger Mann, aber was er hier tat, verlangte ihm alles ab. Der Kampf, auf den er sich eingelassen hatte, war für niemanden zu sehen. Er erschöpfte ihn genauso sehr wie schwere körperliche Arbeit. Zurück konnte er längst nicht mehr, dafür hatte er sich zu fest an die Kleine gebunden. Raine fürchtete sich aus mehreren Gründen davor, was geschehen würde, falls das Mädchen trotz aller Anstrengung starb.

Unter den wachsamen Blicken der Tagira ging er weiter und verließ den inneren Bereich des Lagers. Sobald er die Zelte hinter sich gelassen hatte, stieß er auf die ersten Pferde. Als Raine sie zum ersten Mal gesehen hatte, waren sie ihm klein und struppig vorgekommen, inzwischen sah er sie mit anderen Augen. Sie strahlten eine Wildheit und Urwüchsigkeit aus, die sehr deutlich machte, dass sie die Menschen nicht brauchten. Dieses Zusammenleben basierte auf Freundschaft und Respekt, nicht auf Zwang.

Tief in seinen Gedanken versunken lief Raine weiter. Die Pferde beäugten ihn, schienen sich aber nicht an ihm zu stören. Man ging sich einfach aus dem Weg. Als Raine nach einer Weile den Kopf wieder hob, sah er, dass ein Stück vor ihm eine reglose Gestalt auf einem großen Stein saß. Obwohl der Mann ihm den Rücken zuwandte, war ihm die Haltung sehr vertraut. Diemas saß völlig entspannt da, die langen Beine ausgestreckt, doch vor allem war es der leicht schräg geneigte Kopf, der ihn verriet. All das sagte Raine, dass sein Bruder ganz in seine eigene Welt abgetaucht war. Dies war seine Art eine Auszeit zu nehmen, wenn ihn Sorgen zu sehr bedrängten.

Bei jedem von Raines Brüdern wurde die Persönlichkeit stark von seiner Gabe geprägt. Diemas wurde völlig reglos, wenn er zu einem Tier Kontakt aufnahm. Er strahlte dann eine geduldige Stille aus, die mehr an eine Raubkatze als an einen Menschen erinnerte. Es war keine gute Idee, ihn unvermittelt aus diesem Zustand zu reißen, der fast einer Trance glich. Raine blieb stehen und hielt Abstand. All das war so vertraut, selbst in dieser immer noch fremden Umgebung. Er stellte fest, dass er unwillkürlich lächelte.

Plötzlich ging ein Ruck durch Diemas ruhige Gestalt. Er richtete sich hoch auf, drehte langsam den Kopf nach rechts und starrte konzentriert in diese Richtung. Raine folgte seinem Blick, konnte aber nichts Auffälliges erkennen. Er beschloss zu bleiben und seinem Bruder notfalls den Rücken freizuhalten.

Die Pferde, die bisher ruhig in Diemas Nähe gegrast hatten, wurden unruhig, warfen die Köpfe hoch und steckten sich gegenseitig mit ihrer Nervosität an. Die gesamte Atmosphäre hatte sich verändert. Ein Kribbeln in seinem Nacken sagte Raine, dass auch einige Tagira aufmerksam geworden waren. Er schauderte, während ihm gleichzeitig der Schweiß ausbrach, so sehr wuchs sein Unbehagen. Das einzige, was ihn davon abhielt, das Schwert zu ziehen und so schnell wie möglich den Abstand zu seinem Bruder zu überwinden, war die Tatsache, dass Diemas keine Anzeichen von Furcht zeigte. Raine zwang sich stehenzubleiben, obwohl seine Muskeln vor Anspannung zu zittern begannen. Als die Pferde plötzlich auseinander stoben und die Sicht freigaben, zuckte er heftig zusammen.

Der Hengst war noch jung. Er war größer und massiger als die meisten anderen Tiere und mit Ausnahme der Blesse und einer weißen Fessel pechschwarz. Er kam schnell und mit aggressiven Bewegungen heran, der hoch aufgerichtete Schweif peitschte durch die Luft. Diemas Blick war fest auf ihn gerichtet und auch der Hengst konzentrierte sich ganz auf ihn. Bedächtig stand Diemas auf. Der Hengst wurde langsamer, wieherte herausfordernd und schnaubte. Es dauerte ein paar Sekunden, bis das majestätische Tier zur Ruhe kam und ebenso wie Diemas völlig reglos wurde. Dann allerdings war es, als halte die Welt den Atem an.

Hätte Raine die Fähigkeiten dazu besessen, dann hätte er diesen Augenblick für immer auf einer Leinwand festgehalten. Die Schönheit des Anblicks raubte ihm den Atem. Er war genügend auf seinen Bruder eingestimmt um spüren zu können, dass Diemas Gabe floss und sein Ruf beantwortet wurde. Was daraus entstehen würde, war allerdings noch völlig offen.

Der Hengst warf den Kopf hoch und schnaubte, blieb aber stehen. Diemas hob langsam den Arm und streckte die offene Hand aus, eine ruhige, beherrschte Geste, mehr ein Angebot als eine Forderung. Der Hengst begann zu tänzeln, tanzte mit unfassbarer Anmut auf den Spitzen seiner Hufe. Und dann kam er näher, noch immer nervös, aber sichtlich entschlossen. Diemas rührte sich nicht, er sah ihm nur entgegen, bis der Hengst vor ihm stehenblieb und langsam den Kopf senkte. Erst dann hob er die Hand ein wenig höher und berührte den glänzenden Hals. Ein Zittern lief über den großen Körper des Pferdes, aber es wich nicht zurück, auch nicht als Diemas den restlichen Abstand mit einem großen Schritt überwand. Seine freie Hand glitt in die Mähne des Hengstes, der seinen Kopf vorsichtig auf Diemas Schulter schob.

Raine hörte ein halb ersticktes Keuchen hinter sich, dann war Tomas an seiner Seite. Drei weitere Männer näherten sich im Laufschritt. Man sah ihnen ihre Fassungslosigkeit an. „Er hat den Bund geschlossen", sagte Tomas heiser. „Das ist einer der Leithengste und er hat sich an einen Fremden gebunden. So etwas ist noch nie geschehen."

Als habe er ihn gehört, drehte sich Diemas in diesem Moment um und kam zum Lager zurück. Der Hengst hielt sich dicht an seiner Seite. Raine sah, dass seinem Bruder die reine Freude aus den Augen leuchtete. Ein paar Schritte vor Tomas blieben die beiden stehen und Diemas neigte respektvoll den Kopf. „Verzeiht mir. Es war nicht meine Absicht eines Eurer Pferde zu stehlen. Es ist einfach geschehen."

Tomas nickte steif. „Er hat die Entscheidung genauso getroffen wie Ihr." Er schluckte schwer, immer noch ein wenig ungläubig. „Kennt Ihr seinen Namen?"

„Laran. Er hat mir ein unglaubliches Geschenk gemacht."

„Dann erwidert es und steigt auf seinen Rücken. Das ist der letzte Schritt, der noch fehlt."

Diemas lächelte. Er wandte sich dem Hengst zu und ließ seine Hand andächtig über das glänzende Fell gleiten. Dann griff er in die dichte Mähne und sprang auf seinen Rücken. Laran riss den Kopf hoch und stieß ein triumphierendes Wiehern aus, ehe er in einem Wirbel von Bewegung davonstob. Diemas passte sich seinem Rhythmus an und lehnte sich weit nach vorn. Sein Freudenschrei mischte sich mit dem Donnern der Hufe.

Raine spürte die tiefe Freude seines Bruders bis in den letzten Winkel seiner Seele. Es war wie ein Echo aus alten, unbeschwerten Zeiten, eine Erinnerung daran, wie das Leben sein sollte. Dieses bittersüße Gefühl machte ihn zugleich glücklich und traurig. Bevor er etwas dagegen tun konnte, erschien Hannas Gesicht vor seinen Augen und er sah das Lächeln, von dem er immer gehofft hatte, dass es nur ihm gehörte. Zusammen mit der Erinnerung kam das Gefühl, dass jemand an seinen Verstand klopfte und um Einlass bat. Es war zu viel, es zwang ihn fast in die Knie. Während er um Fassung rang, wurde das Gefühl immer schwächer und verschwand schließlich ganz. Nur mühsam beherrscht wandte er sich zu Tomas um.

Der Tagira starrte noch immer in die Richtung, in die Pferd und Reiter verschwunden waren. „Ich kann es einfach nicht fassen", murmelte er. Er drehte sich zu den Männern um, die hinter ihm stehengeblieben waren. „Ihr habt es ebenfalls gesehen. Ihr werdet es bezeugen." Die Männer nickten feierlich. Sie sahen aus, als stünden sie unter Schock. „Geht!", befahl Tomas knapp. „Verbreitet die Nachricht." Noch immer sichtlich erschüttert wandte er sich Raine zu. „Kommt Ihr mit zurück?"

Tomas räusperte sich umständlich, als sie langsam zurückgingen. „Versteht Ihr, was hier geschehen ist? Es ändert alles. Euer Bruder ist soeben ein Mitglied unseres Stammes geworden. Zwischen ihm und uns gibt es keine Grenzen mehr, kein Misstrauen. Jeder Tagira in diesem Lager würde ohne zu zögern für ihn kämpfen und sterben, so wie wir es auch von ihm erwarten. Die Allianz, die Kieran anstrebt, ist damit geschlossen. Es gibt keinen Weg zurück."

„Und es macht Euch Angst", sagte Raine leise.

Tomas schluckte sichtlich. „Das sollte es nicht, aber ich bin ihr Anführer. Ich bin für sie alle verantwortlich."

„Diemas wird Euch niemals hintergehen oder verraten. Keiner von uns wird das tun. Ich bin bereit, bei meinem Leben einen Eid darauf zu schwören."

„Ich wollte Euch nicht beleidigen." Tomas seufzte schwer. „Im Grunde weiß ich das längst, aber mein Verstand gibt keine Ruhe und bringt immer wieder neue Einwände vor."

„Ihr habt mich nicht beleidigt", stellte Raine ernst klar. „Euer Verhalten ehrt Euch." Tomas schnaubte wortlos, aber er schien über diese Antwort erfreut zu sein.

Sie hatten die ersten Zelte fast erreicht, als sie die Unruhe bemerkten. Keine Angst, eher Unglauben und zaghafte Freude schwangen in dem Durcheinander der leisen Stimmen mit. Bevor Raine begriff, was los war, blieb Tomas neben ihm stocksteif stehen. Er keuchte, als sei er kurz davor zu ersticken.

Wulf kam auf die beiden Männer zu. Seine Schritte waren steif und müde, aber er strahlte über das ganze Gesicht. Die Kleine, die er wie einen kostbaren Schatz auf dem Arm trug, kuschelte ihren Kopf an seine Schulter und sah sich mit großen Augen um. Dann entdeckte sie ihren Vater und streckte sofort die Arme nach ihm aus. Tomas griff nach ihr und zog sie zu sich herüber. Seine Arme schlossen sich fest um den zarten Körper seiner Tochter, er beugte sich über sie, um ihr noch näher zu sein. Wulf sah ihnen lächelnd zu. Inzwischen taumelte er vor Erschöpfung.

Raine legte den Arm um seinen Bruder. „Komm. Du musst dich ausruhen." Wulf nickte und ließ sich von Raine zu dem Zelt führen, dass man ihnen als Unterkunft überlassen hatte. Er sackte auf seinem Schlaflager fast zusammen. Raine ließ sich neben ihm auf die Knie fallen. „Brauchst du etwas?"

Wulf schüttelte den Kopf. „Sie war schon so weit fort", murmelte er. „Ich konnte sie fast nicht mehr erreichen."

„Du hast es aber geschafft und nur das zählt. Schlaf jetzt erst mal. Du kannst es mir später erzählen."

Wulf fielen fast sofort die Augen zu. Er war bis an seine Grenzen gegangen und hatte alles gegeben. Vielleicht war es ihm noch nicht klar, aber er hatte dadurch ein weiteres starkes Band zu den Tagira geknüpft.

Anscheinend gab es doch noch Tage, an denen Wunder möglich waren.

8. Kapitel

Hanna arbeitete ruhig und konzentriert. Sie lauschte auf das Geplapper und stimmte in das Gelächter ein, hatte aber nur selten etwas hinzuzufügen. Das änderte aber nichts daran, dass sie die Kameradschaft mochte, die sich ganz von selber einstellte. Es gab Momente, in denen sie dieses Gefühl alles vergessen ließ, sogar warum sie tatsächlich hier war. Es fühlte sich jedes Mal wie ein tiefes Durchatmen und Erholung an.

Ira ließ Hanna noch immer nicht lange aus den Augen, aber sie schien mit ihr zufrieden zu sein. Inzwischen hatte sie ihr schon ein paarmal andere Aufgaben als sonst übertragen. Sie probierte aus, zu was Hanna zu gebrauchen war. Nicht immer gelang ihr alles auf Anhieb, sie gab sich aber so viel Mühe, dass die Köchin ihr mehr als einmal zugenickt hatte. Sie war auf dem besten Weg sich in dieser Küche einen festen Platz zu verdienen. Allerdings hatte Hanna noch immer keine Gelegenheit gefunden in die Kräuterkammer zu kommen. Dieser Raum war für Ira so etwas wie ein Allerheiligstes. Hier half nur Geduld weiter.

Der Nachmittag ging seinem Ende entgegen. Nach und nach verstummten die Gespräche. Der Ablauf war an jedem Abend gleich. Es begann, wenn Ira den Trank für den König zubereitete und endete erst, wenn Mella zurückkehrte. Selbst dann dauerte es noch eine ganze Weile, bis sich alles wieder halbwegs normal anfühlte. Mella war mit jedem Tag in einem schlechteren Zustand. Sie huschte bei der Arbeit nervös herum und sprach fast gar nicht mehr. Manchmal leuchtete ihr blasses Gesicht kurz auf, wenn die anderen lachten und scherzten, aber das passierte immer seltener. Die meiste Zeit über war sie tief in ihren Gedanken und ihrer Furcht gefangen.

Hanna hatte ein paarmal versucht mit Mella zu reden, nicht einmal um sie auszufragen, sondern um ihr Trost zu spenden, aber sie hatte keinen Erfolg damit. Soweit sie es verfolgen konnte, gelang das auch niemand anderem. Die ständige Angst hatte Mella in eine Starre versetzt, die sich nicht durchdringen ließ. Sie hatte nicht einmal die Kraft zu weinen.

Ira hatte den Trank mit derselben Sorgfalt wie an jedem Abend zubereitet, der Kelch war bereit. Mella arbeitete weiter, als bemerke sie es nicht, nur ihre zitternden Hände verrieten sie. Sie sah erst auf, als der Wächter, der sie jeden Abend begleitete, an der Tür erschien. Sie schlurfte zu Ira hinüber, nahm den Kelch in Empfang und ging mit schweren Schritten zur Tür.

Diesmal war Ira direkt hinter ihr. „Pass auf sie auf, hörst du?“, zischte sie dem Wächter zu. „Wenn du sie zurückbringst, habe ich einen besonderen Leckerbissen für dich.“

Der Mann verzog das Gesicht. „Du brauchst mich nicht zu bestechen, damit ich auf Mella achte, aber ich begleite sie nur bis zur Tür. Danach kann ich nichts mehr für sie tun.“ Er ergriff den Ellenbogen des Mädchens und führte sie hinaus. Ira seufzte schwer und sah den beiden nach, ehe sie in die Küche zurückkam. Niemand schaute auf, alle wichen ihrem Blick aus. Hanna konnte verstehen, warum das so war. Sie hatten Mitleid mit Mella und machten sich Sorgen um sie, aber sie waren auch froh, dass keiner von ihnen diesen Dienst tun musste. Hanna fragte sich, wie lange es noch dauern würde, bis das Mädchen unter dem Druck zusammenbrach. Mella sah mit jedem Tag elender aus.

Wie immer schienen sich die nächsten Minuten zu Stunden zu dehnen. Plötzlich war Hanna kalt, obwohl die Feuer hell brannten. Die unnatürliche Stille breitete sich immer weiter aus und vertrieb alle Wärme. Sie war der perfekte Nährboden für die Furcht, die in allen Ecken lauerte. Einen Moment lang wurde es so schlimm, dass sie kurz davor war aus der Küche zu rennen und sich in einer stillen Ecke ihrer Schlafkammer zu verstecken. Dieser Abend war nicht wie die anderen. Diesmal würde etwas geschehen.

Als schwere Schritte näher kamen, erreichte die Anspannung einen weiteren Höhepunkt. Der Wächter trat über die Schwelle, beide Arme fest um Mella geschlungen. Er trug sie mehr als er sie stützte. Sie hielt den Kopf tief gesenkt und hatte die Augen halb geschlossen. Erst als Ira einen entsetzten Laut ausstieß und zu ihr hinüberhastete, hob das Mädchen mühevoll den Kopf.

Mellas Augen schimmerten in einem unnatürlichen Glanz, ihre linke Gesichtshälfte war rot und angeschwollen. Über den Wangenknochen zog sich ein langer Riss, Blut floss über die

Wange und tropfte auf ihre Brust. Der linke Ärmel ihres Kleides war fast vollständig abgerissen und hing ihr weit über die Hand.

Iras entsetztes Stöhnen holte Mella aus ihrer Erstarrung. Sie sah sich hektisch um und begann zu zittern, während ein Schauer nach dem anderen durch ihren Körper lief. Und dann öffnete sie den Mund und begann durchdringend und schrill zu schreien. Sie schrie und schrie, bis Hanna das Gefühl hatte, dass ihr Kopf im nächsten Moment platzen musste. Angst und Wahnsinn mischten sich in den furchtbaren Lauten.

Auf Iras unerschütterliches Wesen war Verlass. Sie zog das zitternde Mädchen in ihre Arme, murmelte ihr tröstende Worte zu und strich ihr sanft über den Kopf. Mella klammerte sich fest an die Köchin, hörte aber nicht auf zu schreien. Der Wächter verschwand sofort, nachdem er seine Last übergeben hatte. Er sah aus, als sei ihm übel.

Ira begann Mella in Richtung der Schlafkammer zu ziehen, doch nun gaben ihre Knie ganz nach. Maris hob sie hoch und trug sie davon, zwei Küchenfrauen begleiteten ihn. Und noch immer schrie und schrie Mella, als schlitze jemand ihren Körper mit einem Messer auf.

Die Köchin presste die Lippen fest zusammen, ihre ganze Haltung drückte Empörung aus. Mit einer schroffen Bewegung fuhr sie herum und ließ ihren finsteren Blick durch den Raum wandern. „Ihr müsst heute alle schneller arbeiten. Also macht schon!“ Niemand widersprach. Mit tief gesenktem Kopf wurde die Arbeit wieder aufgenommen.

Mellas Schreie wurden leiser, je weiter sie fortgebracht wurde, aber sie hörten nicht auf. Hanna zitterten die Hände, die furchtbaren Laute ließen sich nicht ausblenden. Dann kam eine der Frauen zurück und sah Ira wortlos an. Die Köchin nickte mit grimmigem Gesicht und die Frau huschte wieder davon. Gleich darauf schleppte sie mehrere Kräutergefäße heran und Ira machte sich eilig an die Arbeit. Hanna beobachte sie unauffällig dabei. Keines der seltsamen Blätter, die für den Trank des Königs benutzt wurden, wanderte in diese Mischung. Als sie fertig war, hastete die Frau damit aus der Küche. Auch danach dauerte es noch eine ganze Weile, bis die Schreie endlich verstummten.

Hannas Gedanken rasten, ihr Herz schlug viel zu schnell. Wie ging es weiter, wenn Mella ausfiel? Wer würde jetzt den Trank zum König bringen müssen? Hanna hätte froh darüber sein sollen, dass sie vielleicht endlich eine Chance bekam sich umzusehen, aber dafür hatte die Angst sie zu fest gepackt. Im Gegensatz zu den anderen Küchenhelfern hatte sie einen Ort, an den sie fliehen konnte. Meira würde sie sofort wieder aufnehmen. Aber was dann? Wenn sie sich davonstahl, war ihre Mission gescheitert.

Sie zwang sich zügig und konzentriert weiterzuarbeiten, bis alle Arbeit des Tages erledigt war. Dass es still geworden war, half ein wenig. Hin und wieder sagte jemand etwas, aber die Gespräche blieben kurz und niemand lachte. Dann war es endlich Zeit sich zurückzuziehen. Auf dem Weg zur Tür passte Ira Hanna ab und zog sie zur Seite. Gleich darauf waren sie allein.

Sorge und Furcht hatten im Gesicht der Köchin tiefe Spuren hinterlassen. Sie musterte Hanna ernst. „Morgen werden sie darauf bestehen, dass du dem König seinen Trank bringst, da bin ich mir sicher. Mella ist am Ende, sie schafft es nicht noch einmal. Ich werde vorschlagen einen der Männer zu schicken, aber darauf werden sie sich nicht einlassen." Ira stockte und in ihren Augen schimmerte offene Angst, dann schluckte sie schwer und sprach weiter. „Wenn du es willst, sorge ich dafür, dass du noch heute Abend die Burg verlassen kannst."

Hanna wand sich unter Iras eindringlichem Blick. Da war er, der leichte Ausweg, sie musste nur Ja sagen. Ihre Kehle wurde staubtrocken. „Warum willst du das riskieren?"

Ira fuhr sich nervös mit der Zunge über die Lippen. „Ich schulde Meira etwas."

„Es würde sie auch in Gefahr bringen, nicht wahr?"

Ira nickte langsam. „Das könnte geschehen."

Hanna holte tief Luft. „Dann bleibe ich. Ich schulde ihr auch etwas. Und jetzt auch dir." Die Köchin gab einen Laut von sich, der irgendwo zwischen Ablehnung und Erleichterung lag. Die Gelegenheit war zu günstig, um sie ungenutzt verstreichen zu lassen. „Wenn du mir helfen willst, dann sag mir, was mich erwartet."

Ira verzog das Gesicht, ihre Augen schimmerten feucht. „Das kann ich nicht. Keine von ihnen hat je darüber gesprochen."

„Keine von ihnen? Ist das schon mit mehr als einer Frau passiert?"

Ira atmete mit einem Stöhnen aus und fuhr sich wieder über die Lippen, dann entschloss sie sich schonungslos die Wahrheit zu sagen. „Das andere Mädchen war noch jünger als Mella. Sie ist tot."

Hanna keuchte. Es war etwas anderes eine Vermutung zu haben als es bestätigt zu bekommen. Die Welle der Furcht kam schnell und traf sie hart. „Tot", wiederholte sie tonlos. „Wer quält die Mädchen so und warum?"

Iras Blick huschte panisch umher, als fürchte sie belauscht zu werden. „Der König", flüsterte sie tonlos. „Ich glaube, es ist der König. Wenn er diesen Trank bekommt, ist er nicht bei Verstand."

Also doch. Hanna riss sich zusammen, denn diese Gelegenheit kam vielleicht nie wieder. „Was ist das für ein seltsames Kraut, das den Trank blau färbt? Soll es den König beruhigen?"

Ira schüttelte den Kopf. „Ich weiß es nicht, ich habe es vorher noch nie gesehen. Der Ratgeber des Königs brachte es mir. Er sagte nur, dass ich es so wenig wie möglich berühren darf."

„Wenn der König krank ist, sollte dann nicht Meira kommen und ihn untersuchen?"

„Der Ratgeber lässt es nicht zu. Du hast ihn gesehen. Er ist ein furchterregender Mann, niemand widersetzt sich ihm. Nur er und seine Männer kümmern sich um den Herrn."

Hanna verengte die Augen. „Sind das die verhüllten Wachen, vor denen alle Angst haben? Was sind das für Leute?"

„Das weiß ich nicht. Sie zeigen niemals ihre Gesichter. So geht das schon, seit sie hier angekommen sind." Sie sah sich wieder voller Angst um. „Ich sollte nicht über sie reden. Wenn sie jemanden holen kommen, taucht er nie wieder auf."

Ira wollte sich abwenden, doch Hanna war entschlossen so viel möglich aus ihr herauszubekommen. „Hat denn der König keine Familie, die sich um ihn kümmert?", fragte sie unschuldig.

Die Köchin zischte und wurde sofort misstrauisch. „Wo kommst du her, Mädchen, dass du nichts von der Verbannung der Prinzen weißt?", fragte sie scharf.

Zum Glück war Hanna vorbereitet. Zusammen mit Meira hatte sie sich eine Geschichte ausgedacht, falls diese Frage jemals kam. „Mein Vater war Köhler. Wir haben tief im Wald gelebt. Meine Eltern sind tot, deshalb hat mich Meira für kurze Zeit aufgenommen."

Die Erklärung schien Ira zufriedenzustellen. „Es gibt sechs Prinzen, aber sie sind fort. Ich bete jeden Abend für ihre Rückkehr. Sie würden diesem Spuk ein Ende machen." Die Köchin zuckte zusammen, als ihr klar wurde, was sie da gerade gesagt hatte. „Du darfst mit niemandem darüber reden", sagte sie hastig. „Jeder, der ihre Namen ausspricht, wird hart bestraft."

„Aber warum...", begann Hanna, doch Ira schnitt ihr das Wort ab. „Schluss jetzt", brummte sie barsch. „Ich frage dich zum letzten Mal, ob du fliehen willst. Entscheide dich!" Hanna schüttelte den Kopf. „Dann mögen die Götter dir beistehen", murmelte Ira und wandte sich ab. Im nächsten Moment hatte sie die Küche verlassen.

Den größten Teil des nächsten Tages verbrachte Hanna in einem nebelhaften Zustand, der immer wieder von Phasen intensiver Furcht unterbrochen wurde. Manchmal schlug ihr Herz so schnell, dass sie Angst bekam, es könnte plötzlich aussetzen. Sie spürte die mitleidigen Blicke, die auf ihr lagen, wenn sie den anderen den Rücken zuwandte. Nicht nur Ira rechnete damit, dass Hanna das nächste Opfer sein würde.

Sie hatte die Nacht wie immer im selben Raum wie Mella verbracht, aber sie konnte nicht sagen, wie es dem Mädchen ging. Mella schlief die meiste Zeit. Wenn sie wach war, setzte sie sich zwar auf, schien aber nicht zu wissen, wo sie war. Ihr Gesicht war noch mehr angeschwollen, die Wange wurde von einem tiefblauen Bluterguss verunstaltet. Auf der Wunde hatte sich ein Schorf gebildet, der unregelmäßige Riss ging nicht tief. Mella reagierte auf nichts, sie starrte nur mit leerem Blick vor sich hin. Entweder stand sie noch immer unter Schock oder sie war dabei den Verstand zu verlieren.

Was mochte dem Mädchen zugestoßen sein? Was würde mit Hanna geschehen, wenn es Abend wurde? Diese Gedanken ließen sich immer nur für kurze Zeit verdrängen und meldeten sich schnell zusammen mit einer weiteren Welle der Angst zurück. Als der Druck immer größer wurde, begann Hanna stumm Raines Namen wie ein Mantra vor sich hin zu flüstern und versuchte sich an jedes Wort zu erinnern, das er zu ihr gesagt hatte. Es half ein bisschen.

Sie hatte ernsthaft darüber nachgedacht, eines der Küchenmesser heimlich in der Tasche ihres Rockes verschwinden zu lassen, damit sie nicht ganz wehrlos war, ließ diesen Gedanken aber schnell wieder fallen. Sie hatte noch nie eine Waffe benutzt. Ob sie tatsächlich jemanden verletzen konnte, wenn es um ihr Leben ging, wusste sie nicht. Schon von der Vorstellung wurde ihr übel. Außerdem würde man sie mit Sicherheit töten, wenn man in ihren Taschen eine Waffe fand.

Sie lieferte sich mehr oder weniger freiwillig einer Situation aus, die sie nicht überblicken konnte. Das war nicht nur dumm, sondern auch beängstigend und höchst gefährlich, fast mehr als sie ertragen konnte. Wollte sie es tatsächlich durchziehen, musste sie um jeden Preis einen kühlen Kopf bewahren. Damit rechnete niemand, es war ihr einziger Vorteil. Dem Aussehen nach war sie ein ebenso junges Ding wie Mella, doch sie verfügte über Stärken, von denen niemand etwas ahnte. In ihrem früheren Leben hatte sie gelernt, sich ihre scharfe Zunge und ihren eisernen Willen zunutze zu machen. Tatsächlich war sie für beides gefürchtet gewesen. Natürlich hatten damals weder ihr Leben noch ihre geistige Gesundheit auf dem Spiel gestanden. Sie besaß diese Stärke immer noch. Sie musste sich nur daran erinnern.

Hanna hatte vermutet, dass der verhüllte Wächter wieder erschien, aber die Zeit verging und nichts geschah. Ging man etwa davon aus, dass Mella sich erholt hatte? Niemand, der sie gesehen hatte, konnte das ernsthaft glauben. Wurde der Trank an diesem Abend nicht gebraucht, sodass Hanna noch einmal ein Aufschub gewährt wurde? Aber auch dann hätte jemand diese Nachricht überbringen müssen.

Der Wächter, der Mella jeden Abend abgeholt hatte, erschien zur selben Zeit wie immer. Er sprach kaum und sah niemanden an. *Er hat auch Angst,* dachte Hanna. Seltsamerweise verwandelte dieser Gedanke ihre eigene Furcht in kühle Distanziertheit. Ira ließ sich nichts von ihren Gefühlen anmerken. Wie immer rührte sie den Trank ein letztes Mal um und winkte dann Maris heran. Der Mann wurde blass, aber er widersetzte sich nicht.

Der Wächter sah zu, wie Maris den Kelch entgegennahm und runzelte die Stirn. „Halt!", befahl er hastig. „Was soll das bedeuten? Wo ist Mella?"

„Sie ist krank. Wundert dich das vielleicht?", antwortete Ira bissig.

Der Wächter ging nicht darauf ein. „Sie dulden nicht, dass ein Mann dem König den Trank bringt."

„Ich kann keine der Frauen entbehren", fauchte Ira. „Die Arbeit erledigt sich nicht von allein."

„Mach keine Schwierigkeiten. Wenn ich Maris mitnehme, kommen die Verhüllten um die Sache zu regeln. Ich glaube nicht, dass du das willst."

Er hatte die Drohung nicht deutlich ausgesprochen, aber Ira wurde trotzdem blass. Ganz gab sie ihren Widerstand aber nicht auf. „Ich werde keine der Frauen aussuchen. Wenn du darauf bestehst, musst du es selber tun."

Der Wächter verbarg sein wachsendes Unbehagen hinter einer ordentlichen Portion Wut. Was er tun musste, gefiel ihm nicht, aber seine Angst vor den Verhüllten war größer. „Ich befolge nur Befehle", knurrte er und sah sich um. Sein Blick blieb schnell an Hanna hängen. „Du! Nimm den Kelch und trödle nicht herum. Wir sind spät dran."

Es war soweit. Der Moment, vor dem sich Hanna schon den ganzen Tag gefürchtet hatte, war gekommen. Sie durfte jetzt auf keinen Fall schwach werden. Mit aller Kraft stemmte sie sich gegen eine weitere Welle der Angst, die sie zu überrollen drohte. Es gab einen Grund, warum sie dieses Risiko einging. Sie war stark. Sie konnte es schaffen. Sie tat es für Raine und die Chance ihn wiederzusehen. Raine. Mehr als alles andere half ihr der Gedanke an ihn die Nerven zu behalten.

Es war, als gebe es eine zweite, stärkere Person in ihrem zitternden Körper, die nicht bereit war sich einschüchtern zu lassen. Hanna nahm den Kelch vorsichtig entgegen und folgte dem Wächter zur Tür. Ihr Verstand war hellwach und nahm jedes Detail in sich auf, als sie den Gang hinuntergingen. Solange sie klar denken konnte, konnte sie mit allem fertig werden.

Der Wächter zog das Tempo an und bog immer wieder ab. Schon nach kurzer Zeit hätte Hanna den Weg zurück nicht mehr gefunden. Die Gänge wurden breiter und waren besser beleuchtet. Wandteppiche und Gemälde begannen die Wände zu bedecken. Im Vorbeigehen konnte Hanna nur einen flüchtigen Blick darauf werfen. Sie bogen ein weiteres Mal ab und hielten dann direkt auf eine Tür zu, vor der zwei Wachen standen. Hannas Begleiter griff nach ihrem Ellenbogen, damit sie stehenblieb. „Der Trank für den König", verkündete er mit lauter Stimme.

Keiner der beiden Wächter sah Hanna ins Gesicht. Gut möglich, dass sie Bedauern und Schuldgefühle gesehen hätte, wenn sie es getan hätten. *Jeder hier hat Angst, aber niemand wehrt sich,* dachte sie. *Wer bringt sie alle dazu sich zu ducken? Wer hat so viel Macht?*

Alle Überlegungen lösten sich in Luft auf, als eine der Wachen hart an die Tür klopfte. Dahinter rührte sich nichts. *Lebt dort überhaupt noch jemand,* schoss es Hanna durch den Kopf. Dann kamen Schritte näher und die Tür wurde schwungvoll aufgerissen. Einer der Verhüllten tauchte auf der Schwelle auf. Von seinem Gesicht war so gut wie nichts zu sehen, aber seine Haltung und die unangenehme Ausstrahlung verrieten ihn. Es war der Mann, den Ira als den Ratgeber bezeichnet hatte. Hanna erinnerte sich an seine seltsame, schnarrende Stimme und schauderte. Dieser Mann hatte ihr schon bei ihrer ersten Begegnung Angst gemacht und damals hatte sie ihn nur aus sicherer Entfernung gesehen. Jetzt wäre sie am liebsten davongelaufen.

„Ihr seid zu spät. Der König wartet bereits", knurrte der Verhüllte verärgert. Alle drei Wächter schienen die Köpfe einzuziehen. Oh ja, dieser Mann besaß Macht und war daran gewöhnt, sie skrupellos zu benutzen.

Der Wächter, der Hanna herbegleitet hatte, legte ihr die Hand ins Kreuz und schob sie auf die offene Tür zu. Sie erschrak so sehr, dass sie stolperte und fast den Trank verschüttet hätte. Ein wenig atemlos rang sie um ihr Gleichgewicht und ging dann mit vorsichtigen Schritten weiter. Dem verhüllten Mann dauerte das alles zu lange. Er packte Hannas Arm mit hartem Griff und zerrte sie rücksichtslos in den Raum hinein. Hinter ihr wurde die Tür mit fast verzweifelter Eile geschlossen. Der Fluchtweg war versperrt.

Die Panik brach über Hanna herein, bevor sie sich dagegen wappnen konnte. Sie blieb ruckartig stehen und stemmte die Füße fest in den Boden. Mit einem wütenden Blick fuhr der Verhüllte zu ihr herum, dann wurde sein Griff so fest, dass sie vor Schmerz keuchte. „Stell dich nicht so an und komm endlich", fauchte er sie an. „Du machst es nicht besser, wenn du ihn noch länger warten lässt." Der Zorn verschwand, seine Mundwinkel hoben sich zu einem boshaften Grinsen. „Er wird dich schon nicht umbringen." Sein hämisches Lachen ließ Hanna fast vor Furcht erstarren. Sie stolperte neben ihm her und versuchte verzweifelt Schritt zu halten.

Die Tür, auf die sie zu hielten, war riesig. Beide Türflügel waren über und über mit prachtvollen Schnitzereien verziert, erstaunlich klare und ausdrucksstarke Bilder. Trotz ihrer Angst zogen sie Hanna magisch an. Eine Burg, prächtig mit Fahnen geschmückt. Ein Paar, das Hand in Hand auf einem Balkon stand und auf eine riesige Menge jubelnder Menschen hinablächelte. Glück, das fast mit Händen zu greifen war. Vielleicht hatte es das alles in der Vergangenheit gegeben, vielleicht war diese düstere Burg tatsächlich von Leben und Freude erfüllt gewesen, aber in der Gegenwart gab es keinen Platz dafür.

Die fröhliche Szene verschwand aus Hannas Blickfeld, als der Verhüllte einen der Türflügel aufriss. Der große Raum dahinter war fast vollständig dunkel, nur eine einzige Lampe brannte. Ihr Licht erreichte nur einen kleinen Bereich um den ebenfalls mit aufwendigen Schnitzereien verzierten Tisch herum, auf dem sie stand. Alle anderen Möbel verschwanden in den Schatten und wirkten in der Düsternis des Raumes wie lauernde Ungeheuer.

Ein raues Stöhnen rechts von ihr ließ Hanna zusammenzucken. Der Verhüllte gönnte ihr keine Pause, er zerrte sie weiter. Im

Näherkommen gewöhnten sich ihre Augen an das schwache Licht und aus dem großen, formlosen Schatten vor ihr wurde ein breites Bett, das etwas erhöht auf einem flachen Podest stand. Vier Pfosten trugen einen hohen Betthimmel, die daran befestigten Vorhänge aus schwerem Stoff waren mit breiten Bändern zurückgebunden. Die wohl ohnehin schon dunklen Farben verwischten zu verschiedenen Abstufungen von Grautönen und ließen das Bett düster und unheimlich wirken. Zwischen den vielen Kissen und Decken war die Gestalt des Mannes erst auf den zweiten Blick auszumachen.

Der Verhüllte blieb mit Hanna vor dem Podest stehen und deutete eine nachlässige Verbeugung an. „Euer Stärkungstrank, mein König." Die Worte mochten unterwürfig und respektvoll wirken, der Ton war es nicht. Der distanzierte Teil in Hanna horchte auf und zog sofort Schlüsse.

Er fürchtet den König nicht. Er fühlt sich überlegen und verachtet den Mann in diesem Bett.

Der König richtete sich mit einem Stöhnen auf, schwieg aber. Während Hanna angestrengt versuchte sein Gesicht zu erkennen, gruben sich die Hände des Verhüllten mit einem schmerzhaften Griff in ihre Schultern und drückten sie gleichzeitig nach vorn und nach unten. Sie schrie leise auf, als ihre Schienbeine gegen das Holz krachten. Nach einem weiteren Stoß schlugen ihre Knie auf dem Podest auf. Der Schmerz fuhr wie eine Schockwelle durch sie hindurch, ebbte jedoch zum Glück schnell wieder ab. Die Flüssigkeit in dem Kelch in ihren Händen schwappte wild hin und her. Es gelang ihr nur mit Mühe nichts zu verschütten.

Der Verhüllte ließ Hanna los und beugte sich zu ihr hinunter, bis sein Mund fast ihr Ohr berührte. „Was er auch von dir verlangt, du wirst gehorchen. Wenn nicht, wirst du es bereuen." Dann war er fort. Hanna konnte hören, wie die Tür hinter ihm zufiel und der Schlüssel gedreht wurde. Er hatte sie mit dem König eingeschlossen.

Der Mann auf dem Bett rührte sich nicht. Die Stille wurde immer unerträglicher und machte Hanna noch mehr Angst. Sie wusste nicht, was als nächstes passieren würde, aber sie ertrug es nicht mit gesenktem Kopf abzuwarten, bis das Unheil über sie hereinbrach. Zögernd sah sie auf.

Der König schaute sie direkt an. Auf den Ausdruck, den Hanna in seinen Augen sah, war sie nicht vorbereitet. Sie hatte Zorn und Wahnsinn erwartet, vielleicht auch Grausamkeit, aber alles, was sie entdecken konnte, war Verzweiflung.

Die geisterhafte Blässe, die eingefallenen Wangen, die tiefliegenden Augen, alles deutete darauf hin, dass der König ein schwerkranker Mann war. Sein nur von wenigen grauen Strähnen durchzogenes, dunkles Haar war wirr und zerzaust, die Finger, die er nach dem Kelch ausstreckte, zitterten wie im Fieber. Bevor seine Hand das Gefäß berühren konnte, ballte sie sich zur Faust. Die Armsehnen traten hervor, als sich die Muskeln verhärteten. Der König stöhnte tief und gequält, dann krümmte er sich zusammen. Sein Kinn sackte auf die Brust.

Der kühle, distanzierte Teil von Hanna übernahm. Sie blieb auf den Knien und wartete ab. Sie hätte gern mehr Licht gehabt, damit sie die Symptome besser einschätzen konnte. Krämpfe, heftige Schmerzen. Gift konnte das bewirken, aber die Wirkung sollte nicht über Tage anhalten. Was dann? *Ich bin in einer anderen Welt,* erinnerte sie sich. Hier konnte es Krankheiten geben, denen sie noch nie begegnet war. Eins stand jedoch jetzt schon fest. Dieser gequälte Mann vor ihr stellte für niemanden eine Gefahr dar, dafür war er viel zu schwach. Diese Tatsache passte nicht zu dem, was mit Mella geschehen war. Im Moment passte überhaupt nichts zusammen.

Der Krampf ließ nach. Die Finger des Königs entspannten sich, die Hand fiel kraftlos herunter. Müde hob er den Kopf. Sein Blick richtete sich sofort auf den Kelch und blieb daran hängen. Hanna hob die Arme um ihn dem König zu reichen, doch zu ihrer Überraschung wich er zurück. „Noch nicht“, flüsterte er angestrengt. „Stell ihn auf den Boden, damit ich ihn nicht sehen kann. Ein wenig halte ich es noch aus.“

Hanna gehorchte und achtete darauf, sich ruhig und langsam zu bewegen. „Hol die Lampe“, forderte der König, als sie sich wieder aufrichtete. „Ich ertrage diese ewige Dunkelheit nicht mehr.“

Hanna befolgte auch diesen Befehl und blieb dann abwartend stehen. Die Aufmerksamkeit des Königs war jetzt ganz auf sie gerichtet. Der intensive Blick ließ sie schaudern.

„Heb die Lampe höher. Ich will dein Gesicht sehen.“

Hannas Hand zitterte leicht. Nicht nur ihre Züge wurden beleuchtet, sie konnte das Gesicht des Königs jetzt viel besser erkennen. Er war völlig ausgezehrt, die ständigen Schmerzen forderten ihren Preis. So etwas hielt niemand lange aus. Sie konnte nur hoffen, dass der Trank ihm tatsächlich Erleichterung verschaffte.

Die Augen des Königs wanderten über Hannas Gesicht, als wollte er sich ihre Züge genau einprägen. „So jung“, murmelte er halblaut und schüttelte den Kopf. Wieder sah Hanna Verzweiflung und tiefes Bedauern.

Der nächste Krampf kam schnell und fiel genauso brutal über den König her wie der vorangegangene. Zusammengekrümmt und hilflos ließ er ihn über sich ergehen. Als sich seine Fäuste wieder öffneten, hatten die Fingernägel blutige Halbmonde in den Handflächen hinterlassen hatten und auf der Unterlippe glitzerte ein Blutstropfen neben tiefen Zahnabdrücken. Der König keuchte, als er sich wieder aufrichtete.

„Schnell jetzt! Mir bleibt nicht mehr viel Zeit zum Reden. Du weinst nicht, das ist gut. Ich weiß, dass du Angst hast, aber du musst mir zuhören. Sobald du mir den Kelch gegeben hast, musst du dich vor mir verstecken. Gleichgültig, was ich dir dann befehle, komm nicht wieder hervor, bis ich eingeschlafen bin. Hältst du dich daran, wird dir nichts geschehen. Hast du das verstanden?“

Hanna nickte. „Ja, mein König.“

„Und versprichst du es mir?“

„Ich verspreche es“, sagte sie überrascht.

„Keins der anderen Mädchen hat zugehört und nun sind sie fort. Ich will dir nichts tun, glaube mir. Ich will...“

Der nächste Krampf brachte den König dazu seinen Schmerz herauszuschreien, raue, gepeinigte Laute, die mit einem heiseren Stöhnen endeten. Sobald die Starre nachließ, streckte er Hanna die Hände entgegen. „Gib mir den Kelch“, stieß er keuchend hervor. „Lauf... weg!“

Hanna übergab dem König das Gefäß. Sie wich ein Stück zurück, blieb dann aber stehen, weil sie beobachten wollte, wie der Trank wirkte. Der König trank in langen, gierigen Zügen ohne abzusetzen. Ein paar Tropfen liefen über sein Kinn, er scherte sich nicht darum. Als der Kelch leer war, ließ er ihn achtlos fallen und starrte zu Hanna hinüber.

Die Veränderung kam schnell. Seine Züge glätteten sich, die Augen begannen immer mehr zu glänzen. Er rutschte zum Rand des Bettes und richtete sich ohne Probleme ganz auf, jede Bewegung war kraftvoll und mühelos. Seine Schwäche war durch eine rastlose Energie ersetzt worden, die nach einem Ziel suchte und dieses Ziel war eindeutig Hanna. Sie fuhr herum und rannte in den Teil des Raumes hinein, der in fast vollständiger Dunkelheit lag. Geblendet vom Licht der Lampe musste sie die Hände zu Hilfe nehmen, damit sie einen Weg zwischen den Möbeln hindurch fand. Das Kribbeln zwischen ihren Schulterblättern sagte ihr, dass der Blick des Königs ihr folgte. Erst als dieses Gefühl schwächer wurde, ging sie hinter einem schweren Sessel in Deckung und machte sich klein. Vorsichtig spähte sie um das Möbelstück herum zum Bett zurück.

Im Licht der Lampe schienen die Augen des Königs zu glühen. Seine Lippen kräuselten sich in grausamer Belustigung, als wisse er etwas, von dem Hanna keine Ahnung hatte und halte es für einen guten Scherz. Der verzweifelte Mann, der um ihr Wohlergehen besorgt gewesen war, war verschwunden. Sein Blick zuckte auf der Suche nach ihr durch den ganzen Raum, aber er konnte sie nicht finden. Das Lächeln verschwand, Zorn begann seine Züge zu verzerren.

„Komm sofort hierher zurück! Ich habe dir nicht erlaubt zu verschwinden. Komm her oder du wirst es bereuen“, brüllte er los und hob drohend die Faust.

Das hier war der Mann, der Mella verletzt hatte, daran bestand kein Zweifel. Erst jetzt stand Hanna einem Ungeheuer gegenüber, erst jetzt waren ihre Gesundheit und ihr Leben in Gefahr. Dieser Mann würde nicht zögern, er kannte keine Grenzen mehr. Scharf und schmerzhaft loderte die Angst in Hanna auf. Auf Händen und Knien zog sie sich noch weiter in die Dunkelheit zurück und versuchte kein Geräusch zu machen. *Er weiß nicht, wo ich bin,* machte sie sich Mut. *Er kann mich nicht sehen.*

Es schien zu funktionieren. Der König fluchte ununterbrochen, während er den Raum immer hektischer mit seinen Blicken absuchte. Mit jeder Minute wuchs seine Wut. Den nächsten

Befehl brüllte er mit vor Zorn verzerrtem Gesicht. „Gehorche jetzt endlich! Wenn ich dich suchen muss, wird es dir schlecht ergehen."

Hanna zitterte. Dieser tobende Irre auf dem Bett war nicht der Mann, mit dem sie vor ein paar Minuten gesprochen hatte. Der andere hatte versucht sie in Sicherheit zu bringen, obwohl er dafür Höllenqualen ausgestanden hatte. Wenn sie am Leben bleiben wollte, musste sie tun, was ihr dieser Mann geraten hatte. Auf keinen Fall durfte sie ihr Versteck verraten. Das Wesen, in das er sich verwandelt und über das er offensichtlich keine Kontrolle hatte, versuchte jetzt das Bett zu verlassen, aber es gelang ihm nicht. Das Sprechen fiel ihm immer schwerer, die Worte klangen verwaschen und gingen in zornige Schreie über. Die verzerrten Züge des Königs schienen kaum noch menschlich zu sein.

Hanna rollte sich in ihrem Versteck eng zusammen und hielt sich verzweifelt die Ohren zu. Als die Schreie immer schriller wurden, begannen ihr die Tränen über das Gesicht zu laufen. Die entsetzlichen Laute verstörten sie und setzten ihr hart zu. Sie konnte sich nicht davor schützen und fliehen konnte sie auch nicht.

Sie wusste nicht, wie lange sie zu einem festen Ball zusammengerollt auf dem Boden lag. Ihre Muskeln protestierten längst, aber für nichts in der Welt hätte sie ihr Versteck verlassen. Irgendwann klangen die Schreie ab. Der König atmete schwer und keuchend, nur noch hin und wieder stieß er einen wütenden Laut aus. Hanna rührte sich nicht, sie lauschte nur und wagte kaum zu atmen. Noch einmal dauerte es qualvoll lange Minuten, bis die rauen Atemzüge leiser wurden und zum Schluss ruhig und gleichmäßig. Der Mann auf dem Bett war eingeschlafen.

Vorsichtig setzte sich Hanna auf und streckte die verkrampften Beine aus. Als sie in der Dunkelheit mit dem Fuß gegen ein Möbelstück stieß, erstarrte sie wieder und lauschte angestrengt. Der Atemrhythmus veränderte sich nicht. Der König schien wirklich zu schlafen.

Erst viele Minuten später wagte es Hanna aufzustehen. Ihr ganzer Körper war steif, die Muskeln schmerzten. Beim ersten

Schritt wäre sie fast gestürzt, dann wurde es langsam besser. Mit laut klopfendem Herzen humpelte sie zum Bett hinüber.

Der König lag völlig still, eine Hand hing schlaff über die Matratze hinaus. Hanna wartete mit angehaltenem Atem, aber als er sich nicht regte, stieg sie auf das Podest hinauf und ließ sie sich neben dem Bett zu Boden sinken. Müde lehnte sie den Kopf an das wuchtige Möbelstück. Sie war erschöpft und mit ihren Nerven am Ende. Sie brauchte den Wachen nichts vorzuspielen, wenn sie kamen um sie zurückzubringen.

Außer den gleichmäßigen Atemzügen des Königs war es nun völlig still im Raum und auch von draußen war nichts zu hören. Hanna schloss die Augen und gönnte sich ein paar Minuten Ruhe, kämpfte aber mit aller Macht dagegen an einzuschlafen. Sie wollte nicht die Kontrolle verlieren und wie ein schlaffes Bündel zurückgebracht werden. Sie riss die Augen immer wieder auf und zwang ihren Verstand sich an die Arbeit zu machen.

Im Grunde war sie zwei verschiedenen Männern begegnet. Der von Schmerzen gepeinigte König hatte bis zum letzten Moment darum gekämpft, Hanna in Sicherheit zu bringen. Dieser Mann war bei klarem Verstand und hatte nichts von seiner Ehre aufgegeben, aber er war bis zur völligen Erschöpfung entkräftet. Erleichterung konnte er nur finden, wenn er den Trank zu sich nahm, den Hanna ihm gebracht hatte. Seine Schmerzen und ein Teil seiner Schwäche waren fast sofort verschwunden, gleichzeitig verlor er vollständig die Kontrolle. Sein ganzes Wesen veränderte sich, der Charakter des Königs wurde ausgelöscht. Das Ungeheuer, das dann zum Vorschein kam, war für alles verantwortlich, was den Mädchen zugestoßen war. Wenn der König wieder er selbst war, hasste er sich dafür und empfand tiefe Schuld. Und doch zwangen ihn die Schmerzen immer wieder von neuem sich diesem Zustand auszuliefern.

Der König war süchtig. Hanna verfügte nicht mehr über das gesamte Wissen ihres ersten Lebens, aber diese Symptome hätte sie immer erkannt. Sie hatte allerdings noch nie von einer Droge gehört, die solche Auswirkungen hatte. Wenn Meira sie auch nicht kannte, warf das sehr beunruhigende Fragen auf. Woher kam das Mittel, wenn es nicht aus dieser Welt stammte?

Hanna presste die Finger gegen die Nasenwurzel, aber gegen ihre pochenden Kopfschmerzen ließ sich so nichts ausrichten. Sie war viel zu erledigt um weiter über den König nachzudenken. Hoffentlich brachte man sie bald zurück, damit sie schlafen konnte. Erst danach konnte sie weitersehen.

Sie musste in der nächsten Zeit sehr vorsichtig sein. Niemand durfte herausfinden, dass sie längst nicht so eingeschüchtert und verzweifelt war, wie alle annehmen würden. Am besten wäre es, wenn sie sich mit Meira besprechen könnte, aber darauf durfte sie nicht hoffen. Solange sie diejenige war, die den Stärkungstrank zum König brachte, würde man ihr auf keinen Fall erlauben die Burg zu verlassen. Ob Meira sie sehen durfte, wenn sie zu ihrem wöchentlichen Besuch kam, war auch nicht sicher.

Trotz ihrer Erschöpfung und der schmerzenden Muskeln musste Hanna plötzlich grinsen. Sie war noch bei Verstand und hatte einiges herausgefunden. Es war nicht sinnlos, dass sie hier war, so weit von Raine entfernt. Sie konnte etwas erreichen.

Minuten später stolperte sie neben dem Wächter den Gang hinunter und kehrte kurz darauf in den sicheren Küchenbereich zurück.

9. Kapitel

Der gesamte Stamm der Tagira war unterwegs zu einem neuen Lagerplatz. Es war ein verflixt großartiger Anblick. Raine und Wulf folgten dem langen Tross der Packpferde, die man aneinander gebunden hatte und die alles transportierten, was die Tagira besaßen. Raine hätte es nie für möglich gehalten, dass man ein Lager so schnell und effizient abbauen konnte. Sein Respekt vor den Stammesangehörigen war noch einmal gewachsen.

Es war die Aufgabe der Frauen, sich um die Kinder, die Alten und nicht zuletzt um die Packpferde zu kümmern. Alle arbeiteten Hand in Hand, jeder kannte seinen Platz. Eine sehr alte Frau, die zu den Kranken gehört hatte und noch immer geschwächt war, wurde auf einer Trage transportiert, die eines der Pferde hinter sich her zog. Ihre Tochter achtete gut auf sie und überprüfte regelmäßig, ob es ihr gut ging.

Wulf war ebenfalls noch nicht wieder ganz auf der Höhe und deshalb wollte Raine ihn nicht sich selbst überlassen. Diemas hatte sich den Männern des Stammes angeschlossen, die nach der Herde sahen und für die Sicherheit des Zuges zu sorgen hatten. Genau wie die Tagira ritt er ohne Sattel, als habe er sein Leben lang nichts Anderes getan. Inzwischen sah ihn niemand mehr schief an. Die Vorbehalte der Stammeskrieger lösten sich mit jeder Stunde, die er mit ihnen verbrachte, mehr in Luft auf.

„Es ist erstaunlich“, murmelte Raine vor sich hin und musste grinsen. Wulf beobachtete seinen älteren Bruder ebenfalls. Diemas versuchte sich voller Übermut an den Reitkunststücken, die ihm die Tagira zeigten. Es war lange her, seit er es sich gestattet hatte, sich so sehr zu entspannen. Immer wieder klang Lachen herüber.

Wulf blinzelte zu Raine hinüber. „Du solltest auch bei ihnen sein. Ich komme hier auch allein zurecht.“

Es hätte ihm tatsächlich Spaß gemacht, aber andere Dinge waren wichtiger. Raine riss seinen Blick von Diemas los. „Ist schon in Ordnung. Ich muss unter vier Augen mit dir sprechen.“

Die Antwort brachte ihm einen scharfen Blick von Wulf ein. „Wir haben keine Geheimnisse voreinander. Du weißt, warum.“

„Nicht auf Dauer, nein.“ Raine seufzte. „Diesmal ist es notwendig. Zumindest vorerst“, schränkte er hastig ein, als Wulf das Gesicht verzog.

Wulfs Miene verdüsterte sich. „Du willst immer noch zurück in die Burg.“

„Daran hat sich nichts geändert, aber das meine ich nicht. Nach meinem Streit mit Kieran hast du mir angeboten zuzuhören, wenn ich Hilfe brauche. Steht das Angebot noch?“

Wulf musterte Raine mit dem konzentrierten Blick, der so typisch für ihn war. „Es gilt noch, genauso wie das Versprechen, dass niemand etwas davon erfährt, wenn du es nicht willst. Vergiss, was ich davor gesagt habe.“

„Nein, ist schon in Ordnung.“ Raine schüttelte den Kopf. „Du hast ja Recht. Ich weiß selber nicht, warum es mir so schwerfällt darüber zu reden.“

„Mein Wort gilt“, bekräftigte Wulf ruhig. „Ich höre nur zu. Du entscheidest, wie es weitergeht.“

„Es könnte sein, dass du dieses Versprechen bereust.“

Wulfs Augen wurden schmal. „Dieses Risiko gehe ich ein. Wenn es Auswirkungen auf unsere Sicherheit hätte, wärst du längst damit herausgerückt.“

Dieses unbedingte Vertrauen war mehr, als er verlangt hatte. Wahrscheinlich sogar mehr, als er verdiente. Raine holte tief Luft. „Du hattest Recht mit deiner Vermutung. Meine Gabe hat sich tatsächlich gezeigt. Schon vor einer ganzen Weile.“

Wulf verschluckte sich fast. „Was?“ platzte er überrascht heraus.

Raines Grinsen fiel ein wenig schief aus. „Ich habe befürchtet, dass du es so siehst“, spottete er mit einem Augenzwinkern.

Wulfs Lächeln kam langsam und war ganz und gar Zufriedenheit. „Du bist ein Trottel. Ich habe es schon immer geahnt, aber jetzt weiß ich es ganz genau“, sagte er ohne Bosheit.

Raines Erleichterung machte sich in einem Lachanfall Luft, der ihm die Tränen in die Augen trieb. Wulf behandelte ihn wie immer. Keine Vorhaltungen, keine Belehrungen, einfach nur Akzeptanz. Vom Kopf her hatte Raine immer gewusst, dass es für seine Brüder keine Rolle spielte, ob er eine Gabe besaß oder nicht. Es jetzt tatsächlich zu erleben tat gut.

„Nun erzähl schon", brummte Wulf mürrisch, obwohl seine Augen funkelten. „Du hast damit angefangen, also spann mich nicht auf die Folter."

Die grenzenlose Erleichterung verging viel zu schnell wieder. Was er von seiner seltsamen und ziemlich nutzlosen Gabe halten sollte, wusste Raine noch immer nicht. Wulf würde ihn nicht geringschätzig behandeln, gleichgültig was er darüber dachte, trotzdem fühlte er sich nicht wohl dabei. „Ich bin nicht lange vor Annadoras Tod durch Zufall darüber gestolpert. Die Sache war mehr als ein bisschen merkwürdig und hat mich so sehr verwirrt, dass ich es kein zweites Mal versuchen wollte. Dann verloren wir die Kleine und nichts schien mehr wichtig zu sein." Er sprach nicht weiter. Mit abgewandtem Kopf starrte er blicklos in die Ferne.

„Mach schon", drängte Wulf. „Du zögerst es nur hinaus. Rede es dir endlich von der Seele."

Raine biss sich nervös auf die Lippen. „Ich kann... ein Tor öffnen. In eine andere Welt."

Wulf reagierte nicht. Sein Schweigen ließ Raines Unbehagen ins Unermessliche anwachsen, bis er es nicht länger ertrug. „Sag etwas. Hast du schon mal gehört, dass jemand eine so seltsame Gabe hat?" Er redete weiter, aufhören konnte er nicht. Alles war besser als Wulfs reglose Stille. „Sie bringt uns keine Vorteile, ich weiß. Ich kann damit nicht kämpfen und..."

„Ja." Das rau hervorgestoßene Wort brachte Raine zum Schweigen. Wulf runzelte die Stirn, seine Augen waren fest geschlossen. Er sah aus, als versuche er etwas zu fassen zu bekommen, das ihm immer wieder entwischte. „Gib mir einen Moment", murmelte er undeutlich. „Ich habe etwas darüber gelesen. Es muss schon lange her sein." Seine Augen flogen wieder auf, er warf Raine einen schiefen Blick zu. „Entschuldige. Erzähl weiter. Ich höre dir zu."

Weitererzählen. Ja. Sobald er dafür wieder genug Luft hatte. Raine nahm einen tiefen Atemzug. „Es ist im Burggarten geschehen. Ich konnte nicht schlafen, deshalb habe ich einen Spaziergang gemacht. Es war eine laue Nacht. Die Apfelbäume blühten. Unter einem bin ich stehengeblieben. Ich kann dir nicht sagen, warum ich den Stamm berührt habe. Im nächsten

Augenblick öffnete sich das Tor und ich war auf der anderen Seite. In einer fremden, unbegreiflichen Welt."

„Eine andere Welt", murmelte Wulf nachdenklich. „Bist du sicher? Keiner von uns ist je weit über Fennmarks Grenzen hinausgekommen."

Raine schnaubte. „Ganz sicher. Es war nicht zu übersehen."

Wulfs Kopf fuhr zu ihm herum. „Was hast du denn gesehen? Blaue Bäume und Pferde mit sechs Beinen?" In seiner Stimme schwang Spott mit, aber in seinem Blick war nichts davon zu finden. Er versuchte nur sein Unbehagen zu überspielen.

Raine lachte beklommen. „Nein, so war es nicht. Ich stand immer noch unter einem Apfelbaum, aber sonst war nichts wie bei uns. Ich war mitten in einer riesigen, lauten Stadt. So viele Menschen an einem einzigen Ort hatte ich noch nie gesehen. Sie sehen aus wie wir, nur die Kleidung ist anders. Sie rennen herum wie Ameisen, als ob sie einander überhaupt nicht sehen. Es war Nacht und trotzdem so hell wie am Tag. Überall standen riesige Lampen, so hoch wie Türme. Die Luft stank. Im ersten Moment konnte ich kaum atmen. Ich glaube, die Maschinen sind daran schuld. Sie verursachen auch den Lärm."

„Maschinen?", fragte Wulf verständnislos.

„Wagen ganz aus Metall. Sie fahren von selbst und sind schnell und laut. Man nennt sie Autos, aber das habe ich erst später erfahren. Die Menschen in dieser Welt laufen nicht gern."

„Gibt es denn keine Pferde?"

„Doch, aber die wenigsten können reiten. Die großen Steinhäuser stehen dicht an dicht. Für Tiere ist da kein Platz."

„Du nimmst mich auf den Arm." Wulf knurrte ungehalten. „Falls das ein dummer Scherz ist, dann hast du dir einen schlechten Zeitpunkt dafür ausgesucht."

„Kein Scherz. Ich war wirklich dort. Glaub mir, es ist noch viel verrückter, als es sich anhört. Ich dachte, ich verliere den Verstand. Ich bin nur ein paar Minuten geblieben. Zum Glück hatte sich das Tor nicht wieder geschlossen. Erst als ich mich wieder ein bisschen beruhigt hatte, ging mir auf, dass sich meine Gabe gezeigt hatte. Meine Gabe, auf die ich so lange gewartet habe." Raine lachte bitter. „Nutzlos. Wertlos."

Wulf musterte seinen Bruder eindringlich, aber zu Raines Erleichterung kommentierte er seine Worte nicht. „Ich nehme an, du hast es irgendwann noch einmal versucht."

„Nachdem Mutter ebenfalls gestorben war." Raine brachte die Worte kaum über die Lippen. Es tat immer noch entsetzlich weh. „Ich war verzweifelt und deprimiert, so wie wir alle. Ich wollte mich ablenken."

„Bist du wieder in derselben Welt gelandet?"

„Sogar an derselben Stelle."

„Hmm." Wulf sagte nichts dazu, aber es schien ihn nachdenklich zu machen. „War es anders als beim ersten Mal?"

„Ja. Ich bin einer Frau begegnet. Hanna." Raine sprach den Namen so ehrfürchtig aus, als wecke er einen Traum, aber auch der Schmerz war nicht zu überhören. Wulfs Herz wurde schwer. „Ich habe mich in sie verliebt. Uns blieb nicht viel Zeit, bis ich sie für immer verloren habe."

Wulf schwieg. Raine musste selbst entscheiden, ob er darüber sprechen wollte oder nicht. Er brauchte nicht lange zu warten.

„Sie schien mich als einzige zu sehen. Sie stand mitten zwischen den Leuten, die an ihr vorbeihasteten und schaute mir direkt ins Gesicht. Ich wusste schon nach dem ersten Blick, dass ich auf der Suche nach ihr gewesen war. Nur wegen ihr war ich in diese Welt gekommen." Er lachte auf. „Ich weiß, wie merkwürdig das klingt, aber ich schwöre dir, genauso war es."

„Nichts, was mit einer Gabe zusammenhängt, ist einfach zu verstehen oder völlig logisch", sagte Wulf ernst und seine Miene verschloss sich. „Glaube mir, ich weiß das nur zu gut."

„Das Tagiramädchen?"

„Ja. So etwas möchte ich nicht noch einmal erleben." Er schüttelte den Kopf, als wollte er die Erinnerung verscheuchen. „Erzähl weiter."

„Hanna kam auf mich zu. Ich war längst dabei in ihren großen, grünen Augen zu ertrinken. Ich weiß nicht, was ich gemacht hätte, wenn sie in diesem Moment davongelaufen wäre, aber das tat sie nicht. Sie begriff schnell, dass mit mir etwas nicht stimmte. Wahrscheinlich hielt sie mich für verrückt. Trotzdem versuchte sie mir zu helfen. Ich bat sie, sich am nächsten Tag wieder mit mir zu treffen. Sie sagte weder Ja noch Nein." *Vielleicht.* Raine konnte das sanfte Wort noch immer hören, konnte noch immer Hannas Furcht spüren, aber auch das mächtige Band, dass sie schon damals zueinander zog. „Ich konnte kaum abwarten, bis es soweit war. Später hat sie mir verraten, dass es ihr genauso ging. Von da an haben wir uns jeden Tag getroffen."

„Und du hast dich noch mehr in sie verliebt."

„Ich war schon nach unserer ersten Begegnung hoffnungslos verloren."

„Hat sie deine Gefühle erwidert?"

Raine lächelte traurig. „Sie hat es sich zuerst nicht eingestanden. Ich bin schneller in Flammen aufgegangen. Ich wollte sie mitnehmen, hierher in unsere Welt. Ich begann mich in der Bibliothek umzusehen und fand ein altes Buch. Die Möglichkeit in eine andere Welt zu reisen wurde genauso beschrieben, wie ich es erlebt hatte."

„Du hast es einfach so gefunden? Dort stehen Hunderte von Büchern."

„Inzwischen finde ich das auch merkwürdig, aber damals habe ich mir keine Gedanken darüber gemacht. Ich war einfach nur froh zu haben, was ich brauchte. Allerdings verging diese Freude schnell wieder. Jemand, der keine Magie besitzt, ist an seine Welt gebunden. Er kann sie nicht verlassen."

So etwas Ähnliches hatte Wulf schon vermutet. „Hast du darüber nachgedacht bei ihr zu bleiben?"

„Mehr als einmal, aber damit hätte ich nicht leben können. Du weißt, wie es in dieser Zeit war. Vater kümmerte sich um nichts mehr und wurde immer seltsamer. Dann verhängte er den Bann über uns. Es hätte allem widersprochen, woran ich glaube, wenn ich in dieser Situation einfach verschwunden wäre."

„Deshalb bist du also zurückgegangen. Du wolltest dich von Hanna verabschieden."

„Ja, aber es sollte nur für kurze Zeit sein, denn in der Zwischenzeit hatte ich noch etwas anderes herausgefunden. Es gab eine weitere Möglichkeit, wie wir zusammen sein konnten. Wenn Hanna starb, konnte sie wählen. Dann wäre es ihr möglich, hier noch einmal von vorn anzufangen. Sie würde wieder so jung sein wie an dem Tag, an dem wir uns begegnet sind."

Wulf schnappte nach Luft. „So, wie du sie beschrieben hast, ist Hanna genauso jung wie du. Du bist ein alter Mann, bis es soweit ist."

Doch Raine schüttelte den Kopf. „Wenn ich Hanna an mich band, und das hatte ich bereits getan ohne von den Konsequenzen zu wissen, dann würde uns ein merkwürdiges Zeitphänomen helfen. Für Hanna würde die Zeit in ihrer Welt ganz normal vergehen, aber nicht mehr im Gleichklang mit der Zeit in unserer Welt. Das Buch sprach von einem Jahr, vielleicht etwas mehr, länger würde ich nicht warten müssen. Außerdem durfte ich die Verbindung zwischen den beiden Welten nicht ganz schließen."

„Das ist aus Hannas Sicht grausam. Wie hat sie darauf reagiert?"

Raine ließ den Kopf hängen. „Ich habe es vermasselt. Als sie begriff, dass der Tod ihr die Tür öffnen würde, egal wie alt sie dann war, sagte sie, sie wolle nicht so lange warten. Sie hätte sich irgendwann umgebracht. Aus einem vagen Gefühl heraus hatte ich Jaron um ein Akenblatt gebeten. Ich habe ihr ihre Erinnerungen genommen, damit sie ihr Leben nicht fortwirft."

Wenn sich das Mädchen nicht an Raine erinnerte, konnte sie sich nicht für ihn entscheiden. Er würde sie nie wiedersehen. „Es tut mir leid", sagte Wulf leise.

„Ich bereue es nicht." Raine sah seinen Bruder nicht an. „Zumindest sage ich mir das die meiste Zeit. In einer Anwandlung von Sentimentalität habe ich die Verbindung trotzdem nicht verschlossen." Er fuhr sich mit einer fahrigen Bewegung durch die Haare. „Ich wollte es einfach nicht wahrhaben. Irgendwie habe ich auf ein zweites Wunder gehofft."

„Du könntest immer noch zu ihr zurückgehen. Hier gibt es nicht mehr viel, was dich halten könnte."

„Ich lasse euch nicht im Stich. Niemals." Raine wich Wulfs mitfühlenden Blick aus und senkte den Kopf. „Es ist sowieso zu spät. Das Jahr ist längst vorbei. Hannas Leben ist zu Ende."

Raine schwieg und auch Wulf durchbrach die Stille nicht. Etwas kratzte am Rand seiner Erinnerung, nur ein undeutlicher Schemen, der ihn kurz neckte und sich dann wieder zurückzog. Er dachte darüber nach, was sein Bruder ihm erzählt hatte. Raine war der Jüngste und als Kinder hatten sie ihn ein wenig belächelt, weil er keine Magie besaß, aber sie hatten auch besonders auf ihn geachtet. Seine so spät erwachte Gabe war ein bisschen seltsam, aber mit Sicherheit wertvoll.

Wertvoll. Wieder regte sich etwas in Wulfs Gedächtnis. *Wertvoll, aber auch sehr gefährlich.* Woher wusste er das? Er jagte dem Gedanken hinterher und dann hatte er es.

Er hatte tatsächlich etwas darüber gelesen, als er sehr viel jünger gewesen war. Und da war noch mehr. Es gab einen Bericht über eine Person, die mit dieser Gabe großes Unheil angerichtet hatte. Wulf konzentrierte sich darauf, aber an mehr konnte er sich nicht erinnern. „Ich würde etwas darum geben, dieses Buch noch einmal in die Finger zu bekommen", murmelte er.

„Kein Problem. Ich habe es aus der Bibliothek gestohlen."

Wulf starrte seinen Bruder ein paar Herzschläge lang fassungslos an, dann fing er an zu grinsen.

„Ich will es so schnell wie möglich haben."

Hanna lag auf ihrem Strohsack und zog die Decke noch fester um sich zusammen. Sie war allein, die anderen arbeiteten schon seit einer ganzen Weile. An diesem Morgen hatte Ira sie zurückgeschickt, als sie taumelnd vor Müdigkeit in der Küche erschienen war. Die Köchin hatte einen Blick auf sie geworfen und dann bestimmt, sie solle sich ausruhen. Man komme auch ohne sie zurecht.

Niemand wollte riskieren, dass Hanna ihre abendliche Pflicht nicht mehr erfüllen konnte. Schon achtmal hatte sie den Trank zum König gebracht und war unverletzt zurückgekommen. Langsam machte sich verhaltene Hoffnung breit, dass es diesmal kein böses Ende nehmen würde. Doch obwohl bisher alles gut gegangen war, wurde Hanna von Tag zu Tag erschöpfter.

Die Tobsuchtsanfälle des Königs, seine entsetzlichen Schreie und die Angst, die Hanna jedes Mal ausstand, laugten sie mehr aus als schwere körperliche Arbeit. Obwohl sie inzwischen eine Routine entwickelt hatte, war es kaum zu ertragen. Solange der König tobte, lag sie zusammengerollt in einer Ecke und versuchte ihren Verstand davor zu verschließen. Sie war sicher, dass sich dann auch die Wachen weit von den Türen fernhielten.

Mella arbeitete wieder, aber sie war nur noch eine leere Hülle. Ira gab ihr nur die leichtesten Arbeiten. Das Mädchen schien sich manchmal kaum zu erinnern, was sie zu tun hatte. Die meiste Zeit über war sie verwirrt und abwesend. Wenn am Abend der Wächter kam um Hanna abzuholen, begann Mella zu zittern und brach in Tränen aus. Es dauerte jedes Mal lange, bis sie sich wieder beruhigte.

Hannas Aufenthalt in der Kammer des Königs lief immer nach dem gleichen Muster ab. Waren die Schmerzen noch zu ertragen, ermahnte er sie eindringlich sich von ihm fernzuhalten. Manchmal war er schon völlig am Ende, wenn sie kam, dann riss er ihr den Kelch fast aus der Hand. Kein einziges Mal hatte er es unter der Einwirkung des Trankes geschafft das Bett zu verlassen, Hanna war vor ihm sicher gewesen. Sie verkroch sich, bis er eingeschlafen war, dann brachte man sie zurück.

Sie dachte Tag und Nacht darüber nach, wie sie Raines Vater helfen könnte. Inzwischen hatte sie einen Plan, aber sie brauchte Unterstützung um ihn umsetzen zu können. Ihre einzige Hoffnung war noch immer, dass Meira irgendwann nach ihr sah.

Hanna war wieder eingedöst, aber eine laute, wütende Stimme ließ sie hochschrecken. Meira. Träumte sie noch oder war ihre Freundin tatsächlich gekommen? Dann hörte sie die Stimme wieder und diesmal gab es keinen Zweifel. Meira schien fuchsteufelswild zu sein. Jedes Wort klang wie eine Anklage. „Diesmal lasse ich mich nicht wieder abweisen. Sag mir jetzt sofort, was mit ihr ist. Ich will sie sehen."

Jemand antwortete so leise, dass Hanna es nicht verstehen konnte, dann polterte Meira wieder los. „Meine Geduld ist zu Ende. Sie bleibt nicht in der Burg, wenn mir ihr Zustand nicht gefällt. Lass mich durch oder hol die Wachen. Du hast die Wahl."

Etwas fiel klappernd zu Boden und jemand schrie leise auf. Einen Moment später bog Meira um die Ecke und betrat Hannas Schlafraum. Mit einem entsetzten Aufschrei kam sie näher und ließ sich neben dem Strohsack auf die Knie fallen. „Hanna! Du siehst furchtbar aus. Bist du verletzt? Sprich mit mir!"

Hanna tastete nach Meiras Hand wie nach einer Rettungsleine und klammerte sich an ihr fest. Die ganze Zeit über hatte sie sich beherrscht, hatte niemanden sehen lassen, wie allein und hilflos sie sich fühlte, aber jetzt brach der Damm. Tränen schossen ihr in die Augen. „Es geht mir gut. Ich bin nur schrecklich müde", presste sie an dem Kloß in ihrer Kehle vorbei hervor.

Meira schlang den freien Arm um Hanna, zog sie in ihre Arme und drückte ihren zitternden Körper an sich. „Weine ruhig, wenn es dir hilft. Ich bin jetzt hier."

Der Damm löste sich endgültig auf. Meira hielt Hanna in den Armen, bis der Sturm vorüber war. „Es ist gut", murmelte sie und strich ihr eine feuchte Haarsträhne aus dem Gesicht. „Alles wird wieder gut. Ich bringe dich fort von hier. Ich lasse nicht zu, dass du in dieser Burg stirbst."

Die Worte trafen Hanna wie kaltes Wasser. Die Benommenheit verschwand und mit ihr die letzten Tränen, ihr Kopf wurde wieder klar. Sie klammerte sich an Meiras Arm, als die Heilerin aufstehen wollte. „Warte! Ich kann nicht fort. Ich habe etwas herausgefunden. Der König braucht Hilfe."

„Kind, du siehst aus wie der Tod. Du musst jetzt Vernunft annehmen. Ich bin fast verrückt geworden vor Sorge."

Doch Hanna schüttelte den Kopf. „Ich gehe nicht fort. Hör mich erst an, dann verstehst du es. Ich war beim König, Meira, inzwischen schon acht Mal. Es geht ihm schlecht. In dem Stärkungstrank ist eine Droge. Er hat Krämpfe und furchtbare Schmerzen, wenn er sie nicht bekommt. Er hat mich gewarnt und dafür gesorgt, dass er mich nicht verletzen kann, wenn er getrunken hat. Die Wirkung ist entsetzlich. Er verliert völlig die Kontrolle und wird gewalttätig."

„Er hat mit dir gesprochen?", fragte Meira ungläubig.

„Wenn ich komme, geht es ihm schlecht, aber er ist vollständig klar. Erst der Rausch macht ihn zu einem Ungeheuer. Im Grunde ist er ein Gefangener. Wir müssen ihn befreien."

Meira stieß ein hartes Lachen aus. „Hör auf zu träumen, Kind. Ich hätte dir diese Gedanken niemals in den Kopf setzen dürfen. Selbst wenn du Recht haben solltest, wohin sollte der König eines Landes fliehen? Er hat sich selbst in diese Lage gebracht. Er wird damit leben müssen."

„Er ist verzweifelt, Meira. Er weiß genau, was mit ihm passiert. Er hasst es, aber die Schmerzen lassen ihm keine Wahl. Auf eine Abhängigkeit mit solchen Folgen lässt sich niemand freiwillig ein."

Meira zuckte die Achseln. „Gründe finden sich immer. Der Wunsch zu vergessen. Leichtsinn. Gleichgültigkeit. Unwissenheit. Abhängigkeit entsteht nach und nach. Ich schätze, es ist einfach passiert. Ich kann verstehen, dass du es nicht wahrhaben möchtest, aber das ändert nichts."

Hanna hörte ihr gar nicht richtig zu. „Alles passt zusammen. Ira hat die seltsamen Blätter vom Ratgeber des Königs bekommen. Die Verhüllten zeigen niemandem ihr Gesicht. Alle haben Angst vor ihnen. Wenn sie etwas anordnen, wird es erledigt, als käme der Befehl vom König. Der Ratgeber hat festgelegt, aus was der Trank zu bestehen hat. Niemand kennt das Kraut, nicht einmal du. Niemand weiß, was es bewirkt. Die Leute glauben, der König habe den Verstand verloren, aber das hat er nicht, sonst würde er mich nicht immer wieder warnen."

Meira runzelte die Stirn. „Ich verstehe, worauf du hinauswillst, aber ich finde es sehr weit hergeholt. Warum sollte der Ratgeber so etwas tun? Was sollte er dadurch gewinnen?"

„Die Kontrolle über das Königreich. Deshalb sind die Prinzen verbannt worden. Der Ratgeber hat den König völlig isoliert."

„Ich würde dir vielleicht Recht geben, wenn sich außer der Verbannung der Prinzen etwas geändert hätte, aber das hat es nicht. Nein, der König hat nach dem Tod seiner Frau und seiner Tochter wirklich den Verstand verloren. Die Sucht ist nur eine Folge davon."

„Sie lassen dich nicht zu ihm. Gibt dir das nicht auch zu denken?"

Meira winkte ab. „Ich bin nur eine einfache Kräuterheilerin. Der Ratgeber kennt sich offensichtlich in der Heilkunde aus. Wenn sein Wissen größer ist als meines, werde ich nicht gebraucht."

„Der Mann, der mit mir spricht, bevor er die Droge nimmt, ist nicht verrückt. Er ist verzweifelt und hat große Schmerzen, aber er ist bei klarem Verstand. Das musst du mir glauben."

„Bei den anderen Mädchen war er anscheinend nicht so vorsichtig", sagte Meira scharf.

„Er sagt, sie haben ihm nicht zugehört. Mella und Lia sind vor Angst in Panik geraten. Die Anfälle sind schrecklich, kaum auszuhalten. Es kostet mich jedes Mal meine ganze Kraft ruhig zu bleiben, nachdem ich mich versteckt habe."

„Deshalb bist du so erschöpft." Meira strich Hanna über die Wange. „Das hältst du nicht mehr lange aus. Es muss aufhören. Ira kann sagen, was sie will, ich nehme dich mit."

Hanna setzte sich auf. „Nein, auf keinen Fall. Ich brauche ein Mittel, das die Schmerzen des Königs lindert, damit er mit mir sprechen kann. Ich muss mehr herausfinden, ehe ich versuchen kann die Sucht zu brechen."

Meira schnappte nach Luft. „Bist du verrückt geworden? Wenn deine Vermutung stimmt und die Verhüllten hinter allem stecken, töten sie dich, sobald sie mitbekommen, was du tust."

„Niemand wird etwas bemerken. Wenn ich beim König bin, ziehen sich der Ratgeber und die Wachen zurück. Ich bin mit ihm allein, niemand hört unsere Gespräche. Solange der König tobt, wagen sie sich nicht in seine Nähe."

„Spricht der Ratgeber mit dir, wenn er dich hineinbringt?"

„Für ihn bin ich nur irgendein Küchenmädchen. Er beachtet mich so gut wie gar nicht, er schärft mir nur jedes Mal ein, dass ich dem König in allem gehorchen muss."

Meiras Augen wurden schmal. „Würdest du es zur Tür schaffen, während der König trinkt?", fragte sie in einem ganz anderen Ton.

„Ich glaube schon, aber es würde nichts ändern. Die Tür ist verriegelt."

„Sie wollen, dass dich der König dich verletzt", flüsterte Meira entsetzt. „Sie verhindern es nicht. Sie sorgen dafür, dass es irgendwann geschieht."

Hanna nickte ernst. „Das denke ich auch. Glaubst du mir jetzt?"

Meira nickte langsam. „Das kann kein Zufall sein."

„Nein. Den Grund kenne ich noch nicht, aber ich werde ihn herausfinden."

„Wenn es stimmt und der König nicht den Verstand verloren hat... Ich gebe dir Recht, er braucht Hilfe. Was sollen wir bloß machen? Allein können wir ihn nicht befreien."

„Eins nach dem anderen. Zuerst brauche ich ein wirksames Mittel gegen die Schmerzen. Dann sehen wir weiter."

„Ich habe noch immer nichts über die Blätter herausfinden können. Versuch weiter mir eins zu besorgen."

„Seit ich den Abenddienst übernommen habe, gibt mir Ira nur noch leichte Arbeiten. Ich komme nicht mal in die Nähe der Kräuterkammer."

Meira lächelte grimmig. „Ich hole es mir selbst. Du brauchst Medizin, damit du dich wieder erholst. Ira ist daran gewöhnt, dass ich meine Tränke in der Küche herstelle, wenn jemand in der Burg krank ist. Sag mir, wie das Gefäß aussieht."

„Es unterscheidet sich nicht von den anderen. Mir ist nichts aufgefallen."

„Ich finde es, verlass dich darauf."

„Besorgst du mir das Mittel gegen die Schmerzen?"

Meira zögerte. „Ich habe etwas, das sich eignen dürfte, aber was du vorhast, ist sehr, sehr gefährlich. Überleg dir gut, ob du dieses Risiko wirklich eingehen willst. Du spielst mit deinem Leben."

„Ich sage dir doch, niemand kümmert sich um mich. Ich achte darauf, mich verängstigt und leicht verwirrt zu geben. Der Wächter denkt längst, ich verliere genau wie Mella den Verstand."

„Also gut." Meira erhob sich. „Es wird eine Weile dauern, bis dein Trank fertig. Versuch bis dahin noch ein bisschen zu schlafen."

Hanna war nervös. Das Päckchen, das sie seit Tagen mit sich herumschleppte, schien ein Loch die Tasche ihres Rockes zu brennen. Obwohl es gut versteckt war, hatte sie immer das Gefühl, jeder könnte es sehen. Das war natürlich Unsinn, aber mit jedem erfolglosen Versuch es zu übergeben wurde ihre Angst größer.

Der Trank, den Hanna auf Meiras Anweisung jeden Tag bekam, tat ihr gut. Sie kam besser mit den Anstrengungen zurecht, durfte es sich aber nur zum Teil anmerken lassen. Niemand sollte wissen, dass sie längst nicht so verwirrt und verängstigt war, wie sie sich gab. Das galt besonders für den Ratgeber, der sie jeden Abend in Empfang nahm. Auch das machte ihr Angst.

Zu Hannas Erleichterung behandelte der Verhüllte sie weiterhin mit verächtlicher Gleichgültigkeit. Sie nickte stumm, wenn er sie wieder ermahnte dem König zu gehorchen und hob niemals den Kopf. Jedes Mal, wenn er ihren Arm ergriff und sie kurz ansah, lief ihr ein kalter Schauer der Furcht über den Rücken, den sie nicht verbarg. Sein zufriedenes Grinsen machte alles noch schlimmer. Sie hatte keinen Zweifel mehr, dass sie mit ihren Vermutungen richtig lag. Dieser Mann war schuld am Zustand des Königs. Er wusste genau, was er tat, wenn er ihm Hanna jeden Abend wie ein Opfer vor die Füße warf.

In den letzten drei Tagen hatte Hanna keine Gelegenheit bekommen dem König zu erklären, was sie vorhatte und ihm die Kräuter zu geben. Er war jedes Mal schon zu nah an der Schwelle und über Worte hinaus gewesen. Er hielt sich gerade lange genug zurück, um Hanna mit einem Blick daran zu erinnern, was sie zu tun hatte, dann riss er ihr den Kelch aus der Hand und trank, während sie davonrannte. Diese kleine Geste war alles, was Hanna weiter daran glauben ließ, dass es noch nicht zu spät war. Die hoffnungslose Verzweiflung des Königs war für sie genauso schwer zu ertragen wie das, was danach kam. Wenn sie in ihrem Versteck kauerte und sich die Ohren zuhielt, liefen ihr die Tränen über das Gesicht.

Wie jeden Abend schob der Wächter Hanna in das Vorzimmer und verschwand, als der Ratgeber sie in Empfang nahm. „Du wirst dem König in allem gehorchen“, schnarrte seine Stimme neben Hannas Ohr. Der Griff, mit dem er ihren Arm hielt, tat weh und auch das gehörte zur Routine. Wie immer folgte Hanna ihm mit gesenktem Kopf und unsicheren Schritten, wie immer zog er sie ungeduldig hinter sich her. Augenblicke später kniete Hanna auf dem Podest und der Verhüllte war fort.

Der König schien etwas ruhiger zu sein als an den vorangegangenen Abenden, trotzdem konnte er den Blick kaum von dem Kelch lösen. Erst wenn er getrunken hatte, ließen seine Schmerzen nach. Hanna atmete tief durch und traf ihre Entscheidung. Heute würde sie den Versuch wagen. Vorsichtig stellte sie den Kelch hinter sich auf den Boden. Der König erstarrte, als das Gefäß aus seiner Reichweite verschwand. Ein Stöhnen löste sich tief aus seiner Kehle. „Bitte“, flüsterte er.

Hanna beugte sich zu ihm vor. „Herr, Ihr müsst mir zuhören, nur einen Augenblick. Ich habe etwas für Euch.“ Sie zog das Päckchen aus der Tasche, behielt es aber vorläufig noch in der Hand. „Dies ist ein Mittel gegen Eure Schmerzen. Legt Euch eines der Blätter unter die Zunge, wenn die Wirkung des Trankes nachlässt. Es wird dafür sorgen, dass es Euch besser geht und wir länger reden können. Versteckt die Blätter gut. Niemand darf etwas bemerken.“

Der König starrte verständnislos Hanna an. „Gib mir den Trank und versteck dich“, murmelte er heiser. „Du darfst nicht in meine Nähe kommen, wenn ich dich rufe.“

„Ich tue, was Ihr sagt, ich verspreche es, aber vorher müsst Ihr mir zuhören. Nur für einen Moment.“

Sein verlorener Blick veränderte sich nicht. Er wanderte zurück zu dem Kelch und konzentrierte sich ganz auf ihn. Hanna lief die Zeit davon. „Bitte, Ihr müsst mir zuhören“, versuchte sie es noch einmal. „Ich will Euch helfen.“

Etwas an ihren Worten fing seine Aufmerksamkeit für einen Augenblick ein. In seiner Wange begann ein Muskel zu zucken, sein Blick wurde ein wenig klarer. „Helfen“, wiederholte er tonlos. „Mir kann niemand helfen.“

Endlich. „Lasst es mich zumindest versuchen“, stieß Hanna aufgeregt hervor und griff nach seiner Hand. Sie durfte seine Aufmerksamkeit nicht wieder verlieren. „Ich habe etwas für Euch mitgebracht. Wenn Ihr...“

Sie konnte den Satz nicht beenden. Der Krampf kam ohne Vorwarnung, eine riesige Welle, vor der man sich nicht schützen konnte. Der König keuchte gequält, als sich die Muskeln in seinem Arm und dann auch in der Hand zusammenzogen. Seine Finger griffen immer fester zu und erstarrten dann in dieser Haltung. Im nächsten Moment griff die Welle auch auf Hanna über, als gebe es keine Grenze zwischen ihren Körpern.

Der Schmerz war unerträglich. Hannas Sicht verschwamm, sie war kurz davor das Bewusstsein zu verlieren. Ihre Hand bekam sie nicht frei, sie konnte den Kontakt nicht unterbrechen. Jede Nervenbahn stand in Flammen und jagte eine Schmerzwelle nach der anderen durch sie hindurch. Sie wusste nicht, ob sie schrie, wusste nicht, ob sie sich nur einbildete die heisere Antwort des Königs zu hören. Durch den Schmerz und das Entsetzen hindurch spürte sie noch immer die Berührung seiner Finger, spürte, dass sein Bewusstsein versuchte ihr Halt zu geben, sie aufzufangen, und klammerte sich daran fest. Die Zeit verlor ihre Bedeutung, es gab nur den Schmerz und den rauen, keuchenden Atem, den Hanna und der König miteinander teilten. Als die Welle endlich brach, zitterten sie beide wie im Fieber. Keiner von ihnen brachte es fertig den Kontakt zu lösen und das bisschen Trost aufzugeben, dass sie darin gefunden hatten.

Der König strich mit dem Daumen sanft über Hannas Handrücken. Sie hatte ihn noch nie so klar und konzentriert erlebt wie in diesem Augenblick. „Es tut mir leid," sagte er sanft. „Dieser Schmerz ist nur für mich bestimmt. Du solltest das nicht miterleben müssen."

Jetzt musste sie schnell handeln. Hanna hielt das Kräuterpäckchen dem König noch einmal entgegen. „Hört mir bitte gut zu. Meira, die Heilerin, schickt Euch diese Blätter. Ihr kennt sie. Ihr wisst, dass Ihr ihr vertrauen könnt. Nehmt die Blätter. Ihr müsst sie gut verstecken. Niemand darf davon wissen."

Sein Blick wurde schon wieder unscharf, aber er kämpfte dagegen an. „Meira", wiederholte er und konzentrierte sich auf das Päckchen in Hannas Hand. „Kräuter. Meira heilt mit Kräutern."

„Ja." Er versuchte zu verstehen, was Hanna ihm sagen wollte, er versuchte es wirklich. „Diese Blätter schickt sie Euch. Legt eines davon unter Eure Zunge, wenn die Wirkung des Trankes nachlässt. Nur eines, hört Ihr, und niemand darf es erfahren. Dieses Mittel wird Eure Schmerzen in Schach halten. Ihr müsst so tun, als ob es Euch weiterhin schlecht geht. Versteht Ihr mich? Versteckt die Blätter und lasst Eure Wächter glauben, alles sei wie immer."

Er antwortete nicht, er sah sie nur an. Sie wusste nicht, ob er ihr nicht folgen konnte oder nicht glauben wollte, was sie ihm versprach. Sie schloss ihre Finger fester um seine Hand und schüttelte sie ein bisschen. „Sagt mir, dass Ihr mich verstanden habt. Ihr müsst genau tun, was ich Euch gesagt habe, sonst kann ich Euch nicht helfen.“

Er nickte langsam und angestrengt. Hanna atmete auf, doch im nächsten Moment kehrte der Schmerz zurück. Als der König seine Hand fortziehen wollte, schloss sie ihre Finger in einem Anflug verzweifelter Entschlossenheit noch fester darum. Sie wusste, was kommen würde und sie fürchtete sich davor, aber sie gab nicht nach. „Nein“, keuchte sie. „Ich lasse Euch nicht allein.“

Sie ertrugen die Welle zusammen und diesmal fühlte es sich an, als klammerten sich auch ihre Seelen aneinander fest. Die Freundlichkeit, die Hanna deutlich in ihrer Verbindung spürte, half ihr es zu überstehen, bis der Schmerz endlich nachließ. Der König sah ihr fest in die Augen, ließ ihre Hand los und griff mit zitternden Fingern nach dem Päckchen. „Ich habe verstanden. Danke für alles. Jetzt gib mir den Kelch und lauf schnell weg.“

„Ihr müsst erst ein Versteck für das Päckchen finden“, drängte Hanna. „Ihr dürft es nicht verlieren.“

Er gehorchte, aber es verlangte ihm alles ab. Als das Päckchen unter seiner Matratze verschwunden war, reichte Hanna ihm den Kelch. Er riss ihn ihr aus den Händen und stürzte den Trank hinunter. Hanna rannte los. Fest zusammengerollt, die Hände auf den Ohren, ließ sie das Toben des Königs über sich hinweg spülen, als die Droge zu wirken begann. Der Gedanke daran, dass sie endlich einen Fortschritt gemacht hatte, half ein wenig dabei es zu ertragen.

10. Kapitel

Raine zischte vor Schmerz, als Jaron die Fetzen der Hose von der Wunde an seinem Oberschenkel löste. Der Schnitt war nicht gefährlich tief, aber er war lang, brannte und wollte nicht aufhören zu bluten. Er hätte seinen Bruder am liebsten angeschrien und ihm gesagt, er solle ihn in Ruhe lassen, aber das war ungerecht und kindisch, also schluckte er die Worte hinunter. Der leicht amüsierte Blick, den Jaron ihm zuwarf, sagte ihm, dass er seine Reaktion nicht schnell genug unterdrückt hatte.

„Du hast seit Tagen miese Laune, Kleiner. Komm ja nicht auf die Idee, sie an mir auszulassen, während ich dich zusammenflicke."

Jaron arbeitete unbeirrt weiter. Raine wandte den Kopf ab und grub die Finger in das Laken, um keine hitzige Antwort zu geben. Jaron wusste genau, wie sehr er diesen verflixten Spitznamen hasste. Sein Bruder wusste aber auch genau, wie sehr er ihm in den nächsten Minuten weh tun musste. Der Kräutersud brannte wie Höllenfeuer in der Wunde, wenn er sie reinigte und danach musste der Schnitt genäht werden. Jaron versuchte ihn abzulenken, aber es änderte nichts an den Tatsachen. Ihm blieb nichts anderes übrig als die Zähne zusammenzubeißen und es zu ertragen. Er seufzte und gestattete es sich, dass Hanna vor seinen Augen erschien. Wenn ihn etwas wirkungsvoll ablenken konnte, dann war es ihr Bild.

Er hatte keine Mühe sich an alle Einzelheiten zu erinnern. Die Zeit mit Hanna hatte sich in sein Herz eingebrannt, sie war für ihn genauso real wie das Bett, auf dem er gerade lag. In den letzten Wochen war es ihm noch schwerer gefallen, sich von den Gedanken an sie loszureißen. Wenn er nach einem besonders intensiven Traum erwachte, hatte er manchmal das Gefühl, dass sie ganz in seiner Nähe war, gerade außerhalb seiner Reichweite. Alles in ihm schien sich ihr entgegenzustrecken und diesen Abstand überbrücken zu wollen. Er konnte sich noch so oft sagen, dass er sie für immer verloren hatte. Das Gefühl blieb.

Raine tauchte aus seinem Tagtraum auf und stellte überrascht fest, dass Jaron fast fertig war. Die Ablenkung hatte funktioniert, der Schmerz flaute schon ab. Es hätte viel schlimmer sein können. Bei dem Leben, dass sie hier an der Grenze führten, waren Verletzungen an der Tagesordnung und die Wunde kaum mehr als ein tiefer Kratzer.

Die Wirklichkeit holte Raine mit einem unangenehmen Ruck ein. Der Kampf, dem er diese Wunde verdankte, hätte Wulf fast das Leben gekostet. Sie kämpften oft Seite an Seite und waren normalerweise gut aufeinander eingespielte Partner, aber diesmal war Wulf abgelenkt und unvorsichtig gewesen. Als er in ernsthafte Schwierigkeiten geriet, hatte Raine erst im letzten Moment eingreifen können. Er hatte seine Deckung aufgeben müssen um den Schlag abzufangen, der Wulf getötet hätte. Wäre sein Gegner ein klein wenig geschickter und erfahrener gewesen... Er hatte Glück gehabt und war mit der relativ leichten Verletzung am Bein davongekommen, seine Schnelligkeit hatte ihn vor Schlimmerem bewahrt. Danach hatte Wulf über ihn gewacht und sich keine Fehler mehr geleistet.

Jaron richtete sich auf und wischte sich den Schweiß von der Stirn. Er sah Raine nicht an und ließ seine Worte beiläufig klingen. „Ich habe gesehen, wie das hier passiert ist. Du hast gut gekämpft, ich war stolz auf dich. Wulf sollte sich bei dir bedanken."

„Dafür gibt es keinem Grund", murmelte Raine unbehaglich. Er wollte nicht darüber reden. Er wusste, warum Wulf so abgelenkt gewesen war. Er hatte dieses Problem ausgelöst, also war es nur gerecht, dass er auch für die Folgen einstand. „Das nächste Mal tut er dasselbe für mich."

Jaron war klug genug nicht nachzubohren. „Die restlichen Fona sind geflohen. Das war das erste Mal."

Raine runzelte die Stirn. Er hatte sich noch keine Gedanken darüber gemacht, aber Jaron hatte Recht. „Mein letzter Gegner war noch sehr jung. Er hat nicht versucht noch einmal anzugreifen, nachdem er mich verletzt hatte."

„Nein, er ist davongelaufen, als sei der Teufel hinter ihm her und er war nicht der einzige." Jaron runzelte die Stirn. „Ich habe mir die Toten angesehen. Kaum einer von ihnen war ganz erwachsen."

Es versetzte Raine einen Stich, aber sie hatten keine Wahl gehabt. „Sie haben angegriffen. Wir haben sie nicht zu diesem Kampf gezwungen."

„Aber irgendetwas tut es." Jaron ballte wütend die Faust. „Ich will nicht gegen Kinder kämpfen. Warum reden sie nicht mit uns? Warum nehmen sie das Verhandlungsangebot nicht an, das Kieran ihnen jedes Mal macht?"

„Sie kennen uns nicht. Sie halten es für eine Falle."

„Inzwischen müssten sie wissen, dass wir den Tagira geholfen haben. Wir halten unser Wort. Wir haben es bewiesen."

„Die Tagira sind ebenso ihre Feinde wie wir", argumentierte Raine sachlich.

„Ach, zum Teufel damit", fauchte Jaron unbeherrscht. Es dauerte lange, bis er zornig wurde, aber wenn es soweit war, musste man sich in Acht nehmen. „Wenn alle diese Stämme von den Eisriesen nach Süden getrieben worden sind, dann gibt es kaum eine dümmere Art darauf zu reagieren. Solange jeder jeden bekämpft, spielen wir ihnen in die Hände."

„Sag das den anderen. Ich habe es längst begriffen." Jaron fixierte Raine mit einem wütenden Blick, der ihm sagte, dass er zu weit gegangen war und schnellstens zurückrudern musste. „Tut mir leid. Ich mache mich nicht darüber lustig. Ich denke genauso darüber, aber weder du noch ich können im Moment etwas daran ändern."

Jaron biss die Zähne zusammen und ließ das Thema fallen. Der Zorn loderte immer noch in seinen Augen, als er sich abwandte. „Wenn die Schmerzen stärker werden, sag es mir, dann schaue ich noch mal nach der Wunde", knurrte er auf dem Weg zur Tür.

Raine blieb noch ein paar Minuten liegen, bis das Pochen in seinem Bein sich weiter beruhigt hatte. Wenn Jaron mitbekam, dass er jetzt schon vorhatte aufzustehen, würde er ihm wahrscheinlich den Kopf abreißen, aber er musste mit Wulf sprechen. Er musste herausfinden, was genau seinen Bruder so aus der Spur gebracht hatte.

Wulf war nicht im Haus und das war keine Überraschung. Wenn es das Wetter halbwegs zuließ, trieb es ihn nach einem Kampf ins Freie. Wulf tat immer seine Pflicht, aber danach war er unruhig und brauchte Zeit für sich allein. Oft war er dann stundenlang unterwegs. Raines Chancen ihn zu finden standen nicht besonders gut, schon gar nicht mit seinem verletzten Bein.

Die Sonne schien warm vom Himmel, der Sommer war da. Die Obstblüte war schon lange vorbei. Der Anblick blühender Apfelbäume hatte Raine jedes Mal das Herz zerissen. Damit musste endlich Schluss sein. Er hatte Hanna verloren. Er musste sich mit den Tatsachen abfinden.

Diesmal hatte Raine das Glück auf seiner Seite. Er musste nicht weit gehen um Wulf zu finden. Ein paar üppig wuchernde, wilde Rosen sorgten dafür, dass er vom Haus aus nicht sofort zu sehen war. Raine stockte, als er sah, dass sein Bruder das Buch, das er ihm gegeben hatte, auf den Knien liegen hatte. Wulf runzelte beim Lesen leicht die Stirn und war so konzentriert, dass er Raine erst im letzten Moment bemerkte. Er warf einen Blick auf sein verbundenes Bein und seine Miene verfinsterte sich. „Bist du sicher, dass du schon herumlaufen solltest?"

„Die Wunde ist nicht so schlimm." Vorsichtig ließ sich Raine ins Gras sinken. „Jaron hat mich gut versorgt."

Wulf verzog das Gesicht. „Das war meine Schuld. Du brauchst es gar nicht erst abzustreiten."

„Tue ich nicht. So etwas kommt in einem Kampf vor."

„Ich sollte wirklich genug Erfahrung haben um mich nicht ablenken zu lassen."

„Es hat mit dem Buch zu tun, nicht wahr?"

Wulf atmete scharf ein. Er war eindeutig nicht erfreut. „Ich habe vieles erfahren, aber ich bin nicht sicher, was ich davon halten soll. Außerdem ist das verflixte Buch genau zur richtigen Zeit aufgetaucht. Ich werde den Verdacht nicht los, dass jemand Spielchen mit uns treibt."

Raine zog eine Augenbraue hoch. „Jemand?"

„Zufall, Schicksal. Mir ist egal, welchen verdammten Namen du dafür findest. Es gefällt mir nicht."

Es sah Wulf nicht ähnlich, mit Schimpfworten um sich zu werfen. „Aber du hältst es für bedeutsam."

Wulf warf wütend die Hände in die Luft. „Mir bleibt doch gar nichts anderes übrig. Andere Quellen haben wir nicht oder kennst du jemanden, den wir fragen könnten?"

Vater, aber dazu müsste mir Kieran erlauben herauszufinden, was mit ihm los ist. Raine biss die Zähne zusammen, weil ihn sofort wieder das Gefühl der Dringlichkeit überfiel. In letzter Zeit ließ es sich kaum noch abschütteln. „Erzählst du es mir?"

Wulf seufzte. „Ich werde in eine Richtung gedrängt, in die ich nicht gehen will. Ich nehme an, du hast nur den Teil gelesen, in dem es um die Art und Weise geht, wie man reist?"

„Ja. Für mehr hatte ich keine Geduld. Schon gar nicht nachdem ich herausgefunden hatte, dass ich Hanna aufgeben muss."

Wulfs Blick wurde hart. „Je mehr ich lese, desto mehr bin ich davon überzeugt, dass hier Dinge in Gang gesetzt worden sind, die sehr gefährlich werden können. Es wird dir nicht gefallen."

Raine zuckte nur die Achseln. Schlimmer konnte es kaum werden. Vielleicht fand er ja endlich heraus, was sein schlechtes Gefühl ihm zu sagen versuchte.

„Also gut, dann hör zu." Wulf klappte das Buch zu und hielt es mit beiden Händen fest. Raine war nicht sicher, ob er es beschützen oder in Stücke reißen wollte. „Deine Gabe ist selten und hat sich zum letzten Mal vor rund hundert Jahren gezeigt. Davor gab es alle paar Generationen ein Kind, das sie hatte. Meistens gehörte es zum Königshaus. Dann allerdings wurden drei Brüder kurz nacheinander mit dieser Gabe geboren."

„Drei Prinzen mit derselben Gabe? Das ist ungewöhnlich."

„Ja, aber sie waren nicht die Söhne des Königs, sondern seine Neffen, die Kinder seines Bruders. Als die Jungen noch klein waren, wurde ihr Vater wegen Hochverrats hingerichtet."

„Der König hat seinen eigenen Bruder verurteilt?", fragte Raine entsetzt.

„Man hatte keine andere Wahl. Der Mann ist mit gedungenen Söldnern in die Burg eingedrungen. Sie konnten überwältigt werden, doch der König und seine Familie waren bereits tot. Der Hauptmann der Wache war ein ehrenhafter und hoch geachteter Mann. Er wurde zum König ausgerufen und machte seine Sache gut. Er ist unser Vorfahr."

„Davon habe ich noch nie etwas gehört."

„Ich vorher auch nicht. Dabei sollte man doch meinen, dass es ein wichtiges Ereignis in unserer Geschichte ist."

„Hast du den Grund dafür herausgefunden?"

„Mehrere mögliche Gründe, aber es läuft immer wieder auf dasselbe hinaus." Wulf sah Raine ernst an.

„Dann erzähl es mir. Warum bist du so zögerlich?"

„Weil ich befürchte, dass ein Teil davon dich verletzen wird."

„Mich? Aber wieso...?" Raine stockte, seine Augen weiteten sich. „Meine Gabe", sagte er leise. Wulf nickte. „Erzähl es mir trotzdem", forderte Raine.

„Ich weiß, dass ich das tun muss." Wulf holte tief Luft. „Zunächst gibt es in dem Buch einen Bericht über den Überfall. Der Hauptmann und spätere König sagte aus, dass die Angreifer wie aus dem Nichts in der Burg aufgetaucht sind. Nur deshalb gelang es die königliche Familie zu töten."

Raine ließ Wulf nicht aus den Augen, schwieg aber. „Die Frau des Verräters bat für sich und ihre Familie um Gnade", fuhr Wulf fort. „Da die Jungen noch Kinder waren, wurde ihnen das gewährt. Sie durften am Hof aufwachsen. Es fehlte ihnen an nichts, sie behielten ihre Stellung. Die Frau ließ sich nichts zuschulden kommen und wurde von allen geachtet. Die Jungen dagegen schworen den Tod ihres Vaters zu rächen. Sie hätten es fast geschafft."

„Wie?", flüsterte Raine atemlos.

„Als sie erwachsen waren, nutzten sie ihre Gabe und brachten aus einer anderen Welt seltsame Waffen mit, die man bei uns nicht kannte. Das Buch beschreibt, dass man damit aus weiter Entfernung töten konnte. Sie hatten ein paar Unterstützer, die sie davon überzeugt hatten, dass der Thron eigentlich ihnen gehörte. Sie statteten diese Männer mit den fremdartigen Waffen aus und griffen an. Viele wurden getötet, bis man sie überwältigt hatte, darunter auch unser Vorfahr. Was nun folgt, wäre vielleicht nur eine wirre Geschichte, wenn es sich nicht so vertraut anhören würde." Wulf verzog unbehaglich das Gesicht.

„Wie meinst du das?"

„Der König starb nicht sofort. Er blutete stark aus mehreren Wunden, die man nicht schließen konnte. Es gab einen Heiler in der Burg, dem besondere Fähigkeiten zugeschrieben wurden. Als der König auf dem Sterbebett lag und sich Sorgen um die Zukunft machte, fing dieser Mann das Blut des Sterbenden auf und schuf daraus mit seiner Magie einen Edelstein, eine perfekte Rose. Als er fertig war, zeigte er das Schmuckstück dem König um ihn zu trösten." Wulf schwieg kurz und sah Raine bei seinen nächsten

Worten in die Augen. „Er versprach dem König, dass es Fennmark gutgeht, solange sich die Rose innerhalb der Grenzen des Reiches befindet. Der Thron werde nicht in Gefahr geraten, Frieden und Wohlstand würden herrschen. Der sterbende König gab die Rose seinem Nachfolger, seinem ältesten Sohn, mit der Bitte sie gut zu verwahren."

„Annadoras Kette." Raine hatte das Gefühl keine Luft zu bekommen. „Sie verschwand, als die Kleine starb und seitdem ist nichts mehr, wie es war."

„Ja. Ich würde diese Geschichte zu gern für ein Märchen halten, aber das kann kein Zufall sein. Und das ist noch nicht alles. Der neue König erließ ein Gesetz, das die Gabe betraf, mit der die Brüder und zuvor ihr Vater fast alles zerstört hatten. Sollte sie sich bei einem Kind zeigen, dann sollte es gezeichnet werden und entweder das Land für immer verlassen oder getötet werden. Seit damals ist diese Gabe kein einziges Mal mehr aufgetreten."

„Bis ich geboren wurde."

„Und bei dir wussten wir es nicht. Sie hat sich ja erst sehr spät gezeigt."

„Meinst du, Vater kennt diese Geschichte?"

„Ich halte es für möglich, ja."

„Aber er wusste nichts von mir. Du bist der einzige, dem ich es erzählt habe. Das kann nicht der Grund für unsere Verbannung sein."

„Das glaube ich auch nicht. Ich fürchte, wir sind noch überhaupt nicht in der Lage zu überblicken, was hier wirklich los ist."

„Wurden die Brüder auch hingerichtet?"

„Nein." Wulf presste einen Augenblick die Lippen zusammen. „Sie verschwanden aus ihrer Zelle, obwohl die Tür noch immer fest verschlossen war. Man vermutete, dass sie ihre Gabe genutzt hatten. Man fand keine Spur von ihnen und sie kehrten niemals zurück. Ihre Gabe wurde von da an als Teufelswerk angesehen und geriet später in Vergessenheit. Ebenso wie dieses Buch, wie es aussieht."

„Aber nun ist es wieder aufgetaucht, zur selben Zeit wie die Edelsteinrose und meine Gabe. Das kann wirklich kein Zufall sein."

„Es begann mit Annadoras Tod. Die Rose verschwand und damit wurde alles in Gang gesetzt. Es sieht so aus, als sei tatsächlich der Schutz verschwunden, unter dem Fennmark stand."

„Aber warum wurde mir dann diese Gabe gegeben? Ich würde Vater oder Euch niemals schaden."

„Darüber denke ich unentwegt nach", seufzte Wulf. „Und ich komme immer wieder zum selben Schluss. Du wirst die letzte Verteidigungslinie sein. Du hast die Gabe bekommen um für uns zu kämpfen und uns zu retten."

Raine starrte ihn an. „Wenn du Recht hast, sind die Verräter damals in die Welt geflohen, die ich auch besucht habe. Ich kann an diesen Ort gelangen, aber wie sollte ich sie finden?"

Wulfs Miene verfinsterte sich. „Ich glaube nicht, dass sie noch dort sind. Du hattest Recht mit deiner Einschätzung. Unser Vater ist in großer Gefahr. Niemand weiß, woher die Verhüllten gekommen sind, auf die er nun hört. Eines Tages waren sie einfach da, wie aus dem Nichts. Sie haben dafür gesorgt, dass Vater uns vertreibt. Jetzt ist er ganz allein."

„Wir müssen ihn befreien." Raine kämpfte sich auf die Füße. „Mich quält schon die ganze Zeit das Gefühl, dass ich zurückgehen muss, weil sonst ein Unglück geschieht, das sich nicht wieder gutmachen lässt."

Wulf sprang auf und griff nach seinem Arm. „Nein, Raine, hör mir zu! Du darfst jetzt nicht überstürzt handeln. Noch sind das alles nur Vermutungen, die nur durch dieses Buch gestützt werden. Dass es jetzt aufgetaucht ist, könnte auch ein Versuch sein uns in die Irre zu führen. Sind diese Vermutungen allerdings richtig, darf erst recht niemand von deiner Gabe erfahren. Dann ist es deine Pflicht im Verborgenen alles darüber zu lernen, damit du auf den Kampf vorbereitet bist."

Raines skeptischer Blick gefiel Wulf nicht. Er wusste, wie sehr sein Bruder darauf brannte endlich etwas zu unternehmen. „Raine, du musst auf mich hören!", sagte er eindringlich. „Die Berichte sprechen davon, dass die Gabe auch Türen innerhalb unserer Welt öffnen kann. An jeden beliebigen Ort. Wenn du das hinbekommst, hätten wir einen gewaltigen Vorteil gewonnen. Davon bist du noch weit entfernt. Du musst dich mit deiner Gabe vertraut machen und solange musst du darüber schweigen."

„Ich muss zurück", presste Raine hervor. „Der Gedanke lässt mich Tag und Nacht nicht in Ruhe. Du kennst das doch auch, das Wissen ist einfach da. So etwas darf man nicht übergehen, sonst hat es schlimme Folgen. Willst du mich wirklich aufhalten?"

Wulfs Blick wurde hart. „Notfalls mit Gewalt, zweifle nicht daran. Du bist noch nicht bereit. Eigne dir deine Gabe richtig an, lerne, was du damit erreichen kannst, dann bin ich der erste, der auf deiner Seite steht. Wenn du versuchst es zu überstürzen, hetze ich dir Kieran auf den Hals."

„Du meinst das wirklich ernst." Raine schüttelte bedrückt den Kopf. „Es ist nicht richtig. Mir läuft die Zeit davon."

Wulf drehte Raine an den Schultern zu sich herum und sah ihm direkt in die Augen. „Dann lerne schnell."

Der folgende Tag wurde zu einer Geduldsprobe für Hanna. Sie stand später auf als die anderen, ging dann aber in die Küche, weil sie es nicht länger ertrug mit ihren Gedanken allein zu sein. Ira sah sie scharf an und gab ihr nach kurzem Zögern eine leichte Arbeit. Hanna beteiligte sich nicht an den Gesprächen und musste sich nicht besonders anstrengen, die ganze Zeit abwesend und unaufmerksam zu wirken. Ihr fiel auf, dass der Ton sich geändert hatte. Sie wusste nicht, ob das immer so war oder nur, weil sie in die Küche gekommen war. Die alte Fröhlichkeit war verschwunden, nur ganz selten lachte jemand.

Als schon ein Teil des Nachmittags vorbei war, brachte Ira Hannas Medizin und blieb neben ihr stehen, bis sie sie getrunken hatte. Ein paarmal hatte Hanna das Gefühl, dass die Köchin etwas sagen wollte, aber sie schien es sich im letzten Moment anders zu überlegen. Stattdessen reichte sie ihr ein wenig Fleisch von demselben Stück, das für den König bestimmt war. „Setz dich in die Ecke und iss", sagte sie barsch. „Du wirst immer dünner."

Das Fleisch war köstlich, doch Hanna fehlte der Appetit. Sie zwang es hinunter und war froh, als der Teller endlich leer war. Erst dann erlaubte ihr Ira weiterzuarbeiten. Sie versuchte sich nur darauf zu konzentrieren, was ihre Finger taten. Es gelang ihr immer nur für kurze Zeit.

Der Wächter erschien so pünktlich wie an jedem Abend. Er benahm sich nicht anders als sonst. Gut. Anscheinend hatte es keine Zwischenfälle gegeben.

Der Weg zu den Räumen des Königs kam Hanna viel länger vor als sonst. Ihr Herz wurde immer schwerer. Was erwartete sie? Meira hatte ihr erklärt, dass das Schmerzmittel ein Risiko für den König bedeutete, solange sie nicht mehr über die Droge wussten. Er konnte nicht tot sein, denn dann hätte man sie nicht geholt, aber er konnte ganz dem Wahn verfallen sein. Möglicherweise hatte sie ihm mehr geschadet als geholfen. Hanna biss sich fest auf die Lippe, damit der Schmerz ihren Kopf frei machte und das Zittern ihrer Hände wieder verschwand.

Der Wächter musste etwas bemerkt haben, denn sein Griff war sanfter als sonst, als er sie in das Vorzimmer schob. Der Ratgeber allerdings packte ihren Arm noch fester als üblich. „Er ist unruhig heute", zischte er ihr zu. „Gehorche ihm. Ich schwöre, du wirst es sonst bereuen." Er gab einen Laut von sich, der wie ein drohendes Knurren klang.

Der König lag zusammengekrümmt auf dem Bett. Alles schien wie immer zu sein. Mit klopfendem Herzen achtete Hanna darauf, dass sie den Kopf nicht hob, bis der Verhüllte wirklich fort war. Sie fuhr zusammen, als sich der König plötzlich aufsetzte und die Beine über die Bettkante schob, sodass er Hanna direkt gegenübersaß. Seine Augen waren klar, er zitterte nicht. „Stell den Kelch fort und setz dich neben mich, Mädchen. Hab keine Angst."

Hanna erhob sich von den Knien und setzte das Gefäß vorsichtig ab. Ein wenig ratlos richtete sie sich wieder auf. Es erschien ihr nicht richtig, sich neben den König zu setzen, aber dann rief sie sich zur Ordnung. Im Moment war er nur ein gequälter Mann und sie war sein einziger Kontakt zur Außenwelt, seine einzige Hoffnung. Langsam ließ sie sich auf die weiche Matratze sinken.

Er sah sie so eindringlich an, als wollte er sich ihr Gesicht einprägen. „Die Kräuter, die du mir gebracht hast, helfen. Die Schmerzen sind viel schwächer als sonst. Es ist eine solche Erleichterung. Du hast gesagt, Meira hat sie mir geschickt?"

„Ja. Aber Ihr müsst sehr vorsichtig sein, Herr. Niemand darf etwas davon wissen." Sie zögerte, sprach dann aber doch weiter. „Vor allem Euer Ratgeber nicht."

Der König lachte bitter auf. „Das weiß ich nur zu gut." Er musterte Hanna noch immer. „Wie heißt du? Ich glaube nicht, dass ich dich früher schon in der Burg gesehen habe."

„Ich heiße Hanna, Herr. Ich bin erst seit ein paar Wochen hier."

„Sie wollen, dass ich dich töte, Hanna. Deshalb schließen sie dich mit mir ein", sagte er hart und beobachtete genau ihre Reaktion.

Sie zuckte zwar zusammen, aber sie wich nicht vor ihm zurück. „Ihr habt mir nichts getan, Herr. Ihr habt mich von Anfang an gewarnt."

„Das hat die anderen Mädchen nicht gerettet. Sie haben nicht auf mich gehört."

„Sie waren fast wahnsinnig vor Angst. Es ist nicht Eure Schuld, Herr."

Sein heftiges Auffahren erschreckte sie so, dass sie weiter an die Bettkante rutschte und sich bereit machte loszurennen. Im nächsten Moment schämte sie sich dafür.

„Nenn mich nicht so", fauchte sie der König an. „Dazu besteht kein Grund mehr."

„Verzeiht, Herr, aber das kann ich nicht. Ihr seid der König."

Er lachte zynisch. „Nur noch dem Namen nach. Sie haben längst alles übernommen."

„Die Verhüllten?", fragte Hanna vorsichtig.

„So nennt ihr sie? Sicher, das ist naheliegend. Seid froh, dass sie sich euch nicht zeigen. Ich habe gesehen, was sich unter der Kapuze verbirgt."

„Sie geben Euch Drogen. Sie haben Euch süchtig gemacht."

Er nickte. „Sie verbergen es nicht vor mir. Ich weiß es, seit sie sicher waren, dass ich nicht mehr zurückkann. Es macht ihnen Spaß mich damit zu quälen."

Hannas Herz raste. Sie hatte mit ihren Vermutungen richtig gelegen. „Ihr seid nicht mehr allein. Meira und ich tun alles um Euch zu helfen."

Er sah ihr prüfend in die Augen, dann schüttelte er den Kopf. „Du hast ein gutes Herz, Mädchen, und dein Versuch ehrt dich, aber es ist längst zu spät. Konzentriere dich darauf am Leben zu bleiben. Das genügt."

Hanna hob das Kinn. „Der erste Schritt ist schon gemacht. Ihr sagt selber, dass Euch das Schmerzmittel hilft. Jetzt müsst Ihr trinken, sonst wird der Ratgeber misstrauisch. Wir reden morgen weiter."

Hanna bückte sich nach dem Kelch, doch der König nahm ihn noch nicht entgegen. „Warte, nur noch einen kleinen Moment", bat er. „Meine Söhne. Weißt du, ob sie noch leben? Sind sie in Sicherheit?"

Sie zögerte kurz. Sie hatte nur Gerüchte gehört, aber sie brachte es nicht übers Herz ihm das zu sagen. Stattdessen versuchte sie ihre Stimme so fest wie möglich klingen zu lassen und sprach aus, was ihr ihr Herz befahl.

„Sie sind am Leben, Herr. Es geht ihnen allen gut."

Sie bereute die Täuschung nicht. Stattdessen wünschte sie sich von ganzem Herzen, dass sie die Wahrheit gesagt hatte.

Hanna presste die Lippen fest zusammen und kämpfte darum, sich noch eine Weile länger zu beherrschen. Zum Glück lag sie zusammengerollt auf ihrem Strohsack und hatte das Gesicht zur Wand gedreht. Nichts an ihrer Haltung deutete darauf hin, dass sie wach war, auch wenn sie am liebsten die Fäuste geballt hätte. Die Ungeduld brachte sie fast um.

Meira war da. Sie war genau an dem Tag gekommen, an dem Hanna sie verzweifelt herbeigesehnt hatte. Leider war auch Ira immer noch im Raum und weigerte sich zu gehen. Meira klang genauso gereizt, wie Hanna sich fühlte und hielt mit ihrer Meinung nicht hinter dem Berg. Obwohl nichts an dieser Situation komisch war, konnte Hanna das verrückte Verlangen laut zu lachen kaum unterdrücken.

„Es ist schon schlimm genug, was diesem Mädchen zugemutet wird und dass du nichts dagegen tust", fauchte Meira empört. „Schau sie dir doch an! Ich weiß nicht, was jeden Abend mit ihr geschieht, aber sie ist völlig am Ende."

„Ich tue für sie, was ich kann", verteidigte sich Ira beleidigt. „Sie darf sich ausruhen, solange sie will und sie bekommt besonders gutes Essen. Die anderen übernehmen freiwillig ihre Pflichten und beklagen sich nicht. Was soll ich denn noch machen?" Trotz ihrer harten Worte war nicht zu überhören, dass sich die Köchin schuldig fühlte.

„Wie großzügig von euch", spottete Meira. „Ihr sorgt doch nur dafür, dass sich keiner von euch dem König stellen muss."

Ira schnaufte empört. „Sie wird gut damit fertig. Viel besser als die anderen. Sie kommt immer unverletzt zurück."

Hanna glaubte fast sehen zu können, wie Meira zu der Köchin herumfuhr. „Warum sollte der König sie verletzen?", fragte sie scharf. „Sie bringt ihm nur seinen Stärkungstrank."

„Bei den anderen hat er es getan", antwortete Ira leise.

„Was weißt du darüber? Was geht im Gemach des Königs vor?" Meiras Ton war hart geworden. „Und lüg mich besser nicht an."

„Nichts." Es klang gepresst, fast verzweifelt. „Ich weiß nichts darüber. Keine von ihnen hat etwas gesagt." Meira kommentierte das nicht, sie schnaubte nur geringschätzig. „Ich weiß es wirklich nicht", beteuerte Ira noch einmal.

Meira verzichtete darauf weiter nachzubohren. „Bekommt Hanna jeden Tag ihre Medizin?"

„Darum kümmere ich mich selbst. Glaub mir, sie liegt mir genauso am Herzen wie dir."

Meira schwieg kurz und kämpfte offensichtlich mit ihrem Zorn. „Geh jetzt. Ich muss mich um das Mädchen kümmern."

Ira kehrte zu ihrer normalen barschen Art zurück. „Sieh zu, dass du sie auf die Beine bringst. Sie kommt mir heute besonders müde vor. Am Abend muss es ihr wieder gut gehen."

Schritte entfernten sich. Meiras gemurmelter Kommentar brachte Hanna zum Grinsen. „Ja, ja, ich weiß. Das ist alles, was dich interessiert."

Erst als nur noch die gedämpften Geräusche aus der Küche zu hören waren, kam Meira zu Hanna und legte ihr die Hand auf die Schulter. „Ich weiß, dass du wach bist. Du kannst dich jetzt umdrehen. Ira ist weg." Als Hanna sich auf den Rücken fallen ließ, keuchte die Heilerin erschrocken. Mit Sorge in den Augen legte sie ihr die Hände an die Wangen. „Oh, Hanna“, flüsterte sie entsetzt.

„Es ist schon in Ordnung. Ich bin nur müde.“

„Ich verstehe nicht, warum es nicht besser wird. Der Trank sollte helfen.“

„Das tut er. Mach dir nicht so viele Sorgen. Ich komme zurecht.“

Meira warf einen Blick über die Schulter und vergewisserte sich noch einmal, dass niemand in der Nähe war, dann beugte sie sich tief zu Hanna hinunter. „Konntest du dem König das Schmerzmittel geben?“, wisperte sie.

Hanna nickte. „Gestern hat er es zum ersten Mal genommen. Es ging ihm deutlich besser als sonst und wir haben kurz gesprochen. Wir haben nicht viel Zeit, bis er die Droge nehmen muss, damit der Ratgeber nichts bemerkt.“ Sie setzte sich auf und griff nach Meiras Arm. „Er weiß, was die Verhüllten ihm angetan haben. Sie verbergen es nicht vor ihm.“

„Ich hatte immer noch gehofft, dass du dich irrst“, murmelte Meira. „Das ist offener Verrat. Haben sie denn gar keine Angst, dass ihnen jemand auf die Schliche kommt?“

„Wer sollte das sein? Die Prinzen sind fort, alle anderen haben viel zu viel Angst. Außerdem lassen sie es so aussehen, als ob der König die Befehle gibt.“ Hanna befeuchtete nervös ihre trockenen Lippen. „Die Verhüllten wollen, dass mich der König tötet. Er hat es bestätigt. Deshalb sperren sie mich mit ihm ein. Er hat schreckliche Angst, dass er es tatsächlich tut, wenn der Trank wirkt.“

Meira zuckte zurück. Sie war kurz davor die Beherrschung zu verlieren. „Du kannst nicht länger hierbleiben.“

„Wenn ich nicht mehr da bin, schicken sie ein anders Mädchen“, stellte Hanna scharf klar. „Jemanden, der so viel Angst hat, dass er die Warnungen nicht befolgt. Dann passiert es vielleicht tatsächlich.“

Meira senkte den Kopf, ihre Hände zitterten. „Ich weiß, dass du Recht hast, aber das macht es nicht besser. Du darfst nicht sterben. Du bist nicht hergeschickt worden um zu sterben.“

„Das hier ist meine Aufgabe. Du kannst es mir nicht ausreden. Ich werde nicht versagen und ich laufe auch nicht weg.“

„Dein Mut beschämt mich", flüsterte Meira. Ihre Augen füllten sich mit Tränen.

Ein wildes Grinsen breitete sich auf Hannas Gesicht aus. „Ich war mein ganzes erstes Leben allein und habe immer für mich selbst gesorgt. Es gab nicht viel, wofür ich mich außer meiner Arbeit interessiert habe, aber wenn ich etwas unbedingt wollte, habe ich es auch bekommen. Darin bin ich gut."

„Du bist aber nicht in deiner Welt. Niemand wird dir helfen. Du bist ganz auf dich allein gestellt."

„Umso besser. Der Ratgeber unterschätzt mich. Er rechnet nicht damit, dass ich etwas planen könnte."

„Was für eine Arbeit hast du in deiner Heimat getan?", fragte Meira ehrlich interessiert.

Hanna zögerte kurz. Es war schwer zu erklären. „Ich habe neue Arzneien zusammengestellt. Ganz ähnlich wie du."

„Und trotzdem kennst du diese Droge nicht?"

Hanna schüttelte den Kopf. „Ich habe diese Pflanze noch nie gesehen oder von ihr gehört. Bei der entsetzlichen Wirkung, die sie hat, wüsste ich davon, wenn sie aus meiner Welt stammen würde." Sie seufzte. „In meinem alten Leben hätte ich sie analysiert und wüsste, wie man dagegen angehen kann."

„Annalisört?", fragte Meira verwirrt.

„Sie genau untersucht. Wir haben fantastische Mittel dafür."

„Aber hier kannst du es nicht?"

Hanna verzog das Gesicht. „Nein. Tut mir leid."

„Ich habe kaum etwas herausgefunden", sagte Meira bedauernd. „Schon kleinste Mengen scheinen sehr stark zu wirken. Bisher habe ich es noch nicht über mich gebracht, etwas davon zu trinken."

„Das darfst du auf keinen Fall tun." Hanna war so entsetzt, dass sie nach Meiras Schultern griff und sie leicht schüttelte. „Du wärst ganz allein, wenn etwas schiefgeht. Außerdem halte ich es für möglich, dass man schon beim ersten Mal süchtig wird. Nenn es Instinkt, aber ich bin mir ziemlich sicher. Du solltest die Blätter so wenig wie möglich berühren."

Meira winkte ab. „Keine Angst, ich bin sehr vorsichtig. Ich weiß nur nicht, wie ich dem König helfen soll, wenn ich nichts weiter herausfinde."

„Darüber denke ich die ganze Zeit nach. Ich glaube, die einzige Möglichkeit besteht darin, dass er nach und nach immer weniger davon trinkt. Aber das wird hart für ihn.“

„Du willst ihn langsam entwöhnen? Das ist ein guter Gedanke. Allerdings müssten die Reste des Trankes spurlos verschwinden. Du müsstest sie hinausschmuggeln.“ Meira war schon bei der praktischen Seite der Angelegenheit, als ihr klar wurde, was sie da eigentlich sagte. „Das geht nicht, Hanna. Es würde bemerkt werden. Sie achten bestimmt auf jede Veränderung im Verhalten des Königs.“

„Er müsste die Anfälle spielen und zwar ziemlich glaubwürdig. Ich habe diesen Mann inzwischen gut kennengelernt. Er hat einen eisernen Willen. Er wird alles riskieren um sich zu befreien.“

„Was du vorhast, ist sehr gefährlich für dich. Willst du dieses Risiko wirklich eingehen? Du bist fremd hier. Du bist niemandem verpflichtet.“

„Doch, das bin ich. Wenn Fennmark meine Heimat werden soll, muss ich es riskieren. Für eure Zukunft und auch für meine.“

„Für Raine“, sagte Meira bedrückt.

„Für ihn und für mich“, bestätigte Hanna entschlossen. „Ich muss sogar noch weiter gehen, damit nicht alles auffliegt. Ich fürchte, mein Vorschlag wird dem König nicht gefallen.“

„Nein.“ Der König wandte mit finsterer Miene den Kopf ab. „Ich werde es nicht tun. Auf keinen Fall.“

„Ihr müsst.“ Hanna bemühte sich um einen ruhigen und besänftigenden Ton. Sie hatte sich nicht geirrt, der König war entsetzt über ihren Vorschlag, aber sie sah keinen anderen Weg. „Ihr dürft nicht zaghaft sein, es muss glaubhaft wirken. Denkt nicht darüber nach. Tut es einfach.“

Er drehte sich wieder zu ihr um. Sie erschrak über die Furcht und Abscheu in seinen Augen. „Es ist schon schlimm genug, wenn es geschieht, sobald ich die Kontrolle verliere. Verlang das nicht von mir.“

„Ich habe Euch erklärt, was wir vorhaben." Sie griff nach der Hand des Königs und drückte sie fest. Sie konnte in diesem Mann nicht mehr den mächtigen Herrscher sehen, dem sie Respekt schuldete, sondern nur noch den gequälten Menschen. „Wir müssen uns Zeit verschaffen. Wenn sie misstrauisch werden, ist alles verloren."

Er stöhnte leise, widersprach aber nicht länger. „Tut es jetzt gleich. Ich halte das aus", sagte Hanna mit aller Entschlossenheit, die sie aufbringen konnte. Der König holte tief Luft und richtete sich auf.

Der harte Schlag schleuderte Hanna wie eine Puppe zu Boden, während der gellende Schrei des Königs noch in ihren Ohren klingelte. „Gib mir den Trank!", brüllte er heiser. „Sofort, du dumme Gans." Sie richtete sich mühsam auf die Knie auf, obwohl sie einen Augenblick lang befürchtete ohnmächtig zu werden. Ihre Wange pochte und brannte, sie konnte spüren, dass Blut darüber floss. Gut. Das war alles, was sie brauchte. Der Schmerz würde vergehen. Mit zitternden Händen griff sie nach dem Kelch und reichte ihn dem Mann, in dessen Gesicht sie jetzt bodenlose Verzweiflung sah. Sie fühlte, dass ihre Lippen zu beben begannen, aber sie durfte nicht zusammenbrechen. Noch nicht gleich jedenfalls.

Der König nahm ihr das Trinkgefäß mit äußerster Vorsicht aus den Händen, zögerte aber noch zu trinken. „Versteck dich erst", flüsterte er. „Es tut mir leid."

Hanna hielt den Blickkontakt noch einen Moment, dann nickte sie und kam unsicher auf die Füße. Sie hatte nicht damit gerechnet, dass sie der Schlag so mitnehmen würde. Sie hatte tatsächlich geglaubt gut vorbereitet zu sein, aber das war ein Irrtum gewesen. Sie war noch nie Gewalt ausgesetzt gewesen, der Schock war fast schlimmer als der Schmerz. Ihr war übel und sie konnte kaum einen Fuß vor den anderen setzen, als sie sich abwandte. Jetzt war sie dankbar für den Vorsprung, den ihr der König gab.

Es schien ewig zu dauern, bis sie die dunkle Ecke erreichte, in der sie sich jeden Abend verbarg. Sie schaffte es nicht sich langsam zu setzen, sie sackte einfach zusammen und blieb liegen. Ihre Wange schwoll an, der gesamte Kopf schmerzte. Ihr leises

Wimmern ging im ersten Schrei des Königs unter, dann gab es keine Pause mehr. Für Hanna war es noch unerträglicher als sonst. Bebend presste sie die Hände auf die Ohren und rollte sich fest zusammen. Die Tränen liefen ihr unaufhaltsam über das Gesicht.

Die Zeit verschwamm. Es gab nur den Schmerz, die bohrende Übelkeit und die Schreie des Königs, die nicht verstummen wollten. Als er endlich schwieg, war Hanna nur noch halb bei Bewusstsein. Dann griffen grobe Hände nach ihr und zogen sie auf die Füße. Trotz ihrer Benommenheit wusste sie, dass sie auf der Hut sein musste und machte sich noch schlaffer.

„Also hat er es endlich getan“, schnarrte die Stimme des Ratgebers dicht neben ihrem Ohr. „Es wurde aber auch langsam Zeit.“ Er lachte, ein schadenfroher, grausamer Laut. „Beim nächsten Mal kommst du nicht mehr so glimpflich davon.“

Er packte sie noch fester und schleifte sie aus dem Raum. Es war ihm gleichgültig, dass sie es nicht schaffte die Füße zu setzen. An der Tür des Vorzimmers stieß er Hanna grob in die Arme des Wächters und überraschte den Mann damit. Erst im letzten Moment gelang es ihm sie aufzufangen. Er keuchte schockiert. Hanna versuchte die Augen zu öffnen, aber das linke war inzwischen vollständig zugeschwollen. In der ganzen Gesichtshälfte pochte der Schmerz und ihr war immer noch sterbenselend.

Der Wächter konnte Hanna kaum in die Augen sehen. Behutsam hob er sie hoch und schaute sofort weg, als ihre Blicke sich kurz trafen. Seine Schritte wurden schneller, bis er fast rannte, aber seine Hände blieben sanft. Hanna war dankbar, dass sie nicht versuchen musste zu laufen und ließ ihren Kopf gegen die Schulter des Mannes sinken. Auch wenn er nichts sagte, empfand sie seine Nähe als tröstlich.

Der Mann brachte sie nicht wie sonst lediglich zur Küchentür, sondern schob sich wortlos an Ira vorbei und trug Hanna direkt zu ihrem Strohsack. Er war vorsichtig, als er sie ablegte, aber sie zuckte trotzdem zusammen. Am liebsten hätte sie sich an ihn geklammert und ihn angefleht sie nicht allein zu lassen. Als habe er das gespürt, blieb er noch einen Augenblick stehen und starrte auf sie hinunter. Seine Stimme war barsch, als er Ira ansprach, die ihnen gefolgt war.

„Sie ist verletzt und völlig am Ende. Diesmal lasse ich nicht zu, dass sich niemand um sie kümmert. Wenn du die Heilerin nicht holst, tue ich es.“

11. Kapitel

„Raine! Raine, hörst du mich?“

Die Stimme holte ihn zurück vom Rand der Dunkelheit, die gerade dabei gewesen war ihn zu verschlingen. Er hätte nichts dagegen gehabt sich ihr zu ergeben, denn der Schmerz, der ihn auf dieser Seite erwartete, war brutal. Diesmal hatte es ihn schlimm erwischt. Diese Wunde war kein Kratzer, den er in ein paar Tagen schon fast wieder vergessen haben würde. Er war erstarrt, als das Schwert in seine Seite gefahren war, so als sei von einem Augenblick zum anderen die Verbindung zwischen seinem Körper und seinem Verstand durchtrennt worden. Er hatte völlig die Kontrolle verloren und war schwer gestürzt. Dann hatte er auf dem harten Boden gelegen und auf den tödlichen Schlag gewartet, während sein Bewusstsein langsam davondriftete.

Seltsamerweise hatte der Todesstoß auf sich warten lassen. Als er mühsam die Augen öffnete, schaute er direkt in Kierans besorgtes Gesicht. Sein Bruder sah erschreckend aus. Eine Gesichtshälfte war mit Blut bedeckt, das aus einer Schnittwunde am Haaransatz rann. Ansonsten schien er allerdings in Ordnung zu sein, auch wenn die Hände, mit denen er Raine hielt, ebenfalls voller Blut waren. Gut. Raines Augen begannen bereits wieder zuzufallen. Die Schwärze würde ihm endlich die Schmerzen nehmen.

„Jaron! Du musst mir helfen. Sofort!“ Kierans Stimme klang wie geborsten, beim letzten Wort brach sie fast. Raine wollte die Augen wieder öffnen, damit er ihn beruhigen und ihm sagen konnte, dass alles in Ordnung war, aber er schaffte es nicht. Der Schmerz kam als wilde, heiße Welle, als Kieran seinen Körper ein wenig bewegte. Raine stöhnte, obwohl er viel lieber geschrien hätte. Kieran griff noch fester zu und hielt seine Schultern, während sich andere Hände an seiner Seite zu schaffen machten. Diesmal schaffte es der Schrei durch seine Kehle. Die Dunkelheit rückte wieder näher.

„Mach schnell! Er verblutet sonst.“ Wieder Kieran, registrierte ein seltsam losgelöster Teil seines Verstandes.

„Du musst ihn bei Bewusstsein halten. Wie du das machst, ist mir egal. Er muss das hier trinken, sobald ich ihn verbunden habe." Das war Jaron und auch er klang seltsam. *Lasst mich doch schlafen,* dachte Raine matt. *Ich rede später mit euch.*

Kierans Finger schienen sich jetzt direkt in seine Knochen zu bohren, ein neuer Schmerz, der mit dem anderen zusammenstieß. „Nein", brachte Raine schwach hervor. Er wusste nicht, worum er bat, wogegen er sich wehrte. Er hatte es so satt, in dieser Qual festgehalten zu werden. Etwas klatschte ihm kalt und nass ins Gesicht und nahm ihm für einen Moment die Luft. Er hustete und keuchte und der Schmerz flammte heiß auf. Aus Reflex riss er die Augen weit auf.

Kierans grimmiges, rot verschmiertes Gesicht schwebte über ihm. Er knurrte einen barschen Befehl von der Sorte, der man sich besser nicht widersetzte. „Du bleibst hier, hörst du mich? Du kannst dich später ausruhen." Raine wollte lachen, aber es gelang ihm nicht. Als ob es in seiner Macht läge zu bestimmen, was mit ihm geschah. Er war am Ende und er wusste es. „Tut... mir leid", brachte er irgendwie hervor. Zumindest glaubte er, dass es ihm gelungen war.

Sein Kopf wurde angehoben und sofort begann sich die Welt um ihn zu drehen. Er stöhnte und wollte sich zurücksinken lassen, aber ein Becher stieß hart an seine Lippen, bis er den Mund öffnete. „Du musst trinken", knurrte Kieran. „Gib dir gefälligst Mühe, sonst wirst du es bereuen, das schwöre ich."

Bittere Flüssigkeit füllte seinen Mund, immer mehr. Er schluckte mühsam um den Druck zu mildern. Er bekam es fast in die falsche Kehle, hustete, würgte. Der Schmerz in seiner Seite explodierte, verwandelte sich in grelle, weiße Flammen. Er hätte geschrien, wenn er die Luft dafür gehabt hätte. Der Becher verschwand, kehrte aber kurz darauf wieder zurück. „Trink! Vorher lasse ich dich nicht Ruhe," forderte Kieran wütend.

Warum war er wütend? Raine versuchte doch gar nicht sich zu wehren. Er schluckte und schluckte, bis der Becher endlich fort war. Wärme breitete sich in ihm aus und begann den Schmerz zu dämpfen. Bereitwillig ließ er sich in diese Wärme hineinsinken. Vielleicht ließ man ihn jetzt endlich zufrieden. Die Augen hatte er wieder geschlossen, doch ganz am Rande hörte er immer noch die Stimmen seiner Brüder.

„Wir müssen ihn von hier fortbringen."

„Wohin?“
„Zu den Tagira. Das ist der kürzeste Weg.“
„Wird er überleben?“
„Ich weiß es nicht. Ich weiß es wirklich nicht.“

In den nächsten Tagen kam Raine immer nur für kurze Zeit zu Bewusstsein. Mal fror er erbärmlich, dann schien er wieder in den Feuern der Hölle zu schmoren. Er begriff nicht, was mit ihm geschah. Sein einziger Halt war das sichere Wissen, dass jedes Mal einer seiner Brüder bei ihm war. Solange das so blieb, war er in Sicherheit, selbst wenn eine neue Schmerzwelle ihn fast zum Schreien brachte oder er vor Kälte zitterte. Er wollte seine Brüder bitten ihn nicht zu verlassen, aber das schaffte er kein einziges Mal.

Als er wieder klar genug war um ganz zu erwachen, war er allein. Die Schmerzen waren nicht fort, aber längst nicht mehr so schlimm und sein Verstand war nicht mehr in Watte gepackt. Er versuchte die Hand zu bewegen und war erleichtert, als er es schaffte die Finger zu krümmen. Erst dann sah er sich um.

Das dämmrige Licht machte es schwierig sich zurechtzufinden. Eine Decke aus dicker Wolle hielt ihn behaglich warm, kratzte aber fürchterlich auf der Haut. Er lag auf dem Rücken und merkte schnell, dass es keine gute Idee war, als er versuchte sich auf die Seite zu drehen. Die Wunde meldete sich sofort, doch der Schmerz ging zurück, sobald er den Versuch aufgab. Er hielt still und versuchte sich einen Reim auf das merkwürdige Gebilde zu machen, das sich über ihm befand. Unwillkürlich runzelte er die Stirn, weil er nicht sofort begriff, was er sah.

Die Wände waren schräg und liefen in der Mitte zusammen. Ein Zelt. Anscheinend befand er sich in einem Zelt. Er hatte keine Erinnerung daran, wie er dorthin gekommen war. Der Kampf, der Schlag aus dem Nichts, der furchtbare Schmerz. Danach wusste er fast gar nichts mehr.

Sie waren in einen Hinterhalt geraten, in eine sorgsam aufgestellte Falle. Nur wenige Karon griffen eines der Dörfer an, eine viel kleinere Truppe als gewöhnlich. Es schien keine

Herausforderung zu sein. Kieran hatte den Befehl ausgegeben möglichst keinen der Angreifer zu töten. Er versuchte noch immer alles um Verhandlungen in Gang zu bringen. Sie hatten es fast geschafft, da brach die Hölle über sie herein. Plötzlich waren sie von einer großen Übermacht umzingelt. Raine war der Gedanke durch den Kopf geschossen, dass dies unmöglich die Männer eines einzigen Stammes sein konnten. Anscheinend war tatsächlich eine Allianz geschlossen worden, aber sie richtete sich gegen Fennmark.

Dann gab es kein Zögern, keinen klaren Gedanken mehr. Raine kämpfte und kämpfte, doch er schaffte es nicht sich zu befreien. Diesmal würde es kein gutes Ende nehmen. Die Erinnerung ließ ihn entsetzt keuchen. Er hatte überlebt, aber wie viele seiner Brüder mochten tot sein? Er musste es wissen. Er musste aufstehen.

Bevor er den Versuch machen konnte sich aufzusetzen, fiel für einen Augenblick helleres Licht auf ihn und verschwand sofort wieder. Jemand trat neben ihn. Er drehte langsam den Kopf und sah zwei Frauen neben seinem Lager knien. Die ältere der beiden legte ihm ohne Umstände die Hand auf die Stirn und lächelte zufrieden, als sie sie wieder zurückzog. Die andere trug verschiedene Gefäße und frische Verbände und hielt den Kopf tief gesenkt. Sie schien noch ein halbes Kind zu sein.

„Ihr seid endlich aufgewacht“, sagte die Ältere freundlich. „Habt Ihr Durst?“

Als Raine nickte, zog sie einen der Krüge heran und füllte einen Becher. Sie stützte seinen Kopf, damit er trinken konnte. Das Wasser rann kühl und erfrischend durch seine ausgedörrte Kehle. Er seufzte dankbar, als der Becher leer war. „Meine Brüder?“, fragte er krächzend, nachdem er ein paarmal tief durchgeatmet hatte.

Die Frau sah ihn ruhig an. Sie hatte genau verstanden, wonach er fragte. „Es geht ihnen gut. Keiner von ihnen wurde so schwer verletzt wie Ihr.“

Raine atmete auf. *Es ist noch einmal gut gegangen,* dachte er, fast schwindelig vor Erleichterung. „Wo bin ich hier?“

„Bei den Tagira. Eure Brüder mussten fort und Ihr braucht Pflege. Ich bin Ana, Tomas Frau. Ich habe mich um Euch gekümmert."

Raine versuchte eine Verbeugung anzudeuten, was sich im Liegen als schwierig erwies. Anas freundliches Lächeln vertiefte sich. „Habt Dank dafür", sagte Raine von Herzen.

Sie erwiderte sein Nicken, ging aber nicht darauf ein. „Ich sehe nach Eurer Wunde. Danach müsst Ihr versuchen etwas zu essen, damit Ihr wieder zu Kräften kommt."

„Wie lange bin ich schon hier?", fragte er, als sie anfing, den alten Verband zu lösen.

„Seit fünf Tagen. Es stand schlecht um Euch. Ihr hattet hohes Fieber."

„Fünf Tage..." Er konnte es kaum glauben. „Ich erinnere mich nicht daran."

„Ihr wart halb tot, als sie Euch herbrachten." Ana löste den alten Verband vorsichtig ab und sah dann zu ihm auf. „Meint Ihr, Ihr könnt Euch ein klein wenig drehen?"

Es war nur eine kleine Bewegung nötig, aber als er es geschafft hatte, keuchte Raine vor Schmerz und Anstrengung. Ana hatte ihn nicht aus den Augen gelassen und legte ihm beruhigend die Hand auf die Schulter. „Ihr habt trotz allem großes Glück gehabt. Wäre die Klinge nur ein wenig tiefer eingedrungen, hätte Euch nichts mehr retten können."

Raine nickte schwach und musste erneut die Zähne zusammenbeißen, als Ana begann die Wunde zu säubern. Inzwischen stand ihm der Schweiß auf der Stirn. „Es sieht schon viel besser aus", versuchte sie ihn abzulenken. „Ihr heilt schnell."

„Warum hier?", fragte er knapp.

„Es war der kürzeste Weg. Ihr brauchtet so schnell wie möglich Hilfe. Am Anfang sind Eure Brüder abwechselnd bei Euch geblieben, doch nun sind sie alle fort."

Raine beobachtete die Frau, die mit ruhiger Konzentration ihre Arbeit tat. „Es tut mir leid. Das muss schwierig für Euch sein."

Ihr Lächeln verrutschte ein bisschen. „Wir sind Tagira. Wir begleichen immer unsere Schuld."

Raine zuckte zusammen, als Ana eine Flüssigkeit über seine Wunde goss. „Wie meint Ihr das?", keuchte er.

Sie gab ihm keine Antwort. Plötzlich schien sie völlig auf ihre Arbeit konzentriert zu sein. Raine runzelte die Stirn, fragte aber nicht noch einmal nach. „Gab es weitere Überfälle?"

Ana nickte. „Fast jeden Tag. Sie erhöhen den Druck."

Raine schloss entsetzt die Augen. „Meine Brüder...", brachte er heiser hervor. „So wird es also enden. Und ich kann nicht bei ihnen sein", fügte er leiser hinzu.

Eine sanfte Hand legte sich an seine Wange. „Macht Euch nicht so viele Sorgen. Inzwischen hat sich einiges verändert, aber es ist nicht meine Aufgabe darüber zu berichten. Eure Brüder werden es Euch erzählen."

Raine öffnete die Augen wieder. Ana erkannte den Schmerz in seinem Blick und zuckte zurück. „Nicht! Hört auf zu grübeln, damit helft Ihr niemandem. Werdet einfach wieder gesund", ermahnte sie ihn eindringlich.

Er schnaubte leise, einer seiner Mundwinkel zuckte belustigt. „Wenn Ihr es sagt." Es war erstaunlich leicht mit dieser Frau zu sprechen. Er mochte ihre Art.

Sie zog die Hand fort. „Ihr habt es gleich geschafft, ich bin fast fertig. Danach habe ich eine kräftige Mahlzeit für Euch. Meine Tochter wird Euch helfen."

„Eure Tochter?"

Anas Lächeln wurde verschmitzt. „Oh, Ihr kennt sie bereits." Neben Ana hob das Mädchen den Kopf. Raine sah in ein blasses, noch ein wenig kindliches Gesicht, das ihm irgendwie vertraut vorkam. Ana beobachtete den Blickwechsel zwischen den beiden und ihr Lächeln vertiefte sich. „Das ist Krista, meine Älteste. Sie ist ein wildes Ding, noch schlimmer als manche der jungen Männer." Ana quittierte Raines Stirnrunzeln mit einem Grinsen. „Ihr habt sie überwältigt, aber Ihr Leben verschont. Erinnert Ihr Euch?"

Raine schnappte nach Luft. Das Mädchen senkte den Kopf schnell wieder, ihre Wangen färbten sich flammend rot. Ana lachte leise und stand auf. „Ihr seht überrascht aus", sagte sie mit gutmütigem Spott. „Gewöhnt Euch lieber daran. Bei den Tagira kämpfen nicht nur die Männer."

Ein paar Stunden später hatten sich alle seine Brüder um Raine versammelt. Sie kamen aus einem Kampf, eine Tatsache, die längst zu ihrem Alltag gehörte und keiner mehr hinterfragte. Diesmal machte es ihm zu schaffen, denn er hatte ihnen nicht beistehen können. Sie lächelten und versuchten es herunterzuspielen, aber er sah ihre Sorge und die tiefe Erschöpfung. Besonders Kierans betont fröhliche Miene wirkte angestrengt. In ihm tobte eindeutig ein Sturm.

Raine ließ die freundlichen Hänseleien über sich ergehen und schoss ab und zu zurück. Sie taten ihm gut. Dieses bisschen Normalität ließ sie für ein paar Minuten die Wirklichkeit vergessen. Sie waren noch immer alle zusammen, das Undenkbare war noch nicht eingetreten. Es reichte für ein kurzes Durchatmen. *Wie lange noch,* dachte Raine. *Wie lange kann das noch gutgehen?*

Er räusperte sich. „Was ist geschehen, nachdem ich verletzt wurde? Ich kann mich an kaum etwas erinnern."

Kieran senkte den Kopf. „Ich war ganz in deiner Nähe. Ich dachte, du seist tot", sagte er leise.

„Du bist wie vom Blitz getroffen zu Boden gestürzt", fügte Wulf hinzu. „Diesen Augenblick haben wir alle gespürt."

„Es war zu knapp", presste Kieran zwischen zusammengebissenen Zähnen hervor. „Viel zu knapp. Wenn Jaron dich nicht sofort versorgt hätte, wärst du verblutet."

Raine sah ihn verblüfft an. „Dafür hätte gar keine Zeit sein dürfen. Der Kampf war noch lange nicht entschieden. Es sah schlecht für uns aus. Die Übermacht war zu groß."

„Kein Wunder", knurrte Diemas grimmig. „Wir hatten es mit den Männern von zwei Karonstämmen zu tun, einschließlich ihrer verflixten Katzen."

Kieran seufzte. „Die Tagira sind uns zu Hilfe gekommen, sonst wäre keiner von uns jetzt hier."

„Ich habe mich noch nie so sehr gefreut jemanden wiederzusehen", fügte Titus hinzu und grinste schief.

„Sie haben für uns gekämpft?", fragte Raine fassungslos. „Unsere einzige Verbindung zu ihnen ist ein sehr wackeliges Abkommen."

„Das habe ich auch geglaubt. Inzwischen weiß ich, dass wir noch viel über dieses Volk lernen müssen."

„Sie sagen, dass sie in unserer Schuld stehen", erklärte Titus ernst. „Wir haben dafür gesorgt, dass der Stamm wieder auf die Beine kommt. Diemas Verbindung mit Laran hat es leichter gemacht, aber noch mehr kommt uns zugute, dass Wulf und du die Töchter des Anführers gerettet habt." Er deutete Raines leicht verstörten Blick richtig. „Du weißt es also schon."

Raine nickte beklommen. „Krista. Sie hilft ihrer Mutter mich zu pflegen."

Titus grinste. „Ja, und es gefällt ihr überhaupt nicht. Tomas musste ein Machtwort sprechen."

„Sie schämt sich", sagte Kieran überraschend verständnisvoll. „Die Tagira lassen die Frauen kämpfen, wenn sie sich dafür entscheiden. Das Mädchen ist noch in der Ausbildung und zu jung. An jenem Tag ist sie den Männern heimlich gefolgt."

„Und wäre fast getötet worden", fügte Diemas hinzu. „Ein Glück, dass du genau hingeschaut hast, wer dich da angreift."

„Anscheinend nicht genau genug", murmelte Raine.

Diemas lachte. „Glaub mir, das war für uns alle eine Überraschung."

„Wie auch immer, wir haben etwas bewegt", stellte Kieran zufrieden fest. „Tomas hat ein Treffen mit den Anführern von zwei weiteren Tagirastämmen möglich gemacht."

„Hat er nicht gesagt, dass er keinen Einfluss hat?"

„Oh, das hat sich geändert, seit niemand mehr krank ist." Diemas grinste wild. „Die anderen Stämme hatten Tomas und seine Leute bereits abgeschrieben. Dass sie es geschafft haben, hat ihm ein gewaltiges Ansehen verschafft. Einen weiteren Teil haben Laran und ich dazu beigetragen." Er klang ein wenig selbstzufrieden. „Einen der Sesshaften auf einem Stammespferd zu sehen hat ihnen die Sprache verschlagen."

„Was habt ihr ausgehandelt?", fragte Raine atemlos.

„Einen äußerst vorsichtigen Beistandspakt. Es beginnt gerade erst. Vertrauen muss wachsen." Kieran klang gleichzeitig zufrieden und besorgt.

„Willst du die anderen Stämme auch über die Grenze lassen?"

„Nein. Das wäre im Augenblick kein kluger Zug. Ich habe sehr klar gemacht, dass dieses Privileg nur Tomas zusteht. Damit gestehe ich ihm eine besondere Stellung zu und sein Ansehen wächst noch mehr. Es ist für beide Seiten von Vorteil."

„Obwohl uns die anderen Tagira als Feind ansehen?"

„Das spielt dabei keine Rolle. Für die Tagira ist die Sicherheit des Stammes das Allerwichtigste. Man beurteilt die Anführer danach, wie gut sie es schaffen für ihre Leute zu sorgen."

Raine stieß einen leisen Pfiff aus. „Das hat Tomas allerdings eindrucksvoll bewiesen. Ich verstehe."

„Die beiden anderen Stämme helfen uns die Grenze zu sichern und werden dafür mit Vorräten versorgt", erklärte Diemas. „Wenn es zu Kämpfen kommt, stehen wir uns gegenseitig bei. Inzwischen haben wir bei drei weiteren Stämmen mit einer vorsichtigen Annäherung begonnen."

Kierans Augen funkelten. „Aber das genügt mir nicht. Es darf nur der Anfang sein. Wir brauchen einen Zusammenschluss aller Stämme, damit wir uns den Norwenn gemeinsam stellen können."

„Wie willst du das schaffen? Es ist bereits so viel Blut geflossen", meldete sich Wulf zu Wort. Er hatte bisher geschwiegen, aber Raine nicht aus den Augen gelassen. Es war offensichtlich, dass er dringend unter vier Augen mit ihm sprechen wollte. Unter seinem intensiven Blick wurde Raine unbehaglich zumute.

„Ich muss es irgendwie schaffen", knurrte Kieran gereizt. „Es gibt keinen anderen Weg. Wenn sich nichts ändert, reiben wir uns gegenseitig auf. Dann ist hier keiner mehr am Leben, wenn die Norwenn auftauchen."

„Du willst eine Armee aufstellen."

„Bis dahin ist es noch ein weiter Weg. Wenn es überhaupt gelingt."

„Bei den Tagira hat uns ein Zufall auf den richtigen Weg gebracht. So viel Glück hat man nicht immer", betonte Wulf.

„Diemas könnte eine der Katzen der Karon zähmen", schlug Raine nur halb im Ernst vor. Der wilde Blick, mit dem sein Bruder ihn bedachte, ließ ihn die Luft anhalten. „Du hast es versucht?", fragte er ungläubig.

Diemas nickte ruckartig. „Bisher völlig ohne Erfolg."

„Tomas glaubt, dass auch die Katzen sich nur an einen einzigen Menschen binden, genauso wie die Stammespferde“, berichtete Jaron. „Es müsste also ein sehr junges Tier sein, das noch keine Wahl getroffen hat.“

„Das klingt, als hättet ihr einen Plan.“

Diemas grinste, aber Kieran dämpfte Raines Erwartungen sofort. „Darum können wir uns erst kümmern, wenn wir mehr Tagira als Rückendeckung haben. Erst einmal ist wichtiger, in den Kämpfen so viele Gegner wie möglich am Leben zu lassen und sie nur einzuschüchtern. Das Töten muss aufhören.“

Raine schüttelte den Kopf. „Das dürfte viel schwieriger sein, als es sich anhört.“

„Fast unmöglich“, gab ihm Diemas Recht. „Trotzdem versuchen wir es.“

„Was ist mit den Fona?“

„Es hat keinen weiteren Angriff gegeben.“ Kieran zuckte die Achseln. „Den Grund kennen wir nicht.“

„Die Steppe ist riesig. Wir können nur einen sehr kleinen Teil halbwegs überwachen“, sagte Wulf und ließ Raine dabei nicht aus den Augen. „Die Zeit spielt eine wichtige Rolle.“

In Raines Innerem erstarrte alles zu Eis. Seine Gabe war der Schlüssel, der den Weg zum Erfolg öffnen konnte. Wulf würde ohne seine Erlaubnis sein Stillschweigen nicht brechen, aber es war klar, was er darüber dachte.

„Das stimmt.“ Kieran rieb sich müde die Augen. „Aber immer ein Schritt nach dem anderen. Zu den Fona finden wir auch noch einen Weg.“ Er seufzte. „Wir müssen los.“

„Bleibt ihr heute Abend im Lager?“, fragte Raine in das beklommene Schweigen hinein.

„Ich auf alle Fälle. Wenn wir nicht gerufen werden, bringt mich niemand hier weg.“ Titus streckte sich behaglich. „Ich freue mich schon auf das gute Essen.“

„Und du musst dich ausruhen“, fügte Jaron an Raine gewandt hinzu. „Du bist noch lange nicht wieder auf dem Damm. Schlaf jetzt erst mal. Ich sehe später noch einmal nach dir.“

Wulf kam, als es im Lager ruhig geworden war. Raine schlief fest. Ana hatte ihm einen Trank gebracht, der die Schmerzen dämpfte, ihn aber auch sehr müde machte. Er hatte eine Weile dagegen angekämpft, doch es war aussichtslos gewesen.

Es machte Wulf nichts aus, neben seinem Bruder zu sitzen und darauf zu warten, dass er aufwachte. Er schlief in letzter Zeit sowieso wenig. Ruhe fand er nur, wenn sein Körper völlig erschöpft war. Seine Gedanken und die nagenden Zweifel ließen sich einfach nicht ausblenden. Er hatte das Buch immer wieder gelesen, hatte Schlüsse gezogen und sie wieder verworfen, nur um nach kurzer Zeit wieder zu ihnen zurückzukehren. Raines Verletzung und seine Angst um ihn hatten alles noch schlimmer gemacht. Jetzt war zumindest diese Sorge verschwunden. Sein Bruder war über den Berg, doch nun quälte Wulf, was er von ihm verlangen würde. Von ihm verlangen musste.

Wie er es auch drehte und wendete, Raines Gabe schien die Hilfe zu sein, die sie so dringend brauchten. Wulf gefiel nicht, dass er ihn drängen musste und ihm so gut wie überhaupt nicht helfen konnte. Es fühlte sich an, als lasse er Raine im Stich, als schicke er ihn in den sicheren Tod. Seit Wulf klar geworden war, dass er das Gespräch nicht länger aufschieben durfte, hatte er einen schlechten Geschmack im Mund. Er wünschte, er könnte diese Aufgaben selbst übernehmen.

Die Allianz zwischen den Stämmen war unverzichtbar und sie musste schnell zustande kommen. Jeder weitere Kampf schürte Hass und Misstrauen, besonders seit einige Tagira auf der Seite der Prinzen standen. Der nächste Schritt musste gut geplant werden und wie ein Donnerschlag wirken. Je größer, je unerwarteter der Effekt war, desto besser würde er Wirkung zeigen. Wenn es ihnen nicht gelang die Stämme zu überzeugen, war es vorbei. Dann kam nur noch das lange Warten auf den Tod, auf die endgültige Niederlage.

Als wäre das alles noch nicht genug, galt es noch ein zweites Problem zu überdenken. Je länger Wulf sich damit beschäftigte, desto sicherer wurde er, dass er mit seiner Vermutung über die Herkunft der Verhüllten richtig lag. Es gab keine Möglichkeit etwas über ihre Pläne zu erfahren, aber es musste mit dem König zu tun haben, sonst hätten sie ihn längst getötet. Raine

Einschätzung, dass ihr Vater in größter Gefahr schwebte, wurde immer wahrscheinlicher. Und auch hierbei brauchten sie Raines Gabe, wenn sie Erfolg haben wollten.

Wulf stöhnte leise und vergrub das Gesicht in seinen Händen. Es machte ihn fertig, es brachte ihn um. Er wollte mit dieser Bürde nicht mehr allein sein, er wollte mit den anderen darüber reden, besonders mit Kieran. Sie wandten sich immer an ihn, wenn etwas geplant werden musste. Die Fähigkeit, alles zu überblicken und die richtigen Schlüsse zu ziehen, war eine seiner größten Stärken. Sowie Raine aufwachte, wollte Wulf ihn überreden sein Geheimnis aufzudecken.

Ein leises Rascheln holte Wulf aus seinen Grübeleien. Raine war halb wach und versuchte sich umzudrehen. Der Schmerz, der ihn daran hinderte, ließ ihn mit einem Stöhnen ganz aufwachen. Sein Blick wanderte von der kleinen Lampe neben ihm hinauf zu Wulfs Gesicht. „Ich wusste, dass du kommst“, murmelte er und schüttelte die letzte Benommenheit ab.

Wulf bewegte sich unbehaglich. „Hast du Durst?“

„Ja.“ Raine verzog das Gesicht. „Ständig. Ich glaube, Anas Gebräu löst das aus. Ich schwöre dir, ich habe noch nie etwas Widerlicheres getrunken.“

„Hör auf zu jammern. Jaron sagt, der Trank hat dir das Leben gerettet.“ Wulf zögerte kurz. „Du hast uns Angst eingejagt.“

Raine grinste müde. „Gib mir ein bisschen Zeit, dann könnt ihr wieder mit mir rechnen.“

Zeit, die sie nicht hatten. Wulf drängte seine Zweifel gewaltsam zurück. „Wir brauchen schon vorher deine Hilfe. So schnell wie möglich.“

Raine wurde noch blasser. „Wie stellst du dir das vor? Ich habe keine Ahnung, wie ich mit der Gabe umgehen soll. Hast du etwas herausgefunden?“

„Nein.“ Wulf senkte den Kopf. Die Worte, die er aussprechen musste, schnürten ihm die Kehle zu. „Raine, wir müssen es den anderen sagen. Wir brauchen ihre Hilfe.“

Raine wehrte sofort ab. „Auf keinen Fall. Sie würden mich nicht mehr aus den Augen lassen, vor allem Kieran nicht. Ich habe gut verstanden, was du mir vorhin über die Allianz sagen wolltest. Ich werde hier tun, was ich kann, aber dann gehe ich zurück zur Burg. Ich lasse nicht zu, dass einer von euch mich daran hindert."

Ein Schauer lief Wulf über den Rücken. „Hör zu, niemand will dich bevormunden oder einsperren. Wir wollen dich nur so gut schützen, wie wir können."

Raine schnaubte. „Du hast mir selber damit gedroht und die anderen sind nicht besser, besonders Kieran. Nein, ich will das nicht. Wirst du es ihnen gegen meinen Willen sagen?"

Wulf wandte den Blick ab. „Nein." Er klang gequält.

„Schwörst du es mir?", setzte Raine nach.

Wulf fuhr wütend auf. „Wie kann ich das? Es könnte Situationen geben, in denen es nötig wird."

„Dieses Risiko gehe ich ein."

Aber ich nicht, hätte Wulf am liebsten geantwortet, doch er schluckte die Worte hinunter. „Also gut", knurrte er. „Ich gebe dir mein Wort."

Raine atmete erleichtert auf. Wulf sah jetzt erst, dass er Schweißperlen auf der Stirn hatte. Seine Besorgnis kehrte zurück. „Hast du wieder Fieber?"

Raine stöhnte leise. „Nein, aber jede Kleinigkeit strengt mich an."

Wulf seufzte und fuhr sich durch die Haare, eine hilflose Geste, die Raine von seinem Bruder nicht kannte. Es versetzte ihm einen Stich ihn in diesem Zustand zu sehen. Einen Moment lang bedauerte er, dass er ihn zu dem Versprechen gezwungen hatte, aber es wäre falsch Kieran jetzt schon in Panik zu versetzen und gleichzeitig Hoffnungen zu wecken, die er vielleicht gar nicht erfüllen konnte. Zuerst musste er sich mit seiner Gabe vertraut machen. So schnell wie möglich. „Sag mir, was ich wissen muss", forderte Raine in gemäßigterem Ton.

„Ich habe ein paar Dinge herausgefunden, aber dir muss klar sein, dass womöglich nichts davon auf dich zutrifft. Gaben sind selten völlig gleich."

Raine winkte ab. „Erzähl es mir einfach."

„In den Berichten wird immer wieder betont, dass die Gabe es ermöglicht, zu jedem beliebigen Ort zu reisen. Dabei scheint es keine Rolle zu spielen, ob dein Ziel das Nachbarzimmer oder das

Gebirge im Norden der Steppe ist. Kein Zeitverlust. Du öffnest das Tor und bist da."

„Das ist unnatürlich", murmelte Raine.

„Ja, und ziemlich beängstigend, aber wenn es tatsächlich funktioniert..." Wulf brach ab und schüttelte den Kopf. „Ich habe allerdings keine Ahnung, was du dafür benötigst und welche Möglichkeiten es mit sich bringt."

„Möglichkeiten?"

„Ja. Kannst nur du allein durch ein Portal gehen oder kannst du andere mitnehmen? Wird man es bemerken oder geschieht es im Geheimen? Darüber wissen wir noch nichts."

Raine schwieg ein paar Atemzüge lang. „Wie funktioniert deine Gabe?", fragte er dann.

Wulf schüttelte den Kopf. „Das kann ich dir nicht sagen. Sie war schon immer ein Teil von mir. Ich weiß einfach, was ich tun muss. Ich denke nicht darüber nach."

„Sie ist dein Teil von dir", wiederholte Raine nachdenklich. „Müsste es dann nicht bei mir genauso sein? Weißt du, wenn ich anfange darüber nachzudenken, geschieht überhaupt nichts. Vielleicht muss ich darauf vertrauen, dass ich es in mir habe. Es einfach geschehen lassen. Genau wie du."

„Das wäre möglich." Wulf räusperte sich. „Es klingt zumindest, als wäre es einen Versuch wert. Sobald es dir besser geht..."

„Nein", unterbrach ihn Raine heftig. „Ich muss das schnellstens herausfinden. Uns läuft die Zeit davon."

„Du kannst im Moment nicht mal aufstehen."

„Ich brauche nicht hindurchzugehen. Ich muss es nur schaffen den Durchgang zu öffnen. Das wäre ein großer Fortschritt."

„Dafür brauchst du auch Kraft. Soweit bist du noch nicht."

Raine sah seinen Bruder mitleidig an. „Bist du wirklich gekommen um mir das zu sagen? Du weißt es doch besser."

„Glaubst du, es macht mir Spaß dich unter Druck zu setzen?", fuhr Wulf auf und biss die Zähne zusammen. „Es macht mir Angst", fügte er einen Moment später hinzu.

Raine grinste schief. „Nicht nur dir. Wenn du mir helfen willst, dann bleib bei mir, wenn ich es zum ersten Mal versuche."

Wulfs Hand landete auf Raine Schulter. „Fang an. Ich rühre mich nicht von der Stelle."

12. Kapitel

Hanna betrat das Gemach des Königs mit klarem Kopf und wachem Verstand. Sie lehnte sich schwer in den Griff des Ratgebers und schien kaum die Füße voreinander setzen zu können, doch das war nichts als Verstellung. Es ging ihr so viel besser, dass sie am liebsten gerannt wäre. Weil das nicht in Frage kam, schlurfte sie mit gesenktem Kopf neben dem Verhüllten her und tat so, als konzentriere sie sich darauf, nichts von dem Trank des Königs zu verschütten.

Der Schritt durch die Tür trieb ihren Puls jedes Mal in die Höhe. Sie hatte es sich angewöhnt nicht aufzuschauen, aber innerlich hielt sie die Luft an und achtete auf jede noch so kleine Reaktion ihres Begleiters. Stand die Tarnung des Königs noch, hatte er sich so weit im Griff, dass niemand bemerkte, wie viel besser es ihm ging? Ein einziger Fehler, eine winzige Unachtsamkeit konnte alles ans Licht bringen.

Doch auch an diesem Tag ging alles gut. Der Ratgeber zögerte nicht, er zerrte Hanna in seinem schmerzhaften Griff weiter und warf sie dann fast auf das Podest, auf dem das Bett stand. Hannas Knie und Schienbeine waren mit blauen Flecken übersät, weil es ihr nur selten gelang sich abzufangen. Sie fiel genau auf die Stelle, an der die Haut am rechten Knie schon einmal aufgeplatzt war und spürte, wie erneut warmes Blut zu fließen begann. Sie unterdrückte ihr Stöhnen nicht, sondern gab dem Verhüllten, was er von ihr erwartete. Sie war der Köder, den er dem König jeden Tag vor die Füße warf in der Hoffnung, dass ihr Zustand ihn noch weiter anstachelte.

Hanna blieb auf den Knien und krümmte sich über dem Kelch zusammen, der in ihren Händen einen Moment lang ins Wanken geraten war. Ihr Gesicht war kaum noch geschwollen, aber noch immer verfärbt, der Riss in der Wange verheilte. Sie wusste, dass es dem König trotzdem kaum gelang, den Blick davon abzuwenden. Seine Schuldgefühle und sein Bedauern legten sich wie ein schweres Gewicht auf sie. Gleichzeitig spürte sie die bösartige Präsenz des Ratgebers hinter sich, seine Gier danach, dass der Vorfall sich wiederholte. Allzu lange durften sie nicht mehr warten. Sie mussten ihm wieder etwas in die Hand geben.

Die Stimme des Ratgebers schnarrte und kratzte über Hannas Nerven, aber sie fühlte sich gut genug um mit dem verhassten Klang umgehen zu können. Meira hatte die Zusammensetzung des Heiltrankes verändert, den Ira jeden Tag für Hanna zubereitete. Jetzt schlief sie in der Nacht ein paar Stunden tief und traumlos und konnte ihre Erschöpfung in Schach halten. Es dauerte jeden Morgen lange, bis ihr Kopf wieder richtig klar war und deshalb wusste sie, dass Meira ein Schlafmittel hinzugefügt hatte. Normalerweise hätte sie so etwas abgelehnt, doch in ihrer Situation war es eine Erleichterung. Sie konnte es sich nicht leisten zusammenzubrechen.

Die Tür fiel laut hinter dem Ratgeber ins Schloss und wurde verriegelt. Hanna verharrte reglos in ihrer Haltung, bis der König ihr die Hand auf die Schulter legte. Sie hatten diese Vorgehensweise abgesprochen, damit sie sicher sein konnten, dass der Mann wirklich fort war und ihnen keine Falle stellte. Hanna stand auf und wie an jedem Abend fand sie den Blick des Königs fest auf sich gerichtet. Wärme floss durch sie hindurch. Sie waren vertraut miteinander geworden, auch wenn sie kaum Zeit für ihre Gespräche hatten. Diese wenigen Minuten bedeuteten inzwischen beiden viel.

Für den König war Hanna die einzige Verbindung zur Außenwelt, der einzige Mensch, dem er vertraute. Er bewunderte ihren Mut und ihre Entschlossenheit und verachtete sich selbst für das, was er ihr antun musste. Zwischen ihnen gab es die Schranken nicht mehr, die sein höherer Rang eigentlich erfordert hätte. Nachdem er sie ein paarmal gebeten hatte ihn Edwin zu nennen, hatte Hanna nachgegeben. Wenn es ihm half sich in ihrer Gegenwart wohler zu fühlen, war das ein kleiner Preis. Hanna respektierte ihn für seine Disziplin und sein ruhiges Durchhalten und hatte ihn liebgewonnen. Dass er Raines Vater war, spielte dabei keine Rolle.

„Wie geht es dir? Kommst du mit dem Schmerzmittel gut zurecht?“ Hanna versuchte im Gesicht des Königs zu lesen, denn sie war sich nicht sicher, ob er ihr über seinen Zustand die ganze Wahrheit sagte. Er war blass und wirkte angestrengt, aber er lächelte.

Vor drei Tagen hatten sie begonnen, einen Teil des Trankes fortzulassen. Meira hatte Hanna beschworen dabei sehr vorsichtig zu sein. Ein paar Tropfen der Mischung füllte Hanna in ein kleines Gefäß und schmuggelte sie hinaus. Für den Anfang war das genug. Bisher schien diese Strategie aufzugehen.

„Es geht schon. Die Krämpfe beginnen früher, aber das Schmerzmittel hilft." Bevor Edwin weitersprach, holte er tief Luft und sah Hanna entschlossen an. „Ich will heute weniger trinken. Ich komme damit zurecht."

Hanna verstand ihn, aber sie durfte es nicht zulassen. Meira hatte sie eindringlich davor gewarnt, es zu schnell anzugehen. „Es ist noch zu früh. Noch ein, zwei Tage. Wenn dann weiter alles gut ist, versuchen wir es."

Der König senkte mutlos den Kopf, die Hoffnung in seinen Augen erlosch. „Es dauert so lange", sagte er leise und verzog das Gesicht. „Je klarer mein Verstand wieder wird, desto weniger kann ich das alles ertragen."

Hanna griff nach seiner Hand und drückte sie fest. „Es dauert lange, aber du hältst es aus. Du bist stark."

Er sah sie mit einem schiefen Lächeln an. „Nur dein Mut lässt mich stark sein. Wenn ich aus dem Rausch aufwache, halte ich mich an dem Gedanken fest, dass du am Abend kommst. Gleichzeitig habe ich Angst davor." Sein Blick glitt über ihr verletztes Gesicht.

„Wir müssen dem Ratgeber bald wieder etwas geben, damit er zufrieden ist", sagte Hanna sanft.

Der König zuckte zusammen, nickte dann aber zögernd. Sie sah das Grauen in seinem Blick. Sie hatten schon mehr als einmal darüber gestritten, aber einen anderen Weg gab es nicht. „Ich weiß, wie sehr du es hasst, aber es ist nur ein kleiner Preis", ermutigte sie ihn noch einmal. „Und nun erzähl bitte weiter. Ich muss so viel wie möglich über die Verhüllten herausfinden, wenn ich dir helfen soll. Ich habe noch immer nicht verstanden, was sie eigentlich erreichen wollen. Warum greifen sie nicht offen nach der Macht?"

„Sie können sich nicht in die Öffentlichkeit zeigen ohne ihr Geheimnis zu verraten. Sie glauben, dass sie dann einen Aufstand riskieren. Sie tragen das Mal."

Als Hanna den König nur fragend ansah, lächelte er. „Manchmal wundere ich mich, wie wenig du weißt, Hanna. Du gehörst zu den klügsten Menschen, die ich kenne und trotzdem bist du in manchen Dingen völlig ahnungslos."

Hanna biss sich auf die Lippen um nicht mit der Wahrheit herauszuplatzen. Selbst diesem Mann gegenüber, mit dem sie inzwischen so viel verband, musste sie eine Rolle spielen. Das gefiel ihr überhaupt nicht. „Ich habe mit meinen Eltern sehr abgeschieden gelebt", wiederholte sie ihre Geschichte. „Als sie gestorben sind, war ich ganz allein." Es tröstete sie ein bisschen, dass es trotz allem die Wahrheit war.

Der König erwiderte Hannas Händedruck. „Wenn ich das hier überlebe und entkommen kann, wirst du nie wieder allein sein, das schwöre ich. Was du für mich tust, wird in diesem Reich niemals vergessen werden."

Hannas Augen wurden feucht. Wenn er ihr eine hohe Stellung und Reichtum versprochen hätte, wäre sie wenig beeindruckt gewesen, aber er hatte instinktiv erkannt, was sie sich am meisten wünschte. Sie nickte und schluckte schwer, ehe sie wieder sprechen konnte. „Erzähl mir bitte von dem Mal."

„Es ist eine Art Fluch, den sie tragen, weil sie die Gabe besitzen zwischen den Welten zu reisen. Vor vielen Jahren wurde er mit Magie auf eine Gruppe von Männern gelegt, die den König ermordeten. Das Mal erscheint bei jedem ihrer Nachkommen, der die Gabe ebenfalls besitzt."

Hanna stockte der Atem. „Wie sieht es aus?", flüsterte sie.

„Es zeigt sich im Gesicht, entweder auf einer Wange oder auf der Stirn. Es sieht aus wie ein Brandmal und hat die Form einer Pfeilspitze. Der Ratgeber hat es, ich habe es gesehen. Allerdings liegt eine seltsame schwarze Zeichnung darüber, ganz tief in der Haut. Was sie bedeutet, kann ich nicht sagen."

Hanna kämpfte darum, gleichmäßig zu atmen. „Was ist aus den Königsmördern geworden? Sie wurden doch sicher verurteilt?"

„Sie konnten vor der Hinrichtung fliehen, wohin weiß niemand. Es sieht so aus, als seien ihre Nachfahren zurückgekehrt um sich zu holen, was ihnen ihrer Meinung nach zusteht. Aber sie können es nicht offen tun. Das Mal verhindert es."

„Deshalb versuchen sie deinen Widerstand zu brechen."

Der König biss die Zähne zusammen. „Ja. Sowie ich im Rausch töte, haben sie es geschafft. Dann gehört ihnen mein Verstand und sie können mich kontrollieren." Er stöhnte und krümmte sich zusammen. Gegen diesen Schmerz half das Mittel nicht, er kam direkt aus seiner Seele. „Das darf nicht geschehen, Hanna. Ich kann mir danach nicht einmal mehr das Leben nehmen um das Schlimmste zu verhindern." Seine Schultern sackten nach vorn. „Vielleicht wäre es besser kein Risiko einzugehen und es jetzt zu tun. Es würde ihre Pläne durchkreuzen."

„Sie würden einen anderen Weg finden. Wahrscheinlich würden sie einen der Prinzen in ihre Gewalt bringen und alles von vorn beginnen lassen."

Er krümmte sich noch weiter zusammen. Das schmerzliche Stöhnen kam tief aus seiner Brust. „Du hast Recht. Dieser Preis ist zu hoch."

„Du liebst deine Söhne."

„Ja. Sie sind alles, was ich noch habe. Wahrscheinlich hassen sie mich inzwischen."

„Es war nicht deine Schuld. Sie werden es verstehen und dir verzeihen. Und nun musst du trinken. Wir reden morgen weiter."

„Es geht mir wirklich besser, Meira. Mach dir keine Sorgen“, flüsterte Hanna. Die Heilerin beugte sich tief über sie und antwortete genauso leise.

„Du kannst dich noch nicht so bald wieder verletzen lassen. Warte noch ein wenig.“

Hanna lächelte sie an und verbarg ihre Furcht. „Ich schwöre dir, du bist genauso stur wie der König. Es muss sein. Sie sollen glauben, dass sie bald am Ziel sind.“

Meira seufzte tief, widersprach aber nicht. Dieses Gespräch führten sie nicht zum ersten Mal. „Ein Schlag ins Gesicht reicht diesmal nicht aus“, sagte sie sorgenvoll.

„Ich habe mir schon etwas überlegt. Es wird mich nicht allzu sehr verletzen, aber erklären, warum ich mich noch weiter zurückziehe. Nach dieser Attacke werde ich in eine Art stillen Wahnsinn verfallen.“

Meira fragte nicht nach, doch in ihren Augen schimmerte Angst. Hanna wandte schnell den Blick ab um nicht zu verraten, wie es wirklich in ihr aussah. „Was hältst du von dem Bericht des Königs?“

Meira schüttelte bedächtig den Kopf. „Ich bilde mir ein, gut über die Geschichte des Landes Bescheid zu wissen, aber davon habe ich noch nie etwas gehört. Ich würde dieses spezielle Mal nicht erkennen, wenn ich es sehe und ich denke auch sonst niemand.“

„Zum Glück wissen die Verhüllten das nicht. Es scheint das einzige zu sein, was sie noch zurückhält.“

„Aber woher sind sie gekommen? Und warum gerade jetzt?“

„Falls es der König weiß, hat er es mir noch nicht gesagt. Er hat allerdings etwas erwähnt, das mich nachdenklich macht.“

„Du meinst die Zeichnung, die in der Haut liegt und das Mal bedeckt, nicht wahr?“

„Ja.“ Hanna schluckte gegen die Furcht an, die ihr die Kehle zuschnüren wollte. „So etwas gibt es in meiner Welt. Es nennt sich Tätowierung. Es ist sogar ziemlich verbreitet.“

Meira starrte in Hannas Augen. „Sie könnten also aus deiner Welt gekommen sein.“

„Und wenn es so wäre? Das kann doch kein Zufall sein.“ Hannas Stimme bebte.

Meiras Blick wurde abwesend. „Raine ist seit sehr langer Zeit der erste, der in Fennmark mit dieser Gabe geboren wurde. Er öffnet unwissentlich ein Portal und gelangt in deine Welt. Einige Zeit vergeht, bevor er es wieder versucht. Er lernt dich kennen und kurz danach tauchen die Verhüllten auf." Sie holte zittrig Luft. „Nein, das klingt nicht nach einem Zufall."

„Raine hat ein Tor geöffnet, das lange verschlossen war." Hanna fühlte, wie Übelkeit in ihr aufstieg. „Er hat sie hereingelassen."

„Das hört sich leider ziemlich wahrscheinlich an." Meira runzelte die Stirn. „Zwischen Raines ersten und zweiten Besuch ist noch etwas geschehen. Die Prinzessin wurde an ihrem Geburtstag tot aufgefunden. Von diesem Tag an war hier nichts mehr wie vorher."

Hanna keuchte. „Du meinst, *sie* haben das getan? Aber welchen Zusammenhang sollte es da geben?"

„Ich habe keine Ahnung. Diese Frage musst du dem König stellen."

Der König betrachtete Hanna mit schmalen Augen. „Das kann nicht dein Ernst sein. Du hast den Verstand verloren!"

Am liebsten hätte sie die Augen verdreht, aber das erschien ihr dann doch zu respektlos. „Hast du eine bessere Idee?", fragte sie und kämpfte hart darum nicht sarkastisch zu klingen. „Es muss etwas geschehen und dies scheint mir eine gute Lösung zu sein. Mir wird kaum etwas passieren."

Er richtete sich auf und plötzlich konnte sich Hanna gut vorstellen, wie dieser Mann früher gewesen war. Finstere Wut funkelte in seinen Augen. „Hast du überhaupt eine Ahnung, wie fest ich deinen Hals zusammenquetschen muss, damit Spuren auf deiner Haut zurückbleiben? Natürlich werde ich dich dabei verletzen und dir Schmerzen zufügen."

Wenn Grund zu der Vermutung bestanden hätte, dass sich der Zorn des Königs gegen sie richtete, dann hätte sich Hanna in diesem Moment gefürchtet. Sie stammte aus einer Welt, in der der Durchschnittsmensch gute Chancen hatte, niemals mit direkter Gewalt Bekanntschaft zu machen. Hier war das anders, sie hatte es nur noch immer nicht wirklich begriffen. In einer Welt, in der Kämpfe mit Schwertern und Dolchen ausgetragen wurden, lebte man immer am Rande körperlicher Gewalt. Hannas Instinkte liefen Amok und beschworen sie davonzulaufen, so schnell und so weit sie nur konnte.

„Es geht nicht anders", murmelte sie ohne Überzeugung und versuchte ihr Schaudern zu verbergen. Sie grub die Finger tief in die Matratze des Bettes und zwang sich zur Ruhe, aber der König hatte es längst bemerkt.

„Sieh dich nur an", sagte er leise. „Du zitterst vor Angst."

Sie blickte ihm fest in die Augen und ließ ihn alle Entschlossenheit sehen, die sie aufbringen konnte. „Das ändert nichts. Ich komme damit zurecht. Aber zunächst musst du mir eine Frage beantworten und ich fürchte, damit werde ich dir wehtun. Vielleicht fällt es dir danach leichter."

Der König schaffte es die Mundwinkel wenigstens etwas anzuheben, um diesen müden Scherz zu würdigen. „Stell deine Frage."

Das Unbehagen wurde nicht schwächer, Hanna fürchtete sich tatsächlich vor seiner Reaktion. „Woran ist deine Tochter gestorben?"

Edwin zuckte zurück, als habe sie ihn geschlagen. Sein Gesicht verfinsterte sich schlagartig und einen Augenblick lang war sie sicher, dass er die Beherrschung verlieren würde, doch dann verschwand der Zorn und verwandelte sich in Trauer. Der König schlug die Hände vors Gesicht und blieb tief gebeugt sitzen. „Das weiß ich nicht", murmelte er. „Der Heiler sagte, ihr Herz sei einfach stehengeblieben."

„Hat der Heiler ihren Körper untersucht?" Edwin nickte ruckartig, schwieg aber. „Hat er gar nichts gefunden? Nicht die geringste Kleinigkeit?"

„Eine winzige Wunde an ihrem Arm, wie ein Mückenstich. Nichts, was zu ihrem Tod geführt haben könnte."

„Wo an ihrem Arm?", fragte Hanna unerbittlich nach.

„In der Armbeuge. Es war die einzige Verletzung. Es gab auch keinen Hinweis auf Gift."

Hanna atmete tief aus und kämpfte um Beherrschung. „Sie wurde ermordet", sagte sie langsam und betont.

Der König riss die Hände herunter und funkelte Hanna wütend an. „Die Tür ihres Zimmers war verriegelt, die Fenster fest verschlossen. Niemand konnte bei ihr gewesen sein."

„Sie wurde ermordet", wiederholte Hanna entschieden.

Der König schwieg kurz und zog einen Augenblick später den richtigen Schluss. „Jemand hat die Gabe benutzt um zu ihr zu gelangen", flüsterte er tonlos.

„Ich fürchte, so war es", bestätigte Hanna. „Ist an diesem Tag noch irgendetwas Ungewöhnliches vorgefallen?"

Edwin schüttelte den Kopf, dann zögerte er. „Ihre Kette war fort." Er stieß einen leisen Schrei aus und bog den Rücken durch, warf den Kopf weit in den Nacken. „Die Rose! Ich war so sehr in meiner Trauer versunken, dass ich es nicht begriffen habe. Es ist alles meine Schuld!"

„Die Rose? Das musst du mir erklären." Hanna war kurz davor den erschütterten Mann zu schütteln. „Bitte. Es ist wichtig."

„Die Rose schützt das Königreich", flüsterte Edwin heiser. „Ich hielt das für ein Märchen. Annadora hat sich so sehr gefreut, als ich sie ihr geschenkt habe." Tränen liefen über sein Gesicht. „Die Kette war verschwunden, als wir die Kleine fanden. Ich bin schuld an ihrem Tod."

„So darfst du nicht denken", fauchte Hanna und schüttelte ihn nun wirklich. „Konzentriere dich lieber darauf, ihren Tod irgendwann zu rächen. Dazu musst du am Leben bleiben und gesund werden."

Er schien sie nicht zu hören. Seine nächsten Worte klangen, als spreche er mit sich selbst. „Mein Vater hat das Gesetz außer Kraft gesetzt. Ich hätte nicht zulassen dürfen, dass es so bleibt."

„Welches Gesetz?", fragte Hanna scharf.

„Jedes Kind, das mit dieser Gabe geboren wird Türen zu öffnen, wird mit dem Mal gezeichnet und entweder verbannt oder getötet. Es erschien mir so grausam. Ich hätte es durchsetzen müssen."

Hanna schlug die Zähne in ihre Faust um nicht vor Entsetzen laut aufzuschreien. Einen Moment lang sah sie Raines Gesicht vor sich, fühlte fast seine Gegenwart. *Sein Vater weiß nichts von seiner Gabe,* dachte sie voller Schmerz. *Die Schuld wird sie beide verschlingen, wenn herauskommt, was wirklich geschehen ist.*

Das Gefühl, dass ihr der Boden unter den Füßen fortgezogen wurde, war kaum zu ertragen.

Sie saßen ein paar Augenblicke stumm nebeneinander, unfähig zu sprechen, dann legte Hanna erneut ihre Hand auf den Arm des Königs. „Komm jetzt, es ist soweit. Es ist schon zu viel Zeit vergangen. Du weißt, was du tun musst.“

„Ich kann es nicht, nicht heute. Bitte versteh das, Hanna.“

Etwas in ihr schmolz vor Mitleid. „Also gut. Wir verschieben diese Sache auf morgen.“

13. Kapitel

In den nächsten Tagen beobachtete Wulf, wie Raine sich erholte. Sein Bruder schlief viel und ließ keine der kräftigen Mahlzeiten aus, die man ihm brachte. Wenn es seine Kräfte zuließen, versuchte er die Muskeln zu stärken, bis er sich aufsetzen und eine Weile später mit Hilfe aufstehen konnte. Von da an begann er ein regelrechtes Training und weitete es jeden Tag ein wenig aus, auch wenn er danach jedes Mal vollkommen erschöpft war.

Die Nächte allerdings sahen völlig anders aus, doch darüber wusste nur Wulf Bescheid. Sobald alle schliefen, schlich er sich zu Raine und sicherte ihn ab, wenn er sich weiter mit seiner Gabe vertraut machte. Sie wussten nicht, ob Wulf im Notfall wirklich etwas tun konnte, aber es beruhigte sie beide, dass Raine dann nicht ganz allein war.

Was er tat, war beängstigend, am allermeisten für ihn selbst. Schon beim allerersten Versuch war es ihm gelungen ein Portal zu öffnen. Er hatte an den Ort gedacht, an dem Diemas gesessen hatte, bevor er sich mit Laran verbunden hatte. Nur zwei Atemzüge später begann die Luft zu schimmern und direkt vor seinen erschrockenen Augen tat sich der Durchgang auf. Dieser spezielle Platz in der Steppe war nur noch ein paar Schritte entfernt und nicht einige Wegstunden. Wulf stand auf und wollte näher herangehen, aber Raine rief ihn scharf zurück. Solange er ihn nicht begleiten konnte, war es für Wulf viel zu gefährlich hindurchzugehen. Ein einfacher Gedankenbefehl schloss das Tor genauso schnell, wie es aufgetaucht war.

In jener Nacht ließen sie es bei dem einen Versuch, denn Raine war am Ende seiner Kräfte. Seitdem hatten sie eine ganze Menge darüber herausgefunden, doch noch immer hatten sie keines der Portale durchquert. Raine brannte darauf es endlich zu versuchen. Wenn Wulf nicht bei ihm gewesen wäre, hätte er es längst getan, selbst wenn er dabei auf allen Vieren gekrochen wäre.

Es hatte auch Fehlversuche gegeben und zwar immer dann, wenn Raine lediglich an den Namen eines Ortes gedacht hatte und sich kein Bild vor Augen rufen konnte. Inzwischen war er sicher, dass dies die Voraussetzung war um die Verbindung herzustellen. Aber selbst mit dieser Annahme passte nicht alles zusammen. Wenn sie richtig war, wie war es ihm dann gelungen, das Tor zu Hannas Welt zu öffnen? Doch diese Frage musste warten. Sie war im Moment nicht von Bedeutung.

Seine Brüder wussten noch immer nichts von Raines Gabe. Wulf kämpfte schwer damit, aber er hatte sein Wort gegeben und würde es nicht brechen. Er war bedrückt und sprach wenig. Er wusste, dass Raine sich deswegen schuldig fühlte, sich aber nicht dazu durchringen konnte, ihn aus seinem Versprechen zu entlassen. Nicht solange es sich so falsch für ihn anfühlte.

Tagsüber war Wulf mit Kieran und den anderen unterwegs. Die Häufigkeit der Überfälle hatte nachgelassen, tatsächlich hatte es schon seit fünf Tagen keinen weiteren gegeben. Sie hätten erleichtert sein müssen, stattdessen fühlte es sich wie die Ruhe vor dem Sturm an. Was würde über sie hereinbrechen?

Es gab nach wie vor keine Spur von den Fona, der Erdboden schien sie verschluckt zu haben. Ganz anders bei den Karon. Titus hatte den Wind zu seinem Späher gemacht und die Standorte ihrer Lager herausgefunden. Die Karon lebten in weit größeren Verbänden als die anderen Stämme. Im Moment gab es keine Anzeichen dafür, dass noch weitere in die Nähe der Grenze gekommen waren.

Diemas hatte seinen Plan nicht aufgegeben. Er war fest entschlossen sich mit einer Katze zu verbinden. Es erwies sich allerdings als fast unmöglich, auch nur in die Nähe der Jungtiere zu kommen. Die Karon zogen ein schier undurchdringliches Netz von Wächtern um ihre Lager und befanden sich in höchster Alarmbereitschaft. Auf Kierans wiederholte Gesprächsangebote reagierten sie nicht, aber zumindest starteten sie auch keine neuen Überfälle.

Die Gespräche mit den Tagira waren dagegen in vollem Gange. Kieran hatte Wulf gebeten in seiner Nähe zu bleiben, wenn er sich mit den Anführern traf. Wulfs Gabe half ihm das Verhalten der Tagira zu deuten und auch die verborgenen Unterströmungen aufzufangen, die sich im Verlauf der Gespräche nicht offen zeigten. Je mehr Wulf damit arbeitete, desto besser wurden die Ergebnisse. Es ging so weit, dass er eine Lüge ohne jeden Zweifel erkennen konnte. Mit einer Mischung aus kleinen Gesten und bestimmten Körperhaltungen übermittelte er Kieran, was er herausfand. Sie waren inzwischen ziemlich gut darin.

Wulf war nicht der einzige, der seine Gabe zu ihrem Vorteil anwendete. Titus sorgte ein paarmal zur richtigen Zeit für dramatische Wettereffekte und konnte den Wind wie sein persönliches Schoßtier einsetzen. Diemas Verbindung zu Laran war noch tiefer geworden. Ein einziger Gedanke genügte um den Hengst herbeizurufen und damit die Tagira in ungläubiges Staunen zu versetzen. Jaron hatte das Gras der Steppe schneller und dichter nachwachsen lassen. Auch in dieser Richtung war seine Gabe stärker geworden.

Bei Kieran war die Veränderung am offensichtlichsten. Manchmal kam es Wulf so vor, als wachse er, wenn er die Verhandlungen führte. Er strahlte Souveränität und schiere Kraft aus, verwandelte sich in eine gefährlich scharf geschliffene Waffe. Wenn sie in einen Kampf verwickelt wurden, war er nicht mehr aufzuhalten. Niemand schaffte es noch seine Deckung zu durchbrechen und ihn in Schwierigkeiten zu bringen. Manchmal reichte schon sein Anblick aus um den Gegner zurückweichen zu lassen.

Wulf war klar, dass sie einen Scheideweg erreicht hatten. Sie handelten nicht länger im Verborgenen, sie waren aus den Schatten herausgetreten. Jetzt waren sie für alle sichtbar, auch für ihren Vater. Was würde er tun, wenn er davon erfuhr? Es war so schon schwierig genug. An zwei Fronten konnten sie nicht kämpfen, aber sie konnten sich auch nicht zurückziehen. Die Konflikte mit den Stämmen mussten jetzt gelöst werden, sonst war es für immer zu spät.

Je mehr sich Wulf über ihre schwierige Position klar wurde, desto mehr bedauerte er, dass Raine seine Gabe nicht ebenfalls offen in die Waagschale warf. Er hatte ihm anfangs dazu geraten sie geheim zu halten, aber jetzt sah er keinen Grund mehr dafür. Keiner von ihnen würde Raine verurteilen oder ihm Misstrauen entgegenbringen, das konnte es also nicht sein, was ihn zurückhielt. Sprach Wulf ihn darauf an, bekam er nur äußerst vage Antworten. Einmal hatte Raine ihn ernst angesehen und gemurmelt, eine innere Stimme warne ihn davor. Wulf wusste, dass er die Wahrheit sagte, aber er konnte nichts gegen sein eigenes Unbehagen tun, das in eine andere Richtung wies.

Wulf hatte geglaubt, sich nur kurz aus dem Gesprächsverlauf ausgeschaltet zu haben, doch jetzt zuckte er heftig zusammen, als Kieran neben ihm plötzlich die Stimme erhob und anscheinend kurz davor war aufzuspringen. Er machte sich bereit, damit er ihm im Notfall schnell beistehen konnte und versuchte herauszufinden, was er verpasst hatte. Tomas saß auf Kierans anderer Seite den drei Stammesführern der Tagira gegenüber. Seine Miene war ebenfalls grimmig geworden.

Kieran brüllte noch nicht, aber er war kurz davor. „Das wagt Ihr mir zu sagen, Mano? Ihr habt praktisch behauptet, dass ich Euch in eine Falle locken will."

Einer der Tagira zog den Kopf ein und murmelte etwas vor sich hin, die anderen beiden richteten sich kampflustig auf. In Manos Augen brannte ein Feuer, das Wulf ahnen ließ, wohin das hier führen würde. Dieser Mann war der Anführer des größten Stammes und hatte sich von Anfang an quergestellt. Obwohl Kieran eine für beide Seiten vorteilhafte Vereinbarung vorschlug, zog er sie immer wieder in Zweifel und deutete an, dass die Prinzen in Wirklichkeit Unterwerfung forderten. Anscheinend hatte er es einmal zu oft getan. Kierans Geduld war am Ende.

„Dann beweist mir das Gegenteil." Mano grinste provozierend. „Sagt mir, was Ihr wirklich wollt."

Kieran schäumte sichtlich vor Zorn, verzog aber den Mund zu einem kalten Lächeln. „Das tue ich seit Tagen. Kann es sein, dass Ihr mir nicht zugehört habt?"

„Ich höre Eure Worte." Mano verzog das Gesicht, als habe er einen schlechten Geschmack im Mund. „Viele Worte. Sie sind süß und beruhigend, aber es bleiben trotzdem nur Worte. Ihr kommt hierher und macht uns ein scheinbar unwiderstehliches Angebot. Ihr versucht uns mit Euren Tricks zu beeindrucken." Sein Blick wanderte zu Diemas und strich verächtlich über ihn hinweg. „Warum solltet Ihr das tun? Mir fallen nur zwei Gründe dafür ein. Entweder gibt es etwas, das Ihr uns nicht sagt oder Ihr fürchtet uns. Wenn das allerdings der Grund ist, warum sollten wir uns dann mit Euch verbünden und mit den Resten begnügen? Dann können wir alles haben."

Hinter Wulf machte Diemas zwei aggressive Schritte nach vorn, doch Kieran erhob sich bereits, zornig, aber beherrscht. Er legte Diemas die Hand auf den Arm, als er neben ihn trat. „Lass es gut sein. Das ist mein Kampf." Diemas knurrte unwillig, blieb aber stehen.

Kieran fixierte den Tagira mit einem harten Blick. „Ihr habt meine Ehre beleidigt. Ich fordere Euch zum Zweikampf."

Mano kam geschmeidig auf die Füße. „Auf Leben und Tod?", fragte er in einem trügerisch freundlichen Ton. „Denn so muss es sein, wenn Ihr mich zum Schweigen bringen wollt."

Kieran sah ihn finster an. „Wenn Ihr darauf besteht, soll es mir recht sein. Allerdings will ich Euren Tod nicht. Mir reichen eine Entschuldigung und Eure Zustimmung."

Mano lachte höhnisch. „Nicht in diesem Leben."

„Wie Ihr wollt", antwortete Kieran kalt. „Der Kampf wird sofort stattfinden, auf der Stelle. Ich dulde keinen Aufschub."

Der Tagira stieß einen wütenden Schrei aus. „Wollt Ihr damit andeuten, ich könnte dem Kampf ausweichen, Prinz ohne Land? Ich fürchte mich nicht vor Euch. Es wird mir ein Vergnügen sein, diese leidige Angelegenheit schnell zu beenden. Ich kann Eure selbstgefälligen Reden sowieso nicht länger ertragen."

Tomas schob sich an Kieran vorbei und baute sich vor Mano auf. „Hast du nicht etwas vergessen? Wir sind hier, weil uns die Norwenn vor sich her treiben. Wenn wir überleben wollen, brauchen wir genauso dringend Verbündete wie Fennmark."

In Manos Gesicht stand kalte Verachtung. Er bewegte sich betont langsam und spuckte Tomas knapp vor die Füße. „Es ist mir egal, was die anderen über dich denken. Für mich bist du ein Feigling und ein Verräter."

Tomas machte einen Satz nach vorn, die Faust bereits erhoben, als kräftige Arme ihn packten. Titus zog ihn nach hinten und ließ ihn nicht los. „Nein!", sagte er scharf. „Kieran hat Recht, das ist sein Kampf. Er hat die Herausforderung zuerst ausgesprochen."

Er sagte es nicht offen, aber jedem war klar, was er meinte. Bei diesem Zweikampf ging es um mehr als nur um eine Beleidigung. Es ging um das weitere Schicksal der Tagira. Sollte Kieran sterben, gab es für keinen Stamm mehr die Möglichkeit ein Bündnis zu schließen. Dann hatte sich Mano das Recht auf die Oberherrschaft der Tagira erkämpft.

Tomas wehrte sich nicht länger, aber er wandte den herausfordernden Blick nicht von Mano ab. Er machte sehr deutlich, dass er sich ihm auf keinen Fall fügen würde, gleichgültig wie diese Sache ausging. Mano warf ihm einen verächtlichen Blick zu und schnaubte höhnisch, dann wandte er sich Kieran zu. „Ihr habt die Herausforderung ausgesprochen, ich wähle die Bedingungen. Wir kämpfen mit den Fäusten. Keine Waffen." Sein zufriedenes Grinsen ließ keinen Zweifel daran, dass er über Kierans Gabe Bescheid wusste und glaubte, sich einen entscheidenden Vorteil verschafft zu haben.

Kierans Lächeln war dünn, doch in seinen Augen schimmerte echte Belustigung. „Ich akzeptiere."

Es dauerte nicht lange einen geeigneten Kampfplatz zu finden. Sie wählten eine Stelle, an der der Boden eben wie ein Brett war und keinem einen Vorteil verschaffte. Beide Männer legten all ihre Waffen ab und zogen sich bis auf Hosen und Stiefel aus. Der Tagira war etwas größer als der Prinz, sehnige Muskeln bewegten sich unter seiner blassen Haut. Kieran war massiger gebaut, seine ganze Gestalt strahlte rohe Kraft aus.

Wulf beobachte die Bewegungen der beiden Männer, als sie sich langsam zu umkreisen begannen. Noch war es ein sorgfältiges Abschätzen, noch machte keiner den ersten Schritt. Kieran bewegte sich bedächtiger, doch Wulf wusste, dass er damit lediglich eine Illusion erschuf. Falls der Tagira annahm, dass der Mann aus Fennmark langsamer war als er, dann irrte er sich gewaltig.

Wie Wulf vermutet hatte, griff Mano in einem Wirbel aus Bewegung an. Er täuschte mit der Linken, riss dann die Rechte zu einem wilden Schlag nach vorn und ließ sofort einen Tritt folgen. Beide Angriffe wurden mit beträchtlicher Kraft vorgebracht und beide gingen vollkommen ins Leere, denn Kieran war längst nicht mehr da, wo er eben noch gestanden hatte. Wulf grinste. Mano war in die Falle gegangen.

Wulf hatte schon viel zu oft gesehen und auch am eigenen Leib gespürt, wie unfassbar schnell sein Bruder war. Mano verlor nur für einen kurzen Moment das Gleichgewicht, doch Kieran reichte es aus. Er hatte nie vorgehabt diesen Kampf in die Länge zu ziehen. Er war dabei ihn schnell und auf seine sehr eigene Art zu beenden.

Kierans Tritt traf den ungeschützten Rücken seines Gegners und schickte ihn hart zu Boden. Im nächsten Moment war er schon über Mano, hielt ihn mit seinem Gewicht fest, schnürte ihm mit einem Arm die Luft ab und bog seinen Kopf weit zurück. Eine einzige Bewegung, ein einziges Verlagern des Druckes würde ausreichen, um dem Tagira das Rückgrat zu brechen. Der Kampf war entschieden.

Es dauerte einen Moment, bis Mano wieder halbwegs zu Atem kam. Kieran regte sich nicht. „Worauf wartest du?“, presste der Tagira hervor. „Bring es zu Ende!“

„Ich will deinen Tod nicht.“ Kieran war nicht einmal außer Atem, er demonstrierte eine fast verächtliche Überlegenheit.

„Ich unterwerfe mich nicht. Ich liefere dir meinen Stamm nicht aus“, keuchte Mano.

„Du hast es immer noch nicht verstanden. Ich will deine Unterwerfung nicht. Ich will Verbündete, keine Diener.“

Mano schnaubte verächtlich. „Ich glaube dir nicht. Zwischen deinem Volk und meinem herrscht kein Vertrauen.“

„Aber es könnte entstehen. Wir brauchen einander und auch die Hilfe der anderen Stämme, wenn wir gegen die Norwenn bestehen wollen. Schwöre mit mir einen Eid des gegenseitigen Beistands und ich lasse dich am Leben.“

„Mein Leben ist unwichtig“, knurrte Mano. „Es geht allein um meinen Stamm.“

„Du kannst ihn nicht schützen, wenn du tot bist“, antwortete Kieran mit mildem Spott. „Liegt dir dein Stamm wirklich am Herzen, musst du am Leben bleiben.“ Er verlagerte sein Gewicht ein wenig und erhöhte den Druck auf Manos Rückgrat. Der Tagira stöhnte leise. „Entscheide dich jetzt“, forderte Kieran barsch. „Deine Zeit läuft ab.“

Der Tagira schwieg ein paar Atemzüge lang. „Du willst nur den Pakt?“, fragte er dann plötzlich. „Mein Stamm wird frei sein?“

„Das schwöre ich bei meinem Leben.“

Mano atmete mit einem Keuchen aus. „Dann stimme ich zu.“

Raine lachte laut und von Herzen. Wulf beobachtete ihn zufrieden. Es schien Ewigkeiten her zu sein, dass er seinen kleinen Bruder auch nur für kurze Zeit entspannt erlebt hatte. Selbst für diesen flüchtigen Moment war er schon dankbar.

„Also hat er es wieder getan", keuchte Raine, weil ihn das Gelächter noch immer schüttelte. Er musste sich dabei die verletzte Seite halten, aber das war es wert. „Ich schätze, der Tagira wusste nicht, wie ihm geschah."

„So wie jeder, der schon einmal mit bloßen Händen gegen Kieran gekämpft hat", bestätigte Wulf und grinste breit. „Er schafft es immer wieder wie ein unbeweglicher Kraftprotz zu wirken, den man leicht ausmanövrieren kann."

„Der Mistkerl", lachte Raine, aber es klang liebevoll.

„Ich schwöre dir, es war totenstill, als Kieran den Tagira zu Boden geworfen hatte. Der Kampf hat keine zwei Minuten gedauert."

„Hat Mano den Eid tatsächlich geschworen?"

„Er und alle anderen. Die Allianz steht und Tomas ist ihr offizieller Sprecher. Mit Hilfe der Tagira können wir einen großen Teil der Grenze überwachen."

„Befürchtet Kieran nicht, dass sie uns irgendwann in den Rücken fallen?"

„Nein, und ich auch nicht. Die Tagira haben einen strengen Ehrbegriff. Wenn sie ihr Wort gegeben haben, dann halten sie es."

„Was ist mit den anderen Stämmen?"

Wulf schüttelte den Kopf. „Nichts Neues. Die Karon scheinen ihre Lager kaum zu verlassen, die Fona sind unauffindbar, selbst für Titus." Er rieb sich den Nacken. „Diese Situation macht mich nervös. Der nächste Schlag wird ohne Vorwarnung kommen."

„Diesmal haben wir die Tagira als Rückendeckung. Es wird schon gutgehen."

Wulf verzog das Gesicht. „Je mehr die Tagira in die Kämpfe mit hineingezogen werden, desto schwieriger wird es sein, ein Abkommen mit den anderen Stämmen zustande zu bringen. Die Zeit läuft uns davon."

„Was hat Kieran vor?“

„Er hofft immer noch, dass die Karon auf sein Verhandlungsangebot eingehen, wenn sie sehen, dass die Tagira es angenommen haben und gut damit fahren. Um ihn mache ich mir im Moment keine Sorgen, er wird noch eine Weile einen kühlen Kopf bewahren. Diemas nicht.“

Raine sah bestürzt auf. „Sein Plan ist völliger Wahnsinn. Er kann erst versuchen eine Katze an sich zu binden, wenn der Kontakt hergestellt ist und dafür braucht er Zeit.“

„Er hat vor sich heimlich ins Lager zu schleichen, eine der jungen Katzen zu betäuben und mitzunehmen. Er spricht nicht darüber, aber mich kann er nicht täuschen.“

„Das schafft er nicht. Sie werden ihn töten.“

Wulf senkte den Kopf. „Es sei denn, du hilfst ihm.“ Raine fuhr zurück, seine Miene wurde starr. „Bitte, Raine. Ich sehe keinen anderen Ausweg“, sagte Wulf leise. „Ich will keinen meiner Brüder verlieren.“

In Raines Augen flackerten es. Er hatte gewusst, dass dieser Moment früher oder später kommen musste, trotzdem fühlte es sich wie ein Schock an. Er hatte gute Fortschritte gemacht, es gab keinen Grund mehr die Gabe vor seinen Brüdern geheim zu halten. Innerlich sträubte er sich noch immer diesen letzten Schritt zu tun. „Ihr braucht mich wirklich“, sagte er langsam.

„Wir haben dich immer gebraucht. Dein Wert hing nie davon ab, ob du eine Gabe hast oder nicht.“

Raine schüttelte langsam den Kopf. „Manchmal haben mir die Zweifel schwer zu schaffen gemacht. Nicht an euch“, fügte er schnell hinzu, als Wulf ärgerlich knurrte. „Ich habe an mir selbst gezweifelt.“

„Anscheinend zweifelst du immer noch. Du hast deine Gabe noch nicht akzeptiert.“

„Wie sollte ich denn?“, fuhr Raine auf. „Zuerst erschien sie mir sinnlos, dann habe ich erfahren, dass sie als etwas Böses angesehen wird. Außerdem experimentiere ich immer noch wie ein Kind damit herum. Gut möglich, dass ich Diemas in Gefahr bringe statt ihm zu helfen. Ich finde, das ist Grund genug um ein wenig nervös zu sein“, schloss er sarkastisch.

Wulf grinste und störte sich nicht an Raines finsterem Blick. „Wenn du es so formulierst, verstehe ich, was du meinst“, bemerkte er trocken.

Raines Mundwinkel zuckten kurz, aber er lächelte nicht. „Ich möchte wirklich helfen, aber...“

„Niemand wird dich verurteilen. Das solltest du wissen.“

„Vielleicht verurteile ich mich ja selbst.“

„Dafür gibt es keinen Grund.“

Raine schloss gequält die Augen. „Und wenn ich sie hereingelassen habe? Was ist, wenn ich der Grund dafür bin, dass die Verhüllten hierher gelangen konnten?“

Wulf hatte schon mehr als einmal darüber nachgedacht. „Das Portal hat sich von selbst für dich geöffnet. Es war nicht deine Entscheidung. Du wusstest nichts davon.“

„Das macht es nicht besser“, murmelte Raine. „Ich habe es immer und immer wieder benutzt.“

Wulf zischte ungeduldig. „Du bist Hanna begegnet und hast dich verliebt. Ich hätte genauso gehandelt.“

„Ich hätte das Buch aufmerksamer lesen müssen, als es mir in die Hände fiel.“

„Vielleicht, aber da war es schon zu spät. Annadora war bereits tot.“ Wulf keuchte, als er das Entsetzen im Gesicht seines Bruders sah und ihm klar wurde, was er gerade gesagt hatte. Diesen Zusammenhang hatte Raine noch nicht hergestellt. Es traf ihn wie ein perfekt platzierter Schlag in den Bauch.

„Du meinst, die Verhüllten haben sie ermordet um die Rose zu stehlen?“, presste er tonlos hervor. Er war totenbleich geworden, Schweiß stand auf seiner Stirn.

Es machte keinen Sinn mehr es zu leugnen. „Ich bin inzwischen davon überzeugt. Es passt ins Bild.“

Raine stöhnte und vergrub das Gesicht in seinen Händen. „Dann ist alles meine Schuld. Ich habe das alles in Gang gesetzt.“

„Das hast du nicht.“ Wenn Wulf jemals das ganze Ausmaß seiner Gabe gebraucht hatte, dann in diesem Moment. Raine stand am Abgrund. „Du hast nichts falsch gemacht. Es war Bestimmung. Du warst das Werkzeug.“

„Annadora und Mutter“, flüsterte Raine, als habe er Wulfs Worte nicht gehört. „Ihr Blut klebt an meinen Händen.“

Wulf kam auf die Füße. Er packte die Schultern seines Bruders, während er vor ihm auf die Knie sank. Körperkontakt half dabei seine Gabe noch intensiver wirken zu lassen. Wulf ließ den warmen Strom der Kraft fließen und gab Raine alles, was er hatte. „Du wurdest mit dieser Gabe geboren, damit das Schicksal durch dich wirken konnte. Vielleicht war es einfach an der Zeit, dass das Tor geöffnet wurde, ich weiß es nicht. Ich weiß nur, dass du keine Kontrolle darüber hattest. Es sollte geschehen."

Raine gab einen gepeinigten Laut von sich. Wulf holte tief Luft. „Dieses Spiel beginnt gerade erst. Nur wegen dir sind wir nicht mehr ahnungslos. Deine Gabe ist eine Waffe, ein unerwartetes Geschenk. Wir geben nicht kampflos auf, auch du nicht, das weiß ich. Schlag dich nicht mit sinnlosen Schuldgefühlen herum, sondern kämpfe, wie du es immer getan hast. Komm zurück an unsere Seite und benutze deine neue Waffe."

„Ich kenne nur noch Angst und Schmerz", sagte Raine leise. „Seit ich Hanna verloren habe, fühle ich kaum noch etwas anderes. Ich bin längst am Ende."

Wulf begann so unvermittelt zu lachen, dass Raines Kopf hochfuhr. „Weißt du eigentlich, welchen Unsinn du da redest? Ich beobachte dich, ich beobachte euch alle. Du weichst vor keinem Kampf zurück und du zögerst nicht dich vor uns zu stellen, genauso wie wir es alle füreinander tun. Du hast mir das Leben gerettet, schon vergessen? Jemand, der gebrochen ist, kämpft nicht mehr. Ihm ist alles gleichgültig."

Raine antwortete nicht. Er atmete jetzt wieder gleichmäßiger, hatte aber alle Muskeln angespannt und fühlte sich unter Wulfs Händen wie erstarrt an. Dann lief ein Zittern durch seinen Körper und sein Blick wurde hart, genauso wie seine Stimme. „Du hast Recht. Ich will kämpfen. Es ist der einzige Weg. Ruf die anderen morgen zusammen. Ich werde ihnen alles erzählen."

Mehrere Tage waren vergangen, seit Hanna den König nach seiner Tochter gefragt hatte. Seitdem hatte er sich verändert. Vielleicht war dieser zusätzliche Schmerz der Weckruf gewesen, den er gebraucht hatte. Der Mann, dem Hanna sich nun gegenübersah, wenn der Ratgeber den Raum verlassen hatte, war nicht mehr gebrochen und völlig verzweifelt. Ein neues, kämpferisches Feuer hatte sich in ihm entzündet, so hell und strahlend, dass Hanna nicht verstehen konnte, wieso es der Ratgeber nicht bemerkte. Edwins neu erwachter Mut wärmte sie und gab ihr Hoffnung.

Ihre kurzen Gespräche waren intensiver geworden, sie hatten eine neue Ebene erreicht. Der Verstand des Königs war wacher geworden und durchbrach die Mauern, hinter denen er gefangen gewesen war. Er erinnerte sich, sprach über seine Frau, seine Kinder. Manchmal vergaß er dann für kurze Zeit seine schlimme Situation und seine Augen leuchteten auf, bis ihn die Wirklichkeit wieder einholte. Nicht ein einziges Mal fiel er in die dumpfe Verzweiflung zurück, seine Entschlossenheit wuchs mit jedem Tag. An jedem Abend wurde die Menge des Trankes, die er noch zu sich nahm, etwas kleiner.

Im Gegensatz dazu war Hannas Erschöpfung größer geworden, obwohl sie weiterhin von Meira versorgt wurde. Sie blieb fast den ganzen Tag über liegen, damit sie am Abend die Kraft für ihre Pflichten fand. Ira versuchte nicht mehr sie in die Küchenarbeit einzubinden. Hatte Hanna zuvor viel zu wenig geschlafen, schien sie jetzt manchmal nicht mehr die Kraft zu haben die Augen offen zu halten. Wenn Meira nach ihr sah, konnte sie ihren Worten kaum folgen. Als sie einmal besonders müde war, glaubte sie Tränen in den Augen der Heilerin schimmern zu sehen.

Diese Erschöpfung war der Grund, warum Hanna nicht darauf bestanden hatte, dass der König sie noch einmal verletzte. Sie hatte es noch ein paarmal angesprochen, aber wenn er auswich, bedrängte sie ihn nicht weiter, sondern ließ das Thema fallen.

Auch an diesem Abend schwebte Hannas Verstand auf einer Wolke dumpfer Umnebelung, als der Wächter sie in das Vorzimmer des Königs schob. Sie brauchte nicht zu denken, ihr Körper wusste, was zu tun war. Alles lief immer gleich ab. Hanna schlurfte weiter und lehnte sich in den festen Griff des Ratgebers, der ihr Halt gab. Den Schmerz, den er ihr damit zufügte, spürte sie schon lange nicht mehr. Noch ein paar Schritte und dann war es geschafft.

Sie begriff nicht sofort, was geschah, als der Mann mitten im Raum stehenblieb. Sie machte noch einen weiteren Schritt, dann riss sie ein harter Ruck zurück. Verwirrt sah sie sich um. „Stell den Kelch ab", fuhr der Ratgeber sie an.

Hanna tauchte ein wenig aus ihrer Benommenheit auf und konzentrierte sich auf den Tisch, neben dem sie stand. Es kostete sie Mühe den Kelch etwas höher zu heben und vorsichtig abzustellen. Sie hatte es kaum geschafft, als sie herumgerissen wurde. Schwerfällig hob sie den Kopf.

Der Verhüllte hielt noch immer ihren Arm umklammert und beugte sich zu ihr hinunter. Mit harten Fingern griff er nach ihrem Kinn und drehte ihr Gesicht hin und her, damit er es genau betrachten konnte. Die Kapuze war so weit ins Gesicht gezogen, dass sie nur seine vor Verärgerung fest zusammengepressten Lippen sehen konnte. Sein schwelender Zorn löste Hannas Benommenheit ganz auf. Heiß und schnell nahm Furcht ihren Platz ein.

„Was ist los mit dir, Mädchen?" Die laute Stimme ließ Hanna heftig zusammenzucken. Am liebsten hätte sie sich losgerissen und versteckt. Jetzt stand sie dem wirklichen Ungeheuer gegenüber. „Wenn du hier bist, hast du wach zu sein. Ein Köder, der nicht mehr zappelt, ist nicht interessant." Der Ratgeber richtete sich auf und schlug ihr ohne Vorwarnung ins Gesicht. Sie keuchte und versuchte sich loszureißen, während ihr die Tränen in die Augen schossen. Der Mann dachte gar nicht daran sie loszulassen. Er starrte sie an, beobachtete jede Reaktion, jeden ihrer zittrigen Atemzüge. Hannas Wange tat weh, aber der Schock war noch schlimmer als der Schmerz. Sie wollte nicht weinen, diese Genugtuung gönnte sie ihm nicht, trotzdem musste sie ihm etwas geben. Sie senkte den Kopf, ließ die Schultern hängen und hoffte, dass es genug war um ihn zufriedenzustellen.

„Schon besser", murmelte der Verhüllte, „aber es reicht noch nicht. Er mag dich, sonst hätte ich dich schon lange ausgetauscht. Wenn er dich tötet, wird es umso schlimmer für ihn sein. Aber dazu braucht er noch ein wenig mehr Anreiz." Der grimmige Mund verzog sich zu einem bösen Lächeln. Langsam und bedächtig löste er seinen harten Griff und trat einen Schritt zurück. Er ließ Hanna nicht aus den Augen, während er seinen

Dolch zog. Benommen und wie hypnotisiert folgte sie jeder seiner Bewegungen. Als ihr endlich klar wurde, was er vorhatte, war es bereits zu spät.

Der Ratgeber zog Hanna mit einem harten Ruck an sich heran und drehte sie um, bis ihr Rücken gegen seine Brust prallte. Der feste Druck seines Arms verhinderte jede Bewegung. Sie hörte sein finsteres Lachen direkt neben ihrem Ohr, als er mit der Klinge ihr Kinn nach oben zwang. „Eine einzige Bewegung und es ist vorbei“, flüsterte er in einem Ton, als wollte er ihr seine Liebe gestehen. Ihr Zittern brachte ihn dazu, noch lauter zu lachen. „Aber nicht jetzt. Dieses Vorrecht gehört dem König. Das hier genügt mir auch.“

Der Druck auf Hannas Kinn verschwand, stattdessen fuhr ein feuriger Schmerz in ihren linken Oberarm. Sie schrie auf, die Knie drohten nachzugeben. „Eine schöne Wunde. Nicht zu tief, wir wollen ja nicht, dass du verblutest. Genau das, was wir brauchen, damit die Dinge endlich vorangehen. Wenn er getrunken hat, treibt ihn der Geruch des Blutes zur Raserei. Dann helfen dir deine Tränen nicht mehr. Und jetzt hol den Kelch!“

Der Ratgeber ließ Hanna los und trat zurück. Ihr war übel, sie konnte sich kaum auf den Beinen halten. Sie lehnte sich schwer an den Tisch und klammerte sich daran fest, bis es besser wurde. Ihr verletzter Arm brannte und wollte ihr kaum gehorchen, als sie sich mit zusammengebissenen Zähnen zwang ihn zu heben. Das Zimmer verschwand hinter einem Schleier aus Tränen. Sie griff mit der rechten Hand nach dem Kelch und versuchte ihn mit der linken zu stützen. Schon diese kleine Bewegung tat so weh, dass sie fast geschrien hätte.

Der Rest des Weges war ein zäher Kampf um jeden einzelnen Schritt, aber schließlich kniete sie in ihrer üblichen Position vor dem König und kämpfte darum keinen Tropfen des Trankes zu verschütten. Das Dröhnen in ihren Ohren übertönte jedes Geräusch bis auf ein leises Wimmern, von dem sie nicht wusste, woher es kam. Ihr war übel und ihre Sicht trübte sich immer wieder ein. Lange konnte sie sich nicht mehr zusammenreißen.

„Hanna!“ Edwins liebevoller und besorgter Ton gab ihr fast den Rest. Sie wollte nicht mehr stark sein. Am liebsten hätte sie sich auf dem Boden zusammengerollt und alles vergessen. Alles.

„Hanna! Du musst den Kelch abstellen. Bitte, tu es für mich. Ich kann ihn noch nicht berühren. Bitte, Hanna, du musst!“

Sie stand nicht auf, aber sie schaffte es irgendwie das Gefäß loszuwerden. Als sie sich zurückdrehte, griffen wieder Hände nach ihr. Diesmal war die Berührung sanft und vorsichtig. Sie hielt die Augen geschlossen und überließ sich ganz dem König. Er hob sie auf die Matratze und versuchte es ihr bequem zu machen. Plötzlich gab es keinen Grund mehr sich noch weiter zusammenzureißen. Von einer Sekunde zur anderen brach alles über Hanna herein und sie ließ los.

Diesmal weinte sie nicht leise, so viel Selbstdisziplin besaß sie nicht mehr. Laut und rau brach das Schluchzen aus ihr heraus. Kräftige Finger strichen tröstend über ihr Haar und eine tiefe Stimme murmelte beruhigende Worte. Sie versuchte sich ganz an diesen sicheren Ort zu flüchten, während sie hilflos auf dem Rücken lag und ihr verletzter Arm brannte und pochte. Schluchzend ergab sie sich dem Sturm, der über sie hinweg zog, bis die Tränen endlich versiegten. Erst langsam schaltete sich ihr Verstand wieder ein und sie begann die Worte zu verstehen.

„Du brichst mir das Herz, Kind. Wein nur, wenn es dir hilft. Man kann nicht immer stark sein.“

Sie musste sich ein paarmal räuspern, bis es ihr gelang Worte durch ihren schmerzenden Hals zu pressen. Was jetzt getan werden musste, stand mit erschreckender Klarheit vor ihren Augen, aber es machte ihr keine Angst mehr. Vielleicht war sie für immer über diesen Punkt hinaus.

„Heute musst du es tun. Er erwartet, dass dich das Blut in einen Rausch versetzt. Es muss so aussehen, als sei ich nur ganz knapp davongekommen.“ Sie hörte Edwins entsetztes Keuchen und wusste, dass er sie fassungslos anstarrte, unfähig zu antworten. „Bitte, du musst es jetzt gleich tun. Für mich und genauso für dich selbst“, flehte sie ihn an. „Hilf mir auf den Boden und tu es. Stoß mich dann ein Stück fort, bevor du trinkst, damit es so aussieht, als sei ich gerade außerhalb deiner Reichweite gelandet. Nur das kann uns beide noch retten.“

„Hanna, nein! Das ist viel zu gefährlich. Sobald der Rausch beginnt, beeinflusst mich das Blut tatsächlich. Ich habe Angst davor. Ich könnte dich wirklich töten.“

„Das wirst du nicht. Ich vertraue dir, aber du musst mir auch vertrauen. Hier drinnen haben wir nur einander. Wir sind doch schon so weit gekommen. Wirf das nicht weg."

Die Hand des Königs glitt über Hannas Wange und wischte die letzten Tränen fort. „Ich liebe dich wie eine Tochter", stieß er rau hervor. „Vielleicht habe ich nie mehr Gelegenheit dir das zu sagen."

„Du wirst Gelegenheit dazu haben." Hanna richtete sich mühsam auf. Sie zog das Gefäß aus der Tasche, in dem sie jeden Abend die Reste des Tranks nach draußen schmuggelte und hielt dem König die kleine Flasche mit zitternder Hand entgegen. „Heute musst du mir dabei helfen. Schaffst du das?", fragte sie besorgt.

Er nickte, dann half er ihr vom Bett herunter. Mit weichen Knien hielt sich Hanna an seinem Arm fest. „Du bist schon viel kräftiger geworden", sagte sie um ihn abzulenken.

Es klappte nicht. „Das macht die Gefahr für dich nur noch größer."

„Nein, denn du schaffst es auch besser dich zu beherrschen. Wir stehen es zusammen durch." Sie hob den Kelch auf und sah dem König prüfend ins Gesicht. Seine Nasenflügel weiteten sich, als er den Geruch des Tranks auffing, aber er griff nicht danach. Hanna tastete nach dem kleinen Löffel und zog ihn umständlich aus der Tasche. Edwin füllte ihn dreimal wie am Abend zuvor. Als er ihn ein viertes Mal eintauchte, wollte Hanna es verhindern, aber er ließ es nicht zu. „Nein! Das ist meine Entscheidung. Es muss schneller gehen."

Sie schluckte schwer, aber sie ließ ihm seinen Willen. Dann war es geschafft und die Flasche wieder sicher in Hannas Tasche verstaut. Sie stellte den Kelch so ab, dass der König ihn leicht erreichen konnte, stieg dann wackelig vom Podest herunter und richtete sich auf. Die Wunde brannte bei jeder Bewegung, das Blut lief noch immer warm an ihrem Arm herunter. So ruhig sie konnte, sah sie dem König in die Augen. „Jetzt!"

Er zögerte nicht oder versuchte es weiter hinauszuschieben. Die großen Hände des Königs legten sich um Hannas Hals und drückten fest zu. Sie hatte versucht sich darauf vorzubereiten, aber sie musste trotzdem dagegen ankämpfen sich nicht wild zu wehren. In hilfloser Verzweiflung schlug sie ihre Fingernägel in Edwins Hände. Sie konnte nicht atmen. Der Druck war unbeschreiblich. Die Welt löste sich in blendende Farben auf.

Dann war es vorbei. Der Druck auf ihre Kehle verschwand und sie versuchte verzweifelt Luft zu holen. Es hätte den Schlag nicht gebraucht, mit dem der König sie zu Boden stieß, sie wäre auch so gefallen, während sie gleichzeitig um den dringend benötigten Atemzug kämpfte. Endlich, endlich füllte sich ihre Lunge mit ein wenig Luft. Sie floss hinein, strömte hinaus und kehrte dann leichter zurück, wieder und wieder. Der Schmerz, mit dem sie durch Hannas verletzten Hals gedrückt wurde, ließ sie die Wunde an ihrem Arm fast vergessen. Trotzdem war jeder Atemzug köstlich.

Als Edwin zu schreien begann, rollte sich Hanna wie immer zu einem festen Ball zusammen. Es war lauter als sonst, weil sie direkt neben dem Podest lag, und sie hätte viel mehr Angst haben müssen, aber dafür war sie zu sehr am Ende. Als die Zeit verging und keine Hände nach ihr griffen, ließ sie zum zweiten Mal an diesem Abend los und ihr Bewusstsein glitt davon.

Hanna schaffte auch am nächsten Abend den Weg zum König. Meira war bei ihr gewesen, diesmal hatte Ira sie holen lassen. Hannas Hals tat noch immer weh und Meira hatte ihr bestätigt, dass die Blutergüsse, die die Finger des Königs auf ihrer Haut hinterlassen hatten, deutlich zu sehen waren. Sie hatten ihr Ziel erreicht.

Meira hatte Hannas Arm nur fest verbunden, weil sie sicher war, dass der Verhüllte die Wunde wieder aufreißen würde, wenn sie sie nähte. Die Heilerin war besorgt, dass deshalb eine hässliche Narbe entstehen würde, aber Hanna war es egal. Über solche Eitelkeiten war man hinaus, wenn man um sein Leben kämpfen musste.

Sie hatte der Heilerin endlich gestanden, dass sie sich kaum noch gegen die abgrundtiefe Müdigkeit wehren konnte, die sie ergriffen hatte. Meira schimpfte mit ihr wegen ihres mangelnden Vertrauens, stellte ihr aber sofort eine andere Mischung zusammen. Sie ermahnte Hanna ernst, dass sie mit diesem Trank vorsichtig sein musste und nur so viel davon nehmen durfte, wie sie unbedingt brauchte. Das Kraut, das sie hinzugefügt hatte, konnte eine Euphorie auslösen, die über ihren tatsächlichen Zustand hinwegtäuschte, bis es zu spät war. Hanna gab ihr das verlangte Versprechen und schlief dann für ein paar Stunden tief und fest.

Erst eine Stunde bevor der Wächter sie holte, stand sie auf und trank ein wenig von Meiras neuer Mischung. Die Wirkung war bemerkenswert. Ihr Kopf wurde klar und die Schmerzen verschwanden fast vollständig, auch wenn das Schlucken nicht einfach war.

Der Wächter hatte es längst aufgegeben zu verbergen, dass er Hanna half den Weg zu bewältigen. Von Meira wusste sie, dass er in Lia verliebt gewesen war, das Mädchen, das dem König als erste den Trank gebracht hatte. Er hatte mit angesehen, wie sie mit jedem Tag blasser und stiller wurde, bis sie kein Wort mehr sprach und auf nichts reagierte. Eines Morgens hatte sie tot auf ihrem Strohsack gelegen, ihre Seele hatte sich im Schlaf davongestohlen. Er hatte sich nie verziehen, dass er nicht darauf bestanden hatte die Heilerin zu holen. Diesen Fehler wollte er bei Hanna auf keinen Fall ein zweites Mal machen. Es war das einzige, was er für sie tun konnte.

Der Wächter war stark, sein Arm lag fest um Hannas Taille. Die Treppen hinauf trug er sie mehr als er sie stützte. Er sprach nicht mit ihr, aber er schaute immer wieder zu ihr hinüber. Für sie war seine Gegenwart längst ein Trost geworden. Vielleicht konnte er eines Tages zu einem wertvollen Verbündeten werden, wenn sich der König von seiner Sucht befreit hatte und die Flucht plante.

Edwin zu befreien war das Ziel, auf das Hanna und Meira hinarbeiteten, gleichzeitig hatten sie aber auch große Angst davor. Wie sollten sie das ohne Hilfe schaffen? Hanna konnte nicht kämpfen und sie wusste so gut wie nichts über die Welt außerhalb der Burg. Wenn man dann noch ihre schlechte körperliche Verfassung mit einbezog... Nein, sie konnte Edwin nicht begleiten. Sie wäre nur eine Last für ihn.

„Hast du Schmerzen?" Der Wächter sprach leise und zog Hanna ein wenig näher an sich heran.

„Es geht schon." Sie brachte nur den Schatten eines Lächelns zustande. „Aber trotzdem danke."

Der Mann biss die Zähne zusammen. „Dass der König dich so sehr verletzt..." Er brach mit einem erstickten Laut ab. „Es sollte nicht so sein."

Da war sie, die Gelegenheit, auf die Hanna gewartet hatte. Sie lehnte sich noch mehr an ihn und tat so, als sei sie in Schwierigkeiten. „Es ist nicht der König", wisperte sie fast lautlos. „Ihn trifft keine Schuld, hörst du? Sag das auch den anderen, aber nur den Leuten, denen du vertraust."

Der Wächter keuchte leise, sein Blick glitt zweifelnd über ihr Gesicht. „Aber wenn es nicht der König ist, wer ist es dann?" Er stieß einen leisen Pfiff aus, als ihm die Zusammenhänge klar wurden. „Es sind die Verhüllten", zischte er böse. „Ich hätte es mir denken sollen. Keiner von uns traut ihnen."

„Sprich mit den anderen", sagte Hanna noch einmal. „Der König wird irgendwann eure Hilfe brauchen. Und jetzt kein Wort mehr! Es ist zu gefährlich."

Der Wächter schwieg, aber seine Bewegungen waren steifer geworden. Hanna hoffte, dass er über ihre Worte nachdachte. Sie musste bei der nächsten Gelegenheit wieder mit ihm sprechen. Doch zuerst musste sie in einem Stück an dem Ratgeber vorbei zum König gelangen.

Er öffnete wie immer auf das Klopfen der Wachen hin die Tür und ging dann zur Seite, damit Hanna neben ihn treten konnte. Sie konnte sein Gesicht nicht sehen, aber sie fühlte seinen lauernden Blick, der erst auf ihrem Hals verweilte und dann auf dem Verband an ihrem Arm. Würde er sich damit begnügen, was er bereits angerichtet hatte oder ihr eine neue Verletzung zufügen? Tief in ihrem Inneren begann Hanna zu zittern.

Der Ratgeber ließ sie einen Schritt an sich vorbeigehen, damit er die Tür schließen konnte, dann griff er nach ihr. Seine Finger schlossen sich über der Wunde an Hannas Arm und drückten hart zu. Sie stöhnte, der Verband begann sich sofort rot zu färben. „Wir wollen doch nicht, dass du uninteressant wirst", knurrte er mit boshaftem Vergnügen. „Gestern hätte er dich fast erwischt. Ich schätze, du hattest einfach Glück."

Hanna verbarg ihr Zittern nicht. Angst war die einzige Reaktion, die der Ratgeber ihr abkaufen würde, die einzig logische Reaktion auf ihre Situation. Entweder sie fürchtete sich oder sie gab vor den Verstand verloren zu haben und auf dieses Spiel wollte sie sich noch nicht einlassen. Das würde sie erst versuchen, wenn nichts anderes mehr half.

„Wusstest du, dass ich deine Angst riechen kann?“, schnurrte der Mann neben ihr zufrieden. „Ich wette, der König kann es auch. Ich wünsche dir viel Spaß mit ihm.“

Hanna schwieg, obwohl sie dem Verhüllten am liebsten ihren Zorn ins Gesicht geschrien hätte. Als habe er es gemerkt, schnaubte er belustigt. Im nächsten Moment wechselte er den Griff und plötzlich hielt er wieder den Dolch in der freien Hand. Quälend langsam fuhr er mit der Spitze unter den Verband, streifte die Wunde und drückte noch einmal darauf, als Hanna stöhnte. Danach begnügte er sich allerdings damit, mit einem schnellen Ruck den Verband zu durchtrennen. Hannas Arm war blutüberströmt und brannte. Der Ratgeber hielt sie fest, als sie sich abwenden wollte, dann hob er noch einmal die Hand und drückte den Zeigefinger tief in die Wunde hinein. Hanna schrie vor Schreck und Schmerz auf. Sie starrte hinauf in das halb verhüllte Gesicht und sah, wie sich seine Mundwinkel belustigt hoben, als er den blutigen Finger in seinen Mund schob. Er beobachtete sie dabei genau und lachte über die angewiderte Grimasse, die sie zog. „Jetzt bist du bereit für den König. Genau das wird er mit dir machen. Er wird dein Blut trinken, während er dir die Knochen bricht.“

Hannas Knie wurden weich. Der Ratgeber starrte ihr ins Gesicht und genoss ihren Schock und ihre Angst. Seine Zufriedenheit setzte etwas in ihr in Gang. Mit einem Widerstandsgeist, von dem sie nicht gewusst hatte, dass sie ihn besaß, richtete sie sich auf. „Warum hasst Ihr mich so sehr? Ich habe Euch nie einen Grund dazu gegeben.“

Überrascht von ihrer Kühnheit blieb er noch einmal stehen. „Ich hasse dich nicht. Du bist mir völlig gleichgültig.“ Er wandte den Kopf zu der noch verschlossenen Tür um. „Ihn hasse ich und alles, wofür er steht. Alles, was er aus mir und meiner Familie gemacht hat.“ Seine Stimme wurde lauter, er geriet immer mehr in Wut.

„Du bist sowieso schon so gut wie tot. Willst du sehen, was er uns angetan hat?“, knurrte er. Im nächsten Augenblick schoss seine Hand hoch und er zog sich mit einer dramatischen Geste die Kapuze vom Kopf.

Hanna keuchte auf. Der Ratgeber hielt es für Furcht und lächelte dünn, während seine tief liegenden Augen über den hageren Wangen in einem düsteren, blauen Licht funkelten. Sein Haar war dunkel und glatt und fiel nach vorn, als er den Kopf ein wenig neigte. Dann glitt Hannas Blick etwas tiefer und ihr stockte der Atem.

Das Mal war groß, es nahm fast die ganze Wange des Mannes ein. Wie der König gesagt hatte, sah es aus wie eine alte Brandwunde und hatte die Form einer Pfeilspitze, die schräg nach unten wies. Doch das war längst nicht alles. Die Umrisse waren mit schwarzer Tinte hervorgehoben worden und von kunstvoll gezeichneten Wirbeln umgeben, die sich von der Stirn nach unten erstreckten und zum Kinn hin ausliefen. Es sah aus, als sei diese Gesichtshälfte ständig in Bewegung.

„In der Welt, aus der ich komme, nennt man das eine Tätowierung“, sagte er und genoss Hannas verstörten Blick. „Die Leute lassen es sich zum Vergnügen machen, als Schmuck. Meine Söhne und ich tragen es, damit wir niemals vergessen, was unserer Familie angetan worden ist. Jetzt ist die Zeit der Abrechnung gekommen. Wir nehmen endlich Rache.“ Er beugte sich vor und brachte sein Gesicht ganz dicht an Hannas heran. „Dein Tod verhilft uns dazu. Ein guter Grund zum Sterben, findest du nicht auch?“

Sie zitterte innerlich vor Angst, aber sie hielt stand. Ihr Zorn und ihre Verzweiflung verdichteten sich zu kalter Verachtung, die alles andere ausblendete. „Ihr seid widerlich“, sagte sie mit eisiger Ruhe.

Sie hatte ihn überrascht. Der Ratgeber fuhr zurück, in seiner Wange zuckte ein Muskel. Im nächsten Moment presste er Hannas Arm so fest zusammen, dass sie vor Schmerz wimmerte. „Du solltest dir wünschen, dass du nie herausfindest, wie widerlich ich wirklich bin“, knurrte er. Der hämische Spott war verschwunden, jetzt sah sie offenen Hass. Vorher war sie ein namenloses Opfer gewesen, zu unbedeutend um sich über sie

Gedanken zu machen. Jetzt hatte sie seine Aufmerksamkeit erregt und war zu seinem Feind geworden. Er würde ihren Widerstand nicht vergessen und sie ab jetzt genau im Auge behalten. Hanna begriff, dass sie gerade einen großen Fehler gemacht hatte. Sie schauderte und versuchte mit ihm Schritt zu halten, als er sie weiterzerrte. Bevor er die Tür öffnete, zog er sich die Kapuze wortlos wieder über den Kopf.

Der König lag auf der Seite und wandte der Tür den Rücken zu. Er rührte sich nicht, als Hannas Knie hart auf dem Podest aufschlugen. Der Ratgeber wich nicht vom üblichen Protokoll ab. „Euer Stärkungstrank, mein Herr." Der unverhüllte Hohn in seinem Tonfall jagte Hanna einen Schauer über den Rücken.

Der König ächzte, dann rollte er sich schwerfällig auf den Rücken. Nur langsam wandte er sich seinen Besuchern zu. Er sah aus, als sei er über Nacht um Jahre gealtert. Er schaute Hanna nicht ins Gesicht, doch seine verkrampften Finger lockerten sich ein wenig. Der Ratgeber schätzte seinen Zustand ab, dann brummte er zufrieden. „Trinkt, Herr. Ich sehe Euch an, dass Ihr Schmerzen habt. Der Kelch enthält alles, was Ihr braucht, damit Ihr Euch besser fühlt."

Eine Antwort bekam er nicht. Der König richtete sich auf, sprach aber nicht. Sein Blick blieb starr auf das Trinkgefäß gerichtet. Der Ratgeber beobachtete genau, wie er die zitternden Hände mühsam hob, als finde er kaum die Kraft dazu. Hanna kniete mit tief gesenktem Kopf vor dem Bett und hielt die Luft an. Gewöhnlich ging der Verhüllte sofort, wenn er Hanna abgeliefert hatte, aber diesmal zögerte er. Sie ließ die Schultern noch ein wenig tiefer heruntersacken und brachte damit den Kelch unauffällig außer Reichweite des Königs, damit es länger dauerte. Der Trick schien zu funktionieren. Mit einem ungeduldigen Knurren wandte sich der Ratgeber ab. Gleich darauf schloss sich die Tür hinter ihm.

„Hanna." Edwin richtete sich mit einer Leichtigkeit auf, die sie noch nie an ihm gesehen hatte. Er legte ihr einen Arm um die Schultern und zog sie vorsichtig zu sich hoch. „Du lebst. Ich hatte Angst..." Er brach ab, schluckte nur schwer. „Lass dich ansehen! Wie sehr habe ich dir wehgetan?"

Sie schenkte ihm ein Lächeln, das von Herzen kam. „Nur so viel du musstest. Mach dir darüber keine Gedanken."

Er hob die Hand und bat mit den Augen um die Erlaubnis sie zu berühren. Als er sie bekam, strich er über die verfärbten Male, die sich wie ein Band um Hannas Hals zogen. „Das will ich nie wieder tun müssen", flüsterte er.

Hanna schüttelte den Kopf. „Es geht dir besser, dafür hat es sich gelohnt. Sie werden keine Ruhe geben, das weißt du genauso gut wie ich."

„Ich muss den Trank schneller reduzieren. Das hier muss aufhören. Ich will, dass du am Leben bleibst."

„Du darfst ihn nicht noch schneller reduzieren. Meira sagt, es könnte dich umbringen."

„Ich bin stark, das war ich schon immer. Ich hatte es nur eine Weile vergessen."

„Setz dein Leben nicht aufs Spiel. Fennmark braucht dich."

Er schnaubte verächtlich. „Jeder meiner Söhne könnte besser herrschen als ich."

„Aber sie sind nicht hier. Nur du bist hier."

„Und ich bin ein Gefangener", antwortete er bitter. Hanna zuckte zusammen. Edwin seufzte und zog ihren Kopf an seine Schulter. „Ruh dich einen Augenblick aus, dann beginnen wir. Auf die kurze Zeit mit dir freue ich mich den ganzen Tag. Ich glaube, ich halte nur durch, weil ich dich nicht enttäuschen will."

„Mach es nicht für mich, mach es für deine Söhne", sagte Hanna leise und nahm den Trost seiner Nähe an. „Wenn sie wüssten, was hier geschieht, würden sie dir bestimmt zu Hilfe kommen."

„Das können sie nicht. Die Verhüllten haben sie verjagt. Sie glauben, dass es auf meinen Befehl geschah."

„Wenn sie so sind wie du, finden sie einen Weg."

Zum ersten Mal, seit Hanna dem König begegnet war, lachte er. „Du verwechselst da etwas, Hanna. Du findest die Wege für mich."

„Ich kann dir vielleicht die Tür öffnen, aber ich kann nicht für dich kämpfen."

„Das tust du schon die ganze Zeit. Viel tapferer, als es die meisten Leute wagen würden."

„Du weißt genau, was ich meine", rügte sie ihn sanft.

„Ich werde es irgendwie schaffen“, sagte er ruhig. „Ich glaube an das Schicksal. Das alles kann nicht umsonst sein.“

Hanna biss sich auf die Lippen. „Der Ratgeber hat mir sein Gesicht gezeigt. Ich habe das Mal gesehen. Ich hatte Recht. Sie sind tatsächlich aus meiner Welt gekommen“, sagte sie ohne nachzudenken.

Ein Ruck lief durch Edwins Körper. Er ließ Hanna los und wandte sich zu ihr um. „Was meinst du damit?“, fragte er scharf.

Sie versuchte die Situation zu retten. „Ich bin müde und dann weiß ich oft nicht, was ich sage. In dem Land, aus dem meine Mutter stammt, trägt man solche Körperzeichnungen. Das habe ich gemeint.“

Er runzelte die Stirn, hin und hergerissen zwischen dem Wunsch Hanna zu glauben und seinem neu erwachten Misstrauen. Am Ende gab er nach und verfolgte es nicht weiter. „Also gut. Es wird Zeit, dass wir anfangen. Wir reden morgen weiter.“

14. Kapitel

Raine saß auf einem Stuhl, den Wulf irgendwo aufgetrieben hatte und versuchte sich nicht anmerken zu lassen, dass er eigentlich nicht mehr die Kraft dazu hatte. Es war nur dummer, sinnloser Stolz, aber er hatte sich geweigert, das Gespräch mit seinen Brüdern im Liegen zu führen. Er bereute es nicht, auch wenn er nun, nachdem er seinen Bericht beendet hatte, ziemlich am Ende war. Wulf ließ ihn nicht aus den Augen. Er rechnete jeden Augenblick damit eingreifen zu müssen, weil Raine sich übernommen hatte.

Noch schwiegen alle, ihre Gesichter zeigten unterschiedliche Stadien der Überraschung. Diemas räusperte sich und sprach als erster. „Also damit hat jetzt wirklich keiner gerechnet, Kleiner. Wir hatten dich schon als taube Nuss aufgegeben“, sagte er trocken, doch dann breitete sich ein breites Grinsen auf seinem Gesicht aus. „Anscheinend bist du doch noch erwachsen geworden.“

Raine störte sich nicht an der freundlichen Neckerei. Er sah nervös zu Kieran hinüber. Wie würde er es aufnehmen, was würde er sagen? Kierans Miene war nach wie vor ernst und undurchdringlich. Dann runzelte er die Stirn und zeigte eine Verletzlichkeit, die nur selten jemand zu Gesicht bekam. „Warum hast du es mir nicht gesagt? Weißt du denn nicht, wie wichtig du mir bist? Daran wird sich nie etwas ändern.“

Raine senkte den Kopf. „Die Gabe erschien mir nutzlos, nichts, worauf man stolz sein kann. Später war ich selbstsüchtig und wollte auf keinen Fall darüber reden. Ich wollte Hanna mit niemandem teilen.“

Kieran ließ ihn nicht aus den Augen. „Und nachdem du dich von ihr trennen musstest?“

Raine sah auf und wich Kierans Blick nicht mehr aus. „Danach hat es nur noch wehgetan. Ich habe versucht jede Erinnerung an sie zu verdrängen.“

„Warum hast du es dann Wulf gesagt?“

Raine Gesicht färbte sich rot. „Ich schätze, ich habe irgendwann den Druck nicht mehr ausgehalten. Wulf hat sich für mich eingesetzt, als ich unbedingt zur Burg zurückkehren wollte, obwohl er den Grund nicht kannte."

„In dem Streit, den du mit mir hattest", sagte Kieran ruhig. „Ich verstehe."

„Es ist nicht immer leicht der Jüngste zu sein", murmelte Raine fast unhörbar.

Kieran starrte ihn mit finsterer Miene an und brach dann unvermittelt in lautes Lachen aus. „Glaubst du denn, es ist leichter der Älteste zu sein?", brachte er mühsam hervor.

„Na, da haben wir anderen ja Glück gehabt", bemerkte Titus trocken und dann war es auch mit der Beherrschung der restlichen Brüder vorbei. Raine blickte von einem zum anderen, als hätten sie alle den Verstand verloren. „Was zum Teufel ist daran so lustig?"

„Wir wissen, wie du dich gefühlt hast. Wir mussten das alle hinter uns bringen. Sogar Kieran, und der ist schon halb erwachsen auf die Welt gekommen", erklärte Diemas mit gutmütigem Spott.

Raine zog eine Grimasse und fiel dann in das allgemeine Gelächter ein. „Also gut. Ich glaube, ich habe es verstanden."

Die gute Stimmung hielt sich noch ein wenig. Spöttische Bemerkungen flogen hin und her, keiner wurde verschont. *Sie freuen sich wirklich für mich,* dachte Raine. *Aber sie wissen auch noch nicht alles. Wie werden sie reagieren, wenn sie es erfahren?* Plötzlich hielt er es nicht länger aus. „Es gibt noch mehr zu berichten", sagte er in das Gelächter hinein. „Wulf hat einiges herausgefunden."

Kieran wurde sofort ernst. „Heraus damit."

Wulf berichtete in klaren Sätzen, er ließ nichts weg und versuchte nichts zu beschönigen. Die Schlussfolgerungen zu hören, die sich daraus ergaben, tat weh. Raine hielt sich so gerade wie möglich und weigerte sich den Blick abzuwenden. Wulf sah immer wieder zu ihm hinüber. Als er geendet hatte, lastete die Stille wie ein Gewicht auf ihnen. „Er macht sich Vorwürfe", sagte Wulf in diese Stille hinein. Es klang viel zu laut. „Raine glaubt, er sei an allem schuld. Ich glaube das nicht." Er stand auf, legte seinem jüngeren Brüder die Hand auf die Schulter und zeigte seine Rückendeckung ganz offen. „Sagt, was ihr darüber denkt. Hier darf nichts unausgesprochen bleiben."

„Wie kann man ein Verbrechen begehen, wenn man in etwas hineingezogen wird, von dem man nichts weiß?", fragte Titus leise. „Ich sehe das wie du, Wulf."

Jaron schüttelte den Kopf. „Raine trifft keine Schuld", stellte er entschieden klar.

„Auf keinen Fall", schloss sich Diemas an.

Kieran schwieg noch immer, seine Miene war undurchdringlich. Raine drehte sich zu ihm um. Er wappnete sich für die Verurteilung, mit der er fest rechnete. Seine Kehle schnürte sich immer weiter zu.

„Ich sehe hier Schuld", sagte Kieran mit dumpfer Stimme. „Ich habe mich schuldig gemacht und dich im Stich gelassen. Ich hätte dir vertrauen müssen, schon als du zum ersten Mal gesagt hast, dass du zurückgehen musst. Stattdessen habe ich nur gesehen, was ich sehen wollte. Ich wollte nicht wahrhaben, dass mein kleiner Bruder längst erwachsen geworden ist und für sich selbst einstehen kann. Wenn ich nicht so herablassend gewesen wäre, hättest du es mir gesagt, sobald du es wusstest. Vielleicht wäre dann alles ganz anders gekommen", fügte er bitter hinzu.

Wulf hatte sich bereits in Bewegung gesetzt. Nun lag seine Hand auf Kierans Schulter. „Hör auf damit. Ich lasse diese zerstörerischen Gedanken bei dir genauso wenig zu wie bei Raine. Was geschehen ist, war Schicksal. Es hat keinen Sinn, damit zu hadern. Die Vergangenheit ist abgeschlossen. Die Zukunft gehört uns, uns allen zusammen. Nichts darf sich zwischen uns stellen."

Kieran sah ihn mit versteinerter Miene an. Seine Kehle zuckte, als er hart schluckte. Er legte seine Hand über Wulfs Finger und drückte sie fest. „Ich habe es verstanden. Danke."

Raine ließ Kieran nicht aus den Augen, als er aufstand und zu ihm herüberkam. Er konnte noch immer kaum fassen, dass sogar er ihn von aller Schuld freisprach. Kieran sah mit einem grimmigen Lächeln zu ihm hinunter. „Ich bin stolz auf dich, vergiss das nie. Wir werden nicht immer einer Meinung sein, aber das ändert nichts daran. Diese Lektion vergesse ich nicht wieder."

Raine konnte sich nicht erinnern, jemals so erleichtert gewesen zu sein. Als Kierans Lächeln zu einem Grinsen wurde, fiel auch die letzte Anspannung von ihm ab. Kieran sah zufrieden in die Runde. „Und jetzt lasst uns Pläne machen. Es müsste schon mit dem Teufel zugehen, wenn es uns mit Raines Hilfe nicht gelingen sollte, eine Katze zu fangen."

Sie machten sich zu viert auf den Weg. Raines Aufgabe bestand ausschließlich darin das Portal zu öffnen, das hatte Kieran ihm immer wieder eingebläut. Er hatte so lange protestiert, bis Kieran ihn aufgefordert hatte sein Schwert in die Hand zu nehmen und drei schnelle Schläge hintereinander auszuführen. Nach dem zweiten war Raine die Waffe fast aus der Hand gefallen und er hatte sich kaum noch auf den Beinen halten können. Jede weitere Diskussion hatte sich erledigt.

Als es jedoch darum ging, wer Diemas begleiten sollte, zog Kieran den Kürzeren. Seine Brüder sprachen sich geschlossen dagegen aus. „Sollten wir nicht zurückkommen, wirst du hier mehr denn je gebraucht", machte Titus ihm unmissverständlich klar. „Du bist der Kronprinz. Alle erkennen an, dass du für Fennmark sprichst." Schließlich gab Kieran zähneknirschend nach.

Titus und Jaron kamen mit, um Diemas und Raine Rückendeckung zu geben, Wulf blieb bei Kieran. Es hatte ihm nicht gefallen, aber er hatte die Entscheidung akzeptiert. Unter vier Augen schärfte er Raine noch einmal ein mit seinen Kräften hauszuhalten. „Du hast ziemlich geschickt verborgen, wie es dir wirklich geht. Ein Wort von mir zu Kieran genügt und er schiebt diese Mission noch ein paar Tage hinaus. Versprich mir, dass du dich zurückhältst. Du musst sie sicher zurückbringen, ehe du zusammenbrechen darfst."

Der müde Scherz sollte Wulfs Worten die Schärfe nehmen, also grinste Raine pflichtschuldig. „Ich verspreche es." Sie wussten beide, dass Wulfs Drohung in Wirklichkeit nicht zog. Diemas ließ sich nicht länger aufhalten. Wenn sie jetzt nicht aufbrachen, schlich er sich irgendwann allein davon.

Das Gefühl, dass ihnen die Zeit davonlief, bedrängte Raine immer mehr. Nachts träumte er von seinem Zuhause und sah Ströme von Blut durch die Burg fließen. Dort sollte er sein, dort wartete etwas auf ihn, das er für immer verlieren würde, wenn er nicht schnell handelte. In seinen Träumen rannte und rannte er, bis er vor einer Tür stand, die sich nicht öffnen ließ. Er schlug sich die Fäuste blutig, schrie seinen Zorn und seine Angst heraus, doch nichts brachte ihn weiter. Wenn er erwachte, hatte sich die Furcht jedes Mal noch tiefer in sein Herz eingegraben.

Sobald das hier vorbei war, würde er zurückgehen, mit oder ohne Unterstützung. Dann hielt ihn nichts mehr.

Im Gegensatz zu Diemas war Raine nie in der Nähe des Lagers der Karon gewesen. Zunächst sah es so aus, als stelle das ein unüberwindliches Problem dar und sie müssten den Hinweg auf normale Weise bewältigen, doch Wulf fand schließlich die Lösung. Zu seinen neu erworbenen Fähigkeiten gehörte es, Bilder von einem Geist zu einem anderen zu übertragen, wenn man ihn einließ. Dank Wulfs Hilfe sah Raine die Stelle, die Diemas ausgewählt hatte, deutlich vor seinen Augen. Die flache Anhöhe bot ihnen Übersicht und gute Deckung. Von dort aus konnten sie sich einen Überblick verschaffen und die weiteren Schritte planen.

Das Portal zu öffnen war kein Problem, es fiel Raine jedes Mal leichter. Er hielt es stabil und trat hinter seinen Brüdern hindurch, dann schloss er es genauso vorsichtig, wie er es geöffnet hatte. Jaron streckte den Arm nach ihm aus und zog ihn neben sich in Deckung. „Bleib unten“, flüsterte er. „Ruh dich aus, bis es weitergeht.“

Raine widersprach nicht. Er ließ sich zu Boden sinken und sah zum Himmel empor. Es war eine klare Nacht, die Pracht der Sterne schmückte die samtige Schwärze. *Bitte,* dachte er mit einem Aufwallen von Sorge, *lass uns das hier gut überstehen. Lass uns alle zusammen zurückkehren.*

Diemas besprach sich leise mit Titus, Jaron warf nur ab und zu etwas ein. Schließlich gingen alle drei um Raine herum in die Hocke.

„Im Lager ist es völlig ruhig“, begann Diemas. „Ein paar Wachen konnte ich entdecken, aber längst nicht alle. Sie sind sehr aufmerksam. Auf normale Weise kommen wir nicht an ihnen vorbei.“ Er presste die Lippen ärgerlich zusammen. „Du musst uns da reinbringen.“

„Deswegen bin ich hier.“ Raine gestattete sich ein schmales Grinsen. „Zeig mir, wo du hinwillst.“

Das Lager war groß und locker aufgebaut, viel weitläufiger als Raine es von den Tagira kannte. Zwischen den Zelten gab es große freie Flächen, die größte befand sich im Zentrum. Das Licht der Sterne reichte aus um die Tierkörper zu erahnen, die dort entspannt lagen. Anscheinend hielten sich die meisten Katzen in der Nacht dort auf, sodass die Mütter mit den Jungtieren in einem sicheren Ring eingeschlossen waren. Es würde nicht einfach werden an sie heranzukommen. Sowie man sie bemerkte, würden die erwachsenen Katzen gnadenlos auf sie losgehen und die Jungtiere abschirmen.

Diemas bewegte sich unbehaglich. „Ich bringe uns in große Gefahr, aber ich muss das tun. Ich muss einfach. Frag mich nicht, woher ich das weiß.“

„Ich verstehe dich“, flüsterte Raine zurück, „aber so geht es nicht. Wir brauchen ein genaues Ziel. Wir haben keine Zeit erst eine Katze auszusuchen, wenn wir dort sind. Wie schnell wirkt die Betäubung, Jaron?“

„Fast sofort, aber die Katze wird nicht bewusstlos. Sie wird nur benommen und sollte sich kaum noch wehren können.“

Titus zog die Augenbrauen hoch. „Sollte?“

„Ja, sollte“, knurrte Jaron gereizt. „Wenn ich die Mischung stärker mache, besteht die Gefahr, dass das Tier stirbt.“

Diemas winkte ab, ehe Titus weiter protestieren konnte. „Das ist schon in Ordnung. Damit komme ich zurecht.“

„Umso wichtiger ist es, dass es beim ersten Versuch klappt.“ Titus rieb sich den Nacken. „Gut. Erst mal warten wir ab und beobachten. Vielleicht ergibt sich etwas.“

Diemas widersprach nicht. „Bleibt alle so gut es geht in der Nähe des Portals. Raine, du hast nur die Aufgabe den Durchgang im Notfall zu verteidigen. Du wirst uns nicht folgen.“

„Verstanden.“ Es machte keinen Sinn jetzt zu streiten. Niemand wusste, wie sich die Situation entwickelte. Jede Entscheidung schuf neue Bedingungen.

Sie starrten zu dem Lager hinüber, keiner sprach. Raine wagte nicht es sich allzu bequem zu machen. Wenn sich eine Gelegenheit bot, musste es schnell gehen. Er verlagerte das Gewicht ein wenig, um seine verletzte Seite zu schonen. Lange konnte er sie noch immer nicht belasten.

Die Minuten vergingen und das Bild, das sich ihnen bot, veränderte sich nicht. Diemas brummte ungeduldig, dann räusperte er sich. „Ich möchte etwas versuchen“, sagte er langsam. „Dort drüben, ganz am Rand des Kreises, liegt ein Tier, das ich für noch nicht ganz ausgewachsen halte. Es ist unruhig, es hat sich schon ein paarmal bewegt.“ Er schwieg kurz. „Ich glaube, es reagiert auf meine Anwesenheit.“

„Bist du dir sicher?“, fragte Titus scharf.

„Nein, wie sollte ich“, fauchte Diemas gereizt. Als reagiere sie auf seine Stimme, bewegte sich die Katze von neuem. „Ich werde es trotzdem versuchen. Vielleicht kann ich diese Katze dazu bringen aufzustehen und sich noch ein wenig weiter von den anderen zu entfernen. Eine bessere Möglichkeit werden wir nicht bekommen und wenn wir die ganze Nacht hier herumsitzen.“

Raine grinste, in der Dunkelheit sah es zum Glück niemand. Diemas verlor nur selten die ruhige Gelassenheit, die ihn sonst auszeichnete. Er hatte eine winzige Lücke gefunden, einen schmalen Pfad in das Bewusstsein der Katze. Seine Instinkte drängten ihn es sofort zu versuchen. Selbst Raine wusste inzwischen, wie wichtig es war darauf zu hören, wenn man mit einer Gabe arbeitete.

„Probier es aus“, stimmte Titus knapp zu. „Raine, hast du alles, was du brauchst um das Portal schnell zu öffnen?“

„Keine Sorge. Ich sehe es deutlich.“

„Jaron?“

„Alles bereit.“

„Dann los.“

Diemas atmete tief ein und richtete sich ganz auf. Sein Blick war fest auf die Katze gerichtet, die er ausgewählt hatte. Er durfte sie nicht wieder loslassen, solange er an der Verbindung arbeitete. Wie ein beständiger Strom floss sein Ruf dem Tier entgegen. Er musste vorsichtig sein und durfte es nicht zu sehr bedrängen, sondern nur ein wenig in Unruhe versetzen.

Die Pfoten des Jungtieres zuckten wie im Traum, dann rollte es sich herum, kam auf die Füße und streckte den Rücken durch. Jetzt sah man deutlich, dass es tatsächlich noch nicht ganz ausgewachsen war. Eine erwachsene Katze in der Nähe hob den Kopf und schnaubte leise. Obwohl sie so weit entfernt waren, konnten sie es alle durch Diemas Verbindung hören. Die Erwiderung des Jungtieres hörte sich wie ein Maunzen an, dann tappte es davon. Die andere Katze streckte sich wieder aus.

Das Jungtier verließ den schützenden Kreis und entfernte sich ein Stück von den anderen, dann blieb es stehen. Diemas hielt die Luft an. „Jetzt!“, stieß er hervor. „Ich kann es für kurze Zeit dort festhalten.“

Als sich das Portal lautlos öffnete, tauchte die Katze direkt vor Raine auf. Sie wandte erschrocken den Kopf, aber Diemas und Jaron waren über ihr, bevor sie reagieren konnte. Titus sicherte die beiden ab. Diemas schlang der Katze einen Arm um den Hals und drückte ihren Körper mit seinem Gewicht zu Boden. Jaron schaffte es einen Sack über ihren Kopf zu ziehen, bevor sie nach ihm schnappen konnte. Der Sack war mit einem Kräutersud getränkt. Mit jedem Atemzug zog die Katze den beißenden Dunst in ihre Lunge, während sie verzweifelt versuchte sich zu befreien. Bis die Muskeln erschlafften, musste Diemas seine ganze Kraft aufbieten, um das Tier am Boden zu halten.

Dann war es geschafft. Jaron wollte Diemas zu Hilfe kommen, aber er hielt ihn davon ab. „Ich nehme sie allein. Ich will, dass nur mein Geruch an ihr ist, wenn sie aufwacht. Alles andere würde sie überfordern.“ Er sprang auf und lud sich den schlaffen Körper auf die Schultern. Jaron zog den Sack vom Kopf des Tieres und folgte ihm.

Diemas hatte das Portal fast erreicht, als der Warnschrei einer erwachsenen Katze die Stille zerriss. Andere Stimmen antworteten, auch menschliche. Im nächsten Augenblick stürmte die Katze aus der Dunkelheit auf sie zu. Die Eleganz der kraftvollen Bewegungen war atemberaubend. Obwohl der Durchgang so nah war, würden sie es nicht alle schaffen ihn zu passieren, bevor das Tier sie erreichte.

„Schnell!“ Titus versetzte Jaron einen Stoß, als er sich zum Kampf stellen wollte statt Diemas zu folgen. „Alle auf die andere Seite! Ich halte die Katze auf.“

Er zog seine Waffe nicht, stattdessen streckte er die Arme in die Luft. Der Wind reagierte sofort. Er kam zu ihm, als habe er auf den Ruf gewartet und wirbelte Staub und altes Laub auf, bis ein Schleier entstand, der Titus und die angreifende Katze trennte. Sie wurde zurückgetrieben und fand keinen Weg hindurch. Der Wind erstarb erst, als Titus auf die andere Seite trat und Raine das Portal schloss. Sie waren zurück an ihrem Beobachtungspunkt, doch auch hier würden sie nicht lange in Sicherheit sein, wenn die Jagd begann.

„Kannst du das nächste Portal sofort öffnen?“, fragte Titus und ließ seine Hand auf Raine Schulter sinken. „Wenn nicht, müssen wir uns eine bessere Verteidigungsposition suchen.“

Raine lief inzwischen vor Anstrengung der Schweiß über das Gesicht, aber noch stand er auf den Beinen. „Nur noch einen Moment, dann bin ich soweit. Bleibt in Deckung!“

Er kämpfte um Konzentration, damit er das Bild so genau wie möglich erschaffen konnte und ihm kein Fehler unterlief. Er musste sie nah an den Käfig heranbringen, den sie für die Katze vorbereitet hatten. Das Tier fing schon wieder an sich zu regen. Zum Glück war ihr Ziel Raine genauso vertraut wie seine Hand.

Diesmal musste er Kraft aufwenden um das Tor zu öffnen. In seinem geschwächten Zustand war es fast zu viel für ihn. Jemand legte einen Arm um ihn und stützte ihn, keinen Augenblick zu früh. Dann war es geschafft. Das Portal stand offen und Raine stolperte mit Titus Hilfe hindurch. „Schließ es! Schnell!“ Der scharfe Befehl wurde so tief in sein Bewusstsein gestoßen, dass er ihn schon aus Reflex befolgte. Einen Atemzug später gaben seine Knie nach und er sackte zusammen. Jemand half ihm sich hinzulegen.

„Gut gemacht, Kleiner!“ Plötzlich schwebte Kierans grinsendes Gesicht über ihm. „Gerade noch zur rechten Zeit.“

„Sind alle zurück?“, krächzte Raine.

„Alles in Ordnung. Und niemand ist verletzt.“ Ein wilder Schrei ließ Kieran zusammenzucken. „Die Katze ist schon wieder wach.

Sie scheint zäher zu sein als wir alle zusammen. Hoffentlich ist Diemas klar, was er sich damit eingebrockt hat."

In dieser Nacht schlief Raine zum ersten Mal seit längerer Zeit in seinem eigenen Bett. Als Kieran vorgeschlagen hatte die Katze zur Zuflucht zu bringen, war Diemas zunächst skeptisch gewesen. Die Karon würden den Verlust des Jungtieres nicht hinnehmen und ihre Fähigkeiten als Fährtenleser waren legendär. Andererseits hatten die Prinzen keine Spuren hinterlassen, denen man folgen konnte, weil sie ein Portal benutzt hatten. Außerdem bekam Diemas in ihrem Versteck die Ruhe und Abgeschiedenheit, die er brauchte. Er ließ sich schließlich überzeugen.

Der Käfig ließ sich zu einem größeren Gehege öffnen, das auf drei Seiten von hohen Felsen umgeben war und nach vorn von einem stabilen Holzzaun verschlossen wurde, den die Katze nicht überspringen konnte. Es wäre grausam gewesen, das Tier auf die Dauer in dem kleinen Käfig gefangen zu halten, Diemas wollte aber auch nicht riskieren, dass es davonlief. Das große Gehege war für den Anfang die beste Lösung.

Nur Raine war bei Diemas geblieben, die anderen waren fort. Es war ihnen beiden recht so. Diemas konnte keine Ablenkung gebrauchen, wenn er begann sich der Katze zu nähern, und Raine musste noch immer regelmäßig längere Ruhepausen einlegen, weil er schnell erschöpft war. Sie konnten aufeinander achten ohne sich dabei in die Quere zu kommen.

Win, Diemas schwarzer Hund, hatte seinen Herrn begeistert begrüßt, aber der Geruch der Katze irritierte ihn. Diemas hoffte, dass sich das gab, sobald die neue Verbindung hergestellt war.

Wenn sie sich denn überhaupt herstellen ließ.

Diemas hatte sich noch nie mit einem Tier verbunden, das nicht schon von sich aus einen ersten Schritt auf ihn zu gemacht hatte. Schwache Anzeichen dafür waren da gewesen, doch normalerweise war das viel zu wenig. Er hatte es sich nicht leisten können weiter zu warten, deshalb hatte er der Katze keine Wahl gelassen und sie aus ihrer vertrauten Umgebung herausgerissen. Nicht gerade ein guter Anfang um eine vertrauensvolle Beziehung aufzubauen. Ein Teil von ihm schämte sich dafür, was er diesem stolzen Tier angetan hatte, ein anderer Teil wusste genau, dass es ihre einzige Möglichkeit war, mit den Karon in Kontakt zu kommen. Die geistige Verbindung zwischen Katze und Mensch war ihnen heilig. Ein Krieger, dem es nicht gelang sie herzustellen, wurde verachtet.

Die Katze war ein junges Weibchen, noch kein ganzes Jahr alt. Sie war im richtigen Alter um die Verbindung einzugehen, aber nichts auf der Welt konnte sie dazu zwingen. Schon gar nicht ein Fremder, dem sie zutiefst misstraute und der sie gefangen hielt.

Sie gab nicht auf, sie fand sich nicht mit ihrer Lage ab. Unruhig umkreiste sie das Gehege und schlug ihre Krallen immer wieder schäumend vor Wut in das Holz. Gefangenschaft kannte sie nicht und die vielen fremden Gerüche machten sie nervös. Das Fleisch, das Diemas zu ihr hinuntergeworfen hatte, rührte sie nicht an, sie schnaubte jedes Mal verächtlich, wenn sie in der Nähe vorbeistrich. Lediglich das Wasser hatte sie akzeptiert. Wenn Diemas vorsichtig seine Gabe nach ihr ausstreckte, schlug ihm Wut entgegen. Sie empfand auch Furcht, aber die Wut war stärker.

Doch trotz allem und obwohl die Katze sich so heftig dagegen wehrte, war der Kontakt da und damit die erste Bedingung für eine Verbindung erfüllt. Die Katze wusste immer, wann Diemas in ihrer Nähe war, lange bevor sie seine Witterung aufnahm. Jedes Mal, wenn ihr Geist ihm ihre Ablehnung entgegen schrie, wurde diese Brücke ein wenig fester. Diemas versuchte ihr zu verstehen zu geben, dass er nicht ihre Unterwerfung wollte, sondern ihre Freundschaft. Er zeigte ihr, was ihn mit Laran und Win verband und versprach ihr, dass es zwischen ihnen genauso werden konnte. Volles Vertrauen, keine Einschränkungen mehr. Sie fauchte ihn an und nannte ihn im Grunde einen Lügner.

Für Diemas war ein Gespräch mit einem Tier ebenso real wie ein Gespräch mit einem Menschen. Es lief auf einer anderen Ebene ab, aber das war der einzige Unterschied. Auch ohne eine dauerhafte Verbindung konnte er oft Kontakt herstellen und Wünsche übermitteln, die meistens erfüllt wurden. Er benutzte niemals Zwang, drang niemals mit Gewalt in einen anderen Geist ein und unterwarf ihn. Wer so etwas tat, war in seinen Augen ein Verbrecher.

Die feste Verbindung war viel mehr als eine oberflächliche Kontaktaufnahme. Für Win und Laran hatte Diemas seine Seele geöffnet und nichts zurückgehalten. Das gleiche Geschenk hatte er uneingeschränkt zurückbekommen. Nur wenige Menschen standen ihm so nah wie diese beiden und kannten ihn so gut. Für sie würde er sein Leben aufs Spiel setzen, genauso wie sie für ihn. Das absolute Vertrauen, das sie einander entgegenbrachten, machte die Schönheit dieser Verbindungen aus. Für Diemas waren sie genauso notwendig wie die Luft zum Atmen. All das wollte er nun auch mit dieser Katze. Es war längst nicht mehr eine Entscheidung aus einer taktischen Überlegung heraus, dafür war er schon zu weit gegangen. Es fühlte sich lebensnotwendig an.

Diemas kletterte von der Rückseite her auf die Felsen und sah von hoch oben in das Gehege hinab. Anfangs fauchte die Katze ihn wütend an, dann ignorierte sie ihn. Er hatte versucht ihr ihren Namen abzuschmeicheln, aber nur ein verärgertes Schnauben zurückbekommen. Jetzt nannte er sie Kleine und freute sich, weil sie trotz ihres Zorns jedes Mal die Ohren spitzte, wenn er sie so ansprach. Ja, diesen Namen würde sie in seinen Gedanken immer behalten, gleichgültig wie sie tatsächlich hieß.

Er grinste, aber die Freude hielt nicht lange an. Wenn die Verbindung nicht zustande kam, was sollte dann mit ihr geschehen? Vielleicht erholte sie sich nie mehr von dieser Erfahrung. Vielleicht zerbrach sie an der Gefangenschaft und ihr starkes, strahlendes Wesen wurde zerstört. Es wäre eine Schande, Diemas würde sich für den Rest seines Lebens dafür schämen. Er schwor sich, dass er keinen zweiten Versuch machen würde, wenn es tatsächlich so kam. Dann musste ein anderer Weg zur Verständigung mit den Karon gefunden werden. Doch das war eine Illusion, gestand er sich ein. Gelang die Verbindung nicht, würden die Karon ihn und seine Brüder zu ihren Todfeinden erklären. Eine Chance auf Frieden gab es dann nicht mehr.

In den Kämpfen hatte er schon Katzen gegenübergestanden und es jedes Mal bedauert, wenn er eines der stolzen Tiere töten musste. Sie wichen nicht zurück, sie gaben nicht auf, nicht einmal wenn es aussichtslos war. Ihre Loyalität zu den Menschen, mit denen sie sich verbunden hatten, war nicht zu durchbrechen, nur der Tod konnte sie stoppen. Auf Diemas Gabe reagierten verbundene Katzen nicht, er fand keinen Zugang zu ihnen. Er respektierte sie für ihre bedingungslose Treue und bedauerte ihren Tod umso mehr. Die Katze dort unten in dem Gehege war noch keine Verbindung eingegangen, das hieß aber noch lange nicht, dass sie einen Menschen akzeptieren würde, der kein Karon war.

Die Karon waren davon überzeugt, dass die Verbindung nur entstehen konnte, wenn das Tier den Charakter des Menschen akzeptierte. Diemas hielt diese Vermutung für richtig. Wie sollte er es dann aber schaffen ein Tier zu überzeugen, dem er Unrecht zugefügt hatte? War das überhaupt noch möglich?

Nein. Er rief sich selbst zur Ordnung. Der Anfang war schon gemacht. Selbst auf weite Entfernung war eine erste lose Verbindung entstanden. Das musste etwas zu bedeuten haben, so etwas geschah nicht ohne Grund. *Ich brauche dich*, schickte Diemas zu der Katze hinunter. *Gib mir eine Chance.* Sie zuckte zusammen und blieb kurz wie erstarrt stehen, eine Pfote in der Luft, dann nahm sie ihre unruhige Wanderung wieder auf. Sie wandte Diemas den Rücken zu und stellte keinen Blickkontakt her, obwohl sie genau wusste, wo er war. Sie verweigerte sich total.

Sie leidet, dachte er. *Sie braucht mehr. Sie hat mehr verdient.*

Er war schon auf den Beinen, bevor er sich ganz darüber klar geworden war, was er tun wollte. Dann gab es keinen Zweifel mehr, nur noch Gewissheit. So und nicht anders musste es geschehen. Er kletterte so eilig von den Felsen herunter, dass er ausrutschte und sich erst im letzten Moment abfangen konnte. Ein Stück über dem Boden gab er auch die letzte Vorsicht auf und sprang, damit es schneller ging.

Der harte Aufprall fuhr ihm durch die Knochen, aber er beachtete ihn genauso wenig wie seine aufgeschürften Hände. Er konnte keine Minute länger warten. Was er tun musste, war dringend notwendig, er brauchte es genauso sehr wie die Katze. Vielleicht sogar noch mehr. Er hatte sich die ganze Zeit über eingeredet, dass ihm gar nichts anderes übrig geblieben war als sie gegen ihren Willen aus ihrer Gemeinschaft herauszureißen und einzusperren. Es war notwendig, damit ein Frieden mit den Karon möglich wurde. Das Leben vieler Menschen hing von seinem Erfolg ab, deshalb war jedes Mittel erlaubt. Dieses Argument war stichhaltig, aber die leise Stimme seines Gewissens schwieg trotzdem nicht. Wie er es auch drehte und wendete, was er der Katze angetan hatte, war Unrecht.

Er wollte gerade losrennen, als sich eine Hand fest um seinen Arm schloss. Jemand schrie ihn an und ließ nicht los, als er versuchte sich zu befreien.

„Diemas! Was ist los? Sprich mit mir!"

Leicht benommen und mit den Gedanken weit fort starrte er in Raines besorgtes Gesicht. „Lass mich los. Ich muss..." Er wollte es erklären, doch er fand keine Worte dafür. Er wusste nur, dass etwas geschehen musste, jetzt sofort. Das abgrundtiefe Leid der Katze würde ihn zerstören, wenn er nichts dagegen unternahm. Es würde nichts von ihm übriglassen.

Raine hielt Diemas jetzt auch noch an der Schulter fest und weigerte sich ihn in diesem Zustand gehen zu lassen. Irgendwie musste er seinem Bruder verständlich machen, warum er ihn nicht aufhalten durfte. „Sie leidet", stieß er hervor. „Sie stirbt. Ich muss zu ihr."

„Die Katze?", fragte Raine verständnislos. „Es geht ihr gut, ich habe gerade nach ihr gesehen. Sie rennt die ganze Zeit herum."

Diemas verzog das Gesicht und schüttelte wild den Kopf. „Du verstehst nicht. Ich kann es fühlen. Ich habe ihr alles genommen und nichts von mir gegeben. Ich muss zu ihr."

Raine verschlug es einen Moment lang die Sprache. „Du kannst nicht in dieses Gehege gehen", brüllte er dann los. Weil ihm schon wieder die Knie weich wurden, hängte er sich mit seinem gesamten Gewicht an Diemas. „Die Katze ist völlig ungezähmt und hält dich für ihren Feind. Sie bringt dich um."

„Nein. Du verstehst nicht. Ich bin schuld, dass sie leidet. Damit kann ich nicht leben."

„Dann lass sie frei. Öffne das Tor und lass sie heraus. Sie findet bestimmt den Weg zurück."

„Daran würden wir beide zerbrechen." Diemas schauderte. „Die Verbindung ist fast vollständig. Weder die Katze noch ich können so weiterleben." Er sah Raine mit wildem Blick an. „Wir haben über unsere Gaben gesprochen und dass sie uns manchmal zu Dingen drängen, die andere nicht verstehen können. Ich kann dir keinen Beweis liefern, aber ich bin mir sicher, dass ich das tun muss. Du musst mir vertrauen."

Raine erstarrte. Er hatte ganz ähnliche Worte benutzt, als er immer wieder darauf gedrungen hatte, in die Burg zurückzukehren. Er wusste nur zu gut, wie es sich anfühlte, wenn man seinen Überzeugungen nicht folgen konnte, doch jetzt lernte er zum ersten Mal die andere Seite kennen. „Ich habe Angst um dich", sagte er rau.

„Das gehört zum Leben." Diemas lächelte schwach. Er war etwas ruhiger geworden, aber das änderte nichts an seiner Entschlossenheit. „Manchmal müssen wir tun, wozu wir getrieben werden. An diesem Punkt bin ich angekommen. Es gibt kein Zurück mehr. Es gibt nur noch diesen Weg, wenn das hier nicht in einer Katastrophe enden soll."

Als Raine seinen Bruder losließ, sackten seine Arme kraftlos nach unten. „Geh, aber komm zu uns zurück. Wir brauchen dich."

Diemas sah ihn ernst an. „Was auch geschieht, misch dich nicht ein", bat er. Dann wandte er sich um und rannte los. Raine folgte ihm viel langsamer und von erstickender Furcht erfüllt.

Diemas riss den schweren Riegel zur Seite und stieß die Tür des Geheges weit auf. Auf der anderen Seite, dicht bei den Felsen der Rückwand, erstarrte die Katze mitten in der Bewegung. Diemas machte sich nicht die Mühe das Tor hinter sich zu schließen. Entweder die Verbindung schloss sich ganz und gar oder er würde an diesem Ort sterben.

Er trat aus der Deckung heraus, bis er völlig ungeschützt dastand. *Hier bin ich,* schickte er aus. *Ich verstecke mich nicht mehr und ich halte dich nicht mehr gefangen. Ich liefere mich dir aus, so wie du mir ausgeliefert warst. Triff deine Entscheidung.*

Die Katze brüllte. Der Laut war rau und wild, doch diesmal hörte Diemas auch den Schmerz, der darin lag. *Ich habe richtig vermutet,* gestand er ein. *Verzeih mir, dass ich es so spät verstanden habe. Ich schäme mich für das, was ich getan habe.*

Die Katze erwachte aus ihrer Erstarrung. Sie machte einen großen Satz nach vorn, dann wurde sie wieder reglos. Jetzt war der Blickkontakt da, sie brach ihn nicht mehr. Ihre goldbraunen Augen kamen ihm heller vor als noch vor ein paar Minuten. Alles an ihr war eine einzige Drohung. Alles an ihr war wunderschön. Diemas empfand durchaus Furcht, aber die Faszination war stärker. Er hielt sein Versprechen und blieb weiter reglos stehen, auch als sie einen weiteren Satz machte und noch einmal brüllte. Er hatte vor um dieses prächtige Geschöpf zu kämpfen, selbst wenn der Einsatz sein Leben war. Weniger wurde ihr nicht gerecht.

Als sich die Katze diesmal in Bewegung setzte, hielt sie sich nicht mehr zurück. Sie wurde immer schneller und stieß sich kraftvoll ab, als sie Diemas fast erreicht hatte. Ihr Schwung warf ihn zu Boden, dann war sie über ihm und hielt ihn nieder. Ihre Krallen schnitten durch sein Hemd und seine Haut. Sie schob ihren Kopf dicht an ihn heran, ihre Zähne berührten fast seine ungeschützte Kehle. Diemas hörte Raine schreien und bat ihn im Stillen sein Versprechen zu halten. Er rührte sich nicht und machte keinen Versuch sich zu wehren. Seine Arme lagen frei neben seinem Körper, die Hände offen, die Finger entspannt. Die Katze hockte über ihm und bewegte sich ebenfalls nicht mehr.

Er sah ihr in die Augen, sah ihre Zweifel, ihre Verunsicherung, aber auch das verzweifelte Bedürfnis sich zu verbinden, das sie miteinander teilten. *Lass los,* bat er leise. *Lass es zu. Ich habe es schon getan.*

Die Katze starrte ihn an, als versuche sie durch seine Augen direkt in seine Seele zu blicken. Er erwiderte ihren unverwandten Blick und öffnete sich noch weiter. Etwas in ihm schmolz und dann spürte er es auch in ihr. *Endlich,* dachte er. *Endlich.*

Sie drohte nicht mehr, sie hatte den Kopf gehoben. Langsam und bedächtig zog sie die rechte Vorderpfote zurück und stellte sie neben Diemas Schulter ab. Genauso vorsichtig beugte sie sich wieder hinunter und leckte das Blut von den Wunden, die ihre Krallen ihm geschlagen hatten.

Es tut mir leid.

Der erste Kontakt, den sie von sich aus herstellte, fühlte sich an wie eine sanfte Berührung. Er war ein kostbares Geschenk.

Es ist nur gerecht. Mein Blut für das, was ich dir angetan habe.

Diemas hob die Hand, ebenso langsam wie sich die Katze bewegt hatte. Er schob die Finger in ihr dichtes, weiches Fell, streichelte es vorsichtig. Sie wich der Berührung nicht aus, sie lehnte sich hinein.

Sag mir deinen Namen, bat er.

Wenn Katzen lachen konnten, dann tat sie es in diesem Moment.

Du kennst ihn doch schon. Du hast ihn ausgesucht. Er gefällt mir.

Er lachte, er konnte nicht anders. *Kleine,* sagte er zufrieden. Sie schmiegte sich noch fester an seine Hand.

15. Kapitel

„Es muss etwas geschehen. So kann es nicht weitergehen.“

Hanna presste die Wange noch fester in das weiche Kissen auf dem Bett des Königs und wünschte sich, sie könnte einfach die Augen schließen und sich davontreiben lassen. Aber das kam nicht in Frage.

Irgendwie hatten sich die Rollen vertauscht. Jetzt war sie es, die schlaff auf dem Bett lag und der König lief unruhig durch den Raum. Seit ein paar Tagen ging das schon so, er machte immer größere Fortschritte. Als Hanna gefragt hatte, ob er denn gar keine Angst habe erwischt zu werden, hatte er ihr erklärt, dass die Verhüllten nur zu festen Zeiten nach ihm sahen. Dazwischen ließen sie ihn in Ruhe.

Mit großen Schritten kam Edwin zu ihr herüber. Er hatte sichtlich Freude daran, dass seine Muskeln ihm wieder gehorchten. Seinem besorgten Blick entging keines der Anzeichen von Hannas Erschöpfung. Mit einem leisen Fluch wandte er sich ab und nahm seine Wanderung wieder auf, um gleich darauf stehenzubleiben und die Faust gegen die Wand zu schmettern. Schwer atmend und mit tief gesenktem Kopf rang er um Fassung.

„Du wirst jeden Tag schwächer, Hanna. Du verschwindest direkt vor meinen Augen.“

Das spielt keine Rolle, dachte sie müde, hütete sich aber die Worte auszusprechen. Er würde es nicht verstehen. Er ahnte nichts von dem dunklen Abgrund, der sich in ihrem Inneren aufgetan hatte und an jedem neuen Morgen ein wenig mehr von ihr verschlang. Er durfte es nicht wissen.

„Du machst immer größere Fortschritte“, sagte sie stattdessen. „Es wird nicht mehr lange dauern.“

„Für dich ist es zu lange“, blaffte er unbeherrscht.

„Dann hilft dir jemand anders. Glaub mir, du wirst frei sein.“

Er lachte auf, bitter und voller Zorn. „Du willst mich nicht verstehen. Ich will nicht mein Leben gegen deines eintauschen. Das hast du nicht verdient.“

Ich sterbe sowieso, dachte sie. Warum dann nicht wenigstens im Dienst einer guten Sache? Es ging ihr wirklich immer schlechter und Meira wusste nicht mehr, was sie dagegen tun sollte. Keines ihrer Mittel wirkte noch, keines brachte eine Besserung. Die Heilerin sprach es nicht aus, aber Hannas Zeit lief ab und sie wehrte sich nicht mehr dagegen.

Sie war gekommen um ihre Liebe wiederzufinden und endlich bei Raine zu sein. Diese Entscheidung hatte sie mit dem Herzen getroffen, doch ihr Herz war getäuscht worden. Sie führte ihr zweites Leben genauso in Einsamkeit wie ihr erstes. Zu Anfang hatte sie auf ein Wunder gehofft, aber zusammen mit ihrer körperlichen Stärke verschwand auch die Hoffnung. Mehr konnte sie nicht ertragen. Sie war am Ende.

„Du musst leben", sagte sie matt. „Lass sie nicht gewinnen. Lass nicht zu, dass die Verhüllten deine Welt übernehmen."

Er fuhr zu ihr herum. „Meine Welt? So etwas hast du schon einmal gesagt. Sag mir die Wahrheit, Hanna! Was geht hier vor?"

„Es spielt keine Rolle", murmelte sie. Verflixt, das hatte sie doch nicht sagen wollen.

Mit zwei Schritten war er bei ihr und zog sie zu sich hoch, bis sie auf dem Bett saß. Obwohl seine Antwort barsch klang, hielt er sie so vorsichtig fest, als sei sie aus Glas. „Das musst du schon mir überlassen. Noch bin ich der König."

Sie wollte lachen und ihn an seine eigenen Worte erinnern, dass sein Rang keine Bedeutung mehr hatte, aber beides kam nicht in Frage. „Bitte", sagte sie leise. „Lass es gut sein. Ich habe mich damit abgefunden."

„Aber ich nicht." Er zischte ihr die Worte direkt ins Gesicht.

Raine hat seine Augen, dachte Hanna verträumt. *Vielleicht haben sie auch dasselbe Lachen. Aber der König lacht so selten. Warum lacht er so selten?*

Ich verliere den Verstand, meldete sich eine andere Stimme zu Wort. *Die Hoffnung habe ich schon verloren, dann kommt es darauf auch nicht mehr an.*

„Hanna!" Das Gesicht des Königs war jetzt ganz nah vor ihr. Er sah sie mit einer Mischung aus Zorn und Sorge an. „Wage es nicht, dich einfach davonzustehlen. Wenn ich die Burg verlasse, nehme ich dich mit. Wir schlagen uns zu meinen Söhnen durch. Mit ihrer Hilfe kommt alles wieder in Ordnung." Er schüttelte den Kopf und das Feuer in seinen Augen erlosch. „Ich weiß nicht, wie ich es ohne dich schaffen soll", gab er leise zu. „Du erhältst meine Hoffnung am Leben."

Hanna stöhnte. Ihr benommener Verstand war an seinen ersten Worten hängen geblieben und ihm nicht weiter gefolgt. „Raine." Der Name kam über ihre Lippen, bevor sie es verhindern konnte.

Der König keuchte vor Überraschung. „Du kennst einen meiner Söhne. Woher? Wo bist du ihm begegnet?" Hanna schüttelte den Kopf, sie wollte nicht antworten. „Bei den Feuern der Hölle", fluchte der König unbeherrscht. „Das ertrage ich nicht. Sprich endlich mit mir. Ich schwöre, ich werde nicht schlecht von dir denken. Das könnte ich gar nicht", fügte er sanfter hinzu.

„Ich habe ihn... weit entfernt von hier getroffen", sagte Hanna vorsichtig, doch der König durchschaute sie mühelos. „In deiner Welt", sagte er. „Jetzt verstehe ich. Jetzt passt alles zusammen. Raine hat also die Gabe Türen zu öffnen."

Hanna sah ihn flehend an. „Du darfst nicht schlecht von ihm denken. Er hat nichts Schlechtes getan, das schwöre ich dir."

Er lächelte schief. „Ich kenne meine Söhne. Sie mögen manchmal leichtsinnig sein, aber sie sind durch und durch ehrenhaft. Trotzdem ist es ein Schock. Raine besitzt die Teufelsgabe." Er sah Hanna scharf an. „Wie hat er dich hergeholt, wenn du nicht in diese Welt gehörst? Warum ist er nicht gekommen, um dich von diesem schrecklichen Ort fortzubringen? Er muss doch wissen, dass du in der Burg in Gefahr bist."

„Er weiß nicht, dass ich hier bin. Er denkt, er hat mich für immer verloren."

„Aber wieso? Du liebst ihn, sonst wärst du nicht gekommen, und er muss dich auch lieben, sonst hätte er dir keine Tür geöffnet."

„Ich erzähle es dir morgen. Es ist schon viel zu viel Zeit vergangen. Du musst jetzt trinken."

Er starrte sie an, als habe sie wirklich den Verstand verloren, doch dann gab er nach. „Du hast Recht. Morgen, Hanna. Morgen erzählst du mir alles. Keine Ausflüchte mehr."

Am nächsten Tag schaffte Hanna den Weg zu den Räumen des Königs nicht mehr auf ihren eigenen Füßen. Sie machte am Arm des Wächters ein paar Schritte, stolperte, versuchte es noch einmal und wäre zusammengebrochen, wenn er sie nicht aufgefangen hätte. Er hob sie hoch, blieb dann aber stehen. Sie lehnte den Kopf müde an seine Schulter. Die Kraft Abstand zu halten besaß sie nicht mehr. Als er sich nicht bewegte, sah sie zu ihm auf. Seine Augen glänzten seltsam. Er starrte sie mit fest zusammengebissenen Zähnen an, dann ging ein Ruck durch ihn hindurch. „Ich bringe dich zurück. Diesmal lasse ich es nicht zu. Diesmal nicht", murmelte er heiser.

Hanna bekam den Stoff seines Hemdes zu fassen und klammerte sich daran fest. „Du musst. Bitte. Es ist nicht die Schuld des Königs. Sag es allen. Er braucht Hilfe."

„Hanna, du hast kaum die Kraft die Augen aufzuhalten! Du hast genug getan."

Sie schaffte es ihn anzulächeln, schwach und zitterig, aber es war ein echtes Lächeln. „Bitte! Ich muss zu ihm. Es fehlt nicht mehr viel, dann ist er frei. Solange halte ich durch."

„Die Verhüllten bringen dich um, wenn sie es herausfinden. Ich lasse das nicht zu!" Der Wächter flüsterte die Worte nur, aber es klang wie ein verzweifelter Schrei.

Mit Mühe hob Hanna die Hand und berührte seine Wange. „Sag mir deinen Namen", bat sie.

„Stefan", sagte er überrascht. „Ich heiße Stefan."

Es gelang ihr noch einmal ihn anzulächeln. „Ein guter Name. Ich schaffe es nicht ohne dich, Stefan. Der König braucht mich und dich ebenso. Sei der Funke, der den Widerstand gegen die Verhüllten entzündet. Sei die Hoffnung, sei der Anfang. Und nun bring mich zum König."

Er rührte sich noch immer nicht. „Wie kannst du so sein? Gibt es denn nichts, wofür du leben willst?"

Ich habe es verloren, dachte Hanna. *Ich kann es nicht wiederfinden.* „Das hier ist alles, was ich habe. Nimm es mir nicht weg. Bitte."

Er antwortete nicht, aber er setzte sich wieder in Bewegung. Hanna lehnte sich an ihn und konzentrierte sich darauf den Trank nicht zu verschütten. Kurz vor der Tür zum Vorzimmer beugte

Stefan noch einmal den Kopf zu ihr hinunter. „Ich werde tun, worum du mich gebeten hast. Ich sorge dafür, dass es nicht umsonst ist.“ Er flüsterte die Worte heiser, ein Versprechen, das nur für sie bestimmt war. Sie sagte nichts, aber sie lehnte sich für einen Moment noch fester an ihn. Dann standen sie vor der Tür.

Stefan stellte Hanna vorsichtig auf die Füße, zog ihren Rücken an seine Brust und stützte sie. „Sei am Leben, wenn ich dich holen komme“, wisperte er in ihr Ohr, als er sich vorbeugte um anzuklopfen.

Der Ratgeber hatte schon gewartet, er riss die Tür sofort auf. Sein kalter Blick glitt über Hanna und registrierte, dass sie sich kaum auf den Beinen halten konnte. „Was ist los?“, fragte er barsch, als Stefan keine Anstalten machte sie loszulassen.

„Sie ist zu schwach zum Laufen. Ihr werdet sie tragen müssen.“ Stefan ließ sich nicht wie sonst einschüchtern. „Oder Ihr schickt sie zurück“, fügte er trotzig hinzu.

Der Verhüllte antwortete mit einer ungeduldigen Handbewegung. „Ich befolge nur die Befehle des Königs. Er will sie und keine andere.“ Er packte Hannas Arm und zog daran. „Lass sie los! Ihr Zustand ändert nichts.“

Hanna machte einen unsicheren Schritt nach vorn, als Stefan seinen Griff lockerte. Sie taumelte kurz, dann hatte sie sich gefangen. Der Verhüllte zog sie weiter von dem Wächter fort und schloss mit einem Tritt die Tür, als der Mann ihm folgen wollte. „Beweg dich!“, knurrte er Hanna an.

Sie versuchte es, sie versuchte es wirklich. Sie schaffte drei Schritte, dann sackte sie auf die Knie, hielt aber immer noch den Kelch sicher fest. Sie konzentrierte sich ganz auf diese Aufgabe und blickte nicht zu dem Ratgeber auf, der fluchend neben ihr stand.

Einen Augenblick lang geschah nichts, dann riss er ihr das Gefäß aus den Händen und stieß sie ganz zu Boden. Ihr Kopf schlug auf dem Holz auf und einen Augenblick lang verschwamm ihre Sicht vollständig. Es tat weh. Es tat weh und sie war so schrecklich müde.

Der Verhüllte zog sie nicht wieder auf die Beine. Sie hörte, wie er sich entfernte und gleich darauf die Tür zum Schlafraum aufriss. Der König stellte eine scharfe Frage, schien für einen

Moment seine Verstellung zu vergessen, dann hörte sie das zornige Knurren des Ratgebers. „Wie lange soll dieses Spiel noch weitergehen? Die Kleine ist völlig am Ende und trotzdem schafft Ihr es nicht sie zu töten? Das ist lächerlich! Diesmal trinkt Ihr vor meinen Augen, sobald ich Euch den Rest, der von ihr über ist, vor die Füße geworfen habe. Diesmal werdet Ihr es tun!“

Hanna wurde kalt vor Angst. Sie musste auf die Füße kommen. Wenn der Verhüllte den König zwang den Kelch ganz zu leeren, machte das alles zunichte, was sie erreicht hatten. Sie musste ihn ablenken, musste ihm geben, was er wollte. Vielleicht gelang es dann ihn zu täuschen.

Sie schaffte es nicht hochzukommen. Der Raum drehte sich schon, als sie nur den Kopf hob. Zitternd vor Angst und Schwäche schob sich über den Boden voran und stieß dabei einen Stuhl um. Das laute Krachen brachte den Ratgeber zu ihr zurück. Er zog sie an den Schultern hoch und zerrte sie weiter. Ihre Füße schleiften hilflos über den Boden und ihr war übel. Sie versuchte sich so schwer wie möglich zu machen und kämpfte um jede Sekunde, die sie herausschlagen konnte. Stumm betete sie darum, dass der König diese Zeit nutzte.

Der Ratgeber fluchte laut und stieß sie wütend von sich weg. Wieder schlug sie schwer auf. Diesmal beugte er sich zu ihr hinunter und schleifte sie hastig über den Boden. Erst als sie das Podest erreichten, hob er sie hoch und ließ sie auf das Holz fallen. Hanna blieb schlaff liegen, alles drehte sich um sie. Dann legten sich harte Hände um ihre Oberarme und schüttelten sie, bis ihre Zähne klapperten.

„Niemand wird dich holen, die Mühe lohnt nicht mehr“, fuhr sie der Ratgeber an. „Du kannst nicht mehr weglaufen. Er wird dich zerfetzen und dann gehört er endlich mir.“

Die letzten Worte gingen fast in dem rauen Schrei unter, den der König ausstieß. Hanna wurde losgelassen, die Tür fiel mit einem lauten Knall ins Schloss. Die durchdringenden Schreie des Königs gellten in ihren Ohren.

Hanna schloss die Augen und wehrte sich nicht, als sich ihr Bewusstsein immer mehr trübte. Es gab nichts mehr, was sie noch tun konnte.

Es war vorbei.

16. Kapitel

Raine schaute immer wieder zu Diemas hinüber, er konnte nicht anders. Sein Bruder strahlte eine solche Zufriedenheit, ein solches Glück aus, dass es unmöglich war sich nicht mit ihm zu freuen.

Sie ritten nebeneinander, Diemas saß auf Larans Rücken. Der Tagirahengst war kleiner als Raines Pferd, aber er hatte keine Probleme mitzuhalten. Im Gegenteil, wahrscheinlich war Laran immer noch frisch und munter, wenn Raines Pferd längst vor Erschöpfung zusammengebrochen war. Der schwarze Hund und die sandfarbene Katze flankierten die beiden Reiter. Ihre gemeinsame Verbindung mit Diemas hatte alle Berührungsängste ausgelöscht.

Sie hatten den Treffpunkt fast erreicht. Kieran hatte Diemas drei Tage gegeben um sich mit der Katze vertraut zu machen, länger durften sie auf keinen Fall warten. Niemand hatte allerdings damit gerechnet, dass Raine in der Lage sein würde ihn zu begleiten. Er war selbst überrascht, wie gut es ihm inzwischen ging.

Es hatte ihn all seine Selbstbeherrschung gekostet, Diemas allein und ungeschützt in das Gehege gehen zu lassen. Als sich die Katze auf seinen Bruder gestürzt hatte, hätte er den Kampf mit sich selbst fast doch noch verloren. Mit zitternden Knien hatte er alles beobachtet und es kaum fassen können, als die Verbindung tatsächlich zustande kam. In dem Moment, in dem die Katze ihre Entscheidung traf, schien die Welt den Atem anzuhalten. Danach war alles gut.

Diemas hatte vor sich den Karon zu stellen. Es musste schnell geschehen, bevor die Verbitterung über den Raub der Katze in offenen Hass umschlug. Sie hatten nur diesen einen Versuch, die Verbindung zu ihrem Vorteil zu nutzen. Akzeptierten die Karon nicht, was geschehen war, gab es keine weitere Möglichkeit zu einer Annäherung zu kommen. Dann herrschte offener Krieg.

Sie näherten sich dem kleinen Gehölz, das sie als Treffpunkt ausgewählt hatten. Die vier Pferde, die dort grasten, wurden unruhig, sobald sie die Katze witterten. Kieran und die anderen waren anscheinend schon vor einer ganzen Weile eingetroffen. Win rannte voraus, die Kleine blieb dicht an Larans Seite.

Der Hund stieß als erstes auf Wulf und begrüßte ihn so stürmisch, als wollte er ihn von den Füßen holen. Diemas und Raine hielten ihre Pferde ein Stück entfernt an und stiegen ab. Es war besser die Katze langsam mit den anderen vertraut zu machen. Die Kleine schmiegte sich an Diemas Bein und machte jeden Schritt mit ihm gemeinsam. Sie hatte alle Muskeln angespannt und fauchte immer wieder leise. Diemas ließ seine Hand in ihr Nackenfell gleiten und hielt den Kontakt, bis sie sich beruhigt hatte.

Kieran und Titus hatten Wins Begrüßung inzwischen ebenfalls hinter sich gebracht und kamen langsam näher, um die Kleine nicht noch weiter zu verunsichern. Bei den Katzen der Karon war der Beschützerinstinkt stark ausgeprägt. Alles, was auch nur in die Nähe einer Bedrohung kam, konnte zu einem Angriff führen, wenn sich Fremde näherten. Während Laran die Neuankömmlinge ignorierte, ließ die Kleine keinen Blick von ihnen.

Raine hatte die letzten Tage genutzt und sich gut mit der Katze vertraut gemacht. Er beobachtete, dass die Kleine nur kurz zu Kieran hinübersah und sich dann ganz auf Titus konzentrierte. Er war an ihrer Entführung beteiligt gewesen, seinen Geruch kannte sie und er machte sie misstrauisch. Als sie dann auch noch Jarons Witterung erkannte, wurde es noch schlimmer.

Diemas blieb stehen. Die Kleine schob sich ohne zu zögern vor ihn. Mit dieser Reaktion hatte sie auch den letzten Test bestanden. Die Verbindung war fest verankert. Niemand, auch keiner der Karon, konnte sie jetzt noch durchbrechen. Nicht ohne die Katze zu töten.

Die Kleine sah zu Diemas auf und kehrte dann an seine Seite zurück. Weiter würde sie sich nicht entfernen, aber sie akzeptierte, dass Diemas die Männer, die vorsichtshalber noch Abstand hielten, als Freunde ansah.

Kieran strahlte über das ganze Gesicht. „Unglaublich! Du hast es tatsächlich geschafft. Jetzt haben wir eine Chance."

Diemas grinste. „Wir sind uns ziemlich schnell einig geworden."

„Aber anscheinend nicht ohne Kampf." Mit dem geübten Blick eines Heilers hatte Jaron bemerkt, dass Diemas die linke Schulter etwas steif hielt.

„Ich habe nie damit gerechnet, dass sie sich kampflos ergibt. Es hätte ihrem Wesen widersprochen. Es sind nur Kratzer."

Kieran hatte sich inzwischen stirnrunzelnd Raine zugewandt. „Hältst du es für eine gute Idee uns zu begleiten? Als ich dich zum letzten Mal gesehen habe, warst du noch ganz schön angeschlagen."

Raine grinste. „Ich freue mich auch dich zu sehen. Es geht mir viel besser. Bisher habe ich keine Probleme."

„Erstaunlich." Kieran musterte Raine genau, war aber anscheinend zufrieden. „Jaron soll sich die Wunde noch mal ansehen, dann reiten wir weiter."

„Und wohin?" Raine zog sein Hemd beiseite, damit Jaron den Verband abnehmen konnte.

„Die Karon patrouillieren an der Grenze. Bis jetzt haben sie sie noch nicht überschritten. Ich schätze, es liegt daran, dass sie nicht wissen, in welche Richtung sie sich wenden müssen. Man könnte meinen, sie rechnen damit, dass die Katze von selbst zurückkommt." Er wandte sich Jaron zu. „Wie sieht es aus?"

„Die Wunde ist erstaunlich gut verheilt." Jaron sah zu Raine auf. „Hast du zusätzlich irgendetwas damit gemacht?"

„Ich benutze die Salbe, die Ana mir gegeben hat. Sie scheint gut zu wirken."

„Das ist noch untertrieben. Darüber muss ich mit ihr sprechen." Jaron grinste. „Sieht aus, als habe sie ein Wundermittel für dich gefunden."

„Was ist mit den Tagira?", schaltete sich Diemas ein. „Hat es Probleme gegeben?"

„Das Bündnis hält. Ich habe sie gebeten, sich von den Karon fernzuhalten. Das ist nicht ihr Kampf."

„Und hoffentlich auch bald nicht mehr unserer", brummte Titus. „Wie willst du vorgehen?"

„Ich reite direkt zu ihnen. Kein Verstecken mehr. Die Kleine und ich werden sie zusammen überzeugen."

„Die Kleine?“ Wulf schlug seinem Bruder lachend auf den Rücken. Die Katze fauchte leise und ließ ihn nicht aus den Augen, blieb aber ruhig. „Ist dir kein besserer Name eingefallen?“

„Sie hat ihn ausgewählt. Er gefällt ihr.“ Wulf lachte noch lauter.

Sobald Jaron Raine den Verband wieder angelegt hatte, ritten sie los. Wulf lenkte sein Pferd neben Diemas. „Hältst du es nicht für gefährlich Win mitzunehmen? Die anderen Katzen werden nicht gerade gut auf ihn reagieren.“

„Er gehört genauso zu mir wie Laran und die Kleine. Wenn es sein muss, wird sie ihn verteidigen. Die Karon gewöhnen sich besser daran, denn die Kleine wird nicht zögern. Sie hat ihre Seite gewählt.“

Wulf sah ihn skeptisch an. „Bist du dir da so sicher? Die anderen Katzen und der Stamm waren ihre ganze Welt. Ihr zwei seid euch gerade erst begegnet.“

„Das spielt keine Rolle mehr. Die Verbindung ist stärker als alles andere. So etwas kann man nicht halbherzig tun.“

Sie brauchten zwei Stunden um die Grenze zu erreichen. Raine war klar, dass Jaron ihn die ganze Zeit über im Auge behielt, aber es ging ihm wirklich gut. Doch während sein Körper ihm keine Probleme machte, setzten ihm seine Gedanken schwer zu.

Das Gefühl der Dringlichkeit war in den letzten Tagen zu einer offenen Wunde geworden. Die Zeit lief unwiderruflich ab, es war schon fast zu spät. Er konnte noch immer nicht genau sagen, worum es ging, nur dass es ernst war. Und er kannte das Ziel. Er musste so schnell wie möglich nach Hause.

Es würde nicht einfach werden, die anderen von der Notwendigkeit zu überzeugen. Seit er Ängste ausgestanden hatte, als Diemas sich ganz auf seine Gabe verlassen hatte, verstand Raine es besser. Es war nie leicht, auf die Instinkte zu hören, wenn die Logik dagegensprach. Wie auch immer, ob mit Unterstützung oder ohne, er würde sich nicht aufhalten lassen. Er durfte es nicht.

Wenn es ihnen überhaupt gelang mit den Karon ins Gespräch zu kommen, dann würde es schnell geschehen. Danach konnte er gehen, dann wurde seine Unterstützung nicht mehr unbedingt gebraucht. Kam es zum Kampf, standen ihre Chancen sehr schlecht. Sie spielten mit hohem Risiko, jetzt hieß es alles oder nichts. Raine wusste das alles und er verstand es auch, trotzdem brachte ihn die Ungeduld fast um.

Sie hatten die Grenze kaum passiert, als der erste Späher sie entdeckte. Weiterzureiten machte keinen Sinn mehr. Wo die Begegnung stattfand, spielte keine Rolle.

Sie hielten nicht ganz an, sie ließen die Pferde in einen gemächlichen Schritt fallen und vergrößerten den Abstand zueinander. Absprachen waren für solche Manöver schon lange nicht mehr nötig. Raine verlagerte sein Gewicht im Sattel ein wenig und überprüfte noch einmal seine Beweglichkeit. Alles in Ordnung. Sollte es zum Kampf kommen, war er bereit.

Die Karon hatten sich aufgeteilt und näherten sich von zwei verschiedenen Seiten. Raine schätzte, dass sie sich alles in allem ungefähr fünfzig Männern gegenübersahen, sie wurden allerdings nicht von ihren Katzen begleitet. Vielleicht hatten sie sie zurückgelassen, damit für die Sicherheit des Lagers gesorgt war, falls sich das Auftauchen der Prinzen als Ablenkungsmanöver herausstellte. Die Stammeskrieger hatten es nur mit sechs Gegnern zu tun und waren deutlich in der Überzahl, deshalb konnten sie auf diese Rückendeckung verzichten.

Die Karon näherten sich schnell und aggressiv. Die beiden Gruppen fächerten sich zu einem Halbkreis auf, machten aber keine Anstalten sie ganz zu umzingeln. Drei Reiter lösten sich von den anderen und kamen näher. Der mittlere Mann war groß und drahtig und nicht mehr jung. Lange, dunkle Haare umrahmten ein Gesicht mit harten Zügen. Seine Augen funkelten vor Zorn. Er hatte seinen langen Speer drohend erhoben und stieß einen herausfordernden Kampfschrei aus, bevor er sein Pferd zum Stehen brachte. Sein grimmiger Blick glitt abschätzend über die Reihe der Prinzen, die ihm mit ruhiger Gelassenheit entgegensahen. Dann sah er die Katze. Der Schrei, den er jetzt ausstieß, klang triumphierend. Diesmal nahmen ihn die anderen Krieger auf.

„Ihr habt es gewagt unser oberstes Gesetz zu brechen“, brüllte er ihnen entgegen. „Dafür werdet ihr sterben.“

Diemas trieb Laran mit den Knien ein paar Schritte nach vorn, dann sprang er aus dem Sattel. Der Hengst folgte ihm, als er mit Win an seiner Seite noch ein paar Schritte vortrat. Der Anführer riss seinen Speer hoch und wollte das Zeichen zum Angriff geben, doch in diesem Moment schoss die Kleine nach vorn, blieb kurz an Diemas Seite, als wollte sie etwas klarstellen und schob sich dann demonstrativ vor ihn. Ihre Haltung und das gesträubte Nackenfell ließen keinen Zweifel daran, dass es ihr ernst war.

Ein verblüfftes Murmeln lief durch die Reihen der Karon. Der Anführer senkte den Speer. Einen Moment lang war es still bis auf das herausfordernde Fauchen der Katze.

Und wieder hält die Welt den Atem an, schoss es Raine durch den Kopf.

Diemas stand ruhig da und hielt die waffenlosen Hände gesenkt. „Ich erhebe Anspruch auf diese Katze, genauso wie sie Anspruch auf mich erhoben hat. Wir sind verbunden." Titus sorgte dafür, dass seine Worte alle erreichten.

Einen Moment lang herrschte atemlose Stille, dann schrie der Anführer zornig auf. „Das ist unmöglich! Was habt Ihr getan? Mit welchem Zauber habt Ihr ihren Geist verwirrt?" Seine Stimme überschlug sich fast. „Was habt Ihr ihr angetan?"

„Ich habe mich ihr in Demut geöffnet und sie hat dasselbe getan. Das Ergebnis seht ihr. Alle Bedingungen wurden erfüllt."

„Ihr habt sie entführt", brüllte der Anführer. Sein Pferd tänzelte wild, er konnte es kaum bändigen. „Sie hatte keine Wahl."

„Am Ende hatte sie die Wahl. Sie hätte mich töten und zu Euch zurückkehren können. Stattdessen hat sie sich aus freiem Willen mit mir verbunden."

„Unsere Katzen binden sich nur an Karon, nicht an solchen Abschaum wie Euch."

„Öffnet Eure Augen, dann seht Ihr, dass Ihr Unrecht habt. Wollt Ihr Euren eigenen heiligen Bund verleugnen?"

„Ihr habt sie betrogen. Anders kann es nicht sein. Ihr habt Magie benutzt und ihren Willen gebrochen."

„Das ist eine schwere Anschuldigung." Diemas Hand fuhr an das Heft seines Schwertes. „Kämpft mit mir und beweist es, wenn ihr glaubt im Recht zu sein. Von Mann zu Mann."

Der Anführer lachte höhnisch. „Ihr vertraut darauf, dass die Katze Euch schützt. Sie wird für Euch weder gegen einen Karon noch gegen eine andere Katze kämpfen. Dazu könnt Ihr sie nicht zwingen."

„Das muss ich nicht. Wir sind verbunden. Jeder von uns verteidigt das Leben des anderen."

„Ihr lügt!"

„Dann kommt und kämpft mit mir. Erbringt den Beweis."

Der Anführer zögerte. Einen Moment lang sah es so aus, als ließe er sich darauf ein und sei im Begriff abzusteigen, doch dann riss unvermittelt er den Arm hoch und schleuderte den Speer. Es gelang Diemas noch ein kleines Stück auszuweichen, aber nicht weit genug. Statt ihn mitten in die Brust zu treffen, streifte die Waffe seine Schulter. Dann ging alles sehr schnell.

Als Diemas zu Boden ging, griff die Kleine an. Ehe irgendjemand reagieren konnte, hatte sie den Anführer aus dem Sattel geholt und schlug ihre Zähne in seinen Hals. Er versuchte sie abzuwehren, aber ihre Kiefer schlossen sich immer fester.

Die beiden Reiter, die den Anführer begleitet hatten, stiegen ab und näherten sich vorsichtig. Sie zogen keine Waffen, kein Karon würde eine Katze verletzen. Jaron war bei Diemas und untersuchte ihn hastig. Win hatte sich vor den beiden aufgebaut und ließ keinen Zweifel daran, dass er auf jeden Karon losgehen würde, der versuchte sich zu nähern. Kieran, Titus, Wulf und Raine blieben im Sattel und machten sich verteidigungsbereit. Doch der Angriff, mit dem sie rechneten, kam nicht.

Es war still geworden, außer Wins drohendem Knurren war nichts zu hören. Diemas ächzte, als sich Jaron an seiner Wunde zu schaffen machte, richtete sich aber schon wieder auf. Der Speer hatte eine tiefe Scharte in den Muskel gerissen. Die Wunde war schmerzhaft, aber nicht gefährlich. Jaron legte einen festen Verband an, um die Blutung zum Stillstand zu bringen. Diemas wartete ungeduldig darauf, dass er fertig wurde und ließ sich dann von ihm auf die Beine helfen.

Niemand sah die Prinzen an, es schien fast als habe man sie vergessen. Die Kleine hatte den Anführer immer noch nicht losgelassen, obwohl er sich schon längst nicht mehr rührte. Mit einem leisen Befehl rief Diemas die Katze zu sich zurück. Sie kam steifbeinig hoch und blieb noch einen Moment über ihrem Gegner stehen, den Kopf mit dem blutigen Maul tief gesenkt, als rechne sie damit, dass er noch einmal aufstand. Dann wandte sie sich ab und kam mit aufreizend langsamen Bewegungen zu

Diemas zurück. Als sie sich zum Angriff bereit neben den Hund stellte, ging ein ungläubiges Stöhnen durch die Reihen der Karon.

Der Anführer war tot, daran gab es keinen Zweifel. Der ältere der beiden Karon hatte sich neben ihn gekniet, er sah zu dem anderen hoch und schüttelte den Kopf. Der jüngere ballte die Fäuste und schien sich zu sammeln, dann drehte er sich um und ging auf Diemas zu. Im Näherkommen zog er zwei Dolche und ließ sie achtlos zu Boden fallen. Als er Diemas erreichte, war er waffenlos. Der Hund und die Katze zogen sich zurück und ließen ihn durch.

Der Karon blieb zwei Schritte vor Diemas stehen und hielt ihm seine leeren Hände entgegen.

„Mein Vater hat die Ehre unseres Stammes beschmutzt", rief er mit lauter Stimme. „Ihr habt Euch mit einer unserer Katzen verbunden, damit seid Ihr laut unserem Gesetz ein Krieger unseres Stammes. Mein Vater hat Euch einen Zweikampf verweigert und stattdessen heimtückisch angegriffen. Eure Katze hat ihn dafür gerichtet, er ist tot. Ich biete Euch mein Leben zur Begleichung der Blutschuld an." Er wies mit dem Kinn auf Diemas Wunde.

Diemas sah ihm fest in die Augen. „Ich will Euer Leben nicht", sagte er langsam.

„Was verlangt Ihr dann? Wir sind nicht reich."

„Wenn Ihr Eure Worte ernst meint und ich ein Krieger Eures Stammes geworden bin, dann möchte ich vor Eurem Rat sprechen dürfen. Begleicht Eure Schuld, indem Ihr meinen Brüdern freies Geleit zusichert und mit ihnen in Verhandlungen über einen Beistandspakt tretet."

Der Karon starrte ihn verblüfft an. „Ihr wollt einen Pakt schließen, nachdem Ihr so ehrlos behandelt worden seid?", fragte er fassungslos.

„Wenn mein Blut Frieden zwischen unseren Völkern ermöglichen kann, dann soll es so sein. Wir haben mit den Tagira einen Pakt geschlossen und wir wollen es auch mit Euch tun. Unser gemeinsamer Feind kommt immer näher. Nur wenn wir uns zusammenschließen, können wir ihn besiegen."

„Die Norwenn", bestätigte der Karon. „Ihr wisst es anscheinend nicht. Man kann die Norwenn nicht besiegen."

Diemas verzog das Gesicht zu einem wilden Grinsen. „Das, mein Freund, ist noch lange nicht bewiesen."

Die Verhandlungen mit den Karon zogen sich in die Länge, aber zum Schluss waren sie ein voller Erfolg. Kieran hielt sich diesmal gezwungenermaßen im Hintergrund. Diemas hatte die Tür geöffnet und er war es auch, der sie zum Schluss alle sicher hindurch brachte. Als habe ihm die Verbindung mit der Katze ein neues Wissen verschafft, fand er mit Leichtigkeit den richtigen Ton. Er forderte nicht, aber er versteckte sich auch nicht. Wurde er mehr oder minder offen angegriffen, blieb er ruhig und sachlich, steckte aber auch deutlich die Grenze ab, die besser nicht überschritten werden sollte. Er machte klar, dass er trotz seiner Verletzung im Ernstfall jede Herausforderung annehmen würde.

Doch so weit kam es nicht. Die Karon wurden von einem Rat geführt, der aus fünf Männern und fünf Frauen bestand. An ihrer Spitze stand nun der Sohn des getöteten Anführers, zumindest vorübergehend. Laut den Gesetzen des Stammes musste er seine Stellung in einem Zweikampf verteidigen, wenn ihn jemand herausforderte.

Die Karon waren tatsächlich ebenso wie die Tagira vor den Eisriesen geflohen. Es kam nicht zu größeren Kämpfen, es schien eher eine Art Verdrängungsprozess zu sein. Immer mehr Norwenn drängten nach Süden und griffen wahllos jeden an, dem sie begegneten. Auf sich allein gestellt hatten die einzelnen Stämme ihrer geballten Macht nichts entgegenzusetzen. Weil sie auf die Sicherheit der Alten und der Kinder bedacht waren, wichen sie immer weiter nach Süden aus, bis sie an den Grenzen Fennmarks zu einem vorläufigen Stillstand kamen. Dann allerdings verschärfte sich die Lage deutlich, denn dort trafen sie auf andere Flüchtlinge und mussten sich mit ihnen ein Gebiet teilen, das sie unter normalen Umständen niemals als groß genug angesehen hätten.

Der Weg nach Fennmark hinein schien frei zu sein, die Grenze war unbewacht. Die Karon sahen die Dörfer der Sesshaften, die dort in relativem Wohlstand lebten, während ihre eigene Lage immer schwieriger wurde. Sie schlugen in einigem Abstand ein festes Lager auf und begaben sich von dort aus auf die Jagd. Aber dann begannen die Prinzen die Dörfer zu verteidigen und alles wurde noch schwieriger.

Als Diemas den Beistandspakt zu erläutern begann, hörte man ihm aufmerksam zu. Den Karon war klar, dass ihre Flucht entweder zu Ende war oder sie mitten in das Herz des Königreiches hineinführen würde. Schnelle Überfälle auszuführen war etwas ganz Anderes als sich auf einen echten Krieg einzulassen. Sie hatten bereits zu viele Männer verloren, um ernsthaft darüber nachdenken zu können. Auf die Dauer konnte es den Untergang des Stammes bedeuten, wenn sich keine Lösung fand. Und selbst wenn sie es schafften zu überleben, hatten sie damit nur ein wenig Zeit gewonnen, denn die Norwenn hatten ihren Zug nach Süden noch immer nicht beendet. Niemand wusste, wo sie sich genau befanden und wie ihre Pläne aussahen.

Raine nahm an allen Verhandlungen teil, doch für ihn gab es dabei wenig zu tun. Zu Anfang hatte er alles aufmerksam verfolgt, aber als man vorankam und der Ton freundlicher wurde, schweiften seine Gedanken mehr und mehr ab. Die Einzelheiten der Vereinbarung waren wichtig, aber er schaffte es kaum noch sich darauf zu konzentrieren. Die Stimme in seinem Kopf, die ihn drängte endlich zur Burg zurückzukehren, wurde immer fordernder und ließ sich nicht mehr zum Schweigen bringen. Wie ein Feuer wütete die Ungeduld in ihm und drohte den letzten Rest seiner Beherrschung zu zerstören. Er versuchte es zu verbergen, doch Wulf wusste Bescheid. Er würde ihn schon bald darauf ansprechen.

Raine hatte darüber nachgedacht einfach zu verschwinden, seine Brüder vor vollendete Tatsachen zu stellen und jede Diskussion zu vermeiden. Er hatte ernsthaft darüber nachgedacht, obwohl er wusste, dass es keine gute Idee war. Sie waren nur so weit gekommen, weil sie zusammenhielten. Ihr gesamter bisheriger Erfolg basierte darauf. Es wäre falsch jetzt von dieser Vorgehensweise abzuweichen und für einen unüberlegten Alleingang alles zu riskieren. Sicher, er konnte ein

Portal in die Burg öffnen, aber er hatte keine Ahnung, was ihn dort erwartete. Sollte er dabei ums Leben kommen, war niemandem geholfen. Er brauchte Rückendeckung. Doch trotz all dieser logischen Überlegungen wusste er, dass er nicht länger warten durfte. Etwas Furchtbares würde geschehen, etwas, das sich nicht wieder aus der Welt schaffen ließ. Etwas sehr Kostbares und Unersetzliches würde für immer verschwinden. Und es betraf ihn. Vielleicht nicht nur ihn allein, aber ihn besonders. Raine konnte es weder ausloten noch begründen, er wusste es einfach. Es war schon fast zu spät.

Sie verließen das Lager der Karon am späten Nachmittag des nächsten Tages und machten sich auf den Heimweg. Für die folgenden Tage war kein Treffen angesetzt. Das nächste würde auf neutralem Boden stattfinden und die Tagira mit einschließen. Wenn diese Allianz etwas bewirken sollte, dann brauchten sie genaue Absprachen und mussten die Berührungsängste abbauen, bevor die Norwenn auftauchten. Von den Fona gab es nach wie vor keine Spur, obwohl Titus nichts unversucht ließ sie zu finden.

Auf dem Weg zurück zu ihrem Unterschlupf wurde kaum gesprochen. Die letzten Tage waren anstrengend gewesen, die ständige Anspannung und die zu Anfang schwierigen Gespräche ermüdend. Raine war es recht, denn so hatte er Zeit noch einmal gründlich über alles nachzudenken. Wulf ritt neben ihm und warf ihm immer wieder besorgte Blicke zu, schwieg aber. Raine hätte gern unter vier Augen mit ihm gesprochen. Da das nicht möglich war, tat er so, als bemerke er es nicht.

Er würde es noch an diesem Abend ansprechen, bis zum Morgen konnte er nicht warten. Entweder er bekam Unterstützung oder nicht, aber er würde es sich nicht ausreden lassen. Auf ein paar Stunden Verzögerung konnte er sich einlassen, aber nicht mehr. Im Kopf ging er immer wieder durch, wie er es angehen wollte.

Als sie sich weit genug vom Lager der Karon entfernt hatten, öffnete Raine ein Portal zur Zuflucht. Wulf übernahm es freiwillig sich um die Pferde zu kümmern und bat Raine mit einem Blick sich ihm anzuschließen. Er wartete ungeduldig, bis die anderen im Haus verschwunden waren und hielt sich nicht mit Vorreden auf. „Du willst fort."

Raine seufzte. „Ich muss. Ich kann nicht länger warten."

Wulf nickte. Er stellte Raines Überzeugung nicht in Frage. „Wir müssen uns absprechen. Bitte schleich dich nicht davon."

„Habe ich nicht vor", brummte Raine. „Mir ist klar, dass ich Rückendeckung brauche."

„Meine hast du. Wann immer du aufbrechen willst, ich bin dabei."

„Kieran wird das anders sehen."

„Da bin ich mir gar nicht so sicher. Der Zeitpunkt ist günstig. Hör dir einfach an, was er dazu sagt."

Raines Beherrschung ließ ihn im Stich. „Mir ist egal, was er sagt. Ich gehe auf alle Fälle."

Wulfs Hand landete schwer auf seiner Schulter. „Das verstehe ich. Ich kann es nur wiederholen. Du kannst auf mich zählen."

„Danke." Raine senkte den Kopf und rief sich zur Ordnung. „Tut mir leid. Ich bin so nervös, dass ich am liebsten sofort aufbrechen möchte."

„Ich spüre es schon die ganze Zeit. Für diesen Druck muss es einen Grund geben. Ich stimme dir zu, es muss bald geschehen. Solche Ahnungen darf man auf keinen Fall ignorieren. Hast du einen Plan?"

„Keinen genauen. Ich öffne ein Portal in die Burg und sehe mich erst einmal um."

Wulf nickte nachdenklich. „Dazu fällt mir bestimmt auch noch etwas ein. Wann willst du mit den anderen reden?"

„Nach dem Essen."

Wulf sagte nichts mehr dazu. Er war bereits dabei zu planen.

Es stellte sich heraus, dass Raines Brüder längst nicht so ahnungslos waren, wie er angenommen hatte. Er nutzte die Gelegenheit, als sie alle zusammen am Tisch saßen, obwohl er ein schlechtes Gewissen bekam, wenn er in die müden Gesichter sah. „Ich habe euch etwas zu sagen", begann er unbeholfen.

Kieran lehnte sich zurück und sah ihn aus halb geschlossenen Augen an. „Du willst zurück in die Burg."

Raine biss die Zähne zusammen. „Du hast es gewusst."

„Wir alle wissen es. Du kannst dich nicht besonders gut verstellen.“ Kieran grinste. „Wir wechseln uns schon seit Tagen damit ab, ein Auge auf dich zu haben. Du gehst nicht allein. Das kommt nicht in Frage.“

„Ich gehe auf alle Fälle. Darüber verhandele ich nicht.“

Kieran nickte ruhig. „Erinnerst du dich, was ich dir versprochen habe? Ich mache nicht noch einmal denselben Fehler und nehme dich nicht ernst. Das bedeutet aber nicht, dass ich dich allein gehen lasse. Wir kämpfen zusammen. Immer. Vergiss das nicht.“

„Was hast du genau vor?“, fragte Titus.

„Das kann ich so noch nicht sagen.“ Raine bewegte sich unbehaglich. „Klären, wie die Lage in der Burg ist. Vater sehen, wenn es sich irgendwie machen lässt. Alles weitere hängt davon ab, was ich herausfinde.“

Kieran ließ ihn nicht aus den Augen. „Aber da ist noch mehr.“

„Ja.“ Raine senkte den Kopf, weil ihm einen Moment lang blanke Panik die Luft abzuschnüren drohte. „Ich bekomme es nicht zu fassen.“

„Beschreib, was du fühlst“, sagte Wulf leise.

Raine holte tief Luft. „Dringlichkeit. Angst. Kummer...“ Er brach ab und keuchte plötzlich. „Es fühlt sich an, als müsste ich sterben.“

Wulf wurde bleich. „Du darfst auf keinen Fall noch länger warten. Ich begleite dich.“

„Und ich ebenfalls“, stellte Kieran entschlossen klar. „Diesmal redet ihr es mir nicht aus. Diemas kann alle weiteren Verhandlungen führen, er braucht mich nicht dazu. Mit Titus und Jaron an seiner Seite wird er mit allem fertig.“

Kieran sah in die Runde. Niemand widersprach, in allen Gesichtern fand er die gleiche Entschlossenheit. „Gut, dann haben wir das geklärt. Wann willst du aufbrechen?“, wandte er sich an Raine.

„So schnell wie möglich.“

„Ich schlage die frühen Morgenstunden vor. Wir können uns umschauen und wieder verschwinden, bevor die Burg ganz erwacht.“

„Wo willst du das Portal öffnen?“, fragte Wulf.

Raine rieb sich das Kinn. „Ich habe mich noch nicht entschieden. Zuerst habe ich an meinen alten Raum gedacht, aber wir wissen nicht, ob ihn jemand übernommen hat. Es wäre ein großes Risiko."

„Müsstest du das Portal die ganze Zeit geöffnet lassen?", fragte Jaron.

„Nein. Ich habe genug Übung. Ich kann an jedem beliebigen Ort einen neuen Durchgang schaffen. Das ist kein Problem."

„Ich habe einen Vorschlag. Erinnerst du dich an den Alkoven im Westflügel? Wenn ihr dort ankommt, kann euch niemand auf den ersten Blick sehen, selbst wenn Wachen in den Fluren stehen. Es wäre nur ungünstig, wenn ihr auf alle Fälle dorthin zurückkehren müsstet. Falls man euch entdeckt, wärt ihr in Schwierigkeiten."

Raine schüttelte den Kopf. „Müssen wir nicht. Die Idee gefällt mir."

Kieran nickte. „Wir wären schon auf der Etage von Vaters Räumen. Die Treppen zu benutzen ist immer ein Risiko."

„Sie werden ihn gut bewachen", gab Diemas zu bedenken, „und dabei wird es keine Rolle spielen, ob er hinter der ganzen Sache steckt oder tatsächlich gezwungen wird."

„Ich gehe nicht wieder zurück, bevor ich es herausgefunden habe", knurrte Kieran grimmig.

Wulf räusperte sich. „Raine muss diese Unternehmung anführen. Es geht nicht anders. Er hat die Verbindung zu irgendetwas aufgefangen, nicht du oder ich. Das dürfen wir auf keinen Fall außer Acht lassen."

„Du hast Recht." Kieran grinste schief. „Ich werde mich benehmen. Ich verspreche es."

Raine musste lachen. Ein Teil seiner Sorge verschwand und wurde durch kühle Entschlossenheit ersetzt. „Ich reiße mich zusammen", versprach er. „Keine Alleingänge. Wir machen es gemeinsam."

Diemas lehnte sich zurück und gähnte. „Versucht ein bisschen zu schlafen. Die Nacht wird schnell genug vorbei sein."

17. Kapitel

Es war ruhig, aber nicht so still, wie es eigentlich sein sollte. Gegen vier Uhr morgens schlief normalerweise selbst das Küchenpersonal noch, nur die diensthabenden Wachen waren auf den Beinen. Die Unruhe, die in der Luft lag, drückte sich nicht in lauten Stimmen oder dem Geräusch von Schritten aus, aber gerade weil sie stumm blieb, war sie noch unheimlicher. Raine wäre bereit gewesen zu schwören, dass in dieser Nacht innerhalb der Burgmauern so gut wie niemand ein Auge zumachte.

Er hatte vor dem Aufbruch tatsächlich ein bisschen geschlafen, aber jetzt war es mit seiner Ruhe vorbei. Wohin es ihn genau zog, konnte er noch immer nicht sagen, aber der Drang loszustürmen war überwältigend. Sein Herz schlug hart und zu schnell und ihm brach immer wieder der Schweiß aus.

Diemas war gekommen um ihn zu wecken. Kurz vor ihrem Aufbruch hatte er ihn zur Seite genommen und ihm fest in die Augen gesehen. „Geh und tue, was für dich bestimmt ist. Und danach bring alle wieder sicher zurück. Ich verlasse mich auf dich.“ Raine hatte nur genickt, weil der Kloß in seinem Hals ihm die Luft abzuschnüren drohte.

Der Alkoven war eng für drei große Männer, aber er schützte sie für den Anfang gut. Raine schloss das Portal. Kieran stand vorn und bereitete sich darauf vor, einen schnellen Blick in den Flur zu werfen. Er lauschte angespannt, spähte um die Ecke der Mauer herum und zog sich gleich darauf wieder zurück. „Nichts. Der Weg ist frei.“ Er zischte leise. „Es gefällt mir trotzdem nicht. Wulf?“

Sein Bruder hatte konzentriert die Augen geschlossen, er ließ seine Gabe auf die Suche gehen. „Kaum jemand schläft. Ich fange Angst auf, aber auch Zorn. Und da ist noch etwas. Trauer, Schuldgefühle. Ein so großer Schmerz, dass er kaum zu ertragen ist.“

„Wo?“, fragte Raine angespannt.

In dem schwachen Mondlicht, das durch eines der Fenster hereinfiel, konnte Raine sehen, dass Wulf fest die Zähne zusammenbiss. „In Vaters Räumen. Dort scheint sich alles zu konzentrieren.“

Raine stöhnte gequält und drängte nach vorn. Kieran erwischte ihn am Arm und musste fest zupacken um ihn aufzuhalten. „Warte. Nur einen Moment noch. Wir müssen uns absprechen."

„Ich muss dorthin. Sofort." Raine versuchte sich loszureißen. „Seht euch um und kommt dann nach."

„Nein, wir trennen uns nur im Notfall. Keine Diskussionen jetzt. Du musst auch meinen Instinkten vertrauen."

Raine nickte ruckartig, zu mehr war er nicht fähig. Er drängte sich an Kieran vorbei und übernahm die Führung. Seine Finger umklammerten den Dolch viel zu fest. Der leichte Schmerz half ihm den Kopf wenigstens ein bisschen frei zu bekommen.

Jeder von ihnen hätte den Weg blind gefunden. Hier waren sie geboren worden, hier waren sie aufgewachsen. Von hier hatte man sie vertrieben und sie hatten es zugelassen. Sie hatten es nicht hinterfragt. *Sie hatten es zugelassen*. Raine wurde fast übel von der Gewissheit, wie groß der Fehler war, den sie gemacht hatten.

Man hatte sie getäuscht. Man hatte sie übel getäuscht.

Raine war wie von Sinnen. Er sah sich nicht vor, er versuchte nicht sich anzuschleichen. Er war sich nicht einmal bewusst, dass seine Brüder dicht hinter ihm waren. Er würde jeden erbarmungslos beiseite fegen, der es wagte ihn aufzuhalten. Die Stimme in seinem Kopf schrie ihn an, dass es fast zu spät war und er alles verlieren würde, wirklich alles. Er durfte nicht zulassen, dass dieses Unheil geschah, denn damit konnte er nicht leben.

Nur noch ein paar Schritte, dann hatte er den Gang erreicht, der direkt zu den Räumen seines Vaters führte. Kieran packte ihn an der Schulter und wollte ihn dazu bringen langsamer zu werden. Raine schüttelte ihn ungeduldig ab und stürmte weiter. Dann hatte er die Abzweigung erreicht und bog in vollem Lauf in den anderen Gang ein. Das Gefühl der Dringlichkeit nahm noch immer zu, es wurde unerträglich. Sein rasender Herzschlag drohte seinen Brustkorb in Stücke zu reißen.

Zwei Wachen standen vor der Tür zu den Gemächern des Königs. Raine kannte beide, seit er auf der Welt war. Sie starrten ihm mit weit aufgerissenen Augen entgegen und glaubten wohl einen Geist zu sehen. Raine rannte auf die Tür zu, als habe er jedes Recht dazu. Einer der Männer griff halbherzig nach dem

Heft seines Schwertes, ließ die Hand aber gleich wieder sinken. Der andere wirkte, als versagten ihm im nächsten Moment die Knie. Sein Blick glitt hinter Raine und seine Augen wurden noch größer, als er Kieran und Wulf sah. „Meine Prinzen“, stieß er hervor. „Den Göttern sein Dank, dass Ihr gekommen seid! Wir wissen nicht, was wir tun sollen. Niemand darf hinein. Ich glaube, sie sind tot. Sie sind beide tot.“

Raine beachtete den Wächter nicht, er starrte die Tür an. „Wen meint Ihr?“, fragte Kieran barsch. „Sprecht, Mann.“

Der Wächter hatte Mühe die Worte herauszubringen. „Den König, Herr. Den König und das Mädchen. Seit die Schreie endlich aufgehört haben, ist gar nichts mehr zu hören. Sie sagt, der König ist nicht schuld, aber es ist furchtbar, wenn er in diesem Zustand ist.“

„Ich verstehe nicht“, begann Kieran, doch Raine hatte genug. Wulf trat neben ihn. „Aus dem Weg!“, fauchte Raine. Er stieß einen der Wächter beiseite, riss die Klinke herunter und war im nächsten Moment durch die Tür. Sein Blick huschte durch den dämmrigen Raum, während er bereits zur nächsten Tür stürmte. Wulf zog sein Schwert und deckte ihm den Rücken. Kieran blieb etwas zurück, griff nach der einzigen Lampe und drehte sie hoch. Das Licht fiel an Raine vorbei in den Schlafraum hinein, als er die zweite Tür aufriss. Er schaffte nur noch zwei weitere Schritte, dann blieb er stehen, als sei er gegen eine Wand gelaufen.

Auch hier brannte nur eine Lampe. Ihr Licht reichte nicht aus um den großen Raum auszuleuchten, aber das war auch nicht nötig. Der König saß auf dem Boden und hielt den schlaffen Körper einer jungen Frau im Arm. Er wirkte auf schreckliche Weise verändert. Ihr Vater war immer ein kräftiger, vitaler Mann gewesen, der Selbstbewusstsein und Energie ausgestrahlt hatte. Davon war nichts geblieben. Er war abgemagert und wirkte krank und kraftlos. Als er den Kopf hob, sah Raine, dass sein Gesicht nass von Tränen war. Er hatte seinen Vater noch nie im Leben offen weinen sehen. Als erst seine Tochter und dann seine Frau gestorben waren, hatte er es sich nur gestattet, wenn er allein war.

Der König hatte die erste Überraschung überwunden. Ungläubige Freude breitete sich auf seinem Gesicht aus und er sagte etwas, aber die Worte erreichten Raine nicht. Er hatte nur Augen für die stille Gestalt in den Armen seines Vaters. Einen Moment lang glaubte er den Verstand verloren zu haben. Benommen und mit unsicheren Schritten ging er näher, bis er sich neben ihr auf die Knie fallen lassen konnte.

„Hanna!“

Er hatte davon geträumt sie wiederzusehen, hatte es sich tausendmal ausgemalt. Er hatte geglaubt, sie würde vor ihm stehen, ihn anlächeln und ihm versprechen, dass sie ihn nie wieder verließ. Er würde sie in seine Arme ziehen und ihren Namen flüstern, zärtlich und voller Freude. Jetzt wurde ihr Name zu einem gequälten Schrei, der seine Kehle zerfetzte. Sie reagierte nicht darauf, sie rührte sich nicht. Zwischen Angst und Hoffnung hin und her gerissen starrte Raine Hanna an. Seine Hand zitterte, als er ihr behutsam eine Haarsträhne aus dem blassen Gesicht strich. Ihre Haut war so weich, wie er sie in Erinnerung hatte, aber sie fühlte sich viel zu kühl an. Er beugte sich tief zu ihr hinunter, umschloss ihr Gesicht mit beiden Händen und hauchte ihr einen Kuss auf die Lippen, als könnte er sie so ins Leben zurückbringen.

„Sie stirbt“, sagte sein Vater neben ihm verzweifelt. „Sie ist mit ihren Kräften am Ende. Ich weiß nicht mehr, was ich tun soll.“

„Warum ist sie hier?“, fragte Raine scharf. „Was hat sie hier zu suchen?“

Sein Vater sah mit Schmerz in den Augen zu ihm auf. „Sie hat mich gerettet.“ Es klang, als könne er es selbst nicht glauben. „Sie wollte nicht aufgeben. Erst hat sie dafür gesorgt, dass ich kämpfe, dann hat sie mich geheilt.“

Plötzlich war Kieran da. „Vater! Bist du hier in Sicherheit?“

Der König schüttelte den Kopf. „Sie wollen, dass ich sie töte. Sie wollen, dass ich ihnen ganz verfalle. Sie haben mich unter Drogen gesetzt. Hanna hat mich gerettet“, wiederholte er noch einmal.

„Wer? Wer hat das getan, Vater?“

Der König schauderte. Er schien mit jeder Minute schwächer zu werden. „Die Fremden. Sie nennen sie die Verhüllten, weil niemand ihre Gesichter sehen darf. Sie hassen mich. Sie wollen durch mich herrschen.“ Er stöhnte tief und gequält, dann sackte er zusammen und verlor das Bewusstsein. Kieran fing ihn auf und legte ihn sanft auf dem Boden ab.

Raine zog Hanna in seine Arme und drückte sie beschützend an sich. „Lebt sie?“, fragte Kieran.

„Sie ist schwach, aber ihr Herz schlägt noch. Ich bringe sie zu Meira.“

„Gute Idee. Wulf, du nimmst unseren Vater. Bringt die beiden zur Heilerin und holt dann die anderen her.“ Kierans Gesicht wurde grimmig. „Ich werde niemanden in der Burg diesen Verbrechern ausliefern.“

Raine stand mit Hanna in seinen Armen auf, Wulf lud sich seinen Vater auf die Schulter. Bevor er sich abwandte, sah er Kieran noch einmal in die Augen. „Sei vorsichtig. Wir kommen so schnell wie möglich zurück.“

Raine hatte sich genug gefangen um das Portal öffnen zu können. Direkt vor ihnen ragte Meiras kleines Haus auf und im nächsten Moment riss sie auch schon die Tür auf, als habe sie sie erwartet. Raine stürmte an ihr vorbei ins Innere, Wulf folgte ihm. Ein Hund schoss aus einer Ecke hervor und knurrte Raine an, beruhigte sich aber, als er Hanna auf dem Bett ablegte. Das Tier schmiegte sich an ihre stille Gestalt und leckte ihr begeistert durchs Gesicht. Hanna seufzte und drehte den Kopf zur Seite, öffnete aber nicht die Augen.

„Wir müssen gehen“, sagte Wulf hinter ihm. „Kieran braucht Hilfe.“

Raine sah zu Meira auf. „Kümmerst du dich um sie?“

In den Augen der Heilerin schimmerten Tränen, aber sie lächelte und nickte. „Den Göttern sei Dank, dass Ihr gekommen seid. Jetzt wird alles gut.“

Es war keine Überraschung, dass Diemas, Titus und Jaron sofort zur Stelle und zum Aufbruch bereit waren, als Raine und Wulf in die Zuflucht zurückkamen. Win und die Kleine standen bei ihnen. Raine erhob keine Einwände dagegen sie mitzunehmen. Sie konnten jede Hilfe gebrauchen.

Es war ihm schwergefallen Hanna sofort wieder zu verlassen, aber er hätte es auch nicht fertiggebracht, sich von diesem Kampf fernzuhalten. Der schon fast verzweifelte Wunsch sich für alles zu rächen, was Hanna und seinem Vater angetan worden war, fachte seinen Zorn zu einem wahren Höllenfeuer an. Vorerst waren die beiden bei Meira in Sicherheit. Die beste Möglichkeit dafür zu sorgen, dass das so blieb, war die Verhüllten zu stellen.

Raine brachte sie zurück in das Schlafgemach ihres Vaters. Kieran war nicht mehr dort, aber er hörte seine Stimme im Vorzimmer. Er gab gerade den Befehl, alle in der Burg zu wecken. Wer kämpfen konnte, sollte sich bereit machen und die anderen beschützen. Er warf seinen Brüdern über die Schulter einen schnellen Blick zu und wandte sich dann zu dem zweiten Wächter um. „Wo sind die Räume der Verhüllten?"

„Im Ostflügel. Sie lassen niemanden in diesen Teil der Burg. Der Ratgeber wohnt auch dort."

„Ist er einer von ihnen?"

„Ja. Alle haben Angst vor ihm."

Diemas knurrte wütend. „Warum hat niemand dem König geholfen?"

Der Wächter warf einen verstörten Blick auf die Katze, die sich dicht neben Diemas hielt und schluckte schwer. „Wir wussten es nicht, Herr. Wir dachten, die Befehle kommen vom König. Wir dachten..." Er brach ab und schüttelte hilflos den Kopf.

Diemas ließ nicht locker. „Was dachtet Ihr? Sprecht es aus, Mann!"

Der Wächter senkte den Kopf, er wagte es nicht Diemas in die Augen zu sehen. „Wir dachten, er hat den Verstand verloren", sagte er tonlos. „Keiner von uns durfte zu ihm. Wir haben nur seine Schreie gehört, wenn er wie ein wildes Tier getobt hat." Er biss sich nervös auf die Lippen. „Das Mädchen hat mir gesagt, dass der König Hilfe braucht, dass ihn keine Schuld trifft. Sie hat mir das Versprechen abgenommen es allen zu sagen. Sie hatte als einzige keine Angst vor ihm."

Raine hatte genug, er hielt es keine Sekunde länger aus. Er schob sich nach vorn und zur Tür hinaus. „Kommt ihr mit oder muss ich das allein machen?", knurrte er. Hinter sich hörte er Wulf leise lachen, dann waren sie unterwegs.

Nur eine einzige Treppe verband den Ostflügel mit dem Rest der Burg. Wenn sich die Verhüllten dort befanden, mussten sie die Gabe benutzen um zu fliehen. Allerdings würden sie dann alles kampflos aufgeben, was sie erreicht hatten. Die Prinzen waren offiziell geächtet, sie könnten also ganz legal gegen sie vorgehen. Es war seltsam, dass sich noch immer keiner der neuen Machthaber blicken ließ.

„Sie könnten längst fort sein“, sagte Wulf, als spreche er Raines Gedanken aus.

„Wir werden sehen“, antwortete Kieran grimmig. „Sie sind zu sechst, genauso wie wir. Noch wissen sie nicht, dass ihnen hier in der Burg niemand helfen wird. Wahrscheinlich rechnen sie sich gute Chancen aus.“

Diemas grinste. Sein Gesicht wurde vom Schein der Fackel beleuchtet, die sie gerade passierten. „Sie haben keine Ahnung, wie viel Kampfpraxis wir inzwischen haben. Ich fing gerade an es zu vermissen.“ Sein Grinsen wurde zu einem wilden Zähnefletschen, die Belustigung verschwand. „Sie sollten lieber nicht auf Gnade hoffen.“

„Wir brauchen zumindest einen von ihnen lebend.“ Kierans Stimme klang so gepresst, als spreche er den Satz nur widerwillig aus. „Denkt daran. Wir müssen es wenigstens versuchen.“

Sie hatten die Tür zur ersten Zimmerflucht erreicht. Diemas riss sie ohne Federlesen auf und zog eine Fackel aus dem Wandhalter. Auf seinen stummen Befehl hin sprang der Hund in den Raum hinein, die Katze blieb angespannt neben ihm stehen. Die anderen sicherten den Flur.

Die Räume waren verlassen. Win kam schon ein paar Augenblicke später zurück. Sie öffneten Tür um Tür, doch sie hatten nirgendwo Glück. Die Verhüllten waren geflohen.

Raine hätte später nicht sagen können, was ihn warnte. Sie waren auf dem Rückweg, er hatte die Nachhut übernommen. Kein Geräusch warnte ihn, als sich hinter ihm ein Portal öffnete, aber er spürte es so deutlich, als könne er es sehen. Mit einem Schrei fuhr er herum.

Der Durchgang kam ihm merkwürdig vor. Es sah aus, als stiegen die drei Männer direkt aus der Wand, dahinter war nichts zu erkennen. Sie griffen sofort an. Raine fletschte die Zähne und hob mit grimmiger Befriedigung sein Schwert. Er wollte diesen Kampf, wollte ihn mehr als alles andere. Er wollte diese Männer für ihre Verbrechen bestrafen. Hinter sich hörte er Titus Ruf. Anscheinend versuchte man sie in die Zange zu nehmen.

Zum Glück waren sie schon in der Nähe der Treppe und hatten ausreichend Platz. Kierans zorniger Schrei hallte durch den Gang und stachelte Raine noch mehr an. Sein Gegner hatte den langen Umhang abgeworfen, er trug einen ähnlichen Lederharnisch wie Raine. Im flackernden Licht der Fackeln schien etwas im Gesicht des Mannes lebendig zu werden. Es dauerte einen Moment bis Raine klar wurde, woran das lag. Die eine Gesichtshälfte des Mannes war auf seltsame Weise gezeichnet. Es sah aus, als führe dieses Muster ein Eigenleben.

Der Mann erwies sich als geübter Schwertkämpfer mit guten Reflexen und anscheinend auch jeder Menge Erfahrung. Er stieß keine Drohungen aus, er gab keinen einzigen Laut von sich, als er mit aller Kraft Raines Schlag abfangen musste und gleich darauf selbst wieder angriff. Sein Stil war ungewöhnlich, er glich keiner Kampfweise, die Raine kannte. Er brauchte ein wenig, bis er sich darauf eingestellt hatte und erkannte, dass der Mann immer wieder für kurze Zeit die Deckung der linken Seite vernachlässigte. Beim nächsten Angriff ließ es Raine so aussehen, als sei er ernsthaft in Bedrängnis geraten und könne sich nur noch geradeso retten. Der Verhüllte setzte sofort nach und dann war die Gelegenheit da. Raine wich blitzschnell aus und schlug im nächsten Augenblick zu. Sein Schwert fuhr tief in die linke Seite seines Gegners.

Der Mann erstarrte und riss die Augen weit auf, dann begann er zu taumeln. Seine Knie gaben nach, die Waffe rutschte aus seiner kraftlos gewordenen Hand und fiel polternd zu Boden. Als Raine zurücktrat, brach der Mann vor seinen Füßen zusammen. Von ihm ging keine Gefahr mehr aus.

Raine fuhr herum. Ein paar Schritte entfernt kämpfte Kieran, hatte aber eindeutig die Oberhand. Er hätte den Kampf auf der Stelle beenden können, doch er war offensichtlich darauf aus, seinen Gegner zu überwältigen ohne ihn allzu schwer zu verletzen. Der Mann verteidigte sich noch, aber er wirkte benommen. Kierans linke Faust schoss vor, traf ihn hart an der Schläfe und schickte ihn zu Boden.

Diemas Kampf war schon beendet. Win hatte den Fremden zu Boden gerissen und hielt ihn dort fest. Der Mann wagte es nicht sich zu rühren. Wulf versetzte seinem Gegner einen wilden Schlag, den dieser zwar abblocken konnte, der ihn aber nach hinten und gegen die Wand taumeln ließ. Auch dieser Kampf war so gut wie entschieden. Einen Moment lang sah es so aus, als werde der Mann bewusstlos, bevor er sein Schwert noch einmal heben konnte. Dann brach von einem Augenblick zum anderen die Hölle los.

Raine war wahrscheinlich der einzige, der halbwegs mitbekam, was geschah. Wulfs Gegner krümmte sich und ging halb in die Knie, als könne er sich kaum noch auf den Beinen halten. Wulf wechselte seine Waffe in die linke Hand und wollte ihn mit einem Faustschlag ganz außer Gefecht setzen. Diese kleine Sekunde des Zögerns genügte. Der Fremde kam mit Schwung wieder auf die Füße und zog einen seltsam geformten Gegenstand aus Metall unter seinem Gürtel hervor. Mit einem triumphierenden Grinsen riss er den Arm hoch und richtete die Waffe direkt auf Wulfs Brust. Wulf war wachsam geblieben, er sprang zurück und riss sein Schwert wieder hoch, aber es war zu spät. Die Täuschung war gelungen.

Für einen kurzen Moment schien sich der Ablauf der Zeit zu verlangsamen, als der Tod Wulf ins Visier nahm. Von der seltsamen Waffe ging dieselbe Bedrohung aus wie von einer gut geschliffenen Klinge. Raine hatte keine Ahnung, was dieses Ding war und was es genau bewirken konnte. Er wusste nur, dass es Wulf im nächsten Augenblick das Leben nehmen würde.

Etwas in ihm riss sich los. Er hatte seinen Vater in schlechter Verfassung vorgefunden und die Frau, die er liebte, in noch viel schlechterer. Er wusste, dass die Männer, die vor ihm standen, für all das und noch viel mehr verantwortlich waren und nun wollten sie ihm auch noch seinen Bruder nehmen. Es war zu viel. Es war einfach zu viel. Er war nicht mehr bereit irgendetwas hinzunehmen, selbst wenn es ihn das Leben kosten sollte. Genug war genug.

Raine war zu weit von Wulf entfernt um ihn rechtzeitig erreichen zu können, aber er sprang trotzdem. Wie ein Feuer loderte Kraft in ihm auf. Sie trug ihn und brachte ihn viel weiter voran, als es möglich sein sollte. Er prallte gegen Wulf, riss ihn zu Boden und begrub ihn unter sich. Die fremdartige Waffe ruckte in der Hand des Verhüllten, etwas schoss mit einem ohrenbetäubenden Knall daraus hervor. Das Geschoss flog knapp über Raine hinweg und schlug mit solcher Wucht in die Wand ein, dass Steinsplitter in alle Richtungen spritzten und sich ein Loch auftat. Noch zweimal knallte es fast ohne Zeitabstand, noch zweimal traf etwas die Wand. Raine hielt den Kopf tief gesenkt und verhinderte mit aller Kraft, dass Wulf sich bewegte. Dann hörte er ein grimmiges Fauchen und einen entsetzten Schrei, der abrupt abbrach. Danach wurde es still.

Raine hob vorsichtig den Kopf. Wulfs Gegner lag am Boden. Die Katze hatte sich in seinen Hals verbissen, die seltsame Waffe war ihm aus der blutenden Hand gefallen. Der Mann rührte sich nicht mehr. Wulf gab einen ungeduldigen Laut von sich und kämpfte darum sich zu befreien. Mit einem Ächzen rollte sich Raine von ihm herunter und drehte sich auf den Rücken. Im nächsten Augenblick kniete Diemas neben ihm, half ihm sich aufzusetzen und legte ihm die Hand auf die Schulter. Noch immer leicht benommen spähte Raine zu den Löchern in der Wand hinüber, dann zurück zu dem Mann, der reglos unter dem angespannten Körper der Katze lag. Ein paar Schritte neben ihm lehnte der Verhüllte, den Raine verletzt hatte, zusammengesunken an der Wand. Die anderen waren fort.

Diesmal hatte Raine nicht bemerkt, dass sich das Portal geöffnet hatte und später stellte sich heraus, dass es seinen Brüdern genauso ging. Die neue Waffe und die tödliche Gefahr, die von ihr ausging, waren die Ablenkung gewesen, die den Verhüllten die Flucht ermöglicht hatte. Sie waren verschwunden und es gab keine Möglichkeit ihnen zu folgen, nicht einmal für Raine. Ihre verwundeten Kameraden hatten sie ihrem Schicksal übergelassen.

Kieran ging zu dem Mann mit der Schwertwunde hinüber und bedeutete Diemas, die Katze von dem anderen zurückzurufen. Er tat es, aber es war längst zu spät. Der Hals des Mannes war zerfetzt, er atmete nicht mehr. Diemas sah zu Kieran hinüber und schüttelte den Kopf.

Der zweite Mann war noch am Leben. Er stöhnte vor Schmerzen, als Jaron nach seiner Wunde sah. Jarons Worte waren an Kieran gerichtet, aber er sah dem Fremden dabei in die Augen. „Er wird sterben. Es ist nur noch eine Frage der Zeit."

Kieran ging neben dem Verletzten in die Hocke. „Beantworte mir ein paar Fragen und ich gewähre dir einen schnellen Tod."

Der Mann sah ihn hasserfüllt an. Auf seiner Stirn bildeten sich Schweißtropfen, die Hand, mit der er nach der Wunde tastete, zitterte. „Fahr zur Hölle", presste er hervor.

„Nicht vor dir", konterte Kieran gelassen. „Sag mir, wohin deine Gefährten geflohen sind. Wo immer es auch sein mag, ich werde sie finden. Meiner Rache können sie nicht entkommen."

Der Verletzte stockte kurz, dann begann er zu lachen, ein hohler, grausiger Laut. „Niemand von euch kann dorthin gelangen. Sie werden zurückkommen und meinen Tod rächen. Ihr habt keine Ahnung, was auf euch zu kommt. Keine Ahnung und keine Chance." Das Lachen erstarb, der Mann musste die Zähne zusammenbeißen, ehe er weitersprechen konnte. „Wir haben die Rose, ihr kommt nicht an sie heran. Dieses Königreich gehört uns. Wir werden endlich bekommen, was uns zusteht. Mach dein Testament, Prinz! Es ist noch nicht vorbei."

Der Mann riss den Mund auf und begann zu keuchen. Ihm blieb nicht mehr viel Zeit und er wusste es. Er schloss die Augen und kämpfte um den nächsten Atemzug. Mit einem Stöhnen riss er die Augen noch einmal auf, ein Zittern lief durch seinen ganzen Körper. Im nächsten Moment war es vorbei.

Raine starrte schwer atmend auf den Toten hinunter. Er zitterte ebenfalls. Seine Wut hatte sich nicht gelegt, aber es gab kein Ziel mehr, gegen das er sie richten konnte. Minutenlang stand er wie erstarrt und wagte nicht sich zu bewegen, weil er Angst hatte völlig die Beherrschung zu verlieren. Der Schrei, der in seiner Kehle feststeckte, erstickte ihn fast. Er bekam nicht mit, was um ihn herum geschah, er brauchte seine ganze Konzentration um sich im Zaum zu halten.

Eine Hand legte sich auf seine Schulter, ein tröstliches Gewicht, das ihn wieder mit der Welt verband. Wulf war bei ihm. „Lass es heraus. Du musst es nicht zurückdrängen. Du hast dir jedes Recht dazu verdient."

Raine drehte sich um und sah seinem Bruder ins Gesicht. Seinem Bruder, den er um ein Haar verloren hätte. Genau wie seinen Vater. Genau wie Hanna. Aber sie waren am Leben. Sie waren alle am Leben. Der unerträgliche Druck begann sich endlich zu lösen, der Nebel aus Zorn, der ihn gefangen gehalten hatte, lichtete sich.

Sie hatten eine Schlacht gekämpft. Sie hatten erreicht, was am wichtigsten war und nur das zählte für den Moment. Die Schlacht war weder gewonnen noch war sie verloren.

Der Sterbende hatte Recht gehabt. Es war nicht vorbei. Es hatte gerade erst begonnen.

18. Kapitel

Es gab viel zu tun und sie hatten wenig Zeit dafür. Mit der gewohnten Übersicht begann Kieran sich um alles zu kümmern. Jetzt ging es zunächst darum mit den Menschen zu reden, die in der Burg lebten und sich einen Überblick zu verschaffen. Innerhalb einer einzigen Stunde hatte sich ihre ganze Situation auf den Kopf gestellt. Es war klar, dass die Prinzen nicht bleiben konnten, aber zunächst musste die Ordnung wieder hergestellt und Entscheidungen getroffen werden.

Kieran genügte ein einziger Blick auf Raine um zu sehen, wie es um ihn stand. Er nickte ihm zu, Worte waren nicht nötig. Zusammen mit Jaron machte sich Raine auf den Weg zu Meiras Haus. So kurz hintereinander Portale zu öffnen hatte ihn angestrengt, deshalb wagte er es nicht auf seine Gabe zurückzugreifen. Die beiden Brüder beschafften sich Pferde aus dem Stall und waren kurz darauf unterwegs.

Es fühlte sich seltsam an, durch diesen so vertrauten und gleichzeitig fremd gewordenen Wald zu reiten. Der Weg erschien Raine viel länger als früher. Sein Herz flog ihm weit voraus. Er kämpfte mit der Angst, dass Hannas Auftauchen nur ein Wunschtraum gewesen war, aus dem er jederzeit schmerzhaft erwachen konnte.

Hanna. Er war sicher gewesen sie verloren zu haben, dabei hatte sie längst den Weg in seine Welt gefunden. Sein Vater hatte gesagt, sie habe ihn gerettet. Sie war hier gewesen und er hatte keine Ahnung davon gehabt. Sie war in Gefahr gewesen und er hatte es nicht gewusst. Sie war ihm im Vertrauen auf sein Versprechen gefolgt und er war nicht für sie da gewesen. Er hatte sie im Stich gelassen. Würde sie ihm das verzeihen? Konnte sie das überhaupt? Was, wenn sie starb, weil er versagt hatte?

Raine trieb sein Pferd mehr an, als es auf dem unebenen Waldweg vernünftig war und vertraute ganz auf die Trittsicherheit des Tieres. Jaron hielt mit ihm Schritt, er beschwerte sich nicht über das mörderische Tempo. Bis Meiras Haus vor ihnen auftauchte, hatte Raine sich so in seinen Zweifeln und Selbstvorwürfen verstrickt, dass er kaum atmen konnte. Er sprang aus dem Sattel, sobald sein Pferd zum Stehen gekommen war, rannte zur Tür und blieb dann abrupt stehen. Hinter sich hörte er, wie Jaron tief Luft holte. „Es fühlt sich wie ein Traum an“, sagte sein Bruder leise. „Wollen wir hoffen, dass es sich nicht zu einem Albtraum entwickelt.“

Raine warf Jaron über die Schulter einen Blick zu, kam jedoch nicht dazu ihm zu antworten. Die Tür öffnete sich und Meira erschien auf der Schwelle. Sie wirkte müde, aber auch unendlich erleichtert die beiden Brüder zu sehen. „Ist es vorbei?“, fragte sie heiser.

„Zwei Verhüllte sind tot, die anderen geflohen.“ Jaron wusste genau, was die Heilerin jetzt hören musste. „Auf unserer Seite hat es keine Verluste gegeben. Kieran und die anderen kümmern sich in der Burg um alles.“

Raine schob sich einen Schritt nach vorn. „Wie geht es Vater und Hanna?“

Meira gestattete sich ein schwaches Lächeln. „Der König ist wach, es geht ihm erstaunlich gut. Für Hanna kann ich nichts tun. Das könnt nur Ihr.“ Sie trat zurück und ließ die beiden Männer ins Haus.

Der König saß auf einem der Stühle und sah seinen Söhnen mit ernstem Blick entgegen. Er war blass, aber er schien so weit in Ordnung zu sein. Hanna lag auf dem Bett und hatte ihre Hand im Fell des Hundes vergraben, der sich dicht an sie schmiegte. Das Tier hob kurz den Kopf, entspannte sich aber wieder, als Raine sich neben dem Bett auf die Knie fallen ließ. Er hatte sich so sehr gewünscht, dass Hanna für ihn die Augen öffnete und ihn erkannte, doch sie rührte sich nicht. Allerdings schien sie gleichmäßiger zu atmen.

Jaron ging zu seinem Vater hinüber und zog sich einen Stuhl heran. Ein paar Momente lang sprach niemand. Die gesamte Situation fühlte sich unwirklich an.

„Jaron. Raine. Ich habe nicht mehr zu hoffen gewagt, dass ihr kommt nach allem, was geschehen ist.“ Der König sah zwischen seinen Söhnen hin und her, dann glitt sein Blick zu Hanna. „Du bist ein Glückspilz, Raine. Diese tapfere junge Frau liebt dich. Wegen dieser Liebe hat sie alles für mich riskiert. Du könntest keine bessere Frau finden.“

Raine schluckte schwer und legte dann vorsichtig seine Hand an Hannas Wange. „Was ist mit ihr los, Meira? Warum geht es ihr so schlecht? Ist sie krank?“

„Sie hat einiges mitgemacht, aber das erklärt ihren schlechten Zustand nicht vollständig. Ich fürchte, sie hat ihren Lebensmut verloren. Sie hat aufgegeben.“

Raine strich zärtlich über Hannas blasse Wange. „Du hast gesagt, nur ich kann ihr helfen. Was soll ich tun?“

„Bleibt bei ihr, lasst sie nicht allein. Vielleicht spürt sie Eure Gegenwart und kommt zurück. Das ist Eure einzige Chance. Sie liebt Euch. Wenn sie spürt, dass Ihr da seid, wird sie kämpfen.“ Die Heilerin begann den Vorhang zu schließen, der den kleinen Schlafraum vom Rest des Hauses abtrennte. „Hier seid ihr ungestört. Ruft mich, wenn Ihr mich braucht.“

Bevor sich der Vorhang ganz schloss, suchte Raine den Blick seines Vaters und bat ihn mit den Augen um Verzeihung. Der König nickte ihm zu. „Mach dir keine Gedanken. Wir haben noch genug Zeit füreinander, wenn es Hanna besser geht.“

Fast der gesamte Raum wurde von dem Bett eingenommen. Durch ein kleines Fenster fiel etwas Licht herein. Der Hund sprang herunter, als sich Raine vorsichtig neben Hanna ausstreckte. Er zog sie in seine Arme und bettete ihren Kopf auf seine Brust. Jetzt konnte er ihren leisen Atemzügen lauschen und ihren Herzschlag fühlen. Er drehte sich auf den Rücken und zog sie mit sich, damit er sie festhalten und ihr stilles Gesicht betrachten konnte. Die Welt hinter dem Vorhang existierte nicht mehr, es gab nur noch sie beide. Er hielt sie in den Armen, trotzdem war sie noch immer weit von ihm entfernt.

Als das erste Staunen ein wenig nachließ, begannen sich Raines Gedanken wieder zu drehen. So lange hatte er versucht jede Hoffnung auf ein Leben mit Hanna aus seinem Herzen zu reißen. Es schien die einzige Möglichkeit zu sein. Er war selbstsüchtig gewesen, kleingläubig. Er hatte nicht zu hoffen gewagt, dass die Liebe trotz allem einen Weg fand. Weil er so schwach und voller Selbstmitleid gewesen war, hatte er sie fast verloren. Er konnte verstehen, warum Hanna aufgegeben hatte, denn er hatte es auch getan.

Über die Stärke, die sie davor bewiesen hatte, konnte er nur staunen. Die Frau, die er in ihrer seltsamen Welt kennengelernt hatte, war sanft gewesen und hatte auf ihn zerbrechlich gewirkt. Er hatte sie beschützen wollen, als er ihr die Erinnerung nahm, hatte sich eingeredet, dass es so besser für sie war. Er hatte ihr keine Wahl gelassen und das Versprechen zurückgenommen, das er ihr zuvor gegeben hatte. Und trotzdem, obwohl es eigentlich unmöglich hätte sein müssen, hatte sie den Weg in seine Welt gefunden. Er hatte keine Vorstellung davon, wie das möglich geworden war, aber er konnte sich ihren Schrecken vorstellen, als sie ihn auf der anderen Seite nicht finden konnte. Wieder hatte sie nicht aufgegeben. Sie hatte für seinen Vater gekämpft, obwohl er ein Fremder für sie war. Raine brannte darauf zu erfahren, was Hanna zugestoßen war und sehnte sich danach, sie um Verzeihung bitten zu können. Doch nichts davon war wichtig, solange sie in diesem Zustand war. Zuerst musste sie noch einmal den Weg zu ihm finden.

Hanna atmete ruhig und gleichmäßig, aber sie rührte sich nicht. Ihr Geist war weit, weit fort. Raine begann ihren Rücken zu streicheln, sie zu wiegen, zärtliche Worte in ihr Ohr zu flüstern. Er rief sie, lockte sie, sagte ihr, wie leid ihm alles tat. Er fand Worte, die tief in seinem Herzen geschlummert hatten, seit er ihr zum ersten Mal begegnet war und wiederholte sie immer wieder. Und doch schien es, als könne nichts die Tür öffnen, die sich zwischen ihnen geschlossen hatte.

Die Zeit verlor ihre Bedeutung. Hannas Körper kam Raine in seinen Armen so klein vor, so leicht, als fliege er jeden Moment davon. Er hielt sie noch fester, flüsterte noch flehender. Je länger es dauerte, desto verzweifelter wurde er. Wenn sie ging, wenn er sie noch einmal verlor, konnte er das nicht ertragen. Wenn er zu spät gekommen war und der Tod sie ihm nahm, dann würde er ihr folgen. Diesmal ließ er sie nicht wieder allein.

Die Veränderung kam so sanft, dass er sie fast nicht bemerkt hätte. Hanna atmete tiefer ein als zuvor, dann begannen ihre Lider zu flattern. Raine hielt die Luft an, er wagte nicht sich zu rühren. Ein Lichtstrahl fiel durch das Fenster direkt auf Hannas Gesicht und holte es aus den Schatten. Wie gebannt schaute er sie an, flüsterte wieder ihren Namen und versuchte all seine Liebe hineinfließen zu lassen.

Ihre Lider flatterten noch einmal, dann hoben sie sich langsam. Da war es, dieses intensive Grün, das ihn vom ersten Moment an fasziniert hatte. Sie blinzelte und stöhnte leise, dann versuchte sie ihre Lage ein wenig zu verändern. Raine lockerte seinen Griff etwas. Ihre Hand fiel auf seine Brust und blieb dort liegen. Sie wusste nicht, wo sie war und was mit ihr geschehen war. Behutsam, um sie nicht zu erschrecken, wisperte er ihren Namen und strich sanft über ihre Wange.

Hanna drehte ihren Kopf ein wenig, schaffte es aber nicht ihn anzuheben. Es war nur eine kleine Veränderung, aber jetzt konnte sie ihm ins Gesicht sehen. Sie schien kurz zu erschrecken, dann kuschelte sie sich noch fester an ihn und grub ihre Finger in den Stoff seines Hemdes. „Raine." Ein winziges Lächeln spielte um ihre Lippen, als ihre Augen wieder zufielen.

Er beugte sich über sie und strich über ihre zarte Haut. „Ich bin es wirklich. Ich bin hier und warte auf dich. Bitte, Hanna, komm zu mir zurück."

Das Lächeln vertiefte sich, doch die Augen blieben geschlossen. „Wo warst du so lange? Ich habe dich gesucht", murmelte sie.

Er schluckte schwer. „Jetzt bin ich hier. Komm schon, mach die Augen auf!"

„Ich will nicht aufwachen", murrte sie schläfrig. „Ich will weiter von dir träumen."

Er schloss seine Arme fester um sie. „Dann träum von mir. Ich gehe nicht fort. Ich bleibe bei dir."

Das Lächeln erlosch. Sie schauderte heftig und begann zu zittern. „Du musst gehen. Dein Vater braucht dich. Sie werden ihn zerstören, wenn ihm niemand hilft. Bring mich fort, dann können sie ihn nicht zwingen mich zu töten."

Die Worte waren ein Schock, eine eisige Hand, die sich um Raines Herz legte. „Niemand wird dich töten. Du bist jetzt in Sicherheit und mein Vater auch."

Sie wand sich ein wenig, versuchte sich aus seinen Armen zu lösen. „Du verstehst nicht. Die Verhüllten. Sie haben ihn zu allem gezwungen. Du darfst ihn nicht hassen. Sag es auch deinen Brüdern. Euer Vater liebt euch und braucht eure Hilfe."

Sie brach ihm das Herz. Sie kämpfte nicht mehr für sich, aber seinen Vater ließ sie nicht im Stich. Raine atmete zittrig aus und musste sich räuspern, ehe er weitersprechen konnte.

„Meinem Vater geht es gut, mach dir keine Sorgen. Wir haben die Verhüllten vertrieben. Alles kommt wieder in Ordnung. Du musst keine Angst mehr haben."

Sie seufzte, dann veränderte sich der Klang ihrer Stimme. „Raine kommt nicht. Ich bin so allein. Ich kann nicht mehr warten. Ich bin zu müde."

„Du kannst dich ausruhen und schlafen, solange du willst, aber vorher musst du noch einmal die Augen öffnen und mich ansehen, damit du weißt, dass ich wirklich bei dir bin."

Ihre Lider öffneten sich nicht, nur ihre Hand griff noch fester zu. „Wenn ich die Augen aufmache, bist du fort", sagte sie kläglich.

Er berührte mit den Fingerspitzen ihre Stirn, strich über ihre Augen bis zum Kinn hinab. „Fühlst du meine Berührung? Vertrau mir nur ein kleines bisschen, nur für einen einzigen Moment. Danach darfst du schlafen."

Sie drehte den Kopf ein wenig und lehnte sich in seine Berührung hinein, doch noch immer hoben sich ihre Lider nicht. „Besuch mich morgen wieder", flüsterte sie schlaftrunken.

Plötzlich begann der Hund zu bellen, zweimal nur, scharf und laut. Hannas Augen flogen auf, als könne sie nicht anders. Ihr erschrockener Blick fiel direkt auf Raines Gesicht.

Er sagte nichts mehr, er lächelte nur. Sie starrte ihn an, dann versuchte sie die Hand zu seinem Gesicht zu heben. Raine half ihr und legte ihre Finger an seine Wange. „Ich bin es wirklich", flüsterte er noch einmal.

Sie gab keinen Laut von sich, der Druck ihrer Finger verstärkte sich nicht. Tränen liefen über ihr Gesicht. Er lächelte noch immer und sah ihr tief in die Augen.

„Schlaf jetzt! Ich schwöre, ich bin bei dir, wenn du aufwachst."

„Wir können nicht bleiben." Kieran versuchte schon seit einer ganzen Weile nicht mehr seine wachsende Ungeduld zu verbergen. „Du weißt genauso gut wie ich, dass wir an der Grenze gebraucht werden. Und zwar alle."

Er hätte nie damit gerechnet, dass sich ihm ausgerechnet Titus in den Weg stellen würde. „Und die Burg aufgeben? Was geschieht, wenn die Verhüllten zurückkommen?"

„Dann finden sie alles verlassen vor. Ich wette mit dir, damit rechnen sie nicht."

„Sie werden die Burg in Besitz nehmen", knurrte Titus grimmig. „Sie werden behaupten im Namen des Königs zu handeln."

Kieran schüttelte den Kopf. „Das gelingt ihnen nicht. Wir schicken alle fort, die hier arbeiten. Die Nachricht wird sich verbreiten. Sie haben den König nicht mehr als Geisel. Niemand wird ihnen glauben."

„Die Verhüllten können hier ihre Machtbasis einrichten. Sie verfügen über Waffen, die wir nicht kennen. Sie werden sich in der Burg verschanzen. Wie sollen wir dann an sie herankommen?"

„Wir haben Raine. Sie ahnen nicht, dass er dieselbe Gabe besitzt wie sie."

Titus sprang auf und schlug voller Wut mit der Faust auf den Tisch. „Du willst ihnen das Zentrum unseres Reiches überlassen", brüllte er. „Wir könnten sie genauso gut einladen alles zu übernehmen. Statt uns zu wehren schenken wir ihnen Fennmark."

„Möchtest du es lieber den Norwenn überlassen und den Stämmen, die sie vor sich hertreiben? Die Verhüllten wollen das Reich übernehmen, aber die Norwenn wollen es zerstören. Sie nehmen keine Rücksicht auf die Bevölkerung. Wer ihnen in die Quere kommt, ist schon so gut wie tot."

Titus wandte sich abrupt ab und blieb dann stocksteif stehen. „Wir müssen eine Armee aufstellen, wenn wir die Norwenn wirklich aufhalten wollen. Wie soll das gehen? Unser Land ist nicht dicht besiedelt und der größte Teil der Bevölkerung sind Bauern. Glaubst du wirklich, dass so eine Armee Erfolg hätte?"

„Eins nach dem anderen." Kieran atmete tief durch um seinen Ton wieder zu mäßigen. „Aber im Grunde hast du es selbst gesagt. Was hilft es uns die Burg zu verteidigen, wenn alles andere verlorengeht? Wir dienen Fennmark am besten, wenn wir weitere Verbündete finden und Verträge schließen, die allen helfen. Nur so können wir die Grenze schützen. Nur so können die Menschen in diesem Land überleben."

„Und du glaubst, die Verhüllten sehen uns einfach dabei zu? Sie werden Mittel und Wege finden uns in den Rücken zu fallen."

„Darum kümmern wir uns, wenn es soweit ist." Plötzlich klang Kieran müde. Er fuhr sich mit der Hand durchs Gesicht. „Glaub nicht, dass ich diesen Entschluss leichtfertig treffe, Titus. Ich würde es auch vorziehen, das nicht tun zu müssen, aber ich sehe keinen anderen Weg."

„Wir müssen mit Vater darüber reden", sagte Wulf in die Stille hinein, die sich an Kierans letzte Worte anschloss. „Er ist der König. Sein Wort ist Gesetz."

Titus fuhr heftig herum. „Er hat uns damals nicht einmal angehört. Er hat uns verbannt. Bisher haben wir nur sein eigenes Wort, dass er nicht mit den Verhüllten zusammenarbeitet."

„Und das Wort der Frau", warf Diemas ein. „Du hast doch auch gehört, was der Wächter gesagt hat." Titus antwortete darauf mit einem geringschätzigen Schnauben.

„Also bitte!" Wulf warf erbost die Hände in die Luft. „Hast du dir Vater angesehen, Titus? So sieht niemand aus, der gerade eine komplizierte Intrige spinnt."

Kierans Kopf ruckte zu ihm herum. „Hast du etwas von ihm aufgefangen?"

„Schuld. Trauer. Verzweiflung. Er hat sich gefreut uns zu sehen, aber auch davor gefürchtet."

„Ich kann ihm nicht so einfach trauen", knirschte Titus und ballte die Fäuste. „Nicht nach allem, was geschehen ist."

„Du wirst ihm verzeihen müssen", sagte Wulf leise. „Er ist unser Vater."

„Das war er auch, als er einen Preis auf unsere Köpfe ausgesetzt hat", brüllte Titus unbeherrscht.

„Er wird uns nicht verraten. Raines Frau vertraut ihm."

„Ein Mädchen?" Titus lachte bitter. „Noch dazu eine Fremde. Was weiß sie schon?"

„Sie war die ganze Zeit über bei ihm. Sie hat miterlebt, was geschehen ist. Wenn jemand die Wahrheit kennt, dann sie."

Titus sah grimmig in die Runde. „Keiner von uns weiß etwas über dieses Mädchen. Selbst Raine hatte nicht genug Zeit um sie wirklich kennenzulernen. Außerdem ist ein verliebter Mann leicht zu täuschen. Was, wenn sie mit den Verhüllten unter einer Decke steckt? Was, wenn sie ihnen das Tor geöffnet hat?“

Als Diemas auf die Füße kam, war die Katze sofort neben ihm. „Merkt ihr denn nicht, was hier geschieht? Wir spielen den Verhüllten geradewegs in die Hände. Wir zerstören unseren Bund. Wenn wir das zulassen, haben sie schon gewonnen.“ Er baute sich vor Titus auf. „Was glaubst du wohl, was passiert wäre, wenn du diese Worte vor Raine ausgesprochen hättest?“

Titus wurde bleich. „Er wäre mir an die Kehle gegangen. Und das mit Recht“, fügte er leiser hinzu.

„Wir müssen einander vertrauen. Und wir müssen Vater wieder in diesen Kreis mit einbeziehen.“ Wulf sah von einem zum anderen. „Ich für meinen Teil werde das tun, bis er mich vom Gegenteil überzeugt. Er ist mein Vater und ich liebe ihn.“

„Ein guter Grund um zu sterben“, zischte Titus höhnisch.

„Dann soll es so sein. Wenn ich mich irre, wird das meine Strafe sein. Aber wenigstens sterbe ich dann nicht schon vorher an meinem Misstrauen.“

Titus Gesicht färbte sich tiefrot, er hob die Fäuste. Kieran stand auf um schleunigst eingreifen zu können, falls er auf Wulf losging. Doch das geschah nicht. Wulf hob die Hände und ließ den Zorn seines Bruders an sich abprallen. „Ich will mich nicht mit dir streiten oder dich verletzen. Das war nie meine Absicht“, sagte er betont ruhig.

Titus verkrampfte Finger lösten sich, als er die Arme sinken ließ. „Entschuldige“, murmelte er. „Ich weiß nicht, was mit mir los ist.“

„Ich habe auch meine Probleme damit“, gab Diemas zu, „aber ich stimme Wulf zu. Es ist der einzige Weg.“

Titus schüttelte den Kopf und blickte zu seinem ältesten Bruder hinüber. „Kieran?“

„Ich glaube ihm. So viel Schmerz kann man nicht vortäuschen.“

Titus ließ sich auf einen der Stühle fallen. „Gut, vorläufig schließe ich mich an. Nur vorläufig. Ich will eine Erklärung.“

Kieran nickte. „So wie wir alle, aber dafür braucht man Zeit und Ruhe. Sobald alle die Burg verlassen haben, kehren wir in die

Zuflucht zurück. Vater und die Frau nehmen wir mit. Dieses Gespräch würde ich lieber dort führen."

„Was ist mit Meira?"

„Sie muss selbst entscheiden, aber ich würde es begrüßen, wenn sie uns auch begleitet."

Titus blickte sich um, als wollte er sich jedes Detail des Raumes einprägen. „Es gefällt mir immer noch nicht die Burg aufzugeben, aber ich stelle mich euch nicht in den Weg. Wir sind eine Einheit und wir bleiben es. Etwas anderes kommt nicht in Frage."

Als alles in die Wege geleitet worden war, kehrten Raines Brüder in Meiras kleines Haus zurück. Kieran schätzte, dass es höchstens drei Tage dauerte, bis auch der letzte die Burg verlassen hatte. Das nächste Dorf war vier Tagesreisen entfernt. Kieran hatte sich von Raine dorthin bringen lassen und die Flüchtlinge angekündigt. Gleichzeitig hatte er dafür gesorgt, dass sich nach und nach verbreitete, was dem König zugestoßen war und dass die Prinzen wieder da waren. Mehr konnte er im Moment nicht tun.

Die Leute, die in der Burg gelebt und gearbeitet hatten, blieben zusammen. Kieran hatte sie angewiesen, sämtliche Pferde und das Vieh mitzunehmen, ebenso alles, was die Vorratskammern hergaben. Der Hauptmann der Wache hatte den Befehl für die Sicherheit zu sorgen und mit seinen Männern beim Bau neuer Häuser zu helfen. Gemeinsam konnten sie das Dorf in eine kleine Festung verwandeln. Fürs erste kamen die Verhüllten nicht an sie heran.

Kieran hatte alle Fragen ehrlich beantwortet, die man ihm gestellt hatte. Es tat ihm leid, dass die Menschen nach den ausgestandenen Schrecken jetzt auch mit der Furcht vor den Norwenn leben mussten, aber er konnte sie nicht im Dunklen lassen. Nun kannten sie den Grund, warum die Prinzen nicht blieben und die alte Ordnung wieder herstellten. Statt zu murren hatten sie die Reihen geschlossen.

Hanna schlief noch immer die meiste Zeit über, Raine ließ sie kaum aus den Augen. Jedes Mal, wenn sie erwachte, vergewisserte sie sich fast panisch, dass er wirklich bei ihr war. Inzwischen sah sie deutlich besser aus.

Der König war blass und wirkte angegriffen, aber er kam zurecht. Er sprach nicht viel, er hielt sich im Hintergrund und schlief manchmal unvermittelt ein. Oft konnte er den Blick nicht von seinen Söhnen abwenden, obwohl er versuchte sie nicht allzu offensichtlich anzustarren. Die Mischung aus Freude und Besorgnis, die sich manchmal in seiner Miene spiegelte, überzeugte Kieran immer mehr davon, dass er ihnen kein Theater vorspielte.

Nachdem er alles geregelt hatte, brannte Kieran voller Ungeduld darauf an die Grenze zurückzukehren und nach dem Rechten zu sehen. Die Situation, die sie zurückgelassen hatten, begann sich gerade erst zum Besseren zu entwickeln und war noch alles andere als stabil. Ein einziger Streit, ein einziger Vorfall in ihrer Abwesenheit konnte alles wieder zerstören, was sie erreicht hatten. Das Misstrauen war tief verwurzelt, die Unterschiede zwischen den Lebensweisen und Gewohnheiten immens. Soweit er wusste, hatte es noch niemals in der Geschichte Fennmarks ein derartiges Bündnis gegeben.

Kieran war müde. Er hätte alles dafür gegeben, ein paar Stunden ungestört schlafen zu können, aber selbst wenn sich die Gelegenheit dazu bot, gelang es ihm nicht. Er hoffte, dass es besser wurde, wenn er sich davon überzeugt hatte, dass an der Grenze alles in Ordnung war. Doch zuvor gab es noch eine andere Pflicht, die er nicht länger vor sich herschieben durfte. Er versetzte sich selbst einen gedanklichen Tritt und stand auf.

Der König hatte seinen Stuhl in den Hintergrund des Raumes gezogen und beteiligte sich nicht an den Gesprächen. Genau wie Kieran spürte er die Schwelle, die ihn von seinen Söhnen trennte. Zu viel war geschehen, zu viel war ungeklärt. Es wurde höchste Zeit diese Mauern einzureißen.

Wulf hob den Kopf, als Kieran zu ihrem Vater hinüberging, aber er gab ihm mit einer Geste zu verstehen, dass er dieses Gespräch allein beginnen wollte. Vielleicht war es Stolz, vielleicht war es Selbstsucht, auf alle Fälle war es das, was er brauchte. Wulf nickte knapp und wandte ihm den Rücken zu, damit Kieran die relative Ungestörtheit bekam, die er sich wünschte. Er war ihm dankbar dafür.

Der König sah auf, als sein ältester Sohn zu ihm herüberkam. Sein Blick wurde wachsam. Kieran hatte sich nicht die Mühe gemacht einen Stuhl mitzubringen, er ließ sich neben ihm auf dem Boden nieder. Diese Haltung weckte Erinnerungen an seine Kindheit, als er oft stundenlang zu Füßen seines Vaters gesessen hatte. Damals war der Raum meistens von Fröhlichkeit und Lachen erfüllt gewesen, von dem warmen Gefühl der Geborgenheit. Kieran hatte niemals Grund gehabt daran zu zweifeln, dass seine Eltern ihn und seine Geschwister liebten, er wäre nicht einmal auf diesen Gedanken gekommen. Er hatte eine durch und durch glückliche Kindheit und Jugend gehabt. Es wurde Zeit, dass er etwas zurückgab.

„Vater." Er sah hoch in die tiefblauen Augen, die ihm so vertraut waren und musste schwer schlucken. „Wie geht es dir heute?"

Der König musste sich räuspern, bevor er antworten konnte, trotzdem klang seine Stimme belegt. „Mit jedem Tag ein wenig besser. Es fühlt sich an, als erwache ich aus einem endlosen Albtraum."

„Meira sagt, dass dich die Verhüllten unter Drogen gesetzt hatten", begann Kieran vorsichtig.

Edwin seufzte. „Als sie auftauchten, hatte ich mich so sehr in meinem Schmerz vergraben, dass ich überhaupt nicht begriff, wie seltsam sie sich verhielten. Benjamin stand eines Tages vor mir und schien vom ersten Tag an immer zu wissen, was in mir vorging und was ich brauchte. Ich nahm seine Hilfe an, weil ich mich so noch weiter zurückziehen konnte. Er hat mich geschickt von allen ferngehalten, besonders von euch. Zu diesem Zeitpunkt war Abgeschiedenheit alles, was ich wollte. Irgendwann bot er mir einen Trank an, der mir zu ein paar Stunden ungestörtem Schlaf verhelfen sollte. Es funktionierte. Danach fühlte ich mich besser, aber ich war noch gleichgültiger als vorher. Benjamin schien seinen Wert bewiesen zu haben. Als er sich selbst zu meinem Ratgeber und Sprachrohr erklärte, erhob ich keine Einwände."

Der König brach ab und schloss kurz die Augen. Als er sie wieder öffnete, schwammen sie in Tränen. Kieran musste sich zusammenreißen um sein Erschrecken nicht zu zeigen. „Ich war innerlich wie tot. Kaum etwas drang zu mir durch und ich habe mich nicht dagegen gewehrt. Ich habe euch mit eurem Schmerz allein gelassen. Und dann habe ich euch verraten." Er holte für die nächsten Worte tief Luft. „Ich kann verstehen, wenn ihr mich hasst. Ihr habt jedes Recht dazu."

Kieran schüttelte den Kopf. „Keiner von uns hat dich während der Verbannung gehasst. Wir waren zornig und verletzt, fassungslos. Wir konnten es nicht verstehen, aber wir haben dich niemals gehasst. Daran hat sich nichts geändert."

„Kannst du mir verzeihen? Kannst du mir jemals wieder vertrauen?", fragte Edwin heiser.

„Ich bin zutiefst dankbar, dass du am Leben bist", sagte Kieran ehrlich. „Glaube mir, wenn wir geahnt hätten, was hier vorgeht, wären wir viel früher gekommen. Raine hat uns immer wieder dazu gedrängt hat. Er war sich immer sicher, dass du uns nicht aus einer Laune heraus verbannt hast."

„Raine." Der König lachte, aber es klang wie ein Schluchzen. „Die Gabe des Jungen ist wirklich eine Überraschung."

„Und ein gewaltiges Geschenk", betonte Kieran. „Ohne ihn hätten wir dich nicht befreien können." Er zögerte kurz. „Hast du von dieser Gabe und ihrer Geschichte gewusst?"

Der König nickte. „Mein Vater hat mit mir darüber gesprochen, als er krank wurde. Er war der erste König, der das Gesetz gegen die Träger dieser Gabe ausgesetzt hatte. Es schien sie nicht mehr zu geben und er fand es grausam, ein unschuldiges Kind für etwas zu bestrafen, das es sich nicht ausgesucht hatte. Ich schloss mich seiner Meinung an und deshalb hielt ich alle Informationen darüber zurück." Er presste die Kiefer zusammen. „Ein verhängnisvoller Fehler, wie ich jetzt weiß."

„Das wird dir niemand anlasten. Ich bin fest überzeugt, dass es Schicksal war. Genauso wie es Schicksal war, dass sich Raines Gabe zur rechten Zeit gezeigt hat."

Sein Vater versuchte zu lächeln. Es misslang kläglich. „Versuch nicht es schönzureden. Ich habe auf der ganzen Linie versagt, das wissen wir beide. Ich habe nicht vor meine Schuld abzustreiten und ich stelle mich den Konsequenzen. Ich akzeptiere jede Strafe."

Diese Worte zu hören tat so weh, dass Kieran sich am liebsten zusammengekrümmt hätte. Er fühlte nicht Titus Zorn, aber er verstand ihn. Der Graben, der sich aufgetan hatte, war tief. Es würde nicht leicht sein ihn wieder zu schließen, vielleicht war es sogar unmöglich. Trotzdem durfte nichts davon im Moment eine Rolle spielen.

Kieran sah seinen Vater fest an. „Es geht nicht um Schuld und Strafe. Selbst wenn ich so denken würde, wäre jetzt nicht der richtige Zeitpunkt dafür. Die Lage ist ernst. Wir brauchen all unsere Kraft um Fennmark zu schützen.“ Aus einem Impuls heraus griff er nach der Hand seines Vaters, löste die verkrampften Finger und schloss seine eigenen darum. „Ich habe die Burg räumen lassen, Vater. Meine Brüder und ich müssen zurück an die Grenze und wir möchten, dass du uns begleitest. Du bist der König. Komm mit uns und kämpfe an unserer Seite.“

Edwin zuckte heftig zusammen. „Ich habe kein Anrecht mehr auf den Thron. Nicht nach allem, was geschehen ist.“

Kieran lächelte. „Deine Söhne sehen das anders. Wir haben uns gegenseitig Wunden geschlagen, aber sie werden mit der Zeit heilen. Kampflos geben wir dich nicht auf.“ Er stand auf. „Du hast mich gefragt, ob ich dir verzeihen und vertrauen kann. Gib mir ein wenig Zeit. Gib uns allen ein wenig Zeit. Ich bin sicher, wir können wieder zueinander finden.“

Edwin sah zu Kieran auf. Zum ersten Mal zeigte sich wieder Entschlossenheit in seinem Blick. „Nimm mir die Krone ab. Werde hier und jetzt mein Nachfolger.“

„Nein, Vater. Es ist nicht der richtige Zeitpunkt dafür. Behalte den Thron, sei dir aber darüber klar, dass wir über Beschlüsse alle zusammen beraten. So haben wir es bisher gehalten und es hat sich als unsere stärkste Waffe erwiesen. Kommst du damit zurecht?“

Zum ersten Mal gelang dem König ein vorsichtiges Lächeln. „Jaron hat mir von der Lage an der Grenze erzählt und was ihr erreicht habt. Ich bin unglaublich stolz auf euch.“

„Also begleitest du uns?“

„Wenn ihr euch einig seid, gibt es keinen Ort, an dem ich lieber wäre.“

Kieran nickte zufrieden. „Dann ist es beschlossen.“

19. Kapitel

Hanna erwachte mit einem Gefühl der Behaglichkeit. Sie lag auf einer bequemen Unterlage, eine weiche Decke hüllte sie in einen Kokon aus Wärme. Sie öffnete die Augen nicht sofort, sondern rollte sich ein wenig enger zusammen und blieb noch in dem Land zwischen Traum und Wirklichkeit. Nichts tat ihr weh, kein drängender Gedanke trieb sie dazu sich zu beeilen. Das Gefühl war viel zu schön um es jetzt schon aufzugeben.

Tatsächlich war es das laute Knurren ihres Magens, das sie schließlich dazu brachte, sich ganz an die Oberfläche treiben zu lassen. Ein wütendes Hungergefühl hatte sich in ihrem Bauch eingenistet und wollte keine Ruhe geben. In den letzten Tagen hatte sie Raine zuliebe hin und wieder ein paar Bissen gegessen, aber sie war nicht ein einziges Mal hungrig gewesen. Das hatte sich jetzt anscheinend geändert.

Das Zimmer, in dem das Bett stand, war klein und sie kannte es nicht. Das einzige Fenster war mit einer Stoffbahn verhängt, sodass alles in ein Dämmerlicht getaucht war. Von irgendwoher drang gedämpftes Stimmengewirr herüber, es klang entspannt und friedlich. Raine hatte ihr gesagt, dass er sie in das Haus an der Grenze bringen würde, deshalb wusste sie, dass sie sich keine Sorgen zu machen brauchte. Sie wunderte sich nur, dass Maxine nicht bei ihr war.

Sie setzte sich auf, froh darüber, dass ihr Kopf endlich wieder klar war und das drückende Gewicht der Erschöpfung langsam verschwand. Als ihr Magen noch einmal knurrte, musste sie grinsen. Dieses kleine Stück Normalität tat gut.

Die Beine aus dem Bett zu schwingen war einfach, der erste Versuch aufzustehen ging allerdings gründlich daneben. Hanna wurde sofort schwindelig, sie ließ sich auf die Matratze zurückfallen. Ein wenig atemlos blieb sie sitzen, klammerte sich am Bettrand fest und wartete darauf, dass der Raum aufhörte sich um sie zu drehen.

Gut. Das war normal. In den letzten Tagen hatte sie immer mal wieder für ein paar Minuten im Bett gesessen, für mehr hatte ihre Kraft nicht gereicht. Sie musste ein bisschen Geduld mit sich haben.

Sie hatte wirklich Hunger, aber vor allem wollte sie bei Raine sein. Zu Anfang war sie jedes Mal im Schutz seiner Arme erwacht, später kam er sofort an ihre Seite, wenn sie die Augen öffnete. Am liebsten hätte sie sich an ihn geklammert und ihn keinen Schritt fortgelassen, denn ein Teil von ihr hatte immer noch Angst ihn wieder zu verlieren. Vielleicht würde diese Angst nie wieder ganz vergehen.

Die Erinnerung an die letzte Nacht, die sie im Gemach des Königs verbracht hatte, war verschwommen. Der Ratgeber hatte sie auf dem Podest zurücklassen. Aufstehen und Schutz suchen konnte sie nicht mehr. Falls Benjamin den König gezwungen hatte zu trinken, war alles umsonst gewesen. Wenn es so war, wenn ihn die Droge wieder in das Ungeheuer verwandelt hatte, das sich nicht unter Kontrolle hatte, war sie genauso verloren wie er.

Hanna hatte auf dem Boden gelegen und nicht einmal die Kraft gehabt sich die Ohren zuzuhalten, während die Schreie des Königs über sie hinweg spülten. Ihr Körper gehorchte ihr nicht mehr, ihr Geist trieb langsam davon. In einem Moment der Klarheit begriff sie, dass ihr Leben auf alle Fälle in dieser Nacht enden würde, selbst wenn Edwin sie nicht angriff. Sie hatte so lange wie möglich durchgehalten, aber jetzt stürzte sie in die Tiefe. Wahrscheinlich war es besser so.

Niemand griff sie an, niemand fügte ihr Schmerzen zu, nur die Dunkelheit kam immer näher. Eine Weile hielt Hanna noch durch, versuchte noch einmal Halt zu finden, doch es gab nichts mehr, woran sie sich festklammern konnte, weder für den Körper noch für die Seele. Und so ließ sie schließlich ganz los.

Es war kein Wunder, dass sie es für einen Traum gehalten hatte, als sie in Raines Armen erwachte. Er ließ nicht locker, versicherte ihr immer wieder, dass er wirklich bei ihr war, flehte sie an zu ihm zurückzukommen. Jedes Mal, wenn ihr Bewusstsein sich der Oberfläche näherte, war er da, bat, schmeichelte, gab ihr Halt. Dann fand sie irgendwann die Kraft von selbst auf ihn zuzugehen. Schritt für Schritt zog er sie fort von dem Abgrund, der sie schon fast verschlungen hatte. Sie wollte bei ihm sein. Sie wollte endlich erleben, wie das Versprechen wahr wurde, das er ihr vor langer Zeit gegeben hatte.

Ihr knurrender Magen brachte Hanna zum Lächeln. Es wurde Zeit für einen zweiten Versuch. Schaffte sie es wieder nicht, blieb ihr nichts anderes übrig als abzuwarten, bis jemand nach ihr sah.

Diesmal stand sie langsamer auf und hielt sich an der Lehne eines Stuhls fest, bis sie halbwegs sicher auf den Beinen war. Jetzt musste sie nur noch einen Fuß vor den anderen setzen und es bis zur Tür schaffen. Das sollte doch zu machen sein.

Hanna ging langsam und konzentrierte sich auf jede Bewegung. Es war unglaublich mühsam die Füße zu heben, sie schienen am Boden festzukleben. Sie schlurfte schwerfällig durch den Raum und war dankbar, als sie endlich nach der Türklinke greifen konnte. Außer Atem klammerte sie sich daran fest und lehnte sich schwer gegen das Holz. Was sie hier tat, war nicht besonders schlau. Sie sollte sich ein bisschen ausruhen und dann zusehen, dass sie es zurück zum Bett schaffte. Wenn sie sehr großes Glück hatte, gelang es ihr vielleicht nicht zu stürzen.

Während sie hilflos an der Türklinke hing, stieg plötzlich Gelächter in ihr auf. Ihre Überlegungen mochten ja vernünftig sein, aber die Situation hatte sich geändert. Sie war nicht mehr allein. Auf der anderen Seite der Tür warteten Freunde auf sie, die sich um sie kümmern würden. Was machte es also aus, wenn sie am Ende mit dem Hinterteil auf der Erde landete? Sie konnte ebenso gut weitergehen.

Alles ging gut, bis sie die Türklinke loslassen musste. Schon beim zweiten Schritt gaben ihre Knie und sie landete mit einem dumpfen Krachen auf dem Boden. Der Sturz schüttelte sie ein bisschen durch, aber es war nicht so schlimm. Glück gehabt, dachte sie benommen.

Das Stimmengemurmel verstummte, dann wurde ein Stück entfernt eine Tür geöffnet. Sie riss die Augen auf, als ihr Blick auf den Mann fiel, der erschrocken auf sie herunterschaute. In ihren seltsamen Träumen hatte sie sein Gesicht deutlich gesehen. „Holt Raine!“, rief er über die Schulter zurück, bevor er sich mit ernstem Blick zu Hanna hinunterbeugte. „Tut dir etwas weh? Hast du dich verletzt?“

Sie schüttelte den Kopf und lächelte kläglich. „Nichts passiert. Meine Beine haben plötzlich aufgegeben.“

Er lachte erleichtert, dann schob er seine Arme unter sie und hob sie hoch. „Na, dann komm, kleine Schwester. Meine Beine übernehmen für dich.“

Hanna besann sich auf ihre guten Manieren. „Vielen Dank! Seid Ihr einer von Raines Brüdern?“

„Ich bin Titus. Kein Grund förmlich zu werden, Hanna. So wie Raine dich ansieht, gehörst du schon bald zur Familie.“ Natürlich wurde sie rot und brachte Titus damit zum Grinsen. „Mein Bruder hat einen guten Geschmack“, lachte er und zwinkerte ihr zu.

Mit ein paar langen Schritten hatte Titus den Flur durchquert und trug Hanna durch die Tür in den Raum, aus dem er gekommen war. „Schaut mal, was ich gefunden habe“, witzelte er.

Die Tür am anderen Ende des Raumes wurde aufgerissen und Raine stürmte herein. Als er sah, dass Hanna lächelte, atmete er erleichtert auf. Titus trug Hanna zu einem bequemen Sessel und setzte sie dort vorsichtig ab. Im nächsten Moment beugte sich Meira über sie. Raine legte ihr von hinten die Hände auf die Schultern, als habe er Angst, sie könnte aus dem Sessel stürzen. Sie drehte den Kopf und schmiegte ihre Wange an seine warme Hand.

Meira fuhr Hanna ärgerlich an. „Dummes Mädchen! Warum bist du allein aufgestanden? Du hättest dir alle Knochen brechen können.“

„Ich hatte Hunger“, sagte Hanna bewusst jämmerlich. Wie auf Kommando begann ihr Magen wieder laut zu knurren und ihr schoss erneut die Röte ins Gesicht. Hinter Meira gab Titus einen Laut von sich, der wie ein mühsam unterdrücktes Lachen klang. „Mir ist nichts passiert“, versicherte Hanna schnell. „Nur mein Stolz ist verletzt.“

„Hmm.“ Meira versuchte weiter ein grimmiges Gesicht zu machen, doch dann wurden ihre Züge weich. „Ich freue mich so sehr dich auf den Beinen zu sehen. Zum Schluss habe ich nicht mehr geglaubt, dass du es schaffst.“

Hanna wusste nicht, was sie darauf antworten sollte, also nickte sie nur. Meira schenkte ihr ein Lächeln und richtete sich wieder auf. „Es geht ihr wirklich gut“, beruhigte sie Raine. „Sie muss nur wieder zu Kräften kommen.“

Raine antwortete nicht. Er hob Hanna hoch und zog sie auf seinen Schoß, als er sich setzte. Es war ihr ein bisschen peinlich, aber sie kuschelte sich trotzdem an ihn und versuchte die grinsenden Gesichter der Männer nicht zu beachten. „Mach dir nichts draus", flüsterte ihr Raine ins Ohr. „Sie sind nur neidisch." Hanna vergrub ihr Gesicht an seiner Schulter, damit man ihr Kichern nicht hörte.

Raine drückte sie kurz noch fester an sich, dann schob er sie ein Stückchen von sich. „Wenn du es schon bis hierher geschafft hast, kannst du die Bande auch kennenlernen." Er grinste sie an, als sie zu ihm aufsah. „Ich weiß, Familie ist immer beängstigend, aber ich lasse nicht zu, dass sie dir den Kopf abreißen." Er schob sie noch ein wenig weiter herum, bis sie direkt in den Raum hineinsah.

Hanna wurde ein bisschen mulmig zumute, als die fünf jungen Männer auf sie zu kamen. Sie erkannte sie alle wieder. In ihrem Traum hatte sie sie in einem Kampf gesehen, jetzt lächelten sie sie an. Wenn sie nebeneinander standen, sah man sofort, dass sie verwandt waren. Allen gemeinsam war der intensive Blick, der ihr an Raine schon gleich zu Anfang aufgefallen war. Diese geballte Aufmerksamkeit konzentrierte sich nun auf Hanna.

„Titus kennst du ja schon", begann Raine. „Dort drüben ist Kieran, mein ältester Bruder." Das waren zwei der dunkelhaarigen Männer. „Der Blonde da hinten ist Jaron und dort drüben sind Wulf und Diemas." Alle nickten Hanna freundlich zu und sie wurde erneut rot, als ihr klar wurde, dass sie gerade Prinzen vorgestellt wurde.

„Es ist uns eine Ehre dich kennenzulernen", sagte Kieran. „Du hast viel für unsere Familie getan."

„Das kann man wohl sagen", meldete sich eine weitere Stimme zu Wort. Edwin trat neben seine Söhne und lächelte zu Hanna hinunter. „Ich bin so froh, dass es dir wieder besser geht." Er schluckte schwer. „Ich habe dir ein Versprechen gegeben, weißt du noch? Ich werde alles tun um es zu halten."

Sie wusste genau, was er meinte. Es schnürte ihr die Kehle zu, dass er sich daran erinnerte. *Du wirst nie wieder allein sein,* hatte er damals gesagt. Jetzt saß sie hier von seiner Familie umgeben und er schien nichts dagegen zu haben. „Vielen Dank", brachte sie heiser hervor. „Ihr seid sehr gütig." Es erschien ihr nicht mehr richtig ihn so vertraulich anzusprechen wie in den Tagen, als sie ganz und gar aufeinander angewiesen gewesen waren.

Edwin begann zu lachen. Der warme, fröhliche Laut kam für Hanna völlig überraschend. So kannte sie den König nicht. Zuerst war er von unerträglichen Schmerzen gequält worden, später hatten ihn Angst und Verzweiflung zu Boden gedrückt. Es tat gut zu sehen, wie sehr er sich erholt hatte. Noch war er viel zu dünn und längst nicht wieder bei Kräften, aber er hatte eine gesündere Gesichtsfarbe und die Schatten begannen aus seinen Augen zu verschwinden. Im Moment glänzten sie vor Lachen und ehrlicher Freude.

Der König beugte sich zu Hanna hinunter, damit er ihr in die Augen sehen konnte. „Hör mit dem Unsinn auf, Mädchen. Für dich bin ich Edwin und nicht der König. Dafür haben wir zusammen zu viel durchgemacht. Du bist längst wie eine Tochter für mich. Umso mehr freue ich mich, dass du mit Raine zusammen bist. Willkommen in der Familie, Hanna."

Sie antwortete nicht, aber das war auch nicht nötig. Edwin ergriff ihre Hand und drückte sie kurz, dann richtete er sich auf und wandte sich zu seinen Söhnen um. „Ihr könnt euch nicht vorstellen, was Hanna auf sich genommen hat um mir zu helfen", sagte er ernst.

„Erzähl es uns!"

In Titus Stimme schwang ein Unterton mit, der Hanna nicht gefiel. Sie sah Raine fragend an. Er schüttelte leicht den Kopf und bat sie stumm zunächst einmal abzuwarten.

„Ich stehe euch Rede und Antwort, sobald Hanna etwas gegessen hat", erwiderte Edwin ruhig. Er wich Titus prüfendem Blick nicht aus. „Ihr habt jedes Recht zu fragen. Ich werde nichts verheimlichen oder beschönigen."

Titus nickte knapp. Sein harter Gesichtsausdruck veränderte sich nicht. Der lachende Mann, der Hanna in den Raum getragen hatte, war verschwunden. Dieses Gespräch würde für niemanden einfach werden.

Wulfs Stimme riss sie aus ihren Gedanken. „Was möchtest du essen, Hanna? Meira hat einen Wildtopf gekocht und Brot gebacken."

Hanna lächelte ihm zaghaft zu. „Das klingt gut. Vielen Dank."

Das Essen war köstlich, aber obwohl Hanna solchen Hunger gehabt hatte, brachte sie nicht viel herunter. Die düstere Stimmung, die sich ausgebreitet hatte, trug nicht dazu bei, ihren Appetit zu fördern. Als sie schließlich ihren Teller fortschob, beugte sich Raine zu ihr hinüber. „Möchtest du dich lieber wieder hinlegen?"

Er meinte es gut und bot ihr einen Ausweg an, damit sie bei dem Gespräch nicht anwesend sein musste. Kurz war sie versucht sein Angebot anzunehmen, aber dann riss sie sich zusammen. Es war vielleicht lächerlich, aber sie würde Edwin nicht im Stich lassen. „Es geht schon." Raine lächelte sie an. Er hatte genau verstanden, warum sie blieb.

„Nun gut." Edwin sah niemanden an, als er mit seinem Bericht begann. „Ich habe es bereits gesagt, ich werde nichts beschönigen. Nach dem Tod eurer Schwester und eurer Mutter war ich am Ende. Statt dafür zu sorgen, dass wir einander helfen, habe ich mich zurückgezogen. Ich war an einem Punkt angelangt, an dem ich nicht mehr weiterwusste. Ich dachte darüber nach, mir das Leben zu nehmen und schaffte es nicht mit irgendjemandem darüber zu sprechen. Euch hatte ich aus dem Blick verloren und was in Fennmark geschah, war mir gleichgültig. Weil ich niemanden an mich heranließ, konnte mir auch niemand helfen. Ich bin regelrecht in meinen düsteren Gedanken ertrunken. Ich wusste nicht mehr, welchen Tag wir hatten oder was außerhalb meiner Räume geschah.

Irgendwann kam ein Mann zu mir, der sich als Benjamin vorstellte. Er trug einen großen Umhang mit Kapuze und ließ mich sein Gesicht nicht sehen. Ich brüllte ihn an, er solle mich allein lassen, dann rief ich nach den Wachen. Niemand kam. Die ganze Zeit über redete der Kerl in einem sanften, beruhigenden Ton auf mich ein, bis ich tatsächlich ruhiger wurde. Auf dieselbe Art brachte er mich dazu, über meinen Kummer zu sprechen. Danach ging es mir ein wenig besser und er hatte meine Aufmerksamkeit.

Benjamin erklärte mir, er sei sowohl Heiler als auch Soldat und komme aus einem fernen Land. Von dort sollte auch die Behandlungsmethode stammen, die er mir vorschlug. Er versprach mich wenigstens zum Teil von meinem Kummer zu heilen. Dazu seien allerdings absolute Ruhe und Abgeschiedenheit nötig sowie eine bestimmte Arznei. Es klang gut, genau das wollte ich. Ich glaubte mich in guten Händen und willigte ein.

Die ersten Tränke waren verhältnismäßig harmlos und taten mir gut. Sie brachten mir Schlaf und mein Körper begann sich zu erholen, allerdings wurde mein Verstand immer träger. Als Benjamin begann mich mit Lügen zu füttern, hinterfragte ich sie nicht. Ich wunderte mich auch schon längst nicht mehr, dass ich außer ihm niemanden zu Gesicht bekam. Alles schien zusammenzupassen."

„Was für Lügen?", fragte Titus mit harter Stimme.

Edwin wandte sich zu ihm um. „Benjamin berichtete mir, meine Söhne seien dabei, die Macht an sich zu reißen. Wenn ich ihn bat einen von euch zu holen, kam er allein zurück und behauptete, ihr hättet keine Zeit für mich. Er drückte sich vage aus, sprach von Festen und Vergnügungen, die eure ganze Zeit in Anspruch nahmen. Er behauptete auch, dass ihr das Volk gegen mich aufhetzt."

„Und du hast das geglaubt?" Titus klang, als habe er Steine geschluckt. „Wir haben versucht alles am Laufen zu halten. Wir haben uns niemals gegen dich gestellt."

„Zu diesem Zeitpunkt war ich schon nicht mehr ich selbst", gab Edwin ohne Selbstmitleid zu. „Mein Verstand war wie in Watte gepackt. Nur sehr wenig drang noch zu mir durch. Dann kam ein Abend, an dem ich versehentlich den Trank verschüttete. In der folgenden Nacht machte ich kein Auge zu, weil mein Verstand wieder zu arbeiten begann. Nichts von dem, was ich zuvor kritiklos geglaubt hatte, machte noch Sinn. Ich fing an zu begreifen, dass etwas gewaltig schief lief und ich nicht mehr in diesen Zustand zurückkehren durfte. Ich nahm mir vor am nächsten Tag mit euch zu reden und den Dingen auf den Grund zu gehen."

„Und warum hast du es nicht getan?", fragte Titus feindselig.

Edwin lacht bitter. „Ich war naiv und machte einen furchtbaren Fehler. Mir war nicht klar, dass Benjamin mich schon fast an dem Punkt hatte, an dem er mich haben wollte. Am nächsten Morgen informierte ich ihn darüber, was ich vorhatte. Er reagierte entsetzt. Zunächst beharrte er darauf, dass das meiner Genesung erheblich schaden würde. Als mich dieses Argument nicht beeindruckte, änderte er geschickt die Taktik. Meine Söhne hätten sich gegen mich verschworen und planten meinen Tod. Er habe es mir verschwiegen um mich nicht aufzuregen. Das sei auch der Grund, warum ich meine Räume nicht verlassen dürfe. Er könne sonst nicht für meine Sicherheit sorgen."

„Du hast ihm geglaubt", stieß Titus bitter hervor.

„Nein, das habe ich nicht. Ich habe viele Fehler gemacht, aber ich habe niemals an euch gezweifelt, wenn mein Verstand klar war. Ich ließ Benjamin stehen und machte mich auf den Weg."

Edwin schwieg. Ein Zittern lief durch seinen Körper. Plötzlich war Wulf neben ihm und legte ihm die Hand auf den Arm. Er ließ seinen Vater nicht aus den Augen, bis er wieder ruhiger wurde. „Was geschah dann?", fragte er sanft.

„An diesem Tag begann es. Ich hatte tatsächlich geglaubt, dass ich noch die Autorität eines Königs besaß. Ich hatte noch nicht begriffen, dass sie mich schon besiegt hatten." Edwin lehnte sich zurück und schloss die Augen, als die Erinnerung in lebhaften Bildern zurückkam. „Ich schaffte es nicht zur Tür hinaus. Zwei weitere verhüllte Männer kamen herein und stießen mich zu Boden. Ich lernte schnell und auf die harte Tour, was mich erwartete, wenn ich mich widersetzte. Sie gaben mir zum ersten Mal die Droge, längst nicht so viel wie später, aber genug um mich abhängig zu machen. Von diesem Zeitpunkt an sah Benjamin keinen Grund mehr sich zu verstellen."

Als Edwin die Augen wieder öffnete, sah er Titus direkt an. „Bevor ich die Verbannungsurteile gegen euch unterschrieben habe, hatte ich drei Tage durchgehalten. Zum Schluss habe ich darum gebettelt es tun zu dürfen. Danach gaben sie mir den Trank und alles verschwamm im Nebel. Benjamin hat mir später erzählt, dass ich bei der Verhandlung dabei war. Ich kann mich nicht daran erinnern."

„Wie günstig für dich", sagte Titus mit verletzendem Sarkasmus.

„Ich habe geschworen die Wahrheit zu sagen", antwortete Edwin mit erzwungener Ruhe. „Ich kann nichts dafür, wenn sie dir nicht gefällt." Titus schnaubte abfällig, antwortete aber nicht.

„Ich begriff, dass ich verloren war", fuhr Edwin fort. „Ich begriff auch, dass ich ganz allein die Schuld daran trug. Benjamin versteckte nichts mehr vor mir. Er zeigte mir sein Gesicht, weidete sich an meinem Entsetzen, als ich das Mal erkannte. Von diesem Augenblick an wusste ich, dass ich ihm auf keinen Fall geben durfte, was er wollte. Sie konnten nicht allein herrschen, sie brauchten mich dazu. Mit der Droge glaubten sie das Mittel gefunden zu haben mich zu beherrschen. Von diesem Tag an kämpfte ich. Den Tod hatte ich nicht zu fürchten, er konnte mein Freund sein, denn er würde die Verhüllten daran hindern ihre Pläne umzusetzen. Ich gab ihnen nichts mehr, ich kämpfte um jedes bisschen Zurechnungsfähigkeit, das ich mir erhalten konnte. Ich konnte mich nicht befreien, aber ich konnte mich verweigern."

„Wie haben sie darauf reagiert?", fragte Wulf behutsam.

„Benjamin lachte mich aus. Er erklärte mir, dass die Zeit für ihn arbeitete. Nach und nach erhöhten sie die Dosis der Droge und damit auch den Druck. Ich begann die Kontrolle zu verlieren, wenn die Wirkung einsetzte. Wurde ich wieder wach, kamen zuerst die Schmerzen, dann die Erinnerung. Im Rausch wurde ich zu einem Tier, zu einem Ungeheuer. Ich schwor mir standhaft zu bleiben und den Trank zu verweigern. Benjamin lachte mir ins Gesicht. Er genoss es, wenn meine guten Vorsätze versagten, weil die Schmerzen unerträglich wurden. Sie hatten vor mich zu brechen und ich wusste nicht, was ich dagegen tun sollte. Irgendwann würden sie es schaffen."

Edwin verstummte und verlor sich für einen Moment in seinen Erinnerungen. Es war vollständig still geworden, auch Titus rührte sich nicht. Als sein Vater wieder zu sprechen begann, war seine Stimme zu einem dunklen, hohlen Flüstern abgesunken.

„Dann brachten sie das erste Mädchen zu mir. Die Kleine war völlig verängstigt und mir war schlecht vor Entsetzen, weil sie allen Grund dazu hatte. Schon in der ersten Nacht habe ich sie verletzt. Als ich erwachte, waren die Erinnerungen verschwommen, aber Benjamin erzählte mir genüsslich, was geschehen war. Ich hatte wie ein Wahnsinniger getobt und geschrien, bevor ich auf die Kleine losgegangen war. Ich hatte sie zwar nicht getötet, aber mehrmals geschlagen. Am nächsten

Abend brachte Benjamin sie wieder zu mir. Ich sah ihr ins Gesicht und erinnerte mich. Ich wusste, ich würde es wieder tun, sobald ich getrunken hatte. Das Mädchen war halb wahnsinnig vor Angst. Ich versuchte sie zu warnen, bat sie sich zu verstecken. Sie reagierte nicht, sie konnte es nicht. Fünf Tage lang brachten sie sie zu mir und ich musste zusehen, wie sie immer mehr den Verstand verlor. Ich schaffte es irgendwie sie nicht noch einmal zu schlagen, aber das änderte nicht viel. Am sechsten Tag kam Benjamin allein und sagte mir, das Mädchen sei tot. Er versuchte mir einzureden, ich hätte sie umgebracht. Ich wusste, dass zumindest das eine Lüge war, aber es half mir nicht viel."

„Lia ist im Schlaf gestorben", schaltete sich Meira ein. „Ihr habt sie wirklich nicht getötet."

Edwin senkte tief den Kopf. „Nicht mit meinen Händen. Die Schuld an ihrem Tod trage ich trotzdem." Er holte tief Luft. „Dann änderte Benjamin eine Zeit lang die Taktik. Er sagte, er bereue, was er mir angetan habe. Wenn ich mit ihm zusammenarbeiten und tun würde, was er von mir verlangte, werde er dafür sorgen, dass es mir wieder besser ging. Eine Weile übte er keinen Druck mehr auf mich aus und ich erholte mich etwas. Sowie ich wieder die Kraft dazu hatte, nahm ich all meinen Mut zusammen und verweigerte mich völlig. Als Benjamin sah, dass sein Plan gescheitert war, verlor er die Geduld und holte zum Gegenschlag aus. Die Dosis war nun so hoch, dass die Schmerzen kaum zu ertragen waren, wenn die Wirkung nachließ. Ich zählte die Minuten, ich schrie und bettelte, bis man mir den Trank brachte. Das endete an dem Tag, als sie wieder ein Mädchen zu mir schickten. Ich schloss mit allem ab und wollte nur noch sterben. Alles war besser als ein weiteres unschuldiges Leben zu vernichten.

Benjamin beobachtete meinen Kampf. Er hatte seine helle Freude daran. Er wusste genau, dass ich in den ersten Minuten, nachdem ich getrunken hatte, völlig den Verstand verlor und keine Kontrolle über mich hatte. Zum Glück nahmen meine körperlichen Kräfte gleichzeitig immer mehr ab. Ein paar Tage lang ging es gut, dann schlug ich auch dieses Mädchen. Am nächsten Tag kam Hanna. Sie war meine Rettung. Ohne sie hätte ich nicht mehr lange durchgehalten." Er sah zu ihr hinüber und schenkte ihr ein liebevolles Lächeln. „Mir ist noch nie jemand begegnet, der auf eine stille Art so mutig ist. Sie hat den höchsten Respekt verdient."

„Also hast du einfach so einen Entzug begonnen und warst schließlich geheilt", sagte Titus sarkastisch. „Beeindruckend."

Ohne nachzudenken schoss Hanna in die Höhe. Sie würde nicht hinnehmen, dass Edwin als Lügner hingestellt wurde. Das hatte er nicht verdient. Hanna war schwindelig und sie befürchtete einen Moment lang zu stürzen, dann legte sich ein fester Arm um ihre Taille. Raine stand hinter ihr, damit sie sich an ihn lehnen konnte und hielt sie sicher fest. Jetzt schaffte sie es den Kopf zu heben und Titus in die Augen zu sehen. „Du weißt nicht, wovon du redest", sagte sie kalt. „Ich war dabei."

Er ließ sich nicht beeindrucken, er wich nicht zurück. „Dann erzähl uns davon. Erzähl uns, was in dieser Kammer wirklich geschehen ist."

Hanna war dankbar für Raine Hilfe, denn sie hatte nicht vor nachzugeben, noch nicht einmal indem sie sich wieder setzte. „Ich wusste nicht, was mich erwartete", begann sie. „Niemand sprach darüber, aber alle hatten schreckliche Angst. Ich rechnete damit einem Ungeheuer ausgeliefert zu werden. Stattdessen fand ich einen Mann, der vor Schmerzen fast wahnsinnig war und mich trotzdem beschwor nicht in seiner Reichweite zu bleiben, wenn er getrunken hatte. Er wartete, bis ich mich versteckt hatte, obwohl ihm das alles abverlangte. Erst dann nahm er die Droge, die seine Schmerzen beendete. Gleich darauf begann er zu toben, aber ich war in Sicherheit. Das hat er jeden Abend für mich getan."

„Schmerzen kann man vortäuschen", sagte Titus ungerührt.

Hanna beugte sich wütend zu ihm vor und verließ sich darauf, dass Raine sie auf den Beinen hielt. Inzwischen bebte sie vor Zorn und hatte jede Zurückhaltung aufgegeben. Dass der Mann vor ihr ein Prinz war, spielte längst keine Rolle mehr. „Willst du mich auch einen Lügner nennen? Ich habe diese Schmerzen einmal mit deinem Vater geteilt. Ich weiß, wovon ich rede. Ich hatte seine Hand genommen, damit er mir zuhörte. Als die Krämpfe begannen, fühlte ich sie genauso wie er. Zum Glück waren es nur zwei. Einen dritten hätte ich nicht überlebt." Sie beugte sich noch weiter vor. „Er hat das jeden Abend so lange wie möglich ertragen um mich zu schützen. Ich lasse nicht zu, dass du ihn so verächtlich behandelst."

Hanna wusste, dass ihr Ton nicht angebracht war, aber sie war mit ihrer Geduld am Ende. Der König verdiente das Misstrauen nicht, das sein eigener Sohn ihm entgegenbrachte. Was immer Titus in diesem Augenblick auch in Hannas Augen sah, es reichte aus um ihn zum Schweigen zu bringen.

„Lass es gut sein, Hanna", sagte Edwin müde. „Er hat ein Recht auf diese Fragen. Niemand kann ihn zwingen mir wieder zu vertrauen."

Hanna schwankte und klammerte sich an Raines Arm fest. Ihr Ausbruch hatte sie erschöpft, aber viel schlimmer war das Gefühl nichts erreicht zu haben. Raine sorgte dafür, dass sie sich wieder setzte und strich ihr beruhigend über den Rücken, als er merkte, dass sie zitterte.

Edwin ließ Hanna nicht aus den Augen. „Bring sie in ihr Zimmer, Raine", sagte er mit rauer Stimme. „Das ist alles zu viel für sie."

„Nein." Hanna richtete sich auf, als werde sie von einer Feder nach oben gedrückt. „Ich gehe nicht. Ich lasse dich nicht allein. Ich habe es in der Burg nicht getan und ich werde es auch jetzt nicht tun."

Er sah sie stolz und liebevoll an. „Seht ihr jetzt, aus welchem Holz dieses Mädchen geschnitzt ist?", fragte er leise. „Schon wieder weigert sie sich aufzugeben, obwohl es über ihre Kräfte geht."

Titus schaute ebenfalls zu Hanna hinüber. Er sah noch immer grimmig aus, aber in seinen Augen schimmerte Bedauern. „Es tut mir leid. Ich wollte dich nicht aufregen."

„Dann hör zu, was ich sage", schnappte sie wütend. „Ich bin bereit jeden Eid zu schwören, dass es die Wahrheit ist."

Kieran sprang mit einem ungeduldigen Knurren auf. „Das reicht jetzt. Vater hat eine Aussage gemacht, Hanna hat sie bestätigt. Du musst dir selbst deine Meinung bilden, Titus. Das kann dir niemand abnehmen. Für mich jedenfalls sind auch die letzten Fragen geklärt. Verzeih mir, Vater, dass ich an dir gezweifelt habe. Ich hätte es besser wissen sollen."

„Du hast keinen Grund dich zu entschuldigen. Keiner von euch. Ich bitte euch, dieses Gespräch aus Rücksicht auf Hanna für heute zu beenden. Sie wird nämlich wie ein feuerspeiender Drache an meiner Seite bleiben, auch wenn es über ihre Kräfte geht. Morgen stelle ich mich wieder allen euren Fragen."

Kieran runzelte die Stirn. „Zumindest Diemas und ich müssen morgen fort. Wir können es nicht riskieren noch länger zu warten. Wir müssen so schnell wie möglich zu den Tagira und den Karon."

Raine hob den Kopf. „Nein, das hier ist wichtiger. Wir trennen uns nicht, bevor alles geklärt ist. Danach bringe ich euch, wohin ihr wollt, viel schneller als ein Pferd euch tragen könnte. Unser Bund darf nicht zerbrechen."

Kieran zögerte kurz, dann nickte er. „Einverstanden. Und jetzt sorg dafür, dass Hanna die Ruhe bekommt, die sie braucht."

Sie lagen in der dämmrigen Kammer auf dem Bett und Raine weigerte sich Hanna loszulassen. „Es ist heller Tag. Du hast doch bestimmt noch Pflichten, die du erledigen musst", zwang sie sich zu sagen.

„Willst du mich loswerden?", neckte er sie liebevoll. „Hast du etwa schon genug von mir?"

Sie lachte leise und legte ihren Kopf dankbar an seine Schulter. „Nein, du Dummkopf. Ich versuche nur verantwortungsbewusst zu sein."

„Ich habe fünf Brüder", stellte Raine etwas selbstgefällig fest. „Einer von ihnen wird meine Arbeiten schon übernehmen. Schließlich hat Kieran persönlich mir befohlen mich um dich zu kümmern. Wie komme ich dazu ihm zu widersprechen?"

Sein Ton brachte sie zum Kichern. „Also gut, dann musst du natürlich bleiben. Ich will ja schließlich nicht, dass du Ärger bekommst."

„Jetzt hast du es verstanden." Sie konnte das Gelächter in seiner Stimme hören. „Schlaf ein bisschen, Hanna. Ich passe auf dich auf."

Sie war so müde, dass sie geglaubt hatte sofort einschlafen zu können, aber ihre Gedanken ließen ihr keine Ruhe. „Warum ist Titus so aggressiv?"

„Ich habe auch schon darüber nachgedacht", gab Raine zu. „Ich glaube, er hat Angst. Wenn er Vater wieder vertraut und sich das als falsch herausstellen sollte, würde es ihm den Rest geben. Wir haben alle tiefe Wunden davongetragen."

„Euer Vater lügt nicht. Das musst du mir glauben."

„Mir brauchst du das nicht zu sagen. Ich habe die ganze Zeit geahnt, dass er in Gefahr ist und wir ihm helfen müssen."

„Konntest du die anderen nicht davon überzeugen?"

„Es gab keinen Hinweis darauf, dass ich Recht haben könnte. Zum Schluss habe ich es mir nicht mehr ausreden lassen. Ich wäre auch allein gegangen, das wussten sie."

„Ist es schwer für dich der Jüngste zu sein?"

„Im Grunde überhaupt nicht, obwohl es immer an meinem Stolz gekratzt hat, dass ich keine Gabe hatte. Der arme Junge musste gut beschützt werden. So hat keiner von ihnen gedacht, aber ich habe es mir eingeredet. Es hat allerdings auch meinen Ehrgeiz angestachelt, deshalb habe ich mir bei allem umso mehr Mühe gegeben."

Hanna schwieg und dachte eine Weile darüber nach. Dann kam ihr ein anderer Gedanke, der sich unerbittlich in den Vordergrund drängte. Sie fürchtete sich ihn auszusprechen, aber sie wollte es unbedingt wissen.

„Warum hast du mir die Erinnerung an dich genommen? Ich hätte niemals zu dir gefunden, wenn ich keine Hilfe bekommen hätte." *Wolltest du mich nicht bei dir haben?* Sie sprach diese Frage nicht aus, aber sie bekam sie nicht aus dem Kopf.

Sie spürte, wie Raine zusammenzuckte. „Ich wollte das nicht. Am liebsten hätte ich dich einfach mitgenommen."

„Aber stattdessen hast du dafür gesorgt, dass ich dich vergesse."

Er stöhnte und zog sie so fest an sich, als wollte er sie zerdrücken. „Das war das Schlimmste, was ich jemals tun musste", flüsterte er dicht neben ihrem Ohr.

„Warum?", fragte Hanna noch einmal.

„Ich habe dich freigelassen", sagte er heiser. „Ich wollte dein Leben nicht zerstören. Den Gedanken konnte ich nicht ertragen."

Hanna lächelte zufrieden. Auf diese Worte hatte sie gehofft. Jetzt begannen ihr tatsächlich die Augen zuzufallen. „Ich bin ja hier. Alles ist gut", murmelte sie undeutlich.

„Ja, du bist hier und ich lasse dich nicht wieder gehen. Ich würde dir bis ans Ende der Welt folgen und wenn es sein muss auch in die Hölle. Hörst du, Hanna? Nie wieder!"

Er bekam keine Antwort mehr. Hanna war in seinen Armen eingeschlafen.

Titus verließ das Haus, sobald Raine mit Hanna gegangen war. Er konnte es keinen Augenblick länger ertragen in diesem Raum zu bleiben. Zum Schluss hatte er das Gefühl gehabt, dass die Wände immer näher rückten und er nicht mehr atmen konnte. Er war zornig, aber noch viel schlimmer war die Verzweiflung, die dahinter lauerte. Draußen konnte er den Wind rufen, seinen vertrauten Freund und Spielgefährten. Vielleicht gelang es ihm so den Kopf wieder frei zu bekommen.

Der Zorn war noch da. Je heißer er in ihm brannte, desto kälter und zynischer wirkte Titus nach außen. Den Mann, zu dem dieser Zorn ihn machte, erkannte er selbst kaum wieder. Die gefährliche Mischung aus Feuer und Eis hatte ihn dazu gebracht, ein paar fürchterliche Dinge zu sagen. Er konnte sich nicht damit herausreden, dass der Zorn ihn blind machte, so einfach war das nicht. Er hatte es mit voller Absicht getan, bei klarem Verstand. Er wollte verletzen, wollte die anderen denselben Schmerz spüren lassen, der ihn quälte. Das war ungerecht und armselig und doch hatte er sich nicht davon abhalten können. Jetzt war er erschöpft und frustriert, aber er empfand weder Bedauern noch Scham. Dumm war nur, dass ihm sein Ausbruch keine Erleichterung gebracht hatte, stattdessen hatte er ihm neue Schmerzen zugefügt. Was das Ganze noch armseliger und ungerechter machte.

Er hatte seinen Trinkbecher mit hinaus genommen ohne darüber nachzudenken. Es war nur ein einfaches Ding aus Ton, eine nachlässige Arbeit mit einer rauen Oberfläche, die sich schmerzhaft in seine Hand grub, weil er den Becher so fest umklammerte, als wollte er ihn erwürgen. Er brauchte einen Moment, bis er den Zusammenhang herstellte, dann schleuderte er ihn mit einem wütenden Schrei gegen die Mauer. Der Ton zerbarst, das Wasser spritzte nach allen Seiten und lief dann an der Hauswand hinunter. Er starrte erst den nassen Fleck an, dann die Scherben davor auf dem Boden. Zerstört. Nicht mehr zu retten. Genauso fühlte er sich.

Er wandte sich vom Haus ab, machte ein paar zögernde Schritte und begann dann zu rennen. Er musste fort, wenigstens für kurze Zeit. Wohin er ging, war gleichgültig. Er dachte darüber nach, sein Pferd zu holen, verwarf den Gedanken aber sofort wieder. Er wollte fühlen, wie seine Muskeln zu brennen begannen, wie jeder keuchende Atemzug zu einer Herausforderung wurde. Wenn er seinen Körper bis zur Erschöpfung antrieb, zog sein Verstand irgendwann den Kürzeren und musste Ruhe geben.

Er achtete nicht auf die Richtung oder wie weit er sich vom Haus entfernte. Erst als er das Gefühl hatte, keinen weiteren Schritt mehr zu schaffen, blieb er stehen und ließ sich langsam zu Boden sinken. Er lag auf dem Rücken im frischen Gras zwischen bunten Wildblumen, ihr würziger Geruch stieg ihm in die Nase. Um ihn herum waren nur Stille und Frieden.

Das Keuchen ließ nach und sein Herzschlag beruhigte sich. Der Himmel über ihm war tiefblau, fast wolkenlos, die Sonne wärmte ihn. Hoch oben drehte ein großer Raubvogel seine Runden und ließ sich von den Luftströmungen tragen. Ein paar kräftige Flügelschläge hin und wieder genügten ihm. Keine große Anstrengung, nicht mehr als nötig war, damit er sich in der Luft halten konnte. Majestätisch und scheinbar schwerelos glitt er über den Himmel.

In seiner Jugend war Titus Leben ähnlich verlaufen. Er hatte Pflichten gehabt, aber auch viel Zeit für sich selbst. Er hatte sie genutzt um mit seiner Gabe zu experimentieren und immer vertrauter mit seinen Fähigkeiten zu werden. Oft war er wochenlang fort gewesen, hatte in Hütten im Wald übernachtet oder unter freiem Himmel. Er war in die Dörfer gegangen, wenn er das Bedürfnis nach Gesellschaft hatte, dann hatte er wieder tagelang mit keinem Menschen gesprochen. Er war frei und unbeschwert gewesen, es gab wenig, worüber er sich Sorgen machen musste. So sicher wie an jedem Morgen die Sonne aufging war auch gewesen, dass sein Zuhause auf ihn wartete und die Menschen, die ihn liebten.

Mit Annadoras Tod waren diese Unbeschwertheit und Sicherheit für immer verloren gegangen. Er hatte zuerst seine kleine Schwester verloren, dann seine Mutter und zum Schluss seinen Vater. Er war allerdings nicht gestorben. Sein Vater hatte sich die Liebe zu seinen Söhnen aus dem Herzen gerissen und sie verstoßen. Von diesem Tag an hatten sie auch kein Zuhause mehr gehabt.

Titus hatte seinen Kummer tief in sich vergraben und mit niemandem darüber gesprochen. Das lag ihm nicht, er konnte damit nicht umgehen. Wenn seine Brüder diskutierten, hatte er geschwiegen oder höchstens nichtssagende Kommentare abgegeben. Er hatte versucht mit dem Schmerz zu leben und die Wut auf seinen Vater nicht zu weit an die Oberfläche kommen zu lassen. Dadurch war diese Wut immer größer geworden und hatte irgendwann jedes vernünftige Maß überschritten. Er hatte es zugelassen, weil er hinter ihr Schutz finden konnte, wenn ihn der Schmerz zu überwältigen drohte.

Sein Vater war immer sein Leitstern gewesen, ein Vorbild, das er bewunderte und dem er nacheiferte. Sicher, es hatte auch Gelegenheiten gegeben, bei denen sie aneinandergeraten waren, aber zu einem echten Zerwürfnis war es nie gekommen. Früher hätte er sich so etwas nicht einmal vorstellen können. Dann war es aus heiterem Himmel geschehen, zu einem Zeitpunkt, als Titus keinen weiteren Schlag verkraften konnte. Er hatte die Scherben seines Herzens aufgesammelt und sie notdürftig zusammengefügt, damit er überleben konnte. Die unverheilten Bruchstellen hatte er an jedem einzelnen Tag gespürt. Mit dieser Qual hatte er gelebt.

Nun war sein Vater zurück und wollte sie alle glauben machen, dass er unter Zwang gehandelt hatte, als er seine Söhne verstieß. Er behauptete, er habe sie immer geliebt und dieser entsetzliche Bruch habe in Wirklichkeit niemals stattgefunden. Titus war nicht dumm, er hörte, dass seine Worte wie die Wahrheit klangen und er hörte auch, dass Hanna sie bestätigte. Jetzt war es an ihm zu verzeihen und die Wunden heilen zu lassen. Wahrscheinlich konnte ihr Verhältnis nie mehr so werden wie früher, aber es konnte besser werden, als es jetzt war. Viel besser. Dazu musste er die Wut loslassen, seinen einzigen Schutz aufgeben und seine Seele wieder verletzlich machen. Das erforderte Mut, aber er könnte es tun. Ein Teil von ihm sehnte sich danach.

Aber was, wenn doch alles eine Lüge war? Vielleicht hatten die Verhüllten die Kontrolle über seinen Vater noch immer nicht aufgegeben, vielleicht machte er sogar gemeinsame Sache mit ihnen. Vielleicht nutzte er lediglich die Chance, um seine Söhne auszuspionieren und dann endgültig zu vernichten. Vielleicht war ihm klar geworden, dass Verbannung allein nicht ausreichte und ihr Tod viel besser für ihn war.

Alle diese Gedanken taten weh, aber sie rieten ihm auch sich nicht aus seiner Deckung herauszuwagen. Er wollte seinem Vater glauben, er sehnte sich verzweifelt danach, doch einen weiteren Verrat konnte er nicht ertragen. Er hatte sein Herz verhärtet und verbarg es wie ein Feigling hinter hohen Mauern aus funkelndem Eis. Niemand durfte hindurch gelangen. Niemand sollte den Schmerz sehen, der in ihm wie Feuer brannte.

Er musste schnell eine Entscheidung treffen. Wenn er es wagte zu vertrauen, ließ er alle Sicherheit hinter sich und lieferte sich hilflos und verletzlich aus. Tat er es nicht, waren die Konsequenzen gewaltig. Er musste fortgehen, das war die einzige Möglichkeit, sonst zerstörte er alles. Entschied er sich dafür, verlor er auch noch seine Brüder, den letzten Teil seiner Familie, der ihm noch geblieben war. Was war dann noch von ihm übrig? Er stand an einem Wendepunkt seines Lebens und wusste nicht, in welche Richtung er sich wenden sollte. Er konnte den Weg einfach nicht finden.

Der Raubvogel zog noch immer seine Kreise, ganz allein, aber zufrieden damit. Eine kalte Nase stupste gegen Titus Wange und ließ ihn erschrocken zusammenfahren. Hannas Hündin schmiegte sich an ihn und legte zufrieden ihren Kopf auf seine Brust. Gleich darauf tauchte Wulf auf und belegte den Platz auf Titus anderer Seite. Mit einem genüsslichen Seufzen streckte er sich ebenfalls auf dem Rücken aus. „Was für ein herrliches Wetter", brummte er zufrieden. „Du hast dir einen guten Platz ausgesucht."

Hatte man denn nirgendwo seine Ruhe? Verflixter Hund. Ohne Maxine hätte Wulf ihn nie gefunden. Die Hündin rieb ihren Kopf an Titus Arm und grinste ihn treuherzig an. Nein, ihr konnte er nicht böse sein. „Ich kann mich nicht erinnern, dich eingeladen zu haben", knurrte er stattdessen Wulf an.

Sein Bruder warf ihm einen amüsierten Blick zu. „Wir bekommen nicht immer, was wir wollen. Ich hätte nicht gedacht, dass Hannas Hund so gut im Aufspüren ist."

Titus seufzte. Sein Bruder würde nicht gehen, gleichgültig was er jetzt sagte. „Wie hast du sie bestochen?"

„Ich musste sie nicht bestechen." Wulf grinste fröhlich. „Ich glaube, sie hat Geschmack an der Freiheit gefunden. Außerdem mag sie mich."

„Sie wird ja auch von dir verfolgt", murmelte Titus halb belustigt. „Was muss ich tun, damit du wieder gehst?"

„Mir gefällt es hier."

„Das habe ich befürchtet." Er biss die Zähne zusammen. „Also gut, dann sag, was du loswerden musst, damit wir es hinter uns haben."

„Hmm. Ich glaube nicht, dass ich derjenige bin, der reden muss."

„Darauf kannst du lange warten", schnappte Titus böse.

Wulf begann zu lachen. „Du warst schon immer ein sturer Hund. Zu deinem Pech teilen wir diese Eigenschaft." Er setzte sich auf und zog die Knie an. „Ich meine es ernst. Ich will weder dich noch einen anderen meiner Brüder verlieren, um keinen Preis, aber die Lage hat sich geändert. Wir haben unseren Vater zurückbekommen und ihn will ich auch nicht wieder verlieren."

Titus schwieg. Hier war seine Chance. Wulfs Gabe gestattete es ihm tiefer zu blicken als andere Menschen. Sicher, er konnte auch getäuscht werden, aber dazu war ein gewaltiges Maß an Verstellung nötig. „Was hältst du von Vaters Geschichte?"

Zu Titus Überraschung schüttelte Wulf den Kopf. „Darum geht es hier nicht. Über die bloßen Fakten sind wir längst hinaus. Vater sagt die Wahrheit, daran gibt es keinen Zweifel. Die Frage ist, ob du diese Wahrheit akzeptieren kannst."

So weit war Titus auch schon gewesen, aber es brachte ihn nicht weiter. „Diese Geschichte macht es ihm leicht“, platzte er heraus. „Sie spricht ihn von jeder Schuld frei. Er war nur das Opfer, nicht der Täter. Eine äußerst praktische Sicht der Dinge.“

„An dem, was er durchgemacht hat, war nichts leicht“, antwortete Wulf ruhig. „Du siehst doch selber, in welchem Zustand er ist. Außerdem hast du nicht zugehört. Vater streitet seine Schuld nicht ab. Sie bringt ihn fast um.“

Titus setzte sich mit einem Ruck auf. „Er hat auch allen Grund dazu“, brüllte er los. „Vielleicht stimmt es ja, dass es weder sein Wunsch noch sein Wille war uns zu verbannen, aber er trägt die Schuld daran, dass es überhaupt so weit kommen konnte. Warum hat er nicht mit uns gesprochen? Warum hat er sich nicht helfen lassen? Er muss doch gewusst haben, dass wir immer für ihn da sind.“

„Er hat aber mit niemandem gesprochen“, sagte Wulf langsam. „Genauso wie du.“

Der Hieb saß, er traf Titus mitten ins Herz. Er krümmte sich zusammen und schnappte nach Luft. Er war so blind gewesen. Wie hatte ihm das entgehen können?

Wulf sprach schon weiter. „Wir haben einander, keiner von uns ist allein. Das dürfen wir niemals vergessen. Wir machen Fehler, aber wir lernen daraus. Wenn es nötig ist, fangen wir uns gegenseitig auf.“

Titus schwieg. Er stand noch immer unter Schock, aber zu seinem Erstaunen ließ der Schmerz zum ersten Mal seit langer Zeit etwas nach. Es war nur ein Anfang und er empfand noch lange keinen Frieden, aber mit der Zeit konnte er vielleicht dorthin gelangen. Zumindest die Hoffnung war nun da.

„Kannst du ihm verzeihen?“, fragte er nach einer Weile. „Schaffst du das?“

„Irgendwann schon, denke ich. Jede Wunde braucht Zeit zum Heilen.“

Titus starrte blicklos in die Ferne. „Ich fürchte mich davor“, gestand er leise.

„Das tun wir alle und ich denke, Vater geht es nicht anders. Er muss auch darauf vertrauen, dass wir unsere Entscheidung nicht zurücknehmen, wenn wir sie einmal getroffen haben.“

„Ich will es ja“, sagte Titus kläglich, „aber ich weiß nicht, ob ich es kann.“

„Dabei kann dir niemand helfen. Ich weiß nur, dass man etwas Wertvolles aufs Spiel setzen muss, wenn man etwas wirklich Wichtiges gewinnen will.“

„Es kostet mich meine Seele, wenn wir uns irren. Das ist schlimmer als sterben.“

„Ich weiß. So geht es uns allen.“

„Und trotzdem willst du es riskieren?“

„Ich muss. Ich weiß nicht, wie ich sonst leben soll.“

„Du bist ein kluger Mann, kleiner Bruder.“

Wulf lachte. „Schau dir Raine an. Er ist noch viel weiter hinausgeschwommen als wir alle zusammen. Wenn du schon vor jemandem Ehrfurcht haben willst, dann vor ihm.“

Titus schmunzelte. „Unser Kleiner ist erwachsen geworden.“

„Er war die ganze Zeit überzeugt, dass Vater unsere Hilfe braucht. Für ihn war es keine Überraschung. Ich glaube, wir können es uns nicht mehr erlauben ihn nicht ernst zu nehmen.“

Titus nickte. „Ich werde daran denken. Und jetzt verschwinde. Ich brauche noch ein bisschen Zeit für mich allein.“

Wulf stand auf und pfiff nach der Hündin. Er hatte sich bereits abgewandt, als Titus ihm noch etwas nachrief. „Danke, dass du gekommen bist. Ich glaube, ich werde es schaffen.“

Dann war Wulf fort und er ließ sich in das weiche Gras zurückfallen. Der Himmel über ihm war leer, der Raubvogel war fort. Titus schloss die Augen und gab sich ganz der Stille hin, bis sie sich langsam auch in ihm auszubreiten begann.

Das Gespräch am nächsten Tag war anders. *Besser,* dachte Hanna, während sie noch herauszufinden versuchte, was sich eigentlich geändert hatte. Sie konnte nicht den Finger darauflegen, aber es war da, noch bevor das erste Wort gesprochen wurde. *Hoffnung,* dachte sie schließlich und seufzte innerlich erleichtert. *Irgendwie hat es die Hoffnung in diesen Raum geschafft.*

Der König war nervös und sah übernächtigt aus. Er versuchte nicht es zu verstecken, er wappnete sich nur dafür es durchzustehen. Hanna lächelte ihm zu, als sie den Raum betrat, diesmal auf eigenen Füßen und nicht mehr ganz so wackelig. Edwin hatte denselben Stuhl wie am Tag zuvor gewählt und sich mit steifem Rücken darauf niedergelassen, ein Kämpfer, der auf alles vorbereitet war und auf keinen Fall seine Pflicht vernachlässigen wollte. Trotz all der Würde, die er ausstrahlte, wirkte er zutiefst verletzlich.

Raine brachte Hanna wieder zu dem Sessel und zog seinen Stuhl dicht neben sie. Er beobachtete sie, seit sie das Bett verlassen hatte und ließ sie auch jetzt nicht aus den Augen. Sie fühlte sich viel besser und war sicherer auf den Beinen, trotzdem war sie dankbar, dass er in ihrer Nähe blieb.

Fast alle waren schon da, nur Diemas fehlte noch. Es dauerte nur ein paar Minuten, dann kam er herein, das Gesicht gerötet von der kühlen Luft des Morgens. Hanna hatte sich schon daran gewöhnt, dass er von einer großen Katze begleitet wurde, doch jetzt schoben sich auch zwei Hunde mit ihm durch die Tür. Jaron hob den Kopf und grinste ihn an. „Na, kannst du dich wieder nicht von deinem Zoo trennen?“, spottete er gutmütig.

Diemas winkte ab. „Sie wollten mit, was sollte ich also deiner Meinung nach tun?“ Jaron öffnete den Mund um zu antworten, schloss ihn aber sofort wieder und biss sich auf die Lippen. Er kämpfte hart darum, nicht laut zu lachen.

Der große schwarze Rüde blieb bei Diemas, die etwas kleinere, braune Hündin flitzte zu Hanna hinüber und begrüßte sie begeistert. Hanna schob ihre Hand in das dicke Nackenfell und schimpfte liebevoll mit ihr. „Du kleine Streunerin! Jetzt verstehe ich allmählich, warum ich dich kaum noch sehe.“

Diemas lächelte zu ihr hinüber. „Sie hat sich mit Win angefreundet. Tut mir leid, wenn du sie vermisst hast.“ Der Rüde hatte sich neben ihn gelegt, ließ aber Maxine nicht aus den Augen.

Wulf stand mit Meira am Herd, die beiden hatten sich um das Frühstück gekümmert. Jaron plauderte unbeschwert mit ihnen. Titus sah Hanna erst auf den zweiten Blick. Sein Stuhl stand ein wenig abseits und er verhielt sich völlig ruhig. Seine Miene war undurchdringlich, aber Hanna hätte geschworen, dass auch bei ihm etwas anders war als am Tag zuvor.

Das Frühstück war reichhaltig und gut, das Tischgespräch allerdings weniger. Es wirkte angestrengt und die eingestreuten Neckereien bemüht. Gegen Ende der Mahlzeit kam es ganz zum Erliegen.

Hanna wollte Meira beim Aufräumen helfen, aber die Heilerin ließ es nicht zu. „Genieß die Ruhe noch ein wenig“, riet sie ihr. „Du wirst schon bald genug eigene Pflichten bekommen.“ Sie lachte bei ihren Worten, aber Hanna wusste, dass sie sich noch immer Sorgen um sie machte.

Niemand schien noch etwas zu sagen zu haben, es wurde vollständig still. Der König beendete das ungemütliche Schweigen. „Ich habe gestern versprochen alle Fragen zu beantworten. Ich stehe zu meinem Wort.“

Kieran bewegte sich unbehaglich. „Das ist kein Verhör, Vater.“

„Was auch immer es ist, ich bin bereit dafür“, kam die ruhige Antwort.

„Vielleicht sollte Hanna beginnen“, schlug Wulf vor.

Sie hob sofort den Kopf. „Was willst du wissen?“

„Wie haben sich die Verhüllten dir gegenüber verhalten?“

Sie wiegte nachdenklich den Kopf. „Ich bin nur einem einzigen begegnet. Er nahm mich jeden Abend im Vorzimmer in Empfang und brachte mich zum König.“

„Das war Benjamin“, warf Edwin ein.

„Er war kalt und einschüchternd“, fuhr Hanna fort. „Es gefiel ihm, dass ich Angst hatte, aber sonst hat er mich kaum beachtet. Zumindest am Anfang nicht“, fügte sie schaudernd hinzu.

Raines Augen wurden schmal. „Was meinst du damit?“

Hanna wich seinem Blick aus. Für ihn würde ihr Bericht nicht leicht werden. „Er wollte, dass dein Vater mich verletzt und wurde ungeduldig. Er sagte, ein Köder muss zappeln, damit er interessant bleibt.“

Raine legte seinen Arm um ihre Schultern und zog sie zu sich herum. „Was hat er getan?“, fragte er mühsam beherrscht und ließ nicht zu, dass sie ihm auswich.

„Das spielt doch jetzt keine Rolle mehr“, murmelte sie undeutlich.

„Er wollte, dass Blut fließt“, antwortete Edwin für sie. „Er hat sie mit dem Dolch am Arm verletzt.“

Hanna sah besorgt zu Raine auf. „Der Schnitt ist längst verheilt. Meira hat sich darum gekümmert." Raine presste die Lippen fest zusammen und schwieg.

„Der Mann hat offen zugegeben, dass der König dich töten soll?", fragte Kieran nach. „Hatte er denn gar keine Angst, dass du es jemandem erzählst?"

„Keines der anderen Mädchen hat über seine Erlebnisse gesprochen. Ich habe es auch nicht getan, weil Meira und ich längst einen Plan hatten."

„Einen gefährlichen Plan", meldete sich die Heilerin zu Wort. „Und Hanna hat das ganze Risiko getragen. Ich konnte sie nicht davon abbringen."

„Meira hat mir Blätter mitgegeben, die die Schmerzen unterdrücken. Dann haben wir nach und nach die Menge der Droge reduziert. Der Ratgeber durfte nichts bemerken. Edwin musste sich weiter so verhalten, als habe die Droge ihn völlig unter Kontrolle."

„Ich verstehe. Dazu hätte gehört, dass er dich früher oder später verletzt", sagte Wulf. „Wie habt ihr dieses Problem gelöst?"

Edwin senkte schuldbewusst den Kopf. „Hanna hat mich zweimal dazu überredet", antwortete er leise.

„Es musste sein", kam ihm Hanna sofort zu Hilfe. „Unser Leben hing davon ab. Ich weiß, wie schwer es dir gefallen ist." Am liebsten wäre sie zu ihm hinübergegangen und hätte ihn getröstet. Neben ihr wurde Raine völlig starr.

Ein paar Sekunden lang herrschte Schweigen. Raines raue Atemzüge waren deutlich zu hören. Hanna schmiegte sich an ihn und hoffte, dass sie ihn so beruhigen konnte.

Kieran räusperte sich und wechselte das Thema. „Was ist in der Nacht geschehen, in der wir euch gefunden haben?"

Hanna warf ihm einen dankbaren Blick zu. „Mir ging es nicht gut, ich war wackelig auf den Beinen. Benjamin wurde wütend und verlor die Geduld. Er nahm mir den Kelch ab und brachte ihn selbst zu Edwin. Er sollte ihn vor seinen Augen austrinken, sobald ich im Raum war. Damit wäre alles verloren gewesen, was wir erreicht hatten."

„Er hätte mir Hanna wahrscheinlich direkt in die Arme geworfen“, fügte Edwin hinzu. „Es sollte endlich geschehen.“

„Dieser Bastard!“, presste Raine hervor.

Hanna strich ihm beruhigend über den Arm, bevor sie weitererzählte. „Ich musste Edwin Zeit verschaffen, damit er den Trank verschwinden lassen konnte, also tat ich so, als sei ich halb bewusstlos und machte es ihm so schwer wie möglich.“

„Er ist nicht gerade sanft mit ihr umgegangen.“ Schmerz stand in Edwins Augen, als er den Kopf schüttelte. „Ich konnte ihr nicht helfen. Ich konnte nur so gut es ging meine Rolle spielen, nachdem ich den Kelch versteckt hatte.“

„Der Ratgeber sagte mir, dass niemand kommen würde um mich zu holen. Er glaubte sich am Ziel. Als Edwin zu toben begann, ging Benjamin und ließ uns allein.“

Edwin presste grimmig die Lippen zusammen. „Hanna ging es schlecht. Nachdem ich meinen Tobsuchtsanfall abgeliefert hatte, war sie tatsächlich bewusstlos. Im Laufe der Nacht atmete sie immer flacher. Dann seid ihr gekommen.“

Zum ersten Mal meldete sich Titus zu Wort. „Was hättest du getan, wenn die Rettung nicht gekommen wäre?“, fragte er tonlos.

Sein Vater schüttelte den Kopf. „Ich weiß es nicht. Ich war sicher, dass Hanna sterben würde. Weiter konnte ich nicht denken.“ Er schwieg kurz, ehe er fortfuhr. „Ich glaube, ich hätte versucht auszubrechen und gehofft, dass ich dabei ums Leben komme. Hanna war in der ganzen Zeit meine einzige Hoffnung. Sie ist mir ans Herz gewachsen.“

„Wenn Raine uns nicht so sehr gedrängt hätte, wären wir nicht rechtzeitig gekommen. Er hat gespürt, dass etwas nicht stimmte“, sagte Wulf bedächtig.

„Ich habe mich besonders heftig dagegen gewehrt.“ Kieran lachte bitter. „Ich musste erst lernen den Kleinen ernst zu nehmen.“

Diemas schüttelte mit einem Grinsen den Kopf. „Das mussten wir alle erst lernen. Spätestens als er uns zum ersten Mal durch ein Portal gebracht hatte, hatten wir es begriffen.“

„Warum hast du unserem Vater geholfen?“, fragte Titus plötzlich. „Warum hast du dein Leben für ihn riskiert?“ Sein intensiver Blick packte Hanna regelrecht. Er wollte die absolute Wahrheit wissen und würde kein Ausweichen dulden.

Sie holte tief Luft und wappnete sich. Es war nicht einfach zu erklären, was sie angetrieben hatte. Es hatte Zeiten gegeben, in denen sie es selbst nicht verstanden hatte. Dazu kam noch, dass ihre Worte Raine wehtun würden.

„Ich habe ein langes Leben hinter mir in der Welt, aus der ich stamme. Die Begegnung mit Raine hatte ich vergessen. Erst kurz vor meinem Tod bekam ich die Erinnerung zurück. Ich musste eine Wahl treffen." Sie senkte den Kopf. „Ich gebe zu, es ist mir nicht leicht gefallen, aber ich habe mich für Raine entschieden. Ich wollte dieses zweite Leben mit ihm."

„Du bist dort tatsächlich gestorben?", fragte Wulf entsetzt.

„Ja. Ich war sehr alt und gelähmt. Ich habe den Tod herbeigesehnt." Sie hob den Kopf nicht. Sie wollte niemanden ansehen, schon gar nicht Raine. Es reichte, dass er sie noch immer im Arm hielt und ihr mit seiner Nähe Kraft gab. Sie gab sich einen Ruck und sprach weiter.

„Ich erwachte in eurer Welt und fand heraus, dass Raine fort war. Zu Anfang war ich vor Angst wie gelähmt. Meira machte mir klar, dass ich keine Chance hatte Raine zu finden und dass er auf keinen Fall in die Burg zurückkehren konnte. Ich war hier gestrandet. Alle meine Träume hatten sich in Luft aufgelöst."

Sie spürte, wie Raine zusammenzuckte, dann zog er sie noch näher an sich. Sie durfte sich jetzt nicht zu ihm umdrehen, sonst fand sie nicht die Kraft weiterzusprechen. „Ich hätte es nicht ertragen, einfach nur herumzusitzen und auf etwas zu warten, dass vielleicht nie geschehen würde. Meira schlug vor, dass ich in der Burg arbeiten könnte. Eine Küchenmagd beachtet niemand. Vielleicht konnte ich etwas herausfinden, irgendwie helfen. Es musste einen Grund geben, warum ich ausgerechnet in der Burg gelandet bin, obwohl Raine nicht da war."

„Das Portal im Burggarten ist ein fester Durchgang. Du konntest nirgendwo anders ankommen", sagte Raine heiser.

„Wenn es eine Möglichkeit gegeben hätte dich zu finden, hätte ich es versucht. Etwas für deine Familie zu tun schien mir die zweitbeste Möglichkeit zu sein."

„Ich habe ihr diesen Vorschlag gemacht", gab Meira kleinlaut zu. „Ich wusste damals noch nicht, wie gefährlich es für Hanna werden würde."

Hanna winkte ab. „Das konntest du nicht wissen. Später hast du immer wieder versucht mich in Sicherheit zu bringen, aber ich wollte nicht."

„Warum nicht?", hakte Titus nach.

„Nachdem ich zum ersten Mal beim König gewesen war, konnte ich nicht mehr zurück. Er brauchte Hilfe, aber alle hatten Angst und gaben ihm die Schuld. Niemand außer mir kannte die Wahrheit. Ich konnte mich nicht abwenden."

„Nicht einmal um den Preis deines Lebens?", fragte Titus leise.

„Als es gefährlich wurde, war mir längst alles egal. Ich habe mich nur noch darauf konzentriert meine Aufgabe zu erfüllen."

„Du hast dich aufgegeben", flüsterte Raine erschüttert.

Hanna schloss gequält die Augen. „Ich habe mein ganzes erstes Leben in Einsamkeit verbracht. Ich war unfähig zu lieben und wusste nicht, warum. Ich hatte nur meine Arbeit und meine Hunde. Zum Schluss hatte ich überhaupt nichts mehr." Neben ihr schnappte Raine nach Luft, unterbrach sie aber nicht. „Dann bekam ich meine Erinnerung zurück und entschied mich hierherzukommen. Es fühlte sich an wie die Erfüllung eines wundervollen Traumes, doch als ich ankam, war ich wieder allein. Irgendwann konnte ich es nicht mehr ertragen."

Der König sah sie liebevoll an. „Ich habe diese Einsamkeit in dir gespürt. Du warst so tapfer und stark und gleichzeitig so verzweifelt."

Sie lächelte. „Du hast mir versprochen, dass ich nie wieder allein muss, wenn alles vorbei ist. Eine Zeit lang hat es mir geholfen über die Runden zu kommen."

„Ich stehe zu meinem Wort. Ich werde dieses Versprechen nicht brechen."

Titus hatte Hanna die ganze Zeit über angestarrt, jetzt räusperte er sich. „Jetzt verstehe ich", murmelte er. „Endlich verstehe ich es."

„Sprich es aus", sagte Wulf scharf. „Mach diesen Fehler nicht noch einmal."

Titus Kopf ruckte hoch. „Hanna hat Vater vertraut. Sie hatte keinen Grund dazu, aber sie hat es trotzdem getan. Und sie ist nicht enttäuscht worden. Wenn sie an ihn glauben und so viel dafür riskieren konnte, kann ich es auch.“ Er riss seinen Blick von Hanna los und sah seinem Vater in die Augen. „Ich weiß nicht, wie lange es dauern wird, aber ich verspreche, dass ich es versuchen werde.“

Edwin antwortete nicht, er neigte nur zustimmend den Kopf und seufzte erleichtert.

„Wir brauchen alle Zeit“, stellte Wulf klar.

Niemand widersprach. Sie hatten einen ersten Schritt getan um die Gräben zu schließen, mehr nicht, aber für den Anfang war es genug.

20. Kapitel

Der König und seine Söhne blieben an diesem Tag zusammen. Nicht einmal Kieran drängte zum Aufbruch. Titus vehementer Widerstand hatte ihnen allen noch einmal klar gemacht, wie viel sie zu verlieren hatten, wie nah ihr Bund daran gewesen war zu zerbrechen. Diese Stunden gehörten ganz der Familie, der zweiten Chance, die sie bekommen hatten.

Obwohl sich Hanna noch längst nicht ganz erholt hatte, blieb sie bei ihnen. Es störte sie nicht, dass sie den Gesprächen oft nicht folgen konnte und von Zeit zu Zeit einschlief. Der freundliche Ton der Unterhaltungen war alles, was sie brauchte um sich geborgen zu fühlen. Sie war tatsächlich nicht mehr allein. Sie hatte nicht nur Raine wiedergefunden, sondern eine ganze Familie geschenkt bekommen, die sie ganz selbstverständlich aufnahm. Die Sehnsucht danach war tief in ihr immer dagewesen, sie hatte sie sich nie ganz eingestanden. Jetzt begann sich die Leere in ihrer Seele endlich mit Leben zu füllen. Es fühlte sich gut an. So konnte es bleiben.

Schon am nächsten Morgen meldete sich die Realität zurück. Die Lage war nach wie vor gefährlich. Die Prinzen mussten ihre Arbeit wieder aufnehmen, sonst riskierten sie alles zu verlieren, was sie erreicht hatten. Raine und seine Brüder mussten fort.

Edwin konnte seine Söhne nicht begleiten, dazu war seine Verfassung noch viel zu schlecht. Niemand außerhalb ihres Kreises kannte den genauen Standort des Hauses, deshalb sollte die Zuflucht für ihn, Hanna und Meira ein sicheres Versteck sein. Raine wäre am liebsten ebenfalls geblieben, aber er wurde dringend gebraucht. Dass Titus versprach die Verbindung so gut es ging zu halten, machte es ihm ein bisschen leichter.

Hanna tat sich schwer mit Titus Erklärung, dass er es erfahren würde, wenn sie in Gefahr gerieten. Der Gedanke, dass der Wind einen Hilferuf bis zu ihm bringen konnte, war einfach nur seltsam. In Raines Welt gehörte Magie zum täglichen Leben. Hanna wusste nicht, wie sie damit umgehen sollte. Es schüchterte sie ein.

Raine blickte noch einmal zu ihr zurück, bevor er das Portal schloss. Sie hatten nur so wenig Zeit miteinander verbracht und er hatte keine Ahnung, wie lange es dauern würde, bis er zu ihr zurückkehren konnte.

„Kommst du?"

Wulf war aufgestiegen und wartete auf ihn, die anderen hatten sich schon auf den Weg gemacht. Raine riss seinen Blick von der Stelle los, an der sich die Tür zwischen ihm und Hanna geschlossen hatte. Ihre Gestalt war verschwunden, ihr Gesicht war nicht mehr zu sehen. Es fühlte sich an, als habe er sie zum zweiten Mal verloren. Würde sie tatsächlich da sein, wenn er zurückkam oder war es doch nur ein schöner Traum gewesen? Er versuchte den beunruhigenden Gedanken abzuschütteln und schwang sich in den Sattel. Je eher sie erledigten, was zu tun war, desto eher konnte er zu ihr zurückkehren.

Nach einem kurzen Ritt lag das Lager das Tagira vor ihnen. Sie hatten beschlossen Raines Gabe so lange wie möglich geheim zu halten. Diesen Vorteil durften sie nicht ohne Not aus der Hand geben.

Tomas empfing die Prinzen freundlich. Ana lächelte Raine zu, als sie den Begrüßungstrank brachte. Es fühlte sich fast wie eine Heimkehr an. *Es ist wirklich erstaunlich, wie weit wir in so kurzer Zeit gekommen sind,* dachte er.

Es hatte keine Zwischenfälle gegeben, alles war ruhig. Die Tagira und die Karon hielten sich voneinander fern und vermieden offene Konflikte. Der Handel mit den Dorfbewohnern kam langsam in Gang, Tomas half dabei und vermittelte. An ihn und seinen Stamm hatte man sich inzwischen gewöhnt, also bat man ihn immer wieder um Hilfe und bot ihm dafür Lebensmittel als Vergütung an. Tomas gefiel diese Rolle. Es half ihm auf einer neutralen Basis Kontakt zu halten, sogar zu den Karon. Sein Wort galt bei den Tagira, er hatte sich das Recht verdient für sie zu sprechen. Im Grunde war jeder Handel eine diplomatische Mission.

Noch deutete nichts darauf hin, dass sich die Norwenn der Grenze näherten. Was auch immer sie aufhalten mochte, sie mussten das Tempo ihres Vormarsches verlangsamt zu haben. Die Fona schienen vom Erdboden verschluckt worden zu sein. Vielleicht hatten sie sich tatsächlich zurückgezogen.

Kieran war das alles viel zu vage und unsicher. Er hatte vor, mit allen Parteien noch einmal zu sprechen. Kaum eine Stunde nach ihrer Ankunft verließen die Prinzen das Lager der Tagira wieder.

Als sie außer Sichtweite waren, schloss Raine zu Titus auf. „Irgendetwas Neues?"

Sein Bruder warf ihm einen belustigten Blick zu. „Wir sind noch keine drei Stunden fort. Wenn sich etwas verändert, du bist der erste, der es erfährt." Raine nickte knapp und ließ sich zurückfallen.

Das nächste Portal brachte sie in die Nähe eines der Dörfer, die sie verteidigt hatten. Von dort aus mussten sie sich auf die Suche nach den Lagern machen. Auch hierbei konnte Titus behilflich sein.

Sobald man in dem Dorf auf sie aufmerksam wurde, brach eine hektische Aktivität aus. Kurz darauf näherte sich ihnen ein Reiter auf einem behäbigen Arbeitspferd. Der Bote war kaum aus den Kinderschuhen heraus und kein geübter Reiter. Er riss an den Zügeln, bis sein Pferd endlich stehenblieb, dann verbeugte er sich ungeschickt. Er starrte einen nach dem anderen an, schließlich blieb sein Blick an Kieran hängen. „Mein Herr... meine Herren". Er schluckte schwer und hatte offensichtlich Angst etwas falsch zu machen. „Meine Prinzen", begann er noch einmal und lief rot an. „Mein Vater schickt mich. Er bittet Euch um ein paar Minuten Eurer Zeit." Die Augen weit aufgerissen, wartete der Junge auf die Antwort.

Raine musste darum kämpfen nicht zu grinsen. Kieran hatte sich besser im Griff. „Und dein Vater ist wer?", fragte er freundlich.

„Der Dorfälteste, Herr. Ich bin sein jüngster Sohn."

Kierans Mundwinkel zuckten kurz. „Bring uns zu ihm."

Das Haus des Dorfältesten war nicht schwer zu finden. Es grenzte an den Dorfanger und war bei weitem das größte Wohngebäude der Siedlung. Erst als der Junge die Tür für sie aufriss, fiel ihm wieder ein, dass er noch einen weiteren Auftrag hatte. „Mein Vater kann euch nicht an der Tür begrüßen", platzte er heraus. „Er hat ein schlimmes Bein."

„Schon gut." Ungeduldig schob Kieran den Jungen beiseite und ging einfach weiter. Er hatte schon mit diesem Dorfältesten zu tun gehabt. Der Mann war ein bisschen schwerfällig und sehr von sich eingenommen. Er stellte Kierans Geduld jedes Mal auf eine harte Probe. Am besten kam man mit ihm zurecht, wenn man ihm keine Zeit für seine weitschweifigen Reden ließ. Ohne Vorwarnung platzte Kieran in den Wohnraum hinein.

„Meine Prinzen!“

Der Dorfälteste hatte anscheinend nicht damit gerechnet, dass seine Bitte so schnell erfüllt wurde. Er saß entspannt zurückgelehnt in einem bequemen Sessel, das dick verbundene linke Bein auf einem Hocker ausgestreckt und mit so viel Kissen gestützt, dass es fast vollständig darin versank. Der Versuch auf die Füße zu kommen scheiterte kläglich. Sein beträchtliches Gewicht machte den Mann unbeweglich und durch die Verletzung wurde es noch schlimmer. Mit einem Ächzen ließ er sich zurücksinken und verneigte sich im Sitzen, so tief es ging. Bevor er Luft holen und zu einer langatmigen Erklärung ausholen konnte, kam Kieran zur Sache.

„Bleibt sitzen. Wir sind in Eile. Weshalb wollt Ihr uns sprechen? Hat es Probleme gegeben?“

„Das kann man so sagen, Herr.“ Sichtlich aufgeregt wischte sich der Mann den Schweiß von der Stirn. „Probleme und immer wieder Probleme, Herr. Wenn man eines gelöst hat, tauchen sofort zwei neue auf. Manchmal weiß ich nicht, woher ich die Kraft dafür nehmen soll. Ich muss...“

Kieran hob die Hand um den Redefluss zu stoppen. „Kurz und knapp, Mann. Wie ich bereits sagte, wir haben wenig Zeit. Nun?“, fragte er ungeduldig nach, als der Dorfälteste ihn nur anstarrte.

„Verzeiht bitte! Ich wusste nicht...“ Eine weitere ungeduldige Geste von Kieran ließ ihn zusammenzucken. „Diebstähle, Herr. Jemand bestiehlt uns immer wieder. Wenn ich den frechen Dieb zu fassen bekomme, werde ich...“

„Was wird gestohlen?“, fiel ihm Kieran ins Wort.

„Lebensmittel. Immer nur Lebensmittel, Herr. Sie nehmen hauptsächlich Getreide und immer nur ein bisschen, aber...“

„Spuren?“, fragte Diemas knapp.

„Wir haben nichts gefunden. Einmal hat einer unserer jungen Männer im Vorratshaus Wache gehalten, die ganze Nacht, sage ich Euch. Am nächsten Morgen war trotzdem ein Sack Mehl verschwunden und wir konnten nicht...“

„Das klingt nach Geistern", bemerkte Jaron mit mildem Spott. „Seid ihr sicher, dass Euer Wächter nicht eingeschlafen ist?"

„Aber nein, Her, das würde er nie wagen. Er hat die ganze Nacht..."

Kieran stöhnte innerlich und hörte nicht mehr zu. Diemas wartete schon auf seinen Befehl. „Schau dir das Vorratshaus an. Der Junge kann dir den Weg zeigen."

Raine und Titus schlossen sich Diemas an. Kieran zog sich einen Stuhl heran. Der Dorfälteste redete immer noch.

„... könnt euch sicher vorstellen, wie unangenehm das ist. Ich..."

„Was glaubt Ihr, wer ist für die Diebstähle verantwortlich?", fuhr Kieran scharf dazwischen.

Sein Ton ließ den Dorfältesten zusammenzucken und brachte ihn zur Besinnung. „Ich weiß es nicht, Herr. Ich weiß es wirklich nicht."

„Habt Ihr einen Verdacht?"

„Nein, Herr."

Wulf stellte sich hinter Kieran und musterte den Dorfältesten finster. „Ihr lügt. Ihr wisst mehr, als Ihr sagt."

„Nein, Herr. Bestimmt nicht. Ich würde nie..."

Als Kieran sich bedrohlich vorbeugte, unterbrach sich der Mann und schluckte schwer. Er begann zu begreifen, wie ernst es Kieran war.

„Mein Bruder kann Lügen aufspüren. Er irrt sich nie. Ich will die Wahrheit hören. Sofort."

„Ich schwöre Euch, Herr, wir wissen nicht, wer uns bestiehlt."

„Danach habe ich nicht gefragt."

„Die Leute reden, Herr. Es sind so viele Fremde hier", murmelte der Dorfälteste unsicher. Die Furcht stand ihm ins Gesicht geschrieben.

Kieran biss die Zähne zusammen. „Hat es böses Blut gegeben?" Der Dorfälteste starrte ihn an und schien nicht antworten zu wollen. „Redet endlich!", fauchte Kieran.

Der Mann wich so weit es ging zurück. „Nicht weit von hier ist ein Lager der Tagira. Sie kümmern sich nicht um die Grenze, müsst Ihr wissen, sie überschreiten sie oft. Als die Diebstähle begannen und unsere Leute immer wütender wurden..." Er brach ab und hob flehend die Hände. „Bitte, Herr, Ihr müsst das verstehen! Wir haben sie nicht angegriffen. Wir haben ihnen nur gesagt, dass sie nicht in die Nähe des Dorfes kommen sollen."

„Habt Ihr Euch so Euer Bein verletzt?", schaltete sich Wulf ein. „Bei einem Gespräch?"

„Einer der Tagira nahm meine Worte nicht gut auf. Sein Pferd stieß mich um. Ich bin nur unglücklich gefallen."

„Hattet Ihr danach noch einmal Kontakt mit den Tagira?", presste Kieran wütend hervor.

„Nein. Keiner von ihnen hat sich blicken lassen. Aber die Diebstähle hören nicht auf."

„Die Tagira schützen die Grenze und sorgen für Eure Sicherheit", sagte Jaron scharf, denn Kieran war inzwischen zu zornig um zu sprechen. „Dafür habt Ihr Euch verpflichtet sie mit Nahrungsmitteln zu versorgen. Auf einer gerechten Basis natürlich."

Das Gesicht des Dorfältesten färbte sich hochrot und er vergaß alle Vorsicht. „Niemand außer den Stämmen bedroht die Grenze. Sie haben uns angegriffen und sich einfach genommen, was ihnen nicht gehört. Sollen wir sie jetzt dafür bezahlen, dass sie es nicht mehr tun?"

Kieran hatte genug. Er schoss mit geballten Fäusten von seinem Stuhl hoch. „Seit wann regiert Ihr dieses Land? Ich habe die Abkommen mit den Stämmen geschlossen und mein Wort verpfändet, dass sie gehalten werden. Wenn Ihr sie brecht, macht Ihr aus mir einen Lügner und gefährdet Fennmarks Sicherheit. Wollt Ihr das? Wir sollten einfach gehen und Euch Eurem Schicksal überlassen. Wenn der Tag kommt und die Stämme ihren Teil des Abkommens einhalten, werdet Ihr für Eure Dummheit bezahlen. An diesem Tag werdet Ihr ganz allein um Euer Leben kämpfen. Vielleicht versteht Ihr dann, worum es hier geht." Er wandte sich abrupt ab, weil er kurz davor stand auch den letzten Rest seiner Beherrschung zu verlieren. „Ich muss hier raus. Kümmere dich darum, Wulf."

Wulf kam herüber und nahm gelassen Kierans Platz ein, Jaron hielt sich weiter im Hintergrund. „Wie viel schuldet Ihr den Tagira inzwischen?", fragte Wulf gleichmütig. „Ihr solltet mich besser nicht wieder anlügen, denn damit kommt Ihr nicht durch."

Kieran hatte keine Mühe seine Brüder zu finden. Eine Menge Leute lungerten in der Nähe des Vorratshauses herum, aber wenigstens hielten sie weiträumig Abstand. Der Grund dafür war nicht schwer zu erkennen.

Win und die Kleine hatten mit der Spurensuche begonnen und umkreisten das Gebäude. Diemas hatte die Verbindung zu den beiden weit geöffnet und fing jeden ihrer Eindrücke direkt auf. Titus und Raine waren in seiner Nähe und sorgten dafür, dass er nicht gestört wurde. Wenn es Spuren gab, würden die drei sie finden.

Kieran sah sich um. Die Leute hielten sich zurück, aber sie waren wütend. Für sie stand längst fest, dass die Tagira für die Diebstähle verantwortlich waren. Die Überfälle der Stämme waren nicht vergessen und erst recht nicht vergeben. Dabei war dies eines der Dörfer, die am glimpflichsten davongekommen waren. Es wäre die Pflicht des Dorfältesten gewesen, gegen die Vorurteile anzugehen. Stattdessen hatte er sie gefördert. Dieser aufgeblasene Dummkopf glaubte sich im Recht und hatte keine Ahnung, was er durch seine sture Ignoranz aufs Spiel setzte.

Er sollte nicht so enttäuscht sein. Kieran war von Anfang an klar gewesen, dass es nicht einfach werden würde, aber er hatte tatsächlich geglaubt, dass die Dorfbewohner verstanden, wie wichtig die Abkommen mit den Tagira und den Karon waren. Wahrscheinlich lag es in der Natur der Menschen, nur die Nachteile und Unbequemlichkeiten zu sehen. Die Gefahr, die ihnen von den Norwenn drohte, hatte ihr Gesicht noch nicht gezeigt, bisher war sie kaum mehr als ein Gerücht. Die Stämme dagegen waren greifbar und sie erhoben scheinbar ohne eine Gegenleistung Anspruch auf die Dinge, die sich die Sesshaften hart erarbeitet hatten. Dass die Tagira und die Karon irgendwann für Fennmark kämpfen sollten, schien nur eine Ausrede zu sein, solange sich der Gegner nicht zeigte. Niemand hatte je einen Norwenn gesehen. Dieses Volk lebte weit entfernt, man kannte seinen Namen nur aus alten Geschichten. Warum also sollte man den Stämmen vertrauen und den eigenen bescheidenen Reichtum mit ihnen teilen?

Kieran schreckte aus seinen Gedanken hoch, als Diemas mit schnellen Schritten zu ihm herüberkam. Seine Augen funkelten.

„Es sind zwei Diebe, immer dieselben. Die Geruchsspuren sind dünn, aber eindeutig. Sie sind jedes Mal durch das hintere Fenster eingestiegen und haben das Vorratshaus auch so wieder verlassen."

„Irgendwelche Hinweise, welchem Volk sie angehören?", fragte Kieran grimmig.

„Nein." Diemas begann zu grinsen. „Aber sowohl Win als auch die Kleine sind sicher, dass es Frauen sind."

„Wie das Fenster geöffnet wird, lässt sich nicht feststellen", berichtete Titus. „Es ist von innen fest verriegelt."

„Spuren von Pferden?"

„Nein. Die Diebe kommen und gehen zu Fuß. Das ist wahrscheinlich auch der Grund, warum sie nur so wenig mitnehmen."

„Nur so viel sie tragen können", sagte Raine nachdenklich. „Das macht Sinn."

Kieran war mit dieser Schlussfolgerung nicht zufrieden. „Eigentlich nicht. Sie sollten viel zu viel Angst haben, dass man sie erwischt. Warum fühlen sie sich so sicher?"

„Geister. Vielleicht hat Jaron ja Recht." Titus grinste.

Kieran war nicht in der Stimmung für Scherze. „Diese Sache muss schleunigst geklärt werden. Die Dorfbewohner verdächtigen die Tagira. Es hat schon einmal einen Zusammenstoß gegeben. Wenn wir nichts unternehmen, eskaliert es."

„Das waren keine Tagira." Diemas schüttelte den Kopf. „Sie wären nicht ohne Pferde gekommen. Und Karon hätte die Kleine ohne Zweifel erkannt."

„Was bleibt denn dann noch?", fragte Raine.

Titus sah sich mit schmalen Augen um. „Vielleicht wohnen die Diebe in diesem Dorf."

„Das glaube ich nicht." Diemas blickte Kieran an. „Lass es mich herausfinden."

„Du willst zu Fuß auf die Jagd gehen?" Kieran zog eine Grimasse. „Zu gefährlich. Wir wissen nicht, worauf du stößt."

Diemas zuckte die Achseln. „Ich habe Win und die Kleine bei mir. Ihr müsst zwar Abstand halten, aber ihr könnt mir Rückendeckung geben."
„Vielleicht nicht schnell genug, falls du in eine Falle gerätst."
„Ich kann ihn durch den Wind absichern", schlug Titus vor.
Kieran überlegte. „Also gut, wir machen es so. Willst du bis zum Abend warten?"
„Nein. Sag den anderen Bescheid, dann beginne ich sofort."

Eine halbe Stunde später waren sie unterwegs. Sie hatten sich aufgeteilt und folgten Diemas in einem weiten Bogen. Laran blieb in Titus Nähe, weil Diemas ihn darum gebeten hatte. Die Erfahrung hatte ihn gelehrt, dass er mehr herausfinden konnte, wenn er zu Fuß unterwegs war. Zusammen mit Win und der Kleinen würde er nichts übersehen.
Diemas war in der Lage die Verbindung so aufzubauen, dass er durch die Augen eines der Tiere sehen konnte, aber das war im Moment keine gute Vorgehensweise. Stattdessen öffnete er seinen Geist weit und ließ alles, was hereinkam, durch sich hindurch in alle Richtungen fließen. Nun war es fast, als seien sie ein einziges Wesen mit drei verschiedenen Körpern.
Die Spur war nicht leicht zu finden. Win übernahm die Führung. Er musste immer wieder Kreise ziehen, wenn sich die Fährte in Luft aufzulösen schien. Die Kleine kam ihm zu Hilfe, bis er sie wiedergefunden hatte, ließ sich danach aber wieder zu Diemas zurückfallen und sicherte ihn ab. Seine Aufgabe war es vor allem sich umzusehen. Zusammen bildeten sie ein höchst effizientes Team.
Von Anfang an hatte Diemas nicht das Gefühl in Gefahr zu sein. Die Diebe waren nur an ihrer Beute interessiert und versuchten danach so schnell und unauffällig wie möglich zu verschwinden. Sie hatten nicht vor Ärger zu machen, sie holten sich nur, was sie dringend brauchten. Seine Instinkte warnten ihn nicht.
Sie kamen nicht schnell voran, weil die Spur so unsicher war, aber sie entfernten sich immer weiter vom Dorf und hielten auf die Grenze zu. Sollte die Spur tatsächlich in die Steppe

hinausführen, wurde es allerdings interessant. Dort gab es keine Möglichkeit sich zu verstecken, ohne dass die Tagira oder die Karon davon wussten. Dann war es doch möglich, dass die Stämme dahintersteckten.

Als Win das nächste Mal die Spur verlor, hatte er selbst mit Hilfe der Kleinen große Mühe sie wiederzufinden. Diemas hielt Abstand, damit sie ihre Arbeit tun konnten und sah sich um.

Die Umgebung war hügelig, ein letztes Aufbäumen des Landes, bevor es zur großen Ebene hin abfiel. Wald gab es hier nicht, nur hin und wieder ein paar Bäume und halbhohe Sträucher. Der Boden war mit Gras bewachsen oder mit altem Laub bedeckt. Nichts deutete darauf hin, dass irgendein Weg häufiger benutzt wurde.

Diemas schätzte, dass mindestens eine halbe Stunde vergangen war, seit sie das Dorf verlassen hatten. Ein ganz schön weiter Weg für zwei Frauen, die ihre Beute tragen mussten, selbst wenn sie nicht viel auf einmal stahlen. Das Versteck konnte nicht mehr weit entfernt sein. Aber wo sollte es sein? Er dachte an Jarons flapsige Bemerkung und musste grinsen. Man konnte tatsächlich anfangen zu glauben, dass sie Geistern auf der Spur waren.

Er sah es fast im selben Moment, in dem Win die Spur wiederfand. Ein kleiner Zweig hing abgeknickt zu Boden, leicht zu übersehen, aber nicht falsch zu deuten, wenn man ihn erst einmal entdeckt hatte. Es war der erste offensichtliche Fehler, den die Frauen gemacht hatten, eine unglaubliche Leistung, wenn man bedachte, wie weit die Strecke war. Vielleicht waren sie zu müde gewesen um die Konzentration weiter zu halten.

Der flache Hügel vor ihnen unterschied sich auf den ersten Blick nicht von den anderen. Flache, mit dünnem Gras bewachsene Hänge, ein steiniger Boden, der an manchen Stellen in glatten Fels überging. Ein paar vom Wind zerzauste Büsche, die auf dem kargen Untergrund wenig Nahrung fanden. In der Richtung, in die der abgeknickte Zweig wies, bedeckte ein dichtes Gewirr aus Fartranken eine Seite des Hügels bis zum Boden. Die Bauern hielten diese Schlingpflanze für eine Pest und versuchten sie von ihren Feldern fernzuhalten. Hatte das Fartkraut erst einmal Fuß gefasst, war es fast unmöglich es wieder loszuwerden. Seine Wurzeln reichten tief in die Erde hinein und es war anspruchslos genug um überall wachsen zu können. Jetzt verbreitete es nur einen angenehmen, würzigen Geruch, aber bald würde sich dieser Abhang in ein Meer aus zarten, blassrosa Blüten verwandeln.

Win hielt direkt auf das Fartkraut zu, die Nase am Boden. Die Kleine blieb ein Stück hinter ihm. Sie prüfte die Luft, ihre Ohren spielten. Dann setzte sie sich wieder in Bewegung und schob sich in den dichten Pflanzenbewuchs hinein, langsam und angespannt. Ihr Fell streifte rauen Fels, rieb sich daran entlang, weiter und weiter, Schritt für Schritt. Sie blieb erst stehen, als der Stein verschwand und durch einen leichten Luftzug ersetzt wurde. Diemas konnte die dunkle Öffnung, die ins Innere des Hügels führte, genauso deutlich sehen wie sie.

Er rief die Katze zurück und kam näher. *Bist du sicher?*

Der Geruch ist stark. Der Gang führt nach unten.

Eine Höhle also, vielleicht sogar ein ganzes Höhlensystem tief unter dem Hügel. Ein besseres Versteck konnte es kaum geben. *Wir müssen zuerst herausfinden, ob es noch andere Eingänge gibt.*

Lautlos schlichen Win und die Kleine in verschiedene Richtungen davon. Jetzt war Geduld gefragt.

Diemas nutzte die Zeit um den Ort mit allen Sinnen zu erkunden. Direkt vor dem Pflanzenvorhang war der Boden feucht, trotzdem sah er keinen einzigen Fußabdruck. Seltsam. Genauso wie das ständige Verschwinden der Spur passte es nicht ins Bild. Sein Gefühl sagte ihm noch immer, dass unter der Erde keine Gefahr auf ihn wartete. Was hatte es mit diesen Dieben auf sich? Er würde es bald herausfinden. Wenn es keinen zweiten Eingang gab, saßen sie in der Höhle in der Falle. Es wurde Zeit die anderen zu rufen.

Nicht lange nachdem Diemas seine Botschaft in den Wind geflüstert hatte, trafen seine Brüder ein. Win und die Kleine hatten inzwischen sichergestellt, dass es tatsächlich nur einen Eingang gab. Alles war ruhig geblieben. Wahrscheinlich hatte dort drinnen noch niemand bemerkt, dass das Versteck entdeckt worden war.

Diemas winkte Wulf zu sich heran. „Fängst du irgendetwas auf?“

„Überhaupt nichts. Bist du sicher, dass wir hier richtig sind? Ich sehe keine Spuren.“

„Win und die Kleine sind sicher. Mein Gefühl gibt ihnen Recht.“

„Wir gehen hinein“, entschied Kieran. „Jaron und Titus, ihr sichert hier draußen ab. Denkt daran, dass wir niemanden töten wollen. Im Moment wollen wir nur wissen, wer die geheimnisvollen Diebe sind.“

„Kein Problem.“ Titus grinste. „Dann kriecht ihr mal schön durch den Dreck.“

Kierans finsterer Blick ließ Titus Grinsen noch breiter werden. Er verdrehte die Augen und wollte sich an die Spitze setzen, aber Diemas versperrte ihm den Weg. „Nein. Die Kleine und ich gehen zuerst. Win bleibt hier draußen.“

Der Hund hatte sich bereits hingelegt und beobachtete ruhig, wie sich einer nach dem anderen bückte und der Katze durch den Höhleneingang folgte. Jaron und Titus sahen sich an. Für sie hatte das Warten begonnen.

Die Öffnung zwischen den Felsen war schmal und niedrig. Diemas musste sich weit hinunterbeugen und zum Schluss fast auf die Knie gehen, um sie zu passieren. Zum Glück war der Gang, der dahinter mit einem sanften Gefälle nach unten führte, angenehm breit und so hoch, dass er sich wieder ganz aufrichten konnte. Es war nicht vollständig dunkel. Spalten in der Decke dafür sorgten, dass Licht einfiel und die Luft nicht abgestanden roch. Die Kleine kam zu Diemas zurück, witterte und drückte sich an sein Bein. Sie meldete Spuren von Rauch, so schwach, dass die Quelle noch ein ganzes Stück entfernt sein musste.

„Sieht die Katze genug um dich zu führen?“, zischte Kieran von hinten.

„Auf alle Fälle. Legt einander die Hand auf die Schulter. Wir müssen vorsichtig sein.“

Diemas wartete, bis er Wulfs Hand spürte, dann ging er los. Die Katze vermittelte ihm keine deutlichen Bilder, eher eine verschwommene Landschaft in unterschiedlichen Grautönen. Einzelheiten konnte er nicht erkennen, aber jedes Hindernis würde sich rechtzeitig zeigen. Der Boden war uneben und an manchen Stellen feucht. Der Gang wand sich und verlor schon nach kurzer Zeit sein Gefälle. Sie bemühten sich leise zu sein und blieben jedes Mal stehen, wenn die Katze zögerte und von neuem Witterung aufnahm. Bei einem dieser Stopps beugte sich Wulf zu Diemas vor. „Wir kommen näher. Noch haben sie uns nicht bemerkt. Die Stimmung ist... seltsam."

„Wie viele?", fragte Diemas zurück.

„Ich weiß es nicht. Es ist verwirrend."

Der Gang beschrieb eine scharfe Wende und erweiterte sich dann immer mehr, gleichzeitig wurde es heller. Vielleicht zwanzig Schritte vor ihnen gab es eine weitere scharfe Kehre. Flackerndes Licht kam aus dem Teil, den sie nicht einsehen konnten und huschte über die Wände. Die Katze stellte die Ohren auf und schlich angespannt weiter. Diemas zog seinen Dolch.

Mit jedem weiteren Schritt veränderte sich etwas. Aus einem undeutlichen Rauschen wurde das Murmeln von Stimmen, dann mischten sich hellere Töne hinein. Als er die Biegung fast erreicht hatte, hörte Diemas einen Laut, der ihn abrupt stehenbleiben ließ.

Der Säugling weinte nicht, als habe er Hunger oder Schmerzen, er klang schläfrig, fast zufrieden. Eine Frauenstimme begann zu summen, bis sich das Baby immer mehr beruhigte und schließlich ganz verstummte. Das Summen hielt an, genauso wie die weichen, hellen Laute, die auf keinen Fall von Erwachsenen stammten. Jemand kicherte.

Die anderen schlossen zu Diemas auf und steckten die Köpfe zusammen. „Da vorn sind Kinder", sprach Raine das Offensichtliche aus. „Wulf?"

„Ein paar Erwachsene sind dabei, wie viele kann ich nicht sagen. Ich spüre weder Zorn noch Angst."

Diemas wandte sich ganz zu Kieran um. „Was tun wir jetzt?"

„Wulf und ich gehen hinein, ihr sichert ab. Diemas, behalte die Katze bei dir. Wir wollen die Kinder nicht zu Tode erschrecken."

Diemas trat zur Seite und ließ Kieran und Wulf passieren. Raine zog seinen Dolch. Dann setzten sich alle wieder in Bewegung.

Kieran umrundete die Biegung und ging langsam weiter. Nur wenige Meter vor ihm öffnete sich der Gang zu einer großen

Kammer, die vom flackernden Licht eines Feuers beleuchtet wurde. Um das Feuer herum bewegten sich Schatten, andere lagen auf dem Boden oder krabbelten umher. Alle diese Schatten waren klein.

Wulf schätzte, dass sie ungefähr zwanzig Kinder vor sich hatten, das jüngste noch ein Säugling, die ältesten zwischen zehn und zwölf. Eine der beiden größeren Gestalten wiegte das Baby in ihren Armen. Er fing Spuren von Trauer und ein starkes Gefühl der Zusammengehörigkeit auf, aber noch immer keine Furcht.

Kieran machte sich nicht mehr die Mühe sich zu verstecken. Als er zusammen mit Wulf den Gang verließ, fuhr der Kopf des Mädchens hoch, das das Baby hielt. Hinter ihr erhob sich eine etwas größere Gestalt aus einer Gruppe von Kindern. Die junge Frau hatte schulterlanges, braunes Haar, im unsteten Feuerschein blitzten immer wieder Rottöne darin auf. Sie richtete sich langsam auf und blieb dann steif stehen, die Hände fest zu Fäusten geballt. Falls sie eine Waffe besaß, versuchte sie nicht danach zu greifen. Die Kinder in ihrer Nähe drängten sich dicht an sie heran.

Sie sah die beiden Männer grimmig an. „Wer seid Ihr? Was wollt Ihr hier? Wir haben nichts, was für Euch von Nutzen sein könnte."

Sie hat Angst, aber mehr um die Kinder als um sich selbst, dachte Wulf. *Und sie verbirgt sie gut.* Unwillkürlich war er beeindruckt.

Kieran übernahm die Rolle des Sprechers. „Wir sind der Spur von Dieben gefolgt", sagte er in neutralem Ton. „Sie hat uns direkt hierhergeführt."

Das Mädchen, das das Baby hielt, zischte missbilligend, die junge Frau zeigte sich unbeeindruckt. „Ohne Essen sterben die Kinder. Wir haben nicht viel genommen. Die Bauern werden es nicht vermissen." Sie versuchte nicht sich zu entschuldigen oder bat um Verzeihung, sondern sah den Männern fest in die Augen.

„Ihr seid Fona", wagte Kieran einen Schuss ins Blaue. „Wo ist der Rest Eures Stammes?"

„Weit fort. Wir sind allein." Sie hob das Kinn ein wenig an, als rechne sie mit einem Schlag. „Wir kommen allein zurecht."

„Indem Ihr stehlt." Kieran schüttelte den Kopf. „Hier könnt ihr nicht bleiben. Ihr werdet uns begleiten."

Eines der älteren Kinder gab ein ängstliches Wimmern von sich, die anderen drängten sich noch dichter zusammen. Die junge Frau zuckte kurz zusammen, hatte sich aber sofort wieder in der Gewalt. „Wir sind schon eine ganze Weile in dieser Höhle und kommen gut zurecht. Ihr wollt Euch sicher nicht mit einem Haufen Kinder belasten."

„Nein." Kierans Ton wurde schärfer. „Irgendwann wird man Euch bei den Diebstählen stellen. Ihr wärt dem Zorn der Dorfbewohner ausgeliefert. Was soll dann aus den Kindern werden?"

„Niemand kann mich fangen", stellte die Frau mit trotziger Würde klar. „Außerdem ist das nicht Eure Sorge."

„Das sehe ich anders. Ihr befindet Euch innerhalb der Grenzen Fennmarks. Alles, was hier geschieht, geht mich etwas an."

Selbst in dem unsteten Licht war deutlich zu sehen, dass die Frau blass wurde. „Ihr gehört zu den Prinzen."

Er nickte. „Ich bin der Kronprinz. Meine Brüder begleiten mich. Ich bestehe darauf, dass ihr mitkommt. Ihr habt nichts von uns zu befürchten."

„Das lässt sich leicht behaupten", zischte sie.

„Wir kämpfen nicht gegen Kinder", sagte Wulf mit der ganzen unterschwelligen Überzeugungskraft seiner Gabe, „gleichgültig welchem Volk sie angehören."

Sie betrachtete ihn ein paar Atemzüge lang mit leicht schräg gelegtem Kopf. „Ihr versucht mich zu beeinflussen", sagte sie dann langsam.

Er stritt es nicht ab. „Trotzdem ist es die Wahrheit. Könnt Ihr das auch fühlen?"

Sie nickte knapp und ließ ihn dabei nicht aus den Augen. „Wohin wollt Ihr uns bringen?"

„Zu freundlichen Leuten. Man wird sich um Euch und Eure Bedürfnisse kümmern."

„Das ist nicht möglich. Es gibt keine anderen Fona in der Nähe."

„Keine Fona, aber durchaus andere Menschen. Man hat Euch offensichtlich zurückgelassen. Ihr seid nicht in einer Position, die es Euch erlaubt wählerisch zu sein."

Sie schnaubte höhnisch und versuchte ihre Furcht zu verbergen. „Was wisst Ihr schon. Geht einfach wieder und vergesst uns."

Kieran schaltete sich wieder ein. „Das war keine Bitte. Wir wollen die Kinder nicht unnötig verängstigen, also kommt freiwillig mit."

„Werdet Ihr uns sonst töten?", fragte sie schonungslos.

„Nein. Wir tragen Euch hinaus. So oder so begleitet Ihr uns."

„Ihr seid also unsere freundlichen Retter", stieß sie mit bitterem Sarkasmus hervor. „Aber wir wollen gar nicht gerettet werden. Welchen Preis verlangt Ihr dafür? Was wird uns Eure Hilfe kosten?"

Kieran hielt ihren Blick. „Nichts außer ein paar Informationen."

Sie zögerte und starrte ihm in die Augen. „Schwört Ihr mir, dass wir zusammenbleiben können?"

„Ihr habt mein Wort darauf. Ich bin Kieran, das ist mein Bruder Wulf. Verratet Ihr mir Euren Namen?"

Sie sah ihn an, als denke sie darüber nach, warum er das wissen wollte. „Ich heiße Tarissa", sagte sie schließlich.

„Packt alles zusammen, was Ihr mitnehmen wollt. Ich sorge dafür, dass ein Wagen bereitsteht."

21. Kapitel

Es waren sogar zwei Wagen, die auf die Kinder warteten, als die Fona die Höhle verließen. Sie stammten aus dem Dorf, aus dem die Nahrungsmittel verschwunden waren. Raine hatte sich darum gekümmert und sie eigenhändig durch das Portal gesteuert, das er dafür geöffnet hatte. Der eine der beiden Wagen war außer mit Nahrungsmitteln auch mit Decken und zusätzlicher Kleidung beladen.

Wulf war in der Höhle geblieben, Kieran hatte sich kurz mit seinen Brüdern beraten und sich dann mit Raines Hilfe zu Tomas begeben. In der Zeit, die er schwer verletzt im Lager der Tagira verbracht hatte, hatte Raine immer wieder beobachtet, wie liebevoll der Stamm mit seinen Kindern umging und war davon beeindruckt gewesen. Trotzdem war er überrascht, dass Tomas und Ana sich sofort bereiterklärten die Kinder der Fona aufzunehmen. Kieran versprach dafür zu sorgen, dass ihre Versorgung nicht die Vorräte der Tagira belastete.

Das älteste Mädchen, Ronda, führte die größeren Kinder aus der Höhle. Das Baby hatte sie sich mit einem Tuch vor die Brust gebunden, es schlief fest. Die Kinder blinzelten zu Anfang im hellen Tageslicht und sahen sich beklommen um, aber kein einziges weinte. Wulf, Diemas und Jaron halfen Tarissa dabei, die kleineren Kinder zu tragen. Sowie die junge Frau die Höhle verließ, richteten sich die Augen der Kinder auf sie und ließen sie nicht wieder los. Tarissa bewegte sich ruhig und gelassen und bemühte sich Zuversicht auszustrahlen, so als gingen sie nicht einer ungewissen Zukunft entgegen. Alles, was sie hatte, war Kierans Wort.

Sie machten es den Kindern auf den Wagen so bequem wie möglich. Raine saß schon auf dem Kutschbock des ersten Wagens, Wulf erklärte sich bereit den zweiten zu fahren. Zuvor ging er zu Tarissa hinüber und bat sie, sich neben ihn zu setzen. Sie sah ihn prüfend an, gab dann aber ihre Zustimmung. Kurz darauf brachen sie auf. Diemas übernahm mit Laran die Führung, Win und die Kleine liefen voraus.

„Ein Pferd der Tagira, eine Katze der Karon und ein Hund der Sesshaften“, sagte Tarissa nach einer Weile. „Eine seltsame Zusammenstellung.“

Wulf lachte leise. „Nicht für meinen Bruder.“

„Ist das seine Gabe?“

„Ja.“

„Und Ihr beeinflusst den Geist“, sagte sie und warf Wulf einen schnellen Seitenblick zu.

Er verzog unbehaglich das Gesicht. „So würde ich es nicht nennen.“

„Ach ja? Ihr habt es bei mir versucht. Ich weiß genau, was ich gespürt habe.“

„Es geht nie um Beeinflussung oder Zwang. Was ich zu geben habe, kann man annehmen oder ablehnen. Die meisten bemerken es nicht bewusst, aber sie haben trotzdem die Wahl.“

„Ihr lasst es so klingen, als sei das ein Geschenk.“

„Es ist das, was ich vermag. Ich versuche weise damit umzugehen.“

Sie schnaubte leise, ging aber nicht weiter darauf ein. Stattdessen wandte sie sich um und sah nach den Kindern. Wulf nahm das Gespräch erst wieder auf, nachdem etwas Zeit vergangen war.

„Was für eine Gabe besitzt ihr?“

Sie riss den Kopf zu ihm herum. „Seid Ihr schon dabei die Bezahlung einzufordern?“

Er schüttelte bedächtig den Kopf. „Ich versuche nur Euch besser kennenzulernen.“

„Ich bin, was Ihr seht“, antwortete sie schroff. „Wie kommt Ihr überhaupt darauf, dass ich eine Gabe habe?“

Er lachte. „Wollt Ihr mich für dumm verkaufen? Ihr brecht immer wieder in ein Vorratshaus ein ohne Spuren zu hinterlassen. Dasselbe gilt für den Weg, den Ihr genommen habt. Diemas Hund hat Eure Fährte ständig wieder verloren.“

Sie zuckte die Achseln. „Vielleicht habe ich einfach Talent dafür.“

Wulf warf ihr einen amüsierten Blick zu. „Natürlich, was sonst. Ich weiß nur wenig über die Fona. Es gab selten Kontakt zwischen meinem Volk und Eurem. Wenn Ihr allerdings in unseren

Geschichtsbüchern erwähnt werdet, ist immer von Magie die Rede."

„Glaubt Ihr in Eurem Alter immer noch an Märchen?"

„Ich weiß aus eigener Erfahrung, dass manche Menschen mehr zu tun vermögen als andere. Man kann es Magie nennen oder auch einen anderen Namen dafür finden."

„Man erzählt sich, dass jeder der Prinzen eine mächtige Gabe besitzt und ein besonderer Schutz auf dem Königreich liegt. Eurer Definition nach ist das auch Magie."

„Wenn Ihr es so nennen wollt."

„Jedes Volk lebt mit seinen eigenen Bräuchen und Traditionen. Die Welt ist groß genug für alle."

Er wandte sich zu ihr um, weil er ihre Reaktion auf seine nächsten Worte sehen wollte. „Das ist sie, außer jemand ändert die Regeln. Ihr seid vor den Norwenn geflohen. Ihr wisst, was ich meine."

Die angespannte Linie ihres Kiefers sagte ihm genug. Sie kommentierte seine Aussage mit ätzendem Spott. „Jetzt sind wir hier in Eurem Land und stehlen, was Euch gehört. Wie sehr müsst Ihr uns hassen."

Er schüttelte den Kopf. „Ihr wisst, dass das nicht stimmt. Neue Situationen erfordern neue Lösungen. Mein Bruder Kieran versucht schon seit ziemlich langer Zeit, mit den Stämmen ins Gespräch zu kommen. Ich würde wetten, Ihr habt davon gehört. Warum seid Ihr nicht zu uns gekommen, als Ihr in Not geraten seid?"

„Mit einem Haufen Kinder? Man kann nicht verhandeln, wenn man nichts anzubieten hat. Außerdem kamen wir zurecht."

„Das sagt Ihr immer wieder. Euch muss doch klar sein, dass Ihr auf einer Schwertklinge getanzt habt. Jeder Schritt ins Leere hätte tödlich enden können."

Sie wandte den Kopf so weit wie möglich von ihm ab. „Man hat nicht immer eine Wahl."

„Warum hat Euer Stamm die Kinder zurückgelassen?", fragte Wulf ohne sie aus den Augen zu lassen.

Sie fuhr mit wütend geballten Fäusten zu ihm herum. „Sie wurden nicht zurückgelassen. Ich bin mit den Kindern fortgegangen."

„Warum? Was war schlimmer als das, was ihr in der Höhle hattet?“

„Vieles. Ich habe dafür gesorgt, dass die Kinder eine Chance haben zu überleben.“

„Hat der Rest Eures Stammes diese Chance nicht?“

„Sie haben den falschen Weg eingeschlagen. Sie haben sich verrannt.“ Ihre Stimme wurde heiser vor Schmerz. „Aber das geht Euch nichts an.“

„Kieran wird das anders sehen. Und nicht nur er.“

„Das ist mir gleichgültig. Was wollt Ihr tun? Ihr könnt uns nur das Leben nehmen. Vielleicht wären die Kinder dann sogar besser dran.“

Wulf sammelte die Zügel in einer Faust und griff nach Tarissas Hand. „Niemand wird den Kindern etwas antun. Das schwöre ich bei meinem Leben.“

Mit einem gepressten Laut machte sie sich von ihm los. „Damit bleibe immer noch ich. Was wird also mit mir geschehen?“

„Ihr seid erwachsen und trefft Eure eigenen Entscheidungen. Wenn Ihr uns verratet, könnte es Euch das Leben kosten. Tut Ihr es nicht, seid Ihr nicht in Gefahr. Ihr braucht nicht in ständiger Furcht zu leben.“

„Eine harte Antwort.“

„Eine ehrliche Antwort. Wäre es Euch lieber belogen zu werden?“

Sie schüttelte müde den Kopf. „Bleibt immer noch die Frage, ob man Euch wirklich trauen kann.“

„Das habt Ihr bereits getan. Ihr seid hier.“

Sie seufzte. „Hatte ich denn eine andere Wahl? Ihr hättet keine Ruhe gegeben.“ Sie holte tief Luft. „Ihr habt einen Schwur ausgesprochen und das werde ich auch tun. Sollten die Kinder durch Euer Verschulden jemals unter meiner Entscheidung zu leiden haben, werde ich mich bitter an Euch rächen. Zweifelt besser nicht daran, dass ich es ernst meine.“

„Angenommen. Das erscheint mir nur fair.“

Sie schlugen das Nachtlager in einer windgeschützten Senke auf. Während Wulf seinen Teil der Arbeit erledigte, beobachtete er, wie Tarissa und Ronda für die Kinder sorgten. Sie gingen ruhig mit ihnen um und nahmen ihnen ihre Angst. Die Kinder waren erschöpft, nach dem Essen kehrte schnell Ruhe ein. Ronda setzte sich zu Tarissa ans Feuer, blieb aber nicht lange, weil ihr immer wieder die Augen zufielen. Das Baby behielt sie ständig in ihrer Nähe.

Als Tarissa zum Feuer zurückgehen wollte, kam ihr Wulf entgegen. Sein nachdenklicher Blick ruhte auf Ronda. Tarissa ergriff seinen Arm und zog ihn fort. „Der Kleine ist ihr Bruder. Ihre Eltern sind tot. Sie kann es kaum ertragen sich von ihm zu trennen."

„Dann müssen ihr Eure Raubzüge schwer gefallen sein."

„Es musste sein. Sie ist stark."

„Macht Euch keine Sorgen. Niemand wird ihr das Baby wegnehmen."

Sie waren am Feuer angekommen, alle konnten Tarissas nächste Frage hören. „Wo bringt Ihr uns hin?"

Kieran übernahm es zu antworten. „Zu einem Stamm der Tagira. Es sind freundliche Menschen, die Kinder lieben. Ihr werdet es dort gut haben."

„Die Tagira wissen nichts über die Fona."

„Aber sie können voneinander lernen. Das müssen wir alle, wenn wir überleben wollen."

„Ihr wollt ein Bündnis gegen die Norwenn schließen." Tarissa klang mehr als skeptisch.

„Habt Ihr eine bessere Idee? Nur so können wir uns gegen sie wehren."

„Seid Ihr ihnen jemals begegnet?" Kieran schüttelte den Kopf. „Ich schon. Sie sind furchterregend. Niemand besitzt so starke Magie wie die Norwenn."

„Wie meint Ihr das?"

„Sie sind grausam, unfähig zur Gnade. Ihre Magier töten mit einem Blick, mit einer einzigen Handbewegung. Sie nutzen ihre Kräfte nur für den Krieg."

„Wisst Ihr mehr über sie?", fragte Titus. „Warum sind sie mit einem Mal auf Eroberung aus?"

„Den Grund kenne ich nicht. Jeder Befehl der Magier wird befolgt. Sie dulden kein Versagen. Bei niemandem."

„Ein Leben unter ihrer Herrschaft scheint nicht erstrebenswert zu sein", bemerkte Titus.

„Nein. Wenn sie angreifen, lassen sie niemanden am Leben."

„Schließen sie keine Bündnisse?", fragte Kieran.

„Das ist noch niemandem gelungen."

Tarissa senkte schnell den Blick, aber es war bereits zu spät. Wulf hatte das Aufflackern von Schmerz in ihren Augen gesehen und zog seine Schlüsse. „Euer Stamm versucht so ein Bündnis zu schließen. Deshalb habt Ihr die Kinder fortgebracht."

Sie fuhr zu ihm herum und funkelte ihn böse an, wollte es leugnen und konnte es nicht. Er sah einfach zu viel und konnte sie viel zu gut lesen. In diesem Augenblick hasste sie ihn mit ihrem ganzen rebellischen Herzen. Ein Hass, der sich unter seinem wissenden Blick schon im nächsten Moment wieder aufzulösen begann.

„Nicht", sagte Wulf leise. „Tut Euch das nicht an. Ihr müsst nicht mehr kämpfen. Ihr seid unter Freunden."

Ihr bitteres Lachen mischte sich mit dem Zorn in ihren Augen. „Gebt keine Versprechen, die Ihr nicht halten könnt. Ihr wisst so wenig."

„Das lässt sich ändern. Teilt Euer Wissen mit uns", schaltete sich Kieran ein.

Sie fixierte ihn mit einem harten Blick. „Würdet Ihr Euer Volk verraten?"

„Es scheint mir andersherum zu sein. Euer Volk hat Euch und die Kinder verraten."

Der Hieb saß. Tarissa starrte Kieran an, während ihr die Tränen in die Augen schossen, gegen die sie nichts tun konnte. Als Wulf nach ihrer Hand griff, klammerte sie sich blind daran fest, ohne es richtig wahrzunehmen. „Die Kinder sind mein Volk", sagte sie tonlos. „Mehr ist mir nicht geblieben."

„Erzählt es uns", bat Wulf. „Ihr müsst diese Last nicht mehr allein tragen."

Erst jetzt bemerkte sie seine Hand und ließ los, als habe sie sich verbrannt. Im nächsten Augenblick sprang sie auf. „Ich bin müde. Bitte entschuldigt mich."

In den ersten Minuten, nachdem Tarissa gegangen war, sagte keiner ein Wort. Wulf verstand, warum sie zum Schluss geschwiegen hatte. Es war noch zu früh für das Vertrauen, das er von ihr einzufordern versucht hatte. Irgendwann würde sie so weit sein und seine Hilfe annehmen. Ihren Schmerz konnte sie schon jetzt nicht mehr vor ihm verbergen.

Weil die Wagen sie aufhielten und aus Rücksicht auf die Kinder brauchten sie lange, bis sie das Lager der Tagira erreichten. Sie schlugen noch ein weiteres Mal ein Nachtlager auf, doch diesmal hielt sich Tarissa von den Männern fern und war zu keinem weiteren Gespräch bereit. Sie hatte sich auch geweigert, während der Fahrt wieder den Platz auf dem Kutschbock einzunehmen und ging besonders Wulf aus dem Weg. Er beobachtete sie, ließ ihr aber ihren Willen. Sie verschloss sich ganz und gar.

Für Raine war die zweite Nacht eine endlose Geduldsprobe. Er wollte zurück zu Hanna und war ungeduldig und nervös. Titus versicherte ihm immer wieder, dass in der Zuflucht alles in Ordnung war, aber das half nicht viel. Er hatte so lange auf sie gewartet und jetzt waren sie schon wieder getrennt. Wenn er wollte, könnte er mit einem einzigen Schritt bei ihr sein, aber dann müsste er seine Brüder im Stich lassen und das kam nicht in Frage. Er riss sich zusammen, merkte aber selbst, dass es ihm nicht allzu gut gelang.

Die Begrüßung im Lager der Tagira war freundlich. Ana kümmerte sich persönlich um die Kinder. Sie führte sie zu einem großen Zelt, dass sie alle zusammen bewohnen konnten und versuchte mit Ronda und Tarissa ins Gespräch zu kommen. Ronda war zunächst still und ängstlich, doch Anas herzliche Art nahm ihr schnell das Misstrauen. Als sie zum ersten Mal lachte, begannen sich die älteren Kinder zu entspannen.

Bei Tarissa hatte Ana weniger Glück. Sie blieb höflich, machte aber keinen Hehl daraus, dass sie von all den guten Absichten noch lange nicht überzeugt war. Sie weigerte sich das Zelt zu verlassen, nachdem alles eingerichtet war und verfolgte argwöhnisch jeden Schritt, den Ana und die anderen Frauen machten. Nur wenn eines der Kinder auf sie zu kam, gab sie ihre starre Haltung auf.

Erst als alle gut versorgt waren und die jüngeren Kinder bereits schliefen, verließ Tarissa das Zelt. Sie zog sofort Blicke auf sich, aber niemand hinderte sie daran sich frei im Lager zu bewegen. Ihr Kopf dröhnte, die letzten Stunden waren anstrengend gewesen. Sie brauchte Stille, ein paar Minuten für sich allein, ohne dass sie unter ständiger Beobachtung stand. Die Tagirafrauen waren nicht unfreundlich zu ihr gewesen, aber sie hatten sie nicht aus den Augen gelassen, bis sie das Gefühl gehabt hatte schreien zu müssen. Sie ging zwischen den Zelten hindurch und atmete erleichtert auf, als sie sie endlich hinter sich ließ.

Die flache Böschung eines kleinen Baches bot den perfekten Platz um sich zu setzen. Das leise Murmeln des Wassers war beruhigend. Die Abendsonne schien Tarissa direkt ins Gesicht und zwang sie die Augen zu schließen, während sie die Wärme auf ihrer Haut genoss. Nur ein paar Pferde waren in der Nähe, sonst war sie allein. Zum ersten Mal, seit die Prinzen ihr Versteck gefunden hatten, konnte sie wieder frei durchatmen. Wahrscheinlich hatte jemand ein Auge auf sie, aber solange er sich nicht zeigte, störte es sie nicht. Es war ein unbeschreiblich gutes Gefühl.

Als die Sonne weiter sank, veränderte sich der Winkel und sie konnte die Augen wieder öffnen. Das Licht war jetzt weicher, es tauchte alles um sie herum in eine goldene Pracht. Die Pause hatte ihr gutgetan, aber nun musste sie zurück. Bevor dieser Tag ganz vorbei war, hatte sie noch eine Pflicht zu erfüllen. Die Prinzen hatten ihren Teil der Abmachung erfüllt. Nun war sie an der Reihe.

Wulf saß ganz in der Nähe unter einem Baum. Tarissa sah ihn erst, als sie ihn schon fast erreicht hatte. Ausgerechnet er. So viel zu der Illusion, dass sie tatsächlich allein gewesen war. Er stand auf und kam auf sie zu, aber sie wollte nicht mit ihm sprechen und wurde schneller. Mit seinen langen Beinen holte er sie fast sofort ein und passte dann sein Tempo an ihres an.

„Also hat man Euch für den Wachdienst eingeteilt“, fauchte sie ihn an. „Ist das nicht ein bisschen unter Eurer Würde? Schließlich seid Ihr ein Prinz.“

Er sah auf sie hinunter und wirkte eher belustigt als verärgert. „Ihr müsst nicht bewacht werden. Ihr würdet die Kinder niemals im Stich lassen.“

Ihr hartes Lachen zeigte ihm, was sie von dieser Antwort hielt. „Warum seid Ihr mir dann gefolgt?“

Er zuckte die Achseln. „Ich war neugierig. Außerdem kennt Ihr Euch hier noch nicht aus.“

„Ich glaube nicht, dass irgendjemand das Lager übersehen könnte“, schnaubte sie verächtlich.

Wulf grinste. „Dann bleibt nur die Neugier. Ihr habt mich erwischt.“

Die Bemerkung war zu albern um darauf zu antworten. Tarissa ging weiter und steuerte auf das Zelt zu, in dem sie die Kinder zurückgelassen hatte. Sollten sie sie doch rufen, wenn sie mit ihr sprechen wollten.

Aber anscheinend war der Aufschub, der ihr gewährt worden war, schon vorbei. Wulf verstellte ihr den Weg und hob die Hand, als sie um ihn herumgehen wollte. „Bitte kommt mit mir. Ihr müsst noch mit dem Anführer des Stammes den Willkommensbecher leeren, bevor Ihr offiziell aufgenommen seid.“

Das war keine unangemessene Forderung, diesen Brauch gab es bei den Fona auch. Sie war bereit den Tagira jeden Eid zu leisten, wenn es der Sicherheit der Kinder diente. „Natürlich. Gebt mir einen Augenblick, damit ich mich vergewissern kann, dass bei den Kindern alles in Ordnung ist.“

Er sah sie mit dem nachdenklichen Blick an, der so typisch für ihn war und machte einen Schritt zur Seite. „Ich warte hier auf Euch.“

„Ich brauche keine Eskorte.“

„Nein“, sagte er mit einem kleinen Lächeln, „bestimmt nicht.“ Er blieb trotzdem, wo er war.

Im Inneren des Zeltes warteten Stimmengemurmel und leises Gelächter auf sie. Ronda saß mitten unter den Kindern und wirkte rundherum zufrieden. Alles war in bester Ordnung, es gab keinen

Grund das Unvermeidliche noch länger hinauszuzögern. Tarissa lächelte Ronda beruhigend zu und trat wieder ins Freie.

Wulf hatte sich nicht von der Stelle gerührt und kam sofort zurück an ihre Seite. Er sah sie an und runzelte die Stirn, doch sie tat so, als bemerke sie es nicht. Seine Aufmerksamkeit gefiel ihr nicht, er sah viel zu viel. Sie hasste es, dass sie ihre Anspannung nicht vor ihm verbergen konnte. Vielleicht hatte er auch das bemerkt, denn er tat ihr den Gefallen und schwieg.

Wie nicht anders zu erwarten hatten sich alle Prinzen im Zelt des Anführers versammelt. Zu ihrem Unbehagen standen sämtliche Männer auf, als sie das Zelt betrat, auch der Tagira. Wulf geleitete sie zu dem Kissen, das für sie vorgesehen war. Etwas unsicher blieb sie davor stehen.

Der Anführer der Tagira hatte ein scharf geschnittenes Gesicht und erstaunlich helle Augen, aus denen eine wache Intelligenz leuchtete. Seine Miene war ernst, aber nicht unfreundlich. Er bat sie mit einer Geste sich zu setzen, dann sprach er sie an.

„Ich grüße Euch, Tarissa von den Fona. Ich bin Tomas und spreche für die Tagira. Ich biete Euch für die Kinder den Schutz des ganzen Stammes an. Wenn Ihr damit einverstanden seid, werden sie hier eine Heimat finden, nicht nur eine Zuflucht."

Tarissa neigte zum Zeichen ihrer Dankbarkeit den Kopf. Die Worte des Tagira beruhigten sie einerseits, machten ihr andererseits aber auch Angst. „Ich weiß Euer Angebot zu schätzen", erwiderte sie vorsichtig. „Trotzdem wüsste ich gern, warum Ihr das tun wollt. Die Kinder und ich sind Fona. Es gibt keinen Freundschaftspakt zwischen uns."

Tomas nahm ihr die Frage nicht übel, im Gegenteil, er wirkte erfreut. „Die alte Zeit ist vorbei. Entweder sorgen wir dafür, dass eine neue beginnen kann oder wir werden untergehen. Für einen einzelnen Stamm gibt es keine Sicherheit mehr."

Tarissa ließ nicht locker. „Aber ich habe Euch Kinder gebracht und keine Krieger. Sie können nicht für Euch kämpfen. Sie sind nur eine Belastung."

„Das mag auf den ersten Blick stimmen, aber wir sehen es anders. Ihr wisst selbst, dass das Leben in der Steppe nicht immer leicht ist. Jedes Kind ist ein Geschenk. Wir lassen nicht zu, dass diese Geschenke fortgeworfen werden."

Tarissas Unbehagen nahm zu. „Wollt Ihr sie zu Tagira erziehen? Bei den älteren dürfte das schwierig werden."

„Natürlich werden sie die Traditionen unseres Volkes kennenlernen, wenn sie bei uns leben", erwiderte Tomas gelassen. „Das lässt sich gar nicht vermeiden. Wenn Ihr bei ihnen bleibt, könnt Ihr dafür sorgen, dass sie niemals vergessen als Fona geboren worden zu sein. Wir werden auch Eure Traditionen ehren."

„Was geschieht, wenn sie erwachsen sind?"

„Ich verspreche Euch, dass sie ihren Weg frei wählen dürfen. Selbst wenn sie den Stamm verlassen, haben wir dann eine starke Verbindung zu den Fona gewonnen."

Das klang besser, als sie zu hoffen gewagt hatte. Eine bessere Chance würden die Kinder nicht bekommen. „Ich nehme Euer Angebot im Namen der Kinder an. Habt Dank dafür. Ich vermute allerdings, dass es nicht unbedingt für mich gilt."

Tomas bestätigte es mit einem ernsten Nicken. „Ihr seid erwachsen. Ihr trefft Eure Wahl für Euch allein. Mit allen Konsequenzen."

„Nennt mir die Konsequenzen."

„Wenn Ihr den Willkommensbecher mit mir leert, erklärt Ihr damit, dass Ihr in Freundschaft zu unserem Stamm steht und wir zu Euch. Auf Verrat steht der Tod."

Die Gesetze der Fona verlangten nichts anderes. Sie erwiderte ungerührt den Blick des Anführers. „Das erscheint mir gerecht."

Tomas hob die Hand. Ein halbwüchsiges Mädchen trat vor und stellte ein Tablett mit zwei kleinen Bechern zwischen sie auf den Boden. Der Tagira und die Fona sahen einander fest in die Augen, als sie sie leerten. Der Bund war geschlossen.

Wulf erinnerte sich gut, wie es sich angefühlt hatte, das Gebräu zu trinken. Im ersten Moment hatte er befürchtet flüssiges Feuer verschluckt zu haben. Tarissa leerte den Becher, als enthalte er Wasser. Tomas Mundwinkel zuckten. „Ihr seid an Kornbrand gewöhnt."

Sie grinste und wischte sich wie ein Mann mit dem Handrücken über den Mund. „Dieser hier ist ein bisschen zu mild, aber nicht schlecht." Tomas schüttelte lachend den Kopf.

„Sieht so aus, als hätten wir bereits eine Gemeinsamkeit zwischen Fona und Tagira gefunden", murmelte Titus grinsend.

Tomas konzentrierte sich ganz auf Tarissa. „Werdet Ihr bleiben?"

„Ich verlasse die Kinder nicht, ich will Euch aber auch nicht zur Last fallen. Gebt mir Arbeit."

Er winkte ab. „Das wird sich finden. Für den Anfang habt Ihr genug mit den Kindern zu tun."

Das konnte sie vorerst akzeptieren. „Ich danke Euch."

Die erste Hürde war genommen. Für die Kinder war jetzt gesorgt, solche Versprechen waren bindend. Die Tagira waren dafür bekannt, dass sie ein einmal gegebenes Wort nicht brachen. Jetzt musste sie nur noch ihre Schuld begleichen, damit alles wieder im Gleichgewicht war.

In den letzten beiden Nächten hatte Tarissa kaum ein Auge zugetan. Die Entscheidung war ihr nicht leicht gefallen. Durfte sie schweigen? Das Schicksal der Kinder und auch ihr eigenes waren nun an diese Leute gebunden. Bisher hatten sie ihr keinen Grund gegeben an ihrer Ehrenhaftigkeit zu zweifeln. Aber wenn sie redete, wenn sie sagte, was sie wusste, verriet sie dann nicht ihr Volk, diejenigen, die sie trotz allem immer noch liebte? Und doch waren die Worte des Kronprinzen wahr gewesen, als er ihr an den Kopf geworfen hatte, die Kinder und sie seien vom Rest des Stammes im Stich gelassen worden. Sie wusste genau, was sie zu tun hatte, doch ihr Herz litt Höllenqualen.

Obwohl sie am liebsten davongelaufen wäre, wandte sich Tarissa Kieran zu. „Ihr habt Euer Versprechen gehalten und ich werde es ebenfalls tun. Stellt Eure Fragen!"

Kieran zögerte nicht. „Warum habt Ihr mit den Kindern Euren Stamm verlassen?"

Sie sah ihm furchtlos in die Augen. Sie hatte nicht vor den Blickkontakt zu lösen, bis das hier vorbei war. Auf eine gewisse Weise gab er ihr Halt. „Außer den Kindern und mir waren nur noch acht Männer und drei Frauen am Leben. Sie haben einen Beschluss getroffen, den ich nicht gutheißen konnte."

„Wer führt sie an?"

„Mein Bruder."

Kieran nickte, als habe sie etwas bestätigt, das er schon vermutet hatte. „Wie lautete der Beschluss?“

„Nach Norden zu reiten und den Norwenn ein Bündnis anzubieten.“

„Habt Ihr nicht selbst gesagt, dass dieser Versuch völlig sinnlos ist?“

Jetzt war es soweit. „Mein Bruder glaubt etwas zu besitzen, dem die Norwenn nicht widerstehen können“, antwortete Tarissa heiser.

„Und was sollte das sein?“

„Seine Gabe.“ Sie schwieg kurz und befeuchtete ihre plötzlich trockenen Lippen. „Er ist ein Finder. Er kann alles aufstöbern, gleichgültig ob Mensch, Tier oder Gegenstand.“

Diemas zischte leise, Kierans Gesichtsausdruck veränderte sich nicht. „Eine machtvolle Gabe. Was genau will er für die Norwenn ausfindig machen?“

„Das Schmuckstück, das Euer Königreich schützt.“ Tarissa stockte und presste für einen Moment die Lippen fest zusammen. „Und Euren Vater. Er will ihnen den König als Geisel geben.“

Titus schoss in die Höhe, mit geballten Fäusten und lodernden Augen. „Und das sagt Ihr uns erst jetzt?“, fauchte er.

Tarissa wandte sich nicht zu ihm um. „Es ist ohnehin zu spät. Entweder sind mein Bruder und seine Leute tot oder sie sind schon viel zu weit fort. Ihr könnt sie nicht mehr einholen.“

Wulf griff nach Titus Arm und zog ihn zurück auf das Kissen. „Setz dich wieder! Lass das Kieran machen“, murmelte er ihm zu.

Kieran blieb ruhig, seine Miene verriet nichts. „Sie würden ihn nicht auf der Stelle töten. Wenn die Norwenn ihn als Pfand wollen, brauchen sie ihn lebend. Sagt mir, was Ihr noch über diesen Plan wisst.“

„Nichts. Darauf habt Ihr mein Wort.“

Sie ist totenbleich geworden, dachte Wulf. *Was sie hier tun muss, bringt sie fast um.*

„Sagt mir mehr über die Gabe Eures Bruders“, forderte Kieran. „Was braucht er, um eine Verbindung herstellen zu können?“

Tarissa antwortete schnell und präzise, aber sie klang atemlos, erstickt. „Der Name oder die Bezeichnung reichen aus. Seine Gabe ist stark.“

„Was geschieht dann?“

„Er sieht den Weg. Er sagte einmal, er sehe einen straff gespannten Faden vor sich, dem er folgen kann.“

„Habt Ihr schon einmal erlebt, dass er versagt hat?“

„Noch nie.“

Die Überzeugung, mit der Tarissa die beiden Worte aussprach, klang in Wulfs Ohren wie ein Todesurteil. Neben ihm gab Raine einen erstickten Laut von sich.

„Titus?“, sagte Kieran scharf.

„Nichts. Alles ist in Ordnung.“

„Es ist ein weiter Weg“, sagte Diemas gepresst. „Vielleicht haben wir noch Zeit.“

Blankes Eis schimmerte in Kierans Augen. „Wir brechen auf. Sofort!“

Wulf sprang auf. „Warte kurz. Ich brauche noch eine weitere Antwort.“ Mit zwei Schritten war er bei Tarissa und ging in die Hocke, damit er ihr ins Gesicht sehen konnte. „Was ist Eure Gabe? Bitte, sagt es mir“, bat er sanft.

Sie war zu müde um ihm die Antwort zu verweigern. Es spielte keine Rolle mehr. „Ich kann mich in den Schatten verbergen und jedes Schloss öffnet sich für mich.“

„Er wollte Euch mitnehmen, nicht wahr? Er hat Euch nicht freiwillig gehen lassen.“

„Ja.“

Als sie den Kopf hob, sah Wulf Schuld, Angst und Verzweiflung in ihren Augen. Es hätte ihn fast dazu gebracht aus Rücksicht auf sie zu schweigen, aber er musste wissen, ob er mit seinem Verdacht richtig lag. Zu viel stand auf dem Spiel. „Hat noch jemand von Euren Leuten eine vergleichbare Gabe?“

„Kein anderer. Nur mein Bruder und ich.“

„Euer Zwillingsbruder.“ Er sah Tarissa zusammenzucken, aber er sprach trotzdem weiter. Vielleicht half es ihr ein bisschen mit dem Schuldgefühl fertig zu werden, das sie zu erdrücken drohte. „Er hat Euch verraten. Er wollte Euch opfern.“

Sie brauchte nicht zu antworten, er sah es ihr an. Deshalb war sie geflohen und hatte die Kinder in Sicherheit gebracht. Jede Entscheidung, die sie zum Wohl der Kinder getroffen hatte, hatte sie weiter von ihrem Stamm fortgetrieben und in die Enge gedrängt. Zum Schluss war das, was sie gerade getan hatte, unausweichlich geworden, ihre Ehre ließ nichts anderes mehr zu. Sie war lange stark geblieben, aber jetzt war sie am Ende. Er konnte es verstehen.

Wulf griff nach Tarissas kalter Hand und drückte sie sanft. „Haltet noch ein wenig durch. Wenn ich zurückkomme, versuche ich Euch zu helfen."

Sie wollte ihn wegstoßen und über seine Worte lachen, stattdessen klammerte sie sich an die Wärme seiner Finger, bis er sich vorsichtig von ihr losmachte. Tarissa sah sich um, als sei sie aus einem bösen Traum erwacht.

Das Zelt war leer. Alle waren gegangen.

22. Kapitel

Hanna saß im Freien auf einer Bank, Maxine lag zu ihren Füßen. Der üppige Pflanzenwuchs um sie herum war nicht geordnet und gezähmt worden, wie sie es kannte, aber wunderschön. Es hätte jedes Haus sein können, jede Bank, jede Aussicht in einer bezaubernden Wildnis, aber das war es nicht. Dies hier war nicht die Welt, in der sie geboren worden war. Dies hier war die Welt, die sie für ihr zweites Leben gewählt hatte.

Sie war nicht mehr allein, sie war auch nicht mehr verzweifelt oder zu Tode erschöpft. Der Mann, dem sie auf Gedeih und Verderb gefolgt war, hatte sie gefunden. Im Moment war er fort, aber er würde immer wieder zu ihr zurückkehren. Er hatte es ihr geschworen. Für den Augenblick genügte das. Auch wenn sie ihn noch so sehr vermisste, es genügte. *Ich bin glücklich,* dachte sie und spürte dem Echo nach, das dieser Gedanke in ihrem Inneren auslöste. *Zum ersten Mal weiß ich, was das wirklich bedeutet.*

Es gab wenig für sie zu tun. Meira kümmerte sich um die Hausarbeit und weigerte sich Hanna dabei helfen zu lassen. Manchmal genoss sie die Ruhe, das gemächliche Fortschreiten der Stunden, manchmal glaubte sie es nicht ertragen zu können. Es war besser geworden, seit sie vor zwei Tagen etwas gefunden hatte, das sie an ihren alten Skizzenblock erinnerte und ganz in der Nähe Kohle zum Zeichnen. Wahrscheinlich gehörte das alles einem von Raines Brüdern. Er würde sicher nicht erfreut sein, aber sie hatte einfach nicht die Finger davon lassen können. Solange es hell war, verbrachte sie viel Zeit auf der Bank vor dem Haus und zeichnete, was immer ihr ins Auge fiel oder in den Sinn kam. Es war wie eine Sucht. Nicht einmal der König störte sie, wenn sie wieder einmal völlig versunken war.

Es hatte damit begonnen, dass sie eine besonders schöne Blüte entdeckte und begann sie zu zeichnen. Kaum war sie fertig, sah sie einen Zweig, der sie genauso faszinierte. Immer schneller flogen ihre Finger über das Papier, immer schneller nahm sie neue Eindrücke auf.

Doch das war nur der Anfang gewesen, die Übung, die sie brauchte, um wieder in Form zu kommen. Schon bald verdrängten die Bilder in ihrem Geist die reale Umgebung. Raine, der mitten in Berlin unter einem Apfelbaum stand und sie mit seinem zwingenden Blick ansah, nur sie allein. Die Passanten, die vorbeihasteten, als sie neben ihm stand und die keinen von ihnen sahen. Meira, die auf dem Waldpfad auf sie zukam. Die Mauer der Burg, die auf ihrem felsigen Fundament hoch über Hanna aufragte und sie zu erdrücken schien. Maxine, die laut bellend vorauslief. So viele Eindrücke, so viele kostbare Erinnerungen. Seltsamerweise endeten sie alle vor dem Burgtor, als ließe sich das, was dahinter geschehen war, nicht in Bildern einfangen. Über diese Zeit hatte sich ein dichter Nebelschleier gelegt.

Wie im Rausch füllte Hanna Blatt um Blatt. Sie nahm sich kaum Zeit die letzte Zeichnung zu betrachten, bevor mit der nächsten begann. Und dann, wie aus dem Nichts, kam eine Erinnerung, die sich ganz in den Vordergrund schob und nicht wieder verdrängen ließ.

Sie sah ihre Eltern, so klar, so detailreich, als stünde sie direkt vor ihnen. Mal sahen sie einander an, lächelten sich liebevoll zu und hielten sich an den Händen, doch es gab auch Bilder, auf denen sie Hanna direkt anblickten. Sie hatte geglaubt, diese Erinnerungen im Laufe ihres langen Lebens für immer verloren zu haben, aber nun waren sie zurück. Noch einmal würde sie sie nicht entkommen lassen. Mit schnellen, sicheren Strichen bannte sie die Bilder auf das Papier und brachte sie für alle Zeit in Sicherheit.

Als sich auch dieser Sturm legte, ließ er Hanna müde, aber glücklich zurück. Das war am Tag zuvor gewesen und anscheinend war ihre Besessenheit damit ausgebrannt. Auch an diesem Tag saß sie auf der Bank und hatte den Skizzenblock auf dem Schoß, aber sie hatte noch keinen einzigen Strich zu Papier gebracht. Stattdessen ließ sie ihre Gedanken in der Stille davontreiben.

Das feste Holz der Bank knarrte ein wenig, als sich Edwin neben Hanna setzte. Er sprach sie nicht sofort an. Geduldig wartete er, bis sie es schaffte, ihren Blick loszureißen und ganz in die Gegenwart zurückzukehren. Als sie leicht verwirrt die Stirn runzelte, lächelte er.

„Geht es dir jetzt besser, Hanna? Ich hoffe, du hast deinen Frieden mit deinen Erinnerungen gemacht."

Sie erwiderte sein Lächeln. „Vielleicht. Ich weiß es nicht so genau. Heute bin ich viel ruhiger als in den letzten Tagen."

„Gut so. Wenn wir Glück haben, holt sich die Seele von selbst, was sie am dringendsten braucht um heilen zu können. Ich freue mich, wenn dir das gelungen ist."

„Wie geht es dir?" Es war peinlich, aber sie hatte ihn völlig aus den Augen verloren, solange die Besessenheit sie in ihren Krallen gehabt hatte. Manchmal zuckte sie noch immer innerlich zusammen, wenn sie ihn so formlos ansprach, doch das ließ langsam nach. Er war längst zu einem Freund geworden und hatte immer wieder klar gemacht, dass er für sie auch nichts anderes sein wollte. Wie so oft legte er in einer väterlichen Geste den Arm um ihre Schultern und sie lehnte ihren Kopf an ihn. Es war immer wieder ein Trost für sie beide und eine Erinnerung, was sie überlebt hatten.

„Ich erhole mich langsam. Meine Spaziergänge werden jeden Tag ein bisschen länger. Gestern habe ich zum ersten Mal seit ewiger Zeit ein paar Schwertübungen gemacht." Er verzog das Gesicht. „Ich musste viel zu schnell wieder aufhören."

Hanna schauderte. So ging es ihr jedes Mal, wenn sie an die Waffen dachte, die so sehr zu dieser Welt gehörten. „Du darfst es nicht übertreiben", sagte sie und weigerte sich darüber nachzudenken. „Jede Heilung braucht Zeit."

Er lachte und wie immer machte er Hanna damit eine Freude. „Mit Ruhe allein ist es nicht getan. Ich will nicht ständig von meinen Söhnen zurückgelassen werden, weil sie mich für zu schwach halten."

Hanna lächelte. „Ruhe ist trotzdem wichtig. Und Meiras gutes Essen natürlich."

„Du hast Recht. Wenn sie es nicht schafft, uns wieder auf die Beine zu bringen, schafft es niemand." Noch immer lachend klopfte Edwin ihr auf die Schulter.

Als sein Blick zu dem Skizzenblock wanderte, gab sich Hanna einen Ruck. „Möchtest du meine Bilder sehen?"

„Das würde mir Freude machen. Jaron zeichnet auch und gar nicht mal schlecht. Keiner der anderen hat dieses Talent. Als Kind hat er viel Spott dafür einstecken müssen."

„Ich habe ihn nicht um Erlaubnis gefragt. Ich hoffe, er nimmt es mir nicht übel."

„Bestimmt nicht. Er ist eigentlich ein sehr umgänglicher Kerl."

„Ich glaube, das sind sie alle."

„Dir gegenüber schon, aber lass dich nicht täuschen. Wenn sie herausgefordert werden, weichen sie nicht zurück. Jeder von ihnen ist ein hervorragender Kämpfer."

„Das kann ich mir gar nicht vorstellen", sagte Hanna. *Und ich will es auch nicht,* fügte sie im Stillen hinzu.

„Wer hat dich in deinem ersten Leben beschützt, Hanna?", fragte Edwin nachdenklich.

„Niemand, aber das war auch nicht nötig. In meiner Heimat leben die Menschen in Sicherheit."

Er sah sie erstaunt an. „Gibt es in deiner Welt keine Gefahren?"

Hanna dachte darüber nach. „Doch, natürlich gibt es sie auch. Ob man mit ihnen in Berührung kommt, hängt allerdings viel davon ab, in welchem Land man lebt und in welche Gesellschaftsschicht man hineingeboren wird. Ich hatte in dieser Beziehung Glück."

„Waren deine Eltern reich?"

„Ja und auch wieder Nein. Wir hatten genug um ein behagliches und sicheres Leben führen zu können. Wirklich reich waren wir trotzdem nicht."

„Und später?"

„Ich hatte einen guten Beruf und habe viel Geld verdient. Ich hätte mir so ziemlich alles leisten können, aber ich hatte nicht viele Wünsche."

„Du warst nicht glücklich."

„Auf eine gewisse Weise war ich glücklich. Ich hatte meinen Frieden mit meinem Leben gemacht. Meine Arbeit habe ich geliebt und dann waren da ja auch noch meine Hunde. Ich wusste nicht, was mir fehlte."

„Bist du jetzt glücklich?", fragte er behutsam.

Sie wandte sich zu ihm um und lächelte, obwohl ihre Augen in Tränen schwammen. „Ich bin dabei es zu lernen. Ja, ich glaube, ich bin glücklich."

„Er kommt zurück, das weißt du doch. Er wird sich niemals freiwillig von dir fernhalten. Bei seiner Mutter und mir war es genauso. Eine so große Liebe ist ein Geschenk."

Hanna senkte den Kopf. „Es tut mir leid, dass du deine Frau verloren hast."

„Wir hatten viele wunderschöne Jahre zusammen. Ich habe lange nicht begriffen, dass es meine Pflicht ist auch ohne sie weiterzuleben. Ohne dich hätte ich es vielleicht nie verstanden."

„Ohne mich?", fragte Hanna erstaunt.

„Ich habe erst richtig zu kämpfen begonnen, als du gekommen bist. Davor habe ich es den Verhüllten viel zu leicht gemacht."

Hanna rutschte ein Stück zur Seite und drehte sich dann so, dass sie den König besser ansehen konnte. „Das ist nicht wahr. Du hast schon gekämpft, bevor ich kam. Du hast versucht die anderen Mädchen zu retten."

Er schüttelte traurig den Kopf und sah ihr nicht in die Augen. „Glaub mir, wenn ich irgendeine Möglichkeit gefunden hätte, hätte ich mir das Leben genommen. Ich wäre wie ein Feigling gegangen ohne mir Gedanken zu machen, was das für meine Söhne und mein Volk bedeutet hätte."

„Manchmal ist man so müde, dass man den Weg nicht mehr findet", sagte Hanna leise und ließ ihn nicht aus den Augen. „Niemand ist immer stark."

„Versuch nicht Entschuldigungen für mich zu finden." Sein Ton wurde schroff. „Ich will sie nicht. Wenn ich der Wahrheit ins Gesicht sehe, komme ich vielleicht irgendwann darüber hinweg. Ich bete darum, dass mir noch genügend Zeit bleibt, um wenigstens einen Teil meiner Fehler wieder gutzumachen."

„Ein großer Schritt ist bereits getan. Der Graben zwischen dir und deinen Söhnen hat sich geschlossen."

„Er beginnt sich erst zu schließen. Noch ist die Schicht darüber dünn und zerbrechlich. Wir bewegen uns auf unsicherem Grund."

Es stimmte. Es machte keinen Sinn es zu beschönigen. „Was wirst du tun, wenn du wieder ganz gesund bist?"

„Das hängt nicht von mir ab. Ich will den Platz an der Spitze nicht zurück. Kieran weiß es noch nicht, aber er wird schon bald die Krone tragen."

„Warum? Sie werden dich nicht drängen abzudanken. Auch Kieran nicht.“

Er riss den Kopf hoch. Plötzlich schienen Flammen in seinen Augen zu lodern. „Ich habe jedes Recht auf den Thron verloren, verstehst du das denn nicht? Es ist höchste Zeit, dass ich den Weg für Kieran freimache. Er wird ein so viel besserer König sein als ich. Schau dir an, was er hier erreicht hat. Er hat es längst bewiesen.“

Hanna schüttelte den Kopf. „Kieran streckt nicht die Hand nach der Macht aus. Das ist es nicht, was er will. Deine anderen Söhne auch nicht.“

In Edwins Stimme schlich sich ein scharfer Unterton. Sie sah Zorn und Kälte in seinen Augen. Diesen Mann kannte sie nicht. Zum ersten Mal sah sie sich tatsächlich dem König von Fennmark gegenüber. „So gut kennst du sie schon, nachdem du ein paar Stunden in ihrer Gesellschaft verbracht hast? Dann sag mir, Mädchen aus der Fremde, was will Kieran dann?“

„Er will seinen Vater zurück.“ Die Worte waren heraus, bevor Hanna sich bremsen konnte. Edwin riss die Augen auf, die lodernde Wut darin verlosch augenblicklich. Den Schmerz, der sie ersetzte, kannte Hanna so gut, dass sie keuchend nach Luft schnappte. „Verzeih mir“, bat sie kläglich. „Dazu hatte ich kein Recht.“

„Die Wahrheit tut immer weh.“ Die Worte kamen rau und heiser heraus. „Entschuldige dich nicht dafür, dass du sie ausgesprochen hast.“ Er schüttelte den Kopf. „Ich bin müde. Ich ruhe mich vor dem Abendessen noch ein wenig aus.“

Im nächsten Augenblick war Hanna allein. Sie hätte viel darum gegeben ihre Worte zurücknehmen zu können. Sie hatte Edwin wehgetan und sich in Dinge eingemischt, die sie nichts angingen. Das war anmaßend und dumm gewesen. Er hatte jedes Recht sich vor ihr zu verschließen. Gut möglich, dass sie die Vertrautheit zwischen ihnen zerstört hatte.

Aber wenn er nicht mehr mit ihr sprach, wem sollte er sich dann öffnen, wenn die Zweifel wieder über ihn herfielen?

Das Abendessen verlief in unangenehmem Schweigen. Meira spürte die Veränderung und versuchte erst gar nicht die Stille zu brechen. Edwin wirkte abwesend, er hatte für die beiden Frauen kaum einen Blick. Hanna hätte ihn am liebsten geschüttelt und angefleht zu ihr zurückzukommen, aber auch dazu hatte sie kein Recht. Stattdessen sah sie starr auf ihren Teller hinunter und versuchte ein paar Bissen herunterzuwürgen.

Nach dem Essen zog sich Edwin wortlos zurück. Hanna half Meira beim Aufräumen. Diesmal schickte die Heilerin sie nicht fort, sie sah sie nur immer wieder prüfend von der Seite an. „Was ist geschehen?“, fragte sie schließlich.

Hanna schluckte schwer. „Ich habe ihn verletzt. Er lässt mich nicht mehr an sich heran.“

„Möchtest du es mir erzählen?“

„Nein. Ich...“ Hanna starrte auf ihre zitternden Hände. „Ich brauche frische Luft“, stieß sie hervor und rannte aus dem Haus.

Meira folgte ihr nicht und sie war froh darüber. Die Abendluft war kühl und erfrischend, genau das, was sie jetzt brauchte. Jeder Atemzug schmerzte genauso wie die ungeweinten Tränen, die in ihren Augen brannten. Blicklos starrte sie in die beginnende Dunkelheit. Und dann brach von einem Augenblick zum anderen die Hölle los.

In einiger Entfernung flammte Licht auf, so gleißend, als gehe die Sonne noch einmal auf. Hanna konnte nicht erkennen, woher es kam. Noch während sie den unnatürlichen Glanz anstarrte, schien vor ihr alles lebendig zu werden. Gestalten lösten sich aus den Schatten. Die meisten wandten sich dem Licht zu, ein paar dem Haus. Schreie wurden laut.

Das Licht schwächte sich ab, verschwand aber nicht ganz. Stattdessen beleuchtete es eine Szene aus der Hölle. Hanna stand regungslos da, nicht fähig sich zu bewegen. *Das kann nicht sein,* schoss es durch ihren benommenen Geist. *Das ist völlig unmöglich.*

Das Licht verzerrte die Silhouetten der Männer, ließ sie riesengroß und unnatürlich erscheinen. Sie schlugen mit furchterregenden Waffen aufeinander ein, ein wilder Tanz der Gewalt, und sie taten es nicht stumm. Raue, herausfordernde Schrei mischten sich mit einem hellen Klirren, wenn Metall aufeinander traf, dazwischen waren immer wieder Schmerzenslaute und Stöhnen zu hören. Die schattenhaften Gestalten gingen aufeinander los, drohten sich gegenseitig zu überwältigen, trennten sich wieder, begannen von neuem, bis einer zu Boden stürzte und sich der Überlebende dem nächsten zuwandte, mit einem neuen Schrei und reiner Wut. Dort floss Blut und Hanna glaubte es sehen, ja sogar riechen zu können. Dort starben Menschen, direkt vor ihren entsetzten Augen. Und die ganze Zeit über verlagerte sich der Kampf immer weiter auf das Haus zu.

Ein Stoß traf Hanna in die Seite und löste sie aus ihrer Erstarrung. Jemand rannte vom Haus her an ihr vorbei. Sie taumelte, schaffte es aber auf den Füßen zu bleiben. Der Mann hatte sie schon hinter sich gelassen und stürmte auf die Kämpfenden zu. Mit Entsetzen erkannte sie, dass es Edwin war.

Die Angst fuhr Hanna bis in die Knochen und löste ihre Benommenheit auf. Edwin versteckte sich nicht hinter den Mauern des Hauses, das ließ seine Ehre nicht zu. *Aber er hat keine Chance,* dachte sie entsetzt. *Er hat noch nicht wieder die Kraft zu kämpfen. Er hat es selbst gesagt.* Nur noch wenige Schritte, dann gab es kein Zurück mehr. Die Angreifer würden ihn niederreißen wie Wölfe. Sie würden ihn töten. Hanna starrte ihm nach und dann brach ihre Angst mit einem verzweifelten Schrei aus ihr heraus. Sie wusste, was geschehen würde und fürchtete sich davor, trotzdem konnte sie den Blick nicht abwenden.

Hannas Schrei machte die Kämpfenden auf den König aufmerksam, noch bevor er ganz heran war. Drei der Gestalten wandten sich zu ihm um. Eine von ihnen stürzte sich auf den König und begrub ihn unter sich. Die anderen beiden drehten sich zu Hanna herum und rannten direkt auf sie zu, brüllend und mit hoch erhobenen Waffen.

Man erzählt sich, dass sich die Zeit verlangsamt, wenn man den Tod vor Augen hat. Vielleicht stimmte das ja. Hanna nahm jedes Detail mit erschreckender Klarheit wahr. Die Gesichter der Männer waren mit grüner Farbe bemalt, die Augen leuchteten wild daraus hervor. Ihre langen Haare waren zu Zöpfen geflochten, die bei jedem Schritt hin und her flogen. Der eine schrie noch immer, den Mund weit aufgerissen, das Gesicht des anderen war zu einer wilden Grimasse verzerrt. Jetzt hatten sie Hanna fast erreicht.

Ein weiterer Mann tauchte hinter den beiden auf, er rannte noch schneller und brüllte seine Herausforderung heraus. Einer der Angreifer fuhr mit einem kraftvollen Satz zu ihm herum, der andere hatte Hanna fast erreicht und holte mit seinem blutbefleckten Schwert zum Schlag aus. Angst und Entsetzen lähmten sie völlig. Sie lief nicht fort, sie versuchte nicht einmal dem Schlag auszuweichen. Etwas fuhr wie ein schweres Gewicht auf sie herunter und warf sie auf den Rücken. Sie schlug schwer auf den Boden auf, starrte mit offenen Augen in den Himmel und wartete auf den Schmerz.

Doch dieser Schmerz kam nicht. Das dumpfe Pochen, das der Aufprall ausgelöst hatte, verschwand schon wieder und nichts kam dazu. Als der Verhüllte Hannas Arm mit dem Dolch verletzt hatte, hatte es sich ganz anders angefühlt. Mit diesem heißen, brennenden Schmerz hatte sie gerechnet, nur hundertmal schlimmer. Etwas Schweres lag auf ihren Beinen, Nässe floss bis auf ihre Füße hinunter, warm und in einem unablässigen Strom. Dann verschwand ein Teil des Gewichts und die Gestalt eines Mannes richtete sich über Hanna auf. Rote Streifen flossen über die grüne Farbe, löschte sie aus. Als der Mann den Mund aufriss, hoben sich seine Zähne unnatürlich hell davon ab und ließen Hanna an ein Raubtier denken. Mit beiden Händen riss der Angreifer seine Waffe hoch, bis sie drohend über ihr schwebte. Sie konnte nicht entkommen. Er würde zuschlagen und sie konnte nichts dagegen tun. Unfähig dieses Grauen zu ertragen schloss sie die Augen.

Hanna schien keine Sinne mehr zu besitzen, die ihr sagen konnten, was geschah. Die Welt bestand nur noch aus Schreien und verzweifelten Lauten und einem schwachen Stöhnen nicht weit von ihr entfernt. Das Schwert schien sie verfehlt zu haben, denn noch immer blieb der Schmerz aus. Ein dumpfer Stoß traf ihre Seite, ein Tritt vielleicht. Sie konnte nicht ausweichen, selbst wenn sie die Kraft dazu gefunden hätte. Ein Teil des erdrückenden Gewichtes lag immer noch auf ihr. Ein zweiter Tritt stieß sie so weit zur Seite, dass ihre Muskeln schmerzhaft gestreckt wurden. Mühsam öffnete sie Augen.

Sie musste fort von hier, musste es irgendwie bis in die Schatten schaffen, wo sie niemand finden konnte. Aber erst musste sie ihre Beine befreien, das schwere Gewicht loswerden, das sie festhielt. Sie richtete sich auf und versuchte gleichzeitig sich so klein wie möglich zu machen. Dass sie vor Angst schluchzte, war ihr nicht bewusst. Ihre Hände tasteten sich vor, bekamen schließlich etwas zu fassen und griffen zu. Sie zog fest daran und das Gewicht gab nach. Für einen Moment schöpfte sie Hoffnung. Mit einem Ruck zog sie noch einmal und diesmal rollte das, was sie festhielt, herum.

Hanna starrte direkt in Meiras weit aufgerissene, tote Augen. Sie begann zu schreien, schrill und von lautem Schluchzen unterbrochen. Sie konnte den Blick nicht abwenden, doch ihr Verstand weigerte sich zu akzeptieren, was sie sah. Dann packte eine Hand ihre Schulter, versuchte sie herumzureißen und ihren Körper ganz zu befreien. Sie wehrte sich wie eine Furie, schlug und kratzte, während eine Stimme die ganze Zeit auf sie einredete. Der Griff veränderte sich, dann wurde sie zur Seite gezogen. „Schau nicht hin! Schau nicht hin!", wiederholte eine Stimme direkt neben ihrem Ohr immer wieder. „Schau mich an! Schau nur mich an!"

Der Befehl schlich sich in ihren Kopf, bis sie gehorchen musste. Ganz langsam drehte sie den Kopf. Ihre Augen glitten über Meiras lebloses Gesicht, dann von ihr fort und zu einem anderen Gesicht. Es war mit Blut bedeckt, genauso wie die Hände, die sie hielten. Die blauen Augen sahen sie wild und verzweifelt zugleich an und nur daran erkannte sie ihn.

Raine. Raine war zu ihr in die Hölle gekommen, aber er hatte sich wie alle anderen in einen Teufel verwandelt. Sie waren zusammen in der Hölle gelandet. Die Welt, in der sie ihn gefunden hatte, existierte nicht mehr.

Seine Lippen bewegten sich. Sie hörte nur unverständliche Laute, begriff nicht, was er ihr sagen wollte. Dann zog er sie an sich, hielt sie fest, wiegte sie in seinen Armen. Der Blutgeruch wurde noch stärker und schließlich unerträglich. Hanna begann sich zu wehren. Sie wollte nur noch fort, weg von den Schreien und dem Albtraum, der sie umgab. Er verstand es nicht. Er ließ sie nicht los, er drückte sie noch fester an sich, während er versuchte sie zu beruhigen.

Es war zu viel. Das Entsetzen packte Hanna mit eiskalten Händen und schlug über ihr zusammen. Dunkelheit ergriff ihr Bewusstsein und riss sie mit.

Der König sah seinen Söhnen nacheinander ins Gesicht. Es war ein Wunder, dass keiner von ihnen fehlte. Er hatte sie kämpfen sehen, hatte ihren Mut und ihre Kraft mit eigenen Augen gesehen und fühlte brennenden Stolz. Wie glücklich konnte sich Fennmark schätzen, dass es solche Prinzen hatte. Zum ersten Mal seit langer Zeit sah er wieder mit Hoffnung in die Zukunft.

Keiner von ihnen war ohne Verletzungen davongekommen, genauso wenig wie er selbst, aber niemand war schwer verwundet worden. Die Angreifer waren tot. Ihr einziger eigener Verlust wog allerdings schwer.

Die Heilerin hatte Hanna das Leben gerettet, daran gab es keinen Zweifel. So wie der Schlag sie getroffen hatte, musste sie sich direkt vor die junge Frau gestellt haben und zwar im allerletzten Moment. Raine war nicht mehr als ein paar Schritte entfernt gewesen, aber er hatte einen weiteren Angreifer abgewehrt und hätte es auf keinen Fall rechtzeitig geschafft. Meira hatte sich freiwillig geopfert. Sie hatte genau gewusst, was sie tat.

Hanna war noch immer nicht ansprechbar. Aus der Bewusstlosigkeit war sie in einen unruhigen Schlaf hinübergeglitten und schreckte ab und zu kurz hoch. Zuerst war Raine bei ihr geblieben, aber sie schien ihn nicht zu erkennen. Sowie ihr Blick auf ihn fiel, begann sie zu schreien und wandte sich voller Entsetzen ab. Sie hatte einen schweren Schock erlitten. Nie hätten sie Meiras Rat mehr gebraucht als in diesem Moment.

Diemas und Titus hatten direkt im Anschluss an den Kampf die ganze Umgebung gründlich abgesucht, aber keine weiteren Feinde gefunden. Die Angreifer hatten ihre Pferde am Eingang der Schlucht zurückgelassen und sich von dort aus zu Fuß und unter größter Vorsicht auf den Weg gemacht. Kieran hatte sich jeden einzelnen Toten genau angesehen. Alle waren Fona, sieben Männer und drei Frauen. Nur ein einziger Mann war entkommen.

Tarissas Stamm war jetzt so gut wie ausgelöscht. Ob die Angrelfer tatsächlich vorher mit den Norwenn Kontakt gehabt hatten, ließ sich nicht feststellen.

Der Bericht seiner Söhne hatte den König überrascht. Nur durch pures Glück war die Rettung noch rechtzeitig gekommen. Die Fona hätten höchstens noch eine weitere halbe Stunde gebraucht um das Haus zu umstellen und danach wäre in innerhalb von Minuten vorbei gewesen. Was sollte jetzt mit Tarissa geschehen? Sie hatte sie gewarnt, aber anscheinend so spät wie irgend möglich. Andererseits hatte sie nicht wissen können, dass sich der König nicht in der Burg aufhielt, sondern viel näher war. Konnte man ihr trauen oder hatten sie mit ihr einen Feind bereitwillig in die eigenen Reihen gelassen? Und selbst wenn das Versprechen der jungen Fona ernst gemeint war, wie würde sie darauf reagieren, dass die Prinzen fast alle Überlebenden ihres Stammes getötet hatten?

Als sie darüber gesprochen hatten, war Wulf leidenschaftlich für Tarissa eingetreten. Er hatte berichtet, was er von ihr aufgefangen hatte und versucht es zu erklären. Tarissa hatte ihnen die Information gegeben, obwohl sie das bis zu einem gewissen Grad als Verrat an ihrem Stamm ansah. Es war der Preis für die Sicherheit der Kinder. Nur deswegen hatte sie alle alten Loyalitäten durchtrennt, alles hinter sich gelassen. Zurück konnte sie nicht mehr, gleichgültig was es sie kostete. Dieser Preis war hoch, davon war Wulf überzeugt. Vielleicht sogar zu hoch.

„Ich verstehe es immer noch nicht“, meldete sich Edwin wieder zu Wort. „Was sollten sich die Norwenn davon versprechen mich als Geisel zu nehmen? Sie sind Eroberer. Sie gewinnen neue Gebiete mit dem Schwert, nicht durch Verhandlungen.“

„Darüber denke ich schon die ganze Zeit nach.“ Diemas rieb sich das Gesicht. „Sie erobern, aber sie zerstören dadurch natürlich auch vieles, was ihnen sonst von Nutzen sein könnte. Fennmark ist reich an Vieh, Wald und fruchtbarem Land. Vielleicht wollen sie davon so wenig wie möglich aufs Spiel setzen.“

„Kein schlechtes Argument, aber ich halte es nicht für stichhaltig.“ Kieran sah seinen Bruder nachdenklich an. „Jeder weiß, dass die Norwenn keine Gefangenen machen. Die Menschen müssen fliehen oder werden getötet. Bei solchen

Aussichten wäre der König nur der erste von unzähligen Toten, wenn es zum Kampf kommt und nur einer von unzähligen Flüchtlingen, wenn er sich vertreiben lässt." Er bewegte sich unbehaglich. „Entschuldige, Vater."

Edwin winkte ab. „Ich sehe es genauso. Was übersehen wir?"

„Wir wissen nicht, ob die Fona tatsächlich mit den Norwenn über ihr Vorhaben gesprochen haben. Vielleicht war es eine Verzweiflungstat, weil ihnen nichts anderes mehr einfiel."

Doch Wulf schüttelte den Kopf. „Tarissa hat auch von der Rose gesprochen. Wenn die Norwenn von ihr wissen und überzeugt sind, dass ihre Magie Fennmark schützt, dann macht auf einmal alles Sinn. Sie müssen damit rechnen, das Reich nicht erobern zu können, bevor sich die Rose in ihrem Besitz befindet. Vielleicht hoffen sie, sie gegen das Leben des Königs eintauschen zu können."

Jaron runzelte die Stirn. „Woher sollten die Norwenn von der Rose wissen? Selbst in Fennmark ist sie in Vergessenheit geraten."

„Wir sind nachlässig mit diesem Vermächtnis umgegangen", sagte Edwin leise. „Ich hielt die Überlieferung für eine schöne Legende, nicht mehr."

„Die Norwenn sind mit Magie besser vertraut als wir", wandte Wulf ein. „Tarissa sagt, sie sei ein wichtiger Bestandteil ihres Lebens."

„Die Verhüllten wussten ebenfalls von der Rose", gab Titus zu bedenken.

„Das ist nun wirklich kein Wunder. Sie ist Teil ihrer Geschichte."

„Sollen wir wirklich glauben, dass diese Männer von Thronräubern abstammen, die in unseren Geschichtsbüchern erwähnt werden?", fragte Jaron skeptisch. „Wo sind sie die ganze Zeit über gewesen? Warum haben sie nicht viel eher angegriffen?"

Raine räusperte sich unbehaglich. „Sie sind in eine andere Welt geflohen. Hannas Welt, wie es aussieht." Er holte tief Luft, bevor er weitersprach. „Alles deutet darauf hin, dass ich ihnen die Tür geöffnet habe."

Kieran fing Raines Blick ein. „Schlägst du dich immer noch mit diesem Unsinn herum? Dich trifft auf keinen Fall die Schuld daran. Allerdings könnte es erklären, warum es so lange gedauert hat, bis sie zurückkehren konnten. Vor dir wurde hundert Jahre lang niemand mit dieser Gabe geboren."

„Hast du Hanna die fremde Waffe gezeigt, die die Verhüllten zurückgelassen haben?", fragte Diemas.

Raine schüttelte den Kopf. „Ich wollte warten, bis es ihr besser geht."

Edwin nickte zustimmend. „Das war auch richtig. Sie hat wirklich schon genug zu verkraften."

„Schläft sie immer noch?", fragte Kieran.

„Ja." Raine biss die Zähne zusammen. „Keine Veränderung."

„Gib ihr Zeit. Sobald es ihr besser geht, erkennt sie dich."

„Ja, wahrscheinlich." Raine schaffte es nicht überzeugt zu klingen. „Vielleicht sollte besser Wulf bei ihr sein, wenn sie das nächste Mal aufwacht."

Der König legte seinem jüngsten Sohn die Hand auf die Schulter. „Hanna ist viel stärker als man es ihr zutraut. Sie wird es schaffen damit fertig zu werden."

Raine nickte, antwortete aber nicht. Tief in seinem Herzen hatte sich Furcht eingenistet und wollte sich nicht vertreiben lassen.

23. Kapitel

Es war dunkel, als Hanna erwachte. In letzter Zeit schien das immer so zu sein, wenn sie die Augen öffnete. Vielleicht war die ganze Welt in Dunkelheit versunken. Vielleicht gab es so etwas wie Tageslicht überhaupt nicht mehr. Dieser Gedanke klang auf der einen Seite absurd, passte aber auf der anderen zu der Finsternis, die sich in ihrem Herzen festgesetzt hatte und sie bei jedem Erwachen von neuem überwältigte.

Die Welt war tot. Es gab keine Sicherheit mehr, kein glückliches Erwachen. Blut, Tod und Entsetzen hielten sie gefangen und ließen sie nicht wieder los. So sehr Hanna auch danach suchte, sie fand keinen Weg, der aus diesem Schrecken hinausführte.

Eine Lampe warf etwas Licht in den Raum, nur gedämpft und längst nicht genug um die drohenden Schatten aus den Ecken zu vertreiben. Es reichte allerdings aus um Hanna den Mann sehen zu lassen, der auf dem Stuhl neben ihrem Bett saß. Sie war nie allein, wenn sie erwachte, etwas dass sie gleichzeitig erhoffte und befürchtete. Raine hatte sich weit nach vorn gebeugt und das Gesicht in den Händen vergraben. Seine ganze Haltung drückte Müdigkeit und Verzweiflung aus. Noch hatte Hanna sich nicht bewegt, noch wusste er nicht, dass sie wach war. Er tat ihr unendlich leid, doch sie wusste, dass ihr Entsetzen unweigerlich zurückkehrte, sobald sie in sein Gesicht sah. Sie bemühte sich ihren Atemrhythmus nicht zu verändern, damit ihnen beiden noch ein wenig Zeit blieb.

Sie konnte nicht vergessen, was geschehen war, sie konnte es einfach nicht. Sie schaute ihm ins Gesicht und sah es wieder mit Blut bedeckt, sah ihn mit der rot verschmierten Klinge unbarmherzig zuschlagen. Sie hörte seine heiseren Kampfschreie und als Antwort darauf die Schmerzenslaute seiner Gegner. Sie schaute auf seine Hände und fürchtete sich davor, dass er sie damit berührte. Sie wollte aufspringen und so weit davonlaufen, wie sie nur konnte. Es dauerte jedes Mal nur ein paar Minuten, bis sie seinen Anblick nicht mehr ertrug.

Ihre Reaktion war irrational und ungerecht, ihr Verstand sagte es ihr immer wieder. Raine war gekommen um sie zu retten, sie und seinen Vater, und er hatte hart dafür kämpfen müssen. Er war verletzt worden, sie hatte mehr als einen Verband gesehen. Trotzdem hatte er weitergekämpft und sein eigenes Leben riskiert. Hätte er es nicht getan, wäre sie jetzt tot. So einfach war das. Es war heuchlerisch auf Rettung zu hoffen und dann zu verabscheuen, was dafür getan werden musste. Doch obwohl ihr das klar war, konnte sie nichts gegen das Entsetzen tun, wenn sie ihn ansah.

Ich ertrage das nicht, dachte Hanna. Tief in ihrem Inneren begann sie wieder zu zittern. *Ich bin dafür nicht geschaffen. Ich hätte niemals herkommen dürfen.*

Mit einem Stöhnen richtete sich Raine auf. Schnell schloss Hanna die Augen und stellte sich schlafend. Sie spürte, dass er sich zu ihr vorbeugte und reglos auf sie hinunterstarrte, sie konnte seinen Blick auf sich fühlen. Dann berührten seine Finger ganz leicht ihre, nur eine Sekunde lang. Mit aller Kraft musste sie dagegen ankämpfen, die Hand panisch zurückzuziehen. Die Berührung endete schnell. Hanna hörte, wie sich die Tür hinter Raine schloss. Er war fort.

Sie riss die Augen auf, rollte sich herum und presste ihr Gesicht tief in das weiche Kissen. Sie liebte ihn und trotzdem konnte sie seine Gegenwart nicht ertragen, vielleicht nie wieder. Die Tränen begannen zu fließen, aber niemand sollte hören, dass sie weinte. Es gab niemanden, der sie in diesem Kummer trösten konnte.

Die Tür öffnete sich wieder und Hanna erstarrte. Es war nicht Raine, der zu ihr herüberkam, seinen Schritt kannte sie. Ein anderer Mann setzte sich auf den Stuhl, wartete einen Moment und sprach sie dann mit sanfter Stimme an.

„Ich weiß, dass du wach bist, Hanna", sagte Wulf leise. „Möchtest du mit mir reden?"

Sie hielt noch immer den Atem an und weigerte sich zuzugeben, dass sie wirklich wach war. Wenn sie es nur lange genug durchhielt, ging Wulf vielleicht wieder. Er tat ihr den Gefallen nicht, er wartete geduldig ab. Schließlich gab sie nach und wandte sich zu ihm um. Er betrachtete ihr tränennasses Gesicht, aber er starrte sie nicht an. Er ließ ihr ihre Würde.

„Du leidest genauso sehr wie er, nicht wahr? Ich kann deinen Kummer durch die Mauern hindurch spüren."

Hanna fasste sich ein Herz und sah Wulf ins Gesicht. Sie musste herausfinden, ob sein Anblick dasselbe Entsetzen in ihr auslöste. Sie musste es wissen. Er sagte nichts mehr, er erwiderte nur ruhig ihren Blick. Die Minuten vergingen und das inzwischen vertraute Gefühl stellte sich nicht ein. Langsam wurde Hanna etwas ruhiger. Sie konzentrierte sich auf ihre Atemzüge, bis ihr Herz nicht mehr zu schnell schlug. Erst dann fand sie den Mut zu sprechen.

„Ich sehe das Blut an ihm. In seinem Gesicht, an seinen Händen. Überall." Ihre Stimme war so leise, dass er sich zu ihr hinunterbeugen musste um sie zu verstehen.

„Ich habe auch gekämpft. Ich habe genauso getötet wie Raine." Als sie nicht antwortete, sprach Wulf weiter. „Er würde dir nie etwas antun. Selbst wenn er in den Kampfrausch fällt, wird er dich immer erkennen. Das gilt für uns alle."

„Ich weiß." Sie bekam die Worte kaum durch ihre zugeschnürte Kehle. „Aber bei ihm habe ich es gesehen. Alles hat sich verändert. Ich ertrage es nicht. Ich kann nicht mit einem Mann leben, der so etwas in sich trägt."

„Es gehört zu unserem Leben. Zu unserer Welt."

„Ich weiß." Hannas Stimme brach fast.

„Er liebt dich immer noch, daran hat sich nichts geändert. Hast du deine Liebe zu ihm verloren?"

„Nein." Der Laut, der Hannas Kehle verließ, klang wie ein Schmerzensschrei. „Aber ich sterbe fast vor Entsetzen, wenn er bei mir ist."

„Es wird wieder vergehen. Alles, was du brauchst, ist Zeit."

„Und wenn nicht? Es wird ihn zerstören, wenn ich es nicht schaffe."

„Es zerstört ihn jetzt schon fast, aber er ist stark. Ihr werdet wieder zueinander finden."

„Ich glaube nicht daran." Die Einsamkeit, die Hanna jetzt schon spürte, war wie eine eiskalte Welle, die jedes Gefühl erfrieren ließ.

„Du hast Raine genug geliebt um ihm in diese Welt zu folgen, über den Tod hinaus. Eine so große Liebe verschwindet nicht einfach. Der Angriff hat dich völlig aus dem Gleichgewicht gebracht. Du brauchst Zeit um dich zu erholen."

„Ich kann so nicht leben. Ich kann nicht hierbleiben."

Sie sah, wie sehr er erschrak, aber er blieb ruhig. „Außer uns kennst du hier niemanden. Du wärst völlig auf dich gestellt."

Hannas Tränen begannen wieder zu fließen. Es war ihr gleichgültig, dass Wulf sie sah. „Ich will nach Hause", brachte sie mühsam heraus.

Wulf zuckte zusammen. „Zurück in die Welt, aus der du gekommen bist? Ich glaube nicht, dass das möglich ist."

Seine Antwort weckte einen Zorn, von dem sie nicht gewusst hatte, dass sie ihn in sich trug. „Ich würde lieber bei dem Versuch sterben als hierbleiben", sagte sie hart. „Ich habe lange darüber nachgedacht."

„Selbst wenn es möglich wäre, Hanna, du bist dort nicht mehr zuhause. In deiner Welt vergeht die Zeit schneller als hier. Niemand, den du gekannt hast, ist noch am Leben. Alles hat sich längst verändert." Sie antwortete nicht, sie sah ihn nur unverwandt an, während die Tränen unablässig über ihr Gesicht liefen. Wulf versuchte es noch einmal. „Du hast erzählt, dass es in deiner Welt keine Magie gibt. Wie willst du dein plötzliches Auftauchen erklären? Wie willst du wieder Fuß fassen?"

Sie blinzelte, dann wandte sie den Blick ab. „Ich schaffe es schon irgendwie. Hier kann ich jedenfalls nicht bleiben. Es würde uns beide mit der Zeit umbringen. Wir haben nur eine Chance, wenn ich gehe."

„Mach dir nichts vor, Hanna. Für Raine ist das genauso schlimm."

„Er gewinnt die Chance darüber hinweg zu kommen. Selbst der größte Schmerz vergeht irgendwann."

Wulf starrte Hanna entsetzt an. Wenn er ihren Schmerz nicht so deutlich gespürt hätte, hätte er sie für völlig gefühllos gehalten. Noch schlimmer aber war für ihn die Verzweiflung seines Bruders, ein dunkler Abgrund, der Raine zu verschlingen drohte. Nicht einmal Wulfs Gabe würde ihn halten können, wenn sich Hanna tatsächlich von ihm abwandte.

Er stand schwerfällig auf. „Ich gehe jetzt. Denk noch einmal gut über alles nach und lass dir Zeit. Wenn du dabei bleibst, musst du es Raine selber sagen. Das geht über meine Kräfte."

Dann war er fort und Hanna war mit ihren Gedanken wieder allein. Sie weinte, bis ihr die Augen erneut vor Erschöpfung zufielen.

Als Hanna mit einem heftigen Ruck erwachte, saß Edwin neben ihrem Bett. Sie war auf der dem Zimmer zugewandten Seite eingeschlafen, deshalb hatte sie keine Möglichkeit sich schlafend zu stellen. Er lächelte sie an, nicht strahlend und glücklich, aber mit der herzlichen Freundlichkeit, die sie von ihm kannte. Sie brachte es nicht fertig ihm den Rücken zuzudrehen.

Er wartete ab, hoffte darauf, dass sie ihn ansprach, doch sie konnte sich nicht dazu durchringen. Schließlich seufzte er und ergriff zuerst das Wort.

„Heute haben wir Meira beerdigt. Ich finde, du solltest das wissen. Jaron hat einen guten Platz für sie gefunden, direkt am Waldrand. Er hat ihn mit Blumen und weichem Gras bedeckt. Es hätte ihr gefallen."

Die Reaktion kam heftig und ließ Hanna keine Chance sie zu unterdrücken. Hastig rutschte sie zurück, bis ihr Rücken an die Wand stieß. Es kostete sie ihre ganze Kraft, sich nicht wegzudrehen. Edwin tat so, als bemerke er es nicht.

„Meira hat sich für dich geopfert. Es ist schade, dass du ihr nicht die letzte Ehre erweisen konntest. Aber vielleicht holst du es ja irgendwann nach."

Hannas Hals war so trocken, dass sie kaum sprechen konnte. „Es tut mir leid", presste sie hervor.

Der König machte es ihr nicht leicht. „Vielleicht. Vielleicht auch nicht. Ich weiß es nicht." Er wandte den Kopf kurz ab, bevor er sie wieder ansah. „Ich bin heute nicht in guter Stimmung. Ist es dir lieber, wenn ich wieder gehe?"

Es fiel ihr schwer, aber sie schüttelte den Kopf. „Nein. Bleib."

Er hatte den Atem angehalten, nun stieß er ihn geräuschvoll aus. „Also gut, danke. Nur für ein paar Minuten." *Wie zerbrechlich sie plötzlich aussieht,* dachte er. Sie war ihm immer stark vorgekommen, selbst in ihren dunkelsten Stunden. Wo war die unbändige Kraft geblieben, mit der sie für ihn gekämpft hatte?

„Ich hätte nie gedacht, dass unsere Rollen einmal vertauscht sein würden", fuhr er fort. „Diesmal geht es dir schlecht und ich versuche dir Kraft zu bringen."

„Das kannst du nicht." Hannas Antwort war nur ein Wispern.

Er lachte leise, obwohl ihm eigentlich nicht danach zumute war. „Du willst mich wohl auf den Arm nehmen. Jemand, der so stark ist wie du, braucht nur einen kleinen Schubs um wieder auf die Beine zu kommen."

„Diesmal nicht. Ich habe keine Kraft mehr."

Er beugte sich energisch vor, bis er ihr direkt in die Augen sehen konnte. „Dann musst du neue Kraft finden. Du machst denselben Fehler wie ich damals. Du gibst auf. Aber im Gegensatz zu mir hast du deine Liebe nicht für immer verloren. Er ist hier, Hanna. Er wartet nur auf ein einziges Wort von dir."

„Ich kann nicht."

Er wollte nach ihrer Hand greifen, hielt sich aber im letzten Moment zurück. „Du musst kämpfen. Weißt du denn nicht mehr, was du zu mir gesagt hast? Wer aufgibt, hat schon verloren. Ich kenne meinen Sohn. Er ist es wert, dass du für ihn kämpfst."

Sie wiederholte es noch nachdrücklicher. „Ich kann nicht."

In den Augen des Königs blitzte es zornig auf. „Er hat für dich gekämpft. Ohne ihn wäre Meiras Opfer umsonst gewesen. Wirfst du ihm das vor?" Sie schüttelte den Kopf. „Was dann?", fragte er hart.

„Ich werfe ihm nichts vor. Raine trifft keine Schuld. Es liegt an mir. Ich bin nicht wie ihr. Ich kann in dieser Welt nicht leben."

„Das hättest du dir eher überlegen sollen." Da war keine Spur von Duldung mehr in der Stimme des Königs.

„Vielleicht. Ich hatte viel zu wenig Zeit um mich wirklich zu entscheiden. Ich bin einfach meinem Herzen gefolgt."

„Spricht dein Herz jetzt nicht mehr zu dir?"

„Es ist vor Angst erstarrt. Ich kann seine Worte nicht mehr hören."

„Angst kann man überwinden. Du hast mir das beigebracht."

„Diesmal nicht. Ich habe es wirklich versucht."

„Den Teufel hast du!“ Edwin brüllte jetzt, er verbarg seine Wut und Enttäuschung nicht länger. „Du wirfst das größte Geschenk fort, das du jemals bekommen hast. Warum? Weil in dieser Welt mit blankem Stahl gekämpft wird, Mann gegen Mann? Raine wird sich niemals gegen dich wenden, er wird dich immer beschützen. Darüber hinaus gibt es keine Garantie für ein sicheres Leben, gleichgültig wo man es verbringt. Wir alle sind sterblich. Irgendwann holt uns der Tod auf die eine oder andere Art.“

„Ich fürchte mich nicht vor dem Tod.“

„Wovor dann?“

„Ich weiß es nicht.“

„Das ist eine Lüge.“

„Nein. Ich weiß es wirklich nicht. Ich weiß nur, dass ich es nicht ertrage.“

Er beugte sich zu ihr vor und nahm keine Rücksicht darauf, dass sie noch weiter zurückzuweichen versuchte. „Sprich es aus, Hanna! Ich lasse dich nicht in Ruhe, bis du es laut und deutlich ausgesprochen hast.“

Ein Ruck ging durch sie hindurch, dann streckte sie den Rücken durch und ballte die Fäuste. „Ich kann nicht mit einem Mann leben, der andere Menschen einfach so tötet“, schrie sie ihm mitten ins Gesicht. „Ich kann es einfach nicht.“

„Er hat nicht einfach so getötet. Er hat für uns gekämpft. Für dein Leben. Für meines.“

„Aber ich habe es gesehen! Er hat den Mann genauso kaltblütig getötet, wie der andere Meira umgebracht hat. Ohne jede Gnade.“

„Hätte er es nicht getan, würde er jetzt in der kalten Erde liegen. Wäre dir das lieber?“ Der König lehnte sich zurück und fuhr sich mit den Händen durchs Gesicht. „Raine hat nichts falsch gemacht. Er hat gut und ehrenhaft gekämpft. Es gehört Mut dazu, sich einem anderen Mann im Schwertkampf zu stellen. Kieran hat mir die Waffe gezeigt, die er einem der Verhüllten abgenommen hat. Wir vermuten, dass sie aus deiner Welt stammt. Mit ihr kann man auf große Entfernung töten, ohne dem Gegner in die Augen zu sehen, ohne von seinem Blut besudelt zu werden. Ist es deshalb weniger ein Töten?“

Hanna senkte den Kopf. Ihr Zorn war schon wieder verschwunden. Jetzt fühlte sie sich ausgebrannt und noch leerer. „Ich weiß, dass du Recht hast. Ich kann es trotzdem nicht ändern. Ich kann nicht bleiben. Zwing mich nicht dazu."

Edwins Miene wurde kalt und unnahbar. „Wenn das dein letztes Wort ist, dann ist es wirklich besser, wenn du gehst. Du wirst aufstehen müssen, damit du wieder zu Kräften kommst. Wenn du das geschafft hast und dann noch immer derselben Meinung bist, wird sich dir niemand in den Weg stellen."

Am nächsten Morgen stand Hanna auf und kleidete sich an. Auf dem Tisch stand abgedeckt ein Tablett mit frischem Brot und Käse. Sie zwang sich zu essen, bis nichts mehr übrig war. Erst dann öffnete sie die Tür und trat hinaus in den leeren Flur.

Sie rechnete damit, dass Raine auf sie wartete und wappnete sich dagegen, aber niemand stellte sich ihr in den Weg. Sie ging weiter, zuerst zögernd, dann immer schneller, bis sie die Tür nach draußen erreicht hatte. Sie riss sie auf und konnte ihr Glück kaum fassen, dass noch niemand sie bemerkt hatte. Rasch trat sie über die Schwelle, die Tür fiel hinter ihr zu. Sie rannte los.

Sie kam nur ein paar Schritte weit, dann überfiel es sie. Hier, an dieser Stelle, hatte sie gestanden, als es begann. An dieser Stelle hätte sie fast ihr Leben verloren. Dort hatte sich Meira vor sie geworfen, dort war das Blut ihrer Freundin in den Boden gesickert. Der Schmerz war so stark, dass Hanna auf die Knie fiel und sich zusammenkrümmte.

Blut. Wohin sie auch blickte, sie sah überall nur Blut. Die Schreie waren wieder da, das raue Stöhnen der Sterbenden. Hanna presste sich die Hände auf die Ohren, aber die furchtbaren Geräusche stürmten trotzdem von allen Seiten auf sie ein.

Sie musste fort, irgendwie. An diesem Ort konnte sie keine Minute länger bleiben, sonst verlor sie den Verstand. Der Schrei, den sie nicht über die Lippen bekam, drückte ihr die Luft ab. Ihre Beine zitterten so sehr, dass sie nicht wusste, ob sie aufstehen konnte.

Ein warmer Körper drängte sich an sie. Eine nasse Zunge fuhr über ihre Hand, weiches Fell strich über ihre Finger und bettelte um Berührung. Hanna schlang die Arme um Maxine und hielt sich an ihr fest. Während sie den Hund streichelte, löste sich die Panik endlich auf. Es brauchte Zeit, aber dann war sie wieder in der Lage aufzustehen. Die entsetzlichen Szenen verblassten. Die Sonne schien warm vom Himmel, der Weg war frei. Als Hanna sich wieder in Bewegung setzte, blieb Maxine an ihrer Seite.

Sie sah Meiras Grab sofort. Wie es Edwin beschrieben hatte, war es mit Blumen in allen Farben bedeckt, ein lebendiges Gemälde. Sie blieb davor stehen und wartete darauf, dass die Trauer sie wieder überwältigte, doch stattdessen fühlte sie Frieden. Die Frau, die hier zur letzten Ruhe gebettet worden war, hatte sich für sie geopfert. Sie hatte es voller Liebe und aus tiefster Überzeugung getan. Hier gab es keine Schuld, die beglichen werden musste. Es reichte, wenn sich Hanna aus ehrlicher Überzeugung bedankte. Mehr hätte Meira nicht gewollt und auch niemals angenommen.

Die stumme Zwiesprache tat Hanna gut. Für ein paar stille Minuten fiel jede Last von ihr ab. Es fühlte sich an, als stehe ihre Freundin neben ihr und lächele ihr wohlwollend zu. Maxine lag neben Hanna im Gras und ließ sie nicht aus den Augen. Hanna dachte an die Zeit, die sie mit Meira verbracht hatte, in Gesprächen, aber manchmal auch im Streit. Es spielte keine Rolle mehr. All das zusammen waren die Erinnerungen, die bleiben würden. Ein freundliches Gesicht, sanfte Hände, die Hanna umsorgten. Ein Gefühl der Wärme und der Freundschaft. Es war genug.

Nachdem sich Hanna von Meira verabschiedet hatte, wanderte sie lange herum. Sie hätte sich fürchten sollen, aber die Schatten der Vergangenheit ließen sie eine Zeit lang in Ruhe. Es gab ihr die Gelegenheit frei durchzuatmen und noch einmal über alles nachzudenken.

Ihr Entschluss stand fester denn je. Sie würde gehen. Sie musste gehen. Für sie gab es keinen Weg zu Raine zurück. Sie würde nicht bleiben, bis ihr ständiger Anblick jeden Lebensfunken aus ihm herausgepresst hatte. Das hatte er nicht verdient. Wenn sie ging, konnte ihn die Zeit heilen. Vielleicht gelang es ihm dann irgendwann doch noch sein Glück zu finden.

Als Hanna zum Haus zurückkam, wartete Raine vor der Tür auf sie. Sie war nun ruhig genug um ihm ins Gesicht zu sehen und sich nicht von ihm abzuwenden. Er hielt Abstand von ihr, versuchte nicht nahe an sie heranzutreten. Seine Hände waren zu festen Fäusten geballt, aber er schaffte es sie unten zu lassen. Sie wusste, was ihn das kostete, wie sehr er sich danach sehnte sie in die Arme zu schließen. Für seine Zurückhaltung war sie ihm dankbar.

„Bring mich bitte zurück in meine Welt. Ich kann nicht bei dir bleiben. So ist es besser für uns beide."

Er nickte, die Augen trüb vor Schmerz. „Wann?", fragte er knapp.

„So schnell es geht."

„Dann halte dich morgen früh bereit. Ich öffne ein Portal zur Burg. Es wird nur eine kurze Reise."

„Danke." Sie senkte den Kopf. Es gab so viel zu sagen, aber sie sprach nichts davon aus. In ihrem Herzen war sie schon fort.

Als Hanna den Blick wieder hob, war Raine gegangen. Sie schaute sich nicht nach ihm um. Mit steifen Schritten und trotzdem erleichtert betrat sie das Haus und zog sich wieder in ihre Kammer zurück.

Als am nächsten Morgen die Sonne aufging, war Hanna bereit. Ihr Bündel war klein. Sie nahm nur ein paar Kleidungsstücke mit, den Kamm, den Meira ihr geschenkt hatte und den Skizzenblock. Es machte sie traurig, dass dies alles war, was von den Monaten in Fennmark bleiben würde, aber es änderte nichts an ihrem Entschluss.

In der Nacht hatte sie darüber nachgedacht, ob sie sich verabschieden sollte, sich dann aber dagegen entschieden. Raines Brüder kannte sie im Grunde gar nicht und in ihrem Gespräch mit Edwin war alles gesagt worden. Vielleicht war es feige, aber es machte es ihr leichter. Dieses eine Mal wollte sie sich gestatten selbstsüchtig zu sein.

Sie hatte allein in der Kammer gefrühstückt. Als Wulf das Tablett gebracht hatte, hatte sie sich schlafend gestellt. Bei dieser Gelegenheit musste Maxine, die vorher friedlich neben dem Bett geschlafen hatte, den Raum verlassen haben. Hanna hoffte, dass sie rechtzeitig zurückkam.

Sie dachte nicht darüber nach, was sie erwartete, wenn sie es tatsächlich schaffte in ihre alte Welt zurückzukehren. Es würde ihr irgendwie gelingen sich ein neues Leben aufbauen. Dort kannte sie sich aus. Dort gehörte sie hin. Der blutige Schrecken, den sie in dieser Welt kennengelernt hatte, konnte ihr nicht folgen. Für den Anfang war das genug.

Es klopfte an der Tür, ein einzelner, harter Schlag. Hanna stand auf und sah sich noch einmal um. Nein, sie ließ hier nichts zurück. Überhaupt nichts.

Sie warteten vor der Tür auf sie, alle sechs Brüder und der König. Sie hielten Abstand zu ihr, trotzdem fühlte sich Hanna bedrängt. Einen Moment lang kamen ihr Zweifel, ob man sie wirklich gehen lassen würde. Niemand sprach. Dann löste sich Raine aus der Reihe seiner Brüder und kam bis auf drei Schritte an Hanna heran. Er sah furchtbar aus, offensichtlich hatte er keine Minute geschlafen. Unter den geröteten Augen lagen dunkle Schatten, Bartstoppeln bedeckten seine eingefallenen Wangen. *Ich habe ihm das angetan,* dachte Hanna. Er tat ihr leid. Das hatte sie niemals gewollt, aber sie konnte sich nicht dazu überwinden, ihm irgendwie entgegenzukommen.

„Bist du bereit?“, fragte er knapp.

„Ja.“ Es gab nichts mehr zu sagen. Hanna wollte nur noch fort.

„Dann komm.“ Raine wandte sich ab. Er hatte ihr nicht in die Augen gesehen und er würde es auch jetzt nicht tun. Hanna atmete tief ein und folgte ihm.

„Hanna!“ Der leise Ruf ließ sie stehenbleiben. Innerlich zitterte sie. „Willst du nicht einmal Lebewohl sagen?“, fragte Edwin leise.

Sie stand wie erstarrt, alle Muskeln angespannt. Sie wollte fortlaufen. Sie wollte das nicht tun, doch dann wandte sie sich noch einmal um.

Sie hatten sich in einem lockeren Halbkreis aufgestellt. Die Verbundenheit zwischen ihnen war mit Händen zu greifen. Hanna ließ ihren Blick über die Gesichter gleiten und versuchte sie sich einzuprägen, damit sie sich später daran erinnern konnte. „Lebt wohl!", brachte sie heiser hervor. „Danke für eure Freundlichkeit."

Sie nickten ihr ernst und würdevoll zu. Keiner lächelte, keiner sprach. Rasch drehte sie sich um.

Raine war stehengeblieben und diesmal sah er sie an. Der Schmerz in seinen Augen raubte Hanna fast den Atem. Er wandte den brennenden Blick nicht ab. Hanna senkte hastig den Kopf und ging weiter. Er kam an ihre Seite, hielt aber Abstand.

Hanna hatte erst ein paar Schritte gemacht, als Edwins Stimme sie einholte. „Leb wohl, Hanna. Ich wünsche dir Frieden und dass deine Wünsche in Erfüllung gehen." Sie stockte kurz, drehte sich aber nicht noch einmal um. Sie wusste, es war Edwins letzter Versuch, sie doch noch zum Bleiben zu bewegen. Er hatte sie daran erinnert, wie bitter die Einsamkeit gewesen war, wie sehr sie darunter gelitten hatte. Sie würde wieder einsam sein, das war ihr klar, aber nicht einmal dieser Gedanke konnte sie aufhalten.

Raine trat ins Freie und hob die Hand, damit sie zurückblieb, wenn er das Portal öffnete. Hanna nutzte die Zeit um sich nach ihrem Hund umzusehen. Maxine war nirgends zu entdecken. Vielleicht war es besser so. Hier war sie frei.

Das Portal öffnete sich lautlos. Auf seiner anderen Seite erblickte Hanna einen Obstgarten und im Hintergrund die Burg. Ihr Herz begann schneller zu schlagen.

Raine wies mit der Hand auf den Durchgang. „Geh hindurch! Dir kann nichts geschehen. Ich halte es sicher offen."

Hanna hatte geglaubt beim Schritt durch das Portal etwas zu spüren, aber es war nicht anders als eine normale Tür zu passieren. Das Gras unter ihren Füßen war dasselbe wie auf der anderen Seite, die gleiche Sonne schien auf sie herunter, obwohl die beiden Orte viele Tagesreisen voneinander entfernt lagen. Hanna sah zu der Burg hinüber. Was hinter diesen Mauern geschehen war, begann sich bereits in einen fernen Traum zu verwandeln.

Stimmen wurden laut. Hanna wandte sich um. Kieran erschien neben Raine. Er führte zwei gesattelte Pferde am Zügel und war bis an die Zähne bewaffnet. „Du gehst nicht allein. Schlag dir das aus dem Kopf", sagte er barsch. „Ich folge dir nur durch das erste

Tor und warte vor dem zweiten, bis du zurückkommst. Sollte irgendetwas schiefgehen, brauchst du Ausrüstung und Rückendeckung."

Kierans Ton ließ keinen Zweifel daran, dass er sich nicht von seinem Vorhaben abbringen lassen würde. Raine seufzte resigniert und ließ ihm den Vortritt. Mit einem letzten Blick auf seine Brüder und seinen Vater schloss er das Portal.

Kieran führte die Pferde zur Seite und sah sich um. Es war still, nur das Zwitschern der Vögel und das Rauschen des Windes in den Bäumen war zu hören. Die Burg stand kalt und verlassen vor ihm, wie eine zu Stein gewordene Anklage. Es schien ihm unvorstellbar lange her zu sein, dass sie sein Heim gewesen war, von Leben und Lachen erfüllt. Das alles war vorbei, war vielleicht für immer verloren. Jetzt war er hier um Zeuge der bitteren Niederlage seines Bruders zu werden. Sein Blick wanderte zu Hanna. Sie hatte sich abgewandt und blickte auf den Wald hinunter. Nur noch ein paar Minuten, dann war sie für immer fort. Würde sich Raine jemals davon erholen?

Kieran ließ die Zügel der Pferde los. Sie begannen friedlich zu grasen. Noch einmal vergewisserte er sich, dass sie allein waren. Hier war niemand, sie waren sicher. Trotzdem zog er sein Schwert und blieb wachsam. Er war zu Raines Schutz hier. Es kam nicht in Frage irgendein Risiko einzugehen.

Das schleifende Geräusch, mit dem das Schwert aus der Scheide glitt, ließ Hanna zusammenzucken. In dem Blick, den sie Kieran zuwarf, lag blankes Entsetzen. Ihre Reaktion beseitigte seine letzten Zweifel. Sie spielte ihnen nichts vor. Sie ertrug es tatsächlich nicht zu bleiben.

Raine suchte Kierans Blick und wartete sein Nicken ab, dann trat er an einen der Bäume heran. Das Portal, das er hier öffnete, war anders als jedes, das Kieran bisher gesehen hatte. Raine berührte die Borke des Baumes und im nächsten Moment schien der Stamm zur Seite zu gleiten. Der Durchgang schien mit Nebel gefüllt zu sein. Was dahinter lag, war nicht zu erkennen.

Raine streckte die Hand nach Hanna aus. Als sie zwar näher trat, aber nicht danach griff, ließ er sie wieder sinken. Hanna war bleich geworden. Sie blieb stehen und starrte auf den milchigen Glanz, der die Öffnung verschloss. Zum ersten Mal geriet ihre

Entschlossenheit ein wenig ins Wanken. „Du gehst zuerst", krächzte sie mit belegter Stimme.

Raine rührte sich nicht, er sah sie nur an. „Noch kannst du zurück", sagte er heiser. „Lass es uns noch einmal versuchen. Wenn du es brauchst, dann geh für eine Weile fort, aber verlass nicht meine Welt. Ich bringe dich zu dem Dorf, in dem die Leute aus der Burg jetzt leben. Dort kannst du vorläufig bleiben." Er trat einen Schritt auf sie zu. „Bitte, Hanna! Ich werde nie aufhören dich zu lieben."

„Nein." Sie wich vor ihm zurück und ließ nicht zu, dass er sie berührte, obwohl ihr die Tränen über das Gesicht liefen. „Ich muss gehen. Ich muss."

„Du könntest sterben, wenn du dort hindurchgehst", sagte er verzweifelt.

„Dann soll es so sein." Sie schluckte schwer. „Du hast es versprochen. Ich werde nicht nachgeben."

„Ich habe auch geschworen dich niemals zu verlassen."

„Ich entbinde dich von diesem Versprechen. Ich verlasse dich, nicht umgekehrt."

Er wollte antworten, stockte aber und schüttelte nur den Kopf. Mit einem großen Schritt trat er durch das Portal und verschwand im Dunst.

Hanna sah ihm nach und wurde plötzlich von Angst geschüttelt. Sie atmete verzweifelt dagegen an und versuchte ihren Mut wiederzufinden. Dann hörte sie Schritte hinter sich. Kieran kam auf sie zu. Er hielt das Schwert so locker in der Hand, als sei es ihm gar nicht bewusst. Er bedrohte sie nicht, trotzdem war der Anblick zu viel für sie. Hanna fuhr herum und rannte in den Durchgang hinein.

Das erste Portal hatte sie mit einem einzigen Schritt durchqueren können, bei diesem war es anders. Nebel umschloss sie und nahm ihr sofort die Orientierung. Sie stolperte voran und streckte die Arme vor sich aus, weil sie Angst hatte gegen ein Hindernis zu prallen. Ein Schritt, ein weiterer. Noch immer war sie nicht auf der anderen Seite.

Wenn sie es nicht schaffte in die andere Welt zurückzukehren, würde sie dann für immer in diesem Nebel bleiben? Würde sie herumirren, bis Durst und Hunger sie in die Knie zwangen und sie elend zugrunde ging? Noch vor ein paar Minuten hatte sie behauptet für den Tod bereit zu sein, falls es so sein sollte, aber das war eine Lüge gewesen. Es war eine verdammte Lüge gewesen.

Sie machte zwei vorsichtige Schritte. Nichts veränderte sich. Dann schoss ein Arm aus dem Nebel hervor, Finger legten sich um ihr Handgelenk und hielten sie fest. Mit einem Schrei ließ sie sich nach vorn ziehen und durchbrach im nächsten Augenblick den Nebel. Es war geschafft.

Raine ließ Hannas Arm nicht los, aber das bemerkte sie zunächst gar nicht. Sie starrte auf das Bild, das sich ihr bot, atmete die schwere Luft ein und fühlte, wie der Lärm in ihren Ohren zu dröhnen begann. Nichts schien sich verändert zu haben. Der kleine Park, in dem sie mit Raine stand, schien außerhalb der Zeit zu existieren. Weiter vorn, neben der dicht befahrenen Straße, hasteten die Menschen vorbei. Niemand sah zu ihnen herüber. So hatte es begonnen, so würde es enden.

Raine sah nichts von der hektischen Stadt, er hatte nur Augen für Hanna. Er wusste, er sollte sie loslassen, bevor sie es bemerkte und erneut in Panik geriet, aber er war noch nicht bereit diese letzte Verbindung zu lösen. In den dunklen Stunden der Nacht hatte er sich selbst beschworen sie gehen zu lassen, ihr die Freiheit zu geben, nach der sie sich so verzweifelt sehnte. Jetzt, da der Augenblick gekommen war, ging es fast über seine Kraft. Er wollte sie einfangen und nicht wieder loslassen, sie notfalls mit Gewalt zurück in seine Welt bringen. Er wollte vor Qual schreien, weil er es nicht tun durfte.

Hanna riss ihren Blick los. Erst jetzt spürte sie Raines Berührung. Sie zuckte zusammen, versuchte aber nicht sich zu befreien. Stattdessen sah sie zu ihm auf, mit weichem Blick und ohne Furcht. „Bitte, Raine“, sagte sie sanft. „Ich muss gehen.“

Er schluckte und musste sich räuspern. Seine Stimme gehorchte ihm kaum. „Ein letzter Kuss ist alles, worum ich dich bitte.“

Sie lächelte, obwohl ihre Augen in Tränen schwammen, dann legte sie ihre Hand auf seine. „Es würde alles nur noch schlimmer machen. Verzeih mir.“ Sanft strichen ihre Finger über seinen Handrücken und besänftigten die verkrampften Muskeln, bis sein

Griff sich löste. Sie zog ihre Hand fort. Sein Arm fiel kraftlos herunter.

Sie trat nicht von ihm zurück, noch nicht. Sie sah ihm direkt in die Augen, grünes Feuer in einem Strom von Tränen. „Es ist nicht deine Schuld. Du warst ein wundervoller Traum, aber ich bin zu schwach um ihn zu leben. Geh zurück und werde glücklich."

„Und du?" Er wusste, was sie sagen würde, aber er musste es hören.

„Ich gehe nach Hause. Hierher gehöre ich. Vergiss mich. Wenn die Erinnerung stirbt, bist du wieder frei."

„Das kann ich nicht", stieß er rau hervor.

„Du wirst es lernen. Du bist stark." Bei jedem Wort entfernte sich Hanna weiter von Raine. „Leb wohl."

Er antwortete nicht, er sah regungslos zu, wie es geschah. Hanna wandte sich ab, drehte ihm den Rücken zu und ging mit schnellen Schritten davon. Eben noch hatte sie ihre Füße auf Gras gesetzt, im nächsten Moment hatte sie den Park verlassen und die steinernen Wege der Stadt erreicht. Sie näherte sich der Menschenflut, die dort entlang hastete. Gleich darauf wurde sie von ihr verschlungen.

Hanna war unwiederbringlich fort.

Epilog

Es war soweit. Hanna war verschwunden, direkt vor seinen Augen. Noch immer starrte Raine in die Richtung, in der er sie zuletzt gesehen hatte, aber es hatte keinen Sinn mehr. Jetzt wurde es Zeit, dass er diese Tür endlich für immer schloss. Plötzlich war er froh, dass Kieran auf der anderen Seite auf ihn wartete.

Er wandte sich um und bemerkte erstaunt, wie weit er sich von dem Baum entfernt hatte, in dem sich der Durchgang verbarg. Mit einem tiefen Seufzen setzte er sich in Bewegung.

Direkt vor dem Apfelbaum lag etwas auf dem Boden. Er sah es erst, als er näher kam und bückte sich danach. Unwillkürlich keuchte er, als ihm klar wurde, was es war. Seine Finger schlossen sich darum, ehe er es sich anders überlegen konnte.

Hannas Skizzenblock. Sie hatte ihn verloren, er musste aus ihrem Bündel gerutscht sein. Er richtete sich auf und starrte auf den Block hinunter. Sie würde ihn vermissen, aber er konnte ihn ihr nicht zurückgeben. Sie war fort.

Einen Augenblick lang überlegte er das Ding einfach wegzuwerfen. Wenn er den Block öffnete, würde der Schmerz noch stärker über ihm zusammenschlagen. Unter dem braunen Deckblatt verbarg sich Raines Welt, so wie Hanna sie gesehen hatte. Er würde durch ihre Augen blicken, wenn er hineinschaute. Er würde sehen, was sie gesehen hatte. Er sollte sich davon befreien. Sie wollte, dass er sie vergaß. Wenn er den Block behielt, würde ihm das nie gelingen. Aber er stand noch immer da und umklammerte das Papier, als sei es ein Rettungsanker.

Er konnte die Bilder nicht wegwerfen. Das Schicksal hatte gewollt, dass er dieses Geschenk bekam. Er würde sie nicht aufgeben, er hatte bereits viel zu viel verloren. Wie von selbst fassten seine Finger das Deckblatt und zogen es zur Seite.

Das erste Bild zeigte eine Blüte. Hanna hatte sie so gut gezeichnet, dass er die Art sofort erkannte. Sie war nichts Besonders, diese Pflanze wuchs überall in der Umgebung der Zuflucht. Hanna musste sie gefallen haben. Erneut blätterte er um.

Die ersten Seiten zeigten Pflanzen, dann folgten Ausschnitte der Aussicht, die man von der Bank aus hatte, später das Haus in verschiedenen Ansichten. Als er das nächste Mal umblätterte, sah er sich selbst unter dem blühenden Apfelbaum stehen, an derselben Stelle, an der er sich jetzt auch befand. Es traf wie ein Schlag in den Bauch, trieb alle Luft aus seiner Lunge und ließ ihn sich zusammenkrümmen. So hatte es begonnen. Nun stand er wieder hier und alles war vorbei.

Er merkte erst, dass er auf den Knien war, als sich ein spitzer Stein schmerzhaft in sein Bein bohrte. Er sah sich selbst in die Augen und begriff, dass dieser fast brennende Blick direkt auf Hanna gerichtet gewesen war. Das war der Augenblick gewesen, in dem seine Liebe zu ihr geboren worden war. Diese Liebe war noch immer in ihm und sie würde sich durch nichts abtöten lassen. Sie würde ihn begleiten bis zu dem Tag, an dem er starb.

„Hey, geht es Ihnen gut? Kann ich Ihnen helfen?"

Raines Kopf fuhr hoch. Er schaute zu einem Mann auf, der irgendwie auf ihn aufmerksam geworden war. Jetzt musste er wirklich zusehen, dass er schleunigst verschwand. Er versuchte seiner Stimme einen sicheren Klang zu geben, damit er diesen freundlichen Fremden beruhigen konnte.

„Alles in Ordnung. Mir war nur etwas heruntergefallen. Trotzdem vielen Dank." Raine stand auf.

Der Mann war genauso groß wie Raine und wohl nur wenige Jahre älter. Sein sandfarbenes Haar war sehr kurz geschnitten und die Kleidung, die er trug, war einfach, sah aber bequem aus. Er betrachtete Raine prüfend und versuchte wohl immer noch festzustellen, ob er in Ordnung war. Dann glitt sein Blick zu dem Gegenstand, den Raine in der Hand hielt.

„Ein Skizzenblock. Ich habe mir immer gewünscht zeichnen zu können, aber ich habe überhaupt kein Talent."

„Ich auch nicht." Raine musste ein Zittern unterdrücken. „Er gehört einer Freundin."

Der Mann lächelte. „Dann hat sie Ihnen ein kostbares Geschenk gemacht. Sie sollten gut darauf aufpassen."

„Das werde ich." Raine hatte seine Fassung wiedergefunden. „Ich muss gehen. Nochmals vielen Dank, dass Sie mir helfen wollten." Er hob grüßend die Hand und wandte sich ab.

„Raine.“ Nur ein einziges Wort, aber es brachte ihn zum Stehen als sei er gegen eine Mauer geprallt. „Hast du dir alle Zeichnungen angesehen?“

Raine fuhr herum. „Woher kennen Sie meinen Namen?“, stieß er hervor und tastete nach seinem Dolch.

Der Mann zeigte keine Furcht, er blieb völlig gelassen stehen. „Ich kenne deinen Namen und ich weiß, wer du bist.“ Er lächelte, als er den Unglauben in Raines Augen sah. „Du bist einer der Prinzen von Fennmark. Du gehörst nicht in diese Welt.“

„Wie können Sie das wissen?“, platzte Raine heraus.

„Ich weiß es, das genügt für den Anfang. Mein Name ist Simon.“ Der Fremde hob die Hand und streckte sie Raine entgegen. Er griff zögernd danach, fühlte, wie sich die Finger des Mannes um seine schlossen, kurz zudrückten und dann wieder losließen. „So begrüßt man sich in dieser Welt. Du wirst es lernen müssen. Es wird nicht von selber gehen wie bei der Sprache.“

„Wie meinen Sie das?“, fragte Raine verwirrt.

Simon lachte, aber es klang freundlich und nicht spöttisch. „Glaubst du nicht, dass eine fremde Welt auch eine fremde Sprache besitzen sollte? Du konntest sie bereits, als du zum ersten Mal durch das Portal gekommen bist. Du benutzt sogar die richtige Höflichkeitsanrede, aber bei mir ist das nicht nötig.“

Raine schwirrte der Kopf. Das konnte nur ein verrückter Traum sein. „Ich verstehe nicht, was Sie meinen.“

„Das ist im Moment nicht wichtig. Ich weiß, dass du jetzt gehen musst. Komm in drei Tagen zurück, aber nicht allein. Bring Titus und Wulf mit, ich glaube, das ist am besten. Die anderen werden in deiner Welt gebraucht. Ich erwarte euch hier und besorge euch Kleider, in denen ihr nicht sofort auffallt.“

„Ich komme nicht zurück“, blaffte Raine wütend und vergaß für einen Moment alle Regeln der Höflichkeit. „In dieser Welt gibt es nichts für mich.“

Simon verschränkte die Arme vor der Brust und sah ihn mit mildem Spott an. „Hast du Hanna schon vergessen? Sie ist doch erst seit ein paar Minuten fort.“

Es war zu viel. Raine machte einen Satz nach vorn und zog seinen Dolch. Im nächsten Augenblick schlossen sich Finger aus Eisen um sein Handgelenk und ließen sich nicht abschütteln. „Ich entschuldige mich“, sagte Simon ernst. „Die Bemerkung war unpassend, aber ich musste wissen, wie es in deinem Herzen aussieht.“ Er warf Raine einen eindringlichen Blick zu, erst dann ließ er ihn los.

„Hanna hat mich verlassen“, sagte Raine dumpf. „Zum Schluss konnte sie nicht einmal mehr meine Anwesenheit ertragen.“

Simon starrte auf Raines Hand, bis er der Dolch wieder einsteckte. „Mach dir deswegen keine Sorgen, sie wird darüber hinwegkommen. Ich gebe zu, ich habe ihre Angst ein wenig verstärkt. Ich wusste nicht, wie ich sie sonst dazu bringen sollte dich zu verlassen. Sie muss eine Aufgabe in dieser Welt erfüllen. Genauso wie du.“ Er bückte sich und hob den Skizzenblock auf, den Raine losgelassen hatte um den Dolch ziehen zu können und schlug ihn auf. „Schau dir dieses Bild an, Raine. Es zeigt Hannas Eltern. Schau es dir genau an. Fällt dir etwas auf?“

Der Mann hatte ein Durchschnittsgesicht, die Frau sah Hanna sehr ähnlich. Fast glaubte Raine ihre Augen in demselben intensiven Grün leuchten zu sehen. Er war von diesem Gesicht so fasziniert, dass er fast übersehen hätte, was Simon meinte. Als es ihm klar wurde, schnappte er nach Luft.

„Die Rose. Hannas Mutter trägt die Rose von Fennmark um ihren Hals. Aber wie kann das sein? Die Rose wurde erst kurz bevor ich Hanna traf gestohlen.“

„Die Zeit vergeht hier schneller. Weißt du nun, warum du zurückkommen musst?“

Raine nickte. „Und Hanna?“

„Ich kümmere mich um sie, keine Sorge. Vergiss nicht rechtzeitig zu kommen. Es muss in drei Tagen sein. Und jetzt geh!“

„Wer bist du?“, fragte Raine erschüttert.

„Ein Freund. Mehr musst du nicht wissen. Geh zurück. Dein Bruder wird langsam ungeduldig.“

Simon hob grüßend die Hand und war gleich darauf ebenfalls in der Menge verschwunden. Raine starrte ihm noch einen Augenblick nach, dann wandte er sich ab und kehrte in seine Welt zurück.

Willkommen in Fennmark!

Ich hoffe, der Auftakt der Fennmark Saga hat Ihnen gefallen. Die Geschichte geht weiter, denn Raine wird Hanna nicht kampflos aufgeben. Die Spur der Rose von Fennmark führt ihn mitten hinein in eine fremde, unverständliche Welt. Hier gelten die Regeln seiner Feinde und vieles ist nicht so, wie es auf den ersten Blick zu sein scheint...

Als Self Publisherin habe ich natürlich nicht die Möglichkeiten, die den großen Verlagen offen stehen. Umso mehr freue ich mich über jede ehrliche Rezension und hoffe, dass Sie die Fennmark Saga weiterempfehlen, wenn Sie Spaß beim Lesen hatten. Denn nur darum geht es. Es ist mir eine Freude, Sie so gut wie möglich zu unterhalten. Ich denke, meine Freunde aus Fennmark haben Ihnen in dieser Richtung noch einiges zu bieten.

Mit den besten Wünschen

Luisa Wilde

Vorschau:

In dunkelster Nacht

(Eine High Fantasy Märchenadaption)

Ein Mann, der durch einen Fluch dazu verdammt ist, in der dunkelsten Nacht der Einsamkeit zu existieren.

Ein König, der von machtgierigen Baronen und einem geheimnisvollen Magier gestürzt werden soll.

Eine junge Frau, die nicht ahnt, dass das Schicksal des gesamten Königreiches von ihr abhängt.

Wenn sie zusammentreffen, kann alles geschehen...

ISBN 979-8-365-24021-6

Link zum Buch: www.amazon.de/dp/B0BNGTRF26

Herausgeber: Nico Wilke, Fuldaweg 5, 36211 Alheim

Printed in Poland
by Amazon Fulfillment
Poland Sp. z o.o., Wrocław

34271924R00219